Eine Liebe unter Belastung

Gabriele Knöll

Eine Liebe unter Belastung

Autobiographie eines Lebens mit Krebs

Bibliografische Information der Deutschen Nationalbibliothek:
Die Deutsche Nationalbibliothek verzeichnet diese Publikation in der Deutschen Nationalbibliografie;
detaillierte bibliografische Daten sind im Internet über
http://dnb.d-nb.de abrufbar.

© 2011 Gabriele Knöll
Satz, Umschlaggestaltung, Herstellung und Verlag:
Books on Demand GmbH, Norderstedt
ISBN: 978-3-8448-7390-0

Umschlagbild: Gabriele Knöll »upside down – die Welt steht Kopf«

Inhalt

E-Mail Partner	7
Wie alles begann	9
Der Versuch, dem Krebs davonzulaufen – Los Angeles	33
Weiter geht's – Istanbul	129
Plötzlich Drama Queen – wieder zurück in Lüneburg	229
Glaube, Hoffnung, Liebe	313
Unterwegs in Siebenmeilenstiefeln: wieder Kur in Kassel	313
Auf Höhenflug folgt Absturz	350
Getrennte Wege, gemeinsames Ziel?	361
Flucht nach Norderney	389
Wiedervereinigung	398
Immer weiter, immer weiter, geht es auf der Himmelsleiter:	
Absturz, Wiedergeburt und dann?	404
Weihnachts- und Neujahrsgrüße 2009	453
Danksagungen	474
Die Autorin	475
Über dieses Buch:	476

E-Mail Partner

Engere Familie
    Gabi – die Autorin
    Heinz-Dieter, HD, Dieter, Knöll oder Knöllchen – der Ehemann
    Peter, Pitt mit Nina – ältester Sohn
    Eva mit Michael – Tochter
    Jürgen mit Dana – Sohn
    Jonas mit Gudrun – jüngster Sohn
    Thomas – Bruder der Autorin
    Annemarie – Schwägerin

Freundinnen aus Klinik-Aufenthalten in Kassel
    Anja
    Inge
    Ulla E.
    Veronika
    Wanda

Freunde und Bekannte in USA
    Brigitte
    Eva M.
    Wynona
    Yvonne

Freunde in Istanbul
    Konny und Klaus

und viele weitere, die sich aus dem Zusammenhang erklären.

Wie alles begann

Alt werden ist schrecklich, sagt meine Schwiegermutter.
Alt werden ist ein Geschenk, denke ich.

Ich lebe!
Ich nehme Abschied –
find zurück,
bin traurig –
und genieß das Glück,
ersehne, träume, schwebe -
ich lebe!

Ich stürme vor –
und halte ein,
kann mutig,
kann auch feige sein,
entscheide, handle, strebe –
ich lebe!

Was auch geschieht,
ich geb´ nicht auf.
Ich renn´ hinab
und keuch hinauf,
ich nehme und ich gebe
verdammt noch mal,
ich lebe!

(Freiburg, im Mai 2004, geschrieben im Rahmen einer Schreibwerkstatt für Krebskranke)

Meine lieben Freunde,
was wäre Euer Lebensmotto, würde ich Euch bitten, es jetzt aufzuschreiben?
Nehmt Euch ruhig ein wenig Zeit und haltet Eure Gedanken fest, in wenigen Worten. Das sage ausgerechnet ich.
Wenn Ihr meine Geschichte gelesen habt, die dann wirklich Geschichte ist, horcht erneut in Euch hinein – und lasst Euch überraschen, was dann wichtig ist für Euer Leben.

Da meine Aufzeichnungen erst mit dem 2. Kapitel: »Der Versuch, dem Krebs davonzulaufen – Los Angeles« beginnen, also erst nach Abschluss der Behandlung meiner ersten Brustkrebs-Erkrankung, blieb meine Geschichte nach der Zusammenfassung meiner Korrespondenz und Tagebuchaufzeichnungen unvollständig. Darum habe ich, als erstmals die Idee auftauchte, das Stückwerk für mein Knöllchen, die Kinder und mich zu einem Ganzen zusammenzufassen, die folgenden Seiten geschrieben. Sie zeigen aus der Retrospektive, wie ich das Jahr nach meiner Krebs-Diagnose erlebte. Etwas aus dem Rückblick zu schreiben bedeutet immer auch, dass man die Erlebnisse jetzt, mit Abstand, bereits mit neuer Gewichtung, neuer Bewertung, also gefiltert sieht. So hat natürlich das Fortschreiten meiner Erkrankung mit all dem zusätzlichen Leid den Blick auf dieses erste Jahr relativiert. Detaillierte Beschreibungen der Auswirkungen der Behandlung gibt es daher nicht, da inzwischen verblasst. Ganz abgesehen davon, dass das ohnehin nicht meiner Art des Umgangs mit meiner Erkrankung entspricht, mich diesen Dingen allzu ausgiebig zuzuwenden, wie Ihr merken werdet.

Am Ende werdet Ihr mich begleitet haben durch einen sehr bedeutenden, reichen Teil meines Lebens, einen Teil, der wirklich allumfassend die gesamte, oft genug widersprüchlich scheinende Palette menschlichen Seins und Verhaltens, spiegelt:

Ihr werdet Zeugen von Mut und Angst, von Humor, Ironie, Zynismus, ernsthaften Überlegungen, oberflächlichem Geplänkel, verbiestertem Ernst, Demut und Überheblichkeit, Gelassenheit und Wut, Verletztheit und Stärke, dem Bemühen um Fairness und gnadenloser Verurteilung, Traurigkeit und riesengroßer Lebensfreude, Hoffnung und Enttäuschung, Loslassen und Festhalten, einer tiefen, letztlich unerschütterlichen Liebe, die zwischendrin arg gebeutelt wird, dem schwierigen Akt des Verzeihens, der dann plötzlich einfach geschieht. Ach, Ihr wisst selbst, was das Leben eben so bereithält für den, der sich ihm stellt, der bereit ist zu wachsen in Adaption an sich verändernde Lebenssituationen.

Ihr reist mit von Lüneburg nach Kalifornien, erlebt diese in mancherlei Hinsicht überwältigende Erfahrung des Sich-Einlebens, sogar Heimischwerdens, der Auseinandersetzung mit und des sich wieder Verabschiedens von einer mit Vorurteilen belasteten Kultur mit, begleitet mich zurück nach Lüneburg und haltet meine Enttäuschung aus, da mir Deutschland plötzlich wie ein garstiges Stück Erde vorkommt, und findet Euch alsbald überraschend mit mir in der Türkei wieder.

Für zwei Jahre erlebt Ihr unsere Istanbuler Hochs und Tiefs mit, bis mit unserer endgültigen Rückkehr nach Lüneburg, zurück ins heimische Nest und in größere Nähe zu unseren Kindern, meine allgemeinen Berichte versiegen, an deren Stelle fortan nur noch persönliche E-Mails und Tagebucheintragungen einen Einblick gewähren in das, was um mich herum und zunehmend auch in mir geschieht.

Meine Erkrankung, die zu Beginn der Amerika-Zeit, also dem Beginn der authentischen Berichte, eher als schemenhafte Erinnerung an ein fernes Donnergrollen allenfalls Mahnung ist, bestimmt zwar zunehmend die Großwetterlage, aber gerade auch der stürmischste, graueste November-Regentag kann Dich in Depressionen stürzen oder dankbar machen für ein gemütliches Zu hause – über den Blick darauf entscheidest Du selbst. Und mal siegt die eine dann wieder die andere Blickrichtung, jedenfalls bei mir.

Wisst Ihr, das Schöne ist ja, dass man leben darf bis zum Schluss! Und mein Leben ist nach wie vor voll und prall, was nicht bedeutet, dass es immer lustig oder gar beneidenswert wäre. Die Gegensätze sind es, die das Leben lebendig machen.

Wie soll ich meine Geschichte beginnen lassen?
Springt doch einfach mit mir mitten hinein. Auch ich bin schließlich nicht erst vorsichtig darauf vorbereitet worden, was es bedeutet, Krebs als neuen Lebenspartner zu haben.

Ende Mai 2002.

Ich entdecke einen winzig kleinen Knoten in meiner linken Brust. Er ist wirklich sehr klein und nur mit Verrenkungen in besonderen Positionen tastbar. Ignorieren? Kurze Zeit klappt das. Vorsichtig nachfühlen und hoffen, er sei nicht mehr aufzuspüren. Einen Versuch ist es wert. Der Knoten bleibt. Vielleicht ist es nur irgendwas Harmloses! Immerhin ist das Ding winzig geblieben. Ich kann ihn tagelang völlig vergessen. Habe viel Arbeit, kann so was jetzt auch gar nicht gebrauchen. Mein Gott, wie peinlich wäre es zudem, als aufgescheuchtes Huhn dazustehen, wenn ein Arzt einem milde lächelnd erklärt, dies sei nur eine etwas verdickte Vene oder so was. Immer wieder suchend tasten, wobei die Trefferquote größer wird. Ich weiß inzwischen offensichtlich genau, wo ich nachforschen muss. Oder ist es leichter zu finden, weil es doch größer wird? Das Hoffen wird drängender. Auch das Misstrauen. Irgendwann hänge ich plötzlich am Telefon und will einen Termin bei meinem Frauenarzt. Möglichst noch heute. So ist das bei mir: Hat sich die Unruhe erstmal ganz in mein Bewusstsein geschoben, will ich Klarheit, möglichst umgehend.

Anfang September beschließt mein Frauenarzt, das Knötchen solle von einem Radiologen abgeklärt werden.

Der diagnostiziert eine Mastopathie (viele Zysten) in beiden Brüsten, wundert sich, dass ich diese recht kleine »Zyste« ertastet hätte, wo es doch weitaus größere auch in der rechten Brust gäbe. Alle Zysten scheinen ihm unverdächtig – und dies gelte, so sagt er, auch für die von mir ertastete Stelle. Auf meine Frage, ob man nicht irgendetwas zur Absicherung des Befundes tun könne, antwortet er »Wo soll man denn da anfangen? Ich kann ja nicht jede Zyste biopsieren.«
Zum weiteren Vorgehen schlägt er eine Wiedervorstellung in einem Jahr zur Mammographie vor. Das find ich total klasse, gibt es mir doch das Gefühl, dass es sich wirklich um einen harmlosen Befund handeln muss.
Nach wie vor habe ich selbst nur ein Gefühl für den zu Anfang getasteten »Knoten«, nicht für die anderen Zysten. Der Knoten nimmt allerdings für mein Gefühl an Größe zu. Was mich dazu veranlasst, meiner Sorge, als Hypochonder angesehen zu werden, eine geringere Bedeutung beizumessen als meiner Gesundheit – und schon vor Ablauf der Jahresfrist erneut meine Zystenkollektion der fachlichen Begutachtung zuzuführen. Der Radiologe kann auch diesmal trotz des enormen Wachstums des Knotens nichts Verdächtiges in der Mammographie und Sonographie feststellen, ganz wie er es erwartet habe, meint er. Zysten veränderten durchaus ihre Größe, ist seine Erklärung. Ich bin wieder zunächst erleichtert, wenn auch um den Preis, eben doch zur Gattung der Hypochonder zu gehören.
Mittlerweile treffe ich Uta, die, selber vor kurzem an Brustkrebs operiert, mich geradezu anfleht, meinem unguten Gefühl mehr zu vertrauen als dem Radiologen. Sie will, dass ich eine auf die Beurteilung von Mammographien spezialisierte Praxis in Hamburg aufsuche. Dort habe man ihren Krebs sehr frühzeitig diagnostiziert.
Nach weiteren drei Monaten und weiterer Größenzunahme des Knotens bin ich endgültig überzeugt, dass nicht ich der Hypochonder bin, wohl aber der Radiologe zumindest ein Ignorant ist.
Wieder suche ich Hilfe bei meinem Frauenarzt. Eine gemeinsam mit seiner Kollegin durchgeführte Sonographie endet mit der Erkenntnis dieser jungen und hübschen Frau (beides beruhigt meine Sinne auf geradezu lächerliche Weise):»Herr Kollege, da müssen wir doch keine Minute überlegen, das Ding muss raus!«
Ich werde sofort ins städtische Klinikum zur näheren Abklärung überwiesen. Vorher soll ich noch beim Radiologen die bis dahin angefertigten Mammographien abholen, was ich umgehend ohne Voranmeldung tue. Habe das Gefühl, Beweismaterial zu sichern. Innerlich koche ich schon. Drei Monate liegen zwischen der Aussage des Radiologen: »Alles völlig im grünen Bereich,

alles in Ordnung, wie ich es vermutet habe« und dem jetzigen Katastrophenalarm. Ich weiß, dass ich mich zu lange habe hinhalten lassen. Bin sauer auf mich selbst, aber auch auf den Radiologen. Bin benommen und doch glasklar. Verlange alles ausgehändigt zu bekommen, was von mir vorliegt. Beim Verlassen der Praxis treffe ich ihn, der sich wundert, mich schon wieder zu sehen. Ich schleudere ihm meine Verachtung über seine eklatante Fehleinschätzung entgegen, obwohl es ja noch immer keinen gesicherten Befund gibt. Er führt daraufhin spontan nochmals eine Sonographie durch und versichert mir und anschließend meinem Frauenarzt in einem Bericht, er sei auch jetzt davon überzeugt, dass der Befund harmlos sei. Das sonographische Bild sei völlig unauffällig, ist seine abschließende Feststellung, die er auch meinem Frauenarzt schriftlich mitteilt.

In der Klinik teilt mir die Oberärztin am selben Tag nach einer Sonographie mit, dass der Knoten ihrer Erfahrung nach höchstwahrscheinlich bösartig sei. Zur Befundsicherung macht sie eine Stanzbiopsie. Das Ergebnis gibt ihr leider Recht: Es handelt sich um einen bösartigen Tumor des Malignitätsgrads 2 und der Eigenschaft HER-2 NEU superexpressiv. Dass dies ein sehr ungünstiges, geradezu fatales Merkmal ist, darüber gibt allein schon die gleichermaßen entsetzte wie aufgeregte Stimme meines Frauenarztes Auskunft, als er mich anruft, um mir das Ergebnis der Biopsie mitzuteilen. Das wiederum veranlasst mich zu Recherchen, die meine Deutung seiner Stimme bestätigen. Ich habe tief in die Scheiße gegriffen.

In der Zeit von der ersten Vorstellung beim Radiologen (September 2002), als der Tumor noch kaum tastbar war, bis September 2003, als die Diagnose »Brustkrebs« erfolgt, ist der Tumor auf vier cm gewachsen. Diese Zeit wird der Tumor für sich genutzt haben. Sein Bestreben sei es nicht, sich auf lokale Ausdehnung zu begrenzen, erfahre ich bald.

Allein aufgrund der Größe des Tumors ergibt sich für mich eine wesentlich härtere Behandlung, als dies bei rechtzeitigem Handeln nötig gewesen wäre. Schließlich wäre auch meine Prognose eine bedeutend günstigere, ganz abgesehen von den physischen und psychischen Belastungen.

Nun steht fest, ich habe Brustkrebs.

Wirklich bemerkenswert ist meine Reaktion auf die Diagnose.

Kein Schock, keine Ungläubigkeit, kein Aufbegehren, keine Fragen wie »Warum gerade ich«, was man sonst so als gängige Antwort auf die Diagnose Krebs erwartet. Ich habe auch da offensichtlich so meine eigenen Wege. Es ist wie es ist. Ich versuche meine Kräfte auf das Akzeptieren zu fokussieren. Im Vordergrund stehen zunächst ohnehin ganz pragmatische Fragen.

Wo lässt man sich wie behandeln? Welche Optionen habe ich?

Das WIE steht schnell fest, dank der wirklich liebevollen und gleichermaßen kompetenten Beratung durch die Oberärztin am Lüneburger Krankenhaus. Ich glaube manchmal, dass die ersten Gespräche mit dieser emphatischen Frau den Weg bereitet haben für meinen akzeptierenden Umgang mit meiner Erkrankung. Sie erklärt mir sachlich-fachlich alles gut nachvollziehbar. Gleichzeitig haben meine Gefühle Raum, ohne dass sie bewertet werden. Sie dürfen sein, so skurril sie ihr auch anmuten mögen. Ich weiß nun, dass ich zuerst (neoadjuvant) eine Chemotherapie erhalten soll, da das laut neuerer Studien die Heilungschancen erhöhe und außerdem den Tumor hoffentlich so weit verkleinere, dass brusterhaltend operiert werden könne. Würde bei mir jetzt operiert, müsste aufgrund der Größe des Tumors die Brust amputiert werden. Nach der Chemo folgt die Operation, darauf eine siebenwöchige Bestrahlung.

Zum WO der Behandlung:

Zwar hat man eigentlich das Recht auf freie Arztwahl, aber man darf nie vergessen, welch sensibles Seelchen in der Brust so manchen Weißkittels schlägt. Es mag schon kränkend sein, wenn eine Privatpatientin ausdrücklich nicht vom Chef, sondern von seiner Oberärztin behandelt werden möchte. Ich gebe dem guten Mann durchaus eine Chance, seinen Ruf, der zu dieser Entscheidung geführt hat, Lügen zu strafen, mich positiv zu überraschen. Das Projekt schlägt allerdings fehl. Sicherlich weil ich für seine herablassende Art zu empfindlich bin.

Die Erkenntnisse aus der Trainingseinheit für akzeptierenden, respektvollen Umgang mit Patienten hat der Chef offensichtlich falsch verstanden. Als ich ihn mit »Herr G.« anspreche, korrigiert er mich prompt: »Dr. G., bitte.« O.k, das ist ja eine leichte Übung, denke ich. Wenn mich das der Gesundung näher bringt, dann auch gerne mit Dr. Er begleitet mich zum Sonographieraum, um mich dort seiner Kollegin zu übergeben. In dem Bemühen, eine Beziehung zu dem Stock neben mir herzustellen, erzähle ich ihm, dass wir uns eigentlich kennten. Vor einem Jahr hätte ich einen Vortrag über die Auswirkungen des neuen Schulgesetzes gehalten, zu dessen Auditorium er und seine Frau gehört hätten. An ihre lebhaften Diskussionsbeiträge erinnerte ich mich gerne, sage ich ihm in dem Bemühen, den Menschen unter dem weißen Kittel in Kontakt zu bringen mit mir als Menschen. Daraufhin trifft mich sein abschätzender Blick von oben bis unten (schneller Check meinerseits: alles o.k. an mir? Bluse zugeknöpft? Gleichfarbene Socken an?). Bevor ich zu einem Ergebnis komme, stellt er kategorisch fest: »Ich wüsste nicht, woher wir uns kennen könnten.« Ich überlege kurz, ob es für ihn vielleicht eine unzumutbare Härte bedeuten könnte, sich für die Verlängerung meines Lebens zu engagieren. Aber da werde ich schon freundlich von Frau Dr. H. begrüßt. Schon die Sonographie lässt ihr

kaum Hoffnung, die harmlose Beurteilung des Radiologen teilen zu können, woraufhin sie sich viel Zeit für mich nimmt. Mittendrin wird die Tür aufgerissen und der Chef will wissen: »Wollen Sie hier Wurzeln schlagen?« Obwohl ich Frau Dr. H. für die Gelassenheit bewundere, mit der sie auf diese sensible Steilvorlage ihres Chefs reagiert, ist danach auch das »WO« der Behandlung zumindest negativ beantwortet: »Hier nicht!«Trotz der tollen Ärztin.
Mit der Unterstützung unseres Sohnes Peter weiß ich schnell, dass ich in die Uniklinik Kiel zu Prof. J. gehen will. Sowohl zur Chemo als auch zur OP.
Als feststeht, dass ich entgegen meiner spontanen Vermutung, angesichts des »Riesenteils« an Tumor und dem Wissen um die Bedeutung einer so späten Diagnose für die Überlebenschancen, schon bald zu sterben, doch noch einige Zeit dem Leben einen Sinn werde geben dürfen, kann ich nichts anderes denken, als dass ich meinem Knöllchen den Traum vom Forschungsjahr in USA »versaue«.
Denn im Dezember 2003 sollte es eigentlich losgehen nach Los Angeles. Und jetzt das Aus? Das darf auf keinen Fall geschehen – ums Verrecken nicht!
Da sind wir endlich so weit, die Kinder alle auf einem guten Weg, in festen Partnerschaften gut aufgehoben, da hat Knöllchen das Gefühl, endlich sei er mal dran, endlich könne sein für die Familie stets zurückgestellter Traum vom Leben in USA erfüllt werden.
Ich war bisher die »Spaßbremse«, hatte mit Hinweis auf gerade ungünstige Umstände hinsichtlich der Kinder (Einschulung, Umschulung in Orientierungsstufe oder Gymnasium, Oberstufe, kurz vor dem Abi – und derlei Situationen gibt es bei vier Kindern regelmäßig) und im Sinne von Verlässlichkeit und Kontinuität immer wieder abgewunken. Jetzt gibt es keine »Ausrede« mehr. Knöllchen hat ernst gemacht und handelte mit seiner Heimatuni nach einer Anfrage der UCLA (University of California, Los Angeles) eine Freistellung für ein Forschungsjahr an der UCLA aus.
Ich kann in einem Auslandsjahr für mich nicht nur freudige Verlockungen erkennen. »Was willst Du da den ganzen Tag machen, während Dein Mann in gewohnter Weise mit der Arbeit verschmilzt«, fragen Freunde und ich mich – und ich selber weiß da keine rechte Antwort zu geben.
Auch die Rückkehr liegt für mich im – beängstigenden – Dunkeln. Anders als Dieter kann ich meine beruflichen Aktivitäten, besonders meine selbständige Arbeit in meiner psychotherapeutischen Praxis, nach einem Jahr Abwesenheit nicht einfach wieder aufnehmen. Dank eines letzten Restes an Realitätssinn kann ich mich gerade noch bremsen, Fantasien von Heerscharen mich zurücksehnender Klienten zu entwickeln. Mir ist vielmehr schmerzlich bewusst, wie schnell und gründlich man ersetzbar ist. Ich weiß, dass ich für dieses eine Jahr,

das für meinen Mann die Entschädigung für jahrelangen Verzicht bedeutet, mit den Strapazen eines Neubeginns werde bezahlen müssen, mit allen Unwägbarkeiten, Unsicherheiten und finanziellem Verzicht, den das über längere Zeit hinaus bedeuten wird. Lange habe ich mit mir gerungen, letztendlich zugestimmt und ein Auslandsjahr tapfer sogar für mich als Entwicklungschance gesehen.

Alles ist vorbereitet, letzte Therapien meiner Patienten laufen aus und aus anderweitigen beruflichen Verpflichtungen hatte ich schon unabhängig von der Auslandsidee meinen Ausstieg vorbereitet.

Im Dezember 03 sollte es losgehen mit dem großen Abenteuer Ausland.

Im September 03 startet stattdessen das Abenteuer »Krebs«. Wobei die Erfahrung ja zeigt, dass das Letztere das Erstere nicht ausschließen muss.

Mit einer solchen Diagnose wirft man ja seine Persönlichkeit nicht plötzlich über Bord. Im Gegenteil.

Mehr denn je ist das Ziel meines Handelns und Denkens mein Knöll.

Sein Traum darf nicht schon wieder an »mir« scheitern! Diese »Schuld« will ich nicht auf mich laden.

Es muss gehen – trotzdem!

Meine Idee ist, dass Knöll einen Vortrag an der UCLA im Oktober 03 zum Aushandeln des Verschiebens des Projektes auf August 04, dem vorausberechneten Ende meiner Behandlung, nutzen solle. Er reist tatsächlich dorthin und hat Erfolg. Man zeigt sich an der UCLA überaus verständnisvoll, nimmt allen Zeitdruck heraus und versichert Knöll, man freue sich auf die Zusammenarbeit mit ihm ab August 04 und wünsche uns beiden bis dahin nur das Allerbeste.

Knöll ist gerührt von soviel kollegialem Verständnis und ist mir dankbar, dass ich ihn ermutige, seinen Traum nicht vorschnell dem Krebs zu opfern. So kann ich mich mit einem besseren Gefühl auf die doch lange Therapie einlassen: Sechs Zyklen einer extremen Chemotherapie im Rahmen einer Studie für Patientinnen mit großen Tumoren, dann im Februar die OP, anschließend fast sieben Wochen Bestrahlung, dann ab zur Kur und dann alles hinter mir lassen und auf zu neuen Ufern.

Klingt doch nach: »einmal tief einatmen – Luft anhalten – und weiteratmen« und fertig ist die Laube – oder?

Es ist für mich nicht ganz so einfach, aber bei weitem auch nicht so dramatisch, wie es oft geschildert wird.

Es wäre mir gar nicht mehr möglich, die Zeit der Behandlung komplett nachzuzeichnen. Ich glaube auch nicht, dass Eure Detailliebe so ausgeprägt ist, um hier einer gründlichen Nabelschau Raum zu geben. Deshalb will ich mich auf einige Episoden beschränken, die mir jetzt in der Rückschau noch sehr gegenwärtig sind.

Ich entdecke schnell, dass auch in dieser Krise eine Überzeugung mein Handeln und Denken bestimmt:

»Die Situation kann ich zwar nicht ändern, wohl aber bestimmen, wie ich damit umgehe.« So bewahre ich mich auch diesmal wieder davor, mich als Opfer eines traurigen Schicksals zu fühlen. Weder Rebellion noch Schicksalsergebenheit, weder Kampf noch duldendes Aushalten bestimmen meine Welt. Ich habe Krebs und ich selber nehme von Stund an das Management meiner Erkrankung und meines Umgangs damit in die Hand. Die Opferrolle ist nicht für mich gemacht. Zumindest nicht auf Dauer. Vorübergehend allerdings erliege ich immer mal wieder der scheinbaren Bequemlichkeit, die sie verspricht.

Das bedeutet nicht, dass ich alles richtig mache, ganz und gar nicht. Aber die Verantwortung für mich liegt bei mir und dazu gehört auch die Verantwortung für das, was hätte besser laufen können oder wo ich wesentliche »Kursänderungen« nicht gewagt habe.

Was damit gemeint sein könnte, wissen wir vielleicht am Ende alle besser. Noch stecke ich aber mitten im Leben und damit mitten in Erkenntnis- und Veränderungsprozessen.

In einer meiner Ausbildungen sagte ein Lehrtherapeut einmal über mich: »Du willst wachsen, auch wenn es noch so schmerzt.«

Gelegenheiten zu wachsen hatte ich bisher durch meine Erkrankung jede Menge. Ob ich sie alle genutzt habe?

Nach der Diagnose quäle ich mich tagelang damit, den rechten Zeitpunkt zu finden, es meinen Kindern zu sagen, sie abermals, wie schon einmal nach dem Tod ihres Bruders Moritz, aus dem Paradies zu vertreiben. Einerseits brächte ich es gerne so schnell wie möglich hinter mich, andererseits gibt es verschiedene Gründe, den Kindern noch ein paar unbeschwerte Tage zu gönnen. Erst ist es Rücksicht auf Prüfungstermine, dann soll der Erfolg auch noch unbeschwert gefeiert werden dürfen, dann … . Den rechten Zeitpunkt scheint es bei entsprechender Rücksicht auf die Befindlichkeiten meiner Kinder nie zu geben. Eine Freundin fragt etwas provokativ: »Sind Deine Kinder herzkrank oder hast Du Krebs?« An diesem Abend informiere ich sie.

Wie schon nach Moritz Tod, nehme ich sofort, noch am Tage der Diagnose, Kontakt zu jemandem auf, der »überlebt« hat. Ich suche weniger Verständnis, als vielmehr den Beweis: Es geht weiter, es gibt eine Zukunft.

Unangemeldet stürmen wir in ihr Leben, obwohl sie bis dahin eher lose Bekannte waren, denen wir trotz großer Sympathie nur auf Festen gemeinsamer

17

Bekannter begegneten. Zu mehr schien unser volles Leben uns keine Zeit zu lassen.

Dörthe und Heiko (zunächst noch Herr und Frau K.) sind seitdem bedeutende Eckpfeiler in unserem Leben. Ehrlich, liebevoll, immer da, wenn man sie braucht, sanft, unaufdringlich. Als wir ihr Haus verlassen, wissen wir, dass wir auf gute Freunde zählen dürfen, was immer auch kommen mag. Das macht ruhig.

Dörthe und Heiko teilen unseren Optimismus, das Projekt Amerika nicht aufgeben zu müssen.

Obwohl es mir gut geht, ich habe keine Schmerzen und fühlte mich auch psychisch völlig o.k., bestehen unsere Jungs darauf, ihre Mama zu unterstützen, während Dieter nach L.A. fliegt. Wie wohl solche Betreuung tut, merke ich erst, als ich mich da reinfallen lasse. Wohl dem, der das kann!

Jürgen begleitet mich zu allen notwendigen Untersuchungen (es werden keine Metastasen gesichtet) und packt mich dabei mit seinem Humor in Watte. Ich kann zum Glück auch in dieser Situation Lachen als große Hilfe erfahren. Und allen, die darüber erstaunt sind, kann ich nur antworten: »Ein lustiges Wortspiel, ein Scherz, werden doch nicht weniger witzig, nur weil ich Krebs habe.« Ein Hoch auf den Humor!

Unser Sohn Jürgen hat auch organisiert, dass an die Glasscheiben unserer Windfangtür eine Folie angebracht wird, die wie Milchglas wirkt. Es soll nicht jedem schon von der Haustüre aus ein Blick auf meine Glatze vergönnt sein. Soviel Intimität muss erst verdient sein, finden wir. Noch habe ich alle Haare auf dem Kopf, ja, die Chemo hat nicht einmal begonnen, aber ich sorge schon vor. »Einen Anker in die Zukunft werfen«, nenne ich dieses Lebensprinzip.

Jonas, unser Nesthäkchen, begleitet mich zum vorsorglichen Einkauf krankenhaustauglicher Schlafanzüge und eines Hausanzuges erstaunlich geduldig ausharrend. Was weiß ich, ob ich während der Chemo für solche Dinge noch Kraft habe. Man hört ja Schreckliches. In einem Hausanzug stelle ich mir die Sofa-Tage, die ich unabdingbar mit Chemotherapie verbinde, bequemer vor.

Nach selbigem Vorsorge-Prinzip lade ich meine Freundinnen ein. Jonas backt Apfelkuchen für uns und bleibt tapfer an meiner Seite. Er erträgt die Tränen, die wir vergießen, als ich ihnen mitteile, Krebs zu haben und jede von ihnen um eine spezielle Hilfe bitte. Ich wünsche mir von allen treue Begleitung durch die nächsten Monate. »Lasst mich jetzt bloß nicht allein! Lasst mich ja an Eurem Leben weiterhin teilhaben!«

Darüber hinaus soll die eine mich mit Büchern versorgen, eine andere bitte ich darum, für mich alles in Sachen Perücke zu recherchieren, die Nächste bitte ich um Spaziergänge … . Wirklich supergut läuft das. Alle wollen ja helfen, und nun wissen sie auch wie.

Noch bevor die Chemo beginnt, hat Susi mir einen Termin bei einem Friseur verschafft, der mir einen sehr attraktiven Kurzhaarschnitt verpasst, eine ähnliche Perücke bestellt und nach dem ersten Haarausfall eine Glatze rasiert – dezent nach Ladenschluss – und die Perücke anpasst. Anette rückt nach und nach mit ihrer Bibliothek an und tauscht so manches Buch gegen eine Tasse Kaffee. Ich werde ins Kino, zum Kaffeeklatsch, zu Spaziergängen und zum Frühstück in der Stadt abgeholt. Es geht mir erstaunlich gut.

Peter entwickelt sich innerhalb kürzester Zeit zum Brustkrebsspezialisten, meinem wichtigsten medizinischen Berater, mit dem ich alle Fragen besprechen kann, für die meine Ärzte keine Zeit haben. Und ich will wirklich alles erst verstanden haben. Peter und ich haben ein sehr ähnliches Vorgehen, eine sehr ähnliche Logik. Deshalb kann ich seinen Argumenten mühelos folgen und er versteht ohne Verrenkung die Intention und Zielrichtung meiner Fragen. Ich liebe seine stringent logische Art bei der Entwicklung von Argumentationsketten. Jeder Behandlungsschritt geht vor Inkrafttreten zunächst durch seine Beratung.

Eva, seit vielen Jahren unser Auslandskind, lässt mich mit beinahe täglichen, ellenlangen E-Mails detailliert an ihrem Leben mit allen Windungen teilhaben, so dass ich mich zuweilen mittendrin fühlen kann. Dagegen verliert jeder Krebs an Bedeutung.

Nie zuvor wurde mir die besondere Eigenart, die ganz spezielle Bedeutung jedes einzelnen Kindes für mein Leben so sehr bewusst. Unverzichtbar jeder Einzelne von ihnen, inklusive ihrer Partner.

Auch Moritz hat mit seinem kurzen Leben, mit der Erfahrung seines plötzlichen Sterbens, mit der verzweifelten Sehnsucht und Trauer, die das auslöste, mit der daraus gewachsenen Erfahrung, ganz wesentlich meine spezielle Art im Umgang mit dieser neuen Lebensherausforderung geprägt. Wo stünde ich heute ohne das?

Neben den Kindern ist natürlich Knöllchen, seine liebe, seine unverbrüchliche, zärtliche Zuneigung, seine Beständigkeit, mit der er für mich da ist, beinahe ein Krankheitsgewinn. Ich fühle mich getragen durch diese Zeit.

Er begleitet mich zu jeder Chemo, was in Deutschland, wie ich inzwischen erlebt habe, eher die Ausnahme ist. Neben mir dösen die chemischen Bleichgesichter in ihren »Relax«-Sesseln verlassen und einsam ihren düsteren Gedanken überlassen, dem Ende der »Chemo-Kur« (Wer hat nur dieses entsetzliche Wort geprägt?) entgegen, um dann einem Taxifahrer übergeben zu werden, der sie vor

der heimatlichen Haustür aussetzt. Lieblos, kaltherzig und unsozial fühlt sich das für mich an. Haben diese armen Frauen alle keine lieben Menschen in ihrer Umgebung? Hätten sie vermutlich durchaus, aber sie sind nicht nötig! Klasse! Der teuren Krankenversicherung sei Dank! Wir haben ja ein tolles Sozialsystem in Deutschland, das uns unabhängig macht von familiärer, freundschaftlicher oder gar Nachbarschaftshilfe.
Wie gut habe ich es da! Zwar bewaffne ich mich schon kurz nach dem »Anstich« mit Kopfhörern, um – u. a. dank hoher Antihistamingaben – zu den Klängen von Mozart (danke, Volker) alsbald entspannt dem Reich der Träume entgegenzuschlummern, was Knöll leider dazu zwingt, – Asche auf mein Haupt – seinem Spiel- oder Arbeitstrieb (was schlecht auseinander zu halten ist) am Laptop zu erliegen. In wachen Momenten reicht ein Blick auf meinen Knöll, in sein zärtlich lächelndes Gesicht. Ich fühle mich umsorgt und geliebt und drifte wieder weg. Der Heilung entgegen.
Dieses Grundgefühl, in allem Mist ungeheures Glück zu haben mit zugewandten, unterstützenden Menschen, hält bis heute an und scheint mich ganz wesentlich von vielen, nicht allen, Lebensgenossen zu unterscheiden.
Was aber wäre das Leben ohne Kontraste? Ist es nicht so, dass man die schönen Dinge erst richtig schätzen kann, wenn man auch anderes erlebt? So gesehen haben einige Erfahrungen mit Klinikpersonal wahrscheinlich ihren durchdachten, bewusstseinserweiternden Stellenwert im gesamten Behandlungskonzept. Wird nicht immer wieder Ganzheitlichkeit eingefordert?
Eine Broschüre, die Patienten zur Teilnahme an »meiner« Studie ermutigen soll, verspricht uns Teilnehmern eine besondere, aufmerksame, fürsorgliche Zuwendung seitens des uns betreuenden Personals. Was man darunter versteht, führt uns der für diese Studie zuständige Arzt – wahrscheinlich wird er mit dem Dr. Titel dafür belohnt – anschaulich unter Aufbietung all seiner menschlichen Kompetenzen vor.
Er betritt mit einem kurzen Nicken den Raum, was den Verdacht in mir nährt, er sei sich womöglich bewusst, dass der Rest Frau, der an den beiden entblößten Brüsten hängt, mit entsprechenden Fähigkeiten der sinnlichen Wahrnehmung ausgestattet ist. Irgendjemand muss ihn aber gewarnt haben, dass ein Lächeln oder freundliche Worte die Patientinnen verunsichere und auf jeden Fall den Behandlungserfolg behindere. Mich jedenfalls gefährdet er diesbezüglich nicht. Zumindest unterstelle ich ihm wohlwollend eine gewisse Konzentration auf »das Wesentliche«, als er mich, respektive meinen Busen, ohne verwirrende Worte vermisst, wobei ich dem Erfinder des Maßbandes stumme Dankesworte ins Jenseits sende, da er mich davor bewahrt hat, dass mein Busen zwecks Größenbestimmung des Tumors abgeschritten werden muss. Knöllchen, auch

hierbei unbestechlicher Zeuge, meint später, dass die Wortlosigkeit mit der der hoffnungsvolle Forschernachwuchs sein Treiben untermalte, durchaus eine schlaue Entscheidung gewesen sein könne. Bei den Patienten von heute wisse man schließlich nie, ob ein unbedachtes Wort nicht dumme Fragen nach sich ziehe. Diese besondere ärztliche Zuwendung hätte glatt das Zeug, eine Spontanheilung zu begünstigen – im Sinne einer Vermeidungsstrategie. Leider bin ich nicht schlau genug, dieses Potential zu nutzen, obwohl es von nun an jede Chemo-Session einleitet.

Später ist Knöllchen erstaunt, wie perfekt ich mich in Kaninchen einfühlen kann, denen in Vorbereitung zu irgendwelchen Schauen, Ohren und Gliedmaßen vermessen werden. Mein Einfühlen in Menschen ist ihm schon ein Buch mit sieben Siegeln, aber nun auch Kaninchen? Seine Frau wird ihm zunehmend rätselhafter. Vielleicht ist die Chemo schuld?

Ähnliche, beinahe übermenschliche Anstrengungen für mein Seelenheil nehmen auch die Damen aus der Röntgenabteilung auf sich. Wie sehr freue ich mich nach dem Lautsprecherhinweis: »Frau Knöll, bitte (bin nicht sicher, ob ich das Wort nicht doch hinzuphantasiert habe) in Kabine 2«, daselbst von einem leibhaftigen Wesen empfangen und mit den knappen Worten: »Machen Sie sich obenrum frei und warten Sie, bis ich Sie rausehole« in etwa zwei Kubikmeter verpesteter Luft entlassen zu werden. Nach spätestens 15-minütiger Warterei auf Erlösung schließe ich mit mir selber Wetten ab, ob ich wohl eher erfrieren oder ersticken werde. Als ich mich schon völlig in mein Schicksal ergeben habe, wird plötzlich die Tür aufgerissen und ich glaube mich schon gerettet, als ich begreife, dass die Zelle nur das Fegefeuer war. Eiseskälte umklammert mich, ich bin in Sekunden schockgefrostet. Es ist ein bitterkalter Februartag, die Fenster stehen sperrangelweit offen. Wie viel Überwindung muss es jetzt die Assistentin kosten, ihre Stimme und Worte der Raumtemperatur anzupassen (ganzheitliche Behandlung, Ihr erinnert Euch!), als sie auf meine Entsetzensäußerung bekannt gibt: »Tja, wir brauchen auch mal frische Luft!« Ach so, na denn! Daran hab ich natürlich nicht gedacht! Nach Anweisung parke ich meinen Busen auf der eiskalten (wie auch sonst) Platte, höre von hinten ein »nicht erschrecken, ich habe kalte Hände«, als mich der Schreck derart heftig gegen die Apparatur knallen lässt, dass ein MRT vom Kopf jetzt angesagt wäre. Die Assistentin scheint routiniert im Umgang mit solchen Ausfällen unerzogener Patientinnen. Ich erfahre eine klare Zurechtweisung mit integrierter Beschwerdeführung: »Jetzt muss ich alles noch mal neu einstellen« und weiter geht's.

Und es funktioniert wirklich: Nach dieser Behandlung nehme ich die freundliche Begrüßung der Ärztin, die nun meine Brust per Sonographie beurteilen möchte, wie eine Wellnessbehandlung wahr. Zutiefst gerührt bin ich, als sie mich ermutigt, mir doch mein Wolltuch über die Schulter zu legen: »Da fühlt man sich doch gleich viel wohler!« Woher weiß sie das?

Aber auch dieser Ärztin könnte ich noch ein Geheimnis verraten. Es ist keineswegs nötig, wie man in Deutschland zu glauben scheint, die arme geschundene Seele ohnehin bis an die Grenzen belasteter Patientinnen zu strapazieren, indem man ihnen zum Ultraschall kaltes Gel auf ihre körperwarme Haut pupst. Man könnte, wenn man sich als Dienstleister der Patientinnen fühlte, das Gel im Babyflaschenwärmer anwärmen. Das habe ich in USA gelernt von Menschen, die bei allem, was sie tun, nach unserer Meinung nur an ihren Profit denken. Diese Auswüchse der Profitgier liebe ich!

Weniger Liebe verspüre ich, als diese Ärztin meint, auch in meiner rechten Brust eine Zyste zu sehen, die sie gerne zumindest per Nadelbiopsie abklären möchte. Viel besser gefällt mir da die radiologische Chefin, die entscheidet, alles sehe völlig o. k. aus. Es sei eben so, dass junge Ärzte auch gerne mal zu vorsichtig seien.

Knöllchen ist während meiner gesamten Behandlungszeit bereits von seinen Lehrverpflichtungen freigestellt, denn er soll ja eigentlich schon in USA sein. Obwohl Knöll keinen Hehl macht aus seiner Angst vor allem, was mit Medizin zu tun hat, wie er selber sagt, begleitet er mich unbeirrt und zuverlässig zu jedem Termin mit den Weißkitteln. Zur Höchstform läuft er auf, als es darum geht, mich regelmäßig mit den neuesten Errungenschaften der Pharmaindustrie zu versorgen, hauptsächlich um die Nebenwirkungen von Medikamenten zu bekämpfen, die ich gegen Nebenwirkungen der Chemo nehmen muss oder darf, je nach Sichtweise. (Ja richtig, Herr Mey, ein bisschen wie ihr Antrag auf den Antrag auf ein Antragsformular.) Er fertigt einen exakten Plan an und sein Managertamagotchi (er selber nennt es »Palm«) erinnert ihn summend daran, wenn es wieder einmal Zeit für ihn ist, aus den Tiefen seines Arbeitsreiches zu mir vorzudringen mit Tabletten und Wasserglas. Dann öffne ich artig meiner Natur gehorchend wie ein hungriges Vogeljunges mein Mäulchen und schlucke unbeachtet runter, was mir gereicht wird. Wir sind beide glücklich mit dieser Aufgabenteilung. Knöll hat das gute Gefühl, einen ganz großartigen Beitrag zu meiner Gesundung zu leisten und ich muss mir nicht jedes Mal deutlich machen, welche Scheußlichkeiten ich da eigentlich ununterbrochen bekämpfe, nachdem ich einmal mein grundsätzliches o. k. zu dieser Behandlung gegeben habe. Diese Teilignoranz verhindert vermutlich mindestens wie die entsprechenden Medikamente selbst wirkliches Übelgehen, obwohl es schon auch für mich spürbar ist, dass ich mir da dreiwöchentlich in Kiel keine Vitaminkur abhole.

Die beiden ersten Tage nach der Chemie-Keule liege ich jeweils überwiegend platt, aber nicht leidend, auf dem Sofa. Meine Jungs tun alles, um mich aufzumuntern. Sie schicken mir z. B. einen Tag vor der Chemo eine Postkarte. Darauf bekräftigten sie ihr Bedürfnis nach Solidarität mit mir. Damit es ihnen am Tage meiner Chemo genauso schlecht gehe wie mir, wollten sie nun eine Feier nutzen, um sich per Alkoholkonsum Kopfschmerzen für den nächsten Tag zu sichern.

Von soviel selbstloser Größe bin ich natürlich gerührt. Als ich die Karte in den Händen halte, muss ich so lachen, dass Kopfschmerzen keine Chance haben, bei mir einzuziehen.

Susi, Anette und Ilka kommen gelegentlich auf einen Kaffee vorbei und verbinden mich mit dem Leben. Sie machen mich neugierig auf das, was in der Stadt los ist. Ich lese viel und genieße das sehr nach all den arbeitsreichen Jahren, in denen mir ein faules Rumliegen auf dem Sofa wie Bilder aus dem Paradies vorgekommen wären. Zwischendrin arbeite ich sogar immer mal wieder für den Bundesverein, dessen Geschäftsführerin ich bis zu meiner Erkrankung war.

In der zweiten Woche genieße ich ungewohnte Freizeitgestaltungen wie Frühstücken in der Stadt mit Freundinnen, Stadtbummel und Kinobesuche.

Knöllchen hat ebenfalls keine Langeweile. Er sitzt viel in seinem Arbeitszimmer, fährt gelegentlich zu diesem und jenem Zweck in die Uni, spielt in zwei verschiedenen Bands mit, freut sich über seinen Bassunterricht, probt für Auftritte mit seinen Bands, und fährt zwecks »Weiterbildung« und Vergleich gelegentlich zu Konzerten ins Umland.

Ich bin einfach nur glücklich und dankbar, dass es mir so viel besser geht, als ich angenommen habe.

Während der dritten Woche fahren Knöll und ich fast immer für einige Tage nach Sierksdorf in unsere kleine Ferienwohnung, die, da jetzt Winter, nicht vermietet ist. In diesen Tagen laufen, laufen, laufen wir. Teilweise von Sierksdorf bis Niendorf. Ich fühle mich zunehmend kräftiger, was mich ungeheuer beruhigt. Es beweist mir, dass alle Kräfte zurückkommen können. So gestärkt, seelisch wie körperlich, vom Wind durchgepustet, die Muskeln ordentlich bewegt, Geist und Seele gesättigt von schönen Gesprächen auf unseren Märschen, bin ich optimal vorbereitet für die folgende nächste Chemo-Runde.

Schon erstaunlich, wie schnell man auch in Ausnahmesituationen wieder Halt finden kann in Strukturen, die man sich schafft.

Sechsmal durchleben wir diesen Zyklus, dann steht fest, im Februar soll der Boss in Kiel das Messer für die brusterhaltende OP wetzen.

Bis zum Schluss der Chemo steht eine Brustamputation als Option im Raum. Auch darauf habe ich mich schon vorbereitet, frei nach der Überzeugung, dass

keine Realität so grauenvoll ist wie Phantasien. So ist es auch. Ich habe mich in verschiedenen Sanitätshäusern – stets mit Knöll im Schlepptau, der so zwangsweise mit konfrontiert wird – schon mit den Vertuschungsmöglichkeiten vertraut gemacht und angefreundet. Ich weiß sogar schon, welchen Badeanzug ich im Falle eines Falles kaufen werde. Mich beruhigt das ungeheuer.
Zu Beginn der Behandlung hatte uns der Kieler Boss versichert, Krebs sei immer eine Erkrankung der gesamten Familie. Daran muss ich oft denken. Zunächst gibt mir die Bemerkung überwiegend das Gefühl, nicht ich alleine müsse »da durch«.
Und alleine bin ich nun wirklich nicht.
Die drei Wochen zwischen letzter Chemo und der OP verbringen Knöll und ich fast komplett in Sierksdorf, leider aber überwiegend von meinem Pflichtbewusstsein zu idiotischen Taten getrieben. Statt mich der Schönheit des Lebens zu ergeben, erstellen Knöll und ich auf Bitte des Vorstandes unter Hochdruck den Jahresabschlussbericht des Bundesvereins, dessen erste Vorsitzende ich immer noch bin. Von nur kleinen Spaziergängen unterbrochen arbeiten wir täglich bis in die Nacht an diesem Werk, dessen Veröffentlichung der neue Geschäftsführer allerdings verhindert. Was aber lerne ich aus der Erfahrung? Wochenlange harte Arbeit für den Papierkorb. Drei Wochen extremer Stress, wo ich nun wirklich einmal mir selber die Nächste hätte sein müssen.
Noch etwas treibt mich um in diesen Tagen: Zu oft stoße ich auf Aufrufe, sich doch bitte verantwortungsbewusst der eigenen Gesundheit, dem Leben gegenüber zu verhalten und zur Krebsvorsorge zu gehen. Rechtzeitig erkannter Brustkrebs sei heutzutage fast immer heilbar. Das bringt mich fast um! Was nützt diese Einsicht, was nützt entsprechende Vorsorge, wenn man dann auf einen solchen »Arsch an Arzt« trifft, der den Krebs nicht erkennt?! Zumal ich ja bereits mit einem konkreten Verdacht zu ihm kam. Meine Wut auf diesen »Versager« wächst mit jedem Artikel über Brustkrebsfrüherkennung. Eine Wut, die mir nicht gut tut, die Kraft, die ich dringend für mich brauche, bindet. Ich will aber wissen, ob man meinen Krebs nicht eher hätte erkennen können oder gar erkennen müssen. Knöll bietet mir an, sich darum zu kümmern. Er will sich an die ärztliche Schlichtungsstelle wenden, die wiederum Gutachten in Auftrag gibt. Mich beruhigt das, denn auf sich beruhen lassen mag ich es nicht.
Die OP verläuft glatt, wenngleich ich an die Zeit im Aufwachraum keine gute Erinnerung habe. Schmerzen, vor allem im Rücken und der Brustwirbelsäule! Dass es noch schlimmer sein kann, darf ich, durch einen Vorhang nur optisch vom Geschehen in meinen Nachbarzellen getrennt, quasi hautnah miterleben. Eindeutige Geräusche geben mir mehr Einblick in die mögliche Vielfalt postoperativer Reaktionen, als mein noch halbwegs narkotisiertes Bewusstsein

abzuwehren imstande ist. Die da drüben leiden, nicht ich, wird zu meinem Abgrenzungs-Mantra hinter meiner Gardine. Meine eigenen Schmerzen allerdings bleiben mir treu.
Knöllchen durchlebt derweil sein ganz eigenes Trauma. Anweisungen entgegenzunehmen, sich ihnen zu beugen, ist nicht das, was meinen Mann beglückt. Der große Meister hatte ihm angeboten, das – erlösende – Ergebnis der OP zu verraten. Dazu solle Knöll ab dem vermuteten Ende der OP auf dem Flur vor seinem Sprechzimmer auf ihn warten, er werde dorthin kommen und Knöll von seinem Bangen erlösen. Geduldig tritt Knöll sich mindestens eine Stunde lang die Beine in den Bauch und malträtiert seine Unterlippe, um dann von einem vorbeifliegenden Meister die präzise Information zu erhalten: »Ist alles gut gegangen.« Knöll will zu seiner Frau, denn an ihre Seite gehört er seiner Meinung nach jetzt. Mit Nachdruck begehrt er Einlass in den Aufwachraum! Widerwillig gibt man seinem Drängen nach. Knöll findet mich inmitten stöhnender Kreaturen erstaunlich wach, über totale Rückenschmerzen jammernd. Man verspricht ihm, etwas gegen meine Schmerzen zu tun und schiebt ihn wieder nach draußen. Ich müsse bis 18.00 Uhr dort bleiben, danach könne er mich in meinem Zimmer besuchen.
Knöll rettet sich in das warme Wohnzimmer zu unserer Schwägerin nach Lübeck. Wo ihn dann meine geballte Enttäuschung ereilt. Ich habe nämlich schon weit vor 18.00 um Verlegung in mein Zimmer gebeten und liege dort jetzt alleine mit der frischen Ahnung, dass mit dieser OP keineswegs das Kapitel Krebs beendet ist. Ich brauche meinen Mann und der ist nicht da.
In den folgenden Tagen erhalte ich alles, was ich zu dieser Zeit brauche, zu meinem eigenen Erstaunen mitten unter den »fröhlichen Krebsen«, wie Knöll uns nennt. Einen solchen Krankenhausaufenthalt habe ich noch nie erlebt – noch nie bin ich freiwillig in einem Krankenhaus geblieben, bis der Arzt meinte, es sei Zeit für die Entlassung.
Was ist so besonders?
Neben dem Ambiente – die Zimmer haben direkten Blick auf die Kieler Förde, beleuchtete Fähren in den Abendstunden grüßen romantisch herüber, riesengroße Möwen sind tägliche Gäste auf unserer Fensterbank – ist es hauptsächlich die Stimmung, der besonders fürsorgliche, liebe-, verständnis- und respektvolle Umgang des Personals mit uns. Eine Atmosphäre, die sich auf den Umgang der Patienten untereinander zu übertragen scheint. Begünstigt wird die heilende Kraft des Lachens, Redens und Weinens miteinander dadurch, dass wir uns zu gemeinsamen Mahlzeiten, die oft genug über Stunden ausgedehnt werden, an weiß gedeckten Tischen bei leckerem Buffet auch mit Frauen treffen können, mit denen wir kein Zimmer teilen. Selbst mit unserem Besuch

bleiben wir meistens in dieser überwiegend fröhlichen Runde. Kommt der Big Boss zur Visite, muss man uns, die wir für derlei Unwichtigkeiten kaum Zeit zu haben scheinen, in unsere Zimmer scheuchen.

Aus diesen Tagen stammt meine Freundschaft mit Frau F., bis heute wichtiger Bestandteil meines Lebens. Wir sind, wie ihre Schwiegermutter meint, echte »Busenfreundinnen«.

Von der OP will ich mich in Sierksdorf erholen. Nicht die Wunde am Busen macht mir Beschwerden, wohl aber in nicht erwartetem Ausmaß die Entfernung der Lymphknoten. Zunächst ärgert mich der Wundschmerz, dann viel mehr noch die Polyneuropathie, mit der die durchschnibbelten Nerven deutlich spürbar ihren Protest gegen eine solch rabiate Behandlung zum Ausdruck bringen. Aber das sind inzwischen Kinkerlitzchen aus vergangenen Zeiten. Die Gnade des Vergessens!

Auch Knöll muss jetzt wohl realisieren, dass mit der OP das Kapitel Krebs noch nicht abgeschlossen ist. Irgendwie waren wir beide darauf eingestellt, dass mit der Operation die Angelegenheit erledigt ist. Der Rest ist belanglos, dachten wir. Wir hatten in der Einteilung unserer Kräfte tatsächlich wohl nur bis zur OP gedacht. Ein wenig wie ich auch alle Beschwernisse in den Schwangerschaften bis exakt zum errechneten Termin mit allergrößter Gelassenheit hingenommen habe, danach aber war jeder zusätzliche Tag eine psychische Kraftanstrengung.

Bis jetzt zum Beginn der Bestrahlungsvorbereitungen, Planungs-CT und Simulation, haben unsere Kräfte gereicht. Vor allem Dieters Nerven, die er bis zur OP beruhigen konnte, scheinen nun blank zu liegen. Die erste große Anspannung ist zwar von uns abgefallen, aber offenbar nur, um darunter verborgene Ängste freizulegen.

Meine Ängste versetzen Knöll in Panik. Seine Reaktionen wiederum überfordern mich in meinem Bemühen, ihm eine Stütze zu sein.

Wie schnell, heftig und unkontrollierbar sich zu lange gedeckelte Gefühle Bahn brechen können, erfahre ich sehr unmittelbar. Zu meinem eigenen Erstaunen hat mich z. B. der Verlust meiner gesamten Körperbehaarung völlig unbeeindruckt gelassen. Ich mag meine Glatze. Knöllchen ist an dieser positiven Haltung sicherlich stark beteiligt. Er liebt es, mir über die Glatze zu streicheln und tut das bei jeder sich bietenden Gelegenheit mit großer Zärtlichkeit. Er findet mich einfach nur schön, was ich unbedingt glaube. Seine Zärtlichkeit und Liebe sind für mich die allerwichtigste Stütze.

Jetzt allerdings beginne ich, besorgt im Spiegel nach Haaren zu forschen, denn im Vergleich mit anderen Frauen liege ich bezüglich des »Nachwuchses« zurück.

Jonas ist zu Besuch, als ich ins Wohnzimmer komme und mitteile: »Stellt Euch vor, ich habe gerade gelesen, dass es in einigen Fällen auch passieren kann, dass die Haare gar nicht mehr oder nur noch ganz spärlich nachwachsen.«
Knölls erstaunlich spontane Antwort haut mich um: »Mein Gott noch mal, Du suhlst Dich ja geradezu in Deinem Leid!«
Wums. Damit habe ich nun wirklich nicht gerechnet. Meine Ängste darf ich nicht äußern. Das ist offensichtlich zu bedrohlich! Obwohl mir klar ist, dass ich soeben Projektionsfläche für Knölls Emotionen bin, fehlt es mir an Distanz und vor allem Kraft, adäquat darauf zu reagieren. Ich fühle mich persönlich betroffen, angegriffen und vor allem nicht richtig wahrgenommen und anerkannt in meinem Umgang mit meiner Erkrankung. Ich bitte Knöll, sich Hilfe von außen zu holen, es überfordere mich, nicht nur mich, sondern auch noch ihn auf der Spur halten zu müssen.
Schon am nächsten Tag hat Knöll einen Termin bei einem Therapeuten. Ich fühle mich dadurch entlastet und hoffe damals noch, dass Knöllchen dort gut aufgehoben sein möge.
Wenige Tage später begleitet er mich zur Simulation, der letzten Vorbereitung vor dem Beginn der Bestrahlung. Wir sitzen gemeinsam im Wartebereich, bis ich aufgerufen werde. Knöll will mit, wird aber von der MTA darauf hingewiesen, dass man ihn dort nicht gebrauchen könne. Er will aber. Die Auseinandersetzung findet auf dem Gang in Sicht- und Hörweite der übrigen Patienten über meinen Kopf hinweg statt. Mir ist das alles zu viel. Ich bin über Knölls Begehren völlig irritiert, denn auch beim Planungs-CT war es für ihn selbstverständlich, dass ich solche Gelegenheiten, schon aus sachlicher Notwendigkeit heraus, alleine manage. Was soll das jetzt? Wer fragt eigentlich, was ich will? Als Knöll nicht locker lässt, entscheide ich, ganz sicher ohne seine Gefühle genügend im Blick zu haben, dass ich das alleine kann, will und muss.
Was jetzt kommt, lässt mich doppelt dankbar sein, Knöll nicht auch noch als Beobachter meiner Erniedrigung zu wissen. Völlig überrascht bin ich von dem Gefühl, das ohne jede Vorwarnung von mir Besitz ergreift. Ich liege mit nacktem Oberkörper auf dem Röntgentisch, die Arme nach Anweisung über den Kopf gestreckt. Einstellungen werden ausprobiert, korrigiert. Es ist mir schon klar, dass es um Genauigkeit geht, darum, dass mit größtmöglicher Präzision das »Feld« markiert wird, das bestrahlt werden soll. Drei technische Assistentinnen und mindestens zwei weitere männliche Personen, vielleicht Arzt und Physiker, geben sich gegenseitig Anweisungen, reden viel über mich, nicht mit mir, schieben mich, Teile von mir, auch meine Brüste, dorthin, wohin sie sollen, bis alles passt. Das Ergebnis wird mir mit wasserfesten Markierstiften auf die Haut gemalt. Ich? Objekt! Meine Gefühle, Ängste, Sorgen interessieren

niemanden mehr. Es geht nicht um mich, mein Busen steht im Mittelpunkt, mit frischen Narben. Ich bin der lästige Anhang. Technik – und ich ein Teil davon! Ein echter Schock.

Ich hake mich fest in diesem negativen Erleben. Fühle mich unwürdig behandelt, in meiner Würde verletzt. Mir fällt der Mann einer Kollegin ein, der wegen Spionage im Gefängnis die Welt aus neuer Perspektive kennenlernen musste. Als für ihn besonders demütigend hat er es erlebt, für die Toilette abgezählte Stücken Klopapier zugeteilt zu bekommen, oder, später als Freigänger, nach Rückkehr ins Gefängnis, sich zur Kontrolle komplett ausziehen zu müssen, Parterre mit Fenstern ohne Gardinen. Jetzt muss ich daran denken, dass er damals seiner Frau schrieb, die Forderung des Grundgesetzes nach der Unantastbarkeit der Würde des Menschen betrachte er von nun an als Feststellung, nicht als Forderung. »Die Würde des Menschen ist unantastbar.« Eine Feststellung. Der Gedanke nistet sich lindernd in mir ein. Sollen die sich doch benehmen, wie sie wollen, sollen die doch mit mir umgehen, wie sie wollen, meine Würde tangiert das nicht, die ist schließlich unantastbar, was immer auch geschieht. Der Herr über meine Würde bin ich!

Dass es auch anders geht, dass man auch technische Routine am Patienten sehr persönlich und fürsorglich gestalten kann, ja, dass es auch der Bemalung nicht bedarf, erlebe ich später in Kalifornien.

Zum Schluss der Prozedur ist es mir zwar noch nicht vollständig gelungen, meine Umdeutung vom Kopf in mein Herz zu übertragen, doch ich bin froh, einen Weg gefunden zu haben. Dennoch will ich jetzt erst mal nur eines: Raus hier und mich auffangen lassen von meinem Knöll.

Nach dem suche ich aber vergeblich. Wo steckt der? Ist er auf der Toilette? Warten. Oder beim Arzt? Suchen, nachfragen. Keiner weiß Bescheid. Erregung beherrschen. Handeln! Nach 30 Minuten bestelle ich eine Taxe und fahre nach Hause, wo Jonas wartet. Auch er hat keine Idee, wo sein Vater steckt. Großes Rätselraten, viele Anrufe und mittendrin ich mit meinen wechselnden Gefühlen. Alles kommt vor: Wut, Ärger, Angst, Enttäuschung, zuletzt bleibt Verzweiflung und Hilflosigkeit. Nach einer durchweinten Nacht erhalte ich eine E-Mail, er wolle sich von mir trennen. Ich hätte ihn mit meiner Zurückweisung vor allen Leuten gedemütigt, das sei zu viel gewesen. So hört sich mein Versuch nach Abgrenzung aus Dieters Mund an.

Entsetzen, dass er unseren Sohn als Beteiligten, als Zeugen, in eine solche Situation stürzt. Andererseits bin ich heilfroh, Jonny an meiner Seite zu haben.

Nach der E-Mail geht es mir viel besser. Ich begreife Heinz-Dieters Verhalten als völlig ungesteuerte Überreaktion als Zeichen seines Ausnahmezustandes.

Ich bitte ihn per E-Mail um ein gemeinsames Gespräch bei seinem Therapeuten.
Nach diesem Gespräch (ich erfuhr, dass ich verantwortlich sei für einen Beinahe-Suizid meines Mannes, vor dem er sich zu seinem Therapeuten gerettet habe) hoffe ich für den Therapeuten, dass dies nicht seine Sternstunde gewesen sein möge und für Dieter und mich, dass wir solche Erlebnisse wie dieses Beratungsgespräch nicht öfter würden durchstehen müssen. Es war ein Schulbuchbeispiel für misslungene Gespräche. Dennoch belasse ich es bei der vorsichtigen Anfrage an Dieter, ob es das Gefühl habe, dass dieser Therapeut ihm gut tue. Dieter sagt: »Weiß ich nicht« und ich habe nicht die Kraft, ihm einen möglichst schnellen Wechsel zu empfehlen.
Nach diesem Gespräch wendet sich das Blatt. So schnell, unberechenbar und heftig Dieters Reaktion über uns herfiel, so schnell ist jetzt der Spuk vorbei. Ich weiß nun um Dieters reduzierte Belastbarkeit, um sein Unvermögen sich und sein Handeln zu hinterfragen und habe immer das Gefühl, mich nicht nur um mich, sondern auch um ihn sorgen zu müssen. Doch jetzt scheint Dieter wieder ganz als meine verlässliche Stütze.
Die Zeit der Bestrahlung – ich habe um Termine gleich am frühen Morgen gebeten, damit ich anschließend den Tag ohne Termindruck genießen kann – versüße ich mir mit beinahe täglichen Frühstückstreffen mit Freundinnen, was ja zugleich Abschiedstreffen sind in Hinblick auf unseren, nun in greifbare Nähe rückenden Ausflug nach USA.
Das medizinisch-technische Personal gibt sich alle Mühe, während unserer über sieben Wochen fast täglichen Treffen keine allzu persönliche Beziehung entstehen zu lassen. Soll hinterher keiner sagen, sie hätten so was wie Abhängigkeit gefördert mit ihrer freundlichen, liebevollen Zuwendung. Die Gefahr, ich schwöre es, bestand zu keiner Zeit.
Ansonsten bereiten Knöllchen und ich zu Hause alles schon für Amerika vor. Ich habe keine Idee, wie schnell ein Jahr vorüber ist, und betreibe unseren Abstecher in fremde Welten, als ginge es um eine Auswanderung. Wäre es ja dann fast, aber eben nur fast, auch geworden. Wir entrümpeln Keller und Dachboden, jede Schublade wird neu sortiert und im Garten werden einige Bäume gefällt. Woher habe ich nur diese enorme Kraft?

Zur Kur nach Freiburg treten Dieter und ich auf seinen Wunsch hin gemeinsam an. Dort geht es, was meine Psyche betrifft, fast gar nicht um das, was diese Erkrankung für mich, meine Lebensgestaltung, meine Ehe oder meine Kinder bedeuten mag. Fast ausschließlich beschäftigt mich nun die mit Macht sich vordrängende Ungewissheit des kommenden Jahres. Ich habe meine Scholle

bislang kaum verlassen. Ich habe unsere Kinder gehütet, während sich H-D in der weiten Welt erprobte. Die mentale Vorbereitung auf Amerika ist zurzeit vordergründiger als meine Erkrankung. Außerdem bin ich ja geheilt, oder? Ich habe Angst vor Amerika, Angst vor dem Zurückkommen ohne zu wissen, wie es dann für mich beruflich weitergeht, Angst, der ich in einer Schreibwerkstatt Raum und Worte verleihe.
Trotz gelegentlichem Hang zum Größenwahn bin ich mir der Begrenztheit meiner poetischen Fähigkeiten sehr bewusst. Nehmt es als mein Vertrauen in Euch, dass ich Euch dennoch teilhaben lasse.

Angeblich lernen Taucher im Hinblick auf ihr Verhalten, falls sie in einen Strudel geraten, dass es tödlich, zumindest aber unnötig kräftezehrend ist, sich der Macht des Strudels zu widersetzen, gegen ihn anzukämpfen. Besser sei es, sich in ihn hineinfallen zu lassen mit dem Wissen, dass man, auf dem Grund angekommen, automatisch wieder emporgetragen wird, auftaucht.
Für mich heißt das in Bezug auf meine Angst:

A ngst, sei mir willkommen, sei mein Gast
N achgeben will ich dir und Raum geben mit dem Wissen: tief auf dem
G rund meines Seins
S tröme ich hinein ins Licht,
T auche ich auf, befreit

Nach Amerika zu gehen, aller beruflichen und gesundheitlichen Unsicherheiten zum Trotz, ist das Bedrohung oder Wunder?

Wunder? Bedrohung?
Über den Blick entscheide ich!
Das ist schlau!

Ob etwas Wunder, Chance oder Bedrohung ist, entscheiden wir durch unsere Bewertung. Dazu fällt mir Schopenhauer ein, der in seinen Aphorismen zur Lebensweisheit sagt, nicht die Dinge an sich seien gut oder schlecht. Wir machten sie erst durch unsere Bewertung zu guten oder schlechten.
Schließt man sich dieser Aussage an, bedeutet das doch auch, dass wir selber die Verantwortung für unser Empfinden, Denken und Handeln übernehmen können (es ist auch eine Chance) und müssen.
Der Refrain eines amerikanischen Gedichtes lautet meiner Erinnerung nach: »You are the master of your soul.«

Manchmal scheint es aber bequemer, sich als Opfer fühlen zu dürfen.
Vielleicht hat beides seine Berechtigung, wenn man es nur schafft, nach der Zeit des Jammerns und Klagens, des Wunden Leckens, das Bewusstsein zurückzuerobern, dass wir selber es sind – letztendlich – die darüber entscheiden, wohin wir unseren Blick richten: in diesem Falle (meine Erkrankung, den Amerika-Aufenthalt) auf die Bedrohung oder das Wunder, das in allem steckt.

Von Freiburg zurückgekehrt gilt es nun tatsächlich, die Koffer zu packen und Abschied zu nehmen. Wir feiern ein herrliches Abschiedsfest mit Freunden. Mit der Fähre setzen wir über die Elbe, wandern über den Deich gemeinsam plaudernd und singend zum Brunch nach Stiepelse. Ich könnte bersten vor lauter Lebensfreude, trotz Regen auf dem Rückweg. Mein Gott, wie ist das Leben doch schön! Ich habe die allerbesten Freunde um mich herum. Wer kann so was schon sagen?
Ich mache mir Mut:

Geheilt in die Zukunft
Offenheit mein Schuhwerk
Beständigkeit mein Wanderstab

Also nix wie hin!

Der Versuch, dem Krebs davonzulaufen – Los Angeles

Von Euphorie bis Ernüchterung

5.8.2004

Wir sind angekommen!
Ihr Lieben,
im Anhang findet Ihr einen ersten Bericht über unseren Start nach USA. Wenn es Euch interessiert, lest ihn, ansonsten eben nicht. Wir werden auf eine Abfrage zwecks Verifizierung, ob gelesen bzw. alles verstanden wurde, verzichten. Man nimmt hier eh alles gelassener.
Viele Grüße
Eure Knölls

Es geht los!
Das Taxi hat uns pünktlich um 4.30 a. m. abgeholt und zum Flughafen nach Hamburg gebracht. Es ist immer wieder erstaunlich für mich, wie leichtfüßig ich in so früher Stunde dem Bett entspringen kann, wenn es um eine spannende Reise geht. Neben dem Handgepäck darf jeder zwei Koffer à 32 kg mitnehmen. Wir haben zwei Golfbags dabei, aufgefüllt auf 32 kg und zwei Koffer (einer mit Kleidung, der andere mit »Federbetten«, Kopfkissen, Bettwäsche – die amerikanische »Lakenwirtschaft« mögen wir nicht so – und jede Menge Bücher) und zweimal Handgepäck, wobei HD's Handgepäck natürlich aus Laptop und seinem Bass besteht, meines hingegen unseren gemeinsamen Bedarf an Kleidung etc. für die erste Woche in Amerika. HD hat mein Packen stets mit Wiegekontrollen begleitet, aber die Flughafenwaage kommt ganz offensichtlich zu einem anderen Ergebnis als er. So geraten wir ins Schwitzen, als wir – co ram publico – zwei Koffer erleichtern und das Übergewicht in einem Koffer verstauen, den uns der British-Airways-Mitarbeiter freundlicherweise schnell organisiert hat (die Koffergeschäfte im Flughafen sind noch geschlossen um diese Zeit). Der Koffer stammt aus einer Reklamation und ist gebrochen und nicht verschließbar, aber wir können uns mit den vielen Gurten helfen, mit denen wir unsere Koffer gesichert hatten, und Klebeband, das uns eine nette Verkäuferin eines Tabakladens schenkt. So viel Glück und Entgegenkommen ließ gar nicht erst Krisenstimmung aufkommen. Außerdem hatten wir uns schon bei unseren Vorbereitungen auf alle möglichen Schwierigkeiten eingestimmt: Gute Laune behalten, wenn alles glatt läuft, das kann jeder. Wir aber

sind Experten für gehobene Ansprüche. Unser Verschnürsystem war, wie wir in L.A. feststellen konnten, erfolgreich. Diesen Koffer fanden wir zudem auf Anhieb auf dem Gepäckband. Plötzlich geht alles ganz schnell, wir sitzen im Flieger, zunächst nur bis London. Aussteigen, schnell was essen und fix mit Peter telefonieren, der erst einige Tage zuvor operiert wurde (Materialentfernung nennt das der Fachmann: Entfernen der Drähte, Platten und Schrauben, mit denen sein Gesicht nach dem Fahrradsturz vor über einem Jahr zusammengepuzzled wurde). Ich reiße ihn aus dem Schlaf, ihm geht es nicht gut – und mir damit schlecht. Ich muss weinen. Eine Frau neben uns sagt: »Noch können Sie zurück.« Quatsch, darum geht es gar nicht. Kurz vor dem Weiterflug erreicht uns eine SMS von Peter: Er habe inzwischen geduscht und nun gehe es ihm schon viel besser. Ich entschließe mich, das zu glauben und fliege einem neuen Leben – ohne Krebs – sehr neugierig entgegen.

Über den Wolken
... alle Ängste, alle Sorgen, sagt man, bleiben darunter verborgen, und dann ...
Wir haben Glück, HD sitzt am Gang und weder vor noch hinter uns sitzen fette Leute, die aufgrund ihres Platzbedarfes einen solch langen Flug auch für die Mitreisenden zur Qual machen können. HD behauptet, bei solchen Gelegenheiten schon unsoziale Phantasien entwickelt zu haben.
Während der 11 Stunden Flug (sie vergingen wie im Flug) schauen wir zurück auf ein sehr bewegtes Jahr. Meine Diagnose »Brustkrebs«, Chemotherapie, Operation, Bestrahlung, Übergabe der Geschäftsführung des Bundesverbandes Verwaiste Eltern an einen fragwürdigen Nachfolger, »Stilllegung« meiner Praxis für Psychotherapie, etc. Wir sind uns einig, dass wir voller Dankbarkeit sind für das, was wir an echter Liebe und Freundschaft, Hilfsbereitschaft und Fürsorge erfahren durften. Wir fühlen uns diesbezüglich als Glückspilze.
Meine letzten Wochen waren neben den Reisevorbereitungen angefüllt mit wunderschönen Treffen mit Freunden und Bekannten. Mit diesem Wissen um einen sicheren Heimathafen, um den Ort, an dem man wieder mit Freuden erwartet wird, ist es viel leichter, mutig in unbekannte Gefilde aufzubrechen. In der Luft bin ich froh, nach der Betriebsamkeit der letzten Wochen zum Nichtstun gezwungen zu sein.
Nachdem wir lange Zeit nicht wussten, was mit unserem Haus geschehen sollte (unsere Ideen reichten von Verkaufen bis Vermieten), hat sich in allerletzter Sekunde eine Lösung durch Zufall und Freunde ergeben: Die obere Etage wird ab 1.10. vermietet. Da passte es gut, dass Jürgen und Jonas in Marburg gerade umzogen, und für die neuen Wohnungen jede Menge Möbel aus dem

Elternhaus abholen. So hatten wir zwei Tage vor dem Abflug noch große Möbelpackerei. Dann mussten Knöll und ich noch rasch die neue Küche planen lassen, besprachen mit Susi und Karsten (dem Himmel sei Dank für solche Freunde!!!) die notwendigen Anschlussarbeiten und bestellten die Küche per Fax am Sonntag nach Unterzeichnung des Mietvertrages. Während Knölls die kalifornische Sonne betrachten werden, organisieren Susi und Karsten die Installationen. Wenn wir im September für HD's Vorlesungen zwei Wochen wieder in LG frieren, wird die Küche eingebaut und letzte Möbel müssen in den Keller getragen werden. Das ist doch wirklich erfreuliches Projektmanagement.

Der Ring des Polykrates
Bei soviel gutem Gelingen konnte der Neid der Götter nicht ausbleiben. Montag sollte der Abflug sein, Samstag meldete einer meiner erst im letzten Sommer frisch überkronten Zähne Alarm. Wie der Notzahnarzt bestätigte, war eine Entzündung der Zahnwurzel die Ursache. Eine Wurzelbehandlung war nötig. Trotz übelster Prophezeiungen, die leider meine letzte heimische Nacht überschatteten, verläuft der Flug schmerzfrei. Jedoch liege ich ständig auf der Lauer, ob sich da nicht doch was regt. Warum so besorgt? Kurz bevor wir ins Bett gehen wollten, schneiten zu unserer großen Freude noch ganz rasch Freunde rein. Sie kamen von ihrem Liebesurlaub aus Münster zurück und gaben uns außer guten Wünschen Kaugummi und Sekt mit auf die Reise. Eine Superidee, denn Kaugummi hatten wir tatsächlich vergessen und wir kauen beide ausgiebig bei jedem Start und jeder Landung. Den Sekt wollen wir am ersten Abend im Gedenken an alle heimischen Freunde trinken. Kurz vor dem Abschied berichtete Andreas ausgiebig von Anettes Erfahrungen während eines Fluges nach einer Wurzelbehandlung. Je mehr Anette beschwichtigt, wohl um mir keine Angst zu machen, umso deutlicher muss Andreas mit seinen Schilderungen werden, die dann in der Feststellung gipfelten, es sei so schlimm gewesen, dass er beinahe den Piloten um eine Notlandung gebeten habe. Bei der Vorstellung musste ich zwar furchtbar lachen, aber man kennt das ja, die Nacht verschärft alle Dinge. Nun sitze ich im Flieger, im Vertrauen auf den Regenschirmeffekt, ausgestattet mit unseren gesamten Vorräten an Schmerzmitteln.

Oh Susanna … Ich kam nach California übern großen Teich daher …
In L.A. müssen wir durch Zoll und Einwanderungsbehörde (Departement of Home Security). Gut ausgestattet mit detailreichen und lebhaften Schilderungen, wie die Amis mit Reisenden seit einiger Zeit umgehen, erleben wir zu unserer großen Freude eine zügige und ausgesprochen freundliche Behandlung.

Erstmals an dieser Stelle erleben wir mit Erstaunen, dass allein die Tatsache, dass Knöll an der UCLA arbeitet, blanke Bewunderung und Hochachtung hervorruft. In der nächsten Zeit werden wir das öfter erleben. Es könnte Schlimmeres geben. Mit unserem Mietwagen chauffiert uns HD sicher durch das Großstadtgewühl über den Freeway vorbei an Thousand Oaks nach Camarillo. Bislang war Thousand Oaks der einzige Ort, den ich in CA kannte, da hier bis zu ihrem Umzug im Mai nach Kanada meine Freundin aus Kindertagen, Yvonne, wohnte. In Camarillo empfängt uns Eva M., Yvonnes Schwiegermutter, die uns hostet, bis wir eine eigene Bleibe gefunden haben. Eva, eine kleine, zierliche, quicklebendige Lady, hat bis zu ihrem achten Lebensjahr in Deutschland gewohnt – allseits bekannte Umstände ließen ihre Familie ein Leben in Amerika sicherer erscheinen.

Eva M. begrüßt uns herzlich mit einem phantastischen Abendessen. Danach sinken wir hundemüde aber glückselig in unser amerikanisches Lakenbett. Dank Melatonin schlafen wir wie kleine Kinder einen erholsamen, ruhigen Schlaf.

15.8.2004

Die erste Woche
Ihr Lieben,
im Anhang findet Ihr einen weiteren Bericht. Darin erfahrt Ihr, wie es uns in der ersten Woche ergangen ist.
Viele Grüße
Eure Knölls

Jedem Anfang wohnt ein Zauber inne
Gut ausgeschlafen, ohne auch nur eine Spur von Jetlag, legen wir gleich am ersten Tag los. Wir sind einfach zu gespannt auf diese neue Zeit, als dass wir auch nur eine kostbare Minute verschenken mögen. Eva M., unsere Gastgeberin, kann es kaum glauben. Gestärkt mit einem wunderbaren Frühstück und viel Obst, mundgerecht dargeboten, fahren wir nach L.A. zur Uni.

Erst die Arbeit, dann das Spiel
HD kennt den Campus schon, insbesondere die wirtschaftswissenschaftliche Fakultät, die Anderson School (die Fakultäten heißen hier »School« und sind oft nach einem Stifter oder einer berühmten Persönlichkeit benannt). HD meldet sich als angekommen. Das Semester hat noch nicht begonnen (Start ist Mitte September) und zurzeit laufen allenthalben die Kurse der Summerschool. Malte aus Lüneburg ist gerade jetzt einer der Studenten, die den Besuch

eines solchen Kurses als Highlight in ihrem Werdegang gezielt wählten. Der ganze Campus wimmelt von jungen Leuten, die Luft flirrt und über allem hängt eine »Melodie« von fröhlicher Geschäftigkeit – ähnlich wie in einem Freibad. Als wir den Gebäudekomplex der Anderson School betreten, bin ich tief beeindruckt: eine moderne Nüchternheit, wie ich sie sehr gerne mag, viel Licht und Transparenz, glänzender Steinfußboden, gläserne Aufzüge, hübsche Außenanlagen. Die Räume der Professoren dagegen viel kleiner als wir es kennen. Der Dekan begrüßt HD und alle Formalitäten werden rasch erledigt bzw. zumindest in die Wege geleitet. (ID-Karte, damit HD Bibliothek etc. benutzen kann, damit er eine Parkkarte beantragen kann, damit er … , Zuweisung seines Arbeitsraumes, einer Telefonnummer, Internet, Intranet und Netzwerkzugang …) Im Center für International Visitors erhalten wir einen »Aufklärungstermin« für den nächsten Tag. Wir werden zum Rental-Assistant geschickt, der uns mit einer Liste ausstattet von UCLA-eigenen Appartements und solchen, die gerne an UCLA-Mitarbeiter vermietet werden.

Herbergssuche – Weihnachten im Hochsommer

Wir starten sofort unsere Herbergssuche und haben mitten im Sommer Weihnachtsgefühle, da wir so oft vergeblich anfragen. Unser Esel hat Gott sei Dank Klimaanlage – und schwanger bin ich auch nicht, ehrlich! Heimatliche Gefühle kommen auch auf, da wir feststellen, dass wir unsere Bürokratie nicht vermissen müssen. Es gibt sie auch hier. Was die UCLA-eigenen Appartements betrifft, so dürfen wir einen Antrag auf Aufnahme in die Warteliste stellen, der dem Dekan zugeleitet werden muss, um den Antrag zu unterstützen. Wann wir nach diesem Verfahren eine Chance auf eine Wohnung haben, verrät uns niemand. Das meinen die doch nicht ernst, oder? Das ist nichts für meine ungeduldige Seele. Wir entscheiden uns, etwas auf dem freien Wohnungsmarkt zu suchen, da die Preise identisch sind. Die angegebenen Telefonnummern laufen allesamt auf AB, der uns freundlich auffordert, zwecks Rückruf unsere Telefonnummer zu hinterlassen. Damit endet unsere Wohnungssuche für heute. Wir brauchen erst eine amerikanische Telefonnummer, bedeutet ein amerikanisches Handy, das hier natürlich nicht Handy heißt, sondern cell (phone).

Zauberwörter

So eine Angelegenheit kann ja nicht so schwer sein, denken wir. Am Ende des Tages ist HD dankbarer Besitzer einer Prepaid-Karte für sein Triband-Handy. Die rentablere Lösung eines Jahresvertrages war uns verwehrt, da wir keine »Credithistory« haben. Das bedeutet, dass in den USA nichts darüber bekannt ist, ob wir Kredit-Raten stets pünktlich zurückgezahlt haben. So hat die Te-

lefongesellschaft kein Vertrauen in uns, dass wir die monatlichen Gebühren auch bezahlen. Ohne Credithistory geht hier schier gar nichts, es sei denn, man bezahlt cash, was ja bei Mieten oder Telefongebühren kaum geht. Credithistory gehört zu den magischen Wörtern, die wir alle in den nächsten Tagen kennenlernen. (Social Security Number und Driver Licence und Arbeitserlaubnis sind die anderen, die sich teilweise gegenseitig als Voraussetzung haben, so dass sich die Katz in den Schwanz beißt und man nicht weiß, womit man denn starten kann, ohne inzwischen unter einer Brücke schlafen zu müssen.)
Aber an diesem ersten Tag denken wir noch gar nicht so weit. Wir wollen nur eine kleine Bleibe, sonst nichts.

Auch Rom wurde nicht an einem Tag erbaut
Unsere Wohnungssuche setzen wir in den nächsten Tagen fort. Mit ausgelassener »Die-Welt-gehört–uns-Stimmung« erstürmen wir Los Angeles. Gute Straßenkarten sind und bleiben unsere treuen, unverzichtbaren Gefährten. Und jetzt kommt's: HD fährt und ich lese die Karte – und wir sind noch immer verheiratet. Da soll es ja so ein australisches Ehepaar gegeben haben, das ganze Bücher mit der Weisheit vollgeschrieben hat, Frauen müssten zum Kartenlesen diese immer umdrehen, zur besseren Nachvollziehbarkeit der Richtung. Also, das verstehe ich nicht. Ich habe damit absolut keine Probleme. Ich lasse die Karte, wie sie ist, und setze mich ggf. einfach mit dem Rücken zur Windschutzscheibe. Knöllchen findet, ich mache das ganz wunderbar.
So ein klein wenig trübt sich meine Stimmung ein, als ich das Haus sehe, in dem wir ein Appartement besichtigen wollen. Wäre nicht schlecht gewesen, man hätte vor fünf Jahren mal zu Farbe und Pinsel gegriffen. »Immer diese Äußerlichkeiten«, kritisiere ich mich selbst. Was drin steckt, darauf kommt es doch an! Der »Manager« öffnet uns. Da muss ich schon schlucken, aber ich bin inzwischen ein Meister im Verbergen meiner Gefühle, glaube ich. Ein echter Schluffi. Ausgebuffte Shorts, eher Spielhöschen, Haare oder so was in der Art, die ich vorurteilsbeladen als seit Monaten ungekämmt und ungewaschen bezeichnet hätte, Latschen an grauen Füßen, die Zehennägel weigern sich, meine Augen zu erkennen. Insgesamt eine Erscheinung der Marke: »Mir kannste beim Laufen die Schuhe besohlen.« Aber er scheint seine Pappenheimer zu kennen. In diesem Job erwirbt man sich Menschenkenntnis, als Schlüsselqualifikation gewissermaßen. Herr Manager spürt, wo meine Belastungsgrenze liegt: Er gibt uns nicht die Hand. Aber auch ich bin ja nicht ganz ohne Einfühlungsvermögen. Als wir auf langen, engen, fensterlosen Fluren über braune Teppichbodenfetzen hinweg (Sedimentforscher fänden durchaus genügend Material vor) diesen schluffenden Hängeschultern folgen, sinniere

ich, wo unsere Verantwortung liegt, aus diesem Wrack (wieder) einen frischen, dynamischen Menschen zu machen. Der kann sicher nichts dafür, dass er so geworden ist. Irgendein schweres Schicksal! Oder seine Mutter, das reicht ja manchmal schon aus. Bloß nicht diesen armen Kerl auch noch seelisch verletzen und ihn unsere Abneigung spüren lassen! Tapfer reiße ich mich zusammen, frage im Appartement angekommen (Wohnraum mit Kochzeile und Essecke, kleiner Schlafraum, Nass«zelle» – Zustand bleibt mit Rücksicht auf die Leser unkommentiert) nach dem genauen Preis. Seine Schultern straffen sich für einen Moment, als er uns verkündet: 1200 Dollar plus Nebenkosten. Wenn man da die Kosten für den Psychiater draufrechnet, den ich spätestens nach einer Woche in diesem Heim brauchen werde, kann man nur zu dem Schluss kommen: Wunderschön hier, aber das können wir uns nicht leisten. Da hatte der Kerl Mitleid mit uns und geleitete uns an die frische Luft. Draußen gestand HD mir, dass er das alles gar nicht so schlimm gefunden habe. Sage ich doch, ich empfinde viel tiefer.

Never give up – Aufgeben ist nur was für Schwächlinge

In den ersten Momenten sind unsere Augen völlig geblendet von der herrlichen Sonne. Wir hatten ganz vergessen, dass es Tag ist. Ich atme tief durch und beschließe, doch dem ersten Anschein etwas mehr Bedeutung beizumessen. Dennoch besichtigen wir mindestens zehn Häuser ähnlicher Ausstattung. Wir kommen auf die Idee, dass unser Auswahlkriterium, nämlich eine Miete von höchstens 1200 Dollar, vielleicht in einem direkten Kausalzusammenhang zu den auf der Liste aufgeführten Appartements – und deren Ausstattung und Zustand stehen könnte. Sollte es sein, dass man mehr investieren muss, will man nicht in einer Spelunke wohnen? Wir beschließen, uns unabhängig von jeder Liste zu machen. Wir haben inzwischen entdeckt, dass vor allen Häusern, in denen Appartements angeboten werden, große Schilder darauf aufmerksam machen. Schön ist das wirklich nicht, aber ungeheuer praktisch. Das zerschlägt, ähnlich wie alle übrigen Reklameschilder in ansonsten hübschen Straßenzügen, jede Chance auf einen harmonischen Gesamteindruck von Schönheit. Stellt Euch ein ausgesprochen schönes Gesicht vor mit lauter Eiterpusteln, dann wisst Ihr, was ich meine.

In einer in diesem Sinne sehr schönen Wohnstraße ohne Durchgangsverkehr, in einem guten und sicheren Viertel von Los Angeles, in Westwood, sehen wir ein gepflegtes Haus. Hier wäre es doch nett, finden wir. Wir bräuchten nur ein Auto, da wir fast alles in walk distance haben. HD kann sogar bequem zu Fuß zur Uni. Das findet er besonders klasse, was bei mir sofort die Alarmglocken zumindest ganz leise läuten lässt. Wir klingeln beim Manager. Brenda öffnet uns. Wir mögen uns gleich. Brenda ist frisch, freundlich, sehr professionell. Sie führt uns durch das wirklich sehr gepflegte Haus und zeigt uns das einzige freie »one bedroom apartment«. Nach den Vorerfahrungen überströmt mich Hoffnung und neue Zuversicht. Ich hatte tatsächlich schon Tränen vergossen (Diagnose: Kulturschock) in der Sorge, ein Jahr lang unter primitiven Verhältnissen mein Glück suchen zu sollen. Nach Amerika reist man eben doch mit anderen Erwartungen als ins australische Outback. Das Appartement gefällt uns gut, winzig, aber hell, sehr sauber, alles einfach aber gepflegt. Ein kleiner Balkon, vor dem sich die Krone eines mir unbekannten Baumes ausbreitet. Das suggeriert ein Gefühl von mitten-in-der-Stadt–und-doch-mitten-im–Grünen. So bescheiden wird der Mensch, wenn die Enttäuschung vorher nur groß genug war. Den kleinen Wermutstropfen schlucken wir tapfer: Heißersehnte Gäste, allen voran unsere Kinder, müssen, im Wohnzimmer schlafend, durch unser Schlaf-/Arbeitszimmer ins Bad. Wer uns wirklich liebt, der kommt. Über den Preis verhandeln wir lange und zäh. Nach mehreren Telefonaten mit sonst wem strahlt Brenda uns an. Sie könne uns das Appartement bei eigentlich 1.475 Dollar Monatsmiete für 1.450 Dollar und die ersten drei Wochen kostenlos überlassen, wenn wir einen Vertrag über ein Jahr machen. Wir sind inzwischen nicht mehr zu erschüttern. Alles, was einigermaßen gepflegt ist, fängt mit diesem Preis an. Trotz unserer Freude über diesen Fund schauen wir uns noch mehrere Angebote an. Auch in Thousand Oaks und anderen Städten im Großraum L.A.

Die Würfel sind gefallen
Danach steht fest: Diese Wohnung nehmen wir. Wir zahlen Brenda eine kleine Reservierungsgebühr (30 $) und machen uns auf die Suche nach geeigneter Möblierung. »Unser« Appartement ist wie alle, die wir besichtigen, unmöbliert. Das hat uns allerdings nicht überrascht. Das hatten wir schon bei unserer Online-Recherche vom heimischen Sofa aus mit Staunen und Erschrecken (woher nehmen und nicht stehlen?) festgestellt, sagt man doch, die Amis kaufen und mieten alles möbliert. Preisvergleiche ergeben rasch, dass billig neu kaufen tatsächlich billiger ist als mieten (was es echt gibt) oder gebraucht kaufen. Dies vor allem, wenn man bedenkt, dass man seinen Kram am Ende auch wieder verkaufen kann. Am Ende unserer ersten Woche haben wir nicht nur unser Appartement gefunden, sondern auch alles Notwendige in Ikea, Homedepot, Walmart und Target erworben. Eva M. bewundert uns mächtig dafür, wie wir in der Geschwindigkeit Preisvergleiche angestellt und schon eingekauft haben.
Samstag kaufen wir noch fix ein Auto. Am Montag Mittag um 12:00 Uhr soll

die Vertragsunterzeichnung sein. Brenda sichert uns zu, gleich anschließend einziehen zu können. Wir können es kaum erwarten! Nestbau ist immer wieder aufregend. Wir haben uns schon ein Bett und ein Schlafsofa ausgesucht und mit den Verkäufern ausgemacht, dass ein Anruf reicht – und schon werden uns die beiden Teile noch am Montag geliefert. So müssen sich die ersten Siedler gefühlt haben, als ihre erste Saat aufging. Eva M. staunt über diese deutschen Energiebündel. Deutsche Markenware eben.
Eine letzte Nacht in Evas Heim.

Frisch geplant ist halb gewonnen

Um die Planung dieses Tages hätte selbst General Ludendorff uns beneidet. Irgendwer hatte gesagt, dass die meisten Gäste innerhalb einer Woche eine Wohnung hätten. Mit diesen unsichtbaren Mitmenschen bin ich in einen heimlichen, auch mir selber nicht wirklich bewussten Wettstreit eingetreten. Wir sind gut in der Zeit, das schaffen wir auch. Gefunden haben wir unsere Wohnung sogar schneller, müssen ja nur noch einziehen.
Eva M. fliegt nach England. Obwohl sie uns erst seit einer Woche kennt, bietet sie uns ihr Haus auch für ihre Abwesenheit an, für den Fall, dass es nötig sein sollte. Das finden wir riesig nett, sind aber doch froh, noch heute in unsere kleine Bleibe ziehen zu dürfen. Die räumliche Enge hat durchaus auch etwas Verlockendes. Wie unsere kleine Ferienwohnung in Sierksdorf.
Wir bringen Eva samt Jerry, ihrer Reisebegleitung, nach L.A. zum Flughafen. Dieter fährt mit Jerry in unserem neuen eigenen Auto vor, ich mit Eva im Gepäck in unserem Leihwagen hinterher. Eva hält so manches Mal die Luft an, wenn ich HD mächtig auf die Pelle rücken muss, damit sich kein Ami zwischen uns drängt. Dann nämlich wäre ich wahrscheinlich hoffnungslos verloren. Schließlich habe ich keinen Kartenleser bei mir. Wir werfen Eva und Jerry an ihrem Terminal raus, und in grenzenlosem Vertrauen verfolge ich meinen Mann selbst dann noch, als ich merke, dass wir diese Stelle mindestens schon dreimal passiert haben. Aber Knöllchen hat ja auch keinen, der Karte liest! Ich fehle ihm! Er vermisst mich! Dem U-Turn sei Dank, erreichen wir die Rückgabestation von Avis. Dort sind wir unseren Mietwagen schneller los, als ich überhaupt kapiert habe, dass wir angekommen sind.
Puh, das ist geschafft! Damit sind die ersten beiden Schritte unseres ausgeklügelten Tagesplanes geschafft. Jetzt heißt es, ein wenig Dampf zu machen: Vertragsunterzeichnung, Bett und Sofa liefern lassen, erste Sachen ins Appartement schleppen, zur Ikea fahren und letzte Möbel kaufen, auf Rückweg an Evas Garage vorbei und Zwischengeparktes einladen und dann ab ins eigene Reich. Das alles spielt sich in einem Umkreis von 90 km ab.

Heute Abend wollen wir ein kleines Fläschchen kalifornischen Wein aus den neuen Ikea Gläsern (Stck. 1.50 Dollar) trinken. Dabei sitzen wir auf dem weißen Schlafsofa und schauen auf die beiden Vasareli, die wir noch in der Ikea kaufen müssen. Diese Phantasie verleiht uns Flügel.
Unglaublich übermütig fühlen wir uns! Jetzt geht es wirklich los! Allein die Tatsache, im eigenen Wagen zu sitzen, gibt uns das Gefühl, allem Behelfsmäßigen zu entrinnen. Und dann noch auf dem Weg ins eigene Nest! Das muss man erlebt haben, sonst versteht man es nicht (behauptet man ja von so mancher Lebenssituation).
Amerika, jetzt sind wir da!

Unverhofft kommt oft
Indessen, Amerika sträubt sich noch ein wenig.
Unser Auto biegt gerade in das Viertel ein, das man Westwood nennt, da klingelt Dieters Handy. Lasst es mich kurz und knapp sagen, mir hat auch niemand Schonung gewährt: Brenda bittet HD, die Vertragsunterzeichnung auf morgen zu verschieben. Sie habe noch so viel zu tun. Und nein, unsere Sachen könnten wir nicht schon in der Wohnung deponieren, eine Versicherungsfrage. Ich kriege das nur indirekt durch HDs Reaktionen und Gegenfragen mit. Ich fühle mich so ausgeliefert! Ich finde, HD nimmt das viel zu fatalistisch hin! Kann er nicht mal Druck machen, jetzt oder nie? Nein, er versucht es erst gar nicht. Meine Enttäuschung steht in keinem Verhältnis zu dem, was wirklich passiert ist, ich weiß das. Gerade das macht es aber noch schlimmer. Ich sitze weinend im Gras des Parks am Ende »unserer« Straße und haue Heinz Dieter seine »Unfähigkeit einmal fordernd aufzutreten« und meine Unfähigkeit mit unvorhergesehenen Veränderungen umzugehen um die Ohren. Alleine schon, dass er zwei Meter hoch über mir steht und mitleidig auf mich runterschaut ... .
Ich bestehe darauf, in dieses Scheißappartement überhaupt nicht mehr zu wollen. Wir gucken uns sofort noch andere an! Oder noch besser, wir fliegen sofort wieder nach Deutschland!!! Dieter wählt die Fortsetzung der Herbergssuche. Brav trotten die zwei Meter neben mir her. Warum auch sollten die Appartements heute anders aussehen als in den letzten Tagen. Dennoch geht es mir nach der dritten Besichtigung besser.
Ernüchtert, aber überzeugt, dass sich das Warten lohnt, fahren wir zurück nach Camarillo, in Evas Haus (... für alle Fälle).

Das Glück ist mit die Doofen
Was sollen wir von diesem Tag noch erwarten? So oft schon habe ich Schopenhauer zitiert, der die Auffassung vertritt, nicht die Dinge an sich seien gut

oder schlecht, sondern wir machten sie erst durch unsere Bewertung zu guten oder schlechten Dingen. Wie recht er doch hat. Allmählich komme ich wieder im Diesseits an, was bedeutet, dass sich oben und unten wieder etwas sortiert haben und auch meine Gefühle begreifen, dass hier wirklich kein Drama geschehen ist. Ziehen wir eben Dienstag ein statt Montag. Hat ja auch was Gutes. So können wir gleich ohne Hetze zur Ikea, da kann man gründlicher gucken (was HD fürchtet).

Vor dem Haus treffen wir Evas Nachbarn an. Ich bin schon wieder so aufgeräumt, dass ich nicht gleich ins Haus fliehe. Wir kommen miteinander ins Gespräch. Wir stellen uns vor und erfahren, dass wir mit Steve und Judy reden. Von Eva hatte Steve schon gehört, dass wir eine Bleibe für ein Jahr suchen. Eigentlich träfe es sich gut, da er sein Haus vermieten möchte, nachdem es drei Jahre leer gestanden hat. Seine Mietvorstellungen liegen aber für uns jenseits des Machbaren. Der Marktpreis liege bei 1800 bis 2200 Dollar, beim richtigen Mieter sei er mit 1600 Dollar zufrieden, sagt Steve. Obwohl wir im Laufe der Zeit deutlich von unserem gesteckten Limit runter mussten, ist das für uns völlig indiskutabel. Das sagen wir ihm auch. Er schlägt uns dennoch vor, das Haus einmal anzuschauen. Uns drängt ein wenig die Zeit, wir wollen ja noch zur Ikea und außerdem sind die Häuser hier alle identisch. Wenn man Evas kennt, kennt man alle. Steve ist so freundlich und wir wollen ihn nicht vor den Kopf stoßen. Wir drehen die Runde durch eine hellblau tapezierte Küche (Steve ist begeistert, dass ich das 20 Jahre alte Waschbecken für neu halte), vorbei an dunklen, schweren Möbeln, über teddybärfarbenen Hochflorteppichboden, der alles umzingelt, auch die Toiletten. Das Haus hat im Wohnbereich eine Decke, die bis unters Dach reicht, eine herrliche Höhe! Im Obergeschoss befinden sich ein Arbeits-, ein Gäste-, ein Schlafzimmer und zwei Bäder. Wir vermeiden es, das nun mit dem kleinen Appartement zu vergleichen. Steve versucht uns zu locken mit dem Angebot, er könne uns auch viele der Möbel lassen, wie Sofa, Sessel, Betten, Esstisch und Stühle, auch Geräte wie Kühlschrank (entgegen unserer Erwartung gerade nicht obligatorisch zu Mietküchen dazugehörig), Staubsauger, Bügelbrett, Bügeleisen, Waschmaschine und Wäschetrockner, Stereoanlage mit Videorekorder und Telefone (vier Stck.). Stolz führt er uns die vier Fernseher vor: im Wohnzimmer, Schlafzimmer, Garage!! und im Badezimmer!!!!! Ich bin ungeheuer beeindruckt. Damit wird nun endlich einmal eines unserer Vorurteile bestätigt. Ebenso, was die Garage betrifft. Alleine dafür müsste man bei uns zwei Grundstücke kaufen. Riesengroß, mit elektrischem Tor ist sie gleichzeitig Autoabstellplatz (wer hätte das gedacht), Fitnessraum, Bastelkeller, Vorratsraum und Hauswirtschaftsraum. Waschmaschine und Wäschetrockner stehen hier, was nur möglich ist, weil es hier so gut wie nie friert.

Die Garage hat einen direkten Zugang zum Haus. Steve, vielen Dank, das Haus ist wirklich wunderschön (zu diesem Zeitpunkt habe ich schon begriffen, dass die Worte »great« und »cute« unverzichtbare und ggf. sogar ausreichende Bestandteile jeder Konversation sind). »Cute« finde ich zwar nichts, aber dafür umso mehr »great«. Steve freut das und sieht seine Chancen steigen. Doch wir bleiben hart, vor allem uns selber gegenüber. Wenn die Miete mit der in Westwood vergleichbar sein soll – und das ist ja schon mehr als wir eigentlich tragen können – dürfe das Haus nur 1.200 Dollar kosten, denn wir bräuchten hier zwei Autos und der Sprit täglich zur Uni müsse auch bedacht werden, erklären wir Steve und uns. Als wir uns verabschieden, bittet Steve uns, doch noch einmal sein Angebot zu überdenken. Wir teilen ihm aber mit, dass wir morgen um 12 Uhr definitiv den Mietvertrag in Westwood unterschreiben. Wir verabschieden uns und fahren wie geplant zur Ikea. Dort kaufen wir in Gedanken an unser kleines Reich in Westwood das Fehlende ein.

Natürlich lockt das Haus, einen kleinen Garten hat es auch. Aber nein, wir bleiben vernünftig. Als wir nachts um 11 vor Evas Haus vorfahren, kleben an Haustür und Garage Zettel mit der Bitte, wir mögen doch bei Steve und Judy anrufen – was wir um diese Zeit nicht mehr machen. Es ist uns schon klar, dass er sein Angebot aufbessern will. Aber Steve ist Geschäftsmann. Wenn der noch mal um 200 Dollar runtergeht, hat er schon das Gefühl, uns das Haus zu schenken. Und 1400 wäre für uns immer noch zu viel. Knöllchen und ich schlafen am Ende dieses bewegenden Tages doch noch in Frieden ein in Vorfreude auf den Umzug nach Westwood.

Morgenstund hat Gold im Mund

Kaum aufgewacht, ungewaschen und unrasiert, muss HD an die Tür. Es hat geklingelt. Judy steht draußen und bittet uns, doch noch einmal mit Steve und ihr zu sprechen, bevor wir nach L.A. fahren. Sie wollen um 9.30 Uhr kommen. Jetzt wissen wir, dass wir siegen können, wenn wir es gut anstellen. Wir teilen Steve mit, dass sein Angebot ohne Frage fair sei, das Haus auch zweifellos eine erstrebenswerte Bleibe für uns, aber übersteige einfach unser Budget. Steve redet nicht lange drumrum. Er betont noch mal den Marktwert des Hauses und fragt, ob wir uns nicht bei 1400 treffen könnten. Damit hatten wir gerechnet und auch vereinbart, dass wir ablehnen werden. Wir pokern. Entweder 1200 oder wir lassen es. Uns gefällt das Appartement in Westwood ja wirklich. Nach insgesamt höchstens fünf Minuten Verhandlung haben wir das Haus für 1200 Dollar. Gerade als mein Triumph in Schuldgefühle umzuschlagen droht (da hab ich einen armen Menschen ausgebeutet), erzählt Judy, dass es auch ganz schwer gewesen sei, überhaupt einen Mieter zu finden,

da sie sicher sein wollen, selber in einem Jahr einziehen zu können. Diese Information stellt die Balance wieder her. Wir sind zufrieden mit dem Gefühl, dass dies eine echte win-win-Situation ist. Wir haben aber den Eindruck, dass Judy für diese unbedachte Äußerung Haue kriegen wird. So habe ich ganz nebenbei die Anwendung einer Redewendung gelernt: Something bad can turn into something good.
Knöllchen kriegt den Job, Brenda anzurufen und abzusagen. Das hat sie nun davon!!!
Aber auch diese Lösung hat ein kleines Häkchen. Einziehen können wir erst in einer Woche. Steve und Judy sind noch mächtig mit Aufräumarbeiten, Anstreichen etc. beschäftigt. Wir wohnen derweil nebenan und beobachten alles.

Was lange währt ...
Am Sonntag, knapp 14 Tage nach unserer Ankunft, findet der große Möbeltausch statt. Steve holt alle Möbel ab, die er selber haben möchte, bringt uns aber Ersatz. Abends schleppen wir dann unsere Sachen von Eva herüber. In null Komma nichts schrauben wir Lack, Billy, Hannes und wie sie alle heißen zusammen, packen Startersets, Kochtöpfe und Geschirr aus, decken das große braun-grün karierte Sofa gnädig mit einer weißen Ikea-Tagesdecke ab. Das gleiche Schicksal widerfährt dem uns überlassenen Sessel. Als Judy und Steve das sehen, steht ihnen die Enttäuschung ins Gesicht geschrieben. »Dafür haben wir denen nun die schönen Sachen überlassen.« Bevor ich unser Handeln entschuldigend erklären kann, holt Knöll gnadenlos zu einem weiteren Schlag aus: Er bittet um Abtransport des monströsen Sofatisches, den Steve uns als Sonderanfertigung besonders ans Herz gelegt hatte. Ich halte erschrocken die Luft an und mache vorsichtshalber die Augen zu, aber es passiert nichts. Steve nimmt es hin, wenngleich erkennbar ohne Wohlwollen. Knöll lässt das cool, mir ist es sehr peinlich, sagen wir ihm doch indirekt, dass wir seine Möbel nicht mögen. Knöllchen meint, es sei doch unser Recht! Ich bin ihm ja soooo dankbar. Manchmal ist er eben doch mutiger als ich.

Manchmal sind es die kleinen Dinge ...
Wir staunen mächtig, wie viel es doch ist, was wir aus unseren Koffern herausbefördern. Wir sind schon bald perfekt ausgestattet. Sogar an die allerwichtigsten Kleinigkeiten haben wir oder unsere Freunde gedacht:
Am Kühlschrank klebt als Zeichen unserer Integrationsbereitschaft ein erstes Magnetschild, ein Geschenk meiner Schwägerin Annemarie. Es soll sich nicht als reine Dekoration ohne Funktion fühlen. So darf es als erste Aufgabe die Pflegeanleitung für eine amerikanische Azalee halten.

Detlef hat uns auch in unsere neue Heimat begleitet. Detlev ist ein gelbes Plastikei mit inwendiger Fähigkeit, uns per Melodie mitzuteilen, wenn unsere Eier ready to eat sind, jedenfalls wenn Detlef mit ins Kochwasser gelegt wird. Dieses Geschenk unserer Kinder verschön uns seit langem den Sonntag und das soll auch in Kalifornien so sein.

Einer der Lacktischchen im Wohnzimmer erhält sogleich eine »Belegschaft«, die dem Raum die jungfräuliche Note nimmt. Zwei wunderbare Kalifornienführer, die sich gut ergänzen, (Dank an unsere Kinder und meine Kaffeetruppe) beleben den Tisch und laden ein, auf dem Sessel für Urlaubsplanungen Platz zu nehmen.

Auf der Küchenfensterbank steht ab sofort Susis Wörterbuch für Zweifelsfälle bereit.

Auf dem Kaminsims kann sich jeder davon überzeugen, dass unsere Kinder die schönsten sind.

Damit kein falsches Bild entsteht, wird auch gleich unser Arbeitszimmer aufgebaut. Noch bevor die Rechner installiert sind, rahme ich die Abschiedskarte unserer Kinder: »Edith Schiele sitzend« und dekoriere damit meinen Schreibtisch. Davor steht der kleine Bergkristall von Maria. Ein echtes Stillleben.

Die Wände unseres Hauses sind aus Holz (Vorschrift wegen Erdbebensicherheit) und damit wunderbar als Pinnwand zu gebrauchen. Kleinere Bilder pinne ich einfach an.

Was uns fehlt, stiftet Eva M. Noch bevor sie in Richtung England entflog, bot sie uns für den Westwood Balkon Tisch und Stühle an. Viel zu groß für den Balkon, können wir nicht gebrauchen, meinten wir. Nun ist dieses Ensemble fast das erste, was wir rüberholen. Gleich morgen wollen wir auf unserer Terrasse frühstücken.

Aber auch die tapfersten Krieger werden einmal müde. Wir holen unser deutsches Bettzeug aus dem Koffer, frisch bezogen. Angesichts dieses Bettes erleide ich nun doch einen Lachanfall, dem HD mindestens so hilflos gegenübersteht wie einer Heulattacke. Aber ich stecke ihn an, was beim Weinen nicht der Fall ist. Er lacht und weiß eigentlich gar nicht so genau warum. Dieses Bett hat einen soliden Umbau aus massivem dunklen Holz. Da hat man an nichts gespart. In Notzeiten könnte man mit dem Holz zehn Tage heizen. Im Falle eines Erdbebens zu nächtlicher Zeit garantiert diese Konstruktion einen schnellen und sicheren Tod durch Erschlagen. Das ist an sich ja nicht wirklich lustig, aber die Vorstellung, dass ich in so was liege ... Noch vor kurzem war ich der Meinung, dass solche Betten glatt jedes Verhütungsmittel ersetzen. Knöllchen bedankt sich bei Steve für die vertrauensvolle Überlassung dieses Möbels, meint aber, uns reiche eigentlich die Matratze. Steve bedauert sehr,

aber aus Platzmangel kann er das Ding nicht mit zu sich nehmen. Das glaube ich gern, dafür müssten auch wir anbauen. Knöllchen schlägt vor, das Teil einfach mit Missachtung und Liebesentzug für seine spießige Hässlichkeit zu bestrafen.
Nicht jedes Detail ist so, wie wir es uns gebaut oder eingerichtet hätten, aber by and large sind wir ganz begeistert von unserem Heim. Von Stund an fühlen wir uns Zuhause. Nie, nie hätte ich mir vorgestellt, dass wir so viel Glück haben werden, dass ich mich so schnell einfach nur noch sauwohl fühle.
Am Tag nach unserem Umzug holen wir Eva Milligan vom Flughafen ab. Sie geht davon aus, dass wir in Westwood wohnen. Dass wir wirklich Nachbarn sind, kann sie kaum glauben. Wir freuen uns alle drei über diese Wendung.

21.8.2004

Grüße aus USA
Ihr Lieben,
wie versprochen melden wir uns wieder, wenn auch viel später als geplant, aus unserer neuen temporären Heimat Camarillo, Ventura County, Kalifornien, USA. Es ist so manches anders gekommen als wir es dachten, jedoch nicht immer zu unserem Nachteil. Jetzt sind wir schon einen ganzen Monat hier. Nie hätte ich erwartet, dass ich mich derart schnell einlebe. Dieter und ich fühlen uns durchaus schon »zu Hause«.
Der Anfang war nicht leicht, aber die Hürden auch nicht unüberwindbar, da wir uns auf die kommende Situation vorbereitet hatten. Zum Glück konnten wir bei Eva M. wohnen, die sich als deutsche Jüdin (1936 ausgewandert) freute, mit uns Deutsch sprechen zu können (Übrigens ist für sie, wie für viele ältere Leute hier, die Nutzung von Computer und Internet selbstverständlich, da sie nicht zum alten Eisen gehören will.).
Mittlerweile haben wir in Camarillo, ca. 70 km (1 Stunde Fahrzeit) nordwestlich der Universität (UCLA), ein Haus bezogen (mit Gästezimmer), einen Telefonanschluss mit DSL eingerichtet, zwei Autos gebraucht gekauft, Bankkonten eröffnet und Geld von Deutschland zu unserer US-Bank übertragen. Übrigens ist hier die Deutsche Bank besonders zu loben, da wir mit der EC-Karte der Deutschen Bank kostenlos Geld an den Automaten der Bank of America abheben können.
HD hatte inzwischen seine praktische Führerscheinprüfung. Da der Führerschein hier auch die Funktion des Personalausweises hat, muss jeder, der nicht Tourist oder kurzfristiger Geschäftsbesucher ist, den Führerschein erwerben: vom Sehtest, über die Theorie-Prüfung bis zum Fahrtest. Es ist nicht ganz so leicht, wie es in Deutschland häufig dargestellt wird. Übrigens müssen auch

Amerikaner, die aus einem anderen Bundesstaat nach Ca ziehen, zumindest Sehtest und schriftlichen Test wiederholen.

Ich kann noch keinen Führerschein machen, da ich noch keine Social Security Number (Rentenversicherungsnummer) habe, die bundesweit die persönliche Identifikationsnummer ist. HD hatte diese Nummer schon vor neun Jahren im Zusammenhang mit seiner Lehrtätigkeit an der UNI in Corpus Christi erhalten, als die Regeln noch nicht so streng waren. Das war sein Vorteil.

Ich muss jetzt erst eine Arbeitserlaubnis beantragen (ca. zwei Monate), dann kann ich die Social Security Number beantragen, die mich dann zur Beantragung des Führerscheins berechtigt.

Während HD nun schon ein vollwertiger »Resident« ist, hänge ich noch in der Luft. Wir fühlen uns keineswegs als Touristen. HD fährt regelmäßig zur Uni, während ich noch sehr damit beschäftigt war, alles zum Haushalt und Leben Nötige zu besorgen (Es musste ja fast alles erst angeschafft werden wie Töpfe, Besteck, Putzzeug, Möbel … .alles eben.) und ansonsten meine Möglichkeiten zu erkunden. Seit dieser Woche besuche ich einen Englischkurs (akademische Kommunikation) an einem College in einem Nachbarort. Es handelt sich um einen speziellen Kurs zum Thema »Englisch als Wissenschaftssprache«, mit dem ausländische Studenten auf das Studium an einer US-Universität vorbereitet werden.

Ich musste einen Aufsatz schreiben. (Es gibt Ereignisse im Leben eines Menschen, die diesen nachhaltig verändern. Beschreiben Sie ein solches Ereignis aus Ihrem Leben mit all seinen Folgen.) 30 Minuten hatte ich dafür. Ich war selber erstaunt, was ich da zustande brachte, obwohl ich mit dem Gefühl lebe, des Englischen nicht annähernd mächtig zu sein. Danach gab es noch ein Interview. Die Dozentin gab mir das Gefühl, ich hätte realistische Chancen auf einen befriedigenden Spracherwerb. Ich hörte nur die Worte »very, very well educated« und »advanced class«, die aber schon vier Stunden hinter sich habe, aber das würde ich schon schaffen. Panik kam in mir hoch und ich versuchte zu erklären, dass ich vielleicht schön schreiben könne, aber in der akuten Unterhaltung fehlten mir die Worte und verstehen könne ich auch fast nichts. Je mehr ich versuchte, sie davon zu überzeugen, je sicherer bestand sie auf meinem Eintritt in die laufende Klasse (Kurs würde man bei Euch sagen). So fahre, nein, schwebe ich nun mit meinem gebrauchten Thunderbird, acht Zylinder, 250 PS von Camarillo (61.000 Einwohner, wie Lüneburg) zweimal in der Woche für eine Doppelstunde nach Moorpark (30 Minuten Fahrzeit) zum College. Wie eine brave Musterschülerin gab ich wirklich mein Allerbestes, um dem Unterricht zu folgen. Zunächst empfand ich den Unterricht als absolut chaotisch. Die rasche Folge der einzelnen Übungen, die für mich jedenfalls keinen erkennbaren Bezug zueinander hatten, erinnerten mich an die Sesamstraße, die ebenfalls keinen Gedanken stringent verfolgte und mich mit ihren kurzen Szenen und Sequenzen völlig konfus machte. (Meine armen Kinder durften sie deshalb nie sehen.) Es war wirklich absolut reiner Zufall, dass ich, als ich meinen Namen hörte, überhaupt wusste, wo wir gerade waren, und ich dann auch noch die richtigen Ergebnisse lieferte. Die Dozentin bestätigte das in ihrer Einschätzung – und mich in meiner. Auf jeden Fall werde ich zu Hause viel arbeiten müssen. Vier Stunden Hausarbeit werden ohnehin pro Unterrichtstag erwartet.

Heute haben wir nun das Projekt Golfspielen in Angriff genommen. Wir haben uns verschiedene Clubs angesehen. In unserer direkten Umgebung gibt es gleich mehrere. Der erste Club war ein echter Golf und Country Club, in den man sich einkaufen muss. Die Aufnahmegebühr belief sich auf schlappe 75.000 Dollar. Auf dahergelaufene Zeitmitglieder ist man dort gar nicht eingestellt. Der Manager liegt zurzeit mit einer Herzattacke im Krankenhaus. Ich hätte mich fast neben ihn gelegt, als ich die Summe hörte. Die haben uns nicht verdient, beschlossen wir und entschieden uns für einen unechten Club, ohne Aufnahmegebühr, mit erträglichem Jahresbeitrag, guten Trainern, netter Atmosphäre, schönem Platz. Wenn man dort keine »Credithistory« von uns verlangt, werden wir den Vertrag wohl nächste Woche unterzeichnen. Es dauert halt doch einige Zeit, bis alles aufgebaut ist, was das Leben so ausmacht.

Das nächste Projekt ist unsere Housewarming-Party, mit der wir unseren Einstand in der Nachbarschaft geben wollen. Dazu werden wir HDs Geburtstag am 9.9.!!!! nutzen.

Seid ganz lieb gegrüßt,
Eure Knölls

6.9.2004

Leben genießen
Liebe Heidi,
ja, das machst Du richtig, take care of you! Ziehe rechtzeitig die Notbremse! Ich habe das wohl zu spät getan. Wer weiß, wie lange man sein Leben genießen kann, da will jede Sekunde genutzt sein. Ich kann gar nicht sagen, wie dankbar ich bin, diesen Schritt hierher gewagt zu haben. Bislang habe ich keinerlei Sehnsucht nach irgendeiner Berufstätigkeit, obwohl mich fast alle Daheimgebliebenen fragen, was ich hier arbeiten wolle. Ich will genießen, sonst gar nichts. Mein Englisch zu vervollkommnen, entspricht meinem wirklichen Interesse. Dazu habe ich große Lust. Ich kann aber gar nicht sagen, wie schwer es mir fällt, mir die tausend Idiome zu merken und richtig anzuwenden. Meine

Merkfähigkeit ist nicht mehr das, was sie mal war. Liegt es am Alter? An der Chemo? Am Stress? Wahrscheinlich haben alle drei ihre Finger da drin. Ich jedenfalls habe meine Prioritäten geändert.
…
Seid ganz lieb gegrüßt,
Eure Knölls

8.9.2004
Auf den Zahn gefühlt
Liebe Freunde,
inzwischen nutzen auch wir den Segen einer Klimaanlage. Dass man ohne kaum arbeiten kann, wäre ja vielleicht auszuhalten, aber schlafen geht auch nicht. Soeben haben wir angefangen, unsere Cocktails Probe zu trinken, die wir morgen auf unserer Housewarming Party servieren wollen. Die Idee und Rezepte haben wir von Walter Hecker. Das Probetrinken war aber unsere eigene Idee! Eine sehr gute! Unsere Nachbarin, Eva M., die Schwiegermutter meiner Freundin Yvonne aus Kindertagen, die erst vor wenigen Wochen von Thousand Oaks nach Kanada gezogen ist, hat schon den ganzen Tag gekocht und zubereitet. Es soll ein schönes Fest werden. Ich hab lieber noch ein paar Pflanzen für den Garten besorgt. Wie unterschiedlich die Menschen doch die Prioritäten setzen! Heute in einer Woche sitzen wir schon im Flieger nach Deutschland. HD muss ein 14-tägiges Blockseminar abhalten.
Zuvor noch einen kleinen Bericht von uns aus den USA. Wer keinen weiteren Nachschub wünscht, kann das mit einer kleinen E-Mail kundtun, ohne weitere Folgen für Leib und Seele (oder vielleicht doch?). Den einen oder anderen von Euch werden wir sicher bald treffen.
Seid lieb gegrüßt bis dahin,
Eure Knölls

Auge um Auge – Zahn um Zahn
Vom Neid der Götter, der mich noch kurz vor unserem Abflug in die Notfallsprechstunde eines Zahnarztes trieb, hatte ich ja schon im ersten Bericht geschrieben. Die dort begonnene Wurzelbehandlung solle in den USA beendet werden. »Nicht vor zehn Tagen, nicht später als drei Wochen« hieß die Anweisung des behandelnden Arztes in Deutschland. Zehn Tage waren furchtbar schnell rum. Wohin gehen? Wir haben gerade erst gelernt, was man bei Albertsons oder Trader Joe's kaufen kann, aber einen Zahnarzt haben wir noch nicht entdeckt. The yellow Pages aufgeschlagen – und schon wissen wir von einer großen Praxis gleich in unserer Nachbarschaft. Ist doch alles ganz easy!

Wir fahren gleich hin, beschreiben meinen Fall und erhalten einen Termin für Montag. Über diesen kleinen Aufschub bin ich heimlich dankbar. Nachdem ich Waschmaschine, Staubsauger und die Lichtschalter in unserem Haus gesehen habe, bin ich nicht mehr so sicher, ob dieses Land schon in diesem Jahrhundert angekommen ist. So habe ich echte Sorge, was mich an Technik in dieser Praxis erwarten wird.

In der Sonne dösend, hatten sich mir tatsächlich schon Bilder vor das innere Auge geschoben, in denen kleine Männchen in weißen Kitteln ihren mit Tretantrieb in Schwung gebrachten, laut kreischenden Bohrer in aufgerissene Münder halten.

Zahn tot oder nicht, für mich steht fest, dass ich ohne Anästhesie-Spritze niemanden an mich ranlasse. Dann können die Bohrer nehmen, wie sie lustig sind. Meine Leidensbereitschaft ist nicht mehr ganz so üppig.

Am Montag rücke ich dann, mental gut vorbereitet, in der Praxis ein. Ein auffallend tief dekolletiertes Front Office Mädel überreicht mir fünf eng beschriebene Seiten mit tausend Fragen und Erklärungen, die alle ausgefüllt und unterschrieben werden sollen. »Um Gottes Willen«, sage ich. »Welch schöner Anblick«, sagt Heinz-Dieter. Und da sage einer, Männer und Frauen verstünden sich nicht. Wir wissen jedenfalls sofort, woran der andere gedacht hat. Ich stelle noch mal klar, dass lediglich eine bereits in Deutschland begonnene Wurzelbehandlung abgeschlossen werden solle. Ja, das wisse sie. Aber der Papierkram sei obligatorisch. Um mir mein paperwork zu erleichtern und sicher auch, um das Verfahren abzukürzen, sind an sieben Stellen Markierungen angebracht, wo man meine Unterschrift wünsche. Ich muss gestehen, dass ich der Versuchung auch fast erlegen wäre, das Zeug ungelesen zu unterzeichnen. Aber ich bin Deutsche! Ich bin gründlich! Schlussendlich kämpfe ich mich von Wort zu Wort – was den Behandlungstermin um 30 Minuten nach hinten verschiebt. Ich gebe brav Auskunft über jede irgendwann mal gehabte Erkrankung und bin so gut in Fahrt, dass ich beinahe – völlig ungebeten – noch eine Einführung in meine Lieblingsspeisen und weltanschauliche Überzeugungen anfüge. In letzter Sekunde kann Knöll mich davon abhalten, unser Einkommen aufzulisten. Er meint, die wüssten nun genug von mir. Für dieses Wissen hätte er Jahrzehnte gebraucht und denen würde ich es in den Rachen schmeißen.

Der Busen nimmt meine Zettel entgegen und ist zufrieden. Mit Heinz-Dieters Blicken? Jetzt nur noch ein paar kleine Details, wie und wo wir versichert sind. In Germany? Dann bitte diesen Zettel noch und hier diese Unterschriften. Da bin auch ich soweit, ich unterschreibe nur noch, wo die Markierung es mir anempfiehlt. Was soll mich jetzt noch erschüttern?

Eine nette Spanierin, grün bekittelt, mit Mundschutz um den Hals, führt mich zum x-ray Raum. Der Weg dahin ist eine kleine Offenbarung. Wir kommen an mindestens zehn Behandlungsräumen vorbei, die allesamt als offene Boxen konzipiert sind, was sowohl Mitwissen als auch Mitgefühl der Patienten untereinander ermöglicht. Vom Flur aus könnte ich meinen Leidensgenossen zuwinken. Tu ich aber nicht. Untereinander haben sie keinen Blickkontakt, da zwischen den Stühlen kurze, halbhohe Wände stehen. Man weiß ja, wie neugierig die Menschen sind.

Mein Lüneburger Zahnarzt hatte mir eine Röntgenaufnahme meines rebellischen Zahnes mitgegeben, mit dem Hinweis, dass man sicher noch eine neue anfertigen werde. Auf diese Aufnahme bin ich deshalb vorbereitet, weshalb ich meiner Spanierin, mit einem aufgeklebten Glitzerstein an einem Zahn (aha, deshalb den Mundschutz auch lieber nur um den Hals, sonst sieht man's ja nicht), auch vertrauensvoll zu den x-rays folge. Alle Achtung! Hier ist Hightech angesagt, in vollem Umfang – und doch hat auch dieser Raum die Nippellichtschalter vergangener Jahrzehnte. Nach ungefähr der 10. Aufnahme, übrigens digital und damit sofort in unglaublich hervorragender Qualität auf dem Rechner verfügbar (jeder Arzt, der das mal gesehen hat, muss von Hintervorgestern sein, wenn er bereit ist, noch mit anderer Röntgentechnik zu arbeiten), stelle ich nochmals klar, dass es sich nur um einen Zahn handele. Ja, das wisse sie, lächelt der Glitzerstein mir beruhigend zu. Sie setzt ihre Fotoserie unbeirrt fort. Nach der 15. Aufnahme versuche ich es unbeholfen mit einem kleinen Scherz: Das scheine ja eine »never ending story« zu sein. Es glitzert wieder und ich erfahre, dass der Doktor das so wünsche. Ich bin nur mäßig überzeugt.

Knöllchen hielt mich offenbar für verschollen und hat nach mir gesucht, mit Erfolg. Er steht plötzlich in der Tür. Ein schneller Austausch kommt zu dem Ergebnis, dass diese Fotosession so etwas wie eine gründliche Bestandsaufnahme für Erstpatienten sein müsse. Nach etwa 20 – 30 Aufnahmen findet dann auch der grüne Kittel, es sei genug und führt mich in eine der Boxen. Beinahe fange ich an zu bellen. Die magere, sparsame, asketische Möblierung verschlägt mir aber die Sprache. Vor allem aber wegen dieses mich immer befremdenden Nebeneinanders von dem, was wir vielleicht primitiv nennen würden und den neuesten Technologien. Direkt am Behandlungsstuhl ist der Monitor angebracht, der bereits eine kleine Auswahl meiner Zähne zeigt, auch den Bösewicht. Bevor ich eine Chance habe, mich in die Unterhaltung in meiner Nachbarschaft einzuhören – da muss ich wirklich schneller werden –, erscheint eine junge Asiatin und stellt sich als Doktor irgendwer vor. Das ist mir vertraut. Außer Ärzten habe ich noch keine Berufsgruppe angetroffen, die sich selbst mit Titel vorstellt. Ohne auch nur einen Blick in meinen Mund geworfen zu haben – und dafür habe ich mir die Zähne extra frisch geputzt – erklärt mir

Frau Doktor, der zu behandelnde Zahn befinde sich unter einer schlechten Brücke. Die Brücke ist erst wenige Monate alt (Dr. P., was hast Du da gemacht für so viel Geld!). Recht ausführlich schildert sie mir, wie demnächst die Bakterien ihre Chance unter dieser Brücke nutzen würden. Eine neue Brücke sei meine einzige Chance. Jeglicher Humor ist mir plötzlich nur noch schwer zugänglich. Madame Schlitzauge guckt doch etwas irritiert, als sie von mir die knappen Worte vernimmt: At first root-treatment only! Any other discussion later, please! Oh, die Wurzelbehandlung! Nein, die könne man in dieser Praxis nicht machen. Dafür müsse ich zu einem Spezialisten, dann könne ich zurückkommen und man mache mir eine ordentliche Brücke.
Auf der Stelle stehe ich auf. Ich habe ganz vergessen, dass ich ja eigentlich noch gar nicht wirklich so gut Englisch spreche. Ich verlange den Chef. Manager oder Medical, fragt man. Ich will den Managerchef. Knöllchen war anschließend tief beeindruckt, wie umfangreich mein Vokabular, zumindest in solchen Situationen, abrufbar ist. Ich erkläre meine Verärgerung darüber, dass man derart viele Röntgenaufnahmen gemacht und mir Zeit gestohlen habe, nur um mir mitzuteilen, dass man meinen Zahn nicht behandeln könne. Mein Abschlusssatz lautet: »We didn't ask you to do that and won't pay any x-ray!« Die Managerin tut sehr bedauernd, sichert aber zu, dass wir keine Rechnung bekommen würden. Sie entschuldigt sich und rät mir, mit der abschließenden Behandlung bis zu unserem Septemberbesuch in Deutschland zu warten. Nach der Erfahrung wirklich eine gute Idee. Hoffentlich findet mein Zahn das auch und ist bereit, Andreas Schauergeschichten ein weiteres Mal Lügen zu strafen.
Im Nachhinein wissen wir, dass wir in einer Praxis gelandet sind, die sich im großen Stil auf Zahnkosmetik spezialisiert hat. Doch nicht so einfach mit den Yellow Pages!

13.9.2004

House Warming Party
Liebe Freunde,
unsere Party war wirklich ein Erfolg. Man hat es sehr anerkennend bewertet, dass wir uns schon im Vorfeld jedem vorgestellt haben, den wir auf der Straße trafen und uns nun der ganzen Nachbarschaft vorstellen wollten. Wir sind froh, dass wir das gemacht haben. Nach unserer Party hat sich unsere Nachbarin erstmals mit Leuten am Pool verabredet. Ist doch was, oder? Ich habe schon zwei Verabredungen für die Zeit, wenn wir von unserem Intermezzo aus Germany zurück sein werden. Ich finde, das lässt sich gut an. Unsere Party ging eigentlich nur von 16.00 bis 18.00 Uhr (hat uns eine Freundin geraten, die hier mit einem Deutschen verheiratet ist und mir viele Kleinig-

keiten »beibrachte«). Um 11.00 Uhr gingen dann die letzten Gäste. Es waren dabei auch eine Holländerin, die mit einem Amerikaner verheiratet war, der leider gestorben ist und ein Paar, sie ein Gemisch aus Deutsch und Polnisch, er Amerikaner mit deutschem Großvater. Die wohnen in Nachbarorten, aber wir hatten sie schon auf anderen Wegen kennen gelernt. Die Holländerin arbeitet als Krankenschwester in Beverly Hills in einer bekannten Schönheitsklinik und konnte sehr interessante und amüsante Sachen berichten. Ganz lustig war das Durcheinander der verschiedenen Akzente, mit denen wir Englisch sprachen. Ich frage mich immer mehr, wer der eigentliche Amerikaner überhaupt ist. Eine Nachbarin ist in Dänemark geboren, spricht aber weniger Dänisch als wir. Der Enkel einer anderen Nachbarin ist laut Pass ein Deutscher, spricht aber kein Wort Deutsch. Der Freund der Deutsch-Polin mit seinem deutschen Großvater hat seinen ältesten Sohn Hans-Jürgen genannt. Und das in Amerika!
Es lohnt sich, diesem Land gegenüber offen zu sein und alles zu vergessen, was einem so erzählt wird, vor allem wenn es bewertende Aussagen sind (einschließlich meiner Berichte, da muss man schon konsequent sein).
Euch alles Gute!
Liebe Grüße, Eure Knölls

PS: Zu den Kleinigkeiten, die man uns beibrachte, gehört z. B., dass man besser nicht die Toilettentür wieder schließt, wenn man die Toilette verlässt. Amerikaner denken dann, sie sei noch immer besetzt und würden niemals an der Tür probieren, ob sie offen ist, weil man niemals jemanden auf die Weise stören oder drängeln würde.

17.9.2004

Grüße aus L.A.
Ihr lieben Freunde,
morgen schon fliegen wir für ein kurzes Intermezzo nach Deutschland. Absolut kein guter Zeitpunkt. Irgendwie ist es so, als hätte man ein Rad in Schwung gebracht und stoppt es dann, damit es für einige Zeit wieder in umgekehrter Richtung rollt. Echt mean!
Einer von Knöllchens Studenten, die nächste Woche ihre Praxissemesterberichte hätten präsentieren müssen, hatte sich bei HD gemeldet, dass er leider nicht kommen könne, da er z. Zt. in Kalifornien arbeite. Macht nichts, schrieb Knöll ihm, da bin ich auch. Es stellte sich heraus, dass er ganz in unserer Nähe wohnt. (Kalifornien ist etwa so groß wie ganz Deutschland, was die Fläche betrifft.) So konnten sich die beiden in der UCLA verabreden, wo dann heute die Präsentation stattfand. So klein kann die Welt sein.

Gebt Euch bitte Mühe und sorgt für einigermaßen warmes Wetter. Es ist jetzt 21 Uhr und noch herrlich warm. Das Wetter ist ein Grund, sich für dieses Land auf Dauer zu entscheiden. Das finden offensichtlich auch sehr viele Penner. So warm und beständig trocken ist es unter keiner deutschen Brücke. Hier wird unter Palmen am Strand gepennt.
Liebe Grüße,
Eure Knölls

4.10.2004

Zwischenstopp in Cardiff
Liebe Eva, lieber Michael,
habt vielen Dank für die schönen Tage, die wir auf unserer Rückreise von unserem Deutschland Intermezzo bei Euch sein durften. Leider war alles viel zu schnell vorbei. Aber so wissen wir eine Menge, was wir bei einem weiteren Besuch unternehmen können. Ich bin gespannt, wie unser erster Tag nach der Heimatpause hier werden wird. Es war schön, in unser Camarillo-Haus zu kommen, aber ansonsten ist es schon ein eigenartiges Gefühl, dass es nun für ein ganzes Jahr kein Zurück gibt. Hoffentlich erholt sich mein Gehirn ein wenig von der Chemo und dem Krankheitsstress, damit ich mir Vokabeln leichter merken kann, denn das ist zurzeit mein größtes Problem.
Liebe Eva, ich wünsche Euch beiden von ganzem Herzen, dass Ihr nach längerer Berufstätigkeit Euch wieder an das Lernen gewöhnt und Euer Aufbau-Studium erfolgreich angehen könnt. Eva, Du hast Deinen Bachelor und Deinen Master mit hervorragenden Noten abgeschlossen. Dann wird die Zusatzqualifikation als Lehrerin Dir auch gelingen. Mit den ersten Erfolgen wird sich von ganz allein der Spaß verdoppeln. Ich wünsche Euch sehr, dass Ihr das gemeinsame über Büchern Sitzen und Lernen als Freude erleben könnt und nicht als Last. Freizeit wird es so ganz viel nicht geben. Aber mit guter Zeiteinteilung werdet Ihr schon auch noch einige schöne Dinge außerhalb des Studiums planen können. Ihr beide seid ein tolles Paar und wenn ihr weiter an einem Strang zieht und Schritt für Schritt auf Euer Ziel hinarbeitet, dann werdet Ihr viel erreichen können. Jetzt werde ich noch mal versuchen zu schlafen.
Ganz liebe Grüße und vielen Dank,
Gabi-Mama

6.10.2004

Anpassungen
Liebe Christine,
ja, das Leben erfordert ständig neue Anpassungen. Erst muss man lernen,

seine eigenen Interessen denen der Kinder und der Familie unterzuordnen, dann steht man plötzlich vor der Aufgabe, sich wieder mehr auf seine eigenen Wünsche und neue Ziele zu besinnen. Allzu gut kann ich verstehen, dass in dieser Situation das Zusammenwohnen mit anderen Menschen, auch noch interessanten und intelligenten, eine Erleichterung und Bereicherung ist. Wie schön, dass Ihr beiden Frauen Euch gut versteht!! Ein einfaches Gespräch nebenbei, eine Tasse Kaffee ungeplant mal eingeschoben, kann den Tag schon retten. Dann hat man auch wieder Kraft, etwas alleine zu machen, ohne sich einsam zu fühlen. Dein Mann kommt in Deiner E-Mail nicht vor. In Deinem Leben aber schon?

Wir sind seit zwei Tagen wieder hier in USA. Die Zeit in Deutschland war bis auf die Treffen mit Freunden nicht gut. Ich habe es schon vorher gespürt, dass diese Unterbrechung nicht gut für mich ist. Wegen des Leerräumens der oberen Etage hatten wir viel Schufterei und auch viel Rummel. Alles stand bis zu unserer Abreise in unserer Wohnung rum. Ich fühlte mich gar nicht wohl. Außerdem war ich die erste Woche fast nur krank im Bett. Der Wetterwechsel hat mich erwischt. Es hat fast nur geregnet und war kalt. Am letzten Tag gab es noch große Aufregung im Nachgang zur Nachsorgeuntersuchung in Kiel. Man meinte dort, die schlechten Leberwerte als Hepatitis bewerten zu können. Leider wirkt das stärker nach, als man vielleicht annehmen könnte. Es hat mich gewissermaßen in die Realität geholt: Auch hier muss ich mit Sorgen und Ängsten leben, auch hier kann ich vor meiner Erkrankung nicht fliehen. Der Gedanke an das, was nach unserer Rückkehr kommen wird, beunruhigt mich sehr. Bis jetzt bin ich viel zu labil, um meine Praxis wieder zu machen. Ein Leben ohne ernsthafte Aufgabe allerdings ängstigt mich auch. Ich beneide die Frauen, die damit zufrieden sind, ihr Haus zu schmücken, zu kochen, zu backen ... .. Allein der Gedanke an ein solches Dasein macht mich krank. Hier kann ich im Moment aber noch nicht wieder anknüpfen an das gute Gefühl vor unserer Reise. Gleich fahren wir in ein Fitnessstudio, um zu sehen, ob das was für uns sein könnte. Gestern Abend war ich mit einer Nachbarin in deren Studio. Mal sehen, wie wir uns entscheiden. Liebe Christine, Euch alles Gute, Dir besonders.

Liebe Grüße, Gabi

8.10.2004

Krank in der Fremde
Liebe Familie K.,
nun sind wir wieder zurück in Camarillo und sollten eigentlich glücklich sein. Ganz so einfach scheint uns das Wandern zwischen den Welten wohl doch nicht

zu gelingen. Zumindest bei mir überfordert das meine psychische Spannkraft, was sicherlich zumindest zum Teil noch Auswirkungen der Belastungen durch meine Erkrankung sind. Beide Welten locken und beide machen Angst. Auch in diesen 1 1/2 Wochen haben wir das Aufgehobensein bei und Zusammensein mit unseren Freunden und Bekannten als das eigentliche Zuhause erlebt. Das tut so gut! Und in diesem Zusammenhang möchten wir uns bei Ihnen ganz, ganz herzlich für die schönen Stunden in Ihrem Hause bedanken. Von dem guten Essen einmal ganz abgesehen, findet man bei Ihnen eine so gelungene Kombination von Warmherzigkeit, Natürlichkeit und intelligentem Witz. All das brauche ich sehr. Natürlich sind unsere hiesigen Beziehungen noch weit von solchem Erleben entfernt. Das wäre also ein Punkt, der uns durchaus schon mit Freude auf unsere Heimkehr schauen lassen müsste, gäbe es nicht doch auch dort bedeutsame Lebensbereiche, die mich eher ängstigen. Dazu gehört meine unsichere berufliche Perspektive. Bei allem, was sich auf dem Psychomarkt derzeit abspielt, ist es sehr fraglich, ob ich wieder Fuß fassen könnte. Wenn, dann wird das nur mit einem gewaltigen Kraftakt gelingen. Zudem weiß ich gar nicht, ob ich den psychischen Erfordernissen dieses Berufes überhaupt noch gerecht werde. Nach wie vor gelingt es mir noch gar nicht, die Probleme anderer Menschen als das zu behandeln, was sie sind: die Probleme anderer. Es landet alles mitten in mir – und das ist für beide Seiten nicht gut. Natürlich hoffe ich so oder so, dass ich mich noch weiter stabilisieren werde. Bei meiner Nachsorge in Kiel stellte man erhöhte Leberwerte fest, was man dort zum Anlass nahm, eine Hepatitis zu vermuten bzw. eine solche ausschließen zu wollen. Diese Nachricht erreichte uns am Tag vor dem Abflug. Die anempfohlene Sonographie erledigte unser Hausarzt ohne »böse« Erkenntnisse. Er fand auch die Werte nur diskret erhöht und wertete die Kieler Besorgnis als universitäre Überreaktion. Während ich schon im Flieger saß auf dem Weg zu unserer Tochter, sprach er nochmals mit seinen Kollegen in Kiel und riet mir in einem Telefonat zwischen Wales und Deutschland, das alles zu vergessen. Ich täte es so gern!!! Zwar kann ich mir eine Hepatitis überhaupt nicht vorstellen, jedoch weiß ich nun, dass ich auch hier vor gar nichts davonlaufen kann. Ich schaufle mich nun mit Arbeit und Aktivitäten zu, nur um mich der merkwürdigen Stimmung zu entwinden, die mich seit unserer Rückkehr gefangen hält. Es ist nicht so leicht, an das gute Gefühl vor unserer Heimfahrt einfach anzuknüpfen. Mir ist plötzlich bewusst, dass ein Jahr doch eine lange Zeit sein kann. Wenn man unsere Freunde aus LG hierher holen könnte, wäre die Welt absolut perfekt! Das wunderbare Sommerwetter wird es mir aber sicher leicht machen, auch hier wieder heimisch zu werden. Noch diese Woche fangen wir an zu golfen. Heute haben wir uns auch in einem Fitnesscenter eingeschrieben.

Liebe Familie K., genießen Sie das Leben und seien Sie herzlich gegrüßt! Ihre Knölls

Liebe Frau K.,
wie wunderbar eine so lange E-Mail!!! Jedes Wort tut gut! Haben Sie vielen Dank! Zwar habe ich einige Tränen geweint beim Lesen, aber das befreit! Da Sie Sonntag schon on tour sind, will ich nur ganz rasch antworten, da wir morgen den ganzen Tag unterwegs sein werden.
Was meine »Stimmung« betrifft, so stufe ich es selber als leichte Depression ein. Vielleicht ist es, wie auch meine Knochenschmerzen, eine Folge der Antihormonbehandlung? Vom Kopf her weiß ich, dass alle meine negativen Gedanken Quatsch sind, aber ich kann sie nicht einfach abstellen. In solchen Zeiten denke ich, dass niemand so dumm und unfähig ist wie ich, jeder kann alles besser als ich. Da hilft es mir wenig, dass ich natürlich weiß, dass das nicht so ganz stimmt. In den schlechten Stunden kann ich sehr die Menschen verstehen, die sich aus solchen Stimmungen heraus für Schönheitsoperationen entscheiden mit der Überzeugung, es ginge ihnen besser, wenn sie besser aussähen. Ich denke stattdessen, es ginge mir besser, wenn ich das oder das besser könnte. Sowohl das eine als auch das andere ist natürlich Unsinn. Wahr ist vielmehr, dass sowohl vermeintliche Schönheitsmängel als auch das, was man nicht kann, weniger krass gesehen wird und weniger Bedeutung hat, wenn es einem gut geht. Aber auch hier bin ich nicht hoffnungslos verloren. Wir haben schon einen Psychologen gefunden. Das ist eine gute Absicherung für den Fall, dass meine Depression nicht verfliegt. Mir hilft es zu wissen, was ich im Notfall tun kann. Es ist aber nicht so, dass ich den ganzen Tag traurig in der Gegend rumhänge. Ich kann unser Leben hier schon sehr genießen. Heute hatten wir unsere erste Golfstunde (da wir zwei Jahre gar nicht gespielt haben, müssen wir erst wieder fit werden für den Platz). Es ist unfassbar, welch wunderbares Wetter wir haben. Im warmen Sonnenschein mit Blick auf unsere Berge ist das Spiel schon ein Genuss. Völlig überrascht waren wir beide, dass wir gar nicht so schlecht waren. Das macht Hoffnung. Das Training war eine Generalprobe für die Belastbarkeit meines Armes. Ich habe das Gefühl, dass ich es wagen kann, weiterhin zu golfen, obwohl es nach Ansicht einiger deutscher, nicht amerikanischer Mediziner zu den Aktivitäten gehört, die man unterlassen sollte, um ein Lymphödem zu vermeiden. Kaum waren wir zu Hause, kam ein Nachbar vorbei, um uns mitzuteilen, dass er heute wieder Vater geworden sei (sein viertes Kind, aber das erste mit dieser Frau). Das Kind heißt Anneliese!!! und wurde mit Kaiserschnitt geboren. Die Mutter wird schon Sonntag nach Hause kommen. Vielleicht können Knöllchen und ich uns Anneliese ab und

zu für einen Spaziergang ausleihen. Liebe Frau K., genießen Sie Ihre Reise möglichst ohne Schmerzen und Verspannungen. Ich bin wirklich gespannt, von Ihnen zu hören.
Liebe Grüße an Sie und Ihren Mann samt Katze,
Ihre Gabi Knöll

11.10.2004

Sicherheit aus Vorurteilen
Lieber Freund,
ich habe die Überzeugung, dass es immer gut tut, den eigenen Horizont zu erweitern. Je mehr man gesehen und vor allem verstanden hat, umso mehr relativiert sich das eine oder andere an Meinungen, die man mal gebildet hat. Wobei ich aber glaube, dass das mit Reisen allein nicht geht. Ich kenne zu viele Leute, die eigentlich auf Reisen unbewusst nur nach Bestätigungen ihrer Vorurteile suchen und diese natürlich auch finden (nach dem Prinzip des Juden von Andorra). Ein längerer Aufenthalt allein ändert daran aber nur dann etwas, wenn man sich ehrlich bemüht, dem Land und den Menschen offen zu begegnen. Das ist nicht leicht! Meine eigenen Berichte lassen ja letztlich auch deutlich werden, dass ich das, was ich hier erlebe, durch die Brille meiner Vorurteile betrachte und bewerte. Überhaupt die Bewertungen! Was bringt uns dazu zu behaupten, die Amerikaner seien oberflächlich und ungebildet, allenfalls Fachidioten? Diese Frage beschäftigt mich ernsthaft. Da gibt es die Touristen, die auf ihrer kilometerreichen Reise durch die Staaten mit »Amerikanern« in Kontakt kommen, dabei einen treffen, der nicht weiß, wo Rom liegt, und schon steht fest: »Sage ich doch! Die Amis sind ungebildet.« Ich weiß nicht, was Reisende durch Deutschland nach diesem »pars pro toto«-Prinzip über uns Deutsche denken müssen. Vielleicht, die Deutschen stottern alle und haben rote Haare, weil ihnen am Flughafen ein stotternder rothaariger Kellner das Essen servierte?!? Diese Gruppe lassen wir also mal aus, da evident ist, dass das eher von unserer eigenen Dummheit zeugt als von der der Menschen, die wir beurteilen. Allerdings kommen diese Menschen ja zurück nach Deutschland und beschreiben uns Daheimgebliebenen ein Bild über Amerika und die Amerikaner, das den circulus vitiosus unserer Vorurteile fleißig nährt und am Leben hält. Besonders gut fühlen wir uns in solchen Runden, wenn wir diesbezügliche Erfahrungen untereinander bestätigend austauschen können. Das gibt uns Sicherheit, auch Selbstsicherheit. Wir können uns auf einfache Art selber in Abgrenzung zu den Amis als bessere, zumindest als gebildetere und tiefgründig ehrlichere Menschen definieren.
Ich habe für mich beschlossen, dass das weder den Amerikanern noch meinem

Anspruch an mich selbst gerecht wird. Aber es anders zu machen, ist, wie gesagt, nicht leicht. Wir tun das ja nicht, weil wir böse Menschen sind. Ich glaube, dass es normal und menschlich ist und vielleicht auch evolutionsgeschichtlich notwendig war, dass wir allem, was fremd und damit anders ist, argwöhnisch gegenüberstehen, es als fremd identifizieren und uns als Gruppe unserer selbst bestätigen und versichern, indem wir uns in Abgrenzung dazu unserer Besonderheit vergewissern.

Und was beeinflusst die Art unserer Bewertung? Nur Logik? Fakten? Kann es da Objektivität geben? Gerade nicht. Bestimmt möchte ich mir nicht anmaßen zu behaupten, ich hätte eine Idee, was die Determinanten dieses sicherlich multifaktoriellen Geschehens sind. Meine Beobachtung ist aber, dass wir bei der Wahrnehmung und Bewertung unserer Welt meistens immer wieder den gleichen Filter nutzen. Dieser Filter heißt Ähnlichkeit/Andersartigkeit. Wir suchen nach Ähnlichkeiten, um uns sicher, geborgen und verstanden zu fühlen. Wir suchen nach Andersartigkeit, weil das zwar einerseits reizvoll ist, was aber eben auch Verunsicherung bis Angst bedeutet.

Aber dafür haben wir eine Geheimwaffe. Verunsichert sind wir nur so lange, wie wir dem Fremden keinen Namen geben können, solange wir es nicht in unser Normensystem, unsere Nomenklatur einordnen können. Und genau da sind uns unsere Vorurteile ein »hilfreiches« Instrument.

So fremd ist das ja gar nicht alles, was wir so zu sehen bekommen. Das eine oder andere ist doch sehr vertraut, eben durch unser Vorurteil. Wer nun eher ein hohes Maß an Vertrautsein, an Übereinstimmung braucht, wird vielleicht eher geneigt sein, schnell, vielleicht zu schnell, nach Bestätigung seiner Vorurteile zu suchen, damit für ihn alles im Lot ist. Das kann ähnlich wie bei den »pars-pro-toto« Touristen auch bei einem längeren Aufenthalt der Fall sein. Wer durch die Vorurteilsbrille schaut und bewertet, wird sich ganz sicher eher all die Begebenheiten merken, die seine Meinung bestärkten als die, die ihn eines anderen hätten belehren können. Da bleiben dann eher die Kollegen im Gedächtnis, mit denen man nur fachlich diskutieren konnte und die daneben ein erschreckend geringes Interesse an durchdringendem Denken anderer Zusammenhänge erkennen ließen. Vergessen, erst gar nicht wahrgenommen oder bewusst schon als Ausnahme bewertet, werden jene Begegnungen, in denen wir die Chance hatten dazuzulernen, Begegnungen mit Menschen von geistiger Offenheit, Bildung und intelligentem Witz. Ganz ehrlich, begegnen die uns in Deutschland alle Tage?

Ganz unversehens ist das nun zu einem gedanklichen Exkurs geraten, von dem ich gar nicht weiß, ob das überhaupt nachvollziehbar ist. Ich arbeite im Moment jedenfalls daran, mich zu öffnen für das, was dieses Land mir bietet, auch an Menschen. Ich möchte sie so gerne verstehen und nicht voreilig bewerten unter Inanspruchnahme meiner Muster, die naturgemäß die amerikanische Kultur nicht berücksichtigen. Das Tun und Handeln anderer muss man versuchen durch sie selbst erfahrbar zu machen, nicht durch sich selbst. Oh, mein Gott, wie kann man das nur griffiger, verständlicher ausdrücken, was ich meine!

Heute durften wir erleben, wie eines von Knöllchens Vorurteilen widerlegt wurde. Knöllchen hat immer behauptet, der »normale« amerikanische Angestellte denkt nur in vorgegebenen Bahnen, hält sich genau an den Buchstaben und, was rechts und links davon abweicht, gibt es nicht. So gerieten wir in Not, als wir gestern feststellten, dass man bei der Beantragung meiner Social Security Number versehentlich unsere Adresse falsch notiert hatte. Wir waren davon überzeugt, dass der normale amerikanische Postbeamte nun feststellen wird, dass es die »Pleasant Mill Road« nicht gibt und die Post zurückgehen wird, was uns Tage kosten würde. Aber so ist es nicht gekommen. Heute erreichte uns der Brief mit falscher Anschrift ordnungsgemäß in der Pheasant Hill Road. Da hat einer eben doch überlegt, was gemeint sein könnte! Camarillo ist ja kein Dorf. Wir haben immerhin über 60.000 Einwohner und Knölls sind gänzlich unbekannt. Die Menschen hier wie dort lassen sich offensichtlich nicht so ohne weiteres in Schubladen stecken. Ich finde, der Postmensch war sehr pfiffig!

Ich wünsche Euch genügend Zeit mit lieben Menschen. Man hat doch nur dieses eine Leben.

Liebe Grüße, Eure Knölls

12.10.2004

Bible Talk zur Integration
Liebe Erdmute,
war das eine Überraschung, als ich Deine E-Mail vorfand! Und dann das ungewöhnliche Erlebnis, aus dem Computer einen handgeschriebenen Brief zu fischen. Habe ganz vielen Dank, das war eine große Freude für mich. Allerdings musste ich erst warten, bis Knöllchen aus der Uni kam, da ich mit Eurer Datei nicht umgehen konnte. Jetzt komme ich gerade von meinen Nachbarn, Dana und Bob, die mich zum Bible-Talk eingeladen hatten. Zehn Leute aus der Kirchengemeinde haben sich getroffen und wollen das jetzt regelmäßig tun. Ich werde mitmachen und mal sehen, was das für mich bringt. Eigentlich bin ich ja gar nicht so sehr in Sachen Kirche engagiert. Man hat sich in der Runde sehr gefreut, als ich sagte, ich wolle mich integrieren und nicht wie ein Besucher hier leben. Ich habe wirklich den Eindruck, dass man durchaus bereit ist, uns dabei zu helfen.

Liebe Erdmute, Du schreibst gar nicht, wie es Dir sonst so geht? Fühlst Du Dich krank oder genesen? Spielt der Krebs in Deinem Alltag noch eine Rolle? Ist bei Dir irgendwas seelisch oder körperlich hängen geblieben? Ja, ich bin noch immer so dünnhäutig. Als wir in Deutschland waren, klingelte es an der Tür und draußen stand einer, der uns Staubsauger verkaufen wollte. Ein armer Kerl, der mein Mitleid hatte, weil er krank und behindert wirkte. Natürlich kaufte ich nichts, aber als ich die Tür wieder schloss, stand ich da und weinte. Allein schon, dass der arme Kerl einen so bescheuerten Beruf hat! Und so geht es mir ständig. Das Leid aller Menschen, in die ich mich versuche hineinzufühlen, landet gleich mitten in mir.

Liebe Erdmute, Knöllchen ruft nach mir. Wir wollen den Tag ausklingen lassen. Besser, ich schicke diese E-Mail unvollendet ab, als dass ich noch viele Tage warte. Nur eines noch ganz schnell: Wir sind aus dem VEID (Verwaiste Eltern in Deutschland e. V.) ausgetreten. Es war für meine Genesung notwendig, diese Distanz herzustellen. Ich will auch eigentlich gar nichts mehr davon wissen. Jeder tut das, was er kann und ich habe meinen Teil geleistet, wahrhaftig! Jetzt habe ich andere Interessen und Notwendigkeiten. Ganz liebe Grüße und weiter so schöne Erlebnisse wie Museumsbesuche,
Deine Gabi

13.10.2004

Nachtrag
Liebe Erdmute,
es ist schon sehr bedrückend, was Du über Liebermann und seine Frau schreibst. Eine Nachbarin hier, Eva M., hat ebenfalls ein typisch deutsch-jüdisches Schicksal. Ihr Vater war Arzt und wohl sehr anerkannt. Der Mädchenname der Nachbarin ist Rothschild. Das hat die Familie nicht davor bewahrt, verfolgt zu werden. Mit viel Glück, aber nach entsetzlichen Erlebnissen, auch für die Kinder, gelang die Flucht nach USA. Eva war damals acht Jahre alt. Bis heute hat sie ein Gefühl der Heimatlosigkeit. Ich darf gar nicht erst anfangen, mich in diese Dame einzufühlen. Natürlich will sie mir immer mal wieder davon erzählen, aber mich belastet es, sonst trage ich auch deren Trauer und Entsetzen in mir. Obwohl ich doch eigentlich so gut mit meiner Krankheit und den Behandlungen zurechtgekommen bin, muss ich innerlich doch mächtig durcheinander geschüttelt worden sein. Die Einzigen, deren »Zustandsberichte« ich hören und lesen mag, sind die von Mitkranken, die genesen sind. Dann weiß ich oft, dass ich normal bin, dass es denen auch nicht viel anders geht – oder zumindest eine Zeit ging – als mir. So, jetzt muss ich schon wieder für meinen Midterm Test lernen. Mein Gedächtnis ist einfach hundsmiserabel nach all

dem Stress. Was ich jetzt weiß, habe ich gleich vergessen. Euch wünsche ich einen sonnigen Herbst mit klarer Luft. Genießt Euch, die Gartenarbeit (oder ist das eher Last?) und das Leben überhaupt bei Eurer großen Familie. Wir erwarten einen Tag mit Temperaturen von etwa 25 Grad. Die Sonne scheint schon, nur ist es noch nicht so warm. Wenn man doch nur dieses Wetter mit nach Deutschland nehmen könnte!!!!
Liebe Grüße, Eure Gabi

18.10.2004

Gutgehen
Liebe Annemarie,
mach Dir keine Sorgen um mich. Mir geht es wieder gut. Dennoch habe ich mir einen Psychotherapeuten gesucht. Ein erstes Gespräch hatte ich schon. Als ich wieder hier ankam, fühlte ich, dass ich weder in der einen noch in der anderen Welt zu Hause bin. Ich fühlte mich gewissermaßen heimatlos. Hier fehlten mir meine Freunde, dort war aber auch alles so im Umbruch, dass mir der Gedanke an das Heimkommen in einem Jahr plötzlich große Angst machte. Es ist seit dem letzten Jahr so viel geschehen (meine Krankheit, das Rauslösen aus den Verwaisten Eltern und, zumindest vorübergehend, aus meiner Praxis, das Vermieten der oberen Etage, …), dass ich mich jetzt fühle wie der Indianer nach seiner ersten Zugreise. Der musste sich nach seiner Ankunft auch erst mal auf den Bahnsteig setzen, weil er meinte, sein Körper sein zwar schon angekommen, aber jetzt müsse er noch auf seine Seele warten. So geht es mir auch. Ich muss jetzt (nachdem erstmalig ein wenig Ruhe einkehrt) anfangen, alles zu sortieren, was im letzten Jahr geschehen ist, und es in Hinblick auf das, was es für mein weiteres Leben bedeutet, beleuchten, hinterfragen und bewerten. Wenn der Prozess gut verläuft, kann ich danach neue Pläne fassen und mit Ruhe in die Zukunft schauen. Dafür bin ich dankbar, dass ich einen kompetenten Helfer habe und nicht, ohnehin weit weg von Freunden und z. B. Dir, alles alleine schaffen muss. Seit ich diese Gewissheit habe, geht es mir wieder richtig gut.
Was aber ist bei Dir geschehen? Was gab es so Trauriges? Bitte schone mich nicht, das hieße, dass ich nicht mehr wirklich am Leben teilhabe, dann würden Beziehungen irgendwie künstlich. Ich versuche gleich mal, Dich anzurufen. Falls ich Dich nicht erreiche, auf diesem Wege alles Liebe und Gute!
Freu mich auf Deine nächste Mail!
Deine Gabi

18.10.2004

Freude
Liebe Annemarie,
das muss ich Dir nur kurz erzählen, weil es mich so freut. Über eine Kommilitonin habe ich Kontakt zu einer deutschen Familie. Sie lebt schon seit vielen Jahren in USA und seit drei Jahren hier im Nachbarort. Die Töchter, die jüngste hat gerade den Highschool Abschluss gemacht, sprechen nur englisch miteinander, mit den Eltern aber deutsch. Wir werden uns demnächst treffen, haben heute schon E-Mails geschrieben nach dem Anruf. Darauf freue ich mich sehr. Das klingt so spannend!
Diese Frau hat durch den Arbeitgeber ihres Mannes, die Pharmafirma Amgen, die das tolle und sehr teure Medikament entwickelt hat, das ich mir nach der Chemo immer spritzen musste (besser: durfte) und das geholfen hat, schneller wieder die weißen Blutkörperchen aufzubauen, die die Chemo vernichtet hat, Kontakte zu anderen Frauen, deren Männer dort arbeiten, natürlich auch Amis. Diese Frauen treffen sich regelmäßig zum Essen. Dorthin will sie mich auch mitnehmen.
Klingt doch gut, oder? Siehst Du, es entwickelt sich!
Liebe Grüße,
Deine Gabi

18.10.2004

Tod eines Schülers
Liebe Annemarie,
nur eine kurze Antwort, weil ich gleich mit Dieter zum Sport will. Ich bin der festen Überzeugung, dass wir von Sterbenden und Toten mehr über das Leben erfahren können als von den Lebenden. Es gibt so einen Spruch, der ungefähr heißt: Die Lebenden schließen den Toten die Augen. Die Toten öffnen den Lebenden die Augen. In diesem Sinne wird das, was Du erlebt hast, noch viel in Dir lebendig werden lassen. Es kann eine spannende Entdeckung sein. Wenn es Dir gelingt, den Eltern auch nur ansatzweise (und das gerne auch noch nach langer Zeit) zu verdeutlichen, was Du alles von ihrem Sohn gelernt hast, wie wichtig er für Dich war und aufgrund der Erfahrung auch immer bleiben wird, dann tust Du zusätzlich Gutes. Du hast etwas ausgesprochen Kostbares erlebt, denn nicht jeder von uns hat eine solche Chance bzw. er nimmt sie nicht wahr. Liebe Annemarie, neben aller Traurigkeit scheinst Du viel Ruhe und Kraft zu bekommen. Hoffentlich geht es seinen Eltern auch so. Übrigens: Lücken lassen sich nicht schließen. Man muss es auch gar nicht versuchen. Besser ist zu lernen, mit der Lücke zu leben. Das kann man schaffen, sogar glücklich, nach mehr oder weniger langer Zeit.
Liebe und Grüße, Deine Gabi

25.10.2004
Internationale Kontakte
Liebe Freunde,
inzwischen kann ich nur bestätigen, dass die Bekanntschaften hier sehr international werden. Ich habe eine Kommilitonin, mit der ich viel zusammen bin, die als Afrikanerin seit ihrem 10. Lebensjahr in Frankreich lebte, einen Mann geheiratet hat aus der Italienischen Schweiz, der also Italiener ist, mit diesem dann u. a. in Zürich gelebt hat, deshalb auch recht gut deutsch spricht, nun seit drei Jahren hier ist und ebenfalls ihr Englisch perfektionieren will. Leider kam für diese Bekannte gerade der Marschbefehl nach Paris. So werden wir uns im Dezember wieder trennen. Gestern nahm ich zum ersten Mal am Ladies Lunch der Amgenfrauen teil und hatte viel Spaß! So gibt es auch für mich zunehmend mit den wachsenden Kontakten die Gelegenheit Englisch zu sprechen. Camarillo feiert z. Zeit seinen 40. Geburtstag. Heute gibt es aus diesem Anlass ein »Beatles« Konzert im Stadtpark. Dorthin werden wir mit Nachbarn gehen.
Übrigens hat unser jüngster Sohn mit 22 Jahren endlich auch seinen Führerschein gemacht.
Liebe Grüße aus dem inzwischen wieder sonnigen und warmen (tagsüber) Kalifornien,
Eure Knölls

8.11.2004
Uns geht es gut!
Lieber Michael,
habt vielen lieben Dank für Eure Geburtstagsgrüße. Ihr habt uns in den USA erreicht. Tatsächlich waren wir zwischenzeitlich für fast zwei Wochen in LG. Von dieser Reise kam ich völlig irritiert hierher zurück. Ich habe mein Deutschland plötzlich mit ganz anderen Augen gesehen. Ich habe dort versucht, Deutschland mit den Augen eines Fremden zu betrachten und habe mich gefragt, was ich dann wohl an meine Freunde in den USA über meine Erlebnisse schreiben würde. Ich fand, dass es keinen, absolut keinen Grund gibt für uns, sich in irgendeiner Form über Amerika lustig zu machen oder gar den Kopf zu schütteln.
Infolge meiner »launigen« Berichte, wie wir uns unsere neue Welt erobert haben, schickte man uns verschiedentlich Zeitungsartikel zu mit dem Duktus: »Echt, die Amerikaner sind schon leicht bekloppt. Bestenfalls kann man über sie lachen.« Seither habe ich große Probleme damit, die Serie meiner Berichte im alten Stil fortzusetzen, da ich auf keinen Fall in diesen Gesang mit einstimmen

möchte. So waren meine Berichte auch nie gedacht. Und doch habe natürlich auch ich mich von meinen Vorurteilen leiten lassen in der Art, wie ich das Neue hier betrachtete und bewertete. Das muss wohl damit zu tun haben, dass das Fremde so leichter auszuhalten ist. Auf jeden Fall scheint das einfacher zu sein, als sich wirklich einmal offen auf eine neue Kultur einzulassen. Die uns zugesandten Artikel fühlten sich für mich plötzlich so respektlos an, da ich ja schon begonnen hatte, mich mit den Menschen hier zu identifizieren. Auf keinen Fall möchte ich, dass man meine Berichte auch so verstehen kann: als respektlose und lieblose Verurteilung der Amerikaner. Unversehens kehrte ich aus Deutschland sehr nachdenklich zurück in das Land, das ich für zumindest ein Jahr bereits als meine neue Heimat adoptiert hatte. Das ist auch der Grund, warum weitere Berichte bislang nicht verschickt wurden. Ich müsste einige Zeilen dazu formulieren, um deutlich zu machen, dass es sich um Erlebnisse handelt, die einem passieren können, wenn man seine gewohnte Umgebung verlässt und man plötzlich Dinge erkennt, denen man zu Hause kaum Beachtung geschenkt hat. So gibt es z. B. durchaus auch in Deutschland Arztpraxen (siehe Bericht über meinen Zahnarztbesuch), in denen man hinter Wandschirmen aus Stoff gerade mal notdürftig optisch von seinen Leidensgenossen getrennt ist. Das Mithören der Gespräche ist Pflicht und wurde von mir schon oft als peinlich erlebt, wenn man den Herrn anschließend an seinen Schuhen wiedererkannte. Vieles aus meinen Schilderungen hätte ich damals nach meinem Umzug nach Lüneburg ähnlich belustigend an meine Freunde in Münster schreiben können. Wie auch immer, die Leichtigkeit ist mir ein wenig verloren gegangen. Nachdenkliches will aber vermutlich kaum jemand lesen.
Mein Geburtstag war wunderschön. Die Anrufe von meinen Kindern, die ich sehr, sehr vermisse, die vielen lieben E-Mails, dann ein echt amerikanischer Part: eine Workout-Trainerstunde, heute Nachmittag ein Besuch in einer unglaublich großen und tollen Buchhandlung. Überall standen Sofas und Sessel rum, in denen Leute saßen und lasen. Wer hätte das gedacht: Die Amis können lesen und tun es auch (oder tun die nur so?). Wahrscheinlich nur, wenn der Fernseher kaputt ist, aber da die ja nichts so ordentlich bauen wie die Deutschen, passiert das, Gott Lob, öfter mal. Immerhin oft genug, um riesige Buchhandlungen über Wasser zu halten. Jetzt habe ich auch wieder Nachschub.
Ich habe mir das absolute Kultbuch gekauft: The Da Vinci Code. Mit echten Buchstaben darin! Und für mich als kulturell anspruchsvolle Deutsche hatten die sogar eine Ausgabe vorrätig mit schönen Bildern. Um unseren neuen Freunden hier mal zu zeigen, was wir Deutschen unter guten, tiefgründigen Freundschaften verstehen, waren wir mit einer kleinen Runde Essen beim Italiener. Die drängeln sich offenbar überall rein. Nach dieser ersten Lektion werden wir

so ganz allmählich auch versuchen, das Gesprächsniveau zu steigern, und vor allem werden wir das Sprechen ohne Kaugummi einüben. Unser Schedule ist sehr eng, wir haben schließlich nur ein Jahr für unser Erziehungsprogramm. Wir können schließlich nicht die Gastfreundschaft genießen und die Leute hier in ihrer geistigen und anderweitigen Armseligkeit belassen. Dann wären wir ja keine Deutschen. Ach, ich merke, ich habe schon meinen Weg gefunden, mit der deutschen Überheblichkeit und Arroganz den Amerikanern gegenüber umzugehen.
Der Abend war jedenfalls sehr schön und lustig. Ich bin ungeheuer froh, hier so liebe Menschen gefunden zu haben. Morgen bin ich zum Kaffeeklatsch bei einer Deutschen, die 20 Frauen eingeladen hat, um so gemeinsam unseren Geburtstag zu feiern. Sie hat nämlich am 7.11. Die Freundinnen dieser Frau, Frauen aus aller Herren Länder, deren Männer in der gleichen Firma arbeiten, haben mich ebenso unkompliziert in ihren Kreis aufgenommen. Manchmal weiß ich wirklich nicht, wie und womit ich das alles verdient habe. Ihr seht also, kein Grund, sich Sorgen um uns zu machen. Knöllchen hat nur eine Sorge: dass er nach einem Jahr wieder nach Deutschland soll. Euch wünsche ich ein gutes Miteinander und gutes Auftanken im Kloster.
Seid lieb gegrüßt,
Eure Knölls

25.11.2005
Thanksgiving
Meine lieben Kinder,
nochmal in aller Deutlichkeit: Ihr seid die Diamanten in unserem Leben. Jeder von Euch! Merkwürdig, dass Ihr den Tag schon gelebt habt, der noch vor uns liegt.
Eine schöne Nacht wünschen wir Euch.
Mama und Papa

27.11.2004
Thanksgiving
Liebe Yvonne,
Du hast sehr liebe Freunde, die ja jetzt auch unsere sind. Wir haben Dich alle bei der Thanksgiving-Feier vermisst. Es wurde mehrfach gesagt, dass Du in Gedanken bei uns bist. Ich habe an dem Abend einige wirklich schöne Gespräche gehabt, u. a. mit Marion. Sie sucht ganz geschickt Themen aus, von denen sie annimmt, dass sie für mich interessant sind. Anushka hat eine sehr liebe Art. Als wir alle am Tisch saßen, hat sie eine Runde initiiert, wo jeder sagen sollte,

wofür er sehr dankbar ist. Das hat mir so gut gefallen, dass wir das gerne für Deutschland übernehmen möchten. Obwohl dabei sehr Nachdenkliches und auch Trauriges gesagt wurde, gab es ein so wunderbares Gefühl von »getragen sein«. Niemand musste sich alleine fühlen in seinen Gedanken. Wir haben uns zugeprostet und so zeigte jeder Anteil an dem anderen. Hinterher haben wir Frauen getanzt.
Liebe Yvonne, eigentlich ist es ja traurig, dass Du so liebe Freunde hier hast, Du aber nicht hier bist. Andererseits beweisen Deine Freunde hier doch sehr nachdrücklich, dass Du eine Frau bist, die zu solchen Freundschaften in der Lage ist. Du hast die Freundinnen gefunden und beständige Freundschaften daraus wachsen lassen. Diese Fähigkeit hast Du ja auch heute noch. So wirst Du mit Sicherheit auch dort in Kanada wieder gute Freunde finden. Aber natürlich, das dauert seine Zeit. Auch hier wirst Du am Anfang nicht gleich von Freundinnen umgeben gewesen sein. Aber ich bin die Allerletzte, die Geduld predigen darf. Ich kann Deine Sehnsucht, auch die nach Deinem Sohn, gut nachempfinden. Dieter und ich danken Dir jedenfalls von Herzen, dass Du uns den Kontakt zu Deinen Freunden ermöglicht hast. Hoffentlich war Euer Thanksgiving nicht allzu sehr überschattet von den Gedanken an den, der fehlte am Tisch.
Sei ganz lieb gegrüßt,
Deine Gabi

2.12.2004
Weitblick
Liebe Eva,
Yvonne hat schon mächtig Heimweh nach Thousand Oaks und den Freundinnen. Obwohl sie schon viele Leute in ihrer neuen Heimat Kanada kennt, fehlt aber natürlich noch die Vertrautheit. Einerseits ist sie stolz, dass sie uns so gute Freunde vermittelt hat, aber andererseits denke ich schon, dass es nicht leicht ist, uns das so zu gönnen. Da sind wir ja wirklich sehr weich gefallen. Heiligabend treffen wir wieder alle »geerbten« Freunde bei Anushka und am ersten Weihnachtstag sind wir bei Brigitte eingeladen.
Zu Deiner letzten Frage: Dein Papa hat nicht die Spur an Heimweh! Für ihn ist die Welt hier so in Ordnung. Sein Projekt läuft auch sehr gut. Die Umfrage wurde gerade gestartet. Nebenbei arbeitet er an verschiedenen Veröffentlichungen. Auch ich habe nur gelegentlich Heimweh. Das Wetter ist so unglaublich gut, fast immer nur blauer Himmel, da fällt es schwer, sich nach LG zu sehnen. Völlig unabhängig davon vermisse ich Euch – und das wird sicher Weihnachten auch die eine oder andere Träne kosten, aber das gehört dazu.

Ich muss dieses Wochenende auch ein wenig lernen, denn wir schreiben nächste Woche unsere Finals.
Liebe Evi, einen dicken Kuss, alles Liebe, grüße Michael,
Deine Mama

7.12.2004

Fraktionierte E-Mail
Liebe Marita,
obwohl wir gleich Besuch bekommen (ein Ehepaar aus meiner Bible Talk Runde), fange ich noch schnell die E-Mail an Dich an. Es sollte schon so lange sein! Es ist so schön, wenn Du uns so reichhaltig an Eurem Leben teilhaben lässt!
Jetzt, wo ich selber mitten im Abenteuer stecke, lerne ich erst so ganz allmählich das kennen, was unsere Kinder (auch die Jungen, die immerhin jeweils zwei Jahre im Ausland in die Schule gegangen sind) alles erlebt haben, was sie aushalten und meistern mussten. Ich glaube, dass ich sie allesamt damals gar nicht wirklich verstanden habe. Heute ist mein Respekt vor ihnen riesengroß. Ebenso übrigens auch vor den Asylbewerbern etc., die meistens sogar ohne irgendwelche Sprachkenntnisse und damit Kommunikationsmöglichkeiten mitten unter uns leben, meistens sogar nicht wirklich freiwillig und oft genug bereits tief verwundet, wenn sie kommen. Wie mögen die sich fühlen? Allerdings kann ich oft deren geringes Bemühen um einen ausreichenden Spracherwerb nun noch weniger verstehen.
Unser Besuch ist gerade gegangen. Es war super nett! Von 19.30 bis 23.30 Uhr haben wir ununterbrochen miteinander geredet und viel Spaß gehabt. Dass ich einen solchen Abend bestreiten kann, ohne ernsthaft in Schwierigkeiten zu gelangen, was meine Erwartungen an Gespräche betrifft, hätte ich mir vor drei Monaten noch nicht vorstellen können. Wir haben über alles Mögliche geredet, über den Einfluss von Freunden auf unsere Kinder, über die Frage, ob sehr erfolgreiche Partner den anderen entmutigen oder eher mitziehen, besondere Probleme bei Adoptionen, über meine Erkrankung, die Bedeutung eines gut funktionierenden Netzes in dieser Zeit, einen Vergleich von Bibel und der Ilias und Odyssee und was weiß ich.
Marita, Du hörst Dich rundherum glücklich und zufrieden an! Umgeben von Leben, Leben, Leben! Wunderbar! Das muss sich doch auf die Menschen in Deiner Umgebung positiv auswirken! Wie fühlt es sich an, Großmutter zu sein? Ich kann mir das noch gar nicht vorstellen. Eine Mutter, die eigentlich sehr gebeutelt war vom Leben, sagte einmal, durch ihr Enkelkind spüre sie soviel neue Lebenszärtlichkeit. Ich fand das sehr schön ausgedrückt. Mal sehen, ob

oder wann sich da in unserer Familie was tut. Und selbst wenn, stellt sich ja die Frage, inwieweit wir aufgrund der Entfernungen überhaupt wirklichen Anteil haben können.
Und wieder ein neuer Tag! (So wird es ein Tagebuch – oder eine fraktionierte E-Mail.) Und immer noch Regen. Man fängt schon an, sich bei uns für dieses Wetter zu entschuldigen. Die Weihnachtsaufführung der Kinder in der Kirche war unglaublich süß. Wir haben Tränen gelacht und auch vor Rührung geweint. Danach gab es im Gemeinderaum noch Snacks. Wir haben uns sehr angeregt unterhalten. Ich lernte einen Familientherapeuten kennen, der an der Pepperdine University Professor ist. (In unserer Kirchengemeinde hier in Camarillo wohnen allein sieben Professoren der Pepperdine University in Malibu, da dort das Leben unbezahlbar ist.) Klar, dass wir viel auszutauschen hatten. Solche Gespräche bereiten mir nun keine großartige Mühe mehr, es macht Spaß.
Ich lernte eine Frau kennen, die Lehrerin ist für gehörlose Erwachsene. Sie unterrichtet mit Lippenablesen, nicht Gebärdensprache. Nur 40 % der englischen Sprache ist visible, der Rest muss »aufgefüllt« werden, das heißt, man muss es sich denken. Was da wohl an Missverständnissen entstehen mag!
Liebe Marita, uns ereilte die Nachricht, dass eine Frau, mit der wir noch im Juli in Marburg gefeiert hatten, gestorben ist. Knöll und ich haben beide geheult, aber zugegebenermaßen nicht nur wegen dieser Frau (obwohl uns das auch sehr leid tut), sondern weil diese Nachricht uns unsere Ängste vor Augen führte. Nächste Woche habe ich meine erste Nachsorgeuntersuchung hier in den US.
Jonas hat übrigens nicht nur den Führerschein, sondern auch eine neue Freundin, die wir sogar kennen, da es eine Freundin von Dana und Nina ist, den Freundinnen von Jürgen und Peter. Drei Freundinnen haben drei Brüder zum Freund. Wirklich verrückt diese Welt. Das Allertollste ist, dass Gudrun, so heißt sie, ein Auto hat. So kann Jonas nun doch Fahrpraxis erwerben. Aber unabhängig davon scheint Gudrun nett zu sein, soweit ich das erinnere.
OK, jetzt muss ich dringend was essen, es ist schon zwei Uhr. Marita, sei ganz lieb gegrüßt, bitte auch Grüße an alle Kinder und Klaus, natürlich.
Liebe Grüße,
Deine Gabi

13.12.2004

Liebe rührt mich
Liebe Marita,
welch eine Freude, als Deine E-Mail auf dem Bildschirm erschien! Ich habe ge-

lesen und dabei geweint. Warum? Das weiß ich so genau gar nicht. Dieter war ganz ratlos. Vielleicht ist es einfach dieses Gefühl von Dankbarkeit, Freunde zu haben wie Dich. Wie gut tut das, wenn ich lesen darf, dass Deine Kinder sich Gedanken um mich machen! Ich finde das absolut nicht selbstverständlich. Was hast Du für wunderbare Kinder und wie schön ist es, dass ich mich so auch ein wenig als Teil Deiner Familie fühlen kann. Holger hat recht: Ich glaube recht sicher sagen zu können, dass ich nicht gefährdet bin, Opfer einer Sekte zu werden. Aber Deine Mädels haben auch recht. Es gibt hier so viele Sekten, kirchliche Gruppierungen oder wie man das alles nennen soll, dass ich erstens absolut keinen Überblick habe und zweitens wirklich misstrauisch auf der Lauer lag, ob das eventuell eine Sekte sein könnte, die sich da so nett um uns kümmert. Nichts wäre nerviger, als sich dann gegen eine Vereinnahmung wehren zu müssen. Es ist schon so, dass man sich für deutsche Verhältnisse ungewöhnlich interessiert um uns bemüht. Das macht misstrauisch. Andererseits aber ist es doch gerade das, was man von Christen erwarten dürfte, dass sie sich um neue Nachbarn kümmern, ihnen helfen heimisch zu werden, ihnen erste Kontaktmöglichkeiten bieten. Ich kann nicht sagen, dass man aufdringlich ist. Ist es dann nicht eigentlich schlimm, dass man dennoch gleich hinter dieser Zugewandtheit Böses vermutet? Es leben hier derart viele Menschen zusammen, die ihre Wurzeln in ganz anderen Ländern und Kulturen haben, dass es oft die Kirchen sind, die ihnen ein Gefühl von Zugehörigkeit verschaffen. In meinem Englischkurs haben meine Kommilitoninnen nach den Wochenenden oft als wichtigste Wochenendbeschäftigung den Gang in die Kirche benannt. Einige der jungen Mädels gingen teilweise mehrfach an einem Tag in die Kirche, weil sie dort ihre Freunde trafen. Socialising nennt man das hier. Ich habe beschlossen, erst mal – bei bleibender Wachsamkeit – an gute Absichten zu glauben und einfach nur zu genießen. Wir haben ja neben dem Bible-Talk auch schon andere nette Begegnungen mit einzelnen Kirchenmitgliedern gehabt. Es war auch während des Bible-Talk, als ich erstmals meinen geschwollenen Arm entdeckte. Mit dem Satz des Reha-Arztes im Ohr »ein Lymphödem ist immer chronisch« stieg in mir die Panik hoch. Ich sah mich schon gezwungen, meinen Sport und mein Golfen aufgeben zu müssen, infolgedessen fett und fetter werden, was ja ohnehin durch das Arimidex (Antihormon-Therapie) mein Schicksal ist, diesen schrecklichen Strumpf um den Arm tragen zu müssen, auch und gerade bei Hitze, das auch noch zusätzlich zu meiner Nekrose im Sprunggelenk (Folge der Chemotherapie), was mich ja ohnehin schon fast zum Krüppel macht. Obwohl ich gar nichts sagte, hat man gemerkt, dass etwas nicht in Ordnung war. Man fragte mich und war wirklich bei mir. Einerseits haben sie mir emotional Unterstützung gegeben und andererseits aber auch

klare Hilfestellung, an wen ich mich zur Abklärung wenden könne. In den nächsten Tagen erkundigte man sich, ob ich beim Arzt gewesen und was das Ergebnis sei. Das war ein gutes Gefühl. Jetzt ist eine andere aus der Gruppe an einem Bruch operiert worden und liegt zu Hause (lange Krankenhausaufenthalte leistet man sich hier nicht). Ich habe mitbekommen, wie man gleich organisiert hat, wer die Familie wann zum Essen einlädt bzw. etwas vorbeibringt. Klingt doch gut, oder?
In diesem Zusammenhang kann ich dann gleich einige Deiner Fragen beantworten. Meinen Chemo-Nekrose-Fuß spüre ich selten. Es scheint wirklich so, dass ich Wetterumschwünge sehr stark spüre. Das sind Tage, die es hier selten gibt, aber an denen ich keinen Strandspaziergang machen kann. Scheint die Sonne, ist es warm, dann vergesse ich meinen Fuß völlig. Allerdings muss ich schon nach wie vor noch versuchen, zur Entlastung des Sprunggelenkes Schuhe mit einem kleinem Absatz zu tragen. Insgesamt kann ich mit der Situation gut leben. Ebenso ist es mit den Knochenschmerzen, die als prominenteste Nebenwirkung von Arimidex (dessen Überlegenheit gegenüber Tamoxifen gerade auf einer Konferenz in Texas bestätigt wurde) mich schon sehr betroffen hatten. In Deutschland konnte ich mich teilweise kaum bücken, kaum eine Tasche tragen. Mir taten Knie, Hüften und Schultern sehr weh. Ich fühlte mich, wie ich glaube, dass das mit 80 vielleicht der Fall sein könnte. Hier in der Wärme sind die Knochenschmerzen kaum der Rede wert. Bleibt noch der geschwollene Arm: Der Arzt, den ich sofort aufsuchte, teilte nicht die Meinung, dass das nun so bleiben müsse. Er meinte, das sei eine erste Reaktion, da ich plötzlich gleichzeitig mit Sport und Golfen begonnen hätte, was natürlich einen vermehrten Lymphfluss produziere. Er meinte, das würde sich einspielen. Und so scheint es auch. Auf seinen Rat trage ich meine Uhr nun doch rechts, um jede Behinderung des Abflusses auszuschließen. Der Arm ist eigentlich nur minimal dicker, was mich aber nicht wirklich beschäftigt. Als ich die Uhr noch links trug, merkte ich das Anschwellen immer daran, dass sie stramm saß, was mich sofort in Alarmbereitschaft versetzte und ich meinen Arm ständig beobachtete. Jetzt schenke ich dem kaum noch Aufmerksamkeit. Wir laufen auf dem Golfplatz nur neun Löcher und damit komme ich gut zurecht. Als ich mit dem Sport begann, nahmen zunächst die Sehnen- oder Nervenschmerzen extrem zu, die ich im linken Arm seit der OP hatte. Es fühlte sich so an, als wäre da was zu kurz. Das hat sich völlig gelegt. Auch das Taubheitsgefühl, das ich fast am gesamten Oberarm hatte, ist weitgehend verschwunden. So gesehen gibt es gar nichts, worüber ich mich beschweren müsste. Ich fühle mich gesund und belastbar. Und dennoch fehlt mir zur Zeit das Vertrauen, dass das dauerhaft so sein soll. Wer weiß wie oft am Tag, meistens in sehr schönen Momenten,

ist neben dem Bewusstsein für die Schönheit dessen und neben der Dankbarkeit, dass ich das erleben darf, die Frage da: wer weiß wie lang? Sterbe ich hier oder schaffe ich das Jahr noch? Wozu will ich eigentlich noch mein Englisch verbessern? Wie wird das Sterben gehen? Das sind Sekunden, die mich aber nicht wirklich traurig machen, meistens. Oder ich sehe, wie HD sein Leben hier genießt, und sehe ihn plötzlich als Trauernden. Dann laufe ich heulend durch die Gegend, weil mir im Moment noch der Gedanke daran, dass man Menschen zurücklässt, die für einige Zeit leiden, das Furchtbarste ist. Ich finde, das hat Knöll nicht verdient. Neben diesen Gedanken gibt es ausgeprägte Zukunftspläne. So suche ich mir zur Zeit einen Job. Das heißt, ich versuche in einem nahegelegenen College entweder als Deutschlehrerin oder als Tutor für Deutsch oder zumindest als Nachhilfelehrerin anzukommen. Und natürlich setze ich auch im nächsten Semester mein Englisch fort.
Marita, wenn Du schreibst, wie schwer für Deine Töchter der Abschied voneinander war, dann geht mir das richtig unter die Haut. Dieses ewige Abschiednehmen ist echt ein unschöner Teil im Leben. Wie mutig von Hanna, dass sie diesen Schritt wirklich gewagt hat. Für alle ist es eine Chance zu lernen, mir solchen Gefühlen wie Sehnsucht zu leben. Ich wache hier übrigens fast jeden Morgen mit dem Gedanken auf: Ich will nach Hause. Ich habe Sehnsucht nach meinen Kindern und meinen Freunden. Das verfliegt dann wieder und während des Tages könnte ich mir sogar vorstellen, ganz hier zu bleiben. Aber der nächste Morgen meint wieder was anderes.
Liebe Marita, ich kann mich schon gar nicht mehr konzentrieren. Ich schicke die E-Mail ab und hänge diesmal die Buchzusammenfassung an, die ich neulich angekündigt aber vergessen hatte. Meine Nachsorge ist übermorgen. Ich schreibe Dir, wie es ausgegangen ist.
Ganz herzliche Grüße an alle,
Deine Gabi

20.12.2004
Krebs, Krebs, Krebs
Liebe Marita,
alles, was Du von Deiner Familie schreibst, hört sich so gut an, dass mir mein momentanes Leben total armselig vorkommt. Dieser Trubel! Diese Zärtlichkeit beobachten zu können, das alleine ist doch wunderbar. Wie oft habe ich mich besonders glücklich gefühlt, wenn ich meine Kinder nur beobachtet habe, wie sie miteinander umgehen. Noch heute habe ich da ganz bestimmte Bilder vor Augen aus der Kinderzeit, aber auch noch vom letzten Weihnachtsfest. Da hat man vier Kinder und was bleibt, ist nur die Sehnsucht! Nein, nicht nur, aber

doch oft und über lange Strecken. Ich glaube nicht, dass eines der Kinder mal in unserer Nähe wohnen wird.

Das Nachsorgeergebnis ist insgesamt wohl OK. Es war ja eine langwierige Angelegenheit, überhaupt die richtige Stelle zu finden. Mit mancherlei Rat haben wir es geschafft und in Jennifer Malin eine Ärztin gefunden, die sehr kompetent wirkt (sie ist Onkologin an der Uniklinik der UCLA und auf Brustkrebs spezialisiert.) und sehr, sehr liebevoll, nett, einfach menschlich zugewandt ist. Die Routine der Nachsorge läuft hier etwas anders als bei uns, insgesamt weniger Untersuchungen. Sie will das aber für mich nach dem deutschen Muster machen, damit ich nicht das Gefühl habe, dass etwas versäumt wird (und ich bin hier nicht Privatpatientin!). Diesmal stand aber auch nach deutschem Muster nur eine Palpation an – und die war o. B. Blut wurde vorsorglich abgenommen, da bei der letzten Untersuchung die Leberwerte nicht ganz in Ordnung waren, worauf die Ärzte in Deutschland sehr unterschiedlich reagierten. Auf jeden Fall wurde damals ein Ultraschall der Leber gemacht, o. B. Die Leberwerte sind nach wie vor nicht OK, kann aber noch an der Chemo liegen, obwohl sie schon mal besser waren. In drei Monaten soll nun die Leber genauer untersucht werden, wenn die Werte so bleiben. Dann meinte die Ärztin, dass sie sich nicht sicher sei, ob in meinem Fall das Arimidex die richtige Therapie sei. Mein Tumor war hormonabhängig, bedeutet, es muss verhindert werden, dass es ein Östrogenangebot gibt, um eventuellen Tumorzellen das Zusatzfutter zu nehmen. Dazu gibt es zwei Wege. 1. Das ist der Weg, der bislang als der Königsweg galt: Tamoxifen heißt das Medikament. Es blockiert die Östrogenrezeptoren an den Tumorzellen, wirkt aber selber wie ein Östrogen, wodurch eine mögliche Tumorbildung an der Gebärmutter und glaube auch den Eierstöcken zu den problematischsten Nebenwirkungen gehört. Die neuere Methode ist das Arimidex, was ein Aromatasehemmer ist, das heißt, es verhindert die Entstehung von Östrogen. Gerade wurde in Texas auf einem Kongress die Studie vorgestellt, die die eindeutige und erhebliche Überlegenheit des Arimidex gegenüber Tamoxifen in Bezug auf Unterdrückung von Rezidiven in der Brust und Metastasenbildung beweist. Allerdings nur für Frauen, die bei Beginn der Chemotherapie schon in der Menopause waren (was bei mir nicht der Fall war). Warum ist das so? Weil das Arimidex eben leider nicht die Östrogenproduktion in den Ovarien beeinflusst, sondern nur in den Fettzellen und was weiß ich, in welchen Zellen das noch gebildet wird – auch nach der Menopause. Das Ausbleiben der Regel nach der Chemo ist noch kein Beweis, dass die Ovarien kein Östrogen mehr produzieren, weshalb sich die Regel auch bei jungen Frauen meistens wieder einstellt. So wollte die Ärztin durch Bestimmung des Hormonstatus sicherstellen, dass ich wirklich kein Östrogen

in den Ovarien mehr produziere. Und ich tue es nicht. Das Ergebnis habe ich erst heute bekommen, und die Warterei hat mich schon belastet. Denn in dem Falle, dass meine Ovarien doch noch ihren Job ernst nehmen, hätte das bedeutet, dass eventuelle Tumorzellen immer weiter mit Östrogen gefüttert worden wären. Keine gute Vorstellung. Zudem hätte mir eine Umstellung auf Tamoxifen aber auch viel ausgemacht, da ich erstens eigentlich ein viel besseres Gefühl bei Arimidex habe (denn es gilt auch die Vermutung (noch nicht gesichert), dass Tamoxifen sogar kontraproduktiv ist bei Tumoren mit der Eigenschaft HER 2 NEU stark positiv, was bei mir der Fall ist) und ich mit Arimidex bislang ganz gut zurechtkomme, das heißt, gelernt habe, mit den Nebenwirkungen zu leben. Ich hätte so gar keine Lust gehabt, mich wieder neu einstellen zu müssen auf ein anderes Spektrum an Nebenwirkungen. Insgesamt fand ich die Liste der möglichen Nebenwirkungen bei Arimidex weniger furchterregend als bei Tamoxifen. Und so wie es ist, ist es schon Scheiße genug! Also bin ich mit dem Ergebnis zufrieden, wobei das ebenfalls in drei Monaten wieder untersucht werden muss, für den Fall, dass es sich meine Ovarien noch mal anders überlegen, was aber aufgrund meines Alters nicht wirklich sehr wahrscheinlich ist. Nie hätte ich gedacht, dass ich einmal erleichtert aufatmen würde bei der Nachricht »Ihre Ovarien arbeiten nicht mehr. Sie sind in der Menopause!« Hoffentlich ist das nicht alles viel zu verwickelt geschrieben. Jetzt suche ich nach einer Idee, ob ich meiner Leber ein wenig Hilfe geben kann sich zu erholen, für den Fall, dass die Werte noch eine Chemobelastungsreaktion sind (was wir ja hoffen müssen). Wie auch immer, so ganz entspannt lebt es sich so nicht. Das Sterben-Müssen bzw. Sterben-Werden ist ein ständiger Begleiter. Und da wage ich mal die Behauptung, dass man wirklich nur weiß, was das heißt, wenn man es erlebt. Und wenn Du jetzt denkst, dass Du ganz viele Krebspatienten kennst, wo das nicht so ist, sei sicher, es ist mehr oder weniger bei allen so, nur sie sagen es nicht. Auch von mir erfährt das niemand außer Dir. Auch HD weiß das nur in Ansätzen. Wenn mich jemand fragt, ob ich ans Sterben denke (was ohnehin eigentlich nur ebenfalls Krebskranke tun), dann ist meine Antwort: Ganz gelegentlich nur, vielleicht mal in kurzen Momenten, es belastet mich nicht wirklich. Es stimmt (meistens in der Situation selber zumindest) und stimmt auch nicht.
Übrigens: Meine Mutter berichtete mir beim letzten Telefonat, dass sie einen Knoten in der Brust habe, der am 3.1. entfernt werde. Während der OP wird dann untersucht, ob gut oder nicht, und entsprechend wird weiter verfahren. Und genau das konnte meine Mutter mir nicht sagen, was das bedeutet, wie weiterfahren wird im Fall, dass es Krebs ist. Der Knoten ist so klein, dass sicher brusterhaltend operiert wird. Aber nach der Standardmethode werden

automatisch die Lymphknoten entfernt (und das ist der Teil der OP, der viel, viel mehr zu schaffen macht und auch langfristige Folgen hat). Stellt sich dann heraus, dass die Lymphknoten frei sind, weiß man, dass dieser Teil der OP umsonst war. Sind sie befallen, wird das zu einer Chemo führen (ob in dem Alter meiner Mutter, das weiß ich nicht). Die beste Methode im Falle meiner Mutter wäre die Sentinel-Methode. Da wird nur der Wächterlymphknoten entfernt, während der OP untersucht und ist der frei, bleiben alle anderen drin. Dann wäre meiner Mutter selbst im Falle von Krebs (woran die Ärzte nicht unbedingt glauben) der allermieseste Teil der OP erspart. Da meine Mutter von alledem keine Ahnung hat, muss ich nun von hier aus versuchen, den Arzt zu erreichen. Bislang erfolglos, da er entweder nicht greifbar war oder die Zeit zum Anrufen rum ist. Es gibt ja nur wenige Stunden, wo das möglich ist. Mich kotzt das alles an! Tut mir leid, dass ich das so sage (auch nur Dir!), aber ich habe einfach keine Lust auf dieses Thema und dieses Sorgenmüssen.
Liebe Marita, seid lieb gegrüßt und freut Euch an den Schönheiten des Alltags. Hast Du, Marita, eigentlich irgendwelche beruflichen Ambitionen?
Tausend Grüße,
Gabi

20.12.2004
offener Blick
Lieber Thomas,
...

Wir versuchen weiterhin, uns einen offenen Blick auf Land und Leute zu erhalten. Vieles von dem, was ich hier erlebe, befremdet mich, manches ängstigt mich, manches mag ich nicht. Aber manches versteht man erst, wenn man es zulässt. Wir sind weit davon entfernt, alles zu glorifizieren, aber wir haben auch entdeckt, dass es ganz, ganz leicht ist, Vorurteile bestätigt zu finden. Offenheit scheint eine gehobene Übung zu sein. Wir üben noch. Aber wir tun es!
Selbstverständlich hat der Spiegel-Journalist absolut recht, dass Los Angeles kein Fußgängerparadies ist. Fußgänger gibt es hier wie sonst selten in Amerika, aber deren Bedürfnisse waren wohl kaum bei irgendeiner städtebaulichen Maßnahme tonangebend.
Solche Artikel machen mich immer wieder wach, denn mit Sicherheit werden wir in vielen anderen Berichten in ähnlicher Weise manipuliert durch »botschaftsgefärbte« Berichte, nur merken wir es da nicht, entweder weil sie so schön unsere Meinung bestätigen oder weil uns die Kenntnisse zur Hinterfragung fehlen (oder beides).
Und zum Schluss noch eines: Der Journalist schreibt von einem Mexikaner als

lebendem Plakat, Enrique, der für fünf Dollar die Stunde an einer Kreuzung ein Pizza-Werbeplakat hochhält. Ja, das gibt es oft, auch hier in Camarillo und das hat einen meiner ersten Heulkrämpfe ausgelöst. Mein Mitleid war unendlich. Da fand ich dann mein Deutschland doch viel besser. Weil es mir diesen Anblick erspart?
Wie kommen bei uns Leute wie dieser Mexikaner an ihr Geld? Wahrscheinlich vom Sozialamt. Da muss man sich nicht an die Straße stellen und Werbefahnen schwingen. Ist diese Lösung besser? Mir kam plötzlich die Idee, ob das nicht auch einfach eine bequeme Lösung ist mit nur einem Ziel, das Elend zu verbergen. Wir sehen diese Menschen nicht, es sei denn, wir sitzen mit ihnen beim Sozialamt. Jeder Mensch möchte doch das Gefühl haben, ein nützlicher Teil der Gesellschaft zu sein, oder? Ist es da nicht sogar eine Gemeinheit, wenn ich es Menschen nicht ermögliche, durch eigenes Tun, das ihrem Können und ihrer Ausbildung entspricht, sich ihr Geld selbst zu verdienen? Wir meinen es fürsorglich, aber ist es nicht fast eine Demütigung, wenn wir von solchen gesunden Menschen verlangen, dass sie sich ihr Geld einfach nur abholen ohne Gegenleistung? Frau Süßmuth hat mal gesagt mit Blick auf die erwerbstätige Hausfrau, selbst verdientes Geld macht eben doch selbstbewusst. Kann es nicht sein, dass Enrique, was das Selbstbewusstsein betrifft, dann besser in L.A. aufgehoben ist als in Deutschland? Ich habe mir vorgenommen, demnächst einmal mit einem solchen Werbeplakat zu sprechen, zu fragen, warum er diesen Job macht. Es kann sein, dass ich dann erfahre, dass Enrique ohnehin illegal in diesem Lande ist.
So, lieber Thomas, ich weiß von meinen Kindern, dass sie sich sehr gefreut haben, Dich zu treffen.
Vielleicht nutzt Du ja doch die Gelegenheit, Dir einmal ein eigenes Bild vom Leben hier zu machen.
Liebe Grüße,
Deine Schwester Gabi

23.12.2004
Weihnachtshektik
Hallo Thomas,
in der Hoffnung, dass Du diese E-Mail noch vor Deinem Untertauchen in Vitense erhältst, antworte ich schnell, obwohl ich eigentlich ins Bett gehöre, da ich mich offensichtlich bei einem Freund mit Grippe angesteckt habe. Zunächst kannst Du mir gratulieren, da ich heute meinen schriftlichen Führerschein-Test bestanden habe. Obwohl ich die Möglichkeit hatte, den Fragebogen auf Deutsch zu bekommen, habe ich die englische Version vorgezogen. Ich mache

Fortschritte, vor allem in Bezug auf mein Vertrauen in meine Fähigkeiten. Jetzt fehlt nur noch der »behind-the-wheel-test«. Dafür ist aber erst im neuen Jahr Zeit.

Alles was Du zum »kriegerischen Amerika« sagst, trifft nicht das ganze Amerika! Und darum ging es mir! Wie schnell sind wir bereit, über ein ganzes Volk zu richten! Fast 50 % der Amerikaner haben nicht (!!!) Busch und seine Politik gewählt. Wenn ein deutsches Magazin dennoch von Amerika als dem Land der unbegrenzt Begrenzten spricht, stellt sich mir die Frage, was damit erreicht werden soll. Friedenstiftend ist das nicht und beispielhaft für unsere Jugend auch nicht! Ich finde, man kann gerne unerbittlich mit Argumenten kämpfen, aber solche Generalisierungen, die dann auch noch den Andersdenkenden als »begrenzt« (doch wohl geistig, oder?) bezeichnen, sagen mehr aus über den Urteilenden, als über den, den es treffen soll.

Und das hat überhaupt gar nichts damit zu tun, ob man selber Busch gewählt hätte oder nicht. Auch ist es sehr interessant, dass hier in der Presse zurzeit genau die gleiche Diskussion läuft, nachdem Kerrywähler Bushwähler als Idioten beschimpft haben. Es hat mich gefreut, dass es auch Kerrywähler waren, die diesen Umgang mit Andersdenkenden als undemokratisch und respektlos ablehnten. Wir haben unsere Nachbarin sehr in ihrem Wahlkampf für Kerry begleitet, aber es hat uns auch nachdenklich gestimmt, Argumente der Gegenseite zu hören, und zwar von Leuten, die man absolut nicht einfach als irregeleitete rechte Republikaner abtun kann. So hat unsere Nachbarin mit einer Verwandten, auch Jüdin, vergeblich gestritten, die der Meinung war, Juden dürften nicht Kerry wählen, da Frau Kerry palästinensische Gruppen unterstützt habe. Das mögen wir bescheuert finden (so wie unsere Nachbarin), aber ich kann schon verstehen, dass es diese Juden (die sehr orthodoxen) doch sehr befremdlich fühlen, nun wiederum ausgerechnet von uns Deutschen »beschimpft« und verurteilt zu werden. Ich kenne auch Buschwähler, die sehr gegen den Krieg sind, es aber Kerry viel weniger als Bush zugetraut haben, aus diesem Krieg herauszukommen. Dazu habe er leider im Gegensatz zu Bush kein Konzept vorgelegt. Dann gab es aber auch Stimmen, die meinten, wenn bei uns in Frankfurt die Terroristen in unsere Wolkenkratzer geflogen wären und dabei unsere Verwandten gestorben und unser Land unter Schock gesetzt worden wäre, dann könnten wir uns ein Urteil über den Umgang mit Terroristen erlauben. Tatsächlich habe ich auch Amerikaner gesprochen, die Bush dankbar dafür sind, dass er mutig und ohne sich beirren zu lassen gegen den Irak vorgegangen ist, einem Land, in dem vor dem Krieg täglich mehr Menschen gestorben sind als während des ganzen Krieges bislang. Dazu sagen andere Amerikaner wieder: »Aber das waren dann wenigstens nicht unsere

Leute. Sollen die sich doch gegenseitig umbringen, was geht uns das an!« Da kommen dann plötzlich wiederum Stimmen bei Juden auf, die sagen: »So gesehen mag der Krieg Sinn machen. Jedenfalls haben wir während der Judenverfolgung immer darauf gewartet, dass mal jemand mutig einschreitet.« So wie Du, Thomas, bin ich froh, dass ich keine Entscheidung treffen musste bezüglich der Regierung hier, aber ich habe die Entscheidung getroffen, Sachargumente vorzutragen statt generalisierender Beschimpfungen, die für einen großen Teil der Amerikaner einfach eine Verleumdung sind.
Du schreibst, dass die Amerikaner, die Du kennst, nicht in dieses Klischee passen (vielleicht weil sie in Deutschland wohnen). Ich denke, dass das meistens so ist mit Klischees: Die Leute, die man kennt, passen da nicht rein. Das ging ja selbst den Nazis mit den Juden so. Der jüdische Freund oder Nachbar war zwar ganz anders als das öffentliche Bild vom Juden, aber man beschloss daran zu glauben, dass der die Ausnahme sei.
Egal ob es Ustinov war oder wer sonst: Ich stimme dem zu. Die Deutschen sind erst frei, wenn sie Witze über Hitler machen können und ich ergänze das noch: Wenn wir es uns leisten dürfen, stolz auf unser »Vaterland« zu sein, ohne von der eigenen Presse als Nazi verurteilt zu werden.
Zum Abschluss vielleicht noch dies: Ich bin tief beeindruckt davon, wie es überhaupt möglich ist, ein so riesiges Land wie die USA zu regieren, und zwar in Freiheit und Demokratie, ohne Bürgerkriege! Allein der eine Bundesstaat Texas ist so groß wie Deutschland und Frankreich zusammen und die Menschen mindestens so unterschiedlich wie Deutsche und Franzosen. Denn der überwiegende Teil der Bevölkerung hat eben nicht gemeinsame Wurzeln in dieser oder jener Region, hier in dem Staat. »Der Amerikaner« ist genau das: Jeder kommt aus einer anderen Ecke der Welt, jeder hat seine Wurzeln in irgendeiner »fremden« Nation, nicht wenige in Deutschland oder einem anderen europäischen Land oder er ist inzwischen eine Mischung aus vielen.
Das alles weiß man natürlich auch in Deutschland. Das haben wir auch gewusst. Dennoch fuhren wir mit der Vorstellung hierher, möglichst »Amerikaner« als neue Freunde zu suchen. Nun leben wir in einem Freundeskreis von Amerikanern und dennoch ist es eigentlich eine Mischung aus Holland, Deutschland, England, verschiedenen asiatischen Ländern, Dänemark …
Übrigens: Ich habe es auch nicht gut geheißen, als Deutschland seine Söhne in den Krieg nach Kosovo und Afghanistan geschickt hat. Und ich heiße es auch nicht gut, wenn eine Friedensbewegung immer nur gegen Krieg ist, wenn Amerika involviert ist, aber die zurzeit weltweit etwa 50 Kriege völlig unkommentiert bleiben.
Lieber Thomas, lass uns den Frieden um uns herum genießen und lass uns alles

dazu tun, dass er erhalten bleibt (und dazu gehört für mich der Verzicht auf generalisierende Beschimpfungen, wie jeder weiß, der in einer Partnerschaft lebt). Wir wünschen Dir eine Weihnacht, in der Du ein wenig entspannen kannst. Prüfungszeiten sind nie ganz einfach. Wir wünschen M. alles Gute!
Liebe Grüße,
Deine Schwester
(Und tatsächlich: Lass uns hoffen, dass wir uns alle gesund wiedersehen.)

3.1.2005

In USA bleiben for good?
Liebe Yvonne,
nun sind wir schon im neuen Jahr angekommen. Gelingt es Euch, voller Zuversicht auf die kommenden 12 Monate zu schauen? Wir wissen noch nicht so ganz, wie die eine oder andre Hürde zu meistern ist.
Knöllchens Liebe zu Amerika hat ihre Wurzeln ja bereits während seiner Mineralogenzeit ausgebildet. Die überaus respektvolle, kollegiale Zusammenarbeit mit der NASA in Houston (er untersuchte damals die Gesteine der Apollo 14-Landestelle und entwickelte eine Klassifikation der Mondgesteine, mit der man heute noch arbeitet.) war der Beginn. Später folgten viele prägende Begegnungen mit hoch qualifizierten Wissenschaftlern auf internationalen Tagungen (erst extraterrestrische Forschung und dann zunehmend Wirtschaftsinformatik).
Bis heute ist Knöll fasziniert von der Offenheit, mit der man ihm begegnete, sowohl fachlich als auch menschlich. Kein Wunder also, dass seine Publikationen überwiegend in den USA erschienen sind. Aus diesen Beziehungen sind zum Teil tiefe, befriedigende Freundschaften entstanden – bis heute.
Du als Amerikanerin wirst das glauben, aber glaubt man das in Deutschland? Während in Deutschland die Wissenschaftler oft in ihren alten Zirkeln, in den gewachsenen Strukturen (um es nicht Seilschaften zu nennen) aus Studientagen bis hin zur Emeritierung verharren (Rindfleisch im eigenen Saft, wie ich es gerne heimlich nenne), immer ängstlich darauf bedacht, sich Konkurrenz (die einen ja zwingen könnte, eigene Ideen kritisch zu hinterfragen und weiterentwickeln zu müssen) vom Leibe zu halten.
In den USA hingegen erlebte HD einen für ihn erfreulichen Umgang mit Konkurrenz. Es wird leidenschaftlich gekämpft, aber auch neidlos die Leistungen anderer anerkannt. Obwohl »Ausländer« fühlte HD sich voll und ganz akzeptiert und unterstützt als Vorsitzender von Tagungskomitees, Mitglied verschiedener Wissenschaftsvereinigungen und beim Aufbau internationaler Studiengänge, um nur einige Aktivitäten zu nennen.

Wundert es bei der Begeisterung, dass HD über ein dauerhaftes Bleiben in Kalifornien nicht nur nachdenkt? Als HD im Dezember bei der CSUCI (California State University Channel Islands) hier in Camarillo (!) Interesse an einem Lehrauftrag bekundete, zeigte man sich interessiert und bat um seine Bewerbungsunterlagen incl. Teaching Portfolio. Da war Knöll nicht zögerlich, servierte in aller Bescheidenheit – unter Verzicht auf jegliches Understatement – seine Qualifikationen und erhielt statt des Lehrauftrags die Anfrage, ob er sich nicht vorstellen könne, sich auf eine permanente Stelle als full Professor auf Lebenszeit zu bewerben. Und wie Knöll sich das vorstellen konnte!

Aber ich? Knöllchens Herz wurde weit, mein Magen schrumpfte auf Erbsengröße zusammen. Einige Gespräche miteinander, einige einsame Gedankenspiele, Gespräche mit George, der bei Amgen arbeitet, aber zuvor Professor für Physiologie war, Abwägungen, erst dann die Entscheidung: Bewerben kann man sich ja – damit ist ja noch nichts entschieden! Während ich mich gedanklich damit auseinandersetze, ob und wie ich mir ein dauerhaftes Leben in dieser zweifellos paradiesischen Gegend vorstellen kann (was bedeutet das vor dem Hintergrund meiner Krebs-Erkrankung, unsere Kinder, hinsichtlich meines Berufes als Psychotherapeutin oder anderer beruflicher Tätigkeit?), ist HD fasziniert, dass man hier so offensichtlich an seinem Erfahrungsschatz Interesse hat, während in Deutschland die Pensionierung ihre Schatten voraus wirft – und er in seinem Alter kaum noch eine Chance hätte, sich an eine andere Uni zu bewerben. Ausgerechnet im Land des »Jugend-Wahns« hat man offenbar seit längerem den gewinnbringenden Wert der »Alten« erkannt – und handelt danach.

Ich fühle mich hin- und hergerissen zwischen der Sehnsucht nach »Zur Ruhe-Kommen«, sich in Gewohntes fallen lassen zu können, auf Vertrautes vertrauen zu können, in bekannten Strukturen Halt zu finden und andererseits der Verlockung, dem Reiz des Neuen, dem mir sehr zuträglichen Klima, den so unerwartet freundlichen Menschen, der Freude an der Perfektionierung einer Sprache, die über Jahrzehnte mehr oder weniger unbenutzt vor sich hin schlief, der Herausforderung, sich neue Aufgaben zu suchen, neues Leben zu gestalten, gerade jetzt – nach meiner überstandenen Krebs-Erkrankung.

Die Bewerbung wird also eingereicht, den Kindern wollen wir es erst sagen, wenn es »ernster« wird. Das kann noch dauern. Wie ein solches Berufungsverfahren in Deutschland aussieht, wissen wir ja, aber was Dieter hier erwartet – wenn man seine Bewerbung akzeptiert und ihn in die engere Wahl nimmt – das bleibt abzuwarten. Die Wahrscheinlichkeit, auf die Short-List zu kommen, ist aber sehr groß (fürchte ich), aus dem Umstand zu folgern, dass man Dieter in Kenntnis seiner Qualifikation bat, sich zu bewerben.

So sitze ich in Realitas zwischen den Stühlen. Sinniere einerseits über ein Wiederaufnehmen und Neugestalten meines deutschen Lebens nach unserer Rückkehr und andererseits entwerfe, verwerfe und übermale ich Bilder eines aufregenden Neubeginns in USA. Kann das Leben nicht mal einfach nur einfach sein? Nein, meint Knöll, sonst würde ich es nicht leben wollen. Ob er mich wirklich kennt? Es gibt ja keine Notwendigkeit, das Zelt neu aufzuschlagen. Es ist nur die Lust. Was sonst kann einen Professor mit 57 Jahren bewegen, statt in aller Gemächlichkeit dem Ruhestand entgegenzudösen, diese neue Herausforderung anzunehmen?
Liebe Yvonne, Du hast den Wechsel in eine neue Lebenswelt nun schon zweimal hinter Dir. An den Folgen des Umzugs nach Kanada bastelt Deine Seele sicher noch gewaltig herum, oder?
Sind noch immer alle Kinder bei Euch oder musste Greg schon wieder zurück an die Arbeit?
Wir wünschen Euch allen alles erdenklich Gute für das neue Jahr! Vor allem bleibt gesund!
Lots of love und vielen, vielen Dank,
Deine Gabi

5.1.2005
Ilse
Meine lieben Kinder,
heute wurde Eure Großmutter Ilse operiert. Es ist alles gutgegangen. Dennoch: Es ist Brust-Krebs, aber man hat auf Ilses Wunsch nur den Knoten entfernt. Ilse wird auch keine Chemo bekommen. Wenn Ihr Ilse ab morgen ab und zu mal anruft, wäre das sicher eine große Freude für sie. Sie wird wohl etwa acht bis zehn Tage im Krankenhaus bleiben.
Liebe Grüße, Eure Mama

5.1.2005
Wissen für Vorsorge nutzen
Liebe Eva,
wie Du der E-Mail über Ilse entnommen hast, steht nun also fest, dass Ilse Brustkrebs hat. Sie hat ein sogen. invasiv ductales Mammacarcinom – ich ein invasiv lobuläres. Dieses Wissen birgt für Dich die große Chance, dass Du, anders vielleicht als andere Frauen, ganz konsequent und gezielt auf eine Vorsorge achten kannst – und es auch bitte, bitte tust!!!! Brustkrebs ist heute absolut kein Problem mehr unter einer Voraussetzung, dass er rechtzeitig erkannt wird! Dazu musst Du Deinen Anteil beitragen. Die meisten Frauen, die ich kenne,

brauchten keine Chemo und es wurde auch nur der Knoten entfernt, aber sie hatten es auch rechtzeitig entdeckt. Die Tatsache bzw. das Wissen, dass Ilse und ich Brustkrebs hatten, könnte bedeutsam sein. Ich habe gelesen, dass vor allem der Tumortyp invasiv-ductal sich oft nicht gut auf Mammo- und Sonographie zeigt, sondern ein MRT besser sei. Das solltest Du unbedingt mit den Ärzten besprechen, wenn Du Dich untersuchen lässt. Gibt es bei Euch Brustzentren? Denn eine solche Vorsorge sollte unbedingt nur jemand machen, der darauf spezialisiert ist.

Liebe Eva, es besteht kein Grund zur Sorge, aber Du hast eine besondere Chance, die Du unbedingt nutzen solltest. Es ist schon so, dass Du etwas gefährdeter bist als eine Frau, in deren Familie es keine entspr. Vorgeschichte gibt, aber Deine Chancen sind dennoch besser, eben aufgrund der viel gründlicheren Vorsorge.

Ich liebe Dich! Liebe Grüße,
Deine Mama

5.1.2005

Ilse

Lieber Thomas,
Du weißt, dass Ilse heute operiert wurde und dass sie Brustkrebs hat. Ich habe inzwischen mehrfach auch mit den Ärzten gesprochen. Es ist alles soweit OK, auch was ihre Entscheidung betrifft, auf keinen Fall eine Chemo zu wollen und daraus resultierend eben auch keine Lymphknoten entfernt wurden (die ausschließlich aus diagnostischen Gründen entfernt werden, weil man meistens erst über sie den Aufschluss erhält, ob eine Chemo nötig ist oder nicht). Sind in den Lymphknoten bereits auch Krebszellen, heißt das: Chemo, sind sie frei, gibt es keine Chemo, es sei denn, der Tumor ist schon sehr groß, was bei Ilse nicht der Fall war. Hast Du vor, zu Ilse zu fahren? Ich weiß, es ist alles unglaublich viel.

Liebe Grüße,
Deine Schwester Gabi

7.1.2005

Danke

Liebe Eva,
hab Dank für Deine liebe E-Mail. Als wir hier ankamen und schon bald in San Francisco die Familien trafen, in denen zumindest ein Teil Deutsch ist, hat man mir schon berichtet, dass nach der Euphorie des Anfangs eigentlich immer die Depression bzw. die Heimwehzeit komme. Beim letzten Treffen im

November berichtete eine Frau mir, die hier immerhin ihre kleinen Kinder hat, ihrer Erfahrung nach komme das Heimweh in regelmäßigen Wellen und gerade sei sie wieder in der Heimwehwelle. Das scheint zum Leben im Ausland dazuzugehören. Vermutlich wird das auch Dir nicht anders gehen. (Also komm lieber wieder nach Lüneburg oder Hamburg!!!!) Ich bin jedenfalls sehr stark in einer Heimwehphase. Ganz besonders aber nach Euch Kindern! Die Antihormontherapie wird aber ganz sicher auch ihren Teil zu meiner psychischen Instabilität beitragen. Depressionen gehören zu den bekannten Nebenwirkungen dieser Therapie.

Wir waren gestern wieder mit dem deutschen Studentenpärchen, Cornelius und Kathrin, unterwegs. Das erfreut mich zumindest immer kurzfristig. Es ist einfach schön, so ganz alltägliche Erlebnisse erzählt zu bekommen. HD und ich waren nach dem gemeinsamen Mittagessen in der Mensa ohne die Studenten in Beverly Hills in einem Museum für Television und Radio in einem »Konzert« von Bobby Darin (kostenlos!). Das war ein Zusammenschnitt seiner Konzertaufzeichnungen. Danach sind wir noch ein wenig durch Beverly Hills gebummelt. Nach solchen Tagen geht es mir einigermaßen gut, aber auch dann wäre ich lieber in Lüneburg. Jetzt hat mich HD mit Grippe abgelöst. Er hustet nicht, ist aber dafür umso verschnupfter. Das fesselt uns wieder ans Haus und verhindert, dass wir uns mit Leuten treffen könnten. Dazu regnet, regnet, regnet es. Alle werden nicht müde, immer wieder zu betonen, dass das ganz ungewöhnlich sei, aber es ist so. Es soll seit Oktober dreimal so viel geregnet haben wie sonst im ganzen Jahr. Die Natur scheint es zu mögen. Die Berge sind total grün.

Evi, danke, dass Du Dir so viel Gedanken gemacht hast, wie es mir besser gehen könnte. Nächste Woche beginnt auch wieder ein Englischkurs. Während HD sich nichts schöner vorstellen kann als dauerhaft hier zu bleiben, kann ich mir das zumindest im Moment überhaupt nicht vorstellen. Noch vor einigen Wochen habe ich mit Bedauern daran gedacht, dass wir schon nach einem Jahr zurück müssen, weil ich dachte, dass ich sicher noch einige Zeit länger brauche, um die Sprache besser zu lernen. Ich will sie absolut perfekt können.

Liebe Eva, was ich Dir noch sagen wollte: Bevor wir gestern im Museum waren, hat HD in seinem Büro gearbeitet und ich habe was übersetzt. Da habe ich gesehen, dass er sich offensichtlich Eure Hochzeitsanzeige noch einmal ausgedruckt hat. Sie steht dort auf seinem Schreibtisch.

Liebe Eva, sei ganz lieb gegrüßt,
Deine Mama

17.1.2005

Wo Licht ist …
Hallo Ihr Lieben,
wir haben das Gefühl, der Winter liegt hinter uns. Es ist wieder warm (jedenfalls tagsüber in der Sonne), die Berge sind grün und immer mehr Blumen verzaubern Gärten, Hügel und Straßenränder. Frühling lässt sein blaues Band … Wer bisher vielleicht gedacht hat, hier liefe alles immer nur beneidenswert vergnügt und reibungslos weit ab aller weltlichen Schwierigkeiten, wird nun erfahren, dass das Leben auch in Kalifornien seine Höhen und Tiefen hat. Hier werden Kinder geboren, hier wird gestorben, man ist fröhlich und ausgelassen, aber auch unglücklich. Man lacht, man weint, einige Dinge verlaufen leicht, andere zäh. Es findet Leben statt in all seinen Schattierungen. Wo Licht ist, muss auch Schatten sein. Kaum jemals haben wir das intensiver gespürt als in den letzten Wochen. Auch an diesen Erfahrungen wollen wir Euch teilhaben lassen. Neben dem, was Euch der anhängende Bericht an Einblicken in unser hiesiges Leben gewährt, gehört auch das zu unserem Leben: Fast gleichzeitig erfuhren wir von der Krebserkrankung und erfolgter Operation meiner Mutter und der beglückenden Absicht unserer Tochter, im Sommer hier in Kalifornien zu heiraten.
Seid alle ganz lieb gegrüßt.
Wir vermissen Euch.
Eure Knölls

Und wenn's genug geregnet hat, dann hört es wieder auf?
Der Verfasser des obigen Kinderreimes kann noch nicht in Südkalifornien gewesen sein! Hier regnet es ganz eindeutig unaufhaltsam und unerbittlich auch dann weiter, wenn das Maß erfüllt ist. Schon im Dezember fingen unsere hiesigen Freunde an, sich für die vielen Regentage zu entschuldigen. Das sei ganz ungewöhnlich, sonst sei das Wetter viel, viel besser! Wir nahmen das mindestens so ungerührt zur Kenntnis wie vor vielen Jahren die Beteuerungen peinlich berührter Eltern gnadenlos herumnervender Kinder. Diese seien sonst ganz lieb und folgsam, nur heute sei das irgendwie anders. Sogar die Medien gaben unseren Freunden Schützenhilfe. Sie warteten gar mit Statistiken auf, denen wir frei nach Churchill keinen Glauben schenkten, da wir sie nicht selbst gefälscht hatten. Demnach ist im September und Oktober so viel Regen gefallen wie seit zehn Jahren nicht mehr. Seit Weihnachten hört es nun gar nicht mehr auf zu regnen. Und regnen kann man das auch schon nicht mehr nennen: es schüttet. In Geschäften wandern wir fortan um Kunstgegenstände herum, die sich als Regenauffanggefäße der unterschiedlichsten Erstbestimmung entpuppen. Wer

90 % des Jahres im Sonnenschein brät, widmet offensichtlich seinem Dach zu wenig Aufmerksamkeit. Dem Himmel sei Dank wurden die Dächer in unserer Nachbarschaft gerade im letzten Sommer – unüberhörbar, wie wir damals über die Tackermaschinen lästerten – erneuert.

Was dem einen sein Uhl ist dem anderen sein Nachtigall
Es fällt auf, dass sich die Strategie der Kalifornier im Umgang mit diesen erschreckenden Wassermassen geändert hat. Man plädiert nun nicht mehr überwiegend auf Ausnahme. Jetzt wird Verteidigung spürbar. Wenn ich frage, was man sich denn bitte dabei denke, uns dieses Wetter zu servieren, erhalten wir tatsächlich die Antwort: »Wir leben hier in der Wüste und brauchen das Wasser« – und dabei schaut man uns tapfer ins Gesicht. Sehr beeindruckt war ich am Sonntag, als ich erstmals mit Freunden in den Gottesdienst ging. Es wurden viele Gebete gesprochen. Eines lautete: »Herr, wir danken Dir für den Regen.« Wynona lachte immerhin verständnisvoll, als ich ihr daraufhin zuflüsterte, dass sie bitte diesen Herrn auf keinen Fall wählen dürfe bei der anstehenden Ältesten-Wahl. David, Wynonas Ehemann, erklärte sich jedoch mit diesem Gottesdank sehr einverstanden. Er findet auch, die Landwirtschaft und die Gärten bräuchten das Wasser. Obwohl ich mich in den letzten Monaten darin übte, meinen Widerspruch nicht gleich jedem zu erkennen zu geben, finde ich es an dieser Stelle zu gefährlich, dass man mein Schweigen als Zustimmung missinterpretieren könnte. Es gibt Situationen, da muss man was riskieren um einer klaren Haltung willen. Zumindest versuche ich David anzulächeln, als ich ihm widerspreche und erkläre, alles habe seine Grenzen und diese Regenmassen brauche niemand! Die Erde sei vollgesogen und ich wolle Sonne und ich sei sicher, den Erdbeeren, die der unerwartete Frost im Dezember übriggelassen habe, ginge es ebenso. In Deutschland wisse ich, dass Erdbeeren zumeist sehr beleidigt mit Fäulnis auf zu viel Regen reagierten. Ich faule vielleicht nicht, aber gut tut mir dieses Grau und Nass auch nicht. David ließ das Thema ruhen, aber ich glaube nicht, dass er bei seiner Meinung geblieben ist, denn seit Sonntag hat sich die Lage zugespitzt, ja dramatisiert.

Wer lernen will, muss leiden
Montag ist nach einer Weihnachtspause von einem Monat endlich wieder College. Ich will mir mehrere Englisch-Kurse anschauen, bevor ich mich entscheide. Mein alter Thunderbird erweist sich als regendicht und krisenfest. Knöllchen liest mir beim Frühstück vor, dass die Straße, die ich normalerweise benutze, wegen Überflutung und Schlammlawinengefahr möglicherweise geschlossen sei. Er hat mir schon die Wegbeschreibung über Highway und

Freeway ausgedruckt. Die Beschreibung stimmt, ich komme an. Bevor ich das Auto richtig verlassen und den Schirm aufgespannt habe, bin ich schon bis auf die Knochen durchnässt. Das ist keine Übertreibung! Was da vom Himmel herunterstürzt, ist unvorstellbar! Diese Massen! Diese Wucht! Naturgewalt! An den Straßenübergängen schießt das Wasser mindestens 50 cm hoch entlang. Es gibt keinen Ausweg. Wer ins College will, muss da durch. Das garantiert nasse Füße in Sekundenschnelle. Auf dem Campus drängeln sich mehrere Studenten unter meinen Schirm mit dem Ergebnis, dass er keinen abdeckt. Hinterher ärgere ich mich, dass ich die Gunst der Stunde nicht genutzt habe, um festzustellen, ob vielleicht ein brauchbarer netter Kerl darunter war. Jetzt weiß ich auch, wie es geschehen kann, dass Frauen nach einer Trennung viel länger solo bleiben als Männer.

Als Norddeutsche nun wirklich Regen gewöhnt, ist dieses Spektakel aber auch für mich eine absolut neue Erfahrung. Es ist so verrückt, dass es schon wieder Spaß macht. Wir lachen und ergeben uns dem Nass zum Zwecke der Durchweichung. Der Regenschirm wird als Blendwerk eingestuft und zusammengefaltet. Dass wir während der zweistündigen Klasse nicht trocknen können, ist kein Problem, denn auf dem Weg zurück zum Auto erwischen mich schon wieder mindestens drei komplette Badewannenladungen Wasser. Ich fühle mich gerettet, als ich in meinem Auto sitze. Jetzt nichts wie heim und trockene Klamotten anziehen.

Vorbilder sind gut – aber muss es ausgerechnet Odysseus sein?

Schnell rufe ich HD an, der verspricht, schon mal das Essen vorzubereiten. Er ermahnt mich noch einmal, auch auf dem Rückweg den Highway zu nehmen. Die Strecke würde ich ja nun kennen, meint er. So ganz leise Zweifel, ob ich der mentalen Herausforderung gewachsen bin, die Strecke in umgekehrter Richtung zu erkennen, beschleichen mich, das gebe ich zu. Aber erstmal auf der Straße, gibt es keine Zeit mehr für solche weiblichen Unsicherheiten. Es gießt so, dass ich den Rand der Straße eigentlich nur an dem hohen Wasserstand erkenne. Ich sehe die Stelle, an der ich normalerweise abbiege, und widerstehe der Versuchung, einfach den bekannten Weg zu wählen. Ich fahre den Highway mehr oder weniger im Blindflug. Außer mir hat kaum jemand Lichter an. Die Wolken hängen hier in den Bergen so tief, dass ich inmitten trüber Suppe fahre. Ich zeige den Californiern, was das bedeutet, sein Fahrverhalten auf die Wetterbedingungen einzustellen. Irgendwie bin ich ganz schön zufrieden mit mir, wie ich diese schwierige Situation meistere. Die Orte und Straßen auf den Hinweisschildern, sofern ich mal eines lesen kann, sagen mir nichts. Nachdem ich mindestens zehn Unfallstellen passiert und das Gefühl habe, dass die blinkenden, heulenden Feuerwehren und Polizeifahrzeuge aus ganz Amerika sich auf diesem Streckenabschnitt versammeln, kann ich nicht mehr wirklich von innerer Gelassenheit sprechen. So ganz allmählich steigt da etwas in mir hoch, das vielleicht als Panik bezeichnet werden könnte. Zumal ich finde, dass diese Strecke verdammt lang ist. Irgendwie so viel länger als der Hinweg.

Das Auto vor mir dient als Schlaglochspürgerät. Immer wenn es in ein Loch gekracht ist, weiß ich, wo ich ausweichen muss. Wo kommen diese vielen Riesenlöcher bloß alle so plötzlich her? Ganz offenbar schafft der Regen hier kaputte Straßen wie bei uns lang anhaltender Frost. Kaputtgeregnet, statt kaputtgefroren. Wann bitte kommt die Stelle, an der ich abbiegen muss? Schon längst habe ich sie erwartet, aber kein Hinweis darauf war bislang zu sehen.

Gefahr erkannt – doch wie gebannt?

Langsam aber gründlich begreife ich, dass ich in die falsche Richtung unterwegs sein muss. Ich bin in den Osten nach L.A. gefahren statt in den Westen. Ich habe keine Ahnung, wo ich bin und wie ich den Fehler korrigieren kann. Erst mal runter vom Highway, entscheide ich und dann Knöllchen anrufen (hilfsweise selber versuchen, mich zu orten anhand der Karte, die in meiner Tür steckt). Ich fahre in Glendale runter, nur um schon bald festzustellen, dass es keine Chance zum Anhalten gibt. Weder Knöll anrufen noch Karte lesen ist möglich. Glendale gehört zu den Orten, in die sich zusätzlich zum Regen das Wasser und der Schlamm aus den umliegenden Bergen ergießt. Der ganze Ort ist völlig überflutet. Ach Du Herr, wo bin ich denn hier gelandet! Am Straßenrand stehen jede Menge abgesoffene Autos inmitten eines reißenden Stromes, der noch vor kurzem eine harmlose Gosse gewesen sein muss. Das sieht nicht nur nach Regenwasser aus, sondern eher nach einer Schlammbrühe. Dort anzuhalten wage ich nicht. Ich beschließe weiterzufahren, bis der Sprit alle ist und dann muss der liebe Gott mir helfen (ich gehe schließlich regelmäßig zum Bibeltalk).

Selbst ist die Frau

Die einzigen Autos, die mit mir unterwegs sind, sind diese hochgebockten Geländewagen. Noch vor kurzem von mir verspottet, ist ihr Vorteil in dieser Situation unübersehbar. Auch hier sind Polizei und Feuerwehr im Dauereinsatz, was durch das Geheule und Geblinke eine Stimmung von höchster Gefährdung vermittelt. Ich finde mich schon nicht mehr ganz so toll. Wahrscheinlich sogar bin ich einfach unfähig. Zu blöd, um nach Hause zu finden. Diese Gedanken sind nun das Allerletzte, was mir weiterhilft. Problemlösung ist angesagt und das heißt, zunächst einfach nur durchhalten und die Angst bekämpfen. Vom

Beibehalten eines klaren Kopfes wage ich in diesem Zusammenhang bei mir nicht zu sprechen. Ich habe aber Glück: Der liebe Gott hilft mir, bevor der Sprit verbraucht ist. Ich finde eine Auffahrt auf den Highway in den Westen. Wenn Richtung Osten mich hierher geführt hat, müsste mich Richtung Westen zumindest wieder zum College bringen. Ich beiße die Zähne zusammen und drive zurück, wieder an vielen Unfällen vorbei. Die Fahrt ist einfach nur als beängstigend und schrecklich zu beschreiben. Nach insgesamt zwei Stunden Abenteuer im wilden Osten bin ich wieder auf dem Campus. Ich rufe Knöll an, der behauptet, auch nach 34 Ehejahren noch besorgt gewesen zu sein. Ich entscheide, nun meinen gewohnten Weg nach Camarillo zu nehmen. Dort regnet es auch stark, aber absolut nicht vergleichbar mit dem, was ich weiter landeinwärts in den Bergen erlebt habe. Nach gut 30 Minuten Fahrt über normale regennasse Straßen komme ich ohne Zwischenfall in unserer Garage an. Da hat mich Knöll völlig unnötig über die mir fremde Strecke gejagt, dieser Schuft! Als Knöllchen mich bedauernd in den Arm nimmt, hat er Glück. Der normale Verlauf der letzten Strecke hat auch mein Gemüt wieder auf normal runtergefahren. Bis ich ihm allerdings meine Erlebnisse schildern kann, vergeht doch einige Zeit. Ich finde, ich habe entschieden genug erlebt für heute. Der Wetterbericht gelobt Besserung für den nächsten Tag.

Wo Licht ist, muss auch Schatten sein
Mit dem Gefühl, dass damit nun das Schlimmste überstanden ist, stehen wir deshalb auch am nächsten Morgen fröhlich auf. Tatsächlich, die Sonne scheint, der Himmel ist strahlend blau. Man hört ihn förmlich sein Unschuldslied pfeifen. So flott wie heute bin ich schon lange nicht mehr dem Tag entgegengesprungen. Ich freue mich wieder, ins College zu fahren, freue mich auf meine Classmates und meine Dozentin. Jetzt geht es wieder richtig los. Als ich die Küche betrete, schiebt mir Knöll stumm die Zeitung zu. Tiefe Betroffenheit steht ihm ins Gesicht geschrieben. »Schlammlawine verschüttete La Conchita: drei Tote, viele Verletzte und Vermisste, 13 Häuser völlig zerstört, 18 weitere unbewohnbar.« Der Ort, um den es geht, liegt etwa 30 km nördlich von uns – zwischen Ventura und Santa Barbara. Die Zeitung zeigt das Bild eines jungen Mädchens, das völlig verzweifelt und panisch schreit, weil der Vater im verschütteten Haus ist. Der Himmel bleibt blau, aber unsere Stimmung stürzt ab. Uns wird augenblicklich klar, was eine Naturkatastrophe ist. Das Ausmaß der Verzweiflung in jenem Ort ist für uns sicher nur ahnbar. Kann man da einfach zum College fahren? Aus der Zeitung erfahren wir auch, dass dieser Ort vor zehn Jahren, als unsere Tochter Eva als Austauschschülerin hier war, schon einmal von Schlammlawinen betroffen war. Die Häuser, die

damals verschont wurden, sind nun zerstört worden. Es fällt mir schwer, den Jammer, den ich bei den Menschen in La Conchita vermute, nicht zu meinem eigenen zu machen.

Im College diskutieren wir darüber, ob diese Menschen nun auch mit einer Welle an Hilfsbereitschaft und Spenden rechnen dürfen. Wahrscheinlich wohl nicht. Schon allein deshalb nicht, weil fast jeder gerade für die Seebebenopfer in Südostasien gespendet hat und meint, sein Soll erfüllt zu haben. Einige Studenten sind auch der Meinung, dass dies ja nur ein »Klacks« sei im Vergleich zu dem, was in Süd-Ost-Asien geschehen sei. Sind wir schon so abgebrüht, dass uns das Schicksal der Menschen erst berührt, wenn es in Massen kommt? Ich versuche zu erklären, dass das vergleichsweise geringe Ausmaß der Katastrophe für den einzelnen Menschen in La Conchita und allen anderen Orten, in denen Ähnliches passierte, das Leid nicht geringer macht.

Auch das noch!
Bevor ich an dieser Diskussion teilnehmen kann, habe ich zunächst meine eigene kleine »Katastrophe«. Es scheint keine gute Woche für mich zu werden. Als ich am College ankomme, parke ich wie üblich meinen Wagen. Ich stelle zufrieden fest, dass ich heute wegen des Windes zwar etwas verweht meine Klasse erreichen werde, aber mit Sicherheit trocken. Man weiß aber nie und deshalb entscheide ich im letzten Augenblick, doch noch meinen Regenschirm mitzunehmen. Während ich diesen neben dem Auto stehend ordentlich zusammenlege, drückt der Wind die bereits mit der Zentralverriegelung abgeschlossene Tür zu. Nicht ganz, nur ein klein wenig. Aber immerhin so, dass die Verriegelung einschnappt. Ich stehe draußen mit nichts als dem Schirm – dem einzigen, was ich heute nicht brauchen werde. Meine Tasche und alle Papiere, die ich zum Einschreiben brauche, sind in der Tasche, die mich vom Fahrersitz aus schadenfroh anschaut. Vor allem aber: In der Tasche ist bereits der Autoschlüssel ordentlich verstaut. Was nun? Einen Anflug von Selbstmitleid kämpfe ich schnell nieder, als neben mir ein kleiner Mercedes Sportflitzer (altes Modell, das erkenne sogar ich) einparkt. Dem jungen Mann, der ihm entsteigt, erkläre ich meine Lage mit der Frage, ob er eine Idee habe, was zu tun sei. Ich hatte nämlich gehört, dass die Campuspolizei auch Retter in solchen Dingen sei. Ich habe aber keine Ahnung, wie ich die erreiche. Der junge Mann teilt dieses Unwissen, da erst seit einem Tag Student. Er sieht aber meinen AAA-Aufkleber auf der Rückscheibe, was unserem ADAC entspricht. Er meint, die würden mir helfen. Die Idee finde ich gut, habe aber deren Telefonnummer in meinem Auto. Und mein Handy natürlich auch. Da kann mir mein Kommilitone helfen. Er ist auch Mitglied bei AAA, sucht mir die Nummer raus und

leiht mir sein cell phone. So oft ich auch wähle, es ist immer besetzt. Der arme Kerl hat Sorge, zu seiner ersten Vorlesung (Physik, er will Ingenieur werden, und das Auto haben seine lieben Eltern ihm geschenkt – auch in der Not muss Zeit sein für einen persönlichen Satz) zu spät zu kommen. Diese Sorge teilen nicht viele Studenten mit ihm. Mich erstaunt es immer wieder, mit welcher Selbstverständlichkeit man hier auch erheblich verspätet in den Vorlesungen erscheint. Wir trennen uns.

Kleines Missgeschick – neue Erfahrungen

Ich gehe ins Büro für internationale Studenten, weil mir nichts anderes einfällt. Das war eine wirklich gute Entscheidung! Lynda lacht, als sie meine Geschichte hört, und verspricht mir zu helfen. Unglücklicherweise mache das die Campuspolizei nicht mehr, aber wir fänden schon einen Weg. Ich darf das Telefon benutzen. Aber auch jetzt ist bei AAA immer noch ständig besetzt. Ich beschließe, auch erst einmal in meinen Kurs zu gehen. Lynda meint, dass sie danach zwar eigentlich Mittagspause habe, aber vielleicht bliebe sie auch da. Auf jeden Fall dürfe ich auch in ihrer Abwesenheit das Telefon benutzen. Ich solle mal ganz entspannt in meine Klasse gehen. Vielleicht musste das passieren, damit ich diese Freundlichkeit erleben darf? Mich überrascht das nicht mehr ganz so sehr. Schon im letzten Semester konnte ich es kaum fassen, als ich bei wiederholten Bitten um Hilfe und Fragen in der Bibliothek nicht etwa eine gnädige Duldermiene oder gar Abweisung erntete, sondern Debby mich freundlich aufklärte, es sei doch ihr Job, mir jede nur mögliche Unterstützung zu geben, bis ich es alleine könne. Erklärtes Ziel sei doch, die Studenten bestmöglich darauf vorzubereiten, nach ihrem Wechsel an eine Universität sich allein und selbständig innerhalb der größeren Organisation zurechtzufinden. Mein College, Moorpark College, ist gerade für seine extrem hohe Transferrate zu Universitäten ausgezeichnet worden. Der Einsatz für die Studenten scheint sich offensichtlich zu lohnen. Meine deutschen Studentenzeiten liegen zwar schon sehr lange zurück, aber ich erinnere noch gut, dass ich mir immer wie ein Störfaktor vorkam, sobald man mal etwas von den Mitarbeitern brauchte. Ich hatte immer das Gefühl, dass die ihren Job nur solange liebten, wie keine störenden Studenten dazwischen kamen. Vielleicht ist das heute auch in Deutschland anders. Hier wird mir jedenfalls das Gefühl gegeben, dass man sehr daran interessiert ist, mich zu einer zufriedenen und möglichst erfolgreichen »Studentin« zu machen. Ob das auch etwas damit zu tun hat, dass hier alle Studiengebühren zahlen müssen?

Auf dem Weg zur Klasse fällt mir ein, dass man bei AAA sicher meine Mitgliedsnummer wissen will, die natürlich auch im Auto liegt. Das bedeutet, ich muss meinen Mann anrufen. Meine Dozentin sieht mich und begrüßt mich mit dem üblichen »How are you doing?« Entgegen ihrer Erwartung antworte ich heute mit dem Geständnis: »nicht ganz so gut!«. Sofort schaut sie erschreckt auf und ist froh, dass es nur um mein zugesperrtes Auto geht. Sie gibt mir ihr Cellphone, damit ich HD anrufen kann. So bin ich der Problemlösung schon wieder einen Schritt näher. In der Klasse (wir kommen aus insgesamt 13 verschiedenen Ländern!!!) erzähle ich, was mir passiert ist. Der Kurs heißt zwar »Academic Communication« und akademisch ist das Thema nicht. Aber zumindest übe ich damit Kommunikationsfähigkeiten ein. Ein Classmate bietet sofort an, mich nach Hause zu fahren, um den Ersatzschlüssel zu holen, falls ich AAA auch anschließend nicht erreiche. Er reicht mir sein Cellphone, damit ich bei meiner Nachbarin anrufen kann, denn ohne sie komme ich auch nicht in mein Haus. Sie hat den Ersatzschlüssel zum Haus. Mein Samariter heißt Julio, ist 19 Jahre alt und kommt aus Mexiko. Er lebt mit einem Cousin zusammen (was mich sehr beruhigt, da der arme Kerl dann nicht ganz allein ist). Er habe manchmal Heimweh, aber er müsse an seine Zukunft denken. Er wisse, dass seine Mutter ihn täglich vermisse. Bei den Worten muss ich meine Tränen runterschlucken. Ich kann diese Mutter zu gut verstehen. Ich vermisse meine Kinder sekündlich und das unendlich! Nach der Klasse begleitet mich Julio zum Office für internationale Studenten. Lynda hat ihre Mittagspause verschoben und fischt mir Telefonnummern von lokalen Schlüsseldiensten raus, nachdem der AAA uns erklärte, sie seien aufgrund des Regens und der Mudslides so busy, dass ich mindestens drei Stunden warten müsse. Julio bleibt an meiner Seite bis endlich feststeht, dass jemand kommt, um mein Auto zu öffnen.

Hokus Pokus Fidibus
Während ich irgendeinen hochinteressanten raffinierten Einbrechertrick erwartet hatte, packt der Locksmith einen kleinen Kasten mit etwa 100 Schlüsseln aus, die er alle durchzuprobieren gedenkt. Er meint, das habe in 99,9 % der Fälle Erfolg und sei die schonendste Methode, folglich seine Lieblingsmethode, da die Autobesitzer den vermiedenen Schaden dankten. Als nur noch fünf Schlüssel im Kasten sind, frage ich schon mal vorsichtshalber, wie ein solcher Schaden denn aussehe. Da klickt es und meine Tür lässt sich öffnen. Wie vorausgesagt bin ich ihm dankbar, dass mein Auto unbeschädigt ist. Als er den Beweis in den Händen hält, trennen sich unsere Wege. Auf dem Heimweg denke ich darüber nach, welchen Schwachsinn man sich jetzt in Amerika und 13 weiteren Ländern über autofahrende deutsche Frauen erzählt.
Mein Bible-Talk an diesem Abend gibt mir reichlich Gelegenheit, meine klei-

nen Abenteuer der beiden letzten Tage im rechten Licht zu betrachten. Im Vordergrund stehen die Sorgen um verletzte oder sogar noch verschüttete Freunde in La Conchita. Der Leiter unserer Gruppe, der Minister (so heißt der Pfarrer hier), hat sich seinen Motor ruiniert, als er im Wasser steckenblieb und jeder kennt Menschen, die auf einer der vielen überschwemmten und verschlammten Straßen im Umkreis ihr Auto verloren oder demoliert haben.

Wir sprechen auch über meine Mutter, die gerade an Brustkrebs operiert wurde, und über unsere Tochter Eva, die im Sommer hier heiraten will. Wir lachen und wir sind traurig. Ich bin froh über diese Freunde.

Knöllchen findet es gut, dass ich zum Bible-Talk gehe, da ich immer so entspannt zurückkomme.

Trotz der vielen traurigen Vorkommnisse kann ich ohne zu grübeln schnell einschlafen. Am Morgen verkündet die Zeitung, das Ausmaß der Schlammlawinen-Katastrophe stehe noch nicht fest. Nun gibt es schon zehn Tote. Darunter eine Mutter mit drei kleinen Kindern. Allein eine Familie verlor fünf Mitglieder. Aber es werden auch noch immer Menschen vermisst. Man gräbt und gräbt mit vereinten Kräften auch durch die Nacht. Wer in seinem Garten satten Lehmboden hat, wird vielleicht erahnen können, wie schwer diese Bergungsarbeiten sind. Was hier von den Bergen geschwemmt wird, ist reiner Lehm, schwerer, nasser Lehm. Wir ahnen alle, was das für die Überlebenschancen der Vermissten bedeutet.

Trotzdem: Das Leben geht weiter

Heinz-Dieter und ich fahren am Nachmittag nach Ventura an den Strand. Ich muss ein wenig raus, etwas laufen. Mein Heimweh, das mich zur Zeit etwas plagt, macht mich unruhig. Der Anblick des Meeres tröstet mich. Was wir am Strand entdecken, haben wir nicht erwartet: Schutt, Müll, massenhaft riesige Bäume, die noch vor kurzem in Gärten und an Straßenrändern standen, viel Bambus, der nur aus Gärten kommen kann, sind angeschwemmt. Jede Menge Holz – blau, gelb, rötlich – traurige Überreste von Häusern. Kinder laufen in diesem Elend herum und suchen sich vergnügt Stöcke und Holz heraus. Buden bauen und Schnitzen ist für sie jetzt angesagt.

Wir sehen, dass der Freeway und die Eisenbahn von Ventura in Richtung Norden noch immer gesperrt sind. Ein Kollege von HD, der in Santa Barbara wohnt, ist schon seit Tagen nicht mehr nach Hause gekommen. Santa Barbara ist von Süden nur über Wasser oder Luft erreichbar (wenn man nicht einen 300 Meilen langen Umweg über das Innenland nehmen will). Die Sonne geht schon unter, als eine Riesenkolonne von schlammverdreckten Rettungsfahrzeugen und Einsatzwagen der Feuerwehr plötzlich aus Richtung Norden kommt.

Die Männer in den Wagen wirken bedrückt. Wir vermuten, dass man die Bergungsarbeiten aufgegeben hat.
Heute lesen wir in der Zeitung, dass diese Annahme stimmte. Weitere Verschüttete seien unwahrscheinlich, heißt es. Eine Familie, nach der noch gesucht wurde, hatte ihren Namen auf der Vermisstenliste gesehen und sich gemeldet. Zum Abschluss der Sucharbeiten gab es einen Gottesdienst für Retter, Verwandte und Freunde. Gesprächsangebote für Betroffene werden organisiert und Kirchen bieten unterschiedlichste Hilfen bis hin zu kostenlosen Bestattungen an. Die Experten meinen, dass jeder in diesem Ort, auch wenn seine Familie glimpflich davonkam, mit vielen Gefühlen zu kämpfen habe. Für viele steht die Frage an, ob man bleiben könne. Einige antworten trotzig nach dem Motto »Jetzt erst recht«, andere sind doch sehr nachdenklich, zumal es heißt, dass gerade jetzt nach dieser Lawine weitere sehr wahrscheinlich seien, zumindest bei weiterem Regen. Kann man es da verantworten, hier länger zu wohnen? Die einzige Chance sich zu schützen sei es, eben nicht am Fuße eines solchermaßen gefährdeten Berges zu bauen oder zu wohnen, sagt ein Experte. Im Grunde weiß man das schon lange, zumindest aber seit der Schlammlawine von vor zehn Jahren.
Was bedeutet das aber? Während einige Familien der Meinung sind, die Verantwortung und damit die Entscheidung liege bei jedem selber, sehen andere die Gemeinde in der Verantwortung. Es müsse verboten werden, hier zu leben. Zumindest in diesem Bedürfnis nach der starken Hand, die uns die Entscheidung abnimmt, scheinen Deutsche und Amerikaner sich doch erstaunlich ähnlich zu sein. Schon gleich nach dem Unglück gab es Stimmen, die Gemeinde hätte mehr zum Schutz tun müssen. Auch das scheint normal. Wo immer so großes Leid zu ertragen ist, beginnt die Suche nach Schuldigen oder Verantwortlichen. Schon ganz bald stand aber fest, dass es absolut nichts gibt, was der Wucht, der Macht und Kraft einer solchen Schlammlawine etwas entgegensetzen könnte. Die einzige sichere Lösung wäre ein Siedlungsverbot gewesen, konnte man lesen. Jetzt wird tatsächlich über die Zukunft von La Conchita beraten. Während dies geschieht, melden sich schon Bewohner zu Wort, die deutlich machen, auf keinen Fall wegziehen zu wollen. Hier sei ihre Heimat, hier hätten sie ihre Wurzeln. Während um sie herum Beerdigungen vorbereitet werden, verkündet ein Paar, dass es sich zwar ein wenig schuldig fühle, aber ebenso das Gefühl habe, gerade jetzt wie geplant heiraten zu müssen. Obwohl ja auch bei uns der Alltag mit seinen kleinen Kümmernissen parallel läuft, beschleichen mich schon merkwürdige Gefühle bei der Vorstellung, dass da ein Pastor unter Umständen direkt von einer Beerdigung zur Hochzeit schreitet. Aber auch das ist wahrscheinlich ganz normaler Alltag. Dazu bedarf es keiner Katastrophe.

La Conchita ist natürlich nicht der einzige Ort, in dem es nach dem langen und heftigen Regen Tote, Verletzte, zerstörte Häuser und andere Schäden gab. Es ist nur der Ort, der in unserer direkten Nähe liegt und dessen Schicksal wir daher genauer verfolgen konnten.

Noch immer blickt die Sonne freundlich unschuldig aus einem wolkenlos blauen Himmel auf uns hernieder. Es ist wieder wärmer geworden, es riecht nach Frühling. Darf das sein?

22.1.2005

Ballerina mit Gipsbein
Liebe Heidi,
da machen wir wohl beide gleichzeitig eine Krise durch, was? »I never promised you a rose garden«. Ja klar, dass das Leben kein Rosengarten ist, wissen wir ja schon lange. Aber mal wird man damit besser fertig und mal eben nicht. Wegen meines Englisch musst Du mich wirklich nicht beneiden. Davon, dass ich stolz darauf sein könnte, bin ich weit entfernt. Während ich im Deutschen alles, was ich sagen will, in großer Variationsbreite ausdrücken könnte, ich also immer in der Lage bin, bewusst zu wählen, wie ich was sage, mich auch je nach Adressatenkreis auf sehr unterschiedlichem Niveau ausdrücken kann, so bin ich im Englischen heilfroh, wenn mir eine Formulierung **rechtzeitig** über die Lippen kommt. Und das macht mir ganz, ganz viel aus, da mir das Spiel mit Sprache sehr wichtig ist, es gewissermaßen einen Teil meiner Persönlichkeit ausmacht, den ich hier nicht leben kann. Ich habe immer Angst, dass man mich hier mit meinen schlichten Äußerungen identifiziert. Keiner ahnt ja, dass es in meinem Kopf vielfältiger zugeht, und keiner ahnt, welche Purzelbäume mein Gehirn in jeder Diskussion schlägt. Ich fühle mich wie eine Primaballerina, die mit Gipsbein tanzt und Sorge hat, dass alle denken, sie könnte es nicht besser (wobei das Beispiel schlecht ist, da man deren Behinderung offensichtlich sieht und direkt mit dem Ergebnis in Verbindung bringt). Egal, es gibt keinen Grund, mich zu bewundern, außer vielleicht, dass ich mich dieser Situation überhaupt aussetze. ... .
Seid ganz lieb gegrüßt – und alles Gute!
Eure Gabi

26.2.2005

Gedankeneintopf
Liebe Frau K.,
so, heute soll es nun sein! Schon so lange hatte ich mir vorgenommen, Ihnen zu schreiben, aber immer stand dann irgendwas anderes im Vordergrund. Nach

den letzten schweren Regenfällen hatten wir eigentlich gedacht, der Frühling sei unwiderruflich da. Die Vögel fingen an, ihre Nester zu bauen und es grünt und blüht allenthalben. Die Magnolien und Azaleen blühen, einige Bougainvilleas, Geranien und viele andere Blumen haben – zumindest da, wo sie Sonne bekamen – überhaupt nicht aufgehört zu blühen. Wir hatten schon wieder Tage, wie auch im Dezember, mit 25 Grad. Letzte Woche war dieser Zauber dann plötzlich wieder vorbei. Vier Tage Dauerregen ließen uns wieder in wärmere Kleidung schlüpfen. Diesmal wurde umgehend reagiert und auf allen Straßen die Bergseite vorsichtshalber gesperrt. Auf dem Oceandrive ging eine große Steinlawine runter. Es sind wieder Menschen ums Leben gekommen und ganze Häuser den Berg runtergerutscht. Insgesamt war das alles aber regelrecht harmlos im Vergleich zu den letzten Regenfällen und Mudslides, hat wohl aber in deutschen Medien mehr Aufmerksamkeit erfahren. Nun ist der Himmel wieder blau und wir sitzen zwischendurch mit einer Tasse Kaffee im Garten. Unsere Rosen blühen schon wieder und alles andere ist voller Knospen. Nur ganz wenige Bäume warten noch auf die Blätter. Ihr Mann hätte hier schon jetzt keine Zeit mehr zum Fliesenlegen, es sei denn, die enorm hohen Grundstückskosten (hier auf dem Land etwa wie in Innenstadt München) zwängen ihn, mit einem Minigarten zufrieden zu sein. Dann wäre er natürlich schnell damit durch und stünde Ihnen wieder zur Verfügung. Ich finde, es ist eine gute Idee, sich die trüben Wintermonate mit Hausverschönerungen zu versüßen.

Nachdem ich ganz erleichtert war, hier eine gute Ärztin für meine Nachsorge gefunden zu haben, schreibt die mir nun, sie verlasse die UCLA-Klinik und gehe zu Amgen. Sie empfiehlt mir zwar jemanden, aber ich muss mich wieder umgewöhnen. Anfang März darf ich aber noch mal zu ihr. Meine OP ist jetzt schon ein Jahr her. Zurzeit bin ich vollends absorbiert durch die Brustkrebserkrankung meiner Mutter. Einerseits möchte ich mir das alles so gerne vom Halse (von der Seele) halten, würde ich hier doch so gerne einfach nur genießen (!!!), andererseits muss ich mich kümmern. Täglich telefoniere ich mit Ärzten, Krankengymnasten und Freundinnen meiner Mutter. Und natürlich mit meiner Mutter. Sie hat sich gegen eine Chemo entschieden, was ich einfach sehr klug finde. Die Bestrahlung macht sie aber und hat damit jetzt begonnen.

Wir werden schon Ende Juli unsere Zelte hier abbrechen (geplant war Ende September), da unsere Tochter im August in Deutschland kirchlich heiratet. Unter Berücksichtigung ihrer und unserer Belange war eine Hochzeit im nächsten Frühjahr nicht möglich, was eigentlich vernünftiger schiene. Die standesamtliche Trauung findet Anfang Juli hier in USA statt. Ich schaue mit sehr gemischten Gefühlen auf unsere Rückkehr. Ich freue mich, meine Kinder wieder leichter und öfter sehen zu können, freue mich auf unsere Freunde, auf meine Möbel (!!!) (das hätte ich nicht gedacht), aber ich bekomme jetzt schon Herzschmerz, wenn ich an den Abschied von unseren Freunden hier denke (denn der wird für immer sein). Ich bin nicht sicher, ob ich mich wieder so einfach an das Leben in Deutschland gewöhnen kann. An das Wetter bestimmt nicht!!! Die entsetzlichen Knochenschmerzen, die das Arimidex bei mir verursacht, spüre ich hier – im Gegensatz zu Deutschland – kaum. Ich denke, das liegt an der Wärme.

Ich habe sicherlich gehofft, dass wir hier Kontakte bekommen, aber nie hätte ich damit gerechnet, so liebe, gute Freunde in so kurzer Zeit zu finden. Wenn wir die nur mitnehmen könnten! Egal wo ich nun lebe, es wird immer Sehnsucht dabei sein.

So, die Kocherei ist fertig. In dieser nur notdürftig ausgestatteten Küche ist das regelrecht eine Herausforderung. Ja, wir Deutschen sind schon sehr anspruchsvoll! Wir hatten neulich einen Kollegen von Knöll aus Houston zu Besuch für einige Tage. Er ist Deutscher, lebt aber schon seit mehr als 20 Jahren in Houston. Er verstand mein Herumgemäkel an meiner Küche und anderen haushaltlichen Einrichtungen überhaupt nicht. Er meinte, alles funktioniere doch, was wolle man mehr!

Nach wie vor treffe ich mich mit den Amgenfrauen zum Lunch. Aus dieser Runde haben sich zusätzlich viele andere Aktivitäten ergeben. Mit zwei weiteren Paaren aus diesem Kreis gehen wir in Konzerte und ins Theater (und anschließend wird bei Kerzenschein Wein getrunken und viel zu lange geplaudert) und demnächst werde ich in den Gartenclub aufgenommen. Unser nächstes Theaterstück heißt übrigens »Alone Together« und wir haben es schon in Lüneburg gesehen. Wir können wirklich sagen, dass wir rundherum einfach nur Glück hatten. Auch in meinem Englischkurs fühle ich mich sehr wohl. Wir verstehen uns alle sehr gut, die »Alten« und die »Jungen«. Wir haben einen schönen Umgang miteinander, der Freude macht. Mein größter Fan ist ein 20jähriger Tunesier, der seine Mama vermisst und mit dem ich mich unterhalte wie mit meinen Jungs. Einmal in der Woche gehe ich mit einigen anderen »Alten« nach der Klasse zum Lunch. Zurzeit hat eine Koreanerin ganz schlimm Heimweh. Wir versuchen ihr zu helfen, denn wir kennen das alle auch. Außer mir wohnen alle »richtig« hier. Unsere Lunchrunde hat begonnen, als eine Japanerin mein Heimweh bemerkte und mir helfen wollte. Diese Warmherzigkeit und dieses Interesse aneinander hat mich sehr bewegt. Man schaut nicht einfach zu und geht dann seiner Wege. Man bietet »sich« an. Unsere Truppe wird immer größer, weil einfach spürbar ist, dass wir Freude und Spaß haben. Das macht neugierig. Auch aus dem Bibelkreis und meinem

Frauengesprächskreis (40 up) haben sich Freundschaften ergeben, die zu gemeinsamen Aktivitäten führen.
Morgen haben wir ein volles Programm. Erst fahren wir mit drei Paaren zu einem Konzert nach L.A. in die Walt Disney Halle und anschließend gehen wir gemeinsam zu Freunden zu einer »Red Carpet Party«, da morgen der Oscar verliehen wird. Das ist eine Gelegenheit, sich mal wieder so richtig in Schale zu werfen oder »to get all dressed up, to get all dolled up, or to wear our best bib and tucker«, um mal nur so einige der hiesigen Ausdrücke zu nennen. Wahrscheinlich werde ich meine bösen Überraschungen erleben, wenn ich diese sprachlichen Neuerwerbungen unter unseren englischen Freunden anwenden will. Dann muss ich sicher vieles ausmisten. Das finde ich sehr schade, denn ich bin inzwischen zu einem Idiom-Spezialisten geworden.
Liebe Frau K., von Herzen wünschen wir Ihnen, dass sich alle gesundheitlichen Probleme lösen und dass Sie mit Ihrem Mann erfolgreich jeder trüben Stimmung trotzen bzw. ihr entgegenfliesen. Die Tage werden schon eindeutig länger und so ganz lange kann es auch in LG nicht mehr dauern, bis es wärmer wird.
Ganz liebe Grüße an Sie und Ihren Mann,
Ihre Gabi Knöll

6.3.2005
Es geht bergauf
Hallo Evi-Töchterlein,
wir haben noch etwas Zeit, bevor gleich unsere Gäste zum Kaffee kommen. Wir haben mit viel Mühe und nicht 100%igem Erfolg (optisch) eine Marzipantorte gezaubert. Dieses Kaffeetrinken ist dann der letzte Schritt eines sehr schönen, aber vollen Wochenendes. Am Freitag hatten wir Dinnergäste. U. a. meine Englischdozentin. Die hat sich so wohl bei uns gefühlt, dass sie uns spontan ihr großes Haus mit großem Garten für unsere Hochzeitstagsfeier angeboten hat. Es war insgesamt sehr nett.
…
Eva, das Leben fängt an, mich so zu beglücken, dass ich mir ein Hierbleiben vorstellen könnte.
Wir wünschen Euch für die nächste Woche einen guten Verlauf, auch für Deine Stunden. Bleib ruhig und gelassen und strahle Lebensfreude und Spaß an Deiner Arbeit aus.
Liebe und viele Grüße an Euch beide,
Deine Mama

10.3.2005

Neuigkeiten

Liebe Brigitte,
wir waren gestern den ganzen Tag in der UCLA-Klinik. Eigentlich sollte es eine normale Nachsorgeuntersuchung werden (die letzte mit meiner Ärztin, bevor sie zu Amgen wechselt). Leider hat man in meiner nicht operierten Brust einen abklärungsbedürftigen Befund entdeckt. Es wurde eine Biopsie vorgenommen, deren Ergebnis ich leider wohl frühestens am Montag erfahre. Nun habe ich über das ganze Wochenende (wie schon vergangene Nacht) Zeit genug, mir jedes Wort der Ärzte hundertmal durch den Kopf gehen zu lassen und unter Berücksichtigung der Betonung, des Gesichtsausdruckes und des Kontextes eine Wahrscheinlichkeit für oder gegen einen guten Ausgang zu erahnen. »Nur für alle Fälle« hat die Ärztin uns schon einen Termin mit dem Chirurgen organisiert, damit man »im Falle der Fälle« nicht noch lange auf die OP warten müsse. Mich quält nun die Frage, ob das nicht doch ihre Einschätzung/Vermutung über den Ausgang der Biopsie widerspiegelt oder wirklich nur reine Vorsorge oder gar normales Vorgehen im Krankenhausbetrieb hier ist. Wie auch immer, es werden harte Tage für uns sein.

Die Biopsie wurde in Gegenwart von drei Ärzten durchgeführt, wobei die eigentliche »Täterin« eine Lernende war, die immerfort (sehr nette) Hilfestellung von den beobachtenden Kollegen bekam. Das war für mich eine völlig neue Erfahrung. Als Privatpatientin wurde ich in Deutschland entweder vom Chef selbst oder erfahrenen Ärzten behandelt. Versuchskaninchen war ich (jedenfalls in wachem Zustand) noch nie. Diesem Umstand der Unerfahrenheit ist wohl auch die Tatsache geschuldet, dass die Biopsie 2,5 Stunden gedauert hat incl. des fehlgeschlagenen Versuches, die »Zyste« durch Punktion kollabieren zu lassen. Leider stellte sich der Zysteninhalt als »solid« heraus, womit sich die Hoffnung, es könne sich um eine Zyste handeln, was harmlos wäre, erledigt hat.

Gott sei Dank stehen einige schöne Abwechslungen auf dem Programm, so dass ich nicht zu viel grübeln kann. In der übrigen Zeit muss ich vorlieb nehmen mit Schilderungen eines Michael Jackson, der im Schlafanzug (!!!) verspätet vor Gericht erscheint.

Wir wünschen Euch für Eure »Wüsten-Blütenreise« viel Freude. Eure Koffer sind sicher schon gepackt. Macht schöne Fotos für uns Daheimgebliebene.
Liebe Grüße über den Berg von Camarillo nach Thousand Oaks,
Eure Knölls

11.3.2005
Schicksal
Liebe Frau K.,
das Schicksal ist gegen uns. Es ging uns mal wieder zu gut. Soeben habe ich die Nachricht erhalten, dass ich Krebs in der rechten Brust habe (vorher war es die linke). Am Dienstag habe ich wieder einen Termin in der UCLA und danach werden wir entscheiden müssen, ob ich mich der Behandlung hier stelle oder ob wir sofort nach Deutschland kommen. Im Moment können wir beide nicht denken. Wir sind heute mal wieder mit mehreren Freunden zum Theater verabredet und werden auch gehen. Hier sitzen und den Kopf ungläubig schütteln, macht es auch nicht besser. Und den Blick in die tieftraurigen Augen meines Mannes ertrage ich nicht. Er hat das eindeutig nicht verdient.
Gute Besserung für Schulter und Knie!!!!
Liebe Grüße,
Gabi Knöll

21.3.2005
Liebe hilft
Liebe Dana,
über DeineE-Mail habe ich mich so sehr gefreut! Natürlich kannst Du mich fragen, wie es mir geht. Es tut ja gut zu spüren, wenn man sich Gedanken um mich macht, dass man nicht gleichgültig ist (obwohl ich das auch nie annehmen würde bei Dir). Im Moment bin ich völlig erschöpft, emotional. Dem armen Dieter geht es aber mindestens so. Heute waren wir wieder in der Klinik und es wurden zusätzlich drei Zysten punktiert, bei denen man sicher sein wollte, nichts zu übersehen. (Das Ergebnis ist, dass es wirklich nur Zysten sind – Gott sei Dank.) Als ich nach der Prozedur nach 1,5 Stunden wieder in den Warteraum kam, ist HD fast zusammengebrochen, so groß war seine Anspannung. Im Anschluss waren wir in einem Geschäft, das im Brustzentrum der UCLA betrieben wird. Dort werden Perücken, Tücher, spezielle BHs, Prothesen, spezielles Deodorant für die Zeit der Bestrahlung und was weiß ich verkauft. Ich wollte nur mal sehen, was die so haben – im Falle des Falles. Danach waren wir in einem Center (auch in der Klinik untergebracht), wo Beratungen für Brustkrebsfrauen und deren Familien angeboten werden. Wir bekamen sofort einen Termin bei einer Psychologin, die sich eine Stunde lang mit uns über unsere Fragen unterhalten hat. Sie hat mir Hilfestellung gegeben, eine Entscheidung zu treffen, ob ich die von der Chefchirurgin vorgeschlagene Lumpectomy machen lasse oder lieber eine Mastektomy (wegen der möglichen Gefährdung, die ich von den vielen Zysten befürchte). Nun scheint es so, dass ich der Lumpectomy zustimmen werde.

Diese Psychologin hat sofort für uns einen Termin für morgen organisiert, wo wir den OP-Trakt (heißt hier viel freundlicher: surgeon suite) gezeigt bekommen, den Vorbereitungsraum und den Aufwachraum. Außerdem wird uns bzw. HD genau erklärt, wie er mich zu Hause versorgen kann. Wenn er sich dem nicht gewachsen fühlt, bekommen wir für drei Tage eine Nurse ins Haus geschickt. Am Donnerstag werde ich operiert und auch wieder entlassen – wenn es keine Komplikationen gibt. Da das hier normal ist und es alle Amerikanerinnen schaffen, werde ich das wohl auch schaffen. Nachbarn und Freunde haben ebenfalls ihre Hilfe angeboten, sie wollen kochen und einkaufen etc. Das ist schon sehr beeindruckend!

Hätten wir diese Unterstützung nicht, wäre es für uns sicher sehr schwer gewesen, die Behandlung hier machen zu lassen. Vom rein medizinischen Aspekt kann es allerdings sicher kaum eine bessere Wahl geben. Vom Ergebnis der Pathologie nach der OP hängt dann ab, was man mir als weitere Behandlung vorschlägt. Ich kann gar nicht sagen, wie inständig ich hoffe, dass ich keine Chemo brauche!!!!!!! Es wären nicht nur wieder vier scheußliche Monate, viel mehr fürchte ich, was dieses Gift in meinem Körper, vor allem aber in meinem Gehirn anrichtet.

Dana, es ist zu schön zu lesen, was Du über »meinen« Jürgen schreibst. Wie sehr wünschen wir Euch, dass Ihr miteinander glücklich bleibt. Das passiert nicht von alleine, dafür muss man eine Menge tun. Vor allem muss man bereit sein, auch Krisen zu überstehen.

Eine gute Partnerschaft zeichnet sich nämlich nicht dadurch aus, dass sie keine Krisen hat, sondern nur dadurch, wie sie damit umgeht. Deine Begeisterung für Jürgen kann ich gut verstehen. Von allen Kindern hat er es am besten verstanden, mit mir umzugehen. Er hat mich um den Finger gewickelt. Aber es war nie zu meinem Nachteil. Wie gerne hätte ich meine Kinder hier!

So, liebe Dana, ich falle jetzt vom Computer direkt ins Bett. Knöllchen quält sich noch an seinem Projekt, aber auch nicht mehr wirklich erfolgreich. Aber er schafft jetzt ja kaum noch was, wo er fast nur noch in der Klinik rumsitzt (obwohl immer mit Laptop ausgestattet).

Küss mir meinen lieben Sohn und seid beide ganz lieb gegrüßt,
Deine Gabi

23.3.2005

Von Education bis Wäsche
Liebe Freunde,
habt vielen Dank für Eure lieben Worte. HD ist derjenige, der wohl am meisten leidet. Nicht wegen der OP, sondern weil dieser neuerliche Befund die Hoff-

nung auf geheilt-sein zerstörte und stattdessen Ängste wachsen ließ, dass nun das »Ende« in greifbarere Nähe gerückt ist.
Wir haben heute noch so viel zu tun. Morgen ist die OP. Ich habe z. Z. keine Angst, auch nicht mehr vor der frühen Entlassung (und das hat entgegen der häufigen Vermutung Deutscher nichts mit der Krankenkasse zu tun. Unsere Kasse würde ohne weiteres das Krankenhaus bezahlen). Gestern nahmen wir teil an einem sog. Education Meeting, bei dem wir (alle Frauen mit Partner, die in dieser Woche an der Brust operiert werden sollen) genau erklärt bekamen, was wie wo warum und von wem am Tag der OP gemacht wird. An einer Puppe wurde uns gezeigt, wie wir verbunden werden. Wir stellten viele, viele Fragen, was der eine nicht fragte, fragte der andere. Zwei Stunden nahm man sich Zeit für uns. So was habe ich noch nie erlebt. Eine Psychologin war auch dabei. Die organisierte hernach sogar noch für HD und mich, dass wir uns den Vorbereitungsraum und Aufwachraum ansehen konnten. HD darf bis auf die 1,5 Stunden OP die ganze Zeit bei mir sein. So brauche ich keine Sorge zu haben, dass ich vielleicht unter Narkoseeinfluss Deutsch rede und nicht verstanden werde. Das ist nämlich meine größte Sorge. Zum Schluss des Meetings stand ich da und heulte aus Dankbarkeit über diese liebevolle und kompetente und in diesem Ausmaß völlig unerwartete Unterstützung. Riesengroßes Erstaunen weckten wir mit unserer Behauptung, dass ich nach meiner letzten OP zehn Tage im Krankenhaus habe bleiben müssen. Wozu das denn????, war die erstaunte Frage. Ist da was schiefgegangen? Wie, das ist normal??? Eine Frau, die diese Art OP leider auch schon zum zweiten Mal erlebt, berichtete, dass sie bereits am übernächsten Tag wieder arbeiten gegangen sei. Warum auch nicht?, meinte sie.
Mir riet man, um die nervenaufreibende Warterei über Ostern auf das Ergebnis der Pathologie (davon hängt ab, ob noch mal nachoperiert werden muss und ob Chemo oder nicht) erträglicher zu machen: Reservieren Sie jetzt schon mal einen Tisch beim Italiener, gehen Sie ins Kino … … . Sind Sie sicher, dass ich das alles kann? Ganz sicher! Daraufhin verstanden wir plötzlich auch die Einladungen, die wir bekommen hatten zum Osterdinner und Osterbrunch. Das war ernst gemeint! Und wir hatten noch gedacht, wie stellen die sich das vor? Ich gehe schließlich nicht zur Maniküre oder so was. Ich werde schließlich operiert! Gestern Abend riefen wir diese Freunde sofort an und sagten unser Kommen zu.
Während wir gestern dieser »Aufklärung« beiwohnten (und für den Rückweg drei Stunden brauchten wegen mal wieder heftigen Regens und eines deswegen geschlossenen Highways, was einen derartigen Andrang auf den einzig möglichen anderen erzeugte), weichte zu Hause unsere Wäsche ein für 20 (!!!) Dol-

lar erstandenem deutschen Markenprodukt Persil ein. Ich wollte sicherstellen, dass nach der OP alles wirklich sauber ist, womit ich in Berührung kommen könnte (Bettwäsche, Handtücher, Unterwäsche). Als ich in der Erwartung, nun endlich mal wieder duftendes Blütenweiß aus der Maschine zu holen, unseren Toplader öffnete, war mein Entsetzen kaum zu überbieten: Statt Duft und Strahlendweiß zog ich da total verklebte, mit grauen Placken übersäte und braungestreifte Lappen aus der Maschine. Von jetzt auf gleich rutschte Amerika auf die unterste Ziffer meiner Beliebtheitsskala. So schnell kann's gehen. Wir waren beide zu müde, um unseren Frust »adäquat« nach außen zu befördern. So ließen wir ihn, wo er war, in uns. Soll ja ungesund sein! Heute morgen beim Frühstück nahm ich unser Gemeindeblatt in die Hand, das schon seit Tagen rummeckerte, weil es nicht gelesen wurde. Es gab viele Überschriften, aber nur eine weckte mein augenblickliches Interesse: »Annual Water Main Flushing Program Set to Begin«. Darin teilte man uns mit, warum und vor allem genau an welchem Tag in unsrem Wohnbereich die Wasserleitungen zwecks Sicherstellung der besten Wasserqualität mittels Durchspülung gereinigt werden. Freundlicherweise wies man darauf hin, dass sich dabei vielerlei Partikel lösen und rostige Wasserfärbung entstehen könne. Laundry sei an diesen Tagen nicht sinnvoll. Wer dennoch braune Wäsche zu beklagen habe (man muss also Erfahrung mit Ignoranten wie uns haben), könne kostenlos entsprechenden Fleckentferner unter angegebener Telefonnummer ordern. Das werden wir wohl gleich machen müssen. Am meisten schmerzt es mich um mein vergeudetes deutsches Edelprodukt. Aber was soll's, die Sonne scheint heute wieder und das Gefühl, dass unsere Wäsche doch noch zu retten ist, stimmt frohgemut. Also ran an die Arbeit – fast jede Art der Ablenkung ist für heute willkommen. Ihr seht, zumindest im Moment geht es mir recht gut. Für morgen drückt uns die Daumen.
Liebe Grüße,
Gabi

23.3.2005
So viel Hilfe
Liebe Eva,
schade, dass ich Dich nicht sprechen konnte, als Du angerufen hast, um mir für morgen alles Gute zu wünschen. Dieter und ich hatten heute endlich mal einen Tag, an dem wir nicht nach L.A. fahren mussten. Wir haben hier viel erledigt und alles für morgen vorbereitet, einschließlich putzen. Wenn wir nach der OP hier ankommen, kommt gleichzeitig eine Freundin her, die Krankenschwester ist. Das tut sie, damit HD sich nicht so unsicher fühlt. Ist doch lieb,

oder? Meine Class Mates haben mir geschrieben, es kamen Blumen hier an und viele, viele Anrufe. Die Kirchenfreunde haben organisiert, dass wir für die ersten Tage das Essen vorbeigebracht bekommen. Irgendwie ist das alles überwältigend!
Liebe und Grüße
Deine Mama

28.3.2005

Befund
Lieber Oliver,
wir sitzen hier wie auf heißen Kohlen und warten auf das Ergebnis der Pathologie. Diesmal wurde nach der Sentinel-Methode operiert und es wurden sechs Knoten entfernt, die teilweise geschwollen waren, was möglicherweise an der vorausgegangenen Biopsie liegen könnte (was unsere Hoffnung ist). Aufgrund der Pathologie der Biopsie geht man davon aus, dass es sich um einen eigenständigen Primärtumor handelt oder wie man das nennt (kein Recurrence), der mit großer Wahrscheinlichkeit schon bei Entdeckung des anderen da war, also weder in Lüneburg noch in Kiel diagnostiziert wurde. Vielleicht, weil noch zu klein? Es gab ja damals schon zwei Zysten, die eine Ärztin gerne noch untersuchen wollte, was dann auf die Zeit nach der Chemo verschoben wurde, dann aber meinte die Chefärztin nach einer neuerlichen Sono, eine weitere Biopsie sei überflüssig, es seien wirklich nur Zysten. Ich kann natürlich nicht sagen, dass der jetzige Krebs eine der damals unklaren Zysten war. Diagnostiziert wurde er jetzt hier an der UCLA im Rahmen einer Nachsorgeuntersuchung bei auffälligem Befund in der Mammographie, die ganz anders gemacht wird als in Kiel, auch viel schärfere Bilder hat. Es sah eigentlich wirklich aus wie eine Zyste, aber ein Arzt fand die »Sedimente« (davon sprach man damals in Kiel auch) für abklärungswürdig. Auf eine Sono, die immer noch keine Klarheit brachte, machte man eine »Aspiration« – weiß nicht, wie Ihr das nennt – in der Hoffnung, dass man klare Zystenflüssigkeit absaugt und die Zyste kollabiert. Das geschah nicht, der Inhalt war solid und es wurde sofort eine Biopsie gemacht. Fernmetastasen wurden keine gefunden, aber was heißt das schon? Obwohl Sonographie, Mammographie, Knochenszintigramm, Ganzkörper-CT und ein PET gemacht wurden, heißt das ja nur, dass man nichts sehen konnte (auch das PET hat nur eine Auflösung von etwas weniger als einem Zentimeter).
Die OP selber habe ich sehr, sehr gut verkraftet und verstehe inzwischen sehr gut, warum man hier noch am selben Tag nach Hause gehen kann. Es ging mir wunderbar damit. Mein Arm ist schon wieder voll beweglich in altem

Umfang. Der Verband ist seit heute ab, jetzt sind nur noch die Schnitte selbst überklebt. Drainagen hatte ich nicht (aber auch mit denen wird man entlassen). Drückt uns die Daumen.
Liebe Grüße,
Eure Knölls

29.3.2005
Erste Ergebnisse
Liebe Kinder,
Ihr schlaft schon und deshalb auf diesem Wege: Jennifer Malin, die Ärztin, die zu Amgen geht, hat gerade angerufen und uns informell die ersten Ergebnisse genannt:

1. Tumortyp: invasiv-ductal (wie bei Ilse, mein erster Brustkrebs war invasiv-lobulär).
2. Lymphknoten sind frei, aber es wird noch ein spezieller Test gemacht, um nach Mikrometastasen im Sentinel zu suchen. Sie glaubt aber nicht, dass man da was findet.
3. HER 2 NEU ist negativ (mein erster Tumor war HER2 NEU superexpressiv)
4. Tumorgröße: 1,3 cm
5. Die Margins sind tumorzellenfrei, was heißt, es ist genug sauberes Gewebe rausgenommen worden, es muss nicht nachoperiert werden.

Hier gilt die Regel: Chemo unbedingt, wenn Lymphknoten befallen und/oder Tumor ab zwei cm. Keine Chemo, wenn Lymphknoten frei und Tumor bis 1 cm. Ich bin diesbezüglich ein Entscheidungskandidat, wobei man berücksichtigen muss, dass ich gerade erst eine heftige Chemo hatte, was ja auch Nebenwirkungen hat, auch dauerhafte. Jennifer meinte, dass bei meiner Tumorgröße eine Chemo die statistische Überlebensrate (von fünf Jahren) um maximal 3 % erhöhen würde.
Wir warten jetzt das offizielle Ergebnis ab und das Gespräch mit der Chirurgin und dem Internisten in der UCLA. Danach holen wir uns noch weitere Meinungen ein.
Es wäre doch zu schön, wenn ich mit Bestrahlung davonkomme!!!! Die OP habe ich eigentlich schon vergessen. Bei ganz wenigen Bewegungen mal ein Ziepen, sonst nichts. Die Beweglichkeit ist schon wieder normal, nur mache ich es noch vorsichtig. Keine Nervenschmerzen wie beim letzten Mal. Der Verband ist seit heute ab (macht man selbst), da der Verband sauber, ohne Blut

war, die Schnitte weder gelb noch rot, musste ich auch niemanden anrufen. Es blieben noch so Tapes drauf, die von alleine abfallen sollen. Ich weiß nicht, ob Fäden gezogen werden müssen, das macht die Chirurgin mal so und mal so. Wird sie mir aber sagen, wenn sie mich anruft. Vom OP-Zentrum hat es übrigens gleich am Tag nach der OP einen Kontrollanruf gegeben und vom Brustzentrum am Tag darauf.
Euer Vater erholt sich auch so ganz allmählich, bekommt seit heute aber Antibiotika. Selbst wenn er mich mit seiner Grippe angesteckt hat, will ich nicht meckern – was ist das schon!
Drückt die Daumen für den weiteren Test.
Ihr seid die geliebtesten Kinder der Welt – und die schönsten – und die klügsten und die allerliebsten sowieso. Soeben rief nun die Chirurgin an und gab offizielle Auskunft. Sie sprach gar nicht von einem weiteren Test, kann heißen, dass das Ergebnis auch inzwischen vorliegt oder was weiß ich. Sie bestätigte alles, was ich schon geschrieben habe, meinte, es sei kein sehr aggressiver Typ und sie halte eine Chemo für überflüssig. Nächsten Mittwoch haben wir ein Treffen im Brustzentrum mit ihr, einem Strahlentherapeuten und einem Onkologen, der auch noch seine Meinung sagen soll.
Jetzt essen wir Kuchen, den Freunde für uns vorbeigebracht haben.
Liebe und Grüße,
Eure Mama und Papa

3.4.2005

Neuer, ganz alter Tumor
Hallo Oliver,
oh je, da habe ich Dir ja richtig Arbeit gemacht. Ich danke Dir sehr für die Ausführlichkeit, mit der Du Deine Schlussfolgerungen begründest und damit für uns nachvollziehbar machst. Morgen habe ich ein Treffen mit dem Onkologen, wo dann die weitere Behandlung überlegt werden soll. So kamen Deine Ausführungen heute gerade recht. Die Onkologin, die mich bis zu ihrem Weggang betreut hat und die weiterhin Kontakt zu uns hält, hält ebenfalls eine weitere Chemo nicht für angezeigt. Ich habe bei der Wundkontrolle am Freitag die Chirurgin gefragt, ob man sich die Frage stellen müsse, ob Arimidex ggf. versagt habe und über einen Wechsel in der antihormonellen Therapie nachdenken müsse. Das bejahte sie. Natürlich habe ich mir Gedanken gemacht, welche Kriterien die Theorie des Arimidex-Versagens stützen bzw. verwerfen. In meinen Augen hat Arimidex nur versagt, wenn der Tumor trotz Arimidex noch gewachsen ist. Für mich hört es sich aber so an, als wenn das nicht der Fall gewesen sei, denn man wurde offensichtlich hier auf den Tumor aufmerksam,

weil im Vergleich zu der Mammographie aus Deutschland alle Zysten, wie erwartet, durch Arimidex geschrumpft sind, nur ‚diese' nicht. Das würde ich nicht unbedingt als Versagen von Arimidex bewerten.

Aber jetzt kommt der Hammer: Als wir Freitag nach Hause kamen, fanden wir in der Post das Gutachten, das die ärztliche Schlichtungsstelle in Hannover bei einem Radiologen der Charité in Berlin in Auftrag gegeben hatte. Darin wird festgestellt, dass die von Dr. E. im September 2002 angefertigte Sonographie eindeutig einen verdächtigen, kontrollwürdigen Befund ergab, der eine Biopsie nötig gemacht hätte. Aber zudem rät der Gutachter mir ganz, ganz dringend (extra in fetter Schrift hervorgehoben), unbedingt auch meine rechte Brust untersuchen zu lassen, da – an der Stelle, wo der neue Tumor saß – ebenfalls ein verdächtiger Befund zu erkennen sei!!!!!!!!!!!!!!! Nun kann ich ganz nüchtern feststellen, dass, mit allergrößter Wahrscheinlichkeit, auch dieser Tumor nicht nur bereits bei Behandlungsbeginn des alten Tumors vorhanden war, sondern schon bereits in 2002 auffällig und abklärungsbedürftig erschien! Wenn das so ist – ich will keine voreiligen Behauptungen aufstellen – hieße das, dass diesbezüglich nicht nur der Radiologe E., sondern auch zwei Kliniken geschlafen haben. Meine spontane Reaktion war: Die Ärzte haben mit meinem Leben gespielt. Ganz nüchtern muss man dieses Wissen aber vielleicht bei der Beurteilung von Arimidex und dessen Wirkung bedenken.

Was eine erneute Erkrankung an Krebs bedeutet, das wisst Ihr selber ja nur allzu gut. Man hätte so gerne hundertprozentige Sicherheit, was die Zukunft bringt, bekommt sie aber einfach nicht. So werden wir mit der Angst oder Sorge um ein Wiederauftreten leben müssen. Aber solange wir die Angst und nicht die Angst uns beherrscht, ist das wohl ok. Wir wünschen Euch jedenfalls eine optimale Nutzung des Lebens, das für uns alle noch lange, lange dauern soll. Genießt Euch. Wenn ich weiß, wie die Behandlung weitergeht, melde ich mich wieder.

Vielen Dank und liebe Grüße an Euch,
Eure Knölls

6.4.2005

Onkologengespräch
Lieber Peter,
gestern hatten wir das Gespräch mit dem Chefonkologen der UCLA. Es war ein sehr gutes Gespräch. Er hat uns nicht nur, wie es Ärzte sonst oft tun, seine Vorschläge präsentiert nach dem Motto: Ich bin vom Fach und weiß, was für Sie gut ist, sondern die Gedanken seiner Entscheidungsfindung klar struk-

turiert und logisch aufgebaut vorgetragen. Es war uns alles nachvollziehbar. Es war insgesamt natürlich sehr viel und ich habe unter großer Anspannung zugehört. Englisch ist nach wie vor nicht meine Muttersprache. Ob ich jetzt ad hoc alles so genau zusammenkriege, weiß ich nicht. Ich werde es versuchen. Zu diesem Zeitpunkt meine ich, sollte das noch nicht mit Deinen Geschwistern besprochen werden, denn noch gibt es zu viele Unbekannte. Es ist erstmal nur für Dich.:

1. Auch der Onkologe ist überzeugt, dass dieser Tumor zumindest zu Beginn der Behandlung des alten schon erkennbar war.
2. Der Tumor hat ein Jahr mit Arimidex hinter sich,
3. ebenfalls eine Chemo, eine extrem starke, die so nicht wiederholt werden könnte wegen der Gefährdung des Herzens. Besonders, da das Herz zusätzlich auch mit Sicherheit was von der Bestrahlung abbekommen habe.
4. Es sehe so aus, dass der Tumor unter dem Einfluss von Arimidex nicht geschrumpft sei, was bei guter Wirkung von Arimidex zu erwarten gewesen wäre. Heißt, so wirklich optimal würde Arimidex bezüglich des neuen Tumors nicht wirken.

Es gäbe somit aus seiner Sicht zwei Optionen:

5. Chemo (in leichterer Form) oder
6. Antihormon.

Zur Chemo: Wäre der Tumor kleiner als ein cm, würde ohnehin darüber erst gar nicht diskutiert, man machte keine Chemo. Bei zwei cm auf alle Fälle, bei 1,5 wahrscheinlich, bei 1.3 eher selten. Eine neue Chemo hätte eine »kleine« Chance zu helfen, aber bei großen Risiken.
Bleibt Antihormon: Arimidex meint er, habe nicht den gewünschten Erfolg gezeigt, zumindest, was diesen Tumor betreffe. Tamoxifen komme nicht in Frage. Es bliebe das Aromasin, was wie Arimidex auch ein Aromatasehemmer ist.
Diese Antihormonbehandlung habe ebenfalls nur eine Chance, »etwas« zu helfen, aber im Gegensatz zur Chemo mit Risiko fast gleich null.

7. Wenn er zwischen Chemo und Antihormonbehandlung (beides zusammen auf gar keinen Fall) entscheiden solle, würde er zu Aromasin raten, wobei die fünf Jahre von vorne begännen.
8. Bestrahlung sei ebenfalls nötig, da brusterhaltend operiert wurde.
9. Bis hierhin heißt das: Empfehlung für weitere Behandlung: Keine Chemo, Wechsel zu Aromasin und Bestrahlung.

Sollte ich jedoch Träger einer Mutation des BRCA1 oder BRCA2 Genes sein,

so lasse sich mit dieser Behandlung leider kaum die Wahrscheinlichkeit minimieren, erneut Brustkrebs zu bekommen (vor allem, da meine Brust ja gezeigt habe, dass sie diese Mutation zu nutzen weiß; eine Chance auf Neuerkrankung liege dann so hoch, dass man darauf wetten könne) oder Ovarienkrebs. Wobei Letzterer im Gegensatz zu weiterem Brustkrebs auch bei engmaschiger Kontrolle meistens erst spät, zu spät, zu diagnostizieren sei.
Was also tun, wenn man das Risiko minimieren wolle?
Er schlägt vor, einen entsprechenden Bluttest zu machen (BRAC-Analysis).
Ist das Ergebnis negativ, bin ich also nicht Träger der Mutationen, bleibt es bei dem Behandlungsvorschlag Nr. 9.
Ist das Ergebnis positiv, solle man über eine beidseitige Mastektomie und ggf. eine Entfernung der Ovarien (minimalinvasiv) nachdenken, aber nur dann, wenn auch die Mutationen vorliegen, die mit Ovarienkrebs related sind. Die Ovarien bräuchte ich ja nicht mehr und da postmenopausal, würde sich das auch nicht weiter bemerkbar machen. Die Wahrscheinlichkeit, dass dieser Fall eintrete, sei rein statistisch nur 8 %. Aber da der Vater meiner Mutter Krebs hatte, mein Vater Krebs hatte – diese Mutationen werden zu etwa 50 % über die Väter weitergegeben – und meine Mutter Brustkrebs, meint er, er halte das Risiko für groß genug, um es ausschließen zu wollen.
Wenn ich dem Bluttest mit entsprechenden Konsequenzen zustimme, schlägt er vor, mit der Bestrahlung zu warten bis feststehe, ob ggf. eine Mastektomie gemacht wird.
Dieses Vorgehen richte sich nur gegen das sehr wahrscheinliche Auftreten (im Falle einer Genmutation) weiteren Brustkrebses. Zur Unterdrückung von möglichen Metastasen der bisherigen Krebse (von denen man nicht ausgeht, da die Lymphknoten frei waren + Chemotherapie) solle ich ja das Aromasin nehmen.
Heute waren wir zusätzlich bei einem niedergelassenen Onkologen, der uns von dem Amgen-Onkologie-Chef als sehr kompetent empfohlen wurde. (Es stellte sich heraus, dass er ein enger Freund von Yvonne ist, auch mit holländischen Wurzeln.)
Er bestätigte diese Empfehlungen als sehr vernünftig.
Meine Überlegung ist:
   a) Erstmal gehe ich davon aus, dass ich zu den 98 % gehöre, deren Gen nicht mutiert ist.
   b) Ab heute nehme ich Aromasin, von dem ich hoffe, dass ich es zumindest nach einer Umstellungszeit ebenso gut vertrage wie Arimidex.
   c) Den Bluttest lasse ich machen (ich will es alleine schon wegen Eva wissen).

d) Darum verschiebe ich den Beginn der Bestrahlung.
e) Ist der Test negativ, beginne ich mit der Bestrahlung.
f) Ist der Test positiv in den Mutationen related zu Ovarienkrebs, lasse ich diese rausnehmen.
g) Ist der Test positiv was Brustkrebs betrifft, so lasse ich entweder tatsächlich eine beidseitige Mastektomie machen oder ich warte, bis wieder was auftritt (sollte man ja früh entdecken) und lasse dann beidseitig eine Mastektomie machen. Das hätte den Nachteil, dass man sicher weitere Lymphknoten rausnehmen würde und man nicht ausschließen könnte, dass der Tumor, wenn auch früh entdeckt, streut.
Was diese Frage betrifft, muss ich also noch nach Klarheit suchen.
h) Um die Sache ganz kompliziert zu machen, überlege ich, ob es, falls der Test positiv ist und wieder eine OP ansteht, sinnvoll sein könnte, mit der OP zu warten, bis das Wiederholungs-CT von meiner Brust gemacht wurde (in drei Monaten) und feststeht, ob das Knötchen in der Lunge, das das CT jetzt zeigt, unverändert ist (was man annimmt) oder nicht. Sollte sich das Knötchen als Metastase herausstellen, kann man sich die Operationen wohl sparen.

Herr im Himmel, hoffentlich kann man da durchsteigen!
Bevor der Test gemacht werden kann, muss erst noch die Krankenkasse die Kostenübernahme erklären (mehrere Tausend Dollar). Das soll oft recht lange dauern. Das Testergebnis wiederum liegt laut Firma, die den Test verkauft, erst nach vier Wochen vor. Also müssen wir uns eine Weile gedulden. Jennifer, meine ehemalige Onkologin, jetzt Freundin, hat gerade angerufen. Sie sagte, erstens sei meine Wahrscheinlichkeit, Trägerin der Genmutation zu sein, sehr gering, da ein sehr großer Teil der 8 % wiederum auf Juden aus Ost- und Zentraleuropa falle. Zweitens halte sie den Test dennoch für sehr vernünftig, eben wegen Eva. Drittens solle man aber im Falle eines unerwartet positiven Ergebnisses keinen Automatismus bezüglich der Konsequenzen (Operationen) abspulen. Das solle gründlich überlegt werden. Und darum geht es mir auch. Ich will die Zeit nutzen, um für den Fall der Fälle schon jetzt Argumente als Entscheidungshilfe zu sammeln.
Lieber Pit, zum Schluss noch eine Bitte: Kannst Du was rausfinden, ob es irgendwas darüber gibt, wie Aromasin bei HER2 NEU wirkt?
Und übrigens, die Auflösung vom PET liegt (leider) doch nur bei knapp unter einem cm. Nur im experimentellen Bereich mit Mäusen oder so sei das anders.
Jennifer hatte übrigens heute ihren ersten Tag bei Amgen und war regelrecht

erschrocken über den Verlust an Freiheit im Vergleich zur UNI. Vorgeschriebene Berichtswege, genaue Regeln, wie zu arbeiten sei, das kannte sie bisher nicht. Dafür verdient sie jetzt mehr Geld.
Verbring aber nicht so viel Zeit mit diesem Kram. Du musst ja ganz anderes lernen. Und vergiss nicht, was Schönes zu machen zum Ausgleich. Kuss an Nina, die Schlaue!
Liebe und Grüße,
Deine Mama und Papa.

Peter an Gabi

Deine Anfrage
Hallo Mama!
Ich denke auch, dass das Vorgehen Aromasin und Bestrahlung das richtige ist. Aromasin wird bei Her2neu-pos-Tumoren eingesetzt und wirkt wie Arimidex. Große vergleichende Studien Arimidex – Aromasin habe ich nicht finden können. Dazu sind die Substanzen vielleicht noch zu jung.
Von dem Ergebnis den Gentests würde ich noch nicht zu viel abhängig machen, da die allermeisten Genwirkungen multifaktoriell sind, hier aber nur einzelne Gene getestet werden. Es stimmt schon, dass mit dem Vorhandensein der Mutationen das Brustkrebsrisiko *statistisch* erhöht ist. Ich meine also, dass das Ergebnis des Gentests eine Entscheidung unterstützen kann, aber nicht die wichtigste Entscheidungsgrundlage sein sollte. Das Ergebnis sollte diskutiert werden, wenn es vorliegt. Die Wahrscheinlichkeit ist zu gering, als dass man sich schon jetzt Gedanken machen sollte.
Grüße,
Peter

Yvonne an Gabi:

2.4.2005

stay positive
Liebste Gabi,
ich wünsche Dir viel Stärke. Das gute Gefühl, dass alles wieder gut wird (wir sprachen neulich davon) musst Du Dir erhalten. Es wird wieder alles gut. Du musst ganz stark positiv denken, das ist das Allerbeste! In der Homöopathie geht man von der »life force« aus, und diese ist vor allem bedingt durch die Psyche und deshalb musst Du unter allen Umständen Deine psychische Verfassung unter Kontrolle bekommen. Es ist natürlich leicht gesagt, vor allem, wenn man so ein Denker ist wie Du, aber versuche Dinge zu tun, die Dich erfreuen

und »erwärmen« und schalte ab mit all dem Denken, konzentriere Dich auf etwas ganz anderes, vielleicht etwas, das Du nie zuvor in Angriff genommen hast. Zum Beispiel Singen oder Malen, falls Du es noch nicht versucht haben solltest. Deine Seele wird Dir danken und Deine Zellen auch. Das ist meine Überzeugung und es ist leicht gesagt, aber eine wundervolle Aufgabe für Dich. Ich weiß, Du kannst im Moment nicht anders, aber ich möchte Dir so gerne helfen und das ist ein guter Rat, weil ich weiß, dass es Dir helfen wird mit Deiner Gesundheit. (Falls Du Dich alternativ entscheiden solltest, kann ich Dir meinen Homöopathen Dr. George empfehlen. Ich habe mehrere Freunde zu ihm geschickt – mit großem Erfolg, aber Du wirst schon den für Dich richtigen Weg wählen.)
Sei innigst umarmt, ich rufe Dich noch an.
Alles Liebe für Dich und Knöllchen,
Deine Yvonne

6.4.2005

Naive Hoffnung contra Weltuntergang?
Liebe Yvonne,
…

Was Du mit Zuversicht meinst, weiß ich im Moment nicht. Ich bemühe mich zurzeit, eine realistische Einschätzung meiner Lage zu erreichen. Manchmal ist es nötig, sich mutig auch der Tatsache zu stellen, dass eben nicht immer alles gut wird, nur weil man fest dran glaubt. Du brauchst Dir um mich keine Sorgen zu machen, ich komme mit der Situation gut zurecht, solange ich das Gefühl haben kann, gut informiert zu sein und die Entscheidungen der Ärzte zu verstehen. Wenn, wie am letzten Freitag geschehen, Ärzte mich mit widersprüchlichen Beurteilungen und Informationen nach Hause schicken, dann bekomme ich Probleme, die ich aber auch zu lösen weiß, nämlich indem ich unverzüglich Informationen von kompetenten Leuten einhole, um mir dann nach einer Plausibilitätsprüfung meine eigene Meinung zu bilden. Meine Situation ist nicht rosig und gibt keinen Anlass zu naiver Hoffnung. Sie ist aber auch nicht hoffnungslos. Jetzt kommt es darauf an, ganz nüchtern die richtigen Entscheidungen zu treffen, um die objektiv bestehende Gefährdung für ein weiteres Auftreten von Krebs zu minimieren.
Liebe Yvonne, nächstes Wochenende wollen wir mit unseren Freunden und den Menschen, die uns hier in verschiedenen Situationen hilfreiche Begleitung waren, unseren 34. Hochzeitstag feiern. Schade, dass Ihr nicht hier seid. Wir freuen uns schon sehr auf dieses Zusammentreffen verschiedener Freundeskreise. Am darauf folgenden Wochenende fahren wir nach Las Vegas, um dort

die Hochzeit unseres Vermieters zu feiern. Es ist viel los in unserem Leben und wir sind glücklich darüber.
Wir wünschen Euch ähnlich viel Freude am Leben und viel Erfolg bei Euren Geschäften. Sei lieb umarmt,
Deine Gabi

Yvonne an Gabi

7.4.2005

Möchte helfen
Liebe Gabi,
danke für Deine ausführliche E-Mail. Ich verstehe jetzt alles besser nach unserem Telefonat und ich hoffe, dass ich Dich nicht genervt habe. Ich kann mich besser im Englischen ausdrücken. What you are saying about alienation makes sense. On the other hand you have to understand that friends who love you care and feel helpless to do and say the right and sensitive words. I am sorry if I upset you, I just want to say that I like to give you all the support I have, unfortunately I am so far and I can't pick you up for a walk or fun lunch. So just tell me how you feel and I'm all ears at all time.
I wish you guys a great weekend in Las Vegas! We are enjoying the first signs of spring, it was a long and cold winter, but also beautiful.
Big hug,
Deine Yvonne

13.4.2005

Sonne
Liebe Marita,
hab vielen Dank für Deine lieben Zeilen. Wenn hier alles bleibt wie geplant, heiratet unsere Eva hier standesamtlich in den ersten Juli-Tagen. Danach fährt das junge Glück auf Hochzeitsreise und wir bereiten unseren Abgang vor. Der zusammengekaufte Hausrat muss ja, zeitlich gut kalkuliert – worauf kann man ab wann schon verzichten – wieder verkauft werden. Spätestens Ende Juli wollen wir dann in LG sein, um dort unser Leben wieder einzufädeln und die kirchliche Hochzeit vorzubereiten.
Am kommenden Wochenende feiern wir im Garten meiner Englischdozentin unseren 34. Hochzeitstag mit allen neuen Freunden und einem Lüneburger Kollegen von Knöllchen aus einem anderen Fachbereich, der zu einer Tagung in L.A. ist und bei uns wohnt. Natürlich ist es einfach »Scheiße«, dass es uns wieder erwischt hat. Natürlich macht das auch Angst. Aber ich habe das Gefühl, hier in wirklich guten Händen zu sein. Und zwischen allen Arztter-

minen versuchen wir, das Leben zu genießen. Gott sei Dank fühle ich mich ja nicht krank – und ehrlich, selbst eine beidseitige Mastektomie schreckt mich nicht so sehr wie eine Chemo, die mir ja offensichtlich »erspart« bleibt. Euch, liebe Marita, wünschen wir viel Freude bei zunehmenden Aktivitäten in der freien Natur und im Garten. Habt Ihr die gestalterische Arbeit rund um den Teich vollendet?
Liebe Grüße,
Eure Knölls

20.4.2005
Wir kommen bald
Liebe Heidi,
nach Deiner Mail hatte ich beschlossen, Euch anzurufen, was ich auch tat. Da warst Du gerade in Berlin. Toni wird Dir von unserem langen Gespräch berichtet haben. Ich freu mich darauf, Euch in wenigen Monaten wieder »in echt« zu sprechen. Es geht mir gut im Moment. Wir haben gerade jetzt viele Einladungen zu Hochzeiten (Las Vegas und San Francisco) und auch zu anderen schönen Ereignissen. Gestern hat HD endgültig – aber auch überraschend – die Entscheidung getroffen, das Jobangebot an der hiesigen UNI **nicht** anzunehmen. Es war eine sehr schwere Entscheidung. Nun könnte ich erleichtert sein, aber so einfach ist das nicht. Nicht zuletzt, weil ich natürlich versucht hatte, mir schon ein Leben hier so schön wie möglich auszumalen. Nun heißt es, emotionell alles zurückzudrehen. Das gelingt uns beiden nicht ganz so leicht. Um unsere Gedanken an meine neuerliche Erkrankung ein wenig zu verdrängen und unsere wenige verbliebene Zeit hier zu nutzen, wollen wir in einer der kommenden Wochen eine kleine Reise machen (wenn die Bestrahlung erst begonnen hat, sind wir ja leider gebunden).
Es freut mich ungeheuer, dass Ihr Euch mit Jonas und Gudrun so gut verstanden habt. Auch was Du über unseren »Kleinen« geschrieben hast, hat mein Herz erfreut. Liebe Heidi, lass uns das Leben genießen, zunächst noch getrennt, dann wieder auf einem Kontinent vereinigt. Wirklich schade ist, dass wir das Wetter, unsere hiesigen Freunde und die Freundlichkeit der Menschen nicht mitnehmen können. Das würde einiges erleichtern.
Seid ganz lieb gegrüßt,
Eure Knölls

21.4.2005

Erklärung

Liebe Freunde,
nach wie vor tut es uns sehr leid, dass unser Zusammentreffen hier so anders verlaufen ist, als wir es erwartet und erhofft hatten. Als Ihr kamt, hatten wir die Diagnose soeben erst erfahren. Wir waren regelrecht verzweifelt, viel schlimmer als bei der ersten Diagnose, da wir plötzlich spürten, dass es auch bei uns so enden könnte, wie wir es oft mit Grauen beobachtet haben: der Krebs nicht als vorübergehende Erkrankung, sondern eine OP nach der anderen, eine Chemo nach der anderen, erste Metastasen, immer weiter, immer mehr. Die Behandlungen werden aggressiver und rücksichtsloser, weil es nicht mehr darum geht, Gesundes zu schonen, sondern nur noch darum, den Tod so lange wie möglich herauszuschieben. Mehrfach haben wir das im Bekanntenkreis erlebt – und nun kam uns das so nahe. Vor allem verbunden mit der Angst, dass es sein kann, dass man irgendwie den Ausstieg aus diesem Zirkus nicht schafft, obwohl man sich das vorher vornimmt. Jedenfalls konnten wir bei Eurer Ankunft nicht die Freunde sein, die Ihr verdient gehabt hättet. Am Ende Eurer Reise war ich dann schon operiert und zu Hause (wie schnell das alles geht – und wie verschieden von zwei Paaren zwei Wochen erlebt werden können). Zu dem Zeitpunkt hatte dann HD seinen tiefen Absturz. Bis dahin hat er sich zusammengerissen, mit allerletzter Kraft. Es ging ihm körperlich (grippaler Infekt), aber vor allem psychisch schlecht. Er hat geweint, geweint, wie ich ihn seit Moritz' Tod nicht habe weinen sehen. Gott sei Dank ging es mir gut und wir hatten viel Unterstützung im Freundeskreis. Im Moment hat er sich gefangen.
Wir versuchen so gut es geht, das Leben zu genießen. Nachdem wir die Hochzeit unseres Vermieters in Las Vegas gefeiert haben, feierten wir letztes Wochenende im riesigen Garten meiner Englischdozentin – inzwischen längst eine sehr gute Freundin – gemeinsam mit unseren hiesigen Freunden unseren 34. Hochzeitstag. Das war ein Fest, wie wir es in unserem ganzen Leben noch nicht erlebt haben. Tatsächlich besser als unsere Hochzeit selbst. Dieses Fest wird zu den Highlights unseres Aufenthaltes gehören. Definitiv! Wir müssen die Gelegenheiten nutzen, die sich uns bieten, wenn es meine Kräfte erlauben. Manchmal will ich mehr al sich kann. Wenn meine Bestrahlung erst begonnen hat, sind wir leider für sieben Wochen festgebunden, könnten höchstens Sa und So weg, wenn ich dazu dann nicht zu müde bin. Danach geht es ja schon wieder zurück nach Deutschland. Wir kommen irgendwann zwischen Mitte bis Ende Juli.
Seid lieb gegrüßt,
Eure Gabi und Heinz-Dieter

30.4.2005

Die Amis können lesen
Liebe Heidi,
hab vielen Dank für Deine E-Mail. Inzwischen haben wir unsere Tour zum Grand Canyon hinter uns. Es war unglaublich beeindruckend. Da stehst Du am Rand und schaust auf 250.000.000 Jahre Erdgeschichte runter. Der Colorado hat alleine 6.000.000 Jahre gebraucht, um sich dort in die Tiefe zu fressen. Da wird man mit seinen 55 Jahren doch sehr bescheiden. Außerdem haben wir noch einen Meteoritenkrater bestaunt, die versteinerten Bäume im Petrified Forest und die Painted Desert. Es war einfach umwerfend schön und interessant.
Ich werde, wenn alles glatt läuft, mit der Bestrahlung fertig sein, wenn Eva kommt, um zu heiraten.
Wenn Du hier wärest, hättest Du sicher Deine Freude an den hiesigen Buchhandlungen (und Museen!!!)!! Ich könnte ganze Tage dort zubringen. Die Leute nehmen sich Bücher aus den Regalen, setzen sich damit in Leseecken oder ins Café der Buchhandlung oder auf den Balkon. Anschließend kaufen sie die Bücher oder auch nicht. Manche sitzen dort und schreiben, was auch immer. Leider waren wir zu faul, noch mal zum Auto zu gehen, um die Kamera zu holen, um diese Idylle zu photographieren. Ich fuhr hierher mit der Vorstellung, dass Amerikaner nur fernsehen aber ganz bestimmt nicht lesen. Während Du Deinen Garten auf Sommer trimmst, wird unser Garten sicher so langsam von Unkraut überwuchert. Ich bin gespannt, was uns da erwartet. Nun sind es schon nur noch 2,5 Monate!
Sei lieb gegrüßt, Gabi

30.4.2005

Gemischtwaren
Liebe Susi,
während Ihr den Frühling genießt, stöhnen wir hier alle über das schlechte Wetter. Wir finden es kalt (bei 19 Grad) und ärgern uns über die Wolken, die jetzt oft die Sonne verdecken. Es gibt immer mal herrliche Tage zwischendurch (wie bei uns im Hochsommer), aber insgesamt ist das Wetter nicht so, wie man es hier gewöhnt ist.
Heute waren Dieter und ich den ganzen Tag mal wieder im Getty Museum und haben zwei Führungen mitgemacht. Alleine der Bau ist sehr beeindruckend und gefällt mir mit seiner modernen Architektur sehr. Natürlich haben wir dort auch Deutsche getroffen, die in drei Wochen eine Rundreise machen.
Montag habe ich einen Termin beim Radiologen. Wenn die Bestrahlung erst

losgeht, bin ich für sieben Wochen gebunden und wir können höchstens noch am Wochenende was unternehmen (und das heißt bis zu unserer Rückkehr). So können wir also nicht mehr, wie ursprünglich geplant, einen Monat lang reisen. Dazu hätte HD auch keine Zeit mehr, da er für sein Projekt so viel aufarbeiten muss, weil er zu viel Zeit in Arztzimmern mit mir verbracht hat – und selber zwei Wochen platt lag.
Gedanklich gewöhnen wir uns langsam wieder an Lüneburg. Die Umstellung wird sicher nicht nur einfach, auch wenn wir uns auf Euch freuen. Aber Du wirst mir sicher helfen, wieder so richtig Tritt zu fassen. Wenn es die alte Kaffeerunde nicht mehr gibt, müssen wir halt eine neue ins Leben rufen. Oder uns sonst was Schönes ausdenken. Ich will auf jeden Fall weiter zum Fitness gehen.
Liebe Susi, wir hoffen, dass es Euch auch gut geht und Ihr Euer Leben genießen könnt.
Sei ganz lieb gegrüßt und grüß auch Deinen Mann von uns,
Deine Gabi

9.5.2005
Lieber gesund
Liebe Heidi,
eine gute Nachricht: Ich trage weder die Genmutationen, die mit Brustkrebs, noch die, die mit Ovarienkrebs related sind! Das bedeutet, dass ich nun ganz schlicht meine Bestrahlung bekomme. Ich bin erleichtert, besonders für Eva. Jetzt versuchen wir gerade die Bestrahlungstermine auszuhandeln – und dass wir möglichst heute schon beginnen können, dann wäre ich nämlich fertig, wenn Eva kommt, und wir könnten ohne Rücksicht auf Bestrahlungstermine mit Eva und Michael in Las Vegas hochzeiten. Während ich diese Sätze geschrieben habe, rief der Arzt an und hat uns Berücksichtigung aller unserer Wünsche zugesagt. Das fühlt sich so gut an. Wir haben hier das Gefühl, dass es der Patient ist, der im Fokus des Bemühens steht, während wir in Deutschland oft das Gefühl hatten, dass ein reibungsloser Praxisablauf und die Bedürfnisse des Personals im Vordergrund stehen, denen sich der Patient unterzuordnen hat.
Spätestens morgen wird begonnen und ich kann täglich, wie gewünscht, um 8.30 Uhr antanzen, was mir wenigstens einen »handlungsfreien« Tag erlaubt. Ich bin immer ganz gerührt, wie liebevoll man mit mir umgeht und wie sehr man versucht, wirklich alles zu tun, um die Untersuchungen so angenehm wie möglich zu machen und auf meine Wünsche einzugehen. Ich fühle mich wie ein umworbener, wichtiger Mensch. In Deutschland hatte ich – zumin-

dest beim Klinikpersonal, sprich technische Assistentinnen, oft das Gefühl, eine lästige Begleiterscheinung ihres Berufsalltags zu sein, z. B. wenn man mich über Gebühr lange halbnackt in einer – auch für psychisch stabile Patienten – beklemmend engen, kalten – oder heißen, je nach Jahreszeit – Kabine hat warten lassen, stöhnte mir anschließend die MTA was über ihren Stress vor – meine Befindlichkeit war kein Thema! Im Gegenteil, es kostete mich regelrecht Kraft, mich nicht für meine Krankheit und die damit verbundenen Untersuchungen – als Ursache ihres Stresses – zu entschuldigen. Aber auch hier im herrlichen Kalifornien gilt: gesund sein wäre die bessere Lösung.
Jürgen kommt mit Dana in zehn Tagen für zwei Wochen, da Dana dann mit ihrem PJ fertig ist und einige Wochen frei hat, bevor sie ihr letztes Staatsexamen machen muss – wie Peter heute. Er ist nun Arzt und wenn er seine Arbeit, die schon veröffentlicht ist, formgerecht zusammenschreibt, dann ist er auch Dr. Knöll.
Liebe Heidi, wir wünschen Euch wie uns, das eigene Glück auch ein wenig unabhängig von den Kindern genießen zu können.
Seid ganz lieb gegrüßt!
Eure Knölls

10.5.2005

Andere Sitten
Liebe Susi,
in gewisser Weise ist es total spannend zu sehen, wie hier meine Behandlung im Vergleich zu Deutschland abläuft. Zum Beispiel gibt es hier diese Anmalerei der Bestrahlungsfelder nicht. Hier werden drei winzige Punkte eintätowiert und damit hat es sich. Man ist davon überzeugt, dass so die Einstellung viel genauer gemacht werden könne als mit den dicken Strichen. Wie auch immer, ich find es gut so. Ich darf duschen (das durfte ich in Deutschland auch, meine Mutter jedoch nicht), sogar Schwimmen gehen, Sport treiben – auch Golf spielen, was man in Deutschland nach der OP als fürderhin schädlich einstufte. Man hat mir geraten, eine Aloe Vera-Pflanze zu kaufen und meine bestrahlten Stellen mit deren Saft täglich einzureiben. Das würde garantiert jede Verbrennung vermeiden. Zusätzlich bekommen wir Patienten nach der Bestrahlung eine spezielle Creme zum Einreiben der Brust.
In 2,5 Monaten sitzen wir auch schon wieder in Eurem Garten. Fangt schon mal genug Sonne ein!
Liebe Grüße,
Gabi

12.5.2005

Gemüse Allerlei
Liebe Christine,
gerade komme ich von meinem College zurück, wo ich heute nur noch Tapes abgeholt habe. Der Kurs ist beendet und für mich gibt es somit keinen Englischkurs mehr. Nach den Finals waren wir mit der Truppe der Älteren noch einmal zum Lunch (wie wir es wöchentlich machten) und haben verabredet, dass wir uns auch weiterhin einmal in der Woche treffen. Wir versuchen alle, den Abschied hinauszuzögern. Wir sind in unserer speziellen Situation, als Fremde hier im Lande, in dem Bestreben um Integration, auch sprachliche, ein lustiger Haufen gewesen. So viel liebevolle Unterstützung, dieses Achten aufeinander und Sorgen umeinander, obwohl man ja nicht befreundet ist, nur das Bewusstsein, im selben Boot zu sitzen, das Bemühen, den kulturellen Hintergrund des anderen zu verstehen. All das hat mich mächtig beeindruckt. In unserer kleinen Runde allein kamen wir aus fünf verschiedenen Ländern.
Inzwischen habe ich mit meiner Strahlentherapie begonnen. Wie unglaublich freundlich, eigentlich freundschaftlich, interessiert und fürsorglich man hier mit mir als Patientin umgeht, egal wo ich bin, hat mich schon oft so berührt, dass ich geheult habe, weil es so komplett anders ist, als ich es in Deutschland erlebt habe. Hier lässt man mich weder in einer Kabine halbnackt frieren, noch packt man mich mit eiskalten Händen an, das Gel für Ultraschall wird vorgewärmt, man lässt mich nicht mit wackelndem Busen meterlang durch Räume laufen, verfolgt von den Augen der Ärzte, Physiker oder des technischen Personals, da man immer einen Kittel anzieht. Wenn sich tatsächlich einmal eine Wartezeit ergibt, entschuldigt man sich bei mir und bedankt sich anschließend für meine Geduld, während ich mir in Deutschland in vergleichbarer Situation eigentlich immer nur als Begründung für die Verspätung ein Gestöhne über den unglaublichen Stress anhören musste und Gejammer über zu wenig Personal ... und beinahe entschuldigt man sich dafür, nun auch noch Arbeit zu machen. Hier muss ich nicht hinter Nachsorge-Terminen hertelefonieren, ich bekomme sie schriftlich oder telefonisch ins Haus geliefert – incl. Erinnerungen an vereinbarte Untersuchungs- oder Besprechungstermine. So auch Ergebnisse von Untersuchungen. So fanden wir neulich am Freitag die Nachricht auf unserem AB vor, dass man unerwartet doch schon das Ergebnis des Gen-Testes habe und man mir nicht zumuten wolle, noch über das Wochenende besorgt zu sein. Deshalb wolle man mir die gute Nachricht auf diesem Wege mitteilen – und ich solle mein Wochenende genießen. Nicht mal bei unserem Dorfarzt hätte ich das in Deutschland erlebt, geschweige in dem riesigen Betrieb einer Uniklinik, wie das hier der Fall ist. Ich habe richtig Angst,

mich wieder in Deutschland den dortigen »Caregivern« ausliefern zu müssen. Und die Geschichte Deiner Mutter zeigt doch ebenfalls die erschreckende Respektlosigkeit – oder wie soll man das nennen – den Kranken gegenüber, die doch alle Fürsorge verdient hätten. Wie auch immer, Christine, es tut mir natürlich sehr leid, dass Ihr so gar nicht zur Ruhe kommt, immer neue Sorgen und Belastungen habt, die emotionale und körperliche Anstrengung erfordern. In das, was das für Deine Mutter selber bedeutet, mag ich gar nicht erst anfangen mich einzufühlen. Gegenwärtig muss ich solcherlei Gefühle von mir fernhalten, es macht mir unglaubliche Angst vor meiner eigenen Zukunft. Was kann man Euch und Deiner Mutter wünschen? Alles Denkbare in diesem Zusammenhang würde ich Euch gerne geben. Wie sehr das alles auch zu einer Belastung für Eure Ehe wird, kann ich gut verstehen. Wie schön, dass Ihr das als Problem seht und nach Wegen sucht, Euch Gutes zu tun. Eine gute Ehe ist tatsächlich eine ewige Baustelle, an der man mal mit mehr oder weniger Elan, Freude und Zuversicht und Erfolg arbeitet. Lässt man sie liegen und unbeachtet, ist ganz schnell alles nur noch ein verstaubter Schutthaufen. Nicht immer fühlt man sich bereit oder in der Lage herumzuackern. Aber, Gott sei Dank, gibt es ja auch Zeiten, wo man das Gefühl hat, alles läuft wie von selbst, wo man sich erfreuen kann an dem, was schon erreicht ist.

Es war schön, auch von Euren Kindern zu hören. Ist es nicht herrlich zu erleben, wie sich die Beziehungen bzw. deren Färbungen verändern können?! Allein zu wissen, dass die Kinder auf ihrem Weg sind, finde ich beruhigend. Sie scheinen ihre Sache gut und eigenverantwortlich zu leben. So richtig weg sind beide ja noch nicht. Da scheint Euch ein wenig Luft gegeben zu sein, sich allmählich abzulösen. Siehst Du das als Vorteil? Denn natürlich ist auch der ständige Wechsel, mal sind sie da, mal weg, nicht nur einfach, denke ich mir. Bestelle den beiden bitte ganz liebe Grüße von mir.

Christine, ich kenne so viele Freunde, die so allmählich keine große Freude mehr an ihrer Arbeit haben. Wie geht es Dir und Thomas diesbezüglich? Ich vermisse meine therapeutische Arbeit sowohl inhaltlich als auch als etwas, das dem Tag Struktur und Sinn gibt.

Wir wären übrigens beinahe hier geblieben. HD wurde, als er an der staatlichen Uni hier in Camarillo nach einem Lehrauftrag fragte, nach einigen dafür notwendigen Vorgesprächen gebeten, sich doch für eine richtige Professorenstelle auf Lebenszeit für Information Systems zu bewerben. Das war im Dezember. Ich habe das eher als Spiel aufgefasst und zugestimmt nach dem Motto, man kann dann ja immer noch sehen, was man macht. Nachdem die Unterlagen alle eingereicht waren mit all den Gutachten und was die hier sonst noch so haben wollen (viel umfangreicher als Knöll das aus Berufungsverfahren kennt), kam Knöll in die engere Auswahl. Er wurde mit 18 anderen Kandidaten (auch für andere Lehrstühle, da die Uni ausgebaut wird) im Februar zu einem zweitägigen Treffen eingeladen, das eigentlich so was wie ein Assessment Center war. Von dieser Professionalität war Knöll schwer beeindruckt, kam aber schon da mit dem Gefühl zurück, dass man ihm die Stelle anbieten werde. Für uns hieß das, nun wirklich eine Entscheidung zu treffen, wie ernst wir das wollen. Wir haben gedanklich und emotionell alles durchgespielt, ein Leben hier, ein Leben in Deutschland … Wir wussten, egal wie wir uns entscheiden würden, es würde Vor- und Nachteile haben, es würde Abschied mit Trauer bedeuten. Wir waren zu dem Zeitpunkt schon viel zu sehr hier in die hiesigen sozialen Strukturen eingebunden, hatten schon so liebe Freunde, als dass wir hier hätten weggehen können ohne Abschiedsschmerz. Wir konnten uns ein Leben hier wie dort gleichermaßen vorstellen und unsere Kinder fanden die Idee aufregend. Sie haben uns in der Idee unterstützt. Sie haben Pläne ausgearbeitet, wie wir ein gutes Familienleben trotz der Entfernung aufrechterhalten könnten. Für Knöll schien die Herausforderung, den Fachbereich mit aufzubauen und gestalten zu können, genau das zu sein, was ihn hätte noch mal mit Freude und Elan die Ärmel aufkrempeln lassen. So beschlossen wir, ggf. die Herausforderung anzunehmen, aber nur unter der Voraussetzung, dass es finanziell kein Wagnis ist. Es gibt da viel zu bedenken in unserem Alter, wie z. B. den Pensionsanspruch, aber auch die Chancen, das Haus in Deutschland zu einem angemessenen Preis zu verkaufen. Wenige Tage, nachdem ich meine Diagnose erhalten hatte, rief der Präsident der Uni persönlich an und teilte Knöll mit, dass man ihm die Stelle anbiete, in den nächsten Tagen werde Dieter von der Verwaltung angerufen für die Verhandlungen. Unglücklicher hätte es nicht kommen können. Meine erneute Erkrankung, weniger als ein Jahr nach Abschluss der ersten, hatte uns völlig aus der Bahn geworfen. Wir standen regelrecht unter Schock, viel mehr als das erste Mal. Alle Ängste, die mit dieser Erkrankung verbunden sind, erfüllten uns. Keine gute Grundlage für die anstehenden Verhandlungen.

Man bot uns sofort eines der im Bau befindlichen Häuser auf dem Uni Campus an (etwa 200.000 Dollar unter Marktpreis), wir suchten eines aus, das sofort für uns reserviert wurde. Die Verhandlungen zogen sich über Wochen hin. Es ging um Gehalt, Lehrverpflichtung, Forschungsgelder, garantierte Sommerschulen als Zusatzeinkommen etc. Es klang unglaublich gut. Was Knöllchen besonders reizte war, dass man in dieser Position in den USA nicht zwangspensioniert werden darf. Jeder entscheidet selbst, wie lange er nach 60 Lebensjahren weiterarbeiten will. Ein besonderes Bonbon war die Zusage einer »Altersteilzeitregelung«, bei der Dieter nach zehn Jahren Zugehörigkeit seine

Lehrverpflichtungen auf die Hälfte hätte reduzieren können – und das bei vollem Gehalt – und so lange, wie er gewollt hätte. Wir haben an der UCLA einen Professor kennengelernt, der fast 90 Jahre alt war und noch interessante Vorlesungen hielt. In der Zeit der Verhandlungen stellten wir uns emotional schon völlig auf unser Hierbleiben ein. Vielleicht gerade wegen meiner Neuerkrankung? Als Ablenkung oder gar Verdrängung? Wir suchten für das Haus Fußböden und die Küche aus und planten schon die Gestaltung des winzigen Gartens. Wir stellten Listen zusammen mit Möbeln, die wir aus Deutschland herholen wollten, und solchen, die unsere Kinder bekommen sollten. Neben all dem hatte uns meine erneute Erkrankung natürlich voll im Griff, emotional wie zeitlich. Viele Untersuchungen, viel Warten auf Ergebnisse (Angst bis zum Erbrechen), viele Gespräche, um die richtigen Entscheidungen hinsichtlich der Behandlungsoptionen zu treffen, die OP … . Und für Knöll lief und läuft das Forschungsprojekt mit allen Herausforderungen weiter. Schlussendlich hat Knöll gemeint, das Risiko, die Stelle anzunehmen, das heißt, sein berufliches System in Deutschland zu verlassen, sei einfach zu groß, da eine Kompensation dieses Risikos auf zu vielen unberechenbaren Variablen beruhe. Dass er diese sehr rationale Entscheidung getroffen hat und dass er tatsächlich das Angebot nicht akzeptiert hat, wurde sicher begünstigt durch seine eigene angespannte Verfassung aufgrund meiner akuten Erkrankung, die keine optimale Basis für derart weitreichende Entscheidungen ist. Seine Absage kam für mich und seine Verhandlungspartner völlig überraschend und hat keine Freude ausgelöst, vor allem nicht bei seinen »Kollegen«, die auf seine Mitarbeit gehofft hatten. Wir kommen also zurück. Wenn man davon absieht, dass das Hin und Her emotional wirklich eine Zerreißprobe war, wirklich für beide von uns, ist es natürlich für Knöll eine tolle Erfahrung und Bestätigung gewesen, wie sehr man von ihm beeindruckt war und dass man ihm in seinem Alter den Vorzug gab. Wir sind jetzt sehr schwankend, ob diese Entscheidung gut war oder nicht, vor allem jetzt, da bei uns die Hoffnung wieder überwiegt und es mir gutgeht. In vielerlei Hinsicht kommen wir nicht mehr als die Menschen zurück, die wir waren.
Gedanken an das Aufnehmen unseres Lebens in Lüneburg machen mir auch viel Angst. Ich habe keine Idee, wie es beruflich mit mir weitergehen soll. Geld verdienen, eine sinnvolle Aufgabe haben, möchte ich eigentlich ganz dringend, fühle mich aber völlig unfertig dazu.
Bevor ich meine neue Diagnose erhielt, hatte ich schon ganz konkrete Ideen für ein »Beratungs-Café«. Ich weiß, dass dies eine ganz ungewöhnliche Vorstellung ist, aber meine Idee war, damit ein sogenanntes niedrigschwelliges Angebot machen zu können für Eltern, die sich Hilfe suchen in ihrem Erziehungsalltag, und Frauen in Lebensumbruchsituationen.

Zurzeit brauche ich aber all meine Energie für mein Leben hier, mache also immer nur kurze gedankliche Ausflüge in die Zukunft. Für den 24.7. haben wir unseren Rückflug gebucht.
Liebe Christine, ich freu mich, Dich bald wiedersehen zu können.
Seid alle ganz lieb gegrüßt,
Gabi

18.6.2005

Deutscher Alltag
Liebe Susi,
ich kann mir unseren deutschen Alltag im Moment noch nicht so richtig vorstellen. Der wird sich aber wahrscheinlich schneller einstellen als uns lieb ist. Neben der Hochzeitsvorbereitung für Eva muss ich mir erstmal neue Ärzte suchen für meine ganzen Nachsorgeuntersuchungen. Anders als beim letzten Mal kann ich nach Abschluss der Behandlung nicht auf eine erholsame Kur hoffen, sondern werde ganz im Gegenteil viel Stress haben. Ein wenig Angst macht mir das durchaus. Zumal mich diesmal die Bestrahlung mehr schlaucht als damals. Aber insgesamt kann ich zufrieden sein. Ich leide nicht und es gibt auch Tage, an denen ich mich eigentlich ganz normal munter fühle.
HD steht jeden Tag, auch am Wochenende, um 5 Uhr auf, um so viel wie möglich an seinem Projekt zu schaffen. Das gibt uns auch die Freiheit, nachmittags mal auf den Golfplatz zu gehen und bei herrlichem Sonnenschein zu golfen. Inzwischen spiele ich schon wieder neun Löcher, allerdings zieht HD den Trolley, in dem meine und seine Schläger sind (das wäre mir noch zu anstrengend, da der Platz sehr hügelig ist). Man kann natürlich auch einen Elektro-Cart mieten, mit dem man über den Platz fährt, das mögen wir aber nicht. Wir gehen auch mehrmals wöchentlich zum Fitness, um nicht völlig zu erschlaffen.
Diese letzten Wochen verfliegen zu schnell. Sieben Bestrahlungen habe ich noch vor mir, dann ist auch das überstanden. Bitte hebt noch ein wenig gutes Wetter auf für August. Verbraucht nicht jetzt schon alles an Sonnenschein und Wärme.
Grüßt Eure Kinder ganz lieb und seid auch selber herzlich gegrüßt von
Gabi und Heinz-Dieter

24.6.2005

Letzte E-Mail?
Liebe Frau K.,
obwohl wir uns auf Lüneburg freuen, können wir es nicht fassen, dass unsere

letzten Wochen angebrochen sind. Unglaublich, dass ein ganzes Jahr schon vorüber ist. Soeben haben wir schon Koffer gepackt mit Büchern, die wir Peter mitgeben werden, um unser Gepäck zu entlasten (so haben wir es auch schon bei der Heimreise von Jürgen gemacht). Dennoch sind wir nicht sicher, wie wir alles nach Deutschland schaffen können, was dorthin soll.

Wenn ich mir ansehe, wie unsere nächsten Wochen aussehen (allein noch sechs abschließende Arzttermine, die mitsamt der Fahrt jedes Mal mehr als einen halben Tag verschlingen!), kann es gut sein, dass dies meine letzte E-Mail ist. Wir sehen uns dann in einem hoffentlich sonnigen Lüneburg auf unserer Terrasse wieder. Ich habe, ganz ehrlich, Angst davor, dass die Umstellung ein harter Brocken für mich wird. Sonne und Wärme wären dabei durchaus hilfreich.

Ganz liebe Grüße,
Ihre Knölls

Thanks to the Radio-Onkology team
Having cancer is always – no matter what the circumstances are – a frightening disease.
Having cancer makes you weak and vulnerable. Especially when you have to experience this disease for the second time.
Having cancer means to be in a desperate need for people who
care for you,
laugh with you,
think of you,
listen to your concerns,
answer your questions,
understand what you are going through,
encourage you,
show honestly interest in how and what you are doing,
look at you as a person and not only as the cancer case.
People who are friendly and thoughtful.
People you can trust.
That I have found those wonderful friends in you, makes me feel indescribable grateful and thankful. Although Radiation Therapy is a tough treatment – and I am aware of that fact – I liked to see you guys every day for the past seven weeks.
The memories of the way you have treated me is one of my best ones which I will take back home to Germany.
Of course, I had preferred meeting you under different circumstances.

Thank you for accompanying me through this time in this special way.
Gabi

6.7.2005

Hochzeit
Hallo meine lieben Söhne und Freundinnen,
nun ist Eure Schwester verheiratet. Habt Ihr im Internet zugeschaut? Später haben wir auf dem Handy gesehen, dass Jürgen versucht hat anzurufen. Vielleicht um zu gratulieren? Ob Eva jetzt Ubben heißt, wissen wir nicht, da sie nirgendwo unterschreiben musste und auch nicht gefragt wurde, was der Name sein soll. Heute sind die beiden für einen Tag an den Grand Canyon gefahren und morgen müssen sie zum Court, um die Heiratsurkunde abzuholen – und zu erfahren, wo sie die Apostille bekommen (mit Glück auch gleich in Las Vegas). Die Apostille brauchen sie für die Anerkennung der Eheschließung in Deutschland. Uns hat die Hochzeit gefallen – sie war lustig und die beiden schienen richtig glücklich.
Liebe Grüße,
Eure Mama

7.7.2005

Erlaubnis für Ruhe
Liebe Susi,
die Elvis-Hochzeit in Las Vegas war wirklich sehr schön, Braut und Bräutigam trugen Kleidung, als gingen sie zu einer Party mit Elvis. Unsere Jungs haben in Deutschland (es war dort nach Mitternacht) in schwarzen Anzügen, ihre Mädels in langen Kleidern in einem geschmückten Raum, versorgt mir genügend Sekt, die Trauung im Live-Internet verfolgt. Sie (wir auch) fanden ihre Schwester in ihrem Elviskleid total süß. Mit Rücksicht auf Michaels einzige Schwester, die auf keinen Fall hätte kommen können und auch Jonas, der mitten in einer heißen Phase der Versuche für seine Diplomarbeit sitzt, fand dieser Teil der Hochzeit nur mit Eltern statt. Obwohl es hier ja üblich ist, dass diese Zeremonie die gesamte Hochzeit ist, sind wir alle schon froh, dass es noch dazu eine kirchliche Hochzeit in Deutschland gibt, bei der dann die gesamte Familie zusammenkommt. Eva ist ja in der ganzen Familie Knöll das erste Kind, das heiratet. Heinz-Dieters Brüder werden auch alle mit allen Kindern dabei sein. Wir hoffen sehr, dass auch unsere Freunde, die nicht zur Feier eingeladen werden konnten, (die Gästeliste musste auf 100 Personen begrenzt werden, was bei unserer großen Familie und den vielen Freunden des Paares nicht leicht war) zur Traufeier in die Kirche kommen werden. Seid Ihr am 27. 8. da?

Das Brautkleid haben wir hier in USA gekauft. Dieter, Eva und ich sind einen ganzen Tag unterwegs gewesen, ein wunderschöner Tag für uns, ganz allein mit unserer Tochter! Dieter war ganz gerührt und findet, dass seine Tochter in dem Kleid (ganz, ganz schlicht) aussieht wie eine dänische Prinzessin. Wir haben vorsichtshalber nicht hinterfragt, wieso »dänisch«, vermuten wegen der langen blonden Haare. Viel wichtiger als all diese Äußerlichkeiten ist aber natürlich das Miteinander-glücklich-Sein des jungen Paares.

Liebe Susi, ganz besonders gefreut habe ich mich über den Satz, mit dem Du erkennen ließest, dass Dir bewusst ist, wie anstrengend die Zeit für mich sein muss. Ja, es ist tatsächlich eigentlich zu anstrengend für mich und ich habe das Gefühl, keiner sieht das so recht, was bei mir immer das Gefühl auslöst, kein Recht auf »Hängen lassen« zu haben. Dank Deiner Anmerkung, dass der Dauerbesuch, den wir seit zwei Monaten haben, plus diese Hochzeit samt langer Autofahrten in einer Zeit, wo wir mit unserem Rückzug, Verkauf des Hausrates etc. beschäftigt sind, schon bei bester Gesundheit eine Strapaze sei, habe ich es gewagt, mir einige Ruhepausen zu genehmigen, habe es gewagt, Rücksicht einzufordern. Ich sehe kerngesund aus, fühle mich aber innerlich wie zerschlagen, körperlich und seelisch.

Während die Kinder auf Hochzeitsreise sind, verkaufen wir unseren Hausrat bereits. Wir sitzen schon auf geliehenen Gartenstühlen am Schreibtisch. Das Auto ist schon verkauft, wird aber erst kurz vor dem Abflug abgegeben. Mein Thunderbird und ich hatten eine enge Freundschaft geschlossen. Er war mein zuverlässiger Garant für Freiheit und hat mich auf so vielen Abenteuern begleitet. Als Nächstes muss ich mich von meinem Laptop trennen.

Susi, noch zwei Wochen, dann ist das hier alles schon Vergangenheit. Kaum zu fassen.

Liebe Grüße an Euch beide – vielleicht können wir uns ja mal zum Frühstück in der Stadt treffen. Dazu müsste die Zeit reichen, da es sicherlich noch einige Zeit dauert, bis meine Praxis wieder so aufgebaut ist, dass der Patientenstrom mich vom Müßiggang abhalten wird.

Gabi

10.7.2005

Life isn't always perfect – but we just love and enjoy it.
Ihr Lieben
Dies war schon der Tenor bei unserem letzten Bericht über Regen und Mudslides, die, mit vielen Todesopfern, auf drastische Weise vorführten, dass auch das herrliche Kalifornien seine Tücken hat.

Seitdem ist ein halbes Jahr vergangen. Ein halbes Jahr prallen Lebens. Und das beinhaltet hier wie anderswo schwarz und weiß, Höhen und Tiefen, Glück und Verzweiflung. Das ist natürlich keine neue Erkenntnis für uns, aber dennoch kostet es gelegentlich viel Kraft, sich auf diese Lebensunperfektheiten einzulassen und sie anzunehmen. Tut man dies, wundert man sich, wie viel Glück dann doch noch Platz hat.

So war das Ausbleiben unserer Berichte schlicht unserem Bemühen geschuldet, das Leben hier zu meistern.

Nun – kurz vor unserer Rückkehr in ein uns fremd gewordenes Deutschland – wollen wir uns ein letztes Mal von hier aus melden. Ihr seid es, unsere Familie, Freunde und Bekannte, die uns den Abschied aus den USA etwas weniger schmerzlich erleben lassen, als Lockvögel gewissermaßen.

Schon vor unserem Start in dieses Abenteuer-Jahr hatten wir uns vorgenommen, hier nicht als Touristen zu leben, sondern uns zu integrieren, Teil der Community zu werden, in der wir leben, gerade so, als blieben wir. Das ist uns geglückt und gerade deshalb ist der Abschied, das sich Wieder-Herauslösen, so schwer.

Wir wären beinahe hier geblieben, aber wir kommen zurück.
Eure Knölls

Weiter geht's – Istanbul

1.9.2005

Neue Unsicherheiten
Liebe Brigitte,
heute komme ich erstmals wieder an meinen Rechner. Erst hatten wir keinen Internetanschluss (Industrienation Deutschland) und dann war mein Rechner ständig blockiert durch unsere Jungs, die unter Hochdruck die Hochzeit vorbereitet haben mit allem Furz und Feuerstein. War einfach super, einfach eine Traumhochzeit. Muss gleich weg, da heute in der Volkshochschule Beratungsgespräche stattfinden und ich nach für mich geeigneten Diskussions- oder Literatur-Kursen in Englisch suche. Wäre ja schade, wenn ich meine neu erworbene Freude am eloquenten Gebrauch der englischen Sprache nicht nutzen würde. Aber wer weiß, ob wir wirklich hierbleiben? Bloß nicht zu viel Sicherheit, scheint Knöll zu denken. Der ist nämlich schon unterwegs, um mit dem DAAD die Bedingungen abzuklären, ob sich ein Ansteuern neuer Ufern lohnt. Schon kurz vor unserem Umzug von CA zurück nach LG erhielt HD die Anfrage, ob er sich vorstellen könne, nach Istanbul zu gehen – für zunächst neun Monate. An der Marmara-Universität gibt es in Zusammenarbeit mit dem DAAD und der Uni Lüneburg deutschsprachige Abteilungen für BWL und Wirtschaftsinformatik. Dort sollen endlich – nach über zehn Jahren – Doppelgraduierungen (deutscher und türkischer Abschluss) eingeführt und zusätzlich eine eigene Fakultät gegründet werden für alle deutschsprachigen Studiengänge der Marmara-Universität – Studiengänge wie z. B. Wirtschaftsingenieure, die z. T. ebenfalls erst noch implementiert werden sollen. Für diesen Mammutjob wird ein Projektleiter gesucht. Da HD sowohl bezüglich der Entwicklung und Akkreditierung neuer Studiengänge als auch hinsichtlich der Einführung von Doppelgraduierungen viel Erfahrung hat, meint man, er könne die optimale Besetzung für diese Aufgabe sein.
Dass die Anfrage nicht augenblicklich auf unfruchtbarem Boden verdorrte, lag ausschließlich daran, dass wir uns zu dem Zeitpunkt ohnehin zwischen Baum und Borke fühlten, auch Deutschland uns fremd vorkam. HDs Offenheit bezüglich der neuen Aufgabe hat neben seinem ausgeprägten Abenteuergeist auch damit zu tun, dass die Fusion von FH und Uni und die damit verbundenen Grabenkämpfe ohnehin nicht seine Leidenschaft sind. Nun wäre für ihn hier in LG alles neu – warum dann nicht was ganz Neues, mag er sich denken. Und ich? Ich fühle mich letztlich im Moment weder den Aufgaben hier – inhaltliche

Neuentwicklung und Wiederaufbau meiner Beratungspraxis – noch einem Leben in der Fremde gewachsen – und der Entwicklung klarer Standpunkte auch nicht. Also lass ich es laufen. Ich weiß, wer keine Ziele hat, überlässt es dem Zufall, wo er ankommt. Gerade jetzt brauche ich eher jemanden, der mich an die Hand nimmt, als mich neuen Entscheidungen zu stellen.
Dieter hatte mir Deine E-Mail ausgedruckt und beim Lesen musste ich heulen, weil ich solche Sehnsucht habe. Aber wären wir in CA geblieben, müssten wir uns ja auch trennen, da Ihr ja nach Seattle zieht.
Die erste Woche hier war insofern schön, als dass wir wunderbare Treffen mit unseren Freunden hatten, aber danach hatten wir sofort Sehnsucht nach CA. Dieter bereut seine Entscheidung gegen das Jobangebot an der Uni in Camarillo sehr.
Ich liebe Euch und hätte Euch gerne hier!!!! Alles Gute in dem ganzen Trubel. Wir denken ständig an Euch.
Liebe Grüße an Euch alle,
Gabi

2.9.2005

Entzug
Liebe Brigitte,
Knöll ist inzwischen von seiner DAAD-Erkundungsreise zurück. Das Projekt reizt ihn – mehr offensichtlich als das sich Wiedereinfinden in das Gefüge seiner Heimat-Uni – obwohl er ein beneidenswertes Standing bei den Kollegen seines Fachbereichs hat. Aber vielleicht kann er gerade deshalb auch so »unbesorgt« sich außerhalb engagieren. Die hier bleiben ihm verbunden, was immer auch geschieht, so scheint es. »Unbekümmert« kann man auch das Vorgehen des DAAD nennen. Da lassen sie Knöllchen auf Staatskosten anreisen, konnten ihm aber nicht mal andeutungsweise Auskunft geben, mit welchen Bezügen er rechnen könne. Die zu kennen ist aber – für vorausschauende Deutsche wie uns – entscheidungsrelevant.
Soeben hat HD eine E-Mail aus Bonn bekommen vom DAAD mit der Aufstellung dessen, was er bekäme. Es sieht nicht wirklich überwältigend gut aus, aber zumindest wirkt es so, als müssten wir nicht draufzahlen. Das müssen wir aber noch mal genauer unter die Lupe nehmen. Und dann eventuell blitzschnell handeln. Dann hätten wir und Ihr zur gleichen Zeit in etwa wieder Umzugs-Stress. Zwar wäre unser Umzug kleiner, aber dafür müssten wir noch erst eine Bleibe suchen. Ist wirklich spannend. Und so richtig weiß ich nicht, was ich mir wünschen soll. Ich nehme es wie es kommt. Auf jeden Fall könnten unsere Kinder leichter kommen als in die USA.

Brigitte, ja auch uns tut Deine anerkennende Art gut. Woran auch immer es liegen mag, aber hier hört man selten eine anerkennende Bemerkung und schon fast nie ein Lob. Mir hat immer so gut gefallen, wie Joachim uns begrüßt hat: »Gut Dich zu sehen«. Wie viel schöner klingt das als unser »Hallo«. So, wir wollen schnell zum Sport. Wir drücken Dir die Daumen weiterhin für einen einigermaßen reibungslosen Ablauf aller Aktivitäten.
Sei lieb gegrüßt und umarmt, Deine Gabi

P.S.: Mit dem Golfen scheint das in Istanbul viel zu teuer zu sein. Ob Knöll bereit ist, das Opfer zu bringen? Mir würde es sehr fehlen.

8.9.2005
Immer wird irgendwo gestorben
Liebe Christine,
erfreut sah ich eine E-Mail von Dir, die ich sofort las, obwohl ich eigentlich keine Zeit hatte. Nun nehme ich mir darüber hinaus die Zeit, sofort zu antworten. Meine Gefühle kann ich Dir nicht beschreiben, ich sitze und heule, Deinetwegen, aber auch meinetwegen. So ging es mir schon, als ich, mit Jürgen und Eva kurz vor der Hochzeit in Lüneburg unterwegs, einen Schulfreund von Peter in völlig desolatem Zustand traf. Wir dachten an eine durchzechte Nacht oder gar Drogen, aber tatsächlich war seine Mutter gerade eine Woche zuvor gestorben und er hatte soeben einen Termin im Amtsgericht gehabt.
Liebe Christine, wie gut, dass Ihr Euch den Urlaub gegönnt habt! Wie sonst hättet Ihr die Kraft haben sollen für diese letzte Zeit mit Deiner Mutter! Welch Glück für Deine Mutter, dass sie sich so sehr auf Euch verlassen konnte, dass sie in Euch einen Anwalt hatte für einen »umsorgten« Tod. Ich kann nur ahnen, was Dich das an Kraft gekostet haben muss und wünsche sehr, dass es auch schöne, glückliche Momente in der Zeit gab, wie es mir oft geschildert wurde. Auf merkwürdige Weise erleben viele Angehörige diese Zeit trotz aller Traurigkeit als sehr glücklich.
Wie ging es Dir? Liebe Christine, die Kraft, die Du Deiner Mutter gegeben hast, um sterben zu können, wird sie Dir zurückgeben für Dein vor Dir liegendes Leben. Davon bin ich überzeugt. Von Deinem Bruder konntest Du Dich nicht verabschieden (von Deinem Vater auch nicht, oder?), aber Deine Mutter konntest Du begleiten. Ein Geschenk, das Ihr Euch (Deine Mutter und Du) gegenseitig gemacht habt. Wie hat sich diese Zeit auf Dein Verhältnis zu Deinen Brüdern ausgewirkt? Für das, was nun kommt, liebe Christine, wünsche ich Dir gute Intuition und Weisheit. Lass Dich von Liebe tragen und fokussiere auf das Wesentliche. Während

ich das schreibe, weiß ich selber nicht, was ich konkret meine und habe doch das Gefühl, es ist genau das!!! Liebe Christine, all meine Gedanken sind bei Dir und Deiner Familie. Ich schicke Dir Liebe und Anteilnahme. Feel so sorry!!!
Sei herzlich gegrüßt und umarmt,
Deine Gabi (magst Du mich besuchen?)

15.9.2005

Glückwünsche
Lieber Jonas,
na, was sollen wir da sagen, jetzt wird auch unser Kleiner groß! Als Du geboren wurdest, hat die Sonne geschienen und es war warm! Du weißt, wie wunderbar es für uns war, dass wir Dich sozusagen als krönenden Abschluss haben durften. Es hat wirklich nicht einen einzigen Tag in Deinem Leben gegeben, an dem wir nicht einfach nur glücklich waren, Dich zu haben. Wir lieben Dich dafür, dass Du so bist, wie Du bist: manchmal aufbrausend, aber immer auf Gerechtigkeit, Ehrlichkeit und Fairness bedacht.
Wir wünschen Dir ein Lebensjahr voller Liebe und Fröhlichkeit und natürlich auch Erfolg und Gesundheit.
Lieber Jonas, Du bist ein toller Kerl, ein lieber Sohn! Wir senden Dir herzliche Glückwünsche zum Geburtstag, obwohl man eigentlich uns beglückwünschen müsste. Wir wünschen Dir einen schönen Tag trotz Lernerei. Viel Ruhe und gute Konzentration für Deine Prüfungen.
Sei ganz lieb gegrüßt, tausend Küsschen und viel Liebe,
Deine Mama und Papa

23.9.2005

Und immer lockt die Fremde.
Liebe Freunde,
Wie soll ich es sagen?
Wir fassen es ja selbst kaum: Bisher haben wir Euch nicht einmal informieren können über unsere Rückkehr in ein uns – zumindest in Teilen – fremd gewordenes, kaltes Deutschland. Wenn Du hier bei Sonne aufwachst, liegst Du den ganzen Tag innerlich auf der Lauer nach den Regenwolken. Das verspannt! Und diese Stöhnerei, die Ihr gerade lesen müsst, ist auch typisch: Jeder jammert den ganzen Tag über irgendwas. Diesbezüglich haben wir schnell den Anschluss gefunden, nur gefällt es den Deutschen nicht, dass wir über sie meckern und nicht über die Amis. Letzteres ist nämlich schwer in Mode. Aber natürlich haben wir in den wenigen Wochen hier auch wunderbare Erlebnisse gehabt.

Noch bevor wir den Schock der Rückkehr verdaut und neue Hoffnung geschöpft haben, liege ich schon wieder in einem fremden Land an einem Pool, nahe dem Meer, unter blauem Himmel, umgeben von umwerfend herzerfrischend freundlichen Menschen, die, in der Absicht, mit mir zu kommunizieren, Laute produzieren, die schon allein beim Zuhören an Halsschmerzen denken lassen. Das geschriebene Wort lässt vermuten, man habe eine gewisse Anzahl von zufallsgewählten Buchstaben in einen Knobelbecher gesteckt und nach kräftigem Schütteln ausgekippt. Was dann rauskam, nennt man hier selbstbewusst »Sprache«, und zwar eine, die offenbar fast nur für Eingeborene erlernbar zu sein scheint. Knöllchen findet, es höre sich an, als spule man ein Tonband rückwärts ab.

Ich bin zunächst nur für vier Tage in der Türkei. Heute habe ich die Führungsriege der deutschen Abteilung der Istanbuler Marmara Universität nach Sile (spricht sich Schiele) begleitet, einen wunderschönen Badeort am Schwarzen Meer. Während sich die Wissenschaftler, HD als Gast, für eine zwei-tägige Klausurtagung in diese Ruhe zurückgezogen haben, versuche ich auf meine Weise, diese aufgezwungene Kommunikationsabstinenz für eine Art innere Einkehr zu nutzen. Bevor meine Gedanken und Emotionen phantasierend und planend in die Zukunft eilen, in der ab dem 1.10. diesen Jahres Istanbul unser Zuhause sein wird, möchte ich Euch teilhaben lassen an meinem Versuch, nach einem aufregenden Jahr USA überhaupt wieder in Deutschland zu landen.

Nur wer loslässt, hat die Hände frei, um damit nach Neuem greifen zu können. Das aber bedeutet, zunächst einmal zu sortieren, was man weglegt, damit man sich jederzeit dieses Schatzes bedienen kann, ihn griffbereit hat.

Nachdem unwiderruflich feststand, dass HD das verlockende Stellenangebot als Professor auf Lebenszeit (full tenured professor) an der Universität in Camarillo in allerletzter Sekunde abgelehnt hat, hatten wir unsere liebe Not, uns emotional wieder in Richtung Deutschland zu bewegen. Immerhin hatten wir schon unser Haus ausgesucht samt Fußböden und Küche. Mal wieder ein Beispiel dafür, dass auch freiwillig getroffene Entscheidungen Herzschmerz verursachen können. Eine gewisse Fassungslosigkeit erzeugten wir mit der Absage sowohl in der Uni als auch im amerikanischen Freundeskreis. Unsere letzten Wochen in Kalifornien waren geprägt von beinahe täglichen Arztterminen, die meiner neuerlichen Erkrankung und deren Behandlung geschuldet waren, von den Besuchen unserer Kinder, die schnell noch die Gelegenheit nutzen wollten, der standesamtlichen Elvis-Hochzeit unseres Töchterleins in Las Vegas, einer kleinen Reise an den Grand Canyon, zum Petrified Forest und dem am besten erhaltenen Meteoritenkrater, vielen, vielen Abschiedspartys und dem nervtötenden Verkauf unseres gesamten Hausstandes. Einzig unser Garagesale in der Garage von Marion und Henk – da in unserer Gated Community nicht erlaubt – war eine riesige Gaudi, wenn auch anstrengend.

Einen Tag vor dem Abflug winkten wir unserem Thunderbird hinterher, der nun in Las Vegas seine Runden dreht, schwitzt und Sehnsucht nach mir hat. Dieses Auto hatte eine Seele. Getröstet wurden wir an jenem Abend auf einer letzten Abschiedsparty in Veiths Garten (die inzwischen nach Seattle gezogen sind; es bleibt nichts, wie es ist). Brigitte hatte unsere sämtlichen Freunde eingeladen, sogar Walter und Page Hecker aus San Francisco waren gekommen. Wir waren echt sprachlos. Wir hatten nichts geahnt, da Brigitte uns diese Party als ihre eigene Abschiedsparty verkauft hatte. An diesem Abend schwelgten wir in dem saugten Gefühl, Freunde fürs Leben gefunden zu haben. Freunde, die mit uns die schwere Zeit meiner Erkrankung durchgestanden und ausgehalten haben, Freunde, die uns in ihre Familien eingeschlossen haben, mich in Zeiten von Heimweh trösteten und mich an allem Möglichen teilhaben ließen. Freunde, die uns ihre Herzen und Häuser öffneten, Freunde, mit denen wir geweint, aber auch viel, viel gelacht haben. Freunde, die uns Einblicke in uns fremde Systeme erklärten, Freunde, die uns gerade wegen unserer »deutschen Art« z. B. meine Direktheit, mochten und die uns oft staunen ließen über eine Toleranz, die schlicht gelebt wurde, nicht gefordert. Freunde, die uns gründlich Gelegenheit gaben, unser Bild von den oberflächlichen und ungebildeten Amerikanern zu revidieren. Wir fühlten uns geliebt oder zumindest sehr gemocht, je nach Tiefe der Freundschaft.

An unserem Abflugtag trafen wir Brigitte und Joachim Veith bei Janet und George Doellgast (seine Großeltern kamen aus Deutschland) auf der Terrasse zum Brunch und zwecks Lösung aller internationaler Probleme. Ließe man doch nur uns an die Macht, die Welt wäre ein Paradies! Ein letztes Mal die herrliche Sonne bei angenehmer Wärme genießen, im Kreise von Freunden, die wir schon jetzt sehr vermissen, inklusive ihrer Kinder. (Doellgasts Tochter und unsere Tochter werden demnächst beinahe Nachbarn in London sein, komplett per Zufall. So klein ist die Welt!)

Veits und Doellgasts brachten uns samt unserer Riesenmengen Gepäck zum Flughafen. Mit dem Einstieg in den Flieger drehten wir einem wunderbaren Erlebnis, einer phantastischen Erfahrung den Rücken zu. Wir haben in diesem Jahr so viel gelernt, am allermeisten über uns selbst.

Was waren jetzt unsere Erwartungen an Deutschland? »Worauf freut Ihr Euch?«, wurden wir gefragt. »Darauf, unsere Kinder wieder leichter und damit öfter sehen zu können, auf unsere Freunde und unser Haus« war unsere Antwort. »Was werdet Ihr vermissen?« wollte man wissen. »Euch, die erfrischende

Freundlichkeit der Kalifornier und das Wetter mitsamt der Leichtigkeit, die daraus resultiert« war unsere einhellige spontane Antwort. »So offene und herzliche Menschen wie Ihr werden überall auf der Welt auf nichts anderes als Freundlichkeit stoßen, denn man erntet doch immer, was man sät« wollte man uns beruhigen.

»Ach, eigentlich haben sie ja recht« dachten wir. Uns ging es doch auch in Deutschland gut, haben auch dort wirklich liebe Freunde und meistens sind die Menschen doch nett.

Der Flug verlief sehr entspannt, wir schliefen viel. Als wir um 22 Uhr deutschen Boden betraten, wurden wir schon von unserem Taxifahrer erwartet. Na siehste, ist doch auch ganz nett hier! Auf zwei Karren versuchten wir, unser sperriges Gepäck in den Aufzug zu bugsieren. Schweißgebadet versuchten wir, uns die Anstrengung mit Humor zu versüßen und alberten rum, als ich urplötzlich von hinten in schärfstem Ton angepfiffen wurde: »Was haben Sie sich denn dabei gedacht, wie soll ich denn hier vorbeikommen? Ich will auf die Toilette. Ich habe schließlich einen anstrengen Tag hinter mir!« Wir entschuldigten uns und boten selbstverständlich an, bei so freundlicher Nachfrage sofort alles dafür zu tun, damit der Gang frei werde. (Wir hatten ohnehin nicht geplant, vor dem Aufzug zu campieren.) Knöllchen blickte in mein entnervt-entsetztes Gesicht und zwang mich, die Tatsache zu realisieren: »Gabi, aufwachen, Du bist wieder in Deutschland! Das ist ab jetzt wieder normal.« Nein, das will ich nicht glauben. Das wird sicher nur eine Ausnahme gewesen sein.

Als wir gegen Mitternacht zu Hause ankommen, lassen wir uns zufrieden nieder: Ach, ist das schön hier! Liebe Freunde haben uns den Kühlschrank gefüllt und Blumen hingestellt. Wir bestaunen Haus und Garten, sortieren Post und freuen uns auf den nächsten Tag. Wir treffen uns in den nächsten Tagen mit verschiedenen Freunden, bisher der absolut schönste Teil der Rückkehr! Für solche Freunde muss man halt ab und zu Regen und Kälte in Kauf nehmen.

Am Abend rennen wir noch rasch zum Aldi. Es ist kurz vor Feierabend, vor uns steht eine Frau an der Kasse. Sie hat u. a. ein Töpfchen Blaubeeren gekauft, das umkippt und die Beeren kullern auf die Erde. Was folgt, trifft mich wie ein Keulenschlag. Die Kassierin haut mit der Faust auf den Tisch und meckert: »Verdammt noch mal. Gerade habe ich gefegt. Jetzt muss ich alles noch mal saubermachen!!!« Schuld- und pflichtbewusst bücken sich augenblicklich alle Kunden, einschließlich HD, und sammeln in betretenem Schweigen die bösen Beeren wieder ein. Wumms, da bin ich mit beiden Füßen schmerzhaft in der Wirklichkeit gelandet. Wir Deutschen sind eben ehrlich, da muss man halt schon mal den Unmut einer Angestellten aushalten, wenn man ihr unnötige Arbeit macht. In Amerika hätte die Kassierin glatt den Kunden angelogen und behauptet, dass das gar nicht schlimm sei, sich sogar heuchlerisch für diese blöden unpraktischen Schachteln entschuldigt. Sie hätte sogar so getan, als mache es ihr Freude, diese besondere Situation mit Gelassenheit zu meistern, hätte mit gespielter Lockerheit umgehend dafür gesorgt, dass eine taufrische Schachtel Blaubeeren herbeigebracht wird, und die anderen Kunden in der Schlange hätten die Wartezeit zum Socializing genutzt, indem sie etwa berichten, was sie schon so alles einschlägig erlebt haben. Ich bin wahrscheinlich reihenweise auf diese faulen Täuschungsmanöver der Amis reingefallen und habe echt gedacht, die empfinden solche Vorkommnisse eher als nette Unterbrechung der Routine als als Stress. Ganz sicher bin ich ihnen in so mancher Situation aufgrund falscher Einschätzung (wahrscheinlich, weil mir im Laufe der Zeit dort sogar meine deutsche Tiefgründigkeit verlorenging) der Sachlage mein Schuldgefühl schuldig geblieben. Zurück in Deutschland lerne ich nun wieder, den Wert von Ehrlichkeit (oder wie nennt man das Gegenteil von oberflächlicher Freundlichkeit?) zu schätzen. Man weiß, woran man ist: Meine Aufgabe als Kunde ist es, dem Personal einen angenehmen Arbeitstag zu ermöglichen, aus Dankbarkeit, dass man mir überhaupt Waren oder Dienstleistungen verkauft. Ist doch auch klar, oder? Und mal ehrlich, die Amis tun doch auch nur so freundlich, weil sie an ihren eigenen Vorteil denken. Echte Gauner! Schamesrot muss ich zugeben, ich habe mich unter diesen Gaunern wohlgefühlt. So ein bisschen sehne ich mich nach dieser Art belogen zu werden. Ich fürchte, dass ich zu meinem Glück vielleicht gar nicht die möglicherweise ehrliche, aber niederschmetternde Brutalität und Unfreundlichkeit brauche.

Als Knöllchen den Laden verlassen will, findet er mich in der hintersten Ladenecke, wo ich hinter Riesenpackungen von Flachbildfernsehern (mein Traum!) vor diesem unerwarteten Angriff Deckung bezogen hatte. Knöll meint, die Luft – und auch der Boden – seien nun wieder rein.

Auf der Suche nach einem Ausgleich für diesen Schrecken gehen wir anschließend in unseren dörflichen Supermarkt. Dort kennen wir die Kassiererinnen seit Jahren, plaudern gewöhnlich über dies und das, erfahren die neuesten Wichtigkeiten über Leute, die wir meistens gar nicht kennen, erleben aber immer das gute Gefühl dazuzugehören, Teil des Ortes zu sein und vor allem, als solcher auch wahrgenommen zu werden. Erster Schrecken: Minimal hat heimlich hinter unserem Rücken umgebaut. Nachdem wir in den USA-Geschäften lange brauchten, um zu finden, was wir suchten, irren wir unerwartet auch hier suchend durch die Gänge. Nur dass hier kein Personal herumlungert, um uns augenblicklich Hilfe anzubieten, sobald unser Blick in Richtung Ratlosigkeit tendiert. Aber immerhin funktioniert die Mustererkennung, denn die Produkte sind uns ja noch vertraut. Zweite Enttäuschung: Statt unserer

Stammkassiererinnen sitzen lauter junge Mädels an den Kassen, die eine ganz besondere Kunst beherrschen: Sie begrüßen uns mit einem »Hallo«, ziehen unsere Waren durch, nennen den Preis, kassieren ab und sagen »Tschüss«, ohne auch nur eine Sekunde aufzuschauen. Hätte ich meinen Dackel geschickt zum Einkaufen, sie hätten es nicht gemerkt, solange er das Geld abgegeben hätte. »Vielleicht hat die ja schlechte Zähne, schielt oder hat sonst ein Problem, das sie vor uns verbergen möchte«, meint Knöll, um mein Mitleid zu wecken in der bewährten Annahme, dass das meinen Ärger reduziert. Für mich steht dennoch fest: Diese Kassiererin kann man ohne jeden Verlust an Menschlichkeit gegen eine Maschine ersetzen. Ich muss sicher auch nicht erwähnen, dass ich bis zu diesem Zeitpunkt (und auch später nicht) nicht eine einzige nette Bemerkung von irgendeinem Mitmenschen auf der Straße oder in einer Kassenschlange gehört habe, mit der er meine schönen Schuhe, meine Brille oder sonst was komplimentierte. Wisst Ihr eigentlich, wie sehr solche Bemerkungen das Leben verschönen? Wie sie die Stimmung heben? Ich vermisse das!

Das wiederum erwähne ich bei einem kleinen Geburtstagskaffeeklatsch. Ich jammere ein wenig herum, wie schwer es mir falle, mich wieder einzugewöhnen. Ich bin eben ehrlich, und wer hier fragt, wie es einem gehe, ist schließlich ehrlich interessiert und will sicher eine komplette Bestandsaufnahme hören. Weil ich obendrein von einfühlsamen Frauen umgeben bin, fragt man auch sofort nach, was ich denn konkret meine. Ich schildere die kleinen und großen Freundlichkeiten im täglichen Leben, die ich so sehr schätzen gelernt hatte und nun vermisse. Ich wurde z. B. nie gedrängt, an die Seite zu gehen, wenn ich irgendwo unschlau den Weg versperrte. Stattdessen tat man sein Begehren auf Durchlass kund mit einem zahnweißen Lächeln und dem Angebot: »Take your time«. Kaum zu glauben, wie gerne man sich, so nett angesprochen, beeilt. Eigentlich wird man von jedem, der einem begegnet, wenigstens freundlich, mit Zähnen in schulbuchmäßig ordentlicher Aufreihung, angelächelt. Oft werden sogar ein paar belanglose, aber aufmunternde Worte gewechselt wie: »Ist das nicht ein herrlicher Tag heute?« Ganz zu schweigen von den vielen Komplimenten, mit denen man dort mein Selbstbewusstsein verwöhnte, und zwar zuverlässig täglich. »Welche Komplimente zum Beispiel?« will man jetzt wissen. Da fällt mir eine Menge ein: Meine guten Sprachkenntnisse, meine flotte Frisur, meine Brille (wurde oft genannt), toller Rock, Pullover oder Schuhe. Oder ein wunderschönes Lachen. Ist doch toll, wenn man seinem Nächsten auf diese Weise am Straßenrand oder beim Warten vor der Kasse begegnet, oder? Von Deutschen, immer im Bemühen um persönliches Wachstum, hätte ich nun erwartet, dass man begeistert diese Schilderungen nutzt, um sich selber neue Ziele zu setzen für den liebevollen Umgang miteinander.

Stattdessen lässt man eine mittelschwere Bombe los, verpackt in eine kleine, harmlos klingende Frage: »Und Sie glauben, das war alles ernst gemeint?«. Lasst Euch bitte ruhig einmal Zeit zu erspüren, was diese Frage alles impliziert, außer, dass man die Amis für unaufrichtig hält. Danke, denke ich, das war genau das, was ich brauche, um hier glücklich zu sein, mich geliebt und angenommen zu fühlen. Als ich gerade die Selbstzweifel in mir hochkriechen spüre, die diese wohlgesetzten Worte (gedankenlose Oberflächlichkeit ist ausgeschlossen, da die Worte von einer Deutschen und noch dazu einer weiblichen!!! – und noch dazu von einer Psychotherapeutin ausgesprochen wurden) in mir auslösten, schöpfe ich aus meinem, in den USA erstarkten Selbstbewusstsein: Also, für mich gibt es absolut keinen Grund zu hinterfragen, ob es ernst gemeint ist, wenn jemand meine Brille oder gar mich hübsch findet. Ich habe allen Grund so etwas zu glauben, oder etwa nicht?! Allein meine christliche Erziehung und meine in Amerika gewonnene Erkenntnis, dass man seine Mitmenschen nicht ohne Not kränkt, geben mir die Kraft, meine Gesprächspartnerin nicht darauf hinzuweisen, dass dies natürlich bei ihr möglicherweise anders sein könne.
Eine künftige türkische Kollegin, die ebenfalls ein Jahr in den USA genossen hat, kommentiert das mit vier schlichten Worten: »Who needs the truth?« Auch sie zieht amerikanische Freundlichkeit der deutschen Sauertöpfigkeit allemal vor. Es ist wirklich faszinierend zu erleben, dass, je begeisterter ich von meinen Erlebnissen in USA berichte, umso heftiger die Angriffe auf die Amis werden, was wiederum meine Berichte umso euphorischer werden lässt. Ein nettes Spielchen. Man könnte fast glauben, es gäbe ein Gesetz, das uns Deutsche zwingt, die Amis in möglichst düsteren Farben zu sehen. Mich wundert immer nur wieder, wieso so viele Deutsche darauf echt stolz zu sein scheinen. Oder geht es einfach nur darum, das Gefühl der Bewunderung, das man gegenüber den Amerikanern in vielen Bereichen empfinden müsste, zu bekämpfen? Draufhauen scheint uns – auch mir – leichter zu fallen, als irgendwas mal lobend anzuerkennen, sowohl im Umgang mit dem, was uns fremd ist, als auch im Umgang miteinander. Aber das tun wir gewissenhaft und niemals oberflächlich und mit sehr viel Bildung. Jawoll!
Inzwischen haben wir kapiert, dass man auf die interessierte Frage (ernsthaftes, tiefgründiges Interesse natürlich), wie es uns denn in den USA gefallen habe, sehr offen ist für Antworten wie: »Na ja, da ist auch nicht alles Gold, was glänzt. Der durchschnittliche Haushalt hatte einen geringeren Standard als bei uns, man mag es nicht glauben, aber Stromausfall gehört zur Tagesordnung und Licht- und Telefonleitungen bammeln tatsächlich oft noch an Pfählen durch die Lüfte wie bei uns vor 1000 Jahren – wer hätte das gedacht von einem Volk, das zum Mond fliegt. An deren Geschmack muss man sich

erst gewöhnen, auch daran, dass bei Konzerten oder anderen Veranstaltungen zu Beginn allemann aufstehen und lauthals die Nationalhymne schmettern.« (Ich sterbe fast vor Scham und Angst vor Liebesentzug, wenn ich gestehe, dass ich das nie übertrieben fand, sondern einfach nur selbstbewusst. Noch schlimmer. Ich bin überzeugt, dass man anderen Staaten deren Stolz nur lassen kann, wenn man ihn sich selber auch zugesteht.) Man hört gerne, dass man das Wort Fremdsprachen in den USA wirklich sehr wörtlich nimmt, indem alles, was nicht ein amerikanischer Dialekt ist, den meisten wirklich fremd bleibt, dass man sich dort keine, auch keine private Chance auf ein gutes Geschäft entgehen lässt und dass die Amis überhaupt ein komisches Völkchen sind. Das sind Anmerkungen, die sichtlich Gefallen finden, und wir dürfen sicher sein, einen harmonischen Abend zu verbringen.

Gefährlich wird es, wenn wir begeistert über unsere Zeit und unsere Freunde erzählen und uns weigern, unsere dortigen Freunde als ungebildet oder zumindest Fachidioten zu bezeichnen. Dann werden wir umgehend darüber aufgeklärt, dass es in Amerika ohnehin nicht möglich sei, echte Freunde zu finden (weiß jeder, der mal länger als zwei Tage dort war oder deutsche Presseerzeugnisse lesen kann). Weil man in Deutschland ja meint, was man sagt, ist man sich sicher auch bewusst, dass eine solche Aussage bedeutet, dass wir wohl ein wenig naiv sein müssen zu glauben, dass das, was wir für Freunde halten, auch welche sind. Mein Gott, wie blöd von uns! Wer mehr als drei Tage drüben war, kann mindestens auch mit Sicherheit ein Beispiel für die Ungebildetheit der Amis nennen. »Da hab ich in San Francisco einen Mann bei Freunden getroffen, der wusste nicht, wo Hamburg liegt«, heißt es dann. Als Skorpion fange ich spätestens hier an, leidenschaftlich zu werden. Aber selbst wenn ich aufführe, dass es auch hierzulande Menschen gibt, die nicht mal wissen, wie unser eigener Bundeskanzler heißt, die nicht wissen, welche Länder zur EU gehören, obwohl die ja pieselig klein im Vergleich zu den USA ist, und die Franklin nur als Kaminofen kennen, werde ich aufgeklärt, dass das selbstverständlich nur Ausnahmen sind, während die in USA gesammelten Erfahrungen offenbar repräsentativ sind, bewiesen dadurch, dass sich diese eigenen Erfahrungen mit den Schilderungen anderer USA-Reisender deckt.

Auf ähnliche Weise entstand vermutlich auch der in den USA weitverbreitete Glaube, wir Deutschen liefen mit Lederhosen rum. Denn die meisten Amis, die eine Europareise machen, erleben nur Deutschlands Süden, sprich München, womöglich noch auf dem Oktoberfest. Dort blieb es ihnen tatsächlich nicht erspart, ausgewachsene Männer in Lederhosen zu sehen. Zu Hause berichten sie dann von dieser seltsamen Kleidersitte, die von anderen Europareisenden bestätigt wird. Und so heißt es dann, wir Deutschen trügen Lederhosen. Diese

Generalisierung kreiden wir ausgerechnet den Amis wieder als Blödheit an. Auf so was würden wir ja nie reinfallen, gell? Da schauen wir schon genauer hin, nicht wahr? Ja und sollten unsere Freunde tatsächlich eine gute Bildung haben, dann sind sie aber mit Sicherheit echte Fachidioten. Und erst die Doppelmoral! Verlogen seien die Amis, erfahren wir, wenn unsere Schwärmerei nicht ausgehalten wird. »Die halten ernsthaft z. B. an Gesetzen fest, die das Trinken von Alkohol für Jugendliche unter 21 Jahren verbieten«, obwohl doch nun jeder wisse, dass heimlich Alkohol aus Limonadenflaschen getrunken werde (und man selber feste mit). Bin ich wirklich die Einzige, die weiß, dass wir ein Jugendschutzgesetz haben, das eigentlich möchte, dass Jugendliche unter 16 Jahren abends um 22 Uhr zu Hause zu sein haben. Warm und behütet bei Mama und Papa. Da gibt es aber kaum einen Jugendlichen, der bereit wäre, sich daran zu halten, der nicht sogar, ausgestattet mit dem Perso eines älteren Geschwisters oder Freundes, sich nächtens den Einlass in die Disco erschwindelt. Das ist aber sicher was gaaanz anderes oder zumindest nur eine Ausnahme.

Was sollen wir uns auch mit dem Balken im eigenen Auge rumplagen, solange wir noch genügend Splitter in denen der Amis finden. Nichts tut weher, als sich selbst in Frage zu stellen. Das weiß ich aus Erfahrung. Das war mein bitterer Job, nachdem wir nach unserem deutschen Septemberintermezzo wieder in die USA kamen.

Weil ich immer noch nicht bereit bin, meine Begeisterung über unsere amerikanischen Freunde den zeitgeist-geprägten Erwartungen anzupassen, versucht man es nun mit einem Trick. Man gibt grundsätzlich zu, dass die Amis wirklich (vordergründig) freundlich seien, dass es sogar ganz leicht sei, mit ihnen in Kontakt zu kommen (Unterton: Kein Wunder, dass Ihr darauf reingefallen seid, wäre mir beinahe auch passiert), aber wirkliche, echte Freundschaften sind nicht möglich. Nicht gesagt habe ich, was unsere Freunde drüben immer wieder betonten: »Man erntet, was man sät«. Gefragt habe ich, wie viel Zeit man denn gehabt habe, um auf echte Freundschaften zu hoffen. Ganze sieben Wochen hat man in der Nähe von L.A. verbracht und keine einzige Freundschaft sei in dieser Zeit entstanden, beklagt man sich beweisführend. Wie erkläre ich das meinen Freunden in Amerika, dass wir Deutschen es als Oberflächlichkeit werten, wenn man Freundschaften langsam wachsen lässt?

OK, selbstverständlich hatten auch wir unsere Vorurteile den Amerikanern gegenüber. Vorurteile sind notwendig, kann man doch nicht ständig alles neu in Frage stellen, wenn man seinen Alltag gebacken kriegen will. Wir sind jedoch dankbar für unsere Zeit in den Staaten, für das, was wir dort an Freundschaft, Gastfreundschaft, Freundlichkeit, Liebenswürdigkeit und Fürsorge erlebt haben. Das trifft zu auf Freunde aus verschiedenen Bereichen: Eva M., Anushka und John, Marion mit ihrem Bruder Henk und Lisa, alle meine Kirchenfreunde, insbesondere aber Littles und Rowes, die nach meiner OP tagelang für uns kochten und einkauften, unsere »Amgen«-Freunde (die Männer arbeiteten bei Amgen, der weltweit größten Pharmafirma auf dem Gebiet der Biotechnologie) und hier ganz besonders Brigitte und Joachim, Janet und George, meine Englischdozentin Judy, meine internationalen Classmates, die als feinfühlige Reaktion auf mein Heimweh ein regelmäßiges Lunch-Treffen eingeführt hatten, und die Freunde aus San Franzisko samt ihrer lieben, meistens amerikanischen Ehefrauen, die uns zu all ihren Festen eingeladen haben und somit zu einem festen Anker für uns wurden. Und glaubt mir, die Frauengespräche bei solchen Gelegenheiten unterscheiden sich absolut in gar nichts von denen in Deutschland, weder hinsichtlich der Geräuschkulisse noch der Themen – Männer, Männer, Männer und Diäten! Wir schauen dankbar auf das, was wir erleben durften an herrlichen, intelligenten, tiefgründigen und witzigen Gesprächen und Diskussionen, an Entgegenkommen und Offenheit. All das andere, Oberflächliche, Dumme und Verrückte gab es dort natürlich, ebenso wie hier auch. Um das festzustellen, reicht doch eigentlich schon eine gelegentliche Fahrt mit dem Bus oder die Beobachtung unserer Politiker.

Als ich in Deutschland erkrankte, waren unsere Freunde eine ganz wesentliche Unterstützung und maßgeblich lag es neben meinem Knöllchen und meinen Kindern an ihnen, wie gut ich die schwere Zeit überstanden habe. Dass ich diese Erfahrung ebenso in den USA machen konnte, damit hätte ich nie gerechnet. Jeder macht seine eigenen Erfahrungen und vor allem bewertet er seine Erlebnisse auf dem Hintergrund seiner Persönlichkeit, Biographie und Lebenssituation. Wir wollen niemanden bekehren. Wer glücklicher damit ist, die Amis für bescheuert zu halten, soll das tun. Unsere Erfahrung ist das nicht. Wir sind froh darüber, dass uns das Abenteuer geglückt ist, uns zu öffnen für das Fremde und Andersartige, es nach anfänglichem Kultur-Schock ohne Bewertung hinzunehmen und zuzulassen, neue Einsichten zu gewinnen. Manchmal begreift man die tiefere Bedeutung des Andersartigen erst, wenn es gelingt, die größeren Zusammenhänge zu erkennen. Damit sind wir noch nicht am Ende, wir haben nur die Notwendigkeit und Möglichkeit erkannt.

Mir kommt es so vor, als sei das letzte Jahr lediglich eine Vorübung gewesen für das, was jetzt in Istanbul auf uns zukommt. Das Einzige, was wir bislang spüren, ist, dass unsere deutschen Freunde mit den »Macken« der Türken viel gnädiger umgehen als mit denen der Amerikaner. In die Türkei würden sie auch gerne mal für einige Zeit gehen, hören wir oft. In ein Land also, in dem sich unsere »Schwestern« Tücher über den Kopf zwirbeln, um Männer nicht mit ihrer Haarpracht zu reizen, und in dem man den Zoll bestechen muss, damit er unser Eigentum rausrückt. Allerdings: Bei unserem Vorab-Besuch fühlten wir uns sehr herzlich aufgenommen und erlebten die gleiche Freundlichkeit, die wir in Amerika so genossen hatten. Endlich wurden wir wieder auch von wildfremden Menschen in Gespräche verwickelt und freundlich angesprochen. Man reißt sich ein Bein aus, um uns zu helfen und aktiviert zur Not seine halbe Familie. Das Leben verspricht aufregend zu werden. Die Fahrweise der Türken ist als Überlebenstraining geeignet. Wer das aushält, kann seine Nerven nach einem Jahr als Stahlseile für den Brückenbau verkaufen. Hier werde ich, die ich immerhin sogar in Los Angeles Auto fuhr, garantiert nicht fahren. Es ist kein aggressives Fahren, einfach nur wild und unvorhersehbar. Zum größten Vergnügen der Türken meinte Knöll, dass Verkehrsregeln hier offensichtlich lediglich einen ganz vagen, auf jeden Fall unverbindlichen Vorschlagscharakter hätten.

Am Samstag, dem 1.10. fliegen wir in unsere neue Heimat und freuen uns schon auf unsere Wohnung mit atemberaubendem Blick über den belebten Bosporus. Vor allem bei Nacht ein herrlicher Anblick. Knöllchen freut sich auf seine Kollegen an der Deutschen Abteilung der Marmara Universität, die sich mit aufgekrempelten Ärmeln an die Arbeit machen, den Fachbereich auszubauen und den ohnehin guten Ruf weiter zu verbessern. Diese Aufbruchstimmung hat was ungeheuer Anregendes und Ansteckendes. Knöllchen wird dort für vorerst neun Monate Wirtschaftsinformatik lehren, ein Forschungsprojekt leiten und neue Studiengänge entwickeln. Ich weiß schon jetzt, dass Dieters Leben in Istanbul »Arbeit« heißt. Ich muss mir meinen Platz erst noch suchen. Wieder einmal!
Auf geht's!

23.9.2005

Neue Wege
Liebe Verwandtschaft,
jeder von Euch hat sicher schon auf eine Reaktion von uns gewartet. Um unseren Umzug nach Istanbul ein wenig spannender zu gestalten, rief die Klinik in Kiel heute an, wo ich letzte Woche zu einer Nachsorge war, und teilte mit, dass meine Leberwerte, die seit der Chemo immer leicht erhöht waren (weshalb man schon an eine Hepatitis gedacht hatte) nunmehr sehr stark erhöht seien. Ich solle doch mal die Leber sonographieren lassen, um abzusichern, »dass da nichts wächst, was da nicht hingehört.« Acht kleine Wörterchen, deren Wirkung Ihr wahrscheinlich nur im Ansatz ahnen könnt. Aber es wurde nichts dergleichen

gefunden, wobei dann weiterhin unklar ist, worüber meine Leber meckert. Vielleicht einfach nur über das Medikament, das ich schlucken muss.
Zur Freude der türkischen Kollegen können wir unseren Kaffee schon auf Türkisch bestellen und HD sogar schon mit viel, viel Milch. Hallo und ok kriegen wir auch schon hin. Ansonsten sprechen die Kollegen aber sehr gut Deutsch (ist auch Unterrichtssprache). Kollegen anderer Abteilungen sprechen Englisch, was dazu führte, dass ich in den vier Tagen unserer Erkundungsreise beinahe mehr Englisch sprach als in L.A.. Wir gehen davon aus, dass wir weiter in Kontakt bleiben, die Wohnung hat ein Gästezimmer.
Seid lieb gegrüßt,
Eure Knölls, Gabi und HD

25.9.2005
Hallo an unsere US-Nachbarschaft
Liebe Eva M.,
(ich schreibe Deutsch, damit Du in Übung bleibst).
War das eine Freude, als wir heute Deine E-Mail vorfanden! Wir können uns nur allzu gut vorstellen, wie einsam Du Dich in Camarillo fühlst. Das tut uns auch sehr leid für Dich. Aber auch Seattle wird sich sehr verändert haben und Du wirst dort nicht mehr das vorfinden, was Du verlassen hast. Brigitte ist bereits umgezogen, wohnt aber noch nicht im neuen Haus. Dort wird zur Zeit alles renoviert. Brigitte klingt sehr begeistert, auch von der Nachbarschaft. Sie fragte nach Deiner Telefonnummer, weil sie die irgendwo im Gepäck hat, aber nicht drankommt.
Die Vorbereitungen für Istanbul sind aufregend. Ich wurde gefragt, ob ich bereit sei, die dortigen Studenten hinsichtlich der Sprache zu unterstützen, was die Semesterarbeiten und Abschlussarbeiten betrifft. Alles muss nämlich in Deutsch geschrieben sein. Unsere Kinder finden das Ganze sehr aufregend. Sie freuen sich schon darauf uns zu besuchen, was ja viel, viel einfacher ist als nach Amerika. Der Flug dauert nur 2,5 Stunden. Da kann man auch mal für nur einige Tage kommen. Liebe Eva, jetzt muss ich mal wieder rasch weitermachen, alles für die große Reise vorzubereiten. Wenn Du in der Nachbarschaft jemanden siehst, dann bestelle bitte herzliche Grüße von uns. Ebenso aber auch herzliche Grüße an Dich. Wir denken viel an Dich und unser gemeinsames Jahr. Es wäre so viel anders verlaufen, wenn wir nicht bei Dir »gestartet« wären. Unsere E-Mail-Adresse bleibt auch weiterhin gültig. So können wir in Kontakt bleiben.
Love,
Deine Gabi

28.9.2005

Stets unstet ist auch stetig
Lieber Thomas,
in Eile, weil wir heute unbedingt die 200 kg Gepäck, die per Spedition abgehen, gepackt bekommen müssen. Außerdem ist auch noch nicht geklärt, welche Spedition das überhaupt macht. Nachdem wir Evas Hochzeit in der Rekordzeit von drei Wochen aus dem Boden gezaubert haben, sollten wir diesen Teil-Umzug, für den wir eine Woche hatten, nachdem feststand, dass wir gehen würden, auch hinkriegen. HD hat seinen Forschungsbericht über USA gestern abgegeben (500 Seiten), einen Forschungsantrag für die Türkei gestellt (10 Seiten), die Steuererklärung gemacht, Nebenkostenabrechnung für die Mieterin, Auto durch den TÜV, da Peter das Auto während unserer Abwesenheit fährt, die Erkerfenster habe ich gestrichen, da schon Farbe abblätterte und ich Sorge hatte, sie könnten im Winter Schaden nehmen und und und. Ich weiß und spüre, es ist alles viel zu viel, aber ich komme irgendwie nicht raus aus dem Zirkus. Ich glaube, ich lebe mit einem eingebauten Überforderungsgen.
Heute kommen Freunde aus Amerika auf der Durchreise vorbei. Am Donnerstag möchten wir gerne zu Mutti fahren. Am Freitag ab 19 Uhr treffen sich bei uns einige Freunde, um Tschüss zu sagen. Vielleicht kannst Du da ja kommen. Ist aber natürlich eine lange Fahrt von Schwerin aus für diese sieben Buchstaben.
Alles Gute Euch, liebe Grüße,
Deine Schwester Gabi.

PS: Eva arbeitet ab 1.11. als Lehrerin in Reading bei London. Gleich die erste Bewerbung war erfolgreich.

21.10.2005

Neuanfang Istanbul. Die ersten Wochen
Ihr Lieben,
»… und das Neue, das niemand kennt, steht mitten darin und schweigt.«
(Rainer Maria Rilke)
Jetzt leben wir seit drei Wochen in diesem uns fremden Land und mir kommt es so vor, als wären wir schon seit Monaten hier. Die Türkei oder zumindest Istanbul ist so voller Gegensätze und Überraschungen, dass wir wirklich noch keine ausreichende Erfahrung haben, was »normal« funktioniert und was nicht. Die Post z. B. hierher soll jedenfalls sehr lange dauern, zuweilen. Alles, was einen Briefumschlag übersteigt, also alle Päckchen und Pakete, werden uns ohnehin nicht direkt zugestellt, sondern müssen beim Flughafen beim Zoll

abgeholt werden gegen Bares (Bestechung nennt man das wohl, auch hier verboten, aber total üblich und gebilligt). Noch ist ein erheblicher Teil unserer Anstrengungen darauf gerichtet, die kleinen Hürden des Alltags zu meistern. Die Technik ist mehr als nervig. Erst seit zwei Tagen haben wir Internetzugang. Selbst in der Uni bricht das Internet immer wieder zusammen, und wenn es läuft, ist es schnarchend langsam. Unser Leben hier ist wirklich komplett anders als Lüneburg oder Kalifornien. Es ist zumindest anstrengender. Unsere Wohnung ist toll, vor allem der Blick (!!!) über den Bosporus. Das Wetter ist aber ganz sicher kein Grund, hier leben zu wollen. Heute erzählte man uns, dass im Institut im Winter oft die Heizungen nicht funktionieren. Dann sei es bitterkalt. Klar! Das finden wir aber schon jetzt so. Es wurde auf Erdgas umgestellt, ein Bauteil fehlt und wird erst Mitte Dezember geliefert. Obwohl es zum Wochenende wieder Sommer werden soll mit Temperaturen von 22 Grad, ist es jetzt kalt. Wir sitzen in der UNI eingemummelt in Schals und mit dicken Pullovern, die man, wenn man in den Unterricht geht, gegen ein Jackett tauscht, denn hier legt man Wert auf gute Kleidung und nutzt sie auch, sich zu »unterscheiden«. Die Kollegen haben sich kleine elektrische Heizöfen gekauft und wärmen sich damit notdürftig. Mit Dieter und mir (wir teilen uns ein Zimmer) hatte der Hausmeister Mitleid. Er brachte uns gestern auch ein kleines Öfchen. Wir schlossen den Heizlüfter dankbar an, durften aber gleich feststellen, dass man im Leben nicht alles haben kann: Entweder es wird uns eingeheizt oder die Rechner laufen. Beides schafft die Elektrik nicht. Als Ausgleich bringt der Hausmeister (die richtige Übersetzung wäre eigentlich »Hausdiener«) den ganzen Tag über ständig Tee. Das ist normaler Service hier. Als er sah, dass HD versuchte, die lockere Türklinke zu reparieren, war er sofort bei seiner Ehre gepackt und stellte klar, dass das seine Aufgabe sei. Er hatte zwar nicht das richtige Werkzeug, aber irgendwie hat er es geschafft. Die Klinke sitzt nun wieder fest.

Da lebt man einerseits in einer Wohnung mit wirklich gutem bis hervorragendem Standard, mit lauter modernen Halogen-Lampen, Bulthaup-Küche mit Gaggenau Geräten, Miele-Waschmaschine und -Trockner, Siemens-Porsche Toaster und Wasserkocher und einer Stereoanlage von Bang und Olufsen (vielleicht legt sich unsere Freude an diesem Schnick-Schnack, wenn auch da die Heizung nicht richtig arbeitet?!), andererseits quält man sich mit Kleinkram rum, den man bei uns in Deutschland einfach als allergrößte Selbstverständlichkeit ansieht. Wir versuchen es gelassen zu nehmen. Nun leben wir seit genau drei Wochen hier, haben aber mit Sicherheit weniger von dieser aufregenden Stadt gesehen als ein normaler Tourist in vier Tagen. Wir müssen wieder versuchen, wie schon in USA, uns dem Leben aus der Alltagssituation heraus zu

nähern. Das heißt, anstatt der Frage nachzugehen, wer wann wie welche Moschee gebaut hat, beschäftigt uns die Frage: Was kauft man wo unter welcher Bezeichnung, wie kommt man dahin, da wir ohne Auto hier leben. Oft genug müssen wir für eine solche Tour alles Mögliche an Fortbewegung kombinieren: Laufen, Bus, Fähre, wieder Bus oder Taxi und das gleiche rückwärts. Gestern waren wir z. B. auf der anderen, der europäischen Seite der Stadt (wir leben in Asien) zu einem Cocktailabend eingeladen. Laufen, Bus, Fähre, Straßenbahn und wieder Laufen brachte uns zum Ziel (was Auswirkung auf die Kleidung hat; man zieht sich dann manchmal eher dem Weg entsprechend an, nicht dem Anlass). Den Rückweg traten wir dann gemeinsam mit einigen anderen Gästen an, die auch »drüben« wohnen. In dieser Runde war der Heimweg dann ganz wider Erwarten eine Gaudi, trotz Regen. Auf der Fähre haben wir noch Tee getrunken (der ist beinahe allgegenwärtig) und unseren Spaß gehabt. Als wir erzählten, dass wir bei der Marmara-Universität beschäftigt seien, jagte man uns einen gehörigen Schrecken ein mit der Frage, ob wir tatsächlich die frohe Hoffnung hätten, jemals das Gehalt zu sehen?! Wir setzten auf Hoffnung. Wo kämen wir hin, wenn wir allen Schilderungen auf zu erwartende Schwierigkeiten Glauben schenken würden? Wir lassen uns unseren frohen Mut nicht nehmen! Nur ungerne hörten wir noch zu, als man uns von Mitarbeitern eben dieser Institution berichtete, die ihr Geld nie gesehen hätten. Das sei keine Seltenheit. »Wir werden sehen«, meinten wir und wendeten uns erfreulicheren Dingen zu. Eigentlich hätten wir nach der Fährfahrt einen Bus nehmen und dann den Rest laufen müssen. In Anbetracht der späten Stunde, des Regens und des steilen Aufstiegs, den der Fußweg bedeutet hätte, haben wir uns für den restlichen Weg ein Taxi gegönnt, was viel billiger ist als bei uns. Dennoch kann man das nur in Ausnahmefällen machen, vor allem wenn man einkalkulieren muss, den türkischen Teil des Gehaltes nie zu bekommen!!!
So fühlen wir uns recht unflexibel. Jetzt könnte man ja, mit Lüneburg-deutschen Verhältnissen im Kopf, glauben, das Fahrrad sei die Rettung. Aber ganz im Gegensatz zu unserer kalifornischen Heimatstadt Camarillo gibt es hier überhaupt keine Radwege. Auf der Straße zu fahren ist aber völlig unmöglich. Schon das Laufen auf den Gehwegen, die aussehen wie kurz nach einem Bombenangriff und die so schmal sind, dass eine türkische Frau spätestens zwei Jahre nach der Eheschließung keinen Platz mehr findet, ist nur mit Not oder Gleichgültigkeit dem Leben gegenüber entschuldbar – oder aber zeugt von grenzenlosem Allah-Vertrauen. Das Autofahren in dieser Stadt folgt allem, aber keinen Regeln, zumindest keinen, die sich uns als Mitteleuropäer auf Anhieb erschließen. Wer hier versucht, Verkehrsregeln durch Beobachtung zu lernen, muss glauben, dass man hier in Einbahnstraßen unbedingt in beiden Rich-

tungen fahren muss. Dieses »kreative« Chaos traue ich mir einfach noch nicht zu. Ganz abgesehen davon, dass selbst Leute, die schon Jahrzehnte hier wohnen, oft den Weg nicht finden. Die Stadt ist eben nicht auf dem Reißbrett entstanden. Nicht ohne Grund haben viele Leute hier ihren Fahrer. Was ist schon der Monatslohn eines Fahrers von den paar Lira im Vergleich zu den Nerven, die man schont (außerdem macht man eine Familie satt)! Der Flug von Hamburg nach Istanbul dauert 2,5 Stunden. Die anschließende Fahrt zu unserer Wohnung zur (un-)rechten Zeit ebenfalls. Wenn eine Fußgänger-Ampel rot ist, heißt das nicht: Stop!!! Dieter fragt mich in solchen Fällen gelegentlich: »Gabi, man findet, dass ggf. ein Anhalten eine gute Idee sein könnte, wenn es uns nicht allzu sehr in unserem Tagesplan stört. Was meinst Du, sollen wir halten?« Meistens entscheiden wir, einfach zu gehen, weil's alle anderen auch tun. Eine Mischung aus Anpassung und Herdentrieb. Diesbezüglich lernen wir fix. Auf dem Weg zur Uni fuhren wir heute erstmalig mit einem Dolmus. Es regnete, was die Bereitschaft der Fahrgäste enorm reduzierte, einen überfüllten (und das bedeutet, dass aus den verschlossenen Türen die Mäntel- und Rockecken der eingequetschten Fahrgäste im Winde flattern) Bus nach dem anderen an unserer Haltestelle vorbeifahren zu lassen, in der frohen Hoffnung oder Gottergebenheit, dass irgendwann in einem der nächsten Busse mal ein Plätzchen frei ist. Die geschäftstüchtigen Türken wissen diese Situation zu nutzen. Taxen, private Busunternehmer und Dolmusfahrer sammeln an den Haltestellen die Ungeduldigen ein. Mit unserer Dolmusbesatzung hätten wir gute Chancen gehabt, bei »Wetten, dass?« aufzutreten. Wir erlebten eine neue Interpretation eines vollen Autos. Bei derartiger Belegung passt allerdings deutsches Sicherheitsdenken nicht mehr an Bord. Selbstverständlich gibt es weder Kopfstützen noch Sicherheitsgurte. Aber dafür fährt Allah mit – hoffen wir.
Unsere Kontakte knüpfen wir komplett anders als in den USA. Wir sind eng zusammen mit den Kollegen aus der Uni. Bis auf zwei sind alle Turken, sprechen aber mehr oder weniger gut Deutsch. Ansonsten leben wir überwiegend unter Deutschen oder englischsprechenden Türken, wie unsere Nachbarn und Hausmitbewohner. Was natürlich schon allein darin begründet liegt, dass wir kein Türkisch können. Ich bin Mitglied in der »Brücke«, einem Verein, der Deutsche in der Türkei unterstützt. Meistens handelt es sich um Deutsche, die mit einem türkischen Partner verheiratet sind, aber einige sind, so wie wir, nur temporär hier. Dadurch haben wir rasend schnell Kontakte bekommen. Schon am ersten Sonntag haben wir an einem gemeinsamen Gottesdienst der drei deutschsprachigen Kirchengemeinden teilgenommen. Dort lernte ich den deutschen Konsul mit seiner supernetten Frau kennen. Wir wurden gleich mit praktischen Tipps versorgt. So erfuhren wir, dass es sogar so was wie Aldi gibt.

Ein Türke, der bei Aldi in Deutschland Manager war, hat hier etwas Vergleichbares aufgezogen. »Bim« gibt es sogar in unserem »Dorf« Beylerbeyi. Wenige Tage nach dem Kirchenfest wurden wir bereits – zusammen mit anderen – vom Konsul eingeladen zum TTG (Treffen, Trinken, Gedankenaustausch). Denke, die Reihenfolge ist wichtig. Mit zwei anderen Frauen kam ich ebenfalls so gut ins Gespräch, dass wir uns nun auch privat treffen. Mal sehen, was daraus wird. Eine der Frauen ist die Leiterin der Botschaftsschule, seit zwei Jahren im Lande und bleibt fünf Jahre. Die andere lebt seit 30 Jahren hier und ist mit einem Türken, der aber supergut Deutsch spricht, verheiratet. Der Bruder des Mannes war, ich glaube in der letzten Regierung, Ministerpräsident. Diese Frau wohnt beinahe nebenan (zwei Dörfer weiter). So nimmt unser soziales Leben so langsam Gestalt an.

Außerdem bin ich inzwischen in den studienbegleitenden Deutschunterricht (Deutsch als Wissenschaftssprache und wissenschaftliche Arbeitsmethoden) eingestiegen. An drei Tagen jeweils vier Stunden. Da ich beim Konsul den Leiter des Goethe-Institutes kennenlernte, habe ich diese Chance auch gleich nutzen können. Ohne lange Wartezeit kam ich in den Genuss einer hervorragenden »Lehrmittelberatung«, die mir den Einstieg in meine neue Karriere leichter macht. Wer hätte das gedacht, dass ich mein Lehramtsexamen noch mal nutzen werde?! Allerdings raubt mir der Job mindestens ganze fünf Tage, da der Vorbereitungsaufwand enorm groß ist, da völlig ungewohnt für mich und es keinerlei Bücher und kein Konzept gibt. Die DAAD-Lektorin und ich entwickeln ein komplett neues Konzept. Wir müssen zudem unseren Unterricht aufeinander abstimmen, was auch viel Zeit kostet, da wir auf eine gemeinsame Klausur hinarbeiten. Spaß macht es dennoch. Die Bezahlung ist eine ortsübliche, d. h., man könnte damit in Deutschland keinen Hartz-4 Kandidaten hinterm Ofen hervorlocken. Heute haben wir auch eine Möglichkeit für unser Fitnessprogramm gefunden. Auf unserem Campus sind auch die Sportler. Deren »Fitnes Salonu« dürfen wir kostenlos nutzen. Jetzt braucht's nur noch unsere Konsequenz – und – unsere Sportsachen, die leider noch immer mitsamt aller anderer Sachen (Winterkleidung, Computer, Drucker und wichtige Unterlagen) beim Zoll darauf warten, »ausgelöst« zu werden. Darauf haben wir keinen Einfluss, das macht die Spedition. Allein das Golfen wird nicht möglich sein. Es gibt kaum Plätze. Für uns unerreichbar und auch zu teuer. Im Moment jedoch erübrigt sich das Thema ohnehin wegen des Wetters. Das ist schon schade. Vor einer Woche hatten wir unsere Einstandsfete mit 25 Leuten. Es ist zwar Ramazan, aber abends darf ja gegessen werden – außerdem fasten längst nicht alle.

Möglicherweise kommen wir Ende November nach Deutschland, wenn wir

hier während der Zwischenprüfungen einen Assistenten finden, der unsere Klausuren beaufsichtigt.
Liebe Grüße,
Gabi und HD

30.11.2005
Ramazan und andere Anpassungsleistungen
Liebe Freunde,
so hat eben alles seine zwei Seiten. Auch die Tatsache, dass ich hier für dieses Semester einen Job als Dozentin im studienbegleitenden Deutschunterricht der deutschen Abteilungen BWL und Wirtschaftsinformatik der Marmara-Universität habe, der mir einerseits eine schöne Beschäftigung bietet, der mich aus dem Haus kommen lässt und mich vor Einsamkeit bewahrt, andererseits aber auch so »ausfüllt«, dass ich keine Zeit mehr finde, unsere Erlebnisse zusammenzufassen. Wie soll sich da Ordnung halten in meinen Gedanken und Gefühlen?! Wie gesund bleiben?! Gleich kommt meine Kollegin, wir müssen Klausuren korrigieren (270) und unsere nächsten Vorlesungen planen. Diese Zusammenarbeit ist sehr schön und allein schon die Arbeit wert. Das muss auch so sein, denn bezahlt wird »unter aller Sau«. Ein Professor verdient hier etwa 1.000 Euro im Monat!!!!!! BRUTTO. Ein Zahnarzt an der Klinik noch weniger. Wenn man bedenkt, dass unsere Wohnung 1500 Euro Miete kostet, ahnt man, dass auch hier jeder mehrere Jobs haben muss, will er einigermaßen nett leben. HD bekommt Gott sei Dank zusätzlich zum Gehalt, das er (hoffentlich) von der Marmara-Universität erhält, eine Auslandszulage vom DAAD. Ich jedoch nicht. Unser Leben ist nicht annähernd so aufregend, wie man vermuten könnte. Es ist nett hier, auch interessant, aber unser Alltag ist Arbeit, sehr viel mehr als zu Hause. Hier muss HD ebenso wie ich Unmengen an Zeit investieren für die Vorbereitung der Vorlesungen, da alles komplett neu. Er kann im Gegensatz zu mir zwar mit mehr Routine ans Werk gehen, aber dafür sind seine Kurse derart voll, dass er für die Überarbeitung der Aufgaben, die die Studenten bei ihm (und auch bei mir) erledigen müssen, viel mehr Zeit benötigt als ich. Drei Tage die Woche sind wir wirklich von 9 bis 18.30 Uhr in der Uni. Da haben wir schon in diesen drei Tagen fast 30 Stunden gearbeitet. Wenn wir dann nach Hause kommen (mit Bus und zu Fuß den Berg hoch, die schweren Taschen schleppend) und gegessen haben, sind wir erledigt. Da findet nichts Aufregendes mehr statt. An den übrigen Tagen und auch am Wochenende versuchen wir, uns unsere Arbeit (u. a. Konzeption und Vorbereitung der Vorlesungen, Erarbeiten von Übungen, Recherche von verwertbaren Texten und Korrektur der abgegebenen Aufgaben, das Designen und Korrigieren der

unzähligen Klausuren und Nachklausuren) zumindest so einzuteilen, dass wir ab 14 Uhr etwas unternehmen. Wobei allein die notwendigen Einkäufe viel (Fahrt-)Zeit verschlingen. Für meine Deutschkurse habe ich jetzt als freiwilliges Angebot einen Filmabend installiert, der alle 14 Tage freitags Abend in unserer Wohnung stattfindet. Es werden sicher immer nur einige Studenten kommen, was aber auch gut so ist. Wir schauen Filme wie »Die Akte« und »Good Bye Lenin«, halten zwischendrin an und fassen zusammen, erklären Redewendungen und unbekannte Vokabeln, trinken, knabbern und haben Spaß. Die Abende werden immer besser. Es ist mir beinahe jedes Mittel recht, um die Freude an der deutschen Sprache und die Sprechbereitschaft zu fördern. Ein Teil der Studenten ist auch in HDs Vorlesungen. Ihr seht, wir reißen hier keinen Job ab, sondern engagieren uns sehr.

Hier ein kleiner Auszug aus dem, was ich im vergangenen Monat grob zusammengeflickt habe, um für uns selber in der Fülle dessen, was an Unbekanntem auf uns einströmt, nicht den Überblick zu verlieren:

Wie schon aus Californien gewöhnt, werden wir auch hier mit einem Nationalstolz konfrontiert, den wir uns in Deutschland versagen (müssen). Zum Beispiel am Tag der Republikgründung: Öffentliche Gebäude sind mit riesigen Fahnen geschmückt, private mit entsprechend kleinen. Straßauf, straßab flattert es uns rot aus Fenstern und Balkonen entgegen. Auch wir haben eine Fahne am Balkongeländer angebracht. So üben wir schon mal – mit einem Augenzwinkern – Nationalbewusstsein.

Unten im Dorf ist zurzeit der Bär los. Musikkapellen und sonstiges Getöse mit Volksfeststimmung. Jeder Anlass scheint in diesem Lande recht um zu feiern. Habt Ihr gewusst, dass es während des Ramazan (ja, heißt hier wirklich Ramazan, nicht Ramadan) ebenfalls jeden Abend hoch hergeht? In Moscheen oder anderen Orten kommen jeden Abend die Leute zum Fastenbrechen zusammen. Die Armen – oder wer sich dafür hält – werden kostenlos beköstigt und dann geht es hoch her. Es wird getanzt und gesungen bis spät in die Nacht. Klingt wie bei uns zum Schützenfest. Kurz vor dem Morgengrauen geht dann ein Trommler durch alle Straßen und gemahnt, man möge nun mit dem Essen aufhören, das Fasten wieder aufnehmen. Für die, die geschlafen haben, heißt das aber auch, schnell aufstehen und noch mal Essen fassen, bevor man wieder einen ganzen Tag hungern muss. Fasten tun längst nicht mehr alle, feiern schon. Unsere Studenten leiden inzwischen alle an Schlafmangel – und mit ihnen sicher die halbe Türkei. So scheint uns die Zunahme der Unfälle nicht nur der Fasterei geschuldet, sondern ebenso dem Schlaf- und dem Nikotinentzug. Das scheint bei den Rauchern – und das sind mindestens 90 % aller Türken – nicht eben zu einer ausgeglichenen Gemütslage beizutragen.

Bevor wir die nächtliche Trommelei einordnen konnten, haben wir allerdings eine Woche gelitten. Ich stand jede Nacht auf, um dieses elende Geräusch zu orten und zu identifizieren. Erfolglos! Kam der Lärm aus einer der Diskotheken auf der europäischen Bosporus-Seite? Sollen die tagsüber lärmen, aber bitte können die Türken nicht wie andere zivilisierte Menschen auch zumindest nachts einfach mal still sein? Unser Vorhaben, auch mit den »Besonderheiten« der Türken lediglich beobachtend und nicht wertend umzugehen, stand mächtig auf der Kippe. Nach einer Woche hatte HD seine »ich-will-auf-der-Stellenach-Hause-Krise«. Er flitze im Bett wie eine plötzlich befreite Feder in die Höhe und forderte laut brüllend Aufklärung darüber, welcher Idiot hier eigentlich jede Nacht rumtrommele?

Trommeln?! Ich hatte bis dahin nicht kapiert, dass das, was mir den Schlaf raubte, ein »Trommeln« war. Jetzt, wo Dieter es aussprach, fiel es mit wie Schuppen von den Ohren. Da hatte ich doch gerade gelesen, dass im Ramazan ein Trommler das Morgengrauen ankündigt zu oben beschriebenem Zweck. Die ersten Nächte war ich durch das Getrommele wach geworden, danach schon hätte ich den Trommler wecken gehen oder selber trommeln können (vorauseilender Gehorsam, eine meine ausgeprägtesten Eigenschaften). Mit dieser Info schliefen wir gemeinsam wieder ein. Die Welt war zumindest wieder etwas mehr in Ordnung, da wir verstanden, wenn auch nicht guthießen, was vorging. Seither erreicht der Trommler unsere Ohren nicht mehr, ebenso wie der Muezzin. Wir fühlen uns einfach nicht gemeint. (Selbiges Phänomen wurde auch schon bei Vätern beobachtet, die selbst dann ihre schreienden Babies nicht hörten, wenn diese auf ihnen lagen.)

Und wer nun glaubt, dass uns die Anpassung an jedwede Fremdheit, ob nun Amerika oder hier, geradezu im Schlafe gelänge, dem soll an dieser Stelle auch noch gestanden werden, dass HD beinahe schon am zweiten Tag schnurstracks wieder in den Flieger gestiegen wäre (stand nur zufällig keiner auf dem Uni-Gelände bereit). Ein langer Uni-Tag erzwingt zuweilen den Besuch der Toilette oder das, was man hier in älteren Gebäuden gelegentlich noch dafür ausgibt. Mein Mann, der in Abgrenzung zu meinem Bedürfnis nach ästhetischer Arbeitsumgebung, nicht müde wird zu behaupten, er könne notfalls sogar auf einer Toilette arbeiten, brauchte einige Zeit, seine Gefühle zu sortieren. Einzelheiten will ich Euch ersparen. Vielleicht fallen mir dazu später einmal die rechten Worte ein.

Da haben wir schon die erste Herausforderung! Beobachten ohne zu bewerten! Registrieren, was anders ist, und zunächst einmal nur versuchen zu verstehen oder zu staunen. Verstehen ist gar nicht so rasch möglich, weil wir natürlich das, was wir sehen, auf der Basis unserer deutschen Kultur (soweit es

die gibt, manchmal weiss ich das nicht so recht) betrachten. Diesbezüglich haben wir durch unser Jahr in Kalifornien viel gelernt. Unsere Bewertungen sagen oft mehr über uns aus als über unser Gastland. Hoffentlich bewahren wir uns diese Offenheit noch eine Weile. Manchmal, manchmal fänd ich es viel netter, mal so richtig zu lästern und zu meckern. Zur Psychohygiene gewissermaßen.
Es ist einfach sehr viel sehr anders hier!

25.12.2005

Weihnachten in Istanbul
Ihr Lieben,
Weihnachten, das Fest der besinnlichen Stunden, des Nachdenkens, der Liebe, der Freundschaften und natürlich der Familie – so hätten wir es gern! Was bleibt davon fern der Heimat in einer Kultur, die dieses Fest nicht kennt? Zumindest haben wir weiße Weihnacht. Gerade gestern, zu Heiligabend, hat es tüchtig geschneit und wir waren hin- und hergerissen zwischen einerseits der Faszination, die dieses Schneegestöber auf den Palmen vor unseren Fenstern und auf den steilen Straßen auslöste und andererseits der Sorge, was aus unseren Weihnachtsplänen werde. Sobald es schneit, geht hier nämlich gar nichts mehr. Die Autos, allesamt mit lediglich Sommerreifen (immerhin vier davon) ausgestattet (weil den Türken vorausschauendes Planen und erst recht Handeln nicht so wirklich im Blute liegt), rutschen sie nicht nur die Berge runter, sondern vor allem ineinander. Dicke Knäuel von verkeilten Autos rutschen dann gemeinsam, bis die Physik sie irgendwo zum Stehen bringt. Nichts ist dem Türken so heilig wie Geselligkeit, das haben wir ja schon begriffen, aber dass das so aussehen muss!!! Wenn nun alle Taxen, die dem Wetter bereit waren zu trotzen, in irgendwelchen Karambolagen versammelt sind, wie sollten wir da zu unserem Weihnachtsgottesdienst in einer der deutschsprachigen Kirchengemeinden kommen, die auf der anderen Seite, nämlich in Europa, liegt? Beinahe wären wir der Versuchung erlegen, auf typisch deutsche Art schon am frühen Morgen als Reaktion auf die erkennbaren Schwierigkeiten einen Krisenplan zu entwickeln. Aber wir kamen ja, wie schon im letzten Jahr in den USA, hierher mit der Bereitschaft, uns anzupassen. Planung ist nur was für Leute, die unflexibel, unkreativ, phantasie- und einfallslos sind. Wollen wir dazu gehören? Wozu jetzt planen, wenn keiner mit Sicherheit sagen kann, was am Abend wirklich ist. So ein Tag ist ja soooo lang und kann so viel Neues bringen! Und wenn nicht, wird es schon irgendeine????!!!!! Lösung geben. Stimmt. Mit oder ohne Krisenplan, am Abend waren die Straßen einigermaßen frei und wir fanden nicht nur ein Taxi, sondern kamen, mashalla, sogar heil an! Dessen kann man nicht einmal

bei allerbesten Wetterbedingungen sicher sein! Aber dazu lieber einmal später an anderer Stelle. Ein festliches Essen und Bescherung hatten wir dann auch noch. Wir waren bei einer Freundin (Deutsche) und deren Familie (Türken) eingeladen. Der Sohn geht auf die Österreichische Schule in Istanbul, eine Tochter hat in Deutschland und Italien studiert, die andere Tochter studiert zurzeit in den USA, die Nichte in Wales, der Ehemann arbeitet überall in der Welt! Diese weltoffene Atmosphäre war sehr anregend!
Heute Abend sind wir zu einer original türkischen Verlobung eingeladen. Mit unserem Geschenk zeigen wir, dass wir uns schon eingelebt haben: Wir schenken Gold. Wir sind gespannt, was uns erwartet.
Wieder einmal haben wir unbeschreibliches Glück. Das Glück, auf Menschen getroffen zu sein, die bereit waren und sind, für uns ihr Herz zu öffnen, sich auf uns einzulassen, uns in ihr Leben zu holen, uns zu beteiligen. In diesem Sinne fühlen wir uns privilegiert! Aber genau das lässt uns auch unsere Freunde in den Staaten und in Deutschland vermissen. Je mehr man in sein Herz lässt, umso mehr vermisst man natürlich auch. So sind wir dankbar, dass wir von Istanbul aus zumindest öfter mal nach Deutschland können. Schon im Januar reisen wir für sechs Wochen an. Im April nutzen wir dann HDs Einladung zu einem Vortrag an der UCLA, unsere Freunde in Californien wieder zu sehen. Das tröstet ein wenig.
Natürlich gibt es jede Menge über unsere Erfahrungen in der Türkei zu berichten. Aber irgendwie finde ich dazu die Zeit nicht. Seit ich – auch hier wurde ich vom Glück regelrecht verfolgt – ebenfalls an der Uni unterrichte, sind unsere Tage immer schon zu Ende, bevor ich mich der schriftlichen Reflexion unseres Lebens widmen könnte. Auch das wird auf später verschoben. Dort hat sich schon so viel angesammelt, dass allein dieses »später« noch mal ein ganzes Leben dauern müsste.
Eines aber haben wir hier bestätigt bekommen: Jedes Vorurteil sagt mehr über uns selber aus als über die, die wir damit bewerten. Akzeptanz und Toleranz können wir nicht fordern und einklagen, wir können es aber leben! Jede Veränderung beginnt in uns selbst.
Ihr fehlt uns und wir denken oft an Euch! Lasst Platz für uns in Euren Herzen, bitte! Ganz herzliche Weihnachtsgrüße und die allerbesten Wünsche für das kommende Jahr! Eure Knölls

25.7.2006
Ver-rückt oder einfach nur umgezogen. Was soll man dazu noch sagen?
Ihr Lieben,
vor etwa zehn Monaten teilten wir in einer Kombination von Rückschau auf

ein Jahr Amerika gleichzeitig unsere Entscheidung mit, mit einem weiteren Auslands-Jahr – diesmal Türkei – unsere und unserer Freunde Flexibilität zu testen. Dieses Jahr ist rum.
Was kommt nun? Die Ankündigung unserer Rückkehr?
Ja, wir kommen zurück – in drei Jahren!
Drei weitere Jahre Istanbul also. Wir müssen verrückt sein, oder?
Drei weitere Jahre Anpassung an eine fremde Kultur und Gewohnheiten, drei Jahre lang Abgrenzung, drei Jahre weiterhin darum ringen, wo die lebbare Grenze zwischen dem einen und dem anderen liegt, noch einmal drei Jahre lang der Versuch zu verstehen, die eigene und die fremde Kultur, mit dem Wissen, dass dies nie abgeschlossen sein wird (der denkende Mensch ändert seine Meinung). Weiterhin lachen über uns selbst und die Türken, oft, auch beinahe verzweifelt, ärgern wir uns, weil die einfach so anders sind und ihre Probleme und Aufgaben so undeutsch lösen. Gelegentlich aber auch den Kopf schütteln über uns Deutsche, die wir noch immer diese ungesunde Mischung haben aus einerseits geradezu zerstörerischer Selbstverachtung, genährt aus diesem ewigen »mea culpa« aber andererseits doch irgendwie alles an uns, unseren Werten und Normen, unseren Überzeugungen messen. Essen und tanzen dürfen andere Völker gerne anders, jenseits davon tun wir uns jedoch schon schwerer mit unserer Toleranz und Akzeptanz.
»Liebe Deinen Nächsten wie Dich selbst«, verlangt schon Jesus in der Bibel von uns und damit die Weisheit transportierend, dass jede Liebe zu irgendwem die Liebe zu Dir selbst voraussetzt. Das Verhalten der Deutschen während der Fußball-Weltmeisterschaft lässt diesbezüglich Hoffnung keimen.
Weil Knöllchen und ich uns so lieben (jeder sich selbst, versteht sich), haben wir beschlossen, für die nächsten drei Jahre in Istanbul einen Lebensrahmen zu suchen, der preiswerter ist als unsere bisherige möblierte Wohnung und uns zugleich ein wenig mehr Individualität ermöglicht.
Initiiert durch Handan, einer befreundeten Kollegin der englischsprachigen Abteilung der Marmara-Universität, hatten wir bereits am ersten Tag des unbedachten Aussprechens unserer vagen Idee das Objekt der Begierde gefunden. Wobei man natürlich sagen muss, dass die Begierde es im Laufe der Jahre gelernt hat, sich in bescheidenem Bahnen zu entwickeln. Umso erstaunlicher, so schnell fündig geworden zu sein.
Der Haken: Das Objekt stand nur zum Verkauf, nicht zur Miete – und musste renoviert werden. But sometimes bad things turn out best things.
So wohnen wir seit Anfang des Monats (die ersten Wochen waren eher ein »Hausen«) auch in Istanbul in unseren eigenen vier Wänden, zwischen denen es sehr deutsch aussieht. Es ist eine Dublex-Wohnung, in Deutschland würde

man sagen Maisonette-Wohnung, was bedeutet, dass wir auf zwei Etagen wohnen.

Sag ich ja: »verrückt und umgezogen!«

Wir lieben nun uns und unsere Wohnung, besonders aber die Dachterrasse, von der wir, wie von fast allen Räumen auch, einen wunderschönen Blick auf den Bosporus und Rumeli Hisari, die Burg in Europa, haben, eine Terrasse, die den ganzen Tag Sonne hat bis zum Untergang und auf der meistens eine kühlende Brise auch bei 37 Grad den Aufenthalt Lust sein lässt.

Unser Arbeits- /Musikzimmer, mit reichlich Platz für unsere Schreibtische und sonstigen Arbeitskram, grenzt direkt an die Dachterrasse an. Mit Laptop unterm Sonnenschirm und Blick auf den Bosporus empfindet man das Arbeiten geradezu als Freizeit.

Das ist auch gut so, denn tatsächlich haben wir hier so viel zu arbeiten wie schon lange nicht mehr. HD ist seit Anfang des Jahres neben seinem normalen Hochschuljob der örtliche Projektleiter des sogenannten Marmara-Projektes, des größten DAAD-Projektes, das es je gab. Nebenbei laufen, wie könnte es anders sein bei HD, auch noch diverse Forschungsprojekte und Veröffentlichungen, die zum Teil noch Folgen seiner Tätigkeiten an der UCLA sind.

Meine Tätigkeit als Dozentin ist in vielerlei Hinsicht er- und ausfüllend. Neben der Lehre gehören Konzeptentwicklung, Vermittlung von Praktikumstellen und Sprachkursen in Deutschland zu meinen Aufgaben. Jetzt nehmen wir zum Beispiel 15 Studenten für einen Sprachkurs mit nach Lüneburg.

Zu einigen Studenten und Assistenten haben sich im Laufe der Zeit sehr nette, freundschaftliche Beziehungen entwickelt. Sie helfen uns, wo immer nötig, als Übersetzer bei allen möglichen Behördengängen, Bankgeschäften, Handwerkerdiskussionen und was das tägliche Leben für einen Sprachunfähigen sonst noch an Stolperfallen und Herausforderungen zu bieten hat.

Augenblicklich stehen zwei Studentinnen, die uns spontan besuchten, in der Küche und kochen. Die Türken sind ausgeprägte Familienmenschen und tun alles dafür, uns zumindest notdürftig vergessen zu lassen, dass wir hier »ganz alleine« sind. Assistenten und Studenten trösten uns: »Wir sind jetzt Ihre Kinder.«

Zu Weihnachten, hier ein Tag wie jeder andere, erhielten wir von Kollegen und Studenten Karten und besorgte Fragen, ob wir unsere Familie vermissen würden. Beschämt stellten wir fest, dass wir noch niemals einem türkischen Mitbürger zu »seinen« Festen schöne Feiertage gewünscht haben. Wir wussten nicht einmal, wann das ist.

Vom 28. 7. bis zum 18. 9. sind wir in Deutschland und wir freuen uns auf ein Wiedersehen.

Liebe Grüße,
Gabi und Heinz-Dieter

PS: In diesem Sommer heiratet Jürgen seine Dana und im März werden wir Großeltern: Eva hat beschlossen, dass in unsere Arme endlich wieder ein Säugling gehört.

Nachträglich eingefügter Tagebucheintrag: Metastase
Tauziehen um die richtige Sicht

1.10.2006

Es sollte nur ein Routine-Check sein. Das Leben machte daraus ein kleines Drama. Wir waren gerade wieder ganz weit weg vom Krebs, da kam er zu uns.
Einen Tag vor Jürgens Hochzeit, im Hotel in Thüringen, meiner, meiner Mutter und der Braut Heimat, erfuhren wir, dass ich eine Uterusmetastase habe. Eine OP mit Entfernung des Uterus samt der Ovarien sei nötig. Der OP-Termin wurde uns auch schon genannt: Samstag Hochzeit, Sonntag Rückfahrt nach Lüneburg über Gronau, um meine Mutter nach Hause zu bringen, Montag ab ins Krankenhaus und Dienstag OP. Wie reagiert man auf eine solche Nachricht? Vor allem in dieser besonderen Situation? Während ich mit dem Arzt telefoniere und technische Daten abgleiche, stürzt in mir die Hoffnung auf Geheilt-Sein zusammen. Ich höre den Kieler Prof. J. nach meiner ersten Brust-OP sagen, nun sei ich geheilt, jedoch bedeute das Auftreten einer Metastase, dass Heilung nicht mehr möglich sei. Wenn Heilung nicht möglich ist, stirbt man, denke ich. Ich habe vor allem Angst um Dieter und ich will auf keinen Fall die Hochstimmung des Festes gefährden. Bevor ich den Hörer auflege, steht bereits mein innerer, intuitiver Krisenplan. Ich wende mich Dieter zu, der ja mitgehört hat und wie versteinert auf dem Bett sitzt. Schockstarre. Ich muss verhindern, dass er zusammenbricht. Ich pole mich auf »Retten, was zu retten ist« und will Dieter mitreißen. Ich weine, aber sage Dieter, die Situation sei zwar Scheiße, aber bitte lass uns davon nicht unterkriegen. Wir wollen einfach die Zeit, die uns bleibt, optimal nutzen und es uns zusammen gutgehen lassen, das Leben genießen. Darauf reagiert Dieter mit einem einzigen Satz: »Ich will aber nicht als mittelloser Witwer zurückbleiben.« Was hat »das Leben genießen«, »es uns gutgehen lassen« mit Geld zu tun? Ich hatte eher daran gedacht, dass Dieter vielleicht seinen Fokus von der Arbeit verschieben könne in Richtung von mehr gemeinsamer Freizeit. Und Dieter denkt an Geld?! Ich denke an die uns gemeinsam verbleibende Zeit und er denkt an die Zeit danach! Ich bin getroffen von seinem, wie ich es zu dem Zeitpunkt fühle, Egoismus.

Erst viel später beginne ich den Selbstschutz-Mechanismus zu verstehen, der hinter solchen Sätzen steht. Vorläufig haut mich seine Bemerkung einfach nur um, empfinde ich sie in meiner eigenen Betroffenheit als so ungeheuerlich, als so unglaublich herzlos, dass ich das einfach nicht gehört haben will, einfach ignoriere, fürs Erste.

Ich schlage Dieter vor, die Kinder und natürlich alle anderen Gäste erst nach der Hochzeit zu informieren und das Fest für uns zu genießen. Mir gelingt das auch absolut. Ich habe mich bewusst entschieden, erst nach dem Fest dem Thema Krebs Aufmerksamkeit zu gönnen.

Nachdem wir Ilse in Gronau abgesetzt haben, rotiert es in meinem Kopf, wie es jetzt weitergehen soll. In einer Woche beginnt das Semester in Istanbul. Mir ist klar, dass es ohne mich starten muss. Aber kann ich überhaupt in einer Woche den Flug antreten? Dieter aber muss zurück. Ich frage Dieter, was er von der Idee einer Anschlussheilbehandlung halte. Dann könne er termingerecht nach Istanbul zurück und könne sich ohne Rücksicht auf mich um die dort zu Semesterbeginn anhäufenden administrativen Projektaufgaben kümmern. Dieters spontane Antwort: »Aha, Du willst Dich also von mir distanzieren« ordne ich heute auch ein unter »Schutz und Abwehr«. Ich habe mir auch überlegt, ob er damit nicht unbewusst seine möglicherweise verborgenen Impulse auf mich projiziert hat. Es wäre nicht ungewöhnlich, wenn einem Mann in Anbetracht der Bedrohung, die eine ernsthafte Erkrankung der Partnerin für seine Lebensziele sein kann, zumindest Fluchtgedanken hat, wenn er sie nicht gar in die Tat umsetzt. Damals aber machte mich die Bemerkung wütend, da ich doch das Gefühl hatte, mich hauptsächlich darum zu kümmern, wie er seinen Verpflichtungen nachkommen könne. Letztlich fand Dieter die Kur-Idee gut. Ich verließ das Krankenhaus nach wenigen Tagen als Wrack und Dieter lieferte mich in Kassel ab und flog schon tags darauf nach Istanbul.

Ich blieb in Kassel plötzlich mir und meinen Gefühlen ausgeliefert zurück. Die erste Woche, die ich aufgrund der Schmerzen bis auf die Mahlzeiten völlig ohne Kontakte in meinem Zimmer verbrachte, war für mich entsetzlich. Ich hatte mich für meinen Mann, damit er ungestört arbeiten konnte, nach Kassel »entsorgt« und Dieter hatte mich und die Sorge um mich tatsächlich zunächst aus seinem Leben verbannt. Telefonate mit ihm, in denen ich seines Trostes bedurft hätte, verunmöglichte er in diesen Tagen. (Selbstschutz? Nicht hören, nicht sehen, nicht fühlen.) Das hinterließ eine tiefe Kränkung in mir, die ich als Wut und Vorwürfe deutlich kommunizierte, als ich ihn dann doch telefonisch erreichte.

So fürchterlich die erste Woche war, anschließend begann für mich eine nie für möglich gehaltene Entwicklung. Ich hatte Zeit und Raum, mich mit meinen Ängsten auseinanderzusetzen, neue Perspektiven zu entwickeln, klarere Vorstellungen von meinem zukünftigen Leben zu erarbeiten. So entstand als Abschluss das Bild (siehe Umschlag) »upside down – die Welt steht Kopf«, das ursprünglich ein Sonnenuntergang werden sollte, wobei die Sonne unbeabsichtigt unter die Erde geriet. Ich beschloss: »Ja, meine Welt steht Kopf. Aber das ist ok so – und sieht doch auch ganz schön aus.«

Meine körperliche Verfassung verbesserte sich dank der verschiedenen Therapien ebenfalls enorm. Als Dieter mich nach vier Wochen nach Istanbul holte, hatte er mir dort einen geradezu sensationell netten und kompetenten Onkologen organisiert, mit einer modernen Praxis, an die unsere Lüneburger Onkologie nicht im Entferntesten heranreicht. Menschlich, atmosphärisch, fachlich und Ausstattung! Ich hatte an meine Rückkehr nach Istanbul zwei Bedingungen geknüpft. Die erste war die Möglichkeit einer guten Weiterbehandlung, die zweite war ein Mehr an gemeinsamer Freizeit (arbeitsfreie Wochenenden). Zumindest der erste Punkt hätte nicht besser gelöst werden können – und dafür danke ich Dieter von Herzen.

1.11.2006

Istanbul
Ihr Lieben,
seit einer Woche bin ich nun wieder an Dieters Seite in Istanbul, nachdem ich den Semesterbeginn unfreiwillig einen ganzen Monat versäumt habe. Meinen Einstieg in die Vorlesungen habe ich erst für nach den Zwischenprüfungen, also Anfang Dezember, geplant. So hatte ich etwas Luft für einen kleinen Lagebericht, den Ihr im Anhang findet.
Liebe Grüße,
Eure Knölls

Istanbul nach der Krankheitspause – Oder der Versuch, mit Humor zu nehmen, was eigentlich überfordert.
Nach einer längeren Sommerpause in Deutschland, mit der geplanten Hochzeit einer unserer Söhne und eines ungeplanten Krankenhausaufenthaltes meinerseits, hieß es für mich Anfang November, mit einem Monat Verspätung, Abschied zu nehmen von Deutschland und deutschen Freunden, um unserer Wahlheimat Istanbul eine neue Chance zu geben. Vor unserem Heimaturlaub saßen wir in Istanbul auf der Dachterrasse unserer frisch erworbenen Wohnung mit Bosporusblick und hatten so gar keine Lust, dieses Paradies zu verlassen. Nach den Monaten in Deutschland saßen wir dort inmitten unserer Freunde und verspürten so überhaupt keinerlei Motivation, diese Geborgenheit,

wenn auch nur vorübergehend, aufzugeben. So ist das: Abschied fällt immer schwer.

Inzwischen hat uns Istanbul wieder eingefangen und dafür alle Register gezogen, etwa so wie eine Mutter, die ein störrisches Kind mit einer wilden – und bekanntermaßen unwirksamen – Mischung aus Androhung von Strafen, Versprechungen und anderen Verlockungen zu etwas bewegen will (Zimmer aufräumen z. B. oder irgendwohin mitzufahren). Schon die Fahrt mit dem Taxi vom Flughafen nach Hause stürzte mich in einen Gefühlstaumel widersprüchlicher Art. Dieses Verkehrschaos ist so faszinierend wie beängstigend, der Umgang der Türken damit, ihre Fahrweise also, einfach fern jeglicher Vorstellung meines mitteleuropäisch geprägten Glaubens an die Sinnhaftigkeit von Regeln und Rücksicht zum Nutzen der Allgemeinheit. Nach drei überfahrenen roten Ampeln, mindestens vier Herzstillständen, verursacht durch Ausweichmanöver unter Benutzung der entgegengesetzten Fahrbahn, die durch einen breiten bepflanzten Mittelstreifen (auf Deutsch: Straßenbegleitgrün) von unserer eigentlichen Bahn abgegrenzt ist, uns also über lange Strecken zu Geisterfahrern macht, mehreren Kniefällen vor dem unglaublichen, unübertroffenen Augenmaß der Autofahrer, wenn nämlich beim Überholen oder Begegnungen zwischen deren und unserem Auto nicht mal eine gebügelte Briefmarke Platz hätte. Während HD sich freudig erregt mental an dem Spektakel gütlich tut und es für sich als eine Art Sonderkurs und Vorbild für seine eigenen Autofahrten wertet – er lernt ja so gerne von fremden Kulturen -, schwanke ich zwischen Gottergebenheit, wachsender Aggression und purer Angst – und Dankbarkeit, als wir am Ende doch unversehrt ankommen. Gott sei Dank ist der Ramazan vorbei. Türken auf Essens- und vor allem Zigarettenentzug sind selbst nach türkischen Verhältnissen geradezu unberechenbar. Da enden eigenwillige Verkehrsmanöver durchaus häufiger mit Karambolagen.

Aber Glück gehabt. Der Himmel ist blau, es ist warm (18 Grad), das stimmt gütlich. Zwei Koffer mit 30 kg, ein Golfbag desselben Gewichtes (Grünkohldosen und Mettenden reisten einträchtig neben meinen Schlägern), HDs Bass und unser jeweiliges Handgepäck samt Laptops wollten nun zunächst von der Straßenebene (unsere Siedlung liegt an einem steilen Hang) drei Stockwerke eine Wendeltreppe hinuntergetragen werden, um überhaupt erst einmal auf der Eingangsebene des Hauses zu sein, in dem sich unsere Wohnung befindet. Es muss Allahs Fügung sein, denn just in dem Moment kommt unser Hausmeister um die Ecke, packt wortlos mit an und klappt fast unter meinem Golfbag zusammen. Genau das ist die Herausforderung: Nun muss er es erst recht den Deutschen und vor allem der Frau zeigen, was so ein richtiger Türke ist. Welch ein Glück für HD! Wie groß das Glück ist, begreif ich erst später. Nach so viel Werbung um unsere Gunst, der blaue Himmel und ein Hausmeister, der hilft, versucht es Istanbul nun nämlich wieder mit einer kleinen Drohung. Der Aufzug ist außer Betrieb, kaputt! Alles muss, nachdem es drei Stockwerke über die Außen-Wendeltreppe in die Eingangsebene nach unten getragen wurde, nun wieder innerhalb des Hauses in die vierte Etage zu unserer Wohnung hinauf. Mit Muskelkraft. Wer hat, der hat. Der Hausmeister freut sich über das Trinkgeld und HD ist schweißgebadet – Ende Oktober. Da muss man sich doch heimisch fühlen, oder?

Schon auf dem Weg vom Flughafen haben wir uns für den nächsten Tag mit Freunden zu einem Ausflug in ein potenzielles Ski- und Wandergebiet verabredet. Noch haben wir nämlich keinen blassen Dunst, wo der Freizeitwert dieser riesigen Stadt liegt. Nach einem Jahr fast ohne Freizeit soll das ja nun anders werden. Wir fahren zu Konny und Klaus H., die wunderschön direkt am Marmarameer in einer riesigen, sehr europäisch wirkenden Wohnung leben. Klaus arbeitet für drei Jahre bei Siemens. Beide sind eingefleischte Skiläufer – und wir haben vage Erinnerungen an diese Art der Fortbewegung. Ich bin sehr sicher, dass ich eher Wunderwerke auf den Brettern zustande bringe als einen ganzen türkischen Satz. Also konzentriere ich mich zunächst auf das, was leichteren Erfolg verspricht. Wir steigen gegen Mittag bei nur sieben Grad und Dunst in 1.600 Metern Höhe frierend aus dem Auto und versprechen uns spontan leichtere Akklimatisation beim Mittagessen im gigantischen Hotel. Gigantisch ist anschließend auch die Rechnung. Für jedes deutsche Wort, das einer der Kellner mit uns sprach, scheinen wir extra zu zahlen. Von Wandermöglichkeiten war die Rede gewesen, aber nichts dergleichen ist zu sehen. Mehrere Lifte gibt es, einer ist – sauteuer – in Betrieb. Wir fahren damit auf den höchsten Gipfel und laufen anschließend die Abfahrt hinab. Es hat inzwischen aufgeklart. Die Sonne weiß, was sie zu tun hat, um uns wieder ein wenig an die Türkei mit all ihren Besonderheiten zu gewöhnen. Der Lehm setzt sich in unseren Sohlen fest. Mit 10 cm an gewonnener Höhe und mindestens 10 kg mehr lassen wir uns wieder ins Auto fallen. Ein Wandergebiet haben wir heute zwar nicht entdeckt, schön war es dennoch. Der Heimweg dauert doppelt so lang wie der Hinweg. Es sind zu viele Türken – und Deutsche – unterwegs, zurück nach den Feiertagen, die die Fastenzeit abschließen (Zuckerfest).

Mein erster Tag in der Uni ist ein Schnuppertag. Erstmal nur gucken und gucken lassen. Kollegen nach der langen Abwesenheit zeigen, dass man noch lebt – und gut sogar. Ein Schock schon beim Aufstehen: Es plästert, der Himmel ist dunkelgrau. Wir sind schon nass, bevor wir im Auto sitzen, denn – diese Scheißtürkei, denke ich in dem Moment zugegebenermaßen – wir müssen ja im Außenbereich unserer Wohnanlage diese verflixten drei Etagen Wendeltreppe hoch und da passt kein Schirm durch!!!. Wie ich das liebe!!! Können die nicht einfach mal einen deutschen Architekten beschäftigen? Oder besser noch, eine unserer vielen – überflüssigen? – Aufsichtsbehörden adoptieren? Sonst scheitert Europa schon an solchen Treppen! Meine Geduld ist seit geraumer Zeit – Kranksein macht dünnhäutig – nicht mehr strapazierfähig genug für derlei interkulturelles Training. Diese Hürde ist schließlich genommen und ich erkenne den Weg zur Uni sogar wieder. Lediglich ein neuer Migros MMM-Supermarkt zur Rechten (die Anzahl der Ms gibt dabei Auskunft über die Größe des Sortiments, 4 M ist Maximum), eine aufgerissene und deshalb gesperrte Straße zur Linken und ein umgewidmeter Supermarkt – aus Gima wurde Carrefour-Expres (das heißt, ein kleiner Carrefour, durch den man schnell durch ist) – sind erkennbare Zeichen dafür, dass man hier verflixt schnell Entscheidungen treffen und umsetzen kann. In unserem Nachbarort, Kavacik, hat man unsere Abwesenheit genutzt, um heimlich ein Einbahnstraßensystem zu implementieren, an das sich sogar einige Türken halten, und das uns eine Stunde Rundfahrt bescherte, um von unserer Bank nach Hause zu finden.

Ganz clever erinnere ich mich schon vor Betreten der Uni daran, dass man bei Regen ein extrem stabiles Gleichgewicht benötigt oder hilfsweise rutschfeste Sohlen, um nicht auf den spiegelglatten Fliesen der Gravitation die Ehre zu geben. Ich spreche daher in diesem Zusammenhang auch lieber und ohne Scheu von »arschglatten« Fliesen. Auch dies wieder ein Fall für unsere Aufsichtsbehörden – oder fliegen nur wir Deutschen immer so blöde hin?

Nach vielen »Hallos« und »Wie geht es Ihnen?« schließt Knöll unsere Bürotür auf und mir fällt vor Schreck fast der Laptop vom Rücken: Wo bitte ist unser alter, fleckiger, abgewetzter Bodenbelag geblieben, der irgendwann mal als Teppichboden bezeichnet werden konnte? Als wir vor einem Jahr unseren Dienst in der Uni antraten, versprach man uns, den Raum neu zu streichen und Laminat zu verlegen. Wir sollten uns schließlich darin wohlfühlen können. Gestrichen wurde schon nach wenigen Wochen. Der Boden blieb uns treu. Bis jetzt. Ein Jahr nach unserer »Amtseinführung« betreten wir nun, klack, klack, ein ordentlich wirkendes Arbeitsreich. Wir wären ja nicht Deutsche, wenn wir nicht ganz fix auch darin ein Problem gefunden hätten: Die Studis tragen den ganzen Dreck mit ihren nassen Schuhen rein! Das war beim »Teppichboden« zwar auch nicht anders, aber da war es egal. Jetzt soll ja alles schön sauber bleiben. Eins von beidem muss draußen bleiben, die Studis oder der Dreck. Kaufen wir also eine Fußmatte. Vorzugsweise bei Praktiker, Ikea oder Bauhaus.

Nach dem Mensaessen bin ich so erledigt, dass ich beschließe, Knöll seinen Vorlesungen zu überlassen und schon nach Hause zu fahren. Ein dicker Kopf

und eine Schniefnase verlangen nach einem Bett. Davor aber haben die Götter, ich sagte es schon, drei Etagen runter und vier Etagen rauf gebaut. Also Laptop und Bücher geschultert, eine Hand mit Taschentuch an der Nase, ohne Schirm durch den Regen, (Engpass Wendeltreppe) daran denkend, wie schön warm und trocken es doch in der Heimat immer ist. Fluchend auf dieses Elend, das man auch noch freiwillig gewählt hat, schließe ich die Haustür auf und klemme mir den rechten Zeigefinger ganz erbärmlich. Habt Ihr eine Ahnung, wofür man den alles braucht? Für mich ist er unter anderem einer der drei Finger, mit denen ich jetzt tippe. Laut jaulend schleppe ich mich zum Aufzug, der noch immer keinen Mucks von sich gibt. Sollte der nicht repariert sein? Oder hieß es da mal wieder »bugün« (heute) statt »birgün« (irgendwann)? Was ich dann denke, schreib ich lieber nicht, es wäre nicht sozialverträglich und dem interkulturellen Dialog abträglich. Da will ich nicht schuldig werden. Als Ausgleich, als Psychohygiene sozusagen, jaule ich noch lauter. So stampfe ich die vier Stockwerke hoch, den Finger im Mund, da er furchtbar blutet. Ein männlicher, türkischer Mitbewohner hat das Pech, mir zu begegnen. Mein Blick kommuniziert die Überzeugung, den gesamten Ungerechtigkeiten der ganzen Welt, zumindest der türkischen Nation, ausgeliefert zu sein. Meine Lautgebung wirkt wohl eindeutig und verunsichernd. Der arme Kerl fühlt sich, ich sehe es ihm an, schuldig und hilflos. Bei deutschen Männern eine explosive, tunlichst zu vermeidende Mischung. Mein türkischer Mitbürger bleibt unschlüssig stehen, da das Muster »hilflose Frau« ihn sehr anspricht, aber da ich einfach weiterziehe und meinen Job bezüglich Jaulen mit Emphase fortsetze, zieht er es vor, mich meinem Schmerz zu überlassen. Wer weiß, was diese ausländischen Frauen noch so alles auf Lager haben!? Das Öffnen der Wohnungstür fordert keine weitere Verletzung. Erstaunlich, bei dieser Verfassung. Da kenne ich durchaus andere Fortsetzungen, bei denen es an dieser Stelle erst recht losgeht. Heute lasse ich lediglich die Tür mit einem enormen, wohltuenden, aber noch immer nicht befreienden Krach hinter mir ins Schloss fallen. Da sage einer, wir deutschen Frauen hätten kein Temperament! Vorläufig fällt diese Tür zu zwischen mir und der ganzen bösen fremden Welt da draußen. Ich habe die Nase wirklich voll! Sagte ich ja schon. Als nach etwa eineinhalb Stunden das letzte Nachzittern der Wände und Fenster verebbt, finde ich eigentlich nur noch eines saublöd: mich. Zu bescheuert, eine Tür aufzuschließen! Aber warum können die Türken denn auch keine klemmsicheren Schlösser bauen? Wieder so ein Fall für unsere Behörden?
Und wo wir dabei sind: schon mal was von einer »Verkehrswegesicherungspflicht« der Gemeinden gehört? Wer in Deutschland über einen wackeligen Pflasterstein eines öffentlichen Weges stolpert und sich dabei sein teures Schüh-

chen ruiniert, kann die Gemeinde dafür verantwortlich machen. Solche Albernheiten kennt man hier nicht, ganz offensichtlich. Wozu eine Verkehrswegesicherungspflicht, wenn Allah Dir doch Augen gegeben hat. Nutze sie und es wird Dir wohl ergehen!
Das nenne ich Eigenverantwortung!
In diesem Sinne suche ich nun wieder meinen Platz unter Menschen, die mich mit ihrer Freundlichkeit, Hilfsbereitschaft und Geduld oft beschämen.
Heute, am fünften Tag meiner »Wiedereinwanderung«, fällt mir diese Herausforderung ganz leicht. Ich blättere auf der Dachterrasse auf meiner so geliebten, weil unübertroffen bequemen Bäderliege, die wir damals sogar nach Kalifornien importierten (hier hat es Bauhaus für uns getan), in herrlicher Sonne unter strahlend blauem Himmel dösend, parallel im deutschen und türkischen Ikeakatalog. Mehr Inanspruchnahme verträgt mein, wie ich hoffe, nur schnupfenbedingt lahmgelegtes Hirn nicht. Ich lerne die eine oder andere Vokabel dazu und verlerne sie noch schneller. Zumindest das funktioniert verlässlich, was mir einen gewissen Halt gibt. Ich meine, es gibt doch nun wirklich wichtigere Probleme auf dieser Welt, als die bedauerlich geringe Kapazität meines Denk- und Merkorgans. Zumal, denken kann ich ja bei bescheidenem Anspruch noch recht passabel, bloß merken kann ich es mir nicht so recht. Ohne Sonne stürzt mich allein diese Erkenntnis schon in eine mittlere Depression. Heute aber scheint sie so wohlwollend auf mich herab, dass ich mir selbstgefällig den Pulli ausziehe und die Hosenbeine hochkremple. Das Thermometer zeigt 20 Grad. Vielleicht lässt sich gar ein wenig der verblassten Sommerbräune zurückerobern? Man glaubt gar nicht, welch gnädige und fördernde Wirkung Sonnenlicht und Wärme auf hakende Anpassungsprozesse haben können. Ich liebe die Türkei und die Türken, bewundere sie für ihre außergewöhnliche Bereitschaft, auch mit Unvollkommenheiten zufrieden zu sein, ihre Fähigkeit, sich auch bei größeren Projekten ohne Planung einfach darauf zu verlassen, dass es schon irgendwie, irgendwann klappen wird, zur Not passend zu machen, was nicht passend ist, in beinahe allen Lebenslagen – ausgenommen natürlich ausdrücklich den Straßenverkehr – die Ruhe weg zu haben, beneide sie darum, dass sie keinen Stress kennen, der aus dem selbstzerstörerischen Bedürfnis nach Termintreue herrührt, und liebe natürlich ihren ausgesprochenen Familiensinn, wobei sie offensichtlich mit halb Istanbul verwandt sind, wenn nicht gar der halben Türkei. Letzteren Eindruck jedenfalls gewinnt, wer den Begründungen lauscht, die Studenten vorzutragen pflegen, wenn sie irgendeine Aufgabe nicht oder schlecht erledigt haben. Es ist immer eine Oma gestorben, eine Cousine überraschend zu Besuch gekommen, ein Onkel musste ins Krankenhaus – und den musste man selbstverständlich mit der halben Familie begleiten, …

So lebe ich hier also heute glücklich und zufrieden.

Einen Tag nach meinem Sonnenbad, das leider nicht lange genug währte, um den Weltfrieden zu stiften (aber ich war kurz davor), taumeln das Thermometer und meine Versöhnungsbereitschaft um viele Grade nach unten. Es ist dunkelgrau, kalt, es regnet. Schmuddelwetter. Noch einen Tag später schneit es. Schnee in Istanbul bedeutet Chaos in höchster Potenz. 2,5 Schneeflocken sind für Istanbuler die ultimative Aufforderung, unverzüglich die heimatlichen vier Wände anzusteuern, wie 2,5 Grashalme appellativen Charakter bezüglich eines Picknicks haben. Knöllchen ist auch diesbezüglich schon komplett angepasst. Wir brechen unsere Einkaufstour unverzüglich ab, als der Schnee tatsächlich liegenbleibt, auch wenn uns das nahe an den Hungertod bringen wird, aber dafür daheim im Warmen.

Im Warmen? Noch bevor mein zweiter Fuß die Schwelle in unsere Wohnung berührt, habe ich das Drama schon begriffen: Die Heizung tut es nicht. Saukalt! Zwar verfügt unsere Wohnung über den nicht selbstverständlichen Luxus einer Etagenheizung, das heißt, wir sind nicht darauf angewiesen, dass es dem Hausmeister kalt genug ist um die – nicht zu regulierende – Heizung fürs ganze Haus einzuschalten, aber was nützt uns diese Selbstbestimmung jetzt? Im Rahmen der Umbaumaßnahmen hatten wir, deutsch und umweltbewusst, eine temperaturabhängige Steuerung einbauen lassen. Die ist der Übeltäter, wie Knöll schon bald diagnostiziert. Den Service anrufen, ganz einfach. Leider spricht dort niemand Deutsch oder Englisch. Wie gut, dass es Utku gibt, einen unserer Assistenten, dessen unbezahlbarer Vorzug seine geduldige, freundliche und vor allem absolut zuverlässige Hilfsbereitschaft ist. Er hätte damit den Test als Schwiegersohn bei uns bestanden. Dieter ruft Utku an, der den türkischen Service, vereinbart mit denen einen dringenden, sofortigen Termin mit Hinweis auf unsere große Bedeutung für die türkische Bildung und kommt schon vor den Technikern zum Übersetzen bei uns an. Dieter hat inzwischen schöne Schaltbilder für die Steuerung aus dem Internet heruntergeladen und gemeinsam ist der Fehler, ein falsch angeklemmtes Kabel, bald gefunden und behoben. Ganz allmählich wird es wieder wärmer und mein Blut taut zumindest teilweise wieder auf. Dennoch ist mir der liebste Ort in dieser Türkei im Moment mein Bett. Gestell Ikea, Matratze Praktiker. Heimat und warm also.

Sonntag, ein Tag und eine Woche nach unserer Rückkehr, drei Tage nach meinem sommerlichen Sonnenbad, liegt Eis auf den Dächern und dicke Eisplacken bieten der Sonne wunderbare Reflexionsfläche. Der Blick auf den Bosporus ist klar, wir sehen den riesigen Frachtern bei ihrer behäbigen Passage zu. Eine Idylle, wenn da nicht der Wortbruch wäre.

»Arbeitsfreie Wochenenden«, so hieß unser gegenseitiges Versprechen für dieses

Semester, eine Voraussetzung für meine Bereitschaft, nach meiner Uterusoperation überhaupt wieder zurückzukehren in den bis dahin mich völlig aufreibenden Türkei-Alltag. Für heute, Sonntag, aber hat HD eine winzigkleine Tagungsplanung in unserem Wohnzimmer anberaumt. Es geht nicht anders, der Vorsitzende von irgendwas ist zufällig gerade jetzt aus Deutschland zu Besuch – und das muss man nutzen. Das müsste doch sogar ich verstehen! Sogar ich! Von 11 Uhr an, eine halbe Stunde, allerhöchstens ein Stündchen. Dann bliebe uns noch genug Zeit für den geplanten Ausflug zum Marmarameer. Kurz vor 11 meldet uns Utku, dass das Treffen auf 13 Uhr verlegt werde, da einer der Teilnehmer erst noch seinen Sohn vom Fußballtraining abholen (und mitbringen) müsse.

Gegen 15 Uhr beginnt dann tatsächlich unser sonntäglicher Ausflug. Bis wir uns durch das Verkehrschaos mit mehreren Umleitungen, die sogar Dieter trotz bewundernswerter Findigkeit in solchen Lagen völlig aus dem Konzept bringen, an den Strand vorgeflucht haben, ist es beinahe dunkel, auf jeden Fall saukalt. Unerschütterlich starten wir dennoch, ziehen im Sauseschritt an anderen Gestalten vorbei, bis ein Zaun, mitten über die Promenade gezogen, Einhalt gebietet. Manchmal braucht der Mensch solche Zeichen, um zu klaren Entscheidungen zu kommen. Mir reicht es und ich verlange augenblickliche Aufgabe dieser Art von Überlebenstraining. Ich hätte es gerne ein wenig komfortabler, störungsfreier. Meine Laune liegt nun schon deutlich unter der gefühlten Temperatur. Ich will nach Hause. Vorher noch rasch bei Ikea rein, um das Schlafsofa für Gäste zu kaufen, das endlich wieder eingetroffen ist. Mühelos hätte Ikea heute bei Thomas Gottschalk auftreten können mit: Wetten, dass man ganz Istanbul an einem Tag durch Ikea schleusen kann. Ikea hätte gewonnen.

Mit dem Sofa auf dem Dach sind wir schon fast wieder in unserem Viertel, als ein Auto neben uns fährt, wie verrückt hupt und aufgeregt, beinahe hysterisch, auf unseren hinteren Reifen deutet und die Insassen etwas von »Problem, Problem« schreien. Knöll meint, das könne nichts von Bedeutung sein, das würde er spüren. Die vier jungen Leute geben nicht auf, uns vor dem sicheren Untergang bewahren zu wollen, wie es scheint. Auf mich wirkt es so, als schleiften wir eine Leiche hinter uns her. Eine letzte rote Ampel trennt uns von dem Gate zu unserer Siedlung. Das Auto fährt neben uns, die jungen Leute reißen aufgeregt gestikulierend Fahrer- und Beifahrertür auf, bedeuten uns drohendes Unheil von hinten, Knöll wird rausgezogen aus dem Auto und ich verlasse das Auto auch, gezogen oder freiwillig, keine Ahnung. Es passiert einfach. Man deutet immer wieder auf einen Reifen. Nach wenigen Sekunden steht fest: Fehlalarm. Während wir wieder ins Auto steigen, sage ich die bedeutsamen

Worte: »Wenn man nicht schon so viel über Überfälle gelesen hätte … Mein Gott, wo ist der Palm (sein Mobiltelefon und Organizer in einem)? War der nicht in der Halterung?« Doch, war er. Jetzt nicht mehr.
Da sind wir als krönenden Abschluss des Tages doch tatsächlich auf den ältesten Ganoventrick der Türkei hereingefallen!
Der Aufzug ist selbstverständlich immer noch kaputt, mit entsprechender Auswirkung auf den Transport des Sofas. Aber das hat sicher jeder auch so erwartet, oder?
Eigentlich lebt man erst dann in Frieden inmitten einer fremden Kultur, wenn man solche Erlebnisse mit Humor nehmen kann. Ich dachte allerdings spontan eher an einen Rückflug. So manche Liebe geht offensichtlich eben doch einen beschwerlichen Weg.
Istanbul, Du musst schon noch ein wenig werben! Mich fängt man so schnell nicht ein. Fragt meinen Knöll!

1.11.2006
Grüße aus Istanbul
Liebe Heidi,
die letzten Wochen waren für Euch sicherlich nur Stress. Dieses Hoffen und Bangen und noch mehr Bangen ist schon furchtbar. In solchen Zeiten gehen einem Gedanken durch den Kopf, die man kaum mit jemandem teilen kann.
Ich sitze übrigens in der Uni, HD hat Vorlesung und ich versuche einen Überblick über das zu bekommen, was auf mich zukommt, wenn ich dann doch wieder in den Unterricht einsteige. Ich habe mich noch lange nicht von der Operation und dem Schock erholt, eine Metastase zu haben. Aus der Traum, gesund zu sein, den Krebs überstanden zu haben! Aber es sieht so aus, als sei meine Vertretung völlig überfordert. Deshalb soll ich wenigstens den Kurs der Abschlusssemester wieder übernehmen. Außerdem scheint mir der Wiedereinstieg in die Arbeit die einzige – nicht liebste – Lösung zu sein, wenn ich nicht in unserer Wohnung vereinsamen will. Denn ohne Dieter komme ich eigentlich nirgends hin, da ich überhaupt nicht die Kraft habe für die anstrengenden Busfahrten.
Heinz-Dieter gelingt es nicht wirklich, auf weniger Arbeit zugunsten mehr Freizeit herunterzufahren. Auf solche Begehren reagiert er, als drohe ich mit Kastration. Ich muss nun daran arbeiten, den Unterricht so zu gestalten, dass sich die Vor- und Nachbereitung in engen Grenzen hält und auch die Klausuren, die wir ja zweimal pro Semester haben plus jeweils Wiederholungsprüfungen, nicht mehr derart ausgeklügelt und perfekt vorzubereiten. Knöll macht es sich da viel leichter. Der muss an anderen Stellen abbauen – und

tut das hoffentlich auch. Stellt Euch vor, er hat ein supergünstiges Angebot für einen Hotelaufenthalt in Antalya (in der Nähe dort) gefunden und hat vor, mit mir dort für zwei (!!!!) Wochen Urlaub zu machen, während der zwei Wochen, in denen hier Zwischenprüfungen stattfinden. Das scheint nun doch ein positives Ergebnis der gemeinsamen Gespräche bei meiner Therapeutin in Kassel zu sein. Nach dem Urlaub würde ich dann wieder einsteigen. Wenn wir jetzt noch billige Flüge finden, werden wir das wohl machen. Es wäre zu schön! Zu der Zeit (20.11. bis 4.12.) ist es hier in Istanbul meistens sehr hässlich – wie jetzt auch (und schon gar nicht gesundheitsförderlich) -, aber dort an der Küste soll es dann noch schon warm sein (bedeutend angenehmer für einen Rekonvaleszenten).

Es ist, wie auch im letzten Jahr, um diese Zeit, arschkalt hier in der Uni. Die Heizungen sind nicht an (werden das dafür aber auch im März noch sein, wenn die Sonne hier rein knallt und wir am liebsten halbnackt unterrichten würden) und alle stellen sich einen Heizlüfter an die Füße, damit man es einigermaßen aushalten kann. Ein Assistent brachte mir soeben auch so ein Ding und kaum entspannte sich mein vor Kälte verkrümmter Körper (das ist genau das, was man in unserem Alter noch so gerne hat), geschah das, was ich dem Assistenten schon ankündigte: Der Strom brach zusammen. Mein Laptop arbeitet jetzt auf Batterie, aber um mich herum piepsen HDs tausend Geräte und melden, dass ihnen die Luft wegbleibt – und ich weiß nicht, was ich machen soll. Gott, was liebe ich solche Situationen! Das ist genau das, wonach meine Nerven sich die letzten Wochen gesehnt haben!

Bitte haltet uns auf dem Laufenden!
Seid lieb gegrüßt,
Eure Knölls

2.11.2006

Liebe Dana, unsere erste Schwiegertochter! Und das wirst Du immer bleiben.

Mit triefender Nase, denn das Sauwetter der ersten Tage hier hat mir gleich einen Infekt beschert, sitze ich nun an meinem Schreibtisch vor meinem nagelneuen Laptop und versuche die ersten Dinge zu regeln. In der Uni war ich auch schon, aber das war mir einfach noch zu unübersichtlich und zu viel. Außerdem war es dort auch saukalt. So ist HD heute dort zu seinen Vorlesungen alleine. Mein Wiedereinstieg ist erst für nach den Zwischenprüfungen geplant, das heißt, am 4. Dezember. So habe ich noch ein wenig Luft, die ich auch dringend brauche, denn noch habe ich keinen Schimmer, was meine Leute mit meiner Vertretung gemacht haben und was ich dann sinnvollerweise mit ihnen machen will. Ich muss ja alles an Material erst selber zusammentragen und dazu muss man erst eine Idee haben, was man vermitteln will. Anders als an Schulen haben wir keinen Lehrplan. Und auch keine Bücher, auf die wir uns stützen könnten. So kann Freiheit auch eine echte Last sein.

Ich hoffe sehr, Dana, dass Jürgen und Du immer genügend Zeit füreinander findet. Es wird nicht immer leicht sein, da Ihr beide viel arbeitet.

Bezüglich meiner Herceptin-Behandlung: Ja, Dieter hatte mir, während ich in Kassel war und er schon wieder in Istanbul Semester hatte, eine Praxis ausgesucht, die ich mir inzwischen auch angesehen habe. Seine Wahl war wirklich sehr gut. Die Praxis gehört einem Arzt, Onkologe, der bis vor zehn Jahren in den USA als Professor gearbeitet hat und danach in der Türkei diese Praxis, sehr sauber und modern, aufgebaut hat. Er spricht perfekt Englisch und wir haben uns gut verständigt. Während mein Arzt in Lüneburg eindeutig meinte, ich solle auf eine parallele Einnahme von Herceptin und Aromatasehemmer (Aromasin) verzichten, da es nicht gesichertes Wissen darüber gebe, wie sich die beiden miteinander vertrügen, und er sogar die Vermutung äußerte, durch die Einnahme beider Medikamente könne es dazu kommen, dass der Tumor in Anpassung an beides am Ende besonders aggressiv sei oder zumindest schwerer zu behandeln sei, weil beides nicht mehr wirke, rät der türkische Kollege nun unbedingt dazu, beides zu nehmen. Ganz eindeutig hätten Studien gezeigt (allerdings mit Arimidex, was er aber auf Aromasin für übertragbar hält), dass Herceptin und Aromatasehemmer – gemeinsam eingenommen – synergetische Effekte entwickelten. HD hat heute recherchiert und tatsächlich eine Studie gefunden, die solches aussagt, deren Ergebnisse erst demnächst publiziert werden sollen. Auf Anraten des Lüneburgers hatte ich schon Aromasin abgesetzt (was ich in gewisser Hinsicht gerne tat, denn die Nebenwirkungen sind keine Freude) und nun muss ich doch überlegen, ob ich damit wieder beginnen soll. Bleibt die Überlegung, ob man damit frühzeitig das letzte Pulver verschießt bzw. der Tumor (bzw. die Zellen, die eventuell – man weiß es ja nicht sicher – in mir herumgeistern) irgendwann resistent ist gegen beides und damit besonders aggressiv bzw. unbehandelbar. Bin nicht sicher, ob ich das so ausdrücken konnte, dass Du wissen kannst, was ich meine. Bin auch nicht sicher, ob ich richtig verstanden habe, was HD meint, beim Lüneburger verstanden zu haben, denn bei dem Gespräch war ich nicht dabei. Könntest Du diesbezüglich noch mal mit Deinem Chef ein kleines Gespräch führen? Die Studie kann HD an Dich weiterleiten. Nachher weißt Du mehr als Dein Chef?!

So, liebe Dana, macht es gut und habt viel Freude daran, Euer neues Nest zu planen. So ein Umzug ist eine wunderbare Möglichkeit, sich von tausenderlei Krimskrams und allerlei Sammelsurium zu trennen. Das wird selbst Euch

schon nach kurzer Zeit des Zusammenlebens so gehen. Seid lieb gegrüßt und habt ganz herzlichen Dank für Deine E-Mail. Du weißt, wie sehr wir uns immer darüber freuen.
Deine Schwiegermama, Deine einzige!

4.11.2006

Cancer
Hello Wynona,
of course, finding out that you have breast cancer must have been a shock for you, as it was for me. And like you, I do not fit the criteria for breast cancer. It seems, the cancer does not care. Do you feel supported enough by your family and friends? Sometimes it is hard especially for very close persons to react the way we like them to. The more Dieter is caught by his fears, the less he can help me to deal with my own fears – and vice versa. Quite the opposite. I often remember how you and your family shared your Easter meal with us after my surgery!
Concerning your hair, I did it the same way: at first I got my hair cut very short and after I had lost it completely, it was OK for me. That really was not a problem for me. Dieter liked my bald head, and I lived in peace with it. Whenever I left the house, I wore a wig and you could not tell it was one. At home I liked to put the wig away, even when friends were there.
Did you know that about 95% of breast cancer cases can get cured forever these days?!!! So everything you are going through is worth it. Most hormone receptor-positive breast cancers are considered low risk and are usually successfully treated with hormonal therapies. What the best hormonal (or better: anti-hormonal) treatment is in your case, you should discuss with your doctor. I would think of an aromatase inhibitor, like Arimidex. He should be able to explain, why he chose Tamoxifen instead. You cannot compare your situation with mine, because my doctor allowed my first tumor to grow (he did a very bad job at this) up to a size of 4,5 cm. In addition my tumor was HER2 superexpressive (+++), what means, it was a very aggressive and fast progressing one with a high probability of recurrence. That time, in Germany I got treated with chemotherapy (6 times every 3 weeks) at first in order to shrink the tumor (neo-adjuvant) then followed by the surgery and radiation (about 33 times) After that they put me on Arimidex. Shortly after my radiation therapy had been completed, we came to the US, to Camarillo.
The metastasis they had found recently in my uterus (which hardly ever happens), was a metastasis of this first tumor, which really is no surprise. They removed the uterus and the ovaries (which were clean), so at this point in time

you can say that I am free of metastases. That's a very unusual situation. Because the metastasis was HER2+++ too, I now will be treated with Herceptin every three weeks, probably for the rest of my life, respectively until progression.

The tumor they had found at the UCLA in the other breast, was an independent one, not a metastasis and not a rezidive. It was hormone receptor-positive, but not HER2 superexpressive. Because they thought that the Arimidex probably had not done a very good job (otherwise it should have prevented this cancer), they switched to Aromasin after the surgery. They removed the tumor and 7 lymph nodes, using the sentinel-method. After that I got radiation for about 7 weeks, 33 times. My radiation treatment was done at Los Robles in Thousand Oaks. The name of the doctor, who was recommended by the UCLA, is: Dr. Ahn. I liked him and the crew very, very much. At Los Robles there is a very good Doctor to get chemotherapy, too. His name is: Harry Menco. He is originally from the Netherlands. I think, he will remember me, although I did not receive chemotherapy.

What I would like to mention is: Caused by the chemotherapy, the white blood cells (leucocytes) sometimes decrease dramatically and you have to avoid people who could infect you with diseases. But there is a wonderful drug, developed by Amgen in Thousand Oaks, which supports the body to produce white blood cells very fast, so you won't fall into lack of them. The name of this drug is: »Neulasta«. It is very expensive in Germany, but it did a very good job during my chemotherapy.

Dear Wynona, this is so much information and I really do not know if it is what you asked for. Dump what you think is wrong or not of interest to you. I will keep my fingers crossed and pray for you and your family. How did your children respond when they learned that their mother has cancer?

One last thing I would like to let you know; at UCLA there exists a foundation, which supports cancer patients. As an attachment or in a separate e-mail I will send you some information on it.

Many hugs, dear Wynona,
from Gabi and Heinz

4.11.2006

Grüße von Istanbul nach Reading
Liebe Eva,
ich habe so lange nichts von mir hören lassen. Die letzten Wochen war ich sehr mit mir selbst und meinem Gesundungsprozess beschäftigt. Nun geht es mir wieder gut, wenn man von einer blöden Erkältung einmal absieht, die ich mir gleich in den ersten Tagen in Istanbul eingefangen habe. Wir haben uns

inzwischen in einem sehr modernen Fitnesscenter angemeldet, das wir mit dem Auto in 10-15 Min. erreichen können. Gestern hatten wir unser erstes Training. Es ist kaum zu fassen, wie schnell Kondition und auch Muskelkraft nachlassen, wenn man mal ein paar Wochen nichts gemacht hat. Meine Bauchmuskeln sind natürlich am allerschlimmsten dran, weil zersäbelt, und damit fehlt es auch der Wirbelsäule spürbar an Halt. Da hab ich eine Menge zu tun. Aber schon nach dem gestrigen Training fühlten wir uns beide besser. Jetzt warten wir auf die Heizungstechniker, denn unsere Heizung zu Hause tut es nicht, was bei Temperaturen um sieben Grad nicht wirklich dazu geeignet ist, meinen Schnupfen zu heilen. Von Gemütlichkeit ganz zu schweigen.
Wir drücken Euch auch die Daumen, dass es mit dem Haus in Lancaster klappt. Dir, liebe Eva, wünsche ich vor allem, dass es in der Nachbarschaft gute Kontaktmöglichkeiten gibt und ein Leben mit Baby und Kleinkind sich einfach gestalten lässt. Ab wann könntet Ihr denn ins Haus? Müsstet Ihr noch renovieren? Ist eine Küche drin? Bei Peter und Nina sieht es ganz super aus, wie sie moderne Ikea-Möbel mit unserem alten Schrank und der dazu passenden Kommode und den alten Sesseln kombiniert haben.
Ach, für mich ist es eine besondere Freude, wenn ich eine Wohnung oder ein Haus gestalten kann. Ein begrenztes Budget ist dabei eine besondere Herausforderung. Wir haben uns ja auch hier mit sehr schmalem Geld eingerichtet – und wie wir finden, sehr schön. So, der Assistent, der uns als Übersetzer bei den Handwerkern helfen will, ist schon da. Schicke die E-Mail lieber ab, als dass sie wieder ewig rumliegt.
Sei lieb gegrüßt von
Deiner Mama

8.11.2006

Mein Geburtstag
Liebe Gudrun,
das ist aber eine Freude, eine E-Mail von Dir zu bekommen! Vielen Dank für die Glückwünsche! Auch Dank und Grüße an Deine Eltern. Ich habe mir zu meinem Geburtstag eine Mani- und Pediküre gegönnt, was hier ganze 12 Euro zusammen kostet. Damit es ein unvergesslicher Geburtstag bleibt, hat HD mich dann fast eine Stunde ohne Geld dort warten lassen, bevor er mich endlich dank Jürgens Hilfe über Handykontakt ausgelöst hat. Er hatte mir nämlich eine falsche Telefonnummer in mein Handy eingespeichert und so konnte ich ihn nicht erreichen, um zu melden, dass ich fertig sei. Das hat meine Stimmung enorm angehoben, denn inmitten dreier türkischer Mädels, die kein Wort Deutsch oder Englisch sprechen, ist eine solche lange Wartezeit

nicht eben erbaulich. Die haben auch nicht begriffen, warum ich dort noch so lange rumsaß. Gott sei Dank habe ich Jürgen auf seinem Handy erreicht, der dann HD anrufen konnte. … .
Von allen Freunden, die wir beim Einstieg in die ersten Berufswochen als Ärzte erlebt haben, wissen wir, wie viel Unsicherheit und Angst vor der Verantwortung diese erste Zeit begleitet. Da ist Dana sicher auch durchgegangen. Mit der Zeit legt sich das, aber bis dahin muss man erst mal durchhalten. Es wird sich lohnen. Wir wünschen Dir entsprechend nette Kollegen, die Dir etwas Sicherheit geben.
Einen guten Einstieg und liebe Grüße,
Gabi und HD

8.11.2006
Geburtstag, mehr deutsch als türkisch
Ihr Lieben,
ja, einige haben es bemerkt: Der »Wiedereinlebensbericht« erreichte Euch rechtzeitig zu meinem Geburtstag. In den lieben Rückmeldungen war dann auch immer wieder die Rede davon, dass ich den Tag genießen solle und man mir wünsche, dass es ein besonders schöner Tag werde.
Manchmal gehen Wünsche in Erfüllung, manchmal nicht. Das macht das Leben spannend.
Weil Jürgen befürchtete, sein Vater könne meinen Geburtstag vergessen, da ihm ja sein elektronisches Palm-Gedächtnis beim Überfall abhanden kam, hatte er mir vorgeschlagen, beim Erwachen »dem Palm seine« Erinnerungsmelodie zu pfeifen. Dem Charme dieser Idee opferte ich eine halbe Nacht, da ich zu Übungszwecken »Für Elise« im Traum vor mich hinpfiff. Aber leider viel zu oft laufen gerade meine größten, egoistisch motivierten Anstrengungen ins Leere. Schon bevor sich sein erstes Auge beim Erwachen zur vollen – noch machbaren – Größe entfaltet hatte, gratuliert mir mein Mann zum Geburtstag. Einem Geburtstag, der sicherlich, wie meine Freundin Anette vermutet, »unter diesen Umständen« ein ganz anderer als alle bisherigen sei.
Ja, sie hat absolut recht. Wer innerhalb von drei Jahren dreimal an bereits metastasiertem Krebs operiert wurde, stöhnt nicht mehr über die Bürde des Älterwerdens. Auch ist er sich der möglichen Rarität dieses Ereignisses bewusst. Deshalb feiern wir am Samstag auch mit etwa 50 Gästen, Kollegen, Bekannten und Freunden, obwohl es nicht um einen runden Geburtstag geht. Um jeglicher Art von Theatralik vorzubeugen, haben wir mit etwas salomonischen Worten eingeladen: »Aus verschiedenen Gründen, wie der Einweihung unserer neuen Wohnung, möchten wir im Kreise netter Menschen feiern. …« Dabei

fällt mir ein, dass es eine vergleichbare Situation schon einmal in unserem Leben gab. Nach der Geburt unseres Sohnes Moritz, kurz nach dem Bezug unseres ersten Hauses, hatten wir ebenfalls zu einem großen Fest eingeladen. Alle glaubten, der Anlass wäre die Hauseinweihung, für mich war aber die Geburt unseres vierten Kindes der Hauptgrund, obwohl nicht speziell auf der Einladung erwähnt. Wenige Wochen später war Moritz tot.
Weg mit dem Gedanken. Außerdem wird es bei mir so schnell nicht gehen. Ich hoffe ja schon noch auf einige nette Jährchen. Besonders nach diesem Geburtstag!
Zunächst will ich einen besonders schönen und unvergesslichen Freudentag erleben. Bevor ich es aber vergesse, ziehe ich schnell noch eine Karte aus dem Kartensatz zum Thema »Glücklich – Sein«, den wir drei Mädels unserer Kur-Tischgemeinschaft in Kassel, Wanda, Anja und ich, uns gegenseitig zum Abschied geschenkt haben. Wir wollen uns darin verbunden bleiben, dass wir jeden Tag eine der Karten ziehen und zum Leitsatz des Tages machen. Meine Karte heute behauptet: »Liebe ist der Schlüssel und öffnet alle Türen – zu einem Leben voller Freude und Erfüllung.« Na, wenn das nicht der perfekte Wahlspruch für einen hoffnungsvollen Blick in ein beglückendes, freudvolles neues Lebensjahr ist!
Und mit Liebe fängt der Tag ja nun wirklich für mich an. Da ist ein Mann an meiner Seite, der trotz des herben Verlustes seines Palms keine Sekretärin braucht, um auch nach 36 Ehejahren sich meines Geburtstages zu erinnern. Ein Mann, der noch im Halbschlaf seine Glückwünsche ausspricht, aus dem Bett steigt und das Frühstück mit Kerze auf dem Tisch zubereitet. Einer Kerze, die wir freilich nicht hätten, hätte ich sie nicht gekauft. Aber immerhin, er bedient sich gekonnt der Requisiten. Auf dem Tisch liegt, ebenso liebe- wie geschmackvoll in eine Klarsichthülle gesteckt, der aus einer ADAC-Zeitschrift herausgerissene Prospekt einer Reise an die türkische Südküste. Diese Reise hat mein liebender Ehemann für mich als Geburtstagsgeschenk gebucht. Eine Woche Urlaub!!! Ganz was Neues für uns!
Als ich vor wenigen Wochen nach dem Schock der neuerlichen Diagnose doch wieder begann, einer Zukunft eine Chance zu geben, die nicht nur schwarz-weiß ist, die Raum lässt und bewusst sucht für die Schönheiten des Lebens, die wir die letzten Jahre, USA einmal ausgenommen, hinter viel zu viel Arbeit weggesperrt hatten, teilte ich Knöllchen meine Wünsche mit. So fair bin ich ja. Er muss sie mir – nicht mehr – nicht immer – von den Augen ablesen. Mehr Freizeit und die auch noch gemeinsam verbracht, ist mein sehnlichster Wunsch.
Diese Reise sehe ich als Antwort darauf. Wie lieb! Vielleicht gerade sogar wegen

der echt männlich-herben Verpackung! »Knöllchen, das ist wirklich superlieb von Dir! Vielen, vielen Dank!« Knöllchen sagt gar nichts.
Die Gratulation ist ausgesprochen, was gibt es da noch zu sagen?! Es bohrt sich da bei mir so eine kleine Sehnsucht an die Oberfläche. Wäre es nicht schön, jetzt ein paar Worte darüber zu hören, dass und warum diese Reise, dieses besondere Zusammensein mit mir auch ihm etwas bedeutet und nicht nur ein Geschenk im Sinne artiger Erfüllung einer meiner Wünsche ist. Ein Opfer aus Liebe. So fühlt es sich für mich an. Er tut es für mich. Nicht für sich. Knöllchen säße in der Zeit lieber im Arbeitszimmer an seinem Rechner. Das aber sehr gerne mit mir zusammen, sagt er. Zumindest, wenn ich ihn nicht immer wieder aus seinen Gedanken reiße, wenn ich über meinen saublöden Rechner klage, der schon wieder was anders macht, als ich es will. Nein, heute erhalte ich nicht, als Sahnehaube sozusagen, die Bestätigung, dass auch er sich auf diesen gemeinsamen Urlaub freut. Ich bin schon dankbar, dass Knöllchen nicht gleich beim Frühstück die Bedingung aushandelt, seinen Rechner – zum gelegentlichen – Arbeiten mitzunehmen.
Damit mein Ehrentag eine türkische Färbung bekommt, bleiben heute die Wasserleitungen stumm (wahrscheinlich, trotz des Artikels, auch männlich). Kein Duschen! Keine Wasserspülung auf der Toilette! Welch wunderbarer Tag!
Heute ist unser Sporttag. Also auf zum Fitness. Da gibt's hoffentlich auch Wasser.

9.11.2006

Das Leben
Lieber Michael,
aufgrund der späten Stunde und meiner Müdigkeit nur ein kurzer Dank für die Geburtstagsgrüße und den Lagebericht aus Eurer Familie.
Bitte jammer nicht über ein paar Schmerzlein hier und da. Mach Sport, dann erledigt sich ganz viel von alleine. Aber natürlich nicht alles. Mein Deutschlandaufenthalt wurde unfreiwillig um fünf Wochen verlängert, da man bei mir, drei Tage vor Jürgens Hochzeit, eine Metastase des ersten Brustkrebses im Uterus diagnostiziert hat. Eine Metastase an der Stelle ist ausgesprochen selten, aber war immerhin operabel, dennoch ist damit der Anfang vom Ende eingeläutet. Drei Tage nach der Hochzeit zog ich also ins Krankenhaus ein, eigentlich als kerngesunder Mensch und verließ die Klinik zunächst als Wrack. Vier Wochen anschließender Heilbehandlung in Kassel haben mich aber körperlich und seelisch wieder aufgerichtet. Jetzt versuche ich das Unmögliche zu schaffen, sich auf das Schlimmste einzustellen und gleichzeitig

die Hoffnung zu leben. Es geht mir tatsächlich gut. Samstag feiern wir mit etwa 50 Leuten.
Also, macht was aus Eurem Leben! Liebe Grüße an Euch alle,
Gabi

13.11.2006
Grüße aus der Türkei nach Kanada
Liebe Yvonne,
ja, es ist lange her, dass wir etwas voneinander gehört haben. Hoffentlich zieht Jenny nicht weit weg von Euch. Im selben Haus wohnen ist nicht gut, aber zu weit weg auch nicht. Es ist zwar schön, dass Greg sein Glück in Californien gefunden hat, aber Du würdest ihn sicher auch gerne öfter mal sehen, oder? Ist Phil noch bei Euch in Kanada? Was macht Dein Geschäft? Schade, dass wir nicht einfach mal in eines von Stus Konzerten gehen können. Es sei denn, er käme mal für Konzerte nach Istanbul.
Das Wetter hier in Istanbul ist nicht angenehm im Herbst und Winter. Es regnet viel, ist zwar nicht so kalt wie in Deutschland, aber einfach unangenehm und meistens stürmisch.
Meine letzten Wochen waren sehr hart. Scheißschmerzen und allein die Tatsache, dass ich nun schon so rasch eine Metastase hatte, ist kein gutes Zeichen.
Mit einer gezielten Antikörpertherapie (Herzeptin, eine Infusion alle drei Wochen) versucht man nun, den rückfallfreien Zeitraum zu verlängern. Dafür hat man mir einen zentralen Venenzugang (Port) gelegt, den ich nun »lebenslang« behalten werde (weil man dadurch auch so bequem am »Schluss« alle notwendigen Medikamente erhalten kann).
Marion ist in meinen täglichen Gedanken. Ich bin nicht sicher, ob ich so würdig diese Welt verlassen kann, wie sie es getan zu haben scheint. Es ist mir doch noch ganz unwirklich, dass diese liebe Freundin zwei Monate nach unserem Garage Sale in ihrer Garage in West Lake Village die hässliche Diagnose bekam und sechs Monate später tot war.
Peter hat seine Hochzeit für nächsten Sommer angekündigt. Ja, so nimmt das Leben seinen Lauf. Und bietet durchaus Freuden.
Liebe Yvonne, bitte nimm an Thanksgiving Anushka und John ganz fest in den Arm. Ich kann gar nicht sagen, wie glücklich ich mich schätze, dass ich die beiden kennenlernen durfte. Nie werde ich das Thanksgiving und auch Weihnachten vergessen, das wir gemeinsam gefeiert haben!!!!
Liebe Yvonne, sei auch Du ganz, ganz herzlich umarmt. Wir wünschen Euch alles Gute,
Deine Gabi

13.11.2006

Lerne ich »Nein« zu sagen?

Liebe Susi,
am Samstag haben wir meinen Geburtstag mit tatsächlich 50 Personen gefeiert. Auf etwa die Hälfte hätte ich gerne verzichtet, aber Knöll fand, er müsse sie einladen. Meinen Einwand, es sei zu viel für mich, ließ Knöll nicht gelten. Er fand, so eine Party sei doch nun wirklich nicht der Rede wert. Er hat es leider noch immer nicht gerafft, dass ich einfach keine Lust und Kraft mehr habe, die starke Frau an seiner Seite zu sein, der man alles aufbürden kann. Als dann die Bude voll war und ich eigentlich aus der Küche nicht mehr raus kam, mit keinem Gast mich unterhalten konnte, hat er zumindest so ein klein wenig gemerkt, dass diese Menge keine gute Idee war. Um vier Uhr kamen wir ins Bett und hatten den ganzen Sonntag zu tun, wieder Ordnung zu machen. Mich hat das völlig geschafft – und es war definitiv das allerletzte Mal, dass ich mich auf so was eingelassen habe.
Heute hatte ich meine erste Herzeptininfusion in Istanbul. Arzt (Onkologe) und Praxis sind super. Das hat Knöll sehr gut für mich ausgesucht. Der Arzt ist absolut auf dem allerneuesten Stand und sehr menschlich. Das hätten wir nicht besser treffen können. Und stell Dir vor, gleich heute sprach mich eine Frau dort an, die ihre Chemo erhielt. Sie ist auch Deutsche – aus Hamburg. Hat auch mit Brustkrebs angefangen und hatte jetzt Gehirnmetastasen (was wie eine Uterusmetastase auch eher die Ausnahme ist bei Brustkrebs, aber, wie ich finde, beschissener als im Uterus). Die wurden bestrahlt und jetzt bekommt sie eine Chemo. Sie ist mit einem Türken verheiratet, der aber mehr im Ausland gelebt hat als hier. Wir haben gleich Adressen ausgetauscht und werden uns sicher wiedersehen. Ihren Mann, sehr nett, kultiviert und gebildet, haben wir dort auch kennengelernt. Insgesamt, mit Fahrtzeit, Blutabnahme, warten auf das Ergebnis und der anschließenden Infusion und der abschließenden Untersuchung (weil ich einen argen Infekt habe), hat das Theater aber den ganzen Tag gedauert.
Jetzt ist Knöll zu seiner ersten Bandprobe.
Sei lieb gegrüßt – und beneide uns nicht ums Wetter: Es hat heute auch hier furchtbar geschüttet.
Deine Gabi

14.11.2006

Krimi

Liebe Nina, lieber Peter,
den Krimi, den Ihr mir geschenkt habt, habe ich in der Kur nicht mehr beenden können, da ich dort am Schluss sehr beschäftigt war mit vielen Verabredungen etc. Das Gute daran ist, dass ich jetzt hier eine spannende Lektüre

habe, auf die ich mich jeden Tag freue. Ein wirklich tolles, spannendes Buch. Habt dafür noch einmal vielen Dank. Bedanken möchte ich mich auch noch ganz ausdrücklich für Eure beiden Kur-Besuche und die Telefonate. Ich kann gar nicht sagen, wie wichtig und schön das für mich war, gerade da HD so weit weg und beschäftigt war. Wir haben uns zwar immer nur zu kurz gesehen, aber Ihr habt mich damit glücklich gemacht.

Zu Eurer Hochzeit wollte ich noch anmerken, dass Ihr Euch mit dem Termin nicht auf die Zeit festlegen müsst, wo wir ohnehin nach Deutschland kommen (denn wann das so genau ist, steht gar nicht fest, sondern nur der Zeitraum, in dem es möglich ist, dass wir hier für längere Zeit weg können). Es ist für uns praktisch auch zu jeder anderen Zeit möglich, für vier Tage, Freitag, Sa, So und Mo nach Berlin oder sonst wohin zu fliegen, zumindest für einen solchen Anlass.

Also, macht es gut, liebe Grüße,
Mama

16.11.2006
Was ist wichtig im Leben?
Liebe Anja,

dieses Loch wartet wohl auf beinahe jeden, der aus Kassel nach Hause fährt, zumindest, wenn er dort etwas gefunden hat, was ihm zu Hause fehlt. Was immer das auch ist. Ich wünsche Dir, dass Dir die Medikamente soviel Ruhe geben, dass Du wieder Grund unter Deinen Füßen finden und wachsen lassen kannst. Hilfe dafür hast Du Dir ja schon gesucht, wenn ich das richtig verstanden habe. So schade, dass wir uns nicht einfach mal zwischendurch treffen können. Mir fehlen die Gespräche mit Dir ja auch!!! Meine Karte gestern war übrigens: »Dein Leben ist ein Kunstwerk, gestalte es bewusst und freue Dich darüber«. Als Dieter dann gegen 21 Uhr endlich vom Schreibtisch aufstand und sich zu mir setzte, habe ich darüber mit ihm gesprochen. Da er Teil meines Kunstwerkes sein soll und will, müssen wir da schon noch etwas mehr gemeinsam dran basteln, damit ich wirklich das Gefühl habe, dass es sich um ein Kunstwerk handelt. Es ist in vielerlei Hinsicht nicht einfach. Für Knöll war die Arbeit seit zig Jahren das Salz in der Suppe, das Wichtigste in seinem Leben. Das wird er nicht plötzlich umstellen können. Möglicherweise gerade jetzt nicht, denn immerhin war es immer schon sein Weg, sich in Krisen noch stärker in die Arbeit zu flüchten. Und er reagiert nicht mit Dankbarkeit, dass ich ihm das nun nehmen will. Und natürlich leben wir ja auch davon. Die Gespräche darüber klappen mal besser, mal schlechter. Jetzt hoffe ich, dass die gemeinsamen Tage in Antalya uns Gelegenheit geben, entspannter

miteinander zu reden. Bislang waren für uns gemeinsame Spaziergänge die allerbeste Möglichkeit, über Gott und die Welt zu sprechen. In LG und auch in Kalifornien boten sich dazu tägliche Möglichkeiten, hier überhaupt nicht. Das macht die Sache nicht leichter.
Dennoch muss ich sagen, dass ich mich hier durchaus auch wohl fühle. Diese lichtdurchflutete Wohnung, dieser unglaublich schöne Blick auf den Bosporus! Das möchte ich halt auch nicht missen.
Mein neuer Arzt hier in Istanbul, der Onkologe, gab mir ein Antibiotikum gegen meine Sinusitis, die mich seit mindestens zwei Wochen quält. Dienstag lag ich nur im Bett und gestern hatte ich die ersten Vorbesprechungen für meinen Wiedereinstieg in die Vorlesungen. Habe mich allerdings auch ohne Arbeit nicht gelangweilt. Wäre auch gar nicht arbeitsfähig gewesen mit dem Kopf.
Mein Spruch heute heißt übrigens: »Gräme nicht der Dunkelheit. Lasse Dein Licht leuchten, auf dass die Welt heller wird.« Also, zeige allen Dein Licht!!! Du hast jede Menge davon in Dir.
Sei lieb umarmt von
Deiner Gabi – und lass von Dir hören!

16.11.2006

Gruß aus Istanbul nach Penticton
Liebe Yvonne,
ja, Du hattest schon damals während meiner Chemo von dieser Freundin berichtet. Ich wünsche ihr, dass sie noch miterleben kann, wie ihre Tochter selbständig wird. Für mich ist es eine ungeheure Beruhigung zu wissen, dass unsere Kinder wirklich allesamt auf einem guten Weg sind. Während meiner Herzeptinbehandlung diese Woche sah ich mehrere ganz junge Frauen, die bei meinem Istanbuler Onkologen ihre Chemo bekamen. Wie viel trauriger ist es, so jung schon so lebensbedrohlich zu erkranken. Mich hat der Anblick der jungen Frauen sehr traurig gemacht, einerseits. Andererseits auch dankbar, dass es mich nicht so früh erwischt hat. Was soll ich da noch klagen.
Nun hat Deine Schwiegermutter, Eva, unsere liebe Nachbarin, es doch geschafft, das Haus in Camarillo zu verkaufen. Es ist so merkwürdig, dass sie so ganz im Gegensatz zu uns nie schöne Kontakte bekam. Man kann ihr nur wünschen, dass sie in Seattle glücklicher wird. Hoffentlich kann sie sich dort gut aufgehoben fühlen. Wir wünschen ihr einen guten Start.
Liebe Yvonne, auch Dir und Deiner Familie alles Gute! Ich kann mir nicht so recht vorstellen, ob Ihr in Kanada tatsächlich heimisch geworden seid.
Tausend Umarmungen,
Deine Gabi

27.11.2006
Erhol-Urlaub
Liebe Dana,
jetzt gehörst Du mit der neuen E-Mail-Adresse komplett in unseren Clan. Vier Söhne und zwei Töchter habe ich nun. Das ist doch wohl etwas ganz und gar Besonderes! Ich bin sehr stolz!
Heute sind wir braun und gut erholt aus unserem Urlaub zurückgekommen. Vor allem HD hat sich von den Strapazen, die der Sommer ja auch für ihn brachte, recht gut erholt. Er sieht viel entspannter aus. Er hat in den ersten Tagen viel geschlafen und Musik gehört. Wir haben kaum etwas unternommen. Die letzten drei Tage lagen wir am Strand, was wir uns beide bis dahin nicht hätten vorstellen können. Jetzt haben wir noch eine Woche, um die kommende Semesterhälfte vorzubereiten und alle notwendigen Gespräche mit den Kollegen zu führen, bevor es dann wieder losgeht.
Liebe Dana, sei ganz herzlich gegrüßt und umarmt von
Deiner Schwiegermama

29.11.2006
Kosenamen
Liebe Wanda,
es ist schon eine Weile her, dass Du mir geschrieben hast. Ich war sehr erschrocken zu lesen, dass die verunglückte OP Deines Daumens nicht wirklich zufriedenstellend nachgebessert werden kann. Wenn Du Dir damit eine Verbesserung Deines Hauptproblems erkaufen könntest, wäre das ja vielleicht sogar ein guter Tausch, aber obendrein?! Ich wünsche Dir sehr, dass Du tatsächlich einen gelassenen Umgang damit findest.
…
Knöllchen oder auch Knöll wird übrigens seit 36 Ehejahren so von mir genannt wird und er behauptet, dies gerne zu hören. Für ihn klinge das zärtlich, meint er. Dennoch Danke für den Hinweis, der Anlass war, darüber zu sprechen. Nicht immer sind schließlich alte Gewohnheiten gut.
… .
Soeben hatten wir einen Stromausfall, was leider öfter vorkommt, wie auch Wasserausfall. Ich sehe mal zu, dass ich ins Bett komme, solange die Lampen wieder brennen.
Liebe Wanda, sei ganz herzlich gegrüßt und lass von Dir hören! Ich wünsche Dir mit Deiner Familie einen schönen Advent!
Liebe Grüße,
Gabi

16.12.2006

Auto-Bürokratie

Liebe Gudrun,

… .

Wir haben gerade Besuch aus Amerika, ein Kollege von Dieter aus Houston, der für einen Vortrag auf dem Symposium gekommen ist, das unsere Abteilung ausrichtet. Gestern war ich dabei, heute läuft noch ein Workshop bis Mittag. Dann werden wir heute und morgen etwas mit Ernst, dem Kollegen, unternehmen, was nicht leicht ist, da unser Auto ja – für niemand weiß wie lange – im Zoll steht, weil Dieter die erforderlichen Unterlagen zur geforderten Ummeldung des Autos nach über einem Jahr immer noch nicht erhalten hat. Wir hatten den Astra extra aus Deutschland mitgenommen, um unser Leben hier etwas einfacher und flexibler gestalten zu können – gerade jetzt mit den vielen Arztterminen.

Knöll ist so sauer, dass er beinahe seinen Job hingeschmissen hätte. Beinahe täglich wird die Ausstellung der Arbeitsbescheinigung in Aussicht gestellt oder eine »kreative« Lösung vorgeschlagen. Als eine solche »kreative« Lösung galt bis vor kurzem eine kurze Ausfuhr des Autos nach Griechenland, was gerne für Lidl-Einkäufe genutzt wird. Als wir diesen Trick anwenden wollten, funktionierte er nicht mehr, da die Gesetze vor wenigen Tagen geändert wurden. Stattdessen handelten wir uns bei der Rückfahrt riesigen Stress mit dem türkischen Zoll ein, der trotz eindeutig anderslautendem Stempel im Pass behauptete, die Aufenthaltsdauer unseres Autos für die Türkei sei abgelaufen und wir hätten es versäumt, das Fahrzeug pflichtgemäß umzumelden. Gegen eine Gebühr von 3.000 Euro sei er so gnädig, uns damit noch bis Istanbul zurückfahren zu lassen. Erst ein Telefonat mit Dieters Abteilungsleiter an der Marmara-Universität klärte den »Irrtum« auf, und sicherte uns die kostenfreie Weiterfahrt bis Istanbul. Nach Ablauf der genehmigten Aufenthaltsdauer (eine Woche nach der Griechenlandfahrt) jedoch musste das Auto dann tatsächlich ins Zolllager beim Flughafen und wartet jetzt darauf, dass HD endlich die notwendigen Bescheinigungen von der Marmara-Universität bekommt. Ganz ehrlich: Für solchen Scheiß fehlt mir seit meiner Erkrankung das Verständnis, die Kraft, die Lust. Ich sehne mich nach einem Leben, das im Alltag frei ist von Kampf, ein Leben, das mir Kraft gibt, statt sie zu rauben!

Nun denn, auch solche Frustrationen werden Dir in Deinem Beruf nicht erspart bleiben. Wir wünschen Euch ein schönes Wochenende.

Grüß mir meine vielen Kinder und deren Frauen,

Deine Gabi

30.12.2006

Nur wer nichts tut, macht nichts falsch

Lieber Michael,

danke für Eure Weihnachtsgrüße und das Teilhaben lassen am Gedeihen Eurer Familie. Man kann sich ja in der Zeit der Pubertät der Kinder abstrampeln, wie man will, aber man darf ebenso sicher sein, dass man Fehler macht und die womöglich später auch um die Ohren gehauen bekommt. Bevor unsere Kinder nur soweit waren, vielleicht mal so richtig abzulassen, was sie unmöglich fanden, war ich schon die kranke Mama, um die man sich sorgt, auf die man auf keinen Fall mehr einschlägt. Das ist nun meine Aufgabe für die nächste Zeit, ihnen einen Weg zu ermöglichen, das doch noch rauszulassen. Aber na ja, so ganz mies waren wir vielleicht auch gar nicht. Aber ohne irgendwelche Verletzungen geht es nie ab im Zusammenleben mit Kindern, bei aller Liebe nicht. Also, mach getrost was falsch! Gönn Dir auch Deine negativen Gefühle. Da habt Ihr später wenigstens Gesprächsstoff.

Unsere liebreizende Tochter wird Mutter, im März. Das stelle man sich bitte einmal vor! Ich bin wirklich gespannt, sie als Mutter zu erleben. Das neue Jahr wird uns auch wieder eine Hochzeit bescheren: Peter heiratet. Dann fehlt nur noch der Kleine, unser süßer Jonas, der immerhin Anfang des Jahres mit seiner Gudrun in eine neue Wohnung zieht, die näher an Gudruns Klinik liegt. Jonny liegt in den letzten Zügen seiner Diplomarbeit (Neurophysik, finde sogar ich spannend) und will dann promovieren. Ich denke, nach der Diplomarbeit wird auch er heiraten. Dann hat keines meiner Kinder während des Studiums geheiratet, obwohl wir ihnen immer wieder versichert haben, dass das genial war. Aber die hatten es ja auch leichter, ohne Trauschein schon zusammen zu wohnen. Der Druck fehlte.

So, zum Schluss ein Updating bezüglich meiner »Gesundheit«:

Die Prognose lautet angesichts der Tumoreigenschaften und dem bisherigen Verlauf (jedes Jahr eine neue Geschichte): vielleicht noch drei Jahre, mit Glück davon noch ein symptomfreies Jahr. Aber wissen kann man es nie. Vielleicht auch viel kürzer oder länger. So selten eine Gebärmuttermetastase auch ist, so hat sie doch einen Vorteil: Man kann sie entfernen. Jetzt versuchen wir mit einem neuen Wirkstoff, den sogenannten »Progress« hinauszuschieben. Gott sei Dank vertrage ich bislang diese drei-wöchentlichen Infusionen sehr gut. Ich merke gar nichts davon.

Mein Hauptziel ist, die verbleibende Zeit echt zu nutzen. Und nutzen heißt: mehr Zeit mit Knöll (außerhalb gemeinsamer Arbeit), viel Liebe und Zärtlichkeit, unsere Kinder oft sehen etc., nichts Spektakuläres. Knöll hat es schwerer als ich, das Ende auszublenden und das Jetzt einfach zu genießen.

So, das isses.

Jetzt will ich Knöll davon überzeugen, dass er für heute genug gearbeitet hat und was mit mir unternehmen soll.
Seid alle lieb gegrüßt und begebt Euch für Eure Vorsorge nur in kompetenteste Hände. Für Brustkrebsfrüherkennung heißt das, sich nur in einem Brustzentrum untersuchen zu lassen oder in einer radiologischen Praxis, die sich darauf spezialisiert hat und mindestens zwei Ärzte die Aufnahmen lesen. Das kann lebensrettend sein.
Eure Gabi

31.12.2006

Prognosen sind Statistik
Liebe Gabi,
vielen Dank für Deine prompte Antwort auf meine Weihnachtsgrüße. …
Und nun zum letzten Teil Deiner E-Mail, dem »update« zu Deiner Krankengeschichte. Was Du schreibst, entspricht dem, was ich insgeheim befürchtet habe. Man kann über Zeithorizonte sprechen wie man will. Und jeder weiß, dass ärztliche Prognosen zunächst nur »statistischer« Natur sind. Und doch machen sie das, was ist, um ein Vielfaches realistischer und konkreter. Ich würde schwer lügen, wenn ich sagen würde, dass mich »Deine Perspektive« unberührt lassen würde. Ich finde es mit Verlaub »scheiße«, wenn Du vielleicht eines Tages nicht mehr da bist. Oder anders: Ich bin einstweilen nicht bereit, auf den Kontakt zu Dir zu verzichten. Nichtsdestoweniger werde ich mich möglicherweise irgendwann näher mit den sogenannten »Realitäten« auseinandersetzen müssen. Keine Frage, der / die ersten, die in unmittelbarster Weise betroffen sind, sind Heinz-Dieter und Deine Kinder. Aber auch die vielen Freunde, die Du hast – wozu ich mich gerne auch zähle – tun sich schwer mit der Vorstellung von einer Welt, in der Du nicht mehr existierst (jedenfalls nicht so, wie wir uns das unter Menschen gewöhnlich so vorstellen).
Wie auch immer, noch bist Du da und das ist seeeehr gut so! Und so wünsche ich Dir und Knöll und Euch beiden und Euren Lieben noch einmal alles Gute für das neue Jahr und hoffe auf weitere lebendige Lageberichte. Bis zum nächsten Mal
Lieben Gruß
Michael

1.1.2007

Kulturschock oder was?
Ihr Lieben,
nun stehen wir schon wieder in den Startlöchern, um für einige Zeit nach Deutschland zu fliegen. Dieser stetige Wechsel zwischen den Kontinenten, den

so unterschiedlichen Kulturen und der hektischen Betriebsamkeit der Millionenstadt Istanbul und der provinziellen Beschaulichkeit Lüneburgs, ist so erfrischend, belebend und bereichernd, wie auch anstrengend und zuweilen sogar überfordernd. Psychisch, mental und auch physisch, zuweilen. Meine Spannkraft ist halt auch nicht mehr das, was sie mal war.

In unserer Begleitmail zu den Weihnachts– und Neujahrswünschen hatten wir schon angedeutet, dass wir im Moment in Schwierigkeiten stecken. Schwierigkeiten, die die Grenzen unserer – vor allem meiner – Belastbarkeit bereits überschritten haben.

Was war geschehen?

Kurz vor Weihnachten hatte ich das, was man wohl einen Zusammenbruch nennen kann. So was kommt nicht wirklich aus dem Nichts, wenn auch der Auslöser selbst oft eher nur der berühmte Tropfen ist.

Es hatte sich über die Zeit so einiges zusammengebraut. Ein Jahr lang haben wir mit viel Humor und Gelassenheit Dinge ertragen und ausgehalten, die Freunde zu der Frage veranlassten: Warum tut Ihr Euch das an?

Noch zu Neujahr 2006 haben wir uns bei unseren Freunden in der Türkei dafür bedankt, wie sehr sie uns das Heimischwerden erleichtert haben. Wir schlossen damals mit den Worten:

»*Mit Euch gemeinsam kann das kommende Jahr nur schön, glücklich und erfolgreich werden.*«

Im Juli erreichte Euch die euphorische E-Mail »*Verrückt und umgezogen*«, in der wir unseren Entschluss mitteilten, unseren Aufenthalt hier um weitere drei Jahre zu verlängern und dass wir uns deshalb eine kleine Wohnung gekauft hätten.

Was ist geschehen, dass sich zu Ende des so hoffnungsfroh begonnenen Jahres erstmalig kritischere und entnervte Töne in unsere Berichte schlichen?

Einfach nur der normale Kulturschock, der jeden mehr oder weniger heftig erwischt? Wenn nämlich die Euphorie nachlässt und der Alltag mit all seinen besonderen Anforderungen, eine lebbare Balance zu finden zwischen Anpassung und Bewahrung der eigenen Identität, zeitweilig die vorhandenen psychischen Kräfte erheblich überfordert?

Vielleicht ist das so. Vielleicht wächst auch aus dieser Krise tatsächlich, wie oft beschrieben, ein neues realistischer geprägtes Zusammenspiel zwischen altem und neuem Leben, zwischen Gewohntem und neu zu Adaptierendem?!

Fest steht, dass Ende des Jahres, kurz vor Weihnachten, zu viele Probleme gleichzeitig auf uns einstürzten, sich sprichwörtlich die Situation zuspitzte und (ich) explodierte.

Es war eigentlich ein Tag, wie wir ihn seit meiner neuerlichen Diagnose im

Sommer brav alle drei Wochen absolvieren. Wir mussten zum Onkologen für eine dieser netten Infusionen, die Rudi Carell bei seiner Bambiverleihung zu einem Dank an die Pharmaindustrie veranlasste. Nur dass Rudi zu solcherlei Terminen wahrscheinlich komfortabel im eigenen Auto chauffiert wurde, während ich mich mit einem Taxi an den Tatort quälte, weil unser eigenes Auto in den türkischen Zoll verbannt wurde.

Schon der Hinweg (nur um einen Eindruck von den dortigen Entfernungen zu vermitteln: eineinhalb Stunden Fahrzeit je Strecke) gestaltete sich beschwerlicher, als es meine – zugegebenermaßen – sehr dünnen Nerven und mein gesundheitlicher Zustand ertragen konnten. Wir konnten einfach kein Taxi bekommen, weil zu dem Zeitpunkt halb Istanbul per Taxi unterwegs zur Arbeit war.

So liefen wir in Regen und Sturm – ich mit einer entsetzlichen Grippe in den Knochen – zu Fuß den Berg in unserer Siedlung hinunter, in der Hoffnung, dass wir an der Hauptstraße ein vorbeifahrendes Taxi anhalten könnten. Mit jedem Schritt steigerte sich meine Wut auf diejenigen, derentwegen wir auf den Komfortritt im eigenen Auto verzichten mussten.

Gerade weil ich krank war, sollten wir früh in der Praxis sein, damit vor der Infusion noch einige Tests gemacht werden konnten. Klatschnass und durchgefroren stiegen wir irgendwann in ein Taxi ein, dessen Fahrer besorgt Zeitungen auslegte, damit wir mit unseren Dreckschuhen nicht sein schönes Gefährt versauen. Dass es – mal wieder – weder vorne noch hinten Kopfstützen gab und es für mich – die ich als Frau stets hinten zu sitzen hatte (um den Fahrer mit meinen enormen weiblichen Reizen nicht zu sehr vom Straßen-Verkehr abzulenken) zusätzlich keinen Gurt gab, spielte da nur eine untergeordnete Rolle. Hauptsache Auto sauber! Für den Rest sorgt Allah. Aber auch bei mir? Hab ich doch trotz einschlägigen Schwurs vergessen zu konvertieren. Diesbezüglich schuldbewusst übergebe ich mich den Fahrkünsten unseres Chauffeurs und versuche es mit Sarkasmus: Wahrscheinlich erwartet mich in diesem Auto ohne Gurt und Kopfstützen ein angenehmerer Tod als durch meinen Krebs.

Letztlich haben wir es mit Hängen und Würgen aber doch noch bis in die Praxis geschafft. In der Praxis wurde ich durch die unglaubliche Freundlichkeit und Fürsorge der Assistentinnen und meines Arztes wieder etwas versöhnt. Damit es mir bloß nicht zu gut gehen sollte, erreichten Dieter während meiner Behandlung mehrere aufgeregte, ja aufgebrachte Anrufe von Mitarbeitern der BWL-Abteilung. Der DAAD hatte verlauten lassen, dass die Förderung der BWL-Abteilung ab 2007 eingestellt werde. Das konnte niemanden wirklich überraschen, denn die BWLer mit der Verhinderung einer eigenständigen deutschsprachigen Fakultät und der Verschleppung der Voraussetzungen für die Doppelgraduierungen – geradezu untürkisch gründlich – haben alles dafür getan, die Fördervoraussetzungen nicht zu erfüllen. Jetzt war das eingetreten, was sie seit langem mit ihrer Ignoranz bzw. Missachtung gegenüber Vereinbarungen riskiert haben. Dieses Selbstzerstörungswerk hatten wir seit Monaten ohnmächtig mit ansehen müssen. Immer wieder hatte Dieter versucht, die BWLer zur Vernunft zu bringen, erfolglos. Dass ausgerechnet er nun Adressat ihres selbstverschuldeten Frustes war – und dann gerade jetzt, wirkte sich nicht förderlich auf unsere Stimmung aus, was mit der Marmara-Universität zu tun hatte. Wir schafften es gerade noch, unseren Ärger nicht auf alle Türken zu übertragen, wobei die Atmosphäre in der Arzt-Praxis, das liebe, verständnisvolle Lächeln der Patienten oder deren Begleitung, die aufmunternden Worte, der Versuch, einfach nur nett zu sein, einen großen Beitrag zur Wiedergutmachung leistete.

Dennoch war ich nach der Chemo völlig fertig und hatte nur Sehnsucht nach meinem Bett (Ihr wisst schon: Gestell Ikea, Matratze Praktiker). Zwischen der Praxis und meinem Bett allerdings lag dann leider doch noch ein mühsamer Weg. Vor Erschöpfung zitternd, ich inzwischen mit Fieber, standen wir frierend am Straßenrand vor der Praxis im Sturm, ließen uns nass regnen, bis ich mich endlich in die verdreckten, löchrigen Polster einer Taxe fallen lassen konnte. Dieter gab Anweisung wohin. Der Fahrer fuhr zwar los, wiederholte aber immer wieder, dass die Brücke, die von Europa, wo wir zur Behandlung waren, zu unserem Stadtteil nach Asien führt, verstopft sei. Das nahmen wir zur Kenntnis, denn das ist meistens der Fall. Ich kämpfte mit dem Fahrer darum, dass er die Fenster schließen möge. Er wollte partout nicht und mir war hundeelend in der Zugluft. Plötzlich hielt der Taxifahrer an, verwies uns an eine Bushaltestelle und meinte, er habe ein Zeitproblem, wir sollten doch mit dem Bus fahren. Man müsste schon mit übermenschlicher Geduld und Nachsicht gesegnet sein, wenn man an der Stelle nicht die übelsten Gedanken gen Himmel schickt. Nach weiteren fünf Minuten im strömenden Regen saßen wir zwar wieder in einem Taxi – ich mit Schüttelfrost, ein heulendes Häufchen Elend –, das uns diesmal auch nach Hause fuhr, aber mit jeder einzelnen Faser habe ich den Tag verflucht, an dem wir uns für eine Verlängerung des Abenteuers »Türkei« entschieden haben. Dieter tröstete mich damit, dass wir schon zur nächsten Behandlung ganz sicher wieder mit unserem eigenen Auto fahren könnten, denn noch heute könne er die fehlende Arbeitsbescheinigung in der Uni abholen, habe ihm jedenfalls die Rektorin persönlich versprochen. Mich haben diese Worte kaum mehr erreicht. Ich weiß auch nicht mehr, wie ich anschließend in die Wohnung und ins Bett kam.

Meine Erinnerung setzt erst wieder ein, als Dieter mir mitteilt, dass das mit der Bescheinigung leider nicht geklappt habe. Die Rektorin wolle nunmehr erst überprüfen lassen, ob sie ihm überhaupt bescheinigen dürfe, dass er an der Marmara-Universität arbeite. Wann der Überprüfungsprozess abgeschlossen sei, das wisse man nicht. Damit war mein Nervenzusammenbruch besiegelt. Das war der berühmte Tropfen. Heulkrämpfe und Wutanfälle lösten sich ab. Ich hatte den türkischen Kaffee gründlich satt.

7.1.2007
Liebe unter Belastung
Liebe Anja, nur ganz kurz: wie geht es Dir? Schreib doch mal einige Zeilen, damit ich weiß, wie sich Deine liebe Seele zurzeit fühlt. Gehst Du wieder zur Arbeit?
Knöll und ich hatten eine schwere Zeit. Nach einer Eskalation konnte Knöll dann erstmalig seine »wahren« Gefühle rauslassen und nun geht es gut mit uns. Er war über sich selbst sehr erschüttert. Hoffen wir, dass wir jetzt wieder auf einem gemeinsamen Weg sind. Seit Kassel, d. h. seit der Uterus-Metastase, wird Knöllchen offensichtlich mächtig durcheinandergerüttelt. Seine Angst und andere Gefühle auch sind ihm ungeheuer. Da sucht er Halt in vertrauten Strukturen, seiner Arbeit.
Kaum hatten wir unsere eigene Krise überstanden, was wirklich viel Kraft – und Durchhaltevermögen und Glauben an uns und unsere Liebe – gekostet hat, entwickelten sich aber auch im beruflichen Umfeld die Dinge sehr anstrengend und entmutigend. Behördenärger ist das zusätzliche I-Tüpfelchen. Es ist zurzeit alles zu viel. Ihm und mir.
Sei ganz lieb gegrüßt,
Deine Gabi

9.1.2007
Das endgültige Aus für unser Auto
Meine lieben Kinder,
es ist nicht zu fassen, aber tatsächlich wissen wir nun, dass das Auto hier nicht ordnungsgemäß zugelassen werden darf. Nach insgesamt sieben Monaten nervtötendem Herumgeeiere (finde kein passendes anderes Wort) und täglichen Versprechungen fühlte Dieter sich heute dem Ziel nahe, nachdem er die gestern vom hiesigen Straßenverkehrsamt geforderten Ersatz-Bescheinigungen aufgetrieben hatte. Die wurden dann heute auch akzeptiert. Alle Beteiligten atmeten auf, die »Zollkaution« (von der uns die Marmara-Universität laut Regierungsvereinbarung eigentlich befreien müsste, aber sich weigerte) war bereits bei einer Bank hinterlegt, als plötzlich alles gestoppt wurde, da HD die falsche

Aufenthaltsgenehmigung habe. Davon gibt es nämlich zwei Sorten. Die eine (nennen wir sie 1. Klasse) bekommt man aufgrund der Bescheinigung des Arbeitgebers, dass man einen legalen Arbeitsvertrag hat, und die berechtigt einen dann, ein Auto pro Familie einzuführen, das dann nach sechs Monaten auf ein türkisches Kennzeichen zugelassen werden muss. Wobei es interessant ist, dass diese Kennzeichen den Fahrzeughalter eindeutig als Ausländer identifizieren. Das sollten wir mal in Deutschland mit unseren Ausländern wagen! Aber nun, da gestehen sich andere Nationen offensichtlich selbst mehr zu als wir uns. Diese Aufenthaltsgenehmigung zu erhalten, haben wir als ehrbare Bürger und als Mitarbeiter in einem binationalen Projekt selbstverständlich angenommen und natürlich auch umgehend beantragt. Aber nicht bekommen.
Warum nicht? Es fehlt dazu an der Arbeitsbescheinigung! Hurrah, da beißt sich die Katze in den Schwanz. Kafka muss hier gelebt haben, bevor er »Der Prozess« und »Das Schloss« schrieb!
Unfassbar, aber wahr ist, dass die Marmara-Universität – trotz entsprechender zwischenstaatlicher Vereinbarungen – zehn !!!! Monate benötigte, um HD überhaupt einen Arbeitsvertrag auszustellen, der dann nur bis Jahresende gültig war. Präzise: Wir kamen im Oktober 2005 an, HD erhielt seinen Arbeitsvertrag der Marmara-Universität aber erst Ende August 2006, der dann bis 31.12.2006 galt. Von Oktober 05 bis August 06 hat die Marmara-Universität HDs Arbeitskraft komplett kostenlos in Anspruch genommen. Die deutsche Seite lässt das nunmehr seit Beginn des Projektes vor über 15 Jahren mit sich machen. Der DAAD übernimmt den Ausgleich des Verdienstausfalls auf Kosten des deutschen Steuerzahlers. Klar, dass man so auch die türkischen Vertragspartner ermutigt, fleißig gegen Verträge und Vereinbarungen zu verstoßen! Wer aber keinen Arbeitsvertrag hat, bekommt – da sind die Türken ganz gesetzestreu – auch keine Aufenthaltsgenehmigung 1. Klasse.
Wer aber keine Aufenthaltsgenehmigung hat, muss das Land nach drei Monaten für mindestens einen Tag verlassen. Das ist nicht nur lästig, sondern auch teuer. Türken sind aber Spitzenklasse, wenn es darum geht, irgendwie einen Ausweg zu finden, wenn sich türkische Behörden gegenseitig ein Bein stellen. Für uns hieß der Ausweg, eine Aufenthaltsgenehmigung (2. Klasse) sozusagen zu erkaufen. Dazu musste man nachweisen, dass auf einem türkischen Bankkonto zum Zeitpunkt des Antrages mindestens 25.000 Euro liegen. Auch diese Hürde haben wir genommen und wir wurden stolze legale Ausländer in der Türkei. Was wir aber – und auch die türkischen Kollegen – bis jetzt nicht wussten, war, dass man mit dieser Sorte Aufenthaltsgenehmigung kein Auto in die Türkei einführen bzw. hier anmelden kann. Unser Auto bleibt damit Touristenauto und muss das Land nun verlassen und darf auch entgegen bis-

heriger Gewohnheiten erst nach sechs Monaten wieder in die Türkei. Für uns also indiskutabel – da uns ja niemand garantiert, dass wir dann Besitzer einer Aufenthaltsgenehmigung 1. Klasse sein werden.
Das bedeutet, dass Dieter mit dem Auto nach Deutschland kommt. Wir fliegen dann wieder wie geplant am 17.2. zurück und versuchen dann hier eine Karre für die restliche Zeit zu kaufen. Das wird aber sehr teuer! Warum? Wir dürfen, solange wir nur im Besitz der 2. Klasse-Aufenthaltsgenehmigung sind, nur das Auto eines Türken kaufen und darauf liegen extrem hohe Steuern. Die günstigeren Autos von Ausländern darf halt wiederum nur kaufen, wer im Besitz der 1. Klasse-Aufenthaltsgenehmigung ist. Macht ja sogar Sinn, wenn man halt nur an die Papiere käme. Es ist ja nicht so, dass irgendein Gesetz zwischen unserem Begehren und dem Papier stünde, es ist schlicht und ergreifend – wie soll man es nennen? – Willkür?
Morgen schon gehen wir zum Makler und bringen die Wohnung auf den Markt. Wir wollen sie verkaufen, um wieder etwas zu mieten. Dann fühlen wir uns eher in der Lage, ggf. flexibel reagieren zu können.
Ihr merkt, wir haben die Nase voll, was sehr zurückhaltend ausgedrückt ist. Wahrscheinlich fährt Dieter hier am 17. los, während ich noch meine Klausuren korrigieren muss. Dann haben wir eine Chance, gemeinsam in Deutschland anzukommen, wenn ich am 20. fliege.
Ich bin mit den Nerven völlig fertig. Einen solchen Umgang mit uns habe ich noch nie erlebt und schien mir unter zivilisierten Menschen auch unvorstellbar.
Soviel zu Eurer Information. Was mich davor rettet, depressiv zu werden, das seid Ihr (!!!) (und Dieter). Wichtiger als alles andere ist, dass wir Euch haben und dass Ihr so toll seid!
Liebe und Grüße,
Eure Mama, die nicht mehr weiß, woher sie die Kraft nehmen soll, hier leben zu können – und schon gar nicht ein gesundheitsförderliches Leben.

16.1.2007

Nicht viel Neues
Liebe Veronika,
das hört sich nicht gut an – und dennoch irgendwie normal. Weder Kinder noch Krankheiten können Beziehungen retten, letztendlich. Wir beide scheinen ja sogar ein Beispiel dafür zu sein, dass eine Krankheit zu einer ernsten Belastung für eine Ehe werden kann. Das Problem ist ja auch, wie Du auch schreibst, dass einem unter Umständen die Kraft fehlt, an der Partnerschaft zu arbeiten, wie es nötig wäre.

Du wirst es kaum glauben, aber ich bin mit meinem halben Lehr-Deputat komplett ausgelastet. Kann schon nicht mehr verstehen, wie ich letztes Semester meine volle Stelle geschafft habe. Und das, obwohl ich mir dieses Semester sogar extrem wenig Arbeit gemacht habe. Heute habe ich nur meine Klausuren selbst beaufsichtigt und bin völlig erledigt. Und wenn ich so was sage, glaubt man ja kaum, dass ich mal jemand war, der unglaublich belastbar war, oder? Wo ist das geblieben? Kommt das wieder? Ich glaub es kaum. Wie muss es dann erst bei Dir sein, den vielen Stunden, Schüler sind auch schwieriger als Studenten und dann noch Deine Kinder zu Hause!
In meiner Ehe gibt es viele ups and downs. Die so große Nähe mit sooo viel Zärtlichkeit, wie ich es gewohnt bin, ist irgendwie nur noch in Ansätzen da. How comes? Wenn ich das wüsste! Man kann nur vermuten: Für mich fühlt es sich so an, als wenn mein Mann schon innerlich Abstand suche, damit es dann leichter ist für ihn. Ich aber will jetzt alles!!!! Es klappt auch nicht mit seinem Verzicht auf Veröffentlichungen und Forschung, was uns ja viel mehr Freizeit brächte. Während ich mit dem Bewusstsein lebe, dass ich jetzt die Zeit mit ihm haben will und muss, denkt er – natürlich – auch an die Zeit danach. Seine Priorität ist eindeutig anders als meine. Das muss ich akzeptieren, aber es verletzt mich schon sehr. Ich denke, Forschen kann er hinterher noch genug, mit mir zusammen sein nur noch eine begrenzte Zeit. Das allerdings schiebt er ja auch weit, weit von sich – als Schutz. Ich verstehe das schon. Aber nicht alles, was man versteht, muss man auch gut finden, oder?
Veronika, Du wohnst am falschen Ende von Deutschland! Am Samstag fliegen wir nach Deutschland für vier Wochen (bis dahin muss ich alle Klausuren korrigiert haben). Bis Marburg komme ich zwar, weil dort zwei Söhne wohnen, aber bis München ist es zu weit. Schade, würde Dich sooo gerne treffen.
Bitte, pass gut auf Dich auf! Tu Dir Gutes!
Sei ganz lieb gegrüßt,
Deine Gabi

17.1.2007
Einfach erschöpft
Liebe Eva.
mache gerade eine Pause bei der Korrektur der Klausuren. Bin eigentlich schon soweit fertig, muss aber noch alles in die Listen eintragen, was ich hasse.
Du fragst, wie es mir geht. Das ist schwer zu sagen. Ich kann es selber kaum verstehen, aber ich bin ungeheuer schnell erschöpft, was ich so überhaupt ganz und gar nicht von mir kenne. Egal ob Arbeit oder Freizeit. Mag sein, dass es zum Teil auch daran liegt, dass wir seit dem Sommer kaum noch Sport machen

konnten. Bevor ich mich nach der Operation mit Sport wieder einigermaßen in Kondition hätte bringen können, hatte ich einen Infekt nach dem anderen, so dass mich kaum noch bewegt habe. Das macht sich natürlich auch bemerkbar. Ich fühle mich erledigt.
Liebe Grüße,
Deine Mama

18.1.2007
Bloß nichts ändern!
Liebe Veronika,
danke für Deine so schnelle Reaktion. Es ist wirklich unglaublich erstaunlich, aber die Reaktionen Deines Mannes auf Deine Veränderungswünsche sind exakt die Worte, die mein Mann in entsprechenden Situationen auch benutzt. »Dir kann man es nicht recht machen« (ist ohnehin eine Killerphrase, denn das gibt einem die Erlaubnis, nichts tun zu müssen, wie bequem!) und »Nimm mich wie ich bin!« Mein Mann sagt oft: »Du willst mich ändern, Du willst nicht mich, sondern einen ganz anderen Menschen.« Ich verstehe das sogar, dass es sich beängstigend anfühlt, wenn man die Aufforderung zur Veränderung hört oder spürt. Aber: Unsere besondere Situation verlangt Veränderung!!!!!!!! Es kann und wird nichts bleiben, wie es ist!!!!!!!!! Wir müssen uns entsprechend unserer Lebenssituation weiterentwickeln, ob wir wollen oder nicht!!!!! Das ist nicht nur jetzt durch unsere Erkrankung so, sondern laufend während des Lebens. Jetzt durch unsere Erkrankung allerdings sehr dramatisch und vor allem dringend. Aber schon der Jugendliche kämpft damit, nicht einfach Kind bleiben zu können. Und mir scheint, dass unsere Männer sich besonders schwer damit tun, wachsen zu sollen/müssen. Mein Mann spürt sehr genau die Anforderung der Stunde, der Situation und wehrt sich mit Händen und Füßen. Was mir sehr aufgefallen ist, ist, wie sehr ich mich von seinen Sätzen: »Du willst mich verändern. Du kannst mich nicht akzeptieren wie ich bin!« etc. habe beeindrucken lassen. Ich habe mich spontan schuldig gefühlt und versucht, mein Anliegen zu verteidigen. Seit neuestem frage ich dann zurück: »Bist Du zufrieden, wie Du bist? Möchtest Du so bleiben?« Und wenn er mir vorwirft, man könne es mir einfach nicht recht machen, sage ich, dass es schon reiche, wenn er sich so verhalte, dass er es sich selber recht mache. Ob er aber das wirklich von sich sagen könne? Ob er überhaupt eine Idee habe, was uns jetzt weiterhelfe?
Dieses Wachsen müssen tut uns ja auch weh – aber wir nehmen es in Angriff, oder? Ich habe das Gefühl, dass wir dann auch noch zusätzlich unsere Männer mobilisieren müssen und dafür auch noch gescholten werden.

Ich bewundere Dich kolossal für Deinen Ego-Tag!!!! Kann mir nicht vorstellen, das jemals zu machen und zu genießen. Du hast einfach so schrecklich recht, dass wir es leider, leider, leider tatsächlich lieber mit unserem Mann zusammen machen würden. Ich versuche tatsächlich ein wenig daran zu arbeiten, unabhängiger (emotional) zu werden. Verrückt ist nur, dass ich eigentlich mit dem Wissen um unsere begrenzte Zeit gerade den entgegengesetzten Impuls habe. Das hat aber bisher ausschließlich zu Enttäuschung geführt, was ich nie, nie erwartet hätte. Mein Mann hat nämlich – aus welchem Grund auch immer – ganz ausgeprägt den Unabhängigkeitsimpuls. Und wie immer im Leben – so ist jedenfalls mein Empfinden – handelt er unverrückbar nach seinen Bedürfnissen und ich passe mich an, das heißt, nehme Abschied von meiner Vorstellung, wie meine letzte Zeit aussehen soll und gucke, wo neben meinem Mann ein paar Sonnenstrahlen auch mich erreichen.
Und so was schreibt eine Frau, die selbstbewusst und selbständig wirkt. Ich fasse es selber nicht.
Du bist noch jung genug und kannst vielleicht tatsächlich noch etwas grundsätzlich ändern.
So, hatten heute den ganzen Nachmittag Freunde zu Besuch, sie Deutsche, er Türke, Sprache Englisch. Sie hat Hirnmetastasen, die leider nach Operation, Bestrahlung und Chemo wieder gewachsen sind. Jetzt soll sie ein ganz neues Medikament bekommen. Wir haben uns beim Onkologen kennengelernt. Wir hatten neben einigen ernsthaften Themen sehr viel Spaß miteinander.
Liebe Veronika, hast Du schon gelernt, es in der Schule lockerer zu nehmen? Einfach nicht mehr unbedingt so gut sein zu wollen? Einfach was mal nicht zu machen?
Solln doch die anderen!
Sei lieb gegrüßt,
Deine Gabi

30.1.2007
Lüneburg: Kurze Wege und selbständige Fortbewegung
Liebe Konny,
als ich gestern ins Bett ging, habe ich mir vorgenommen, Euch heute eine E-Mail zu schreiben. Und siehe da, Du hattest die gleiche Idee! Gleich kommt eine Freundin auf einen Kaffee vorbei, dann muss ich erst einmal unterbrechen. Wenn das mit dem »auf einen Kaffee vorbeikommen« doch in Istanbul auch so einfach wäre! Ich kann Dir auch gar nicht sagen, wie sehr ich es hier genieße, mich einfach spontan ins Auto zu setzen und mal eben da oder dort vorbeizuschauen.

So, nun ist es doch schon Dienstag. Im Moment kommen so viele Freunde vorbei, was mich auf schöne Art und Weise von allerlei Arbeit – aber auch vom E-Mail-Schreiben abhält. Knöllchen ist oft in der Uni, da dort ständig irgendwelche Besprechungen sind, da der Fachbereich komplett umgestaltet werden soll. Er weiß noch nicht, inwieweit er sich da überhaupt reinhängen soll.
Da unsere Kinder im Moment dabei sind, in größere Wohnungen zu ziehen, sind sie dankbare Abnehmer einiger unserer Möbel. Wahrscheinlich könnt Ihr Euch lebhaft vorstellen, was das an Folgearbeiten bedeutet, wenn man den einen oder anderen Schrank weggibt: Was weg soll, muss leergeräumt werden, es muss irgendwo wieder eingeräumt werden, der Platz muss erst geschaffen werden durch Aufbauen anderer Möbel, Möbel müssen verrückt werden, wodurch jedem die Offenbarung zuteil wird, dass der letzte Anstrich zehn Jahre alt ist. Und der Dreck hinter den Möbeln!!!!
Lüneburg ist eine bezaubernde Stadt, Konny. Seit ich in Istanbul bin, ist sie noch schöner geworden!!!!! Ich würde Dir unsere Stadt so gerne einmal zeigen.
Ihr Lieben, wir wünschen Euch eine gute Zeit, macht es gut!
Bis bald in Istanbul, wo nichts einfach mal eben schnell geht, wo Besuche aufgrund der weiten Wege geplant werden müssen und wo sie sich deswegen auf die Wochenenden begrenzen, was für jemanden, der ans Haus gefesselt ist, viel Einsamkeit bedeutet,
Eure Knölls

21.2.2007

Gedanken zur Liebe
Liebe Frau V.,
…
Sie wissen ja: To get married is just the beginning. … Und das ist doch wunderschön, oder? Lässt es doch jede Menge Gestaltungsspielraum! Ich wünsche Ihnen dafür einen langen Atem, die anhaltende Fähigkeit, sich über Kleinigkeiten zu freuen und Freude zu bereiten, die Fähigkeit in Krisenzeiten (die zum normalen Verlauf einer jeden intensiven Beziehung gehören), den guten Ausgang vor Augen zu haben und an ihn zu glauben, und große Liebes- und Leidensfähigkeit. Mein Lieblingspaartherapeut Jürg Willi hat in einem seiner Bücher geschrieben: Nicht das sich Finden ist das Eigentliche der Liebe, sondern das sich Suchen. Diese Erkenntnis ist in meinen Augen eine zentrale Lebensweisheit für Liebende und Paare. Obwohl ich zugebe, dass es doch manchmal zermürbend sein kann, wenn die Zeit des sich Suchens mal recht lange dauert. Das sich Verloren-Gehen spüren auch nicht unbedingt beide

Partner oder erleben es als schmerzhaft. So scheint das Suchen oft einem der Partner alleine überlassen – was einem ungerecht erscheint und doppelt weh tut. Und so mancher gibt dann vorzeitig auf.
Sie werden Ihre eigene Weisheit finden und hoffentlich danach leben können. Wir feiern im Sommer die Hochzeit unseres Ältesten. Dann sind drei Kinder verheiratet und der Jüngste wird wohl auch nicht mehr allzu lange warten, haben wir das Gefühl. In diesem März werden wir erstmalig Großeltern. Unsere Tochter bekommt einen Sohn.
Liebe Grüße und alles Gute,
Gabriele Knöll

24.2.2007
Ausgemistet – Platz für Neues
Liebe Wanda,
lange haben wir nichts voneinander gehört. Gedacht habe ich oft an Dich und wie es Dir wohl gehen mag. Halten Dich Beruf und Familie auf Trab? Gibt es genügend Ausgleich? Haben sich die veränderten Einstellungen der Kur im Alltag gehalten? Gibt es eine Entscheidung bezüglich der Therapie Deiner Erkrankung? Wie überhaupt geht es Dir damit zurzeit? Hast Du Dich an Deinen Daumen als etwas steifen Kameraden gewöhnt?
So viele Fragen.
Wir haben es letztlich mit Ach und Krach geschafft, unseren frisch erkranken Freund zu besuchen und ebenso meine Mutter in Gronau, die zurzeit sehr viel Unterstützung braucht. Immer hatte ich die Hoffnung auf einen kleinen Abstecher, aber es hat nicht geklappt. Jetzt musst Du doch für ein paar Tage nach Istanbul kommen!!! Wär das nichts?
Knöll und ich sind durch recht »bewegte« Zeiten gegangen. Wie auch immer es geschehen ist, aber jetzt hat sich alles entspannt und wir leben wieder glücklich miteinander. Knöll ist wie ausgewechselt, so darf er für immer bleiben. Er weiß nicht – und ich schon gar nicht -, was ihn in solchen Phasen der emotionalen Eiszeit und Distanz umtreibt.
Ein Check (in Deutschland) hat in Bezug auf Krebs »nichts« ergeben, was ja immer gut ist. Dennoch geschieht viel Trauriges um uns herum, was oft schwer ist von uns zumindest soweit fernzuhalten, dass es uns nicht mit in die Tiefe zieht: Der kranke Freund in Münster, eine gute Bekannte in LG, deren metastasierter Brustkrebs nun nicht mehr zu kontrollieren ist und die bei jedem Treffen überzeugt ist, nur noch höchstens vier Wochen zu leben – und wir nur ganz traurig denken, dass es leider meistens nicht so schnell geht, eine Freundin aus unserer L.A.-Zeit, die ebenfalls an Brustkrebs erkrankte und jetzt nach

OP und Chemo mit der Bestrahlung beginnt und das Allerschlimmste ist eine Freundin hier in Istanbul, die ebenfalls einen metastasierten Brustkrebs hat (Hirnmetastasen, was ebenso selten ist wie Uterusmetastasen), nach neuerlicher Bestrahlung und Chemo zwei Monate lang hoffnungsfroh sich ihrer Rehabilitation widmete. Statt sie zu einem Spaziergang abzuholen, muss ich sie nun im Krankenhaus besuchen, das sie nicht mehr verlassen wird. Viele Schmerzen und neurologische Ausfälle. Grauenvoll und beängstigend.
Aber daneben hatten wir in Deutschland eine herrliche Zeit. Wir haben allen Kindern Möbel aus unserem Fundus an »Sperrmüll«, wie Knöll unsere Antiquitäten nennt, gebracht (Marburg) oder bringen lassen (England). Das löste ungeplant die reinste Entrümpelungs- und danach Renovierungsorgie in unserem Haus aus. Befreiend und belebend!!! Ich habe mich in meinem Arbeitszimmer von 38 Aktenordnern getrennt. Aller Scheiß aus meinen tausend Zusatzausbildungen und Kursen und der Verwaiste Eltern-Arbeit ist im Müll gelandet. Einen großen Kasten mit besonders schönen / netten Dankesschreiben von ehemaligen Patienten habe ich ebenfalls dem Müll anvertraut. Ich hatte sie eigentlich aufgehoben, um mich gelegentlich selber davon zu überzeugen, wie toll ich bin – und vor allem, damit meine Nachwelt mal merkt, was für ne tolle Mutter/ Ehefrau sie hatten. Ist alles nicht mehr wichtig. Der Platz im Regal, die Abwesenheit von Ballast, macht frei.
Überall weniger Möbel, weniger an den Wänden und die alten Möbel mit modernen gemischt. Im Garten haben wir acht Bäume gefällt, deren Fehlen keiner feststellt außer uns, die der neuerliche Lichteinfall ins Haus begeistert. Was immer jetzt geschieht, wir können jederzeit hier in Istanbul die Zelte abbrechen mit dem guten Gefühl, ein schönes, helles Zuhause wartet auf uns.
Außerdem wird um uns herum geheiratet wie verrückt. Liegt natürlich ebenso an unserem Alter – wie die oben beschriebenen Krankheiten.
Wäre schön, von Dir mal wieder einen kleinen Lagebericht zu bekommen (und eine Besuchsankündigung).
Liebe Grüße, Gabi

3.3.07

Auto
Lieber Pitt,
… Dieter holt am Donnerstag das Auto nun endgültig aus dem Zoll, um es nach Deutschland zu bringen. Die für die Ummeldung notwendigen Papiere bekommt er frühestens im Juni, aber so lange können wir nicht warten, weil dann eine Frist abgelaufen ist, was bedeutet, dass wir 9000 € Strafzoll zahlen müssten.

Da hier nichts nach zuverlässigen Regeln läuft und man sich auf keine Aussage auch vom zuständigen Sachbearbeiter verlassen kann, können wir nur hoffen, dass wir das Auto wenigstens wirklich aus dem Zoll kriegen, um es wieder auszuführen. Wenn das klappt, fahren wir beide am 8. oder 9. März zusammen mit dem Auto nach Deutschland, wofür wir mindestens drei Tage einplanen, und bleiben dann eine Woche, bevor wir wieder nach Istanbul fliegen.
Hoffentlich könnt Ihr Eure Hochzeitsvorbereitungen auch ein wenig genießen, neben all Eurer Arbeit.
Ganz liebe Grüße,
Deine Mama

6.3.2007
von hölzchen auf stöckchen
liebe eva-tochter,
dein papa hat hier zur zeit eine ungeheuer anstregende zeit. ich selber würde allzu gerne meine dozentur aufgeben, aber das scheint im moment einfach nicht zu gehen, weil es keinen ersatz gibt. wäre dein papa nicht der projektleiter, wäre mir das egal. aber immer noch ziehen wir unsere freude aus dem kontakt mit unseren türkischen studenten: freundlich, höflich, ausgesprochen wohlerzogen, die mädchen so erfrischend und für uns unerwartet selbstbewusst und emanzipiert. je länger wir mit ihnen zusammen sind, umso lerneifriger werden sie. gaben sie sich zu beginn meiner dozentur völlig damit zufrieden, eine klausur überhaupt bestanden zu haben, so werden sie jetzt regelrecht ehrgeizig, sie wollen gut sein.
ich bereite aber meinen ausstieg vor. es wird mir zu viel, besonders, weil ich sehr oft eine fette grippe habe und dann bislang immer krank zur arbeit gekrochen bin, damit nicht alles ausfällt. das will ich so nicht mehr, aber ich bin eben so oft krank, dass ich die arbeit besser ganz aufgebe. ab dem nächsten wintersemester will ich ganz aufhören. seit samstag habe ich auch schon wieder flach gelegen. heute ist mein erster tag, an dem ich mal zwischendurch an den rechner gehe, aber nicht zum arbeiten.
dieter und ich schauen im moment hier zu, wie eine freundin stirbt und zwar so, wie ich es nicht will. sie wird künstlich ernährt und bekommt antibiotika, was alles nur verlängert. der ehemann hat keine chance, das zu unterbinden, weil sie keine entsprechende verfügung veranlasst hat, aber auch nicht mehr selber in der lage ist, eine entscheidung zu treffen. wenn wir jetzt in deutschland sind, will ich eine patientenverfügung verfassen und hd bevollmächtigen, in meinem namen zu handeln.
für ilse ist das auch wichtig. sie will das selber auch, hat es aber immer vor sich

hergeschoben. vielleicht lag darin der sinn, dass wir das elend bei unsrer freundin hier miterleben müssen. natürlich macht uns das große angst. hd ist tapfer, wenn wir dort sind, aber ist kreideweiß und kann kaum ein wort sagen.
...
der hauptsächliche grund für meine teilnahme an der sicher anstrengenden auto-aktion ist die chance, meine kinder sehen zu können. die krönung wäre es, wenn wir das auto gar nicht aus dem zoll bekommen. hier ist alles möglich. wie verrückt es zugeht, zeigt auch, dass hd im letzten jahr immerhin für vier monate gehalt von der marmara universität bekommen hat, aber ohne gehaltsabrechnung. jetzt bekommt er eine gehaltsabrechnung, aber kein geld.
man fühlt sich komplett ausgeliefert. dieter liest im moment alle kafka-romane noch einmal. dieses gefühl, der unberechenbarkeit ausgeliefert zu sein, ist dort auch immer thema. »das schloss« ist der titel des romans, den wir jetzt gerade lesen. das beschreibt exakt unsere situation. ...
liebe grüße,
deine mama

p.s.: ruft michael uns auch in der nacht an, wenn euer sohn geboren ist?

8.3.2007
ich werde zerquetscht zwischen arbeit und ärger
liebe eva,
ich habe noch ein paar minuten, bevor ich gleich zur uni muss. habe meine beiden parallelkurse zusammengelegt, so dass ich wenigstens auch in diesem semester meine lehrbelastung, was die zeit betrifft, halbieren konnte. wie es aussieht, muss ich bis ende des semesters schon noch durchhalten, habe mir aber ein semesterprojekt überlegt, das mir freiraum gibt.
hd ist schon unterwegs zum zoll. drück uns die daumen, dass er das auto heute rauskriegt und möglichst in einem fahrfähigen zustand. ... .
liebe und tausend küsschen,
deine mama

8.3.2007
wir fahren
ihr lieben kinder,
das auto hat dieter heute unbeschadet aus dem zoll geholt. es ist gepackt und wir fahren morgen um 6.00 uhr ab. die Strecke geht über bulgarien, serbien (dort übernachten wir das erste mal direkt hinter der grenze), ungarn, österreich,

deutschland. das ist die empfohlene route vom adac. zunächst hatte dieter vor, heute schon nach griechenland zu fahren, aber das hat sich als wenig hilfreich erwiesen. also, brütet und arbeitet schön weiter, wir melden uns von unterwegs, wenn wir wissen, ob wir in marburg übernachten wollen. ich würde euch halt gerne sehen.
eure mama

12.3.2007

angekommen
ihr lieben,
wir sind in lüneburg heil angekommen. dieter ist an einem tag von istanbul bis wien durchgefahren. am zweiten tag waren wir dann schon am frühen nachmittag in marburg. dieser besuch bei jürgen und dana und für uns ganz unverhofft auch bei jonas und gudrun war unsere belohnung für die lange fahrt. wenn die idiotie der türkischen bürokratie schon eine so bescheuerte reise erzwingt, so haben wir immerhin doch das allerbeste daraus gemacht. jetzt ist hd schon wieder in der uni und ich räume alle dinge aus, die wir (schon?) mitgebracht haben. unsere renovierung im januar hat sich gelohnt: es ist alles wunderbar hell und freundlich. ich wäre sehr damit einverstanden, wenn wir gar nicht mehr zurück müssten. es gibt so viele schöne dinge zu tun hier. allein der garten bietet beschäftigung ohne ende. das leben hier ist für mich so viel leichter und erlaubt mir eine von dieter unabhängige tagesgestaltung, die in istanbul nicht möglich ist. mit und ohne auto nicht, da ich ja nicht selber fahren kann bei dem verkehr und meinen nerven!
euch wünschen wir schöne frühlingstage – es soll ja auch in marburg und kassel so herrlich sein. wie es in england aussieht, weiß ich natürlich nicht.
liebe grüße aus eurem elternhaus,
eure mama

15.3.2007

Wenig Worte
Ihr Lieben,
dieses Mal nur wenig Worte: Wir sind glückliche Großeltern!!! Unsere liebe Tochter Eva hat einen Sohn geboren. Den Namen kennen wir nur durch mündliche Übertragung, die Schreibweise mag also falsch sein: Tim-Moritz.
Freut Euch mit uns,
Eure Knölls

20.3.2007

Patientenverfügung
Lieber B., liebe A.,
ganz rasch wollte ich mich bei Euch mal wieder für etwas bedanken – es gab dazu so oft Anlass. Jetzt ist es die schnelle Zusendung der Formulierungen einer Patientenverfügung. Wir haben beide die Woche in Lüneburg genutzt, eine solche Verfügung zu erstellen und haben uns gegenseitig und allen Kindern eine Generalvollmacht erteilt. Zuvor hatte ich noch ein Gespräch mit dem ärztlichen Leiter des Hospizes, mit dem ich gelegentlich zusammengearbeitet habe. Zusammen mit den von Euch zugesandten Formulierungen und den Anmerkungen dort haben wir das Gefühl, unsere Entscheidung gut fundiert getroffen zu haben. Dafür also Dank! Den Rest müssen wir nun dem Schicksal überlassen.
…
Es war schön, dass Ihr uns bei unserem Zwischenstopp bei Euch die Freude des gemeinsamen Essens gemacht habt.
Seid lieb gegrüßt,
Eure Knölls

20.3.2007

Die liebe Seele
Liebe Heidi,
…
Ostern sind wir mit einer Auswahl an Kindern in LG, dann fliegen wir nach England, um den Enkel zu besichtigen und dann wollen wir meine Mutter besuchen, die schon wieder im Krankenhaus liegt. Vielleicht können wir Euch auf dem Weg besuchen.
Im Moment bin ich sehr damit beschäftigt, meine Seele etwas freier zu bekommen. Es belastet uns sehr, dass eine Freundin hier in Istanbul im Sterben liegt. Noch im Januar saß sie bei uns und wir hatten Spaß – jetzt stirbt sie auf eine Weise, wie ich es definitiv nicht will. Wenn es einen Sinn darin gibt, dass wir Zeugen dieses Leidens werden mussten, dann den, dass wir genauer sagen können, was wir wollen und was nicht. Dieter weicht dem Thema nun nicht mehr aus, da er sieht, wie schnell und unvorbereitet es kommen kann. Dennoch kann ich da nicht weggehen (wir besuchen die Freundin einmal pro Woche, mehr halte ich nicht aus) und unbeschwert das Leben genießen.
Liebe Heidi, wir wünschen Toni gute Besserung, dass er bald möglichst beschwerdefrei nach Hause kann.
Seid lieb gegrüßt,
Gabi

21.3.2007

Glückwünsche zu Tim
Liebe Celia,
vielen Dank für Deine Glückwünsche. Ja, es ist lieb, dass Eva ihrem kleinen Bruder ein Denkmal setzt, oder irgend sowas Ähnliches. Ich habe ja eines meiner Kinder komplett nach meinem verstorbenen Bruder benannt: Jürgen. Meine Mutter, die bei Moritz Tod anwesend war und es auch entdeckte, hat ebenfalls ganz gerührt reagiert, als sie den Namen erfuhr, liegt allerdings seitdem mit massiven Darmbeschwerden im Krankenhaus. Das ist ihre übliche psychosomatische Reaktion, jedoch nicht immer krankenhausreif.
Aber: Was machen die Windpocken?
Liebe Grüße und auch Euch alles Gute,
Gabi

29.3.2007

Tim Moritz
liebe celia,
nein, unser enkel wird tim gerufen, das ist aber ok für mich, denn bei jedem tim schwingt moritz mit. so ähnlich habe ich es ja schon immer gehandhabt, wenn ich auf die frage, wie viele kinder ich hätte, geantwortet habe: vier. für mich hieß das immer: vier hin, eins im sinn. jetzt ist es eben: tim gesacht, moritz gedacht.
so hat jeder seine tricks und ich liebe jene, die keiner bemerkt.
…
während ich diese mail schreibe, bereiten meine studis gerade einen kleinen vortrag vor, den sie gleich halten müssen. so habe ich einige minuten zeit. jetzt muss ich aber los.
seid lieb gegrüßt
Gabi

16.4.2007

England
Ihr lieben Jungs,
heute Nacht sind wir von unserem Besuch bei den Engländern zurückgekommen. Es war wunderschön und Ihr macht Euch keine Vorstellung davon, wie süß Timmi ist. Kein Foto kommt dem nahe, wie er wirklich ist. Und Eva ist eine ganz wundervolle Mutter. Michaels Vaterqualitäten konnten wir nicht beurteilen, weil er eigentlich keine Chance hatte, an seinen Sohn heranzukommen, da er entweder gestillt wurde oder in Dieters Armen schlief, von

mir geküsst wurde oder von Dieter und mir durch die sehr hübsche Gegend geschaukelt wurde. Mit dem Wetter hatten wir unglaubliches Glück. Wir haben sogar den Hof als Esszimmer genutzt.

Während wir in England waren, ist Ute (ich habe sie beim Onkologen kennengelernt und Jonas kennt sie) in Istanbul gestorben. Am Donnerstag wird sie in Hamburg beerdigt, wir nehmen natürlich teil. Vorher wollen wir noch zu Ilse. Es kann also sein, dass wir schon heute fahren und in Gronau übernachten, damit wir einiges für Ilse vor Ort regeln können. Wie soll ich nur dieses Nebeneinander von Glück, Trauer und Angst vor dem, was auf mich zukommt, aushalten?

Seid ganz lieb gegrüßt
Eure Mama

20.4.2007
Istanbul ruft
Liebe Konny,
schade, dass Ihr auf Zypern seid, wenn wir wieder in Istanbul eintreffen, wo wir uns doch schon auf Euch gefreut hatten und mit Euch was gemeinsam unternehmen wollten.

Unsere Zeit in Deutschland war sehr, sehr anstrengend, vor allem emotional. Wir hatten zu viele emotionale Wechsel (was ich gar nicht mehr gut verkrafte), angefangen von den herrlichen Ostertagen mit unseren Jungs und deren Anhang, mit meiner Schwägerin, die mit unsrem Neffen und dessen Freundin dazukam – einfach unglaublich fröhlich. Dann der Besuch in England, der an sich unterschiedliche Gefühle in mir freisetzte: Unser Enkel ist einfach zum Dahinschmelzen (wie Eure Enkelin ja auch), unsere Tochter hat uns beglückt, weil wir finden, dass sie alles ganz wunderbar macht (was man ja vorher nicht wissen kann), aber die engen Wohnverhältnisse bedrücken mich sehr. Ich muss nur daran denken, wie der Winter für Eva aussehen wird, und schon zieht sich alles in mir zusammen. Bedrückend auch, wie viel sie für eine solch kleine Hutze zahlen müssen: 900 Euro!!!

Wir waren zwei Tage bei meiner Mutter und haben Behördenkram für sie erledigt und Arzttermine, haben sehr viel geschafft, aber es macht mir riesengroße Sorge, wie das weitergehen soll. Da müssen wir noch weiter nach Möglichkeiten der Unterstützung suchen, denn auch wenn ich in Deutschland bin, wohne ich zu weit weg, um diese ständige Hilfe zu leisten. Einen Tag haben wir meine Schwiegermutter mit ähnlichem Programm besucht.

Gestern war dann in Hamburg die Beerdigung von Ute. Bis Januar waren Ute und ich »nur« Leidensgenossen, dann aber ist ihre Hirnmetastase nachgewachsen. Am Donnerstag nach Ostern ist sie dann gestorben, als wir schon in Deutschland waren. Ihre Mutter, die die letzten neun Wochen auch in Istanbul war, hat sie nach Hamburg überführen lassen – unser Glück, weil wir so an der Beerdigung teilnehmen konnten, zu der auch die türkische Familie kam. Dieser Freundin habe ich es zu »verdanken«, dass wir tatsächlich nicht nur über eine Patientenverfügung / Vollmacht nachdenken, sondern zur Tat geschritten sind. Auch mit meiner Mutter hatten wir einen Notartermin aus eben diesem Grunde. Die Beerdigung war schlimm und gut zugleich.

Jetzt bin ich sautraurig, weil mir Ute so fehlen wird. Wir haben zwar nur ganz selten über unsere Krankheit gesprochen (wir hatten viel, viel Spaß zusammen), aber wenige Worte zwischendurch haben gereicht, um uns gegenseitig Verständnis zu zeigen für das Besondere unserer Situation. Wir konnten uns über unseren Arzt unterhalten, über neueste Forschungsergebnisse, unsere Männer, die mindestens so leiden wie wir.

Obwohl es sehr hart war, Ute in den letzten Wochen zu begleiten, war es eine unglaubliche Chance. Knöllchen hat sich weiterentwickelt in einer Weise, die ich nie, nie für möglich gehalten hätte. Ich habe die Angst vor einem grauenvollen Sterben verloren (etwas), wir haben gesehen, wie es gehen kann bei entsprechend guter Versorgung (zu Hause).

Nach der Beerdigung mussten wir noch in unsere Ferienwohnung an die Ostsee fahren und einiges regeln, damit sie weiterhin vermietet werden kann.

Also, jetzt bräuchte ich erst erstmal Urlaub!

HD sitzt seit fünf Uhr heute Morgen am Schreibtisch, weil zu viel liegengeblieben ist. Unser Garten ist allerdings ein kleines Paradies, kann mich kaum davon trennen. Aber die Dachterrasse lockt auch und Ihr natürlich. Insofern haben wir schon Lust, nach Istanbul zu kommen. Meldet Ihr Euch, wenn Ihr von Eurem Trip zurück seid? Wir wünschen Euch viel Freude und interessante Entdeckungen!

Ganz liebe Grüße .

Deine Gabi

23.4.2007

Wäre so gerne bei Dir!
Liebe Veronika,
einfach schön, von Dir zu hören, wenn auch der Inhalt doch eher nachdenklich macht. Ich kann gar nicht sagen, wie oft ich an unsere Zeit in Kassel denke!!! Voller Sehnsucht! Auch mir geht es so, dass mir die Gespräche mit Dir fehlen. Und dabei hatten wir ja auch eine Menge Spaß! Es war eine unbeschwerte Zeit. Weißt Du was, nach Deiner E-Mail versuche ich nun tatsächlich eine Möglich-

keit zu finden, über das Wochenende zum Treffen nach Hamburg zu kommen. Richtig gut ist das nicht, denn wir sind dann kurz vor Semesterschluss und haben Prüfungen über Prüfungen. Werde aber versuchen, einen Weg zu finden. Denn es gibt wirklich so viel zu erzählen, dass ich mich schwer tue, das alles in die Tasten zu hauen. Ich ahne sicher richtig, dass Du noch zu keinem Therapeuten gehst? Ich wünschte, Du würdest Dir das gönnen!
Gleich kommt eine Freundin vorbei und wir werden Erdbeeren mit Joghurt essen in der wunderbar warmen Sonne auf der Dachterrasse mit Blick auf den Bosporus. Das empfinde ich voller Dankbarkeit als Geschenk Gottes! Vielleicht solltest Du mal nach einem billigen Flug nach Istanbul gucken?
Was »die Männer« betrifft, so hat sich bei uns viel bewegt. Aber von alleine ist das nicht passiert, wir hatten es schon noch lange Zeit schwer miteinander.
… Werde ernsthaft versuchen zu kommen, obwohl Knöll gar nicht begeistert ist von der Idee. Er ist es gewöhnt, dass er derjenige ist, der wegfährt zu Kongressen oder sonst was und ich zurückbleibe.
Sei ganz lieb umarmt,
Deine Gabi

Dieter an Gabi:

25.4.2007

Ich liebe Dich
Liebe Gabi, ich habe Angst vor jedem Tag, an dem ich von Dir getrennt bin. Bitte verstehe das.
In Liebe
Dein HD
(Eine E-Mail von der UNI in die Wohnung)

Liebe von der Wohnung in die UNI
Lieber Dieter,
dann komm doch mit nach Deutschland!
Ich liebe Dich auch.

27.4.2007

Emanzipationsfallen
Liebe Eva,
na siehst Du! So was (solch anstrengende Launen oder Tage mit Kindern) wird es immer mal wieder geben. Dann muss man einfach wissen, dass es auch wieder besser wird. Dennoch, liebe Evi, würde ich Dir dringend wünschen, dass Du regelmäßige Auszeiten hast. Man muss als Mutter so unendlich viel

geben, dass man das auf Dauer nur kann, wenn man sich selber regelmäßig (und nicht erst, wenn es einen Zusammenbruch gab) auftankt. Womit man sich auftankt, das muss man erst herausfinden. Für mich war es tatsächlich so, dass ich mich in der Uni wieder fit gemacht habe für meine Mutterrolle. Bis kurz vor der Geburt von Moritz habe ich immer noch weiterstudiert, auch nach meinem Lehramts-Examen, das ich erst nach Deiner Geburt gemacht hatte einschließlich der Chemie-Examensarbeit in Deiner Schwangerschaft. Alle haben mich bewundert dafür, wie ich das schaffe, vor allem, weil ich wirklich sehr gut war, aber es war eine wunderbare Abwechslung und Ergänzung zu dem Leben zu Hause. Ein für mich notwendiger Ausgleich. Du wirst auch was finden, das gut für Dich ist. Grundsätzlich musst Du selber dafür sorgen, auch wenn es nicht unbedingt leicht fällt, dass Du zumindest teilweise entbehrlich bist zu Hause. Nach wie vor finde ich das Konzept, nach dem Dieter und ich gehandelt haben (vor 30 Jahren!!!!), gut lebbar: Wir gingen davon aus, dass unsere Kinder einen Vater und eine Mutter haben und brauchen. Bis auf das Stillen kann der Vater jeden(!) Handschlag und jede Aufgabe auch übernehmen – und sollte das unbedingt auch tun, sobald er zu Hause ist. Das tut der Mutter gut, weil es sie zumindest vorübergehend von der Kinderverantwortung entlastet, aber es tut vor allem auch dem Kind und dem Vater gut, auch wenn sich das oft erst später zeigt. Dazu muss man als Mutter aber auch bereit sein, dem Vater das Kind zu überlassen. Ich habe oft im eigenen Freundeskreis erlebt, dass der Vater nach der Arbeit einkaufen ging und sich gut fühlte, einen Teil der Arbeit zu erledigen. Das stimmt sicher auch, aber alle Mütter beneideten mich darum, dass mein Mann sich regelmäßig jeden Tag um die Kinder kümmerte, sie mir regelmäßig abnahm, damit ich wenigstens kurze Zeit mal Abstand haben konnte. Oft habe ich dann in der Zeit, in der Dieter mit Euch spazieren ging oder spielte, andere Hausarbeiten erledigt, die mir dann ohne Kinder viel schneller von der Hand gingen, oder ich bin einkaufen gefahren, damit ich auch mal rauskam, oder ich habe etwas für mich alleine unternommen: Frisör, Bummeln in der Stadt oder Sport. Natürlich sind wir auch oft gemeinsam mit Euch spazieren gegangen. Evi, ich wünsche Dir, dass Du mit Michael Euren eigenen Weg findest. Wie auch immer, Du musst etwas dafür tun. Michael kann, wann immer er Abstand haben möchte, in die Uni entschwinden, nur Du musst immer verfügbar sein. Das hält man auf Dauer nicht durch. Und meistens holen sich die Männer durchaus mehr Freizeit in Form von Fernsehen oder Lesen, als es den Müttern möglich ist. Das liegt aber auch an den Müttern, die da mitspielen.
Eva, Du solltest auch darauf achten, dass Du genügend Schlaf bekommst. Schlafentzug ist nicht aus Versehen ein Foltermittel. Wenn Du nachts stillen

musst, ok, aber alles, was nach dem Stillen kommt, das Beruhigen, wenn Tim nicht wieder einschlafen will oder kann, muss nicht immer Deine Aufgabe sein. Dieter und ich hatten die Regelung, dass ich immer die erste Nachtmahlzeit alleine gemacht habe, nach der zweiten hat er sich um Euch gekümmert und ich konnte sofort nach dem Stillen / Füttern wieder schlafen. Vor allem bei Jonas hatte Dieter dann oft lange zu tun, bis er Jonas wieder hinlegen konnte, aber so bekam ich zumindest etwas Schlaf und Dieter konnte bis zur zweiten Mahlzeit ungehindert schlafen. Diese geteilte Verantwortung festigt nachhaltig auch die Beziehung. Oft genug jedoch habe ich erlebt, dass es die Frauen selber waren, die aus welchen Gründen auch immer heldenhaft verkündeten: »Ach, das ist nicht nötig, mein Mann braucht den Schlaf, er muss ja morgens zur Arbeit«. Und die Mutter muss nicht ausgeschlafen sein für ihre Arbeit??? Wer seine eigene Arbeit so wenig ernst nimmt, muss damit leben, dass andere, vor allem der eigene Mann, die Arbeit seiner Frau ebenfalls weniger wichtig findet als seine.

Evi, jetzt habe ich wieder so viel geschrieben. Es wäre so viel schöner, wenn wir unsere Erfahrungen mal so nebenbei beim Kaffee oder Spaziergang austauschen könnten. Geht aber nicht. Auf jeden Fall freue ich mich, dass Tim sich wieder berappelt hat.
Sei ganz lieb gegrüßt
Deine Mama

1.5.2007
erschöpft und frustriert
Liebe Konny,
schade, dass ich Dein Angebot, heute mit mir auf einen der Straßenmärkte zu gehen, nicht wahrnehmen konnte. Bis eben habe ich all die Dinge nachgearbeitet, zu denen ich gestern nicht gekommen bin, weil wir so furchtbar lange in der Onko-Praxis waren. Danach hatte ich wirklich keinen Nerv mehr für den Schreibtisch und geistige Anstrengung. Dieter hat es gestern nach der Chemo so eben noch zu seiner Bandprobe geschafft. Er hat mich auf dem Weg im Capitol rausgesetzt und mich dort nach der Probe wieder abgeholt. Diese Zeit reichte aus, um mir den letzten Rest an Zufriedenheit zu rauben: Was immer ich anprobierte, ich sah einfach nur fürchterlich darin aus. Dass ich ein Kleid für Peters Hochzeit finde, in dem ich nicht aussehe, wie man sich eben landläufig eine fast 60jährige Mutter von fünf Kindern vorstellt, kann ich schon nicht mehr glauben.
Ganz liebe Grüße noch schnell, bevor wir jetzt endlich mal wieder zum Sport fahren.
Gabi

7.5.2007

Veränderungen

Liebe Heidi,

mal wieder ist es so, dass man denken könnte, es gäbe doch was zwischen Himmel und Erde, das sich unserem Verständnis entzieht: Als wir heute nach dem Sport zum Auto gingen, meinte ich zu Dieter, heute wolle ich unbedingt Euch schreiben. Kaum saß ich wieder an meinem Schreibtisch, trudelte Deine E-Mail ein. …

Wie kommst Du mit den Veränderungen zurecht, die diese Erkrankung für Euch beide bedeutet, z. B. Tonis ständige Auseinandersetzung mit der Erkrankung, sein Umgang damit? Am liebsten würde man ja nach einer solchen Diagnose nach der OP zurückkehren zur »Normalität«. Der Krebs ist jetzt raus, also lass uns wieder so leben wie vorher. Ich glaube aber, das geht nie. Aber zwischen dem Ignorieren der latenten Bedrohung und dem sich völlig der Angst und Sorge Ergeben, liegen Welten. Irgendwo dazwischen musste auch ich mich so einrichten, dass es sich mit Genuss leben lässt. Das gelingt aber nicht von heute auf morgen. Je mehr HD und andere mich – gut gemeint- zu sehr in Richtung »es wird schon alles gut, andere sind damit steinalt geworden« schoben, umso stärker musste meine Gegenreaktion ausfallen. Bis ich schließlich meinen eigenen Standort gefunden hatte – wobei alle voneinander lernen müssen. Bei aller Gelassenheit aber ist es tatsächlich so, dass jedes ungewohnte Wehwehchen unschöne Gedanken zum Begleiter für Stunden oder Tage werden lässt. Bei uns ist es inzwischen so, dass HDs Sorgen da größer sind als meine.

Wir haben beschlossen, unsere hiesige Wohnung zu verkaufen um im Bedarfsfalle flexibler, schneller reagieren zu können,

Wir haben aber leider noch keinen Käufer. Es sieht auch so aus, als gestalte sich das auch politischen Gründen schwierig – jedenfalls wenn wir einen für uns akzeptablen Preis haben wollen. Man (die Makler, die ja auch nur vom Verkaufen leben) hofft, dass es nach der Parlamentswahl, bzw. den Wahlen besser wird. Keiner mag was investieren, weil man nicht weiß, wie es nach den Wahlen weitergeht.

Im Moment ist es so herrlich schön hier, und HD so ungewohnt und wunderbar faul – dass ich keinen Druck verspüre.

Diese Woche ist eine meiner Kur-Tischfrauen, Wanda, Du kennst sie ja, (samt Mann) hier in Istanbul und wir werden am Samstag etwas gemeinsam unternehmen. Darauf freuen wir uns sehr. Meine Kur-Psychogruppe trifft sich am 1. Juni in Hamburg und da wäre ich auch gerne dabei. Aber wahrscheinlich kann ich nicht zwei Wochen, bevor wir ohnehin nach Deutschland kommen, noch mal schnell ein Wochenende hier weg.

Übrigens:Ich kenne das mit der Frage, wie man bloß früher so viel geschafft hat!!!. Und früher war noch letztes Jahr!
Liebe Heidi, grüße Deinen Toni ganz lieb von uns und sei umarmt.
Deine Gabi (ach so, meiner Gesundheit geht's gut, fühle mich gut!!!)

15.5.2007
KONTAKT zwischen UNI und Wohnung:
…
Liebe Frau, Du bist die Königin meines Herzens. Ich liebe Dich unendlich und freue mich auf jede Sekunde, die ich mit Dir verbringen kann.
Bis bald
Dein
HD

Na siehste, dann ist ja alles gut. Du bist mein absoluter Held. Ein sehr menschlicher Held, liebevoll, zärtlich , klug und manchmal einfach nur bescheuert. Aber was zählt das schon.
Deine Gabi

21.5.2007
dämpfer
liebe heidi,
ja, das war mal wieder ein langer tag in der praxis. meine blutwerte sind sehr gut, mein blutdruck wieder ok, wahrscheinlich als folge des sports, den wir ja, seit wir ein auto gimietet haben, wieder machen können. ebenso habe ich seit meiner letzten chemo vor drei wochen bereits drei kg meines gewichtes verloren. alle bauchorgane und die lunge wurden geröntgt bzw. ultraschall gemacht, ebenso die schilddrüse, in der ich mehrere knoten habe. das aber schon seit jahren. soll ok sein. aber in der leber wurden zwei zysten gefunden, was vorkommen soll und unbedenklich sein kann, wenn ich sie schon vorher hatte. das aber ist noch nie als ergebnis all der untersuchungen gesagt worden, wobei man hier hofft, dass es einfach daran liegt, dass man sie übersehen hat. am mittwoch frühestens kann dieter die alten befunde und bilder zum vergleich dem arzt vorbeibringen. bis dahin heißt es warten. ich habe keine ahnung, was passiert, wenn man auf den aufnahmen keine zysten findet. falls man dann mit einer biopsie abklären will, ob das wirklich nur eine zyste ist, überlege ich, ob ich das nicht lieber auf die zeit nach peters hochzeit verschiebe. nicht schon wieder kurz vor einer hochzeit eine scheißdiagnose! ja, so sieht mein leben halt aus: gerade fange ich an, mich wieder mit sport etwas aufzubauen und fit zu

fühlen, kommt zumindest ein dämpfer. aber es ist jetzt nicht so, dass ich vor sorge an nichts anderes mehr denken könnte, dann ließe dieter sicher morgen alle termine (mündliche abschlussprüfungen) sausen, um die bilder beim arzt vorbeizufahren. die entfernungen sind leider zu weit, als dass man das mal zwischendurch machen könnte. vielmehr sind es nicht unbedingt die entfernungen, sondern die fahrzeiten: 1,5 stunden hin und ebenso zurück. da müsste er schon drei stunden pause haben. aber ich denke, ich kann bis mittwoch warten. ich glaube an zysten.
euch wünsche ich für morgen viel glück und gute nerven.
cure gabi

p.s.: hatten wir euch das nicht berichtet, dass peter am 30. juni heiratet? wir fliegen am 23.6. nach deutschland, und in berlin ist dann am 29. standesamtliche und am 30. kirchliche hochzeit. eva ist in der woche vor der hochzeit mit mann und baby in sierksdorf.

24.5.2007
Lebermetastasen nehmen sich die Vorfahrt
Liebe Veronika,
inzwischen ist das Leben sozusagen mal wieder über meine Wünsche und Pläne hinweggerollt: Seit gestern weiß ich, dass ich drei Metastasen in der Leber habe. Stell Dir nur einmal vor, der Radiologe teilt mir seine Diagnose mit, realisiert dann, dass Dieter nicht in der Praxis ist, und erst in 15 Minuten zurück zu erwarten ist. Meinen Vorschlag, im Wartezimmer (eher ein englischer Clubraum) zu bleiben, lehnt er ab und begleite mich stattdessen in den Garten, organisiert uns einen Tee, und unterhält sich bis zu Dieters Ankunft mit mir. So viel Fürsorge berührt mich tief.
Bis Montag muss ich mich entscheiden, ob ich eine weitere Behandlung akzeptiere. Man hat mir eine Chemo (Navelbine) vorgeschlagen, die angeblich keine Nebenwirkungen zeige und die ich zusätzlich zum Herzeptin für 18 Wochen – jeweils im wöchentlichen Abstand bekommen soll mit angeblich 80 % Chance, dass das die Tumore schrumpfen lässt. Ich werde wohl versuchen, ob das mit den ausbleibenden Nebenwirkungen stimmt. Also kann ich hier leider gar nicht weg. Hatte mich so sehr auf ein Treffen mit Euch gefreut! Da man zu der Situation ohnehin nichts wirklich Richtiges sagen kann, lass es ruhig. Bleibt mir einfach nur lieb verbunden, das ist mehr als genug und wichtiger als »Beileidsbekundungen«. Wirklich überrascht waren wir ja nicht bei der Nachricht, so war es auch nicht ein so großer Schock, obwohl man schon traurig ist. Ihr wisst ja, dass ich in Kassel noch wenig Hoffnung hatte, dass ich einen großen

Aufschub mit dem Herzeptin bekomme. Gerade im letzten Monat jedoch stieg in mir vermehrt die Idee hoch, dass ich es vielleicht doch überstanden haben könnte und noch 20 Jahre lebe, wie mein Mann immer sagt. So schnell kann es anders kommen. Das Leben ist unfair. Ein echter Witz ist, dass noch am Montag bei meiner letzten Herzeptin-Infusion eine Mitpatientin, die mich und meinen Knöll beobachtete, meinte, ich solle mich mal als geheilt betrachten bei so viel Liebe. Aber immerhin, nach den Problemen, die Knöllchen und ich in und auch noch nach Kassel hatten, sind wir wieder gemeinsam auf der Spur. Mit Knöll bin ich sehr glücklich. Dass ich die Kraft hatte, das bis dahin durchzustehen, habe ich wirklich auch den Gesprächen mit Euch zu verdanken. Das erste Mal musste er sich auch in meine Richtung bewegen und konnte nicht da verharren, wo er war – in der Erwartung, dass ich schon die notwendigen Anpassungsleistungen alleine vollziehe. Es war ein riesengroßer Gewinn für uns beide. Dank also Euch allen! Vielleicht kann ich ja wenigstens die »Nordlichter« mal treffen, wenn ich im Sommer nach Deutschland komme. Bitte richte allen meine allerherzlichsten Grüße aus. Ich vermisse Euch und wäre gerne bei Euch. Habt viel Spaß, den gönn ich mir hier auch.
Liebe Grüße
Gabi

24.5.2007
Was sagst Du dazu? Lebermetastasen
Liebe Dana,
bei mir sind gestern per Ultraschall und MRT drei Lebermetastasen im Durchmesser von je ca. zwei cm festgestellt worden. Der hiesige Onkologe hat folgenden Therapievorschlag gemacht:
1. Vinorelbine 25 mg/m2 IV. sechs Zyklen a 21 Tage. Tag 1 und 8 mit Herceptin, Tag 15 nur Herceptin.
2. Danach Xeloda täglich oral plus Herceptin alle 21 Tage.
3. Aromasin ab sofort weglassen.
Kannst Du Dich einmal bei Euch in der Klinik erkundigen, was die zu dem Vorschlag sagen? Dieser Vorschlag kam, nachdem ich die Behandlung mit einer härteren Chemo abgelehnt hatte.
Diese soll angeblich fast nebenwirkungsfrei sein, dabei aber eine Chance haben, da mein Primärtumor HER2 NEU+++ posiv war, dass die Metastasen zu 80 % darauf ansprechen. Und ansprechen solle bedeuten, dass die Metastasen etwa zu 50 % schrumpfen.
Mein Onkologe fliegt übrigens zu einem Onkologenkongress. Fliegt Dein Chef auch? Vielleicht treffen sie sich dann.

Wenn keine wesentlichen Einwände kommen, beginne ich am Montag mit der Therapie.
Liebe Grüße
Gabi

24.5.2007
Jetzt gerade
Liebe Heidi,
nein, nichts von wegen absagen! Keine Frage, wir freuen uns auf Euch! Gerade jetzt, wo doch klar ist, dass wir jede Sekunde vergolden wollen. Es geht mir doch gut, habe keine Schmerzen. Wenn Ihr in ein Hotel geht, wird es viel schwerer, Euch zu treffen. Also, wir freuen uns!
Liebe Grüße
Gabi

25.5.2007
Anmerkung zur Hochzeit
Lieber Pitt,
gestern das Gespräch war sehr schön für mich. Ich mag es gerne, wenn ich etwas aus Eurem Leben erfahre, Wichtiges ebenso wie Banales.
Mir ist aber noch etwas anderes sehr wichtig, Euch zu sagen: Ganz gleich wie sich meine Lage entwickelt – man weiß ja nie – es ist mein ausdrücklicher Wunsch, dass Ihr Eure Hochzeit wie geplant feiert. Das ist ohnehin nur eine vorsorgliche Anmerkung ohne jeglichen konkreten Hintergrund, aber dennoch fühle ich mich besser, es gesagt zu haben.
Liebe Grüße,
Deine Mama

27.5.2007
Mal wieder eine Regatta und andere Fortsetzungen
Liebe Wanda,
gestern haben wir von unserer Dachterrasse aus wieder eine Segelregatta beobachten können und dabei an unseren gemeinsamen Ausflug gedacht. Wie schön, dass wir das hatten! Wie schön, dass Ihr einen ganzen Tag Eures Urlaubs mit uns verbracht habt! Weißt Du, es hat sich seitdem mal wieder gezeigt, dass Hoffnung alleine nicht reicht. Gerade erst hatte ich begonnen, allmählich wieder Gedanken daran zuzulassen, dass das Herzeptin mir vielleicht doch noch ein paar gute Jahre bescheren könnte, als ich erfahren musste, dass ich in der Leber drei Metastasen habe. Es geht mir saugut, was einerseits die Bedeutung

der Diagnose unfühlbar macht, andererseits bin ich natürlich dankbar für jeden Tag, wo es noch so ist. Eine harte Chemo habe ich abgelehnt und wollte auf jede Weiterbehandlung verzichten (ich habe Angst davor, dass ich mir mit den Auswirkungen der Chemo mehr Lebensqualität nehme, als dass ich anschließend davon profitiere). Der Onkologe verstand meine Einstellung sehr gut, meinte aber, es täte ihm in der Seele weh, wenn ich jetzt aufgäbe. Das sei nicht nötig. Sterben sei noch nicht dran.

Ich habe mich dann auf eine »leichtere« Chemo (Xeloda und Navelbine zusätzlich zum Herceptin) eingelassen, die angeblich beinahe nebenwirkungsfrei ist. Wie auch immer, wir müssen jeden Tag vergolden. Dieter ist durch das Geschehen nach Kassel so gewachsen, dass er mir jetzt ein ganz lieber Begleiter ist. Im Moment macht ihm die Situation mehr Angst als mir. Ich fühle mich auch jetzt fröhlich und bin dankbar für alle Liebe, die ich bekomme. Gelegentlich weine ich ein paar Tränen, wenn ich mir vorstelle, was ich alles verpassen werde. Aber das ist nicht die vorherrschende Stimmung. Bei mir fängt es sicher dann an, wenn ich auch fühle, dass ich krank bin und dass ich Abschied nehmen muss. Von dieser Weiterentwicklung wollen wir keine Freunde unterrichten, mit denen wir täglich zusammen sind, da ich überzeugt davon bin, dass das eher abschreckt. Man wird es früh genug nicht mehr verbergen können.

Liebe Wanda, das, was wir jetzt haben, wissen wir und sollten es maximal nutzen.

Sei ganz lieb gegrüßt und umarmt.
Deine Gabi

29.5.2007

Chemo
Lieber Peter,
gestern, als ich von meiner ersten neuen Chemo (folge nun doch – in Abweichung der Vorschläge aus Deutschland – meinem Onkologen, der mir zusätzlich zum Herceptin nicht nur Navelbine, sondern auch Xeloda geben will. Die Mittel würden sich – so sagt er – gegenseitig verstärken.) kam, fanden wir Eure Einladung vor. Wirklich sehr schön! Wir haben heute unseren kirchlichen Hochzeitstag!

Die Chemo ist keineswegs wie versprochen fast nebenwirkungsfrei, wäre ja auch ein Wunder gewesen. Es ging mir gestern gar nicht gut, aber heute schon wieder viel besser. Scheiße ist das alles dennoch, denn mich verlässt die Furcht nicht, dass ich jetzt mein Leben mit einem solchen Scheiß versalze um eines fragwürdigen Nutzens willen.

Liebe Grüße
Deine Mama

30.5.2007

Besuch ist Freude, gerade jetzt
Liebe Konny, lieber Klaus,
unser Besuch kommt erst nächsten Dienstag und bleibt dann bis Sonntag. Wenn es klappt, besucht uns dann noch unser Ältester für ein paar Tage. Der Besuch, den wir erwarten, ist aber total unkompliziert, insofern gehen wir das sehr locker an.
War am Montag in Acarkent, dort wo unser Fitnessclub ist, zu einem deutschsprachigen Frühstück eingeladen. Es waren auch (ausgesprochen nette) Türkinnen dabei, die aber perfekt Deutsch sprachen. Wir kennen uns vom Sport. Die Frauen sind etwa 15 Jahre jünger als ich, aber einfach nur nett, interessiert und klug. Es macht großen Spaß, mit ihnen zu diskutieren oder einfach nur zu quatschen, Informationen, Erfahrungen auszutauschen, Spaß zu haben. Wenn ich es schaffe, will ich noch vor unserer Sommerpause ein Frühstück bei uns machen, dann könntest Du sie kennenlernen. Für mich ist es wie ein Wunder, wie es doch immer wieder geschieht, dass ich so nette und intelligente Menschen kennenlerne.
Morgen ist mein letzter anstrengender Tag an der Uni, habe mündliche Prüfungen.
Genieße den Tag!
Liebe Grüße, Gabi

31.5.2007

Ausmisten, die zweite
Liebe Dörthe,
ja, jetzt hab ich etwas Luft. Habe soeben meine Wegwerf-Orgie hier in Istanbul beendet. Das hab ich offensichtlich gut gelernt, mich von allem zu trennen, von dem ich überzeugt bin, dass ich es wohl nicht mehr gebrauchen werde. Heute mussten alle Unterlagen meines Unterrichtes hier daran glauben. Alle Arbeitsblätter, Folien, Semesterpläne, Bewertungsschemata, Klausuren, Semesterprojekte etc., etc., alles, was ich in den zwei Jahren so erarbeitet, entwickelt und entworfen habe, wurde mit dem heutigen Tage überflüssig, denn heute hatte ich meine letzte Vorlesung. Nächste Woche werden noch Klausuren geschrieben, die ich bewerten muss, aber das war es dann. Dieser Unterricht war noch einmal ein krönender Abschluss meiner beruflichen Entwicklungen, aber es hat alles im Leben seine Zeit und diese Zeit ist jetzt vorüber. Und Dinge aufheben, so im Sinne von Spurensicherung, was ich alles mal gemacht habe, das brauch ich nicht.
Wir haben mal wieder einige Turbulenzen hinter uns. Meine Therapie wurde

umgestellt. Die tägliche Tablettenzufuhr dürfte seitdem bei etwa einem Kilo liegen. Macht richtig satt.
Sehr zu meinem Ärger findet das Infusionstheater jetzt wöchentlich statt, womit Urlaube so gut wie unmöglich sind. Man wird allmählich immer bescheidener.
Am 23.6. kommen wir zurück, bis dahin haben wir noch lieben Besuch von Freunden aus Münster und wahrscheinlich auch noch von unserem Ältesten. Knöll fiebert seinem nächsten Auftritt mit seiner Band entgegen und erst danach liegt Heimaturlaub an. Unsere Istanbul-Wohnung ist noch nicht verkauft.
Seid allesamt lieb gegrüßt.
Gabi und HD (ich schmelze gerade, es ist so heiß)

8.6.2007
dank, dass du dich kümmerst
liebe dana,
habe vielen dank, dass du dich so lieb kümmerst. was ärzte und patienten unter »so gut wie keine nebenwirkungen« verstehen, scheint mir doch grundsätzlich sehr unterschiedlich zu sein. ich habe das gefühl, dass ich beinahe alle nebenwirkungen sowohl von vinorelbine als auch xeloda mitnehme. müdigkeit, duseligkeit, kopfschmerzen, magenschwerzen, knieschmerzen, rückenschmerzen, den wunden mund und eben auch blutigen stuhl. fit fühle ich mich nicht. dieter schickt dir später die artikel zu, die wir in dem zusammenhang mit meiner behandlung interessant fanden.
wir wünschen euch ein schönes wochenende – und regt das junge paar mal an, ein verlobungsfoto zu schicken. vielleicht könnt ihr die beiden mal knipsen.
ganz liebe grüße
gabi

9.6.2007
schlapper dank
danke, lieber jürgen-sohn für das schöne foto von jonas und gudrun. ich finde, die beiden haben sich auch richtig schöne ringe ausgesucht.
vennis sind heute alleine unterwegs, weil ich einfach zu schlapp bin und dieter arbeiten muss. mir tut ein ruhetag sicher gut und für vennis ist das auch so ok. heute abend kommt peter, worauf wir uns sehr freuen, wenngleich ich noch nicht weiß, wie ich das programm dann durchhalte. aber am montag bekomme ich ja nur herzeptin, und morgen ist der letzte tag, wo ich mein antibiotikum nehmen muss. kann ja sein, dass mich das so schlapp macht. der wunde mund

ist fast weg und das blut im stuhl habe ich nur einmal beobachtet. soweit der ärztliche report. ein schönes wochenende wünschen wir euch.
liebe und grüße,
mama

12.6.2007
gejammer
liebe heidi,
nur ganz kurz eine schnelle antwort. auch wir sind glücklich über die zeit mit euch. es tut mir nur leid, dass ich so viel gejammert habe, aber es ist nicht leicht mit solchen malessen fertig zu werden, wenn man befürchtet, dass sie eben nicht vorübergehend sind, sondern von nun an zum leben dazu gehören, man auch noch dankbar sein muss dafür. diese woche ist aber eine echte erholung hinsichtlich der therapie, denn ich bekam ja – und so wird es jede dritte woche sein – nur das herzeptin. so fielen drei medikamente gleichzeitig weg, zwei chemo-medikamente und das antibiotikum. es geht mir supergut. jetzt merke ich erst richtig, wie sehr mich die beiden vorhergehenden wochen geschlaucht hatten. mit peter ist es herrlich! wir können keine ausflüge mehr machen, weil Peter richtig krank wurde mit einer grippe (die er mir jetzt weiterreicht). so liegen wir nebeneinander auf der terrasse, können die augen kaum öffnen vor schlappheit, aber reden ununterbrochen miteinander über wirklich gott und die welt. schon lange habe ich keine solche gelegenheit mehr gehabt, so viel über meinen sohn zu erfahren. was er denkt, was ihm wichtig ist etc. auf keinem ausflug hätten wir das so intensiv gekonnt. so bin ich glücklich, wie es gelaufen ist, und peter, denke ich, auch. wir verstehen uns einfach nur gut. ein wenig gesehen hat er schon, denn am montag hat er topkapi etc. besichtigt, während ich beim arzt war. hernach haben wir uns im basar getroffen und auf der großen prinzeninsel waren wir mit ihm schon am sonntag. so kennt er nicht nur die terrasse. müssen los,
liebe grüße, viel spaß beim golfen.
liebe grüße,
eure knölls

14.7.2007
Dein Besuch
lieber pitt,
ich möchte dir nochmals von ganzem herzen danken, dass du dir in all deinem stress, den du zur zeit hast, zeit genommen hast für einen besuch bei uns. für mich war und ist das ein großes geschenk. wenn ich die augen

schließe, sehe und fühle ich uns nebeneinander auf unseren liegen plaudernd über gott und die welt! dieses bild werde ich immer in mir tragen. ich danke auch nina, denn ich weiß sehr wohl, dass es nicht leicht war, dich jetzt reisen zu lassen.
dein arzteinsatz auf dem flug war vielleicht schon eine kleine vorübung für deine neue aufgabe.
Liebe,
deine mama

17.6.2007
ein Sonnentag und nur wenig Arbeit
Meine lieben Kinder,
während über Deutschland ein Unwetter niederging, haben wir hier ein wunderschönes Wochenende. Es ist herrlich warm, wir arbeiten kaum, da HD jetzt etwas kränkelt – nachdem es mir wieder richtig gut geht. Wir genießen die Sonne und die Ruhe auf unserer Terrasse und ich könnte mein Glück in die ganze Siedlung rufen. Gestern waren wir noch mal im gedeckten Basar und haben dort einen Ring abgeholt, den ich nach einer Reparatur dort vergessen hatte. Er war tatsächlich noch dort, gut verwahrt. Haben bei einem Juwelier reingeschaut, der Deutsch spricht und mit ihm einen Tee getrunken. Dabei stellten wir fest (anhand von weiteren Freunden, die ihn besuchten wie wir), dass er neben Türkisch und Deutsch ebenso fließend Englisch und Französisch spricht. Da fühlt man sich eher klein.
Jetzt sind wir aber die Könige unserer Terrasse und schreiben an einigen Abschlussberichten. Heute Abend treffen wir uns noch mit Freunden, die Ihr leider nicht mehr kennenlernen werdet. Peter hat sie allerdings per Zufall zweimal getroffen und das in der Millionenstadt Istanbul. Wir wünschen Euch einen schönen Sonntag. Macht was draus.
Liebe und Grüße,
Eure Mama

18.6.2007
leukos im keller
liebe tochter,
…
meine chemo musste heute leider verschoben werden, weil meine weißen blutkörperchen zu niedrig sind. jetzt muss ich heute und morgen neulasta spritzen, um deren neubildung anzuregen und dann wird am mittwoch ein neuer versuch gestartet. da hier die wege so weit sind und der verkehr so gewaltig,

dauern die fahrten so lange und lassen uns wenig zeit für anderes. eigentlich bin ich im moment tatsächlich jeden tag mit diesem scheiß beschäftigt. ganz blöde ist vor allem die aussicht, dass ich durch diese verschiebung am mittwoch vor peters hochzeit wieder eine chemo bekomme, was bedeuten würde, dass es mir nicht gut gehen wird, da die beiden tage nach der chemo die schlimmsten sind und es dann erst allmählich besser wird. vielleicht lasse ich die woche einfach ausfallen.
dieter ist mit allem auch überfordert. er liegt schon wieder krank auf der terrasse. es geht ihm wirklich sehr schlecht mit husten und zusitzendem kopf und fieber. ich kann nur beten, dass meine übriggebliebenen 800 leukos es schaffen, mich gesund zu halten. gott sei dank konnte dieter aber gut schlafen. ...
so, einen schönen tag wünsche ich dir.
liebe und grüße,
mama

21.6.2007

Kassel-Psychogruppe-Treffen
Liebe Ulla E. et al,
genau das habe ich befürchtet, dass das nächste Kassel-Gruppen-Treffen im Süden stattfinden wird. Verständlich ist es ja, aber es reduziert meine Chance, teilnehmen zu können. Aber mal sehen. Was den Termin betrifft, so habe ich keine Präferenzen.
Ich habe es sehr bedauert, nicht nach HH gekommen zu sein. Ich kann mir richtig gut vorstellen, wie schön Ihr es miteinander hattet. Die Gespräche und der Spaß mit Euch geben mir noch heute Kraft!!! Was war das ein Segen, dass ich ausgerechnet Euch in meiner Psychogruppe hatte! Alles steht und fällt mit den Personen, denen man in einer solchen Kur begegnet. Ein Freund, den ich zu einer Kur überredet habe, kam ganz enttäuscht zurück.
Wir fliegen in zwei Tagen für drei Monate nach Deutschland und es kann sein, dass ich dieses Land hier nicht mehr betreten werde, höchstens zum Urlaub. Meine Arbeit an der Uni habe ich schon gekündigt, die werde ich also in keinem Fall mehr machen. Der Abschied von meinen Studenten fiel sehr schwer, da man hier doch einen engeren, persönlicheren Kontakt zu seinen Studenten hat als in Deutschland, was allein schon an den viel kleineren Kursen liegt. Aber das ist es nicht alleine. Die jungen Menschen haben uns sehr überrascht mit ihrer Herzlichkeit, mit der sie uns begegneten. Dennoch habe ich die absolut richtige Entscheidung getroffen. Wir kommen soeben von einem Schulfest des Deutschen Gymnasiums, auf dem mein Mann einen Auftritt mit seiner Band hatte, die er mit seinen Studenten gegründet hat. 30

Studenten kommen mit nach Deutschland und werden dort in Münster und Lüneburg einen Sommersprachkurs besuchen. Wir betreuen die Studis (der BWL und WI) und organisieren Unternehmensbesichtigungen für sie. Meine neue Therapie läuft so lala, heute ging es mir mal wieder recht gut. Nächste Woche werde ich aussetzten, um für die Hochzeit meines Sohnes am 30.6. fit zu sein. Das gönn ich mir!
Seid lieb gegrüßt – und ich hoffe, dass ich den einen oder anderen von Euch in HH treffen kann.
Eure Gabi

22.6.2007
Sich aufraffen lohnt
Liebe Konny,
…
Nach unserem Gespräch gestern hatte ich übrigens beschlossen, doch mit zum Sommerfest des Deutschen Gymnasiums nach Tarabya zu fahren. Es beschlich mich plötzlich das Gefühl, dass man wirklich alt ist, wenn man eine nette gesellige Einladung auslässt, weil es zu heiß sein könnte und man abends erledigt ist. Ich habe beschlossen, dass ich Schwitzen und abendliche Müdigkeit in Kauf nehme. Als HD um 13.30 Uhr nach Hause kam, war meine Wäsche bereits zusammengelegt wieder im Schrank und unsere Koffer bis auf das Handgepäck gepackt. Dann habe ich eine knappe halbe Stunde geschlafen und um zwei Uhr ging es erfrischt los. Der Nachmittag war einfach herrlich. Zunächst sind Dieter und ich über eine Stunde in dem wunderbaren, schattigen Wald, der zum Gelände der Sommerresidenz des deutschen Botschafters gehört, spazieren gegangen. Danach habe ich mit vielen Frauen nette Gespräche geführt unter schattigen Bäumen bei kleiner Brise vom Wasser. Schöne Stimmung! Zwei Frauen habe ich neu kennengelernt – und so bedauert man dann, die Einladungen nicht annehmen zu können, weil man so lange fort ist. Man kann nicht alles haben im Leben. Auf jeden Fall hat es sich gelohnt, dass ich mich aufgerafft habe. Ganz vergessen hatte ich, dass wir am Abend bei unseren Nachbarn eingeladen waren. Dort saßen wir dann bis 11 Uhr auf der Dachterrasse und hatten noch eine Menge Spaß, wie das so eben mit jungen Leuten schnell geschieht. Vielleicht werden die Nachbarn uns im Sommer in Deutschland besuchen. Wir haben bislang wirklich ein Riesenglück mit Nachbarschaften. Und ich bin dann sauglücklich ins Bett gefallen, dass es mir den ganzen Tag über so gut ging!
OK, muss mich jetzt schnell ausgehfertig machen, da ich gleich zu meinem Fuß- und Händetermin muss. Dort ist es immer sehr witzig, da die Mädels

weder Deutsch noch Englisch oder Französisch können und sich über mein Türkisch kaputtlachen. Verstehen aber immer, was ich meine.
Sei lieb gegrüßt und habe einen schönen Tag.
Deine Gabi

9.7.2007
Schlaganfall vor der Hochzeit
Liebe A.,
wir sind seit zwei Wochen in Deutschland und haben ganz fest vor, Euch zu treffen
…
Wir sind im Moment sehr beschäftigt, da meine Mutter mit einem schweren Schlaganfall seit dem Sonntag vor der Hochzeit im Krankenhaus liegt und Mittwoch zur Reha kommt, was alles viel Organisation und Besuche erforderte – abgesehen von der Sorge. Was will mein Leben noch alles auf mir abladen!
Peter hat die Tage vor der Hochzeit, die er sich für Vorbereitungen frei genommen hatte, am Krankenbett seiner Oma verbracht und den einzigen Urlaubstag nach der Hochzeit ebenfalls. Und das, obwohl er gerade von der Medizin-Informatik zu den Unfallchirurgen gewechselt ist.
Ich stecke zurzeit mal wieder in einer Chemo, habe das Gefühl, nie dazu zu kommen, mich mal wirklich um mich selbst sorgen zu können.
OK, genießt Eure diversen Besuche und Reisen und lasst von Euch hören.
Liebe Grüße
Eure Gabi

10.7.2007
Sport
Liebe Eva,
während Dieter duscht, will ich Dir rasch antworten, bevor wir dann zum Sport fahren, seit Beginn meiner neuen Behandlung zum ersten Mal wieder. Die Behandlung hatte mich zu Beginn so umgehauen, dass ich keine Kraft zum Sport hatte, auch jetzt geht es sicher nur sehr reduziert. Aber ich merke einfach, wie sehr der Sport mein Allgemeinbefinden stärkt, ich belastbarer bin und mich einfach rundum viel wohler fühle. Dieter selber hat seine ursprüngliche Ablehnung jedem Sport gegenüber gründlich abgelegt, seit er erfahren hat, dass seine Rücken- und Kopfschmerzen damit beeinflussbar sind. Jetzt ist er es immer, der zum Sport drängt, weil er wieder Rückenschmerzen bekommt. Dass er mitkommt, ist für mich eine große Hilfe, denn ich alleine könnte mich

sicher manchmal nicht überwinden. Also, diese Woche gehe ich einigermaßen entspannt an.
Sind wieder zurück:
Unser Sport war sehr gut. Das belebt für den Rest des Tages.
Liebe Grüße – und denke daran, nach einem Flug zu gucken!
Deine Mama

11.7.2007

Motto
Lieber Jonas,
in der Ruhe liegt die Kraft. Mit der Einstellung wirst Du es schaffen, pünktlich mit Deiner Diplomarbeit fertig zu werden. Wenn man beim Schreiben festsitzt, hilft oft ein Spaziergang von wenigen Minuten weiter!!!! Tausendfache Erfahrung!!!!
Wir lieben Dich!!! Und wie!!! … .
Deine Eltern

13.7.2007

zu viel um die Ohren
Liebe Konny,
weder geht es mir schlecht, noch habe ich Euch vergessen (das schon gar nicht). Nein, es liegt einfach so viel an. Entweder ich habe meine Therapie oder ich fahre zu meiner Mutter (inzwischen in der Reha) oder suche nach einem Heim für sie oder wir besuchen HDs Mutter, ich habe Besuch oder bin eingeladen. … . HD sitzt viel an seinem Schreibtisch und ganz nebenbei renovieren wir weiter an unserem Haus, das nach mehr als 20 Jahren an vielen Stellen eine Überholung einklagt. Eine Putzfrau habe ich hier auch nicht, stehe also alleine damit da. Finde auch niemanden, der nur für den Sommer kommen will.
Nach wochenlangem Dauerregen soll es an diesem Wochenende vorübergehend Sommer werden. Ihr sehnt Euch wahrscheinlich eher mal nach etwas Abkühlung, oder? Wir sind schon wieder norddeutsch blass, leider.
Mir tut die Vorstellung sehr gut, nicht mehr arbeiten zu müssen. Da fällt eine Last von mir.
Könnt Ihr Euer Familientreffen genießen? Sicher ist es auch anstrengend, denn die eigene Routine verlangt doch eine Menge Anpassung an die neue Situation, oder?
Seid ganz lieb gegrüßt und macht Euch keine Sorgen, genießt das Leben jeden Tag, es ist zu kurz, um es mit unnötigen Ärgereien über meistens doch nur Kleinkram zuzubringen.
Eure Knölls

21.7.2007
zu viel zu tun
Liebe A.,
es tut uns sehr leid, dass Du Dich mit Krankheiten herumplagen musst. Wir wünschen Dir gute Besserung. Wir hängen gerade in unserem kleinen Paradies völlig geschafft herum. Seit Donnerstag sind wir viel zu viele km gefahren, haben Peter in Köln besucht und einen Koffer abgeholt, den er neulich für uns von Istanbul aus mitgenommen hatte, um unsere Last zu reduzieren, haben dort noch einen Freund besucht, hatten dann in Münster in der Uni zu tun, haben meine Mutter in der Reha in Bad Oeynhausen besucht und sind dann zu Jürgens Geburtstag nach Marburg gefahren. Morgen müssen wir nach Schwerin, um dort eines der Heime zu besichtigen, die für meine Mutter demnächst Heimat werden könnten. Keine schönen Entscheidungen.
Seid ganz lieb gegrüßt.
Gabi

24.7.2007
freunde / erinnerungen
liebe evi,
das ist ja ein wunderbares bild!!!!!!! ach, ich wünsch euch allen zusammen so sehr, dass ihr wirklich gute zeiten miteinander habt. als wir dietbert in köln besucht haben, war ich ganz erstaunt, den männern dabei zuzuhören, wie sie sich an eure kleinkinderzeiten erinnerten und meinten, dass das eine ganz besonders schöne zeit gewesen sei. Sie erinnerten die gemeinsamen nachmittage bei regen, aber zufriedenen kindern und wie viel spaß wir eltern miteinander hatten, wobei gerade die erinnerung an die kleinen »unfälle« (wie jemand seine volle windel verloren hat oder von einem spielgefährten aufgemacht wurde etc.) besondere freude bei den männern auslöste. sie dachten auch mit verklärten augen an die sommer, wo wir uns regelmäßig bei gutem wetter am felixsee trafen, wir frauen mit den kindern schon am vormittag, mit fressalien und allem, was der mensch so braucht, und die männer kamen nach der arbeit dazu. dann ging für euch kinder die toberei los, denn einer der männer hatte immer lust mit euch zu toben, euch ins wasser zu werfen. so konnten die männer dann abwechselnd surfen und kinder beglücken. kein wunder, dass sie sowohl von kindern und frauen mit lautem hallodri begrüßt wurden, was noch heute deren selbstbewusstsein stärkt, hatte ich den eindruck. Es würde mich riesig freuen, wenn ihr zu solch einer truppe zusammenwachsen würdet. es ist ja schon toll, wie gut es dir gelungen ist, in der kurzen zeit kontakte zu bekommen! eva, ich freue mich schon auf deine zeit hier bei uns und hoffe, dass wir dann einiges

zusammen unternehmen können. nichts spektakuläres, geht ja auch nicht mit tim, aber eben einfach gemeinsamkeit. … dieter ist in istanbul.
liebe grüße,
deine mama.

26.7.2007
Dieter an Gabi

endlich legale Eigentümer
Liebe Gabi, herzallerliebstes Weib!
Heute war ich bis nach 20:00 Uhr bei Jack. Wir haben uns sehr gut unterhalten. Er hat sehr an Utes Tod zu knabbern, schaut aber in eine Zukunft voller Pläne.
Vorher war ich beim Tapu-Amt und habe die erforderliche Fotokopie vom Schreiben des Verteidigungsministeriums in Ankara bekommen, in dem uns nun, nachdem wir die Wohnung vor einem Jahr gekauft haben, bescheinigt wird, dass keine Bedenken gegen den Kauf unserer Wohnung erhoben werden. Der Boss des Tapu-Amtes hat gewechselt und der neue war für 50 Lira in bar bereit, die uns zustehende Bescheinigung zu kopieren. Nun können wir damit endlich bei der Kooperativen unsere Eigentümerbescheinigung erhalten. Morgen werde ich dorthin gehen. Vor mehr als einem Jahr haben wir die Wohnung gekauft, jetzt gehört sie uns hoffentlich morgen auch offiziell. Was man uns hier nicht alles zumutet!
Liebe Grüße
HD

28.7.2007
Schön, dass es euch gibt in meinem leben
Liebe Dana, liebe Gudrun,
habt ganz lieben Dank für eure soooo liebe Grußkarte. Es würde mich freuen, wenn Ihr mit Eurer Tasche was anfangen könnt. Sie ist ja nur ein kleines Zeichen, dass wir halt immer, wo wir auch sind, an Euch denken. Eigentlich würde ich Euch und meinen Kindern ja am liebsten die ganze Welt kaufen – oder zumindest alles, was Ihr begehrt. Aber viel schöner ist es letztlich, wenn Ihr Euch die meisten Eurer Wünsche irgendwie selber erarbeitet, oder? Dieter und ich sind jedenfalls sehr stolz darauf, was wir uns alles aus eigener Kraft geschaffen haben. Das schweißt besser zusammen als eine große Erbschaft. Nein, schon wieder verfalle ich in solche Grundsatzdebatten, das will ich gar nicht. Sagen wollte ich nur, dass es einfach schön ist, etwas zu schenken, wenn

man einen kleinen Dank hört. Das habt Ihr ganz schön gemacht und dafür danke ich Euch. Ich hatte den Gruß an Dieter weitergeleitet, der gerade in Istanbul war (seit gestern Abend ist er zurück), um zu zeigen, siehst Du, so liebe Schwiegertöchter haben wir. Auch er hat sich riesig gefreut und ist dankbar, dass ausgerechnet Ihr es seid, die unsere Liebe zu unseren Söhnen teilen.

Als wir in die Sommerpause nach Lüneburg kamen, hatte ich mir vorgenommen, mich viel auszuruhen und nur noch Schönes zu tun. Und was ist daraus geworden? Einen einzigen Tag waren wir bislang im Garten und auf absehbare Zeit wird das wohl auch nichts mehr. Meine Mutter nimmt einen großen Raum ein und dennoch müsste ich noch viel mehr bei ihr sein, was aber einfach nicht geht. Sie ist vorgestern in die chirurgische Abteilung eines Akutkrankenhauses verlegt worden wegen des Dekubitus. Ich glaube, sie versteht gar nicht mehr, warum sie nun ständig rumgeschoben wird. Als wir bei ihr waren, wurde schon deutlich, dass ihr geistiger Zustand eher schlechter geworden ist seit der Reha. Morgen fährt Thomas hin und nächste Woche sind Dieter und ich wieder dran. Nächste Woche müssen wir auch in Schwerin mehrere Heime begutachten und eine Entscheidung treffen, denn Ilse wird ganz sicher nicht wieder in ihre Wohnung zurück können. Wir kündigen heute ihre Wohnung und für Anfang bis Mitte August ist das Leerräumen der Wohnung geplant. Wenn Ihr eine Idee habt, was Ihr von Ilses Sachen haben möchtet, dann lasst es uns wissen.

So, unser Auto spinnt, springt nicht an, gibt keinen Ton von sich. Leider vermuten wir, dass es die (teure) Lichtmaschine ist. Gleich kommt der ADAC. Und natürlich ging das Auto kaputt, als ich alleine war und eine Freundin vom Bahnhof abholen musste. Alles mehr als meine Nerven aushalten.

Ihr aber seid wenigstens ein Lichtblick für mich/uns!!!

Wir wünschen Euch ein schönes Wochenende (Gudrun hat ja wohl noch immer Stress mit unserem diplomierenden Sohn?)

Liebe Grüße,

Eure Gabi

aufregung in der klinik
liebe dana,
… heute sollte die therapie-erfolgskontrolle stattfinden. nachdem ich einen teil des mrt überstanden hatte (leber), wollte man in den raum kommen, um das kontrastmittel zu spritzen, aber die tür ließ sich nicht öffnen. man musste handwerker kommen lassen, damit ich aus röhre und raum befreit werden konnte. jetzt soll es am montag weitergehen. heute abend ist die gynäkologische jährliche untersuchung, danach fährt der prof in urlaub. er wird also

gar nicht mehr was zum ergebnis der therapiekontrolle sagen können, ob nun weitergemacht werden soll mit der chemo oder nicht – und falls abgebrochen, was dann? schon eine merkwürdige sache. vielleicht ist es auch nur aufschub, bevor das traurige ergebnis kommt, wer weiß. ich habe jedenfalls versucht, einen wiederholungstermin noch vor eurer anreise zu bekommen. wenn ihr hier seid, will ich nicht den tag mit untersuchungen zubringen. obwohl es sein kann, dass dann die überlegungen, wie es weitergeht, raum beanspruchen, was ich hassen werde.
wir arbeiten jetzt trotz des miesen wetters am teich etwas weiter. ablenkung!
liebe grüße,
deine schwieger-mama

20.8.2007

Abschied von Istanbul
Liebe Kolleginnen und Kollegen,
das Fortschreiten der schweren Erkrankung meiner Frau erfordert zu unserem großen Bedauern unsere Rückkehr nach Deutschland. Ab Oktober werde ich wieder meine Professur an der Universität Lüneburg ausüben.
Istanbul war uns in den beiden letzten Jahren eine interessante und anregende Heimat. Wir möchten uns an dieser Stelle bei Ihnen allen für die freundliche Aufnahme an den Abteilungen und die gute Zusammenarbeit bedanken. Meine Frau und ich haben unsere Arbeit sehr geliebt, und wir haben dadurch eine große Bereicherung erfahren. Kollegen und Studenten sind unübertroffen nett und liebenswert. Vielen Dank!
Unsere Wohnung in Göksuevleri müssen wir jetzt verkaufen. Falls Sie jemanden wissen, der sich für eine Wohnung interessiert, verweisen Sie ihn bitte auf den Link.
Im September werden wir noch einmal nach Istanbul kommen, um uns zu verabschieden und den Umzug zu organisieren.
Herzliche Grüße
HD Knöll

21.8.2007

Ilse
Lieber Pitt,
morgen fahren wir nun zu Jonas, um ihm einige Möbel zu bringen. Vorher möchte ich Dich noch bitten, unbedingt einmal möglichst bald mit dem Arzt zu sprechen, der jetzt für Ilse zuständig ist. Vor allem geht es darum, dass sie Schmerzen an den Wundrändern des Dekubitus hat und über sehr schmerz-

hafte Verbandswechsel klagt. Ich denke, dass es in der heutigen Zeit möglich sein müsste, Ilse schmerzfrei zu halten und dafür zu sorgen, dass sie vor den Verbandswechseln Medikamente bekommt, die die Prozedur erträglicher machen. Es wäre mir eine große Erleichterung, wenn Du das entsprechend mit dem Arzt besprechen kannst.
Sei lieb gegrüßt
Deine Mama

22.8.2007

ich und das Militär
Liebe Konny,
heute nun will ich endlich versuchen, Dir auf Deine lieben E-Mails zu antworten – soweit meine Kraft und Ausdauer reichen, denn gestern hatte ich wieder Chemo. Diese Behandlung schwächt mich zunehmend in einem Maße, dass ich wirklich gar nichts mehr unternehmen kann, womit sich meine Pläne von dem, wie ich meine Zeit hier verbringe, in Luft aufgelöst haben. Liebe Konny, ich will gleich mit der Tür ins Haus fallen, da ein langes Drumherum mir nicht liegt: Wir werden in Deutschland bleiben. Dieter wird ab dem Wintersemester wieder hier in Lüneburg arbeiten. Diese Entscheidung ist letzte Woche gefallen. Trotz des »guten« Ergebnisses der Erfolgskontrolle ist kein Optimismus bezüglich meiner Prognose angezeigt. Hinsichtlich der Hochzeit unseres Jüngsten im April nächsten Jahres meinte mein Arzt, dass die Kinder die Hochzeit vorverlegen sollten, wollten sie meine Teilnahme sicherstellen. Dieser Arzt dramatisiert nichts, aber beschönigt auch nichts. Er geht auf mein Bedürfnis nach ehrlichem Umgang ein. Natürlich wissen wir alle, dass man die weitere Entwicklung so genau nie voraussagen kann. Natürlich kann es sein, dass mir etwas längere Zeit bleibt (wobei man selbst da nicht sagen kann, ob das ein Segen wäre oder eher nicht), aber wir sollten unser Handeln auf den wahrscheinlicheren Verlauf der Erkrankung ausrichten und nicht auf Hoffnungen. Der Verlauf, den Utes Erkrankung genommen hat, soll recht typisch sein bei einem Krebs mit den Eigenschaften, den unsere Tumoren hatten / haben. Bei Ute hatte die Erfolgskontrolle sogar noch ein viel besseres Ansprechen auf die Chemo gezeigt, es war nämlich nichts mehr zu erkennen. Sie hat dann die Chemo dennoch wie geplant weitergemacht und zwei Monate später, Ende Dezember, war der Tumor in voller Pracht zurück und ließ sich durch nichts mehr aufhalten an seinem zerstörerischen Werk. Im April war sie dann tot. Keine Sorge, ich fasse das nicht als den mir zugedachten Zeitplan auf, aber ich handle so, dass ich mich nicht ärgern muss über verpasste Gelegenheiten, wenn es dann doch so kommen sollte. Noch immer ist geplant, dass wir im September nach Istanbul kommen, um dann aber dort unseren

Umzug zu organisieren. Sollte es mir zu schlecht gehen, wird HD alleine fliegen. Es würde mir aber viel bedeuten, Abschied nehmen zu können. Du wirst dann ohnehin nicht in Istanbul sein, stimmts? Meine große Hoffnung ist, dass Du uns besuchst, wenn Du zwecks Unterstützung Deiner Tochter in Deutschland – und sogar in unserer Nähe – bist.
Statt aus Gesundheitsgründen in Deutschland zu bleiben, hätte ich viel lieber nach dem Verkauf unserer Istanbul-Wohnung eine Wohnung in Eurer Nähe gemietet und mich auf viele gemeinsame Unternehmungen mit Dir gefreut, Konny. Das Leben ist nicht gerecht. Wir haben oft keine Chance, unser Schicksal selbst zu wählen, aber wir können wählen, wie wir damit umgehen. Dabei ist es wiederum nicht leicht, dass man sich nicht von seinen Interessen leiten lassen kann, sondern eher von seinen Möglichkeiten und die werden beinahe von Tag zu Tag geringer.
Heute fahren wir mit einem Laster voller Möbel nach Marburg zu unseren Jungs. Jede Gelegenheit sie zu sehen, nutze ich, selbst wenn ich dafür stundenlang im Auto sitzen muss. Letzte Woche war Jürgen und Dana bei uns und haben ihren Urlaub hier verbracht. Das war einfach nur wunderschön – für alle. Nächste Woche kommen schon Eva und Tim. Das wird sicher anstrengender, aber auch da werden wir einen Weg finden, dass ich nicht so belastet werde. So fließt die Zeit dahin und bietet immer mal wieder schöne, glückliche Höhepunkte. Eine Freundin versorgt mich wöchentlich mit neuen Büchern – auch das macht Spaß, mit Blick in den Garten (meistens Regen, selten Sonne) auf dem Sofa zu liegen und zu schmökern.
An Deinem Bericht über die politische Lage in der Türkei fand ich übrigens am interessantesten, wie unterschiedlich man dort und hier das Militär einschätzt. Für die Türken ist das Militär mit seiner Putschmöglichkeit ein Garant für Freiheit, während man hier darin eher einen Angriff auf die Demokratie sieht. Es ist offenbar nicht immer einfach, andere Sitten richtig zu verstehen, wenn man dabei seine eigenen Maßstäbe anlegt. Was für Deutschland gut ist und gilt, muss für andere Länder noch lange nicht gelten.
So, liebe Konny, seid ganz lieb gegrüßt, Du und Dein Klaus.
Eure Gabi

24.8.2007

freude und leid
liebe heidi,
… wir waren gerade für zwei tage in marburg, haben jonas und jürgen möbel gebracht und jonas abgabe der diplomarbeit gefeiert. ein exemplar hat er – wie das so üblich ist – uns überreicht. als ich die widmung las, musste ich heulen.

er bedankt sich für seine wundervolle familie, auf deren liebe und unterstützmg er stets zählen könne.
morgen kommt jonas mit gudrun zu uns, weil wir am samstag gemeinsam meine mutter in schwerin besuchen wollen. ach, das ist ein trauriges kapitel. habe eigentlich keine kraft neben meinem mist auch noch den jammer auszuhalten. aber ich kann doch meine mutter nicht alleine lassen. ich bin ihre einzige tochter. …
liebe grüße,
eure gabi

28.8.2007
Abschied
Liebe Claudia,
es gab schon schönere Anlässe für eine E-Mail als diese. Aber da muss ich nun durch.
Zuallererst möchte ich mich bei Dir für ein wunderschönes Jahr der Freundschaft bedanken. Wenn ich an unser erstes Istanbul-Jahr denke, spielst Du mit Deiner Familie darin die unbestrittene Hauptrolle. Es hat mich oft sehr berührt, wie lieb Du an uns mit kleineren und größeren Gesten gedacht hast. Unser Klönen am Küchentisch in Beylerbeyi, wo aus einem kurzen Kaffee ein langer Abend wurde, wie wir aus der Not heraus Ernst Leiss am Flughafen abgeholt haben und selbst diese Fahrt lustig war, die verschiedenen gemeinsam bestrittenen Bewirtungen der Gastdozenten, die Köstlichkeiten, die Du mitgebracht hast, das Zusammensein auf Eurer herrlichen Terrasse, auf der man meint, dem Paradies schon nahe zu sein, das Weihnachtsfest mit Deiner Familie, die spontane »Wanderung« mit Deiner Schwägerin, ach, es gab so viele Gelegenheiten, die mir Lebensfreude brachten und es mir leicht machten, trotz der Überlast an Arbeit meine Zeit in Istanbul zu genießen. Wie sehr ich Deinen Besuch in Thüringen wertschätze, kann ich gar nicht sagen. Auch, dass ich Dich dort meiner Mutter vorstellen konnte, die bis dahin immer nur von der »ganz besonderen Freundin« in Istanbul gehört hatte.
Wir haben so viel Liebe und Unterstützung in verschiedensten Situationen durch Dich und Deine Familie erfahren, dass es kaum Worte gibt, unseren Dank auszudrücken. Ich glaube ja daran, dass alles im Leben auf einen zurückkommt, und in diesem Sinne müsste Dir und Deiner Familie Glück und Segen sicher sein.
Ein Stück von Dir hatten wir in unserer Wohnung während des letzten Jahres stets um uns: Eure Möbel, die Ihr uns so lieb und großzügig zur Verfügung gestellt habt. Wir haben uns in der Wohnung beinahe wohler gefühlt als in

unserem Haus in Lüneburg – und das lag ganz besonders an Euren Möbeln. Wir haben es geliebt, so wohnen zu dürfen.
Als wir die Wohnung kauften und HD seinen Vertrag verlängerte, waren wir geleitet von der Hoffnung, dass meine Krankheit uns noch etwas Zeit ließe. Schon im Herbst letzten Jahres nach der Uterus-OP und dem Auftreten der Lebermetastasen im Frühjahr diesen Jahres bekam diese Hoffnung einen derben Dämpfer. Jetzt wissen wir, dass für uns Abschied angesagt ist. Mein Arzt räumt mir nur geringe Chancen ein, Jonas Hochzeit im April noch mitzuerleben. Das verändert für uns alles. Unabhängig von den ohnehin unerfreulichen Entwicklungen an den deutschsprachigen Abteilungen haben wir jetzt die Entscheidung getroffen, in Deutschland zu bleiben, damit ich meine Kinder leichter und damit öfter sehen kann, damit ich unsere Freunde um mich habe und mich auch – solange die Kraft dazu reicht – leichter eigenständig beschäftigen kann. Hier kann ich etwas im Garten buddeln, mal zu Freunden auf einen Kaffee gehen, die nur wenige Gehminuten entfernt wohnen, einen Spaziergang im Wald machen, wann immer es gelüstet, ohne zuvor erst irgendwohin fahren zu müssen, selbst ein Stadtbummel ist einfacher.
Was die ärztliche Versorgung betrifft, bliebe ich lieber in Istanbul, aber wir werden mit meinem dortigen Arzt in engem Kontakt bleiben, da er fachlich und menschlich unersetzlich kompetenter ist. Mein Arzt hier hat inzwischen den »Nebenbuhler« akzeptiert.
Liebe Claudia, am 20. September wollten wir eigentlich für das kommende Semester gemeinsam wieder nach Istanbul fliegen. Jetzt kommt HD alleine (etwa für eine Woche), um an der Uni alles zu arrangieren und den Umzug zu organisieren. …
Liebe Claudia, jetzt bleibt mir nur, mich auf diesem Wege für alle Liebe und Freundschaft zu bedanken, die ich bei Dir erleben durfte und die mein Leben ungeheuer bereichert haben.
Liebe Grüße an Dich und Deine ganze Familie
Deine Gabi

12.9.2007

Abschiedsplanung in Istanbul
Liebe Konny,
Dieter ist gerade in die Uni gefahren und Eva samt Tim scheinen noch zu schlafen. So habe ich ein paar Minuten, um endlich Dir zu schreiben. Inzwischen wird es sicher auch bei Euch etwas kühler und damit erträglicher. Wir hatten in all den Wochen, die wir hier sind, höchstens ein paar Tage mal Sommer,

ansonsten Regen und grauen Himmel. Aber es war immer ungeheuer viel los, so dass es keine Zeit gab, über das Wetter zu stöhnen.

Die Party zu Dieters Geburtstag war wunderbar. Die ganze Familie und der enge Freundeskreis waren zusammen und wir haben bis fast vier Uhr in der Früh gefeiert, die Jugend noch länger. Du kennst sicher dieses stille Glück, das man empfindet, wenn man seine Kinder miteinander beobachtet. Da ist uns was gut – supergut – gelungen! Aber auch die Fröhlichkeit und Akzeptanz aller jungen Knölls untereinander ist für mich beglückend. Meine liebe Schwägerin Annemarie war natürlich auch da. Sie ist für mich wie eine Schwester.

Jetzt ist Eva noch bis zum 17.9. bei uns, was uns aber überhaupt keine Arbeit macht, es ist einfach nur schön. Aber natürlich gibt es kaum Zeit für andere Dinge. Dennoch planen wir jetzt auch den Trip nach Istanbul. Ich komme doch mit – und sogar Freunde von uns, die unbedingt noch diese letzte Chance nutzen wollen zu sehen, wie wir gelebt haben. Freitag ist HD den ganzen Tag in Sachen Bürokratie unterwegs, um die Unterlagen für den Umzug zusammenzukriegen.

Die Freunde reisen am Montag schon wieder ab und wir am 27.9., das heißt, wir würden uns dann an einem der Abende mit Dir und Klaus treffen, um den Abschied zu »feiern«. Ansonsten habe ich nicht vor, weitere Abschiedsbesuche zu veranstalten. Bei den meisten reicht es aus, wenn wir uns schriftlich verabschieden. Und eine Fete, wo alle eingeladen werden, kommt für mich überhaupt nicht in Frage. Das ist anstrengend und man hat ohnehin keine Zeit, mit jedem zu reden, schon gar nicht in Ruhe. Am Montag Vormittag kommt der Umzugswagen und am Nachmittag muss ich zur Chemo. Auch dort fühle ich einen großen Verlust, wenn ich dem Team und meinen Mitpatienten samt der begleitenden Familien Adieu sagen muss.

Freue mich, von Dir zu hören, liebe Grüße
Gabi

17.9.2007
Neuigkeiten für meine Kassel-Psychogruppe
Liebe Veronika (hallo, Ihr anderen),

mit Überraschung habe ich gelesen, dass Du in Amerika warst! Wo genau warst Du im Westen Amerikas? Ihr habt da genau den Urlaub gemacht – und offensichtlich mit großer Freude und Gewinn -, der unserer Amerikaerfahrung diametral entgegensteht: Viel sehen in kurzer Zeit, während wir in unserem Jahr dort wenig, sehr wenig, aber das sehr intensiv gesehen haben. Und damit haben wir schon wieder eigentlich sehr viel gesehen, nämlich all das, was man bei schneller Durchreise höchstens erahnt. Es wäre sehr spannend, wenn wir

unsere Erfahrungen austauschen könnten. Aber wie das? Die Entfernung ist sooo groß und alles lässt sich nicht schreiben oder zumindest nur mühsam.
Was Deine Äußerungen bezüglich Schule betrifft, so hätte ich erwartet, dass Du nunmehr Deine Kraft und Neugierde eher auf andere Bereiche verstärkt lenkst. Das heißt, ich nahm an oder hatte gehofft, dass Du die Arbeit verstärkt anderen überträgst. Hauptsache ist allerdings, dass Du das, was Du tust, mit Freude und zu Deiner Befriedigung machst.
Ich bin auch lange nicht mehr so fit und belastbar, wie ich mal war, allerdings mein Mann auch nicht. Daraus schließe ich, dass es zumindest nicht nur an der Krankheit liegt. Aber egal, was die Ursache ist, wir sollten uns mit unsrem Tun und unseren Planungen auf diese veränderte Situation einstellen und das fällt mir unendlich schwer. Und meiner Familie erst recht!
Wir sind nun schon seit 2,5 Monaten in Deutschland und haben in dieser Zeit eine Entscheidung getroffen. Unabhängig davon, ob unsere Wohnung in Istanbul verkauft ist oder nicht: Wir bleiben hier in Deutschland. Ich arbeite gar nicht mehr und mein Mann fängt mit dem Wintersemester wieder hier in LG an. Das fühlt sich für mich gut an, wenngleich ich die überaus menschliche und auch fachlich kompetente Zuwendung meines Onkologen in Istanbul sehr vermisse. Aber inzwischen habe ich ein gutes Verhältnis zu meinem hiesigen Gynäkologen. Der alte Chefarzt, der mich zu Beginn meiner Erkrankung nach Kiel vertrieben hatte, ist in Rente.
Heute beginne ich mit dem sechsten und vorläufig letzten Zyklus meiner Chemo, die Metastasen sind geschrumpft und man hofft, sie mit einem neuen Medikament (Lapatinib), das noch in diesem Herbst auf den Markt kommen soll, für eine Weile noch in ihrer Wachstumsfreudigkeit bremsen zu können. …
Leute, also nichts wie ran an die Schönheiten und Freuden dieses Lebens! Eine dieser Freuden waren die letzten drei Wochen. Unsere Tochter war für diese lange Zeit hier mit ihrem Sohn, meinem Enkel. Echt wunderbar: Babyfreuden zum Nulltarif, denn ich hatte keine Arbeit, nur das Vergnügen. Dieser kleine Kerl streckte seine Arme nach mir aus, zog meinen Kopf fest an sein Gesicht und küsste mich mit offenem Mund (feucht) ab. So was hab ich noch nie erlebt bei einem so kleinen Kerl. Heute fliegt sie wieder nach England, aber wir haben schon die Fähre für den 6. Oktober gebucht, um dann dort eine Woche lang im neu bezogenen Häuschen (besser: Häuseleinchen) so einiges mit unseren Ideen und Handwerkskünsten zu richten. Und zu schmusen.
Kommenden Donnerstag fliegen wir mit Freunden für eine Woche nach Istanbul, um den Umzug zu organisieren und uns zu verabschieden.
Hat jemand von Euch an eine neuerliche Kur in Kassel gedacht?
Seid alle ganz lieb gegrüßt und lasst von Euch hören!
Eure Gabi

Plötzlich Drama Queen – wieder zurück in Lüneburg

16.10.2007

Zurück zum Krebs
Meine lieben Jungs und Schwiegertöchter,
seit gestern Abend sind wir zurück aus England und wieder in Lüneburg. Sowohl die Hinreise nach England als auch die Rückfahrt waren ruhig und ohne Komplikationen. Wir hatten eine aktive, aber gerade deswegen wunderschöne Woche mit Eva und Tim, obwohl ich mich krank fühle und auch so aussehe. Michael war überwiegend in der Uni. Der Umzug hat sich für die kleine Familie aus unserer Sicht gelohnt: Das Haus ist in vielen Details günstiger und einfach optimal eingerichtet, richtig hübsch haben sie es, finden wir. Der Hof ist sogar mit etwas Grün bepflanzt und deshalb nicht so trist grau wie der alte. Wunderschön sind die beiden Parks, die in direkter Nähe liegen. Dort muss es im April aufgrund der vielen Rhododendren geradezu spektakulär sein. Man kann zu Fuß in die Stadt und absolviert ein komplettes Fitnessprogramm, wenn man den Kinderwagen samt Einkauf auf dem Rückweg bergauf schiebt. Ich musste abends ordentlich naschen, um trotz solcher Strapazen mein Gewicht zu halten. Tim ist ein Wunderkind, wir haben ihn schon vermisst, bevor wir wieder auf der Fähre waren.
Heute hatte ich wieder ein MRT und ein Herz-Echo. Die Lebermetastasen sind noch kleiner geworden, was wohl bedeutet, dass eine Behandlung fortgesetzt wird, worüber ich mich nur bedingt freuen kann, denn der Preis in Form von Nebenwirkungen ist schon sehr hoch. Jetzt in der Behandlungspause fühle ich mich seit Wochen erstmals wieder wie ein Mensch, wenn auch noch schwach und mit Triefnase und Triefaugen. Die geplante Anschlussbehandlung mit Xeloda und Lapatinib ist leider so einfach nicht möglich, da das Lapatinib in Deutschland noch immer nicht zugelassen ist. In USA ist es schon zugelassen und wir könnten es von dort bekommen, aber die Kassen bezahlen – wenn überhaupt – nur, wenn es hier zugelassen ist. Vielleicht hat ja Danas Chef eine Idee? Es wäre natürlich wenig sinnvoll, wenn man mit der Behandlung erst beginnen könnte, wenn die Metastasen bereits wieder gewachsen sind – geht es doch gerade darum, sie noch eine Weile in Schach zu halten. Übermorgen habe ich ein Gespräch mit meinem Gynäkologen, dann sehen wir weiter.
Dieter hat heute seine ersten Veranstaltungen gehabt und ist recht zufrieden. Jetzt versuchen wir den ganzen Istanbul-Kram in unseren Haushalt zu in-

tegrieren. Räumen, sortieren, neuen Stauraum suchen. … Es gibt schönere Beschäftigungen, zumal heute die Sonne herrlich scheint.
Freue mich auf Euch alle!
Liebe und Grüße, Mama

16.10.2007
Dank unserem Medikamenten-Experten
Lieber Joachim,
habe vielen Dank für Deine Infos über das Lapatinib, die wir gestern nach unserer Rückkehr aus England sofort gelesen haben. Wir werden morgen mit meinem Gynäkologen besprechen, wie wir versuchen, an das Lapatinib zu kommen. Es ist ja immer noch nicht hier zugelassen obwohl von Ärzten und Patienten heiß ersehnt. Bin sicher, dass es auch in Deutschland diese »Compassionate Trials« für die Anwendung noch nicht zugelassener Medikamente gibt. Heute hat das MRT gezeigt, dass die Metastasen bis auf wenige messbare Millimeter (die größte ist 1 cm) geschrumpft sind, was ja eigentlich eine gute Ausgangssituation für eine Weiterbehandlung mit Xeloda und Lapatinib wäre. Aber eben nicht erst nach weiteren Wochen der Warterei.
Wir werden sehen.
Es tut mir leid, dass Ihr Eure Heimreise nach Seattle getrennt antreten musstet. Hoffentlich ist Brigitte zufrieden mit dem, was sie bewirken konnte. Die Sorgen um die alten Eltern werden sicher eher mehr als weniger.
Habt auch vielen, vielen Dank für Euren Besuch bei uns!!! Es war für uns ein Glücksfall, dass Ihr von Eurem kurzen Aufenthalt in Deutschland Zeit für uns abgeknapst habt. Die Zeit war sicher nicht lang, aber ich denke, wir haben sie optimal genutzt. Für uns war Euer Besuch eine große Freude. Die Vase auf dem Tisch ist schon wieder mit »Köpfen« gefüllt und erinnert uns an Euch.
Seid ganz lieb gegrüßt, Brigitte, Du und Eure Kinder,
Eure Gabi und HD

26.10.2007
reise
liebe heidi,
hab ganz lieben dank für deine recherche bezüglich einer möglichen reise für uns zwei. ich habe es mir auch sofort angesehen und muss sagen, dass teneriffa sehr verlockend ist. das problem wird ein termin sein, zu dem wir beide können. ich habe jetzt zwar eine »behandlungspause« bis januar, damit sich mein körper etwas regenerieren kann, aber das herzeptin muss ich weiterhin regelmäßig bekommen. das schränkt mich enorm ein. jetzt kommt eva auch

erst einmal wieder zu uns. ich fühle mich total zerrissen. einerseits möchte ich gerne mal raus und vor allem auch in die sonne, aber andererseits ist mir ganz schnell auch alles zu viel. heute abend ist hd z.b. alleine zu einem konzert nach hamburg gefahren, weil wir morgen zu einer hauseinweihung eingeladen sind und mich schon allein die vorstellung, dass ich heute und morgen etwas auf dem zettel habe, völlig überfordert. vielleicht muss ich mich wirklich erst etwas besser erholen, bevor ich überhaupt über eine reise nachdenken sollte.
jetzt gilt mein ganzes interesse, dem leben so viel wie möglich an glücklichen momenten abzugewinnen.
seid ganz lieb gegrüßt,
eure gabi

3.11.2007
istanbul: wohnung verkauft
lieber peter,
dieter hat eben angerufen und gesagt, dass die wohnung verkauft sei, er teilweise bargeld und über den restbetrag einen scheck habe. eine juristin, die dieter mitgenommen hatte, habe ihm bestätigt, dass es ein bank-garantiescheck sei. der käufer aber ein ganz anderer war als der, mit dem wir verhandelt und den wir als käufer erwartet hatten. ich glaube an den erfolg erst, wenn alles geld auf unserem konto liegt. dieter kommt erst montag zurück.
macht euch schöne stunden, wenn nur irgend möglich. genießt das leben! ich habe gestern fünf stunden im regen (nieselregen) mit einem gärtner in unserem garten gearbeitet. das war echte lebensfreude. heute bekomme ich besuch von anja, die ich in kassel kennengelernt habe und morgen kommt wahrscheinlich annemarie. liebe samstagsgrüße und viel liebe,
deine mama

18.11.2007
Alles ok
Liebe A.,
es tut mir leid, dass ich mich nicht eher gemeldet habe, zumal ich mich – wie immer – sehr über Dein Familienupdate gefreut hatte. Wir waren viel unterwegs, mal in Schwerin bei meiner Mutter, in Timmendorf bei Dieters Mutter, hatten mein Geburtstags-Treffen mit allen Kindern in Köln bei Peter (die Kinder und Dieter haben mir einen gemeinsamen Urlaub im Februar geschenkt. Alle haben schon entsprechend Urlaub eingereicht!), haben Freunde in Münster besucht, Eva war mal wieder für eine Woche mit Tim bei uns, wir waren in England, hatten einen englischen Kollegen von Dieter samt Frau

bei uns etc. – überwiegend schöne Aktionen, die mich vollkommen ausgefüllt haben.
Du siehst: keine Zeit für kranke Gedanken. Der Merger unseres Istanbuler und Lüneburger Haushaltes ist auch noch nicht abgeschlossen, und ein Wasserschaden im Hauswirtschaftsraum hat uns in Möbelgeschäfte getrieben, wo wir bislang erfolglos nach einem Ersatzschrank gesucht haben. Dieses Wochenende war voller netter Einladungen. Also, Sorgen müsst Ihr Euch nicht machen, aber wohlwollend an uns zu denken, ist immer gut. Das kommt hier an. Wir werden Weihnachten in Marburg sein. Vielleicht gibt es da eine Chance, sich bei der Hin- oder Rückfahrt zu sehen?
Ist bei Euch alles ok?
Liebe Grüße, Eure Gabi

20.11.2007
Abschied vom Berufsleben, Dank an Chef in Istanbul
Sehr geehrter Herr Akpinar,
das Eintreffen meines Gehaltes für die Dozentur während der letzten zwei Semester an Ihrer Abteilung möchte ich zum Anlass nehmen, mich noch einmal persönlich bei Ihnen zu melden. Zunächst einmal haben Sie vielen Dank, dass Sie sich für die Bezahlung meines Unterrichts eingesetzt haben. Es tut mir gut, auch auf diese Weise eine Anerkennung für mein Engagement in Ihrer Abteilung zu spüren. Danken möchte ich Ihnen aber ganz besonders für die positive Unterstützung, die Sie mir während der gesamten Zeit gegeben haben und ohne die der große Erfolg in der studienbegleitenden Vermittlung von Deutsch als Wissenschaftssprache nicht möglich gewesen wäre. Selten im Leben habe ich mich in einer Gemeinschaft so wohl gefühlt, wie in Ihrer Abteilung. Sie waren immer für mich da, wenn ich Ihren Rat und Ihre Unterstützung brauchte. Sie haben mich ermutigt, höhere Anforderungen an die Studenten zu stellen und mir geholfen, deren anfänglichen Widerstand auszuhalten. Sie hatten recht damit, dass die Studenten schon bald den Wert eines guten – wenn auch fordernden – Unterrichts erkennen und schätzen würden. Wenn ich bedenke, wie gering zu Beginn meiner Tätigkeit die Teilnahme am Deutschunterricht war, erscheint es mir wie ein Geschenk, dass im letzten Jahr der überwiegende Teil eines Semesters zu jeder Unterrichtsstunde erschienen ist. Die allermeisten Studenten haben sich ungewöhnlich engagiert und waren zudem freundlich, wohlerzogen, einfach nett. Mit großem Bedauern musste ich dann aus gesundheitlichen Gründen meine Tätigkeit für das neue Semester aufgeben. Leider hat das nicht ausgereicht, und wir mussten die schwere Entscheidung treffen, ganz nach Deutschland zurückzuziehen. Wir vermissen Sie,

die Mitarbeiter der Abteilung und auch die Studenten sehr! Die beiden Jahre in Istanbul, besonders aber die Arbeit an Ihrer Abteilung, sind eine wertvolle Erfahrung für mich, die mein Leben sehr bereichert hat.
Danke dafür!
Ihnen, Ihrer Frau und Ihrem Sohn wünsche ich alles erdenklich Gute! Bleiben Sie gesund! Ich denke gerne an die Begegnungen und Gespräche mit Ihrer Frau zurück.
Bitte richten Sie meinen Dank auch allen Mitarbeitern »unserer« Abteilung aus. Deniz und Utku danke ich für die Unterstützung bei vielen Gelegenheiten, ganz besonders aber Utku für seine unermüdliche und so geduldige Hilfe während der Umbauarbeiten in unserer Wohnung. Ohne ihn wäre ich verloren gewesen.
Mit viel dankbarer Erinnerung und Traurigkeit wegen des ungeplanten Endes verbleibe ich
Ihre Gabriele Knöll

21.11.2007

gelebt wird jetzt
lieber michael,
hab ganz herzlichen dank für deine lieben geburtstagsgrüße und das familienupdate.
dass keine berichte mehr von mir kamen, liegt einfach daran, dass ich/wir sehr gefangen genommen waren und sind, uns mit unserem leben, so wie es jetzt ist, auseinanderzusetzen. das normale leben bedeutet für uns seit einer ganzen weile schon, das kunststück zu vollbringen, mit meinem tod vor augen das leben zu genießen. es verdichtet sich alles, im negativen wie im guten. jetzt habe ich gerade eine kleine behandlungspause und das fühlt sich gut an. ist aber eben nur vorübergehend. die prognose ist nicht eben gut, nachdem ich seit einigen monaten nun auch lebermetastasen habe. trotz ärztlichen rates haben jonas und gudrun ihren hochzeitstermin nicht vorverlegt, weil das für sie bedeutet hätte, bereits meinen nahenden tod zu akzeptieren. das können sie (noch) nicht, ebenso wenig wie dieter. er weiß, dass es so ist, kann aber (oft) nicht danach handeln. als wolle er durch langfristige planungen das schicksal zwingen, in seinem takt zu bleiben.
eva und tim sehen wir einmal im monat, entweder kommt eva zu uns oder wir fahren oder fliegen nach lancaster. tim ist ein wunder an lebendigkeit und guter laune – so süß wie unsere eigenen kinder. ich hätte nie gedacht, dass ich irgendein kind jemals so lieben könnte wie meine eigenen. aber tim hat das geschafft. eva als mutter zu beobachten ist ein geschenk. sie macht das einfach

wunderbar. evas brüder lieben diesen kleinen kerl ebenfalls sehr und werden von tim stets mit einem strahlenden lachen belohnt. man spürt, wie der wunsch nach eigenen kindern in ihnen geweckt ist.

jonas, der kleine (soeben 25 geworden), hat im sommer sein examen in physik mit sehr gut gemacht (seit neuestem gönne ich mir unverhohlenen stolz) und ein promotionsstipendium bekommen. er arbeitet auf dem gebiet der neurophysik mit psychologie im nebenfach. jürgen promoviert ja auch in marburg. so sehen sich jürgen und jonas sehr oft, begünstigt durch den umstand, dass deren frauen (gynäkologin und internistin) beste freundinnen sind. alle kinder haben sich wunderschön mit zum großen teil den möbeln aus unserem bestand eingerichtet. so findet man dort allenthalben inventar aus der knöll-familie bis zu dieters großvater. das erzeugt echtes glücksgefühl. wir haben ja alles aufgehoben.

das zusammensein mit meinen kindern, das beobachten, wie sie miteinander umgehen, ist für mich das größte glück. ich sahne voll ab. man sagt ja immer, man dürfe keine dankbarkeit von den kindern erwarten. zu diesem satz habe ich überhaupt keinen bezug, weil das nie mein thema war. wir sind permanent unseren kindern dankbar und dem leben, dass wir so wunderbare kinder haben. ich denke oft, dass ich von den kindern schon viel mehr bekommen habe, als ich ihnen jemals gegeben habe.

das steht euch noch bevor. jede geliebte begegnung mit den kindern trägt früchte und kommt mit zinsen zu euch zurück, auch wenn man das während schwierigerer entwicklungszeiten gelegentlich nicht glauben mag. Es gibt keine entwicklung ohne risiko, aber es lohnt sich, vertrauen in entwicklung zu haben, in die eigene und die unserer kinder.

daniela wünsche ich sehr, dass sie einen aufgabenbereich findet, der sie erfüllt und der ihr, wenn die kinder mal aus dem hause sind, ein wenig der tiefen befriedigung ersetzen kann, die aus der auseinandersetzung mit den kindern entseht.

es wäre dir sehr zu gönnen, dass dir deine arbeit noch reichlich herausforderungen bietet, die du mit freude und spannung annehmen kannst. du bist ja einen wirklich ungewöhnlichen weg gegangen.

lieber michael. was soll ich zum schluss sagen? ich habe keine ahnung, wie lange ich es noch schaffe, aber zur zeit lebe ich nach dem motto, alles gute mitzunehmen, was sich bietet. und am allerbesten sind warme menschliche begegnungen.

liebe grüße an deine ganze familie, nehmt euch zeit füreinander,
gabi

22.11.2007

Carpe diem

Ihr Lieben,
schon wieder ist ein halber Monat vergangen, seit wir uns in Köln getroffen haben. Ich würde so gerne schreiben: »Mein Gott, wie die Zeit verfliegt!«, aber so was Abgedroschenes lass ich ja nicht aus meiner Feder fließen. Da habe ich höhere Ansprüche an Originalität. Schaut Euch die Bilder an, und Ihr werdet sicher wie ich gerne an das Wochenende zurückdenken. Wir fahren heute – mit Rechner – nach Sierksdorf, erstmalig seit Ewigkeiten. Dort gibt es einiges zu reparieren, eine Grundreinigung, das Moos von den Balkonbrüstungen wegzuschrubben (mit viel Tropfwasser als Gruß an die netten Leute unter uns) und neue Betten aufzubauen. Und den Bericht an den DAAD wollen wir auch schreiben, und wenn dann noch Zeit bleibt, wollen wir spazieren gehen, zum Teil mit Susi und Karsten, die am Wochenende in einem Spa-Hotel in Grömitz sind, Annemarie besuchen und das neue Haus von Ulli und Kay besichtigen, Großmuttchen besuchen und vielleicht auch Ilse. Der Tag hat 24 Stunden und zur Not nehmen wir die Nacht dazu. So klingt ein Programm nach dem Motto: Carpe Diem – in der schlechten Ausführung. Vielleicht macht Ihr uns die bessere Version vor?!
Wie auch immer, unsere Liebe begleitet Euch (hoffentlich eher als Flügel denn als Schulterlast).
Eure Mama

26.11.2007

Alles Gute

Liebe Konny,
schon lange wollte ich auf Deine E-Mail antworten. Ich denke täglich an Euch, wünschte so sehr, dass wir uns einfach mal treffen könnten, es gäbe so viel zu erzählen. Das alles in einer E-Mail unterzubringen, ist mühsam. Insgesamt hat sich der Rückzug für uns/mich als gut und richtig erwiesen. Aber vor der Erkrankung mit all den unliebsamen Begleiterscheinungen kann man auch hier nicht weglaufen. Ich merke, dass das Sterben mir gedanklich näher gekommen ist. Morgen stehen aus gegebenem Anlass schon wieder MRTs an, vor deren Ergebnis ich Angst habe. Da muss ich durch. So ganz nebenbei plage ich mich seit zwei Wochen mit einer Entzündung im Kiefer herum, eine Wurzelbehandlung wurde gemacht, aber mein Körper wurde nicht damit fertig, so bekomme ich jetzt Antibiotika – aber besser geworden ist es bislang noch nicht. Soweit das Gejammere.
Bislang finde ich aber noch an jedem Tag etwas, was mich glücklich macht.

…
Inzwischen ist das Geld vom Verkauf der Wohnung sogar tatsächlich auf unserem Konto eingegangen. Ich hatte da bis zum Schluss meine Zweifel. So können wir abschließend sagen, dass sich der Kauf der Wohnung gelohnt hat, zwar haben wir nur einen winzigen Gewinn gemacht, aber wir haben billiger gewohnt, als wenn wir in der Mietwohnung geblieben wären.
Liebe Konny, wir würden uns riesig freuen, wenn Ihr uns Anfang des Jahres besucht!!!!!! Wir sind über Weihnachten in Marburg, kommen aber schon vor Neujahr zurück. Ihr seid von Herzen willkommen! Sobald Ihr Genaueres wisst, lasst es uns wissen.
Seid beide ganz lieb gegrüßt,
Eure Gabi

27.11.2007

Krebs im Kopf, tausend Fragen
Liebe Kinder,
heute wurde ein MRT von LWS und Kopf gemacht, leider mit dem Ergebnis, dass ich zwei Herde im Gehirn habe. Einer in der sogen. Brücke, Pons, die Stelle, wo das Rückenmark ins Gehirn eintritt, (1,3 cm) und einer im Kleinhirn (0,9 cm) mit einem Ödem drum rum, was etwas Kopfschmerzen macht. Morgen haben wir einen Termin beim Radio-Onkologen (Was bringt eine Bestrahlung jetzt, mehr Nutzen als Kosten/Nebenwirkungen? Welche Art von Bestrahlung, nur fokussiert auf die Herde oder den ganzen Kopf?) und am Donnerstag beim Neurologen, da dieser Befund nicht wirklich erklärt, warum sich mein linkes Bein seit einigen Wochen anfühlt wie mit einer Eisschicht überzogen. Tut mir leid, dass ich so eine Scheiße melden muss. Aber wie gesagt, es ist nicht wirklich eine Überraschung.
Was heißt das für den gemeinsamen geplanten Urlaub im Februar? Es ist eher anzunehmen, dass wir ihn nicht antreten können, denke ich.
Liebe und Grüße, Eure Mama

28.11.2007

was der radiologe meint
lieber peter,
also, der radio-onkologe meint, eine operative entfernung ginge wohl höchstens für den tumor im kleinhirn, der andere läge zu ungüstig. man müsse zudem in meinem fall (bereits metastasen in anderen organen: uterus und jetzt leber) davon ausgehen, dass die wahrscheinlichkeit hoch sei, dass im gehirn noch weitere herde vorhanden seien, die sich nur noch nicht darstellen ließen.

das bedeute, dass er eine ganzhirnbestrahlung vorschlage, um so weitere ggf. vorhandene herde mitzuerwischen. erst auf meine nachfragen bestätigte er aber, eine möglichkeit sei auch, mit einer stereotaktischen bestrahlung die herde direkt, fokussiert zu bestrahlen und entweder bei fortschreiten dann eine ganzhirnbestrahlung mit geringerer dosis zu machen oder direkt als ergänzungsbehandlung nach der stereotaktischen bestrahlung. wie gut, peter, dass ich durch dich so gut über vor- und nachteile beider verfahren informiert war. er selber macht keine stereotaktische bestrahlung, kennt aber den prof. m. in köln gut. er meinte weiter, dass man heute die stereotaktische bestrahlung oft nicht mehr mit dem gammaknife macht, sondern mit einem linearbeschleuniger, mit vergleichbaren ergebnissen. nach abwägung dessen was er sagte, scheint zumindest eine vorausgehende stereotaktische bestrahlung sinnvoll. (habe auch die hoffnung, dass die nebenwirkungen nicht so übel sind wie bei einer normaldosierten ganzhirnbestr., was denk- und merkfähigkeit betrifft. aber ist die hoffnung berechtigt?) wenn dein kollege diese meinung teilt, stellt sich die frage, wo ich das machen lasse – und da böte sich köln natürlich an. wir könnten sozusagen sofort kommen. dieter mailt dir die notwendigsten berichte (da sind auch zwei bilder dabei) zu, die cd geht dann noch gesondert los.
liebe,
deine mama

2.12.2007
fortecortin
lieber pitt,
habe verstanden, dass ich cortison schlucken soll zur vorbeugung der ödeme, mit denen mein gehirn gegen die strahlenattacke rebellieren wird. wir haben noch fortecortin 4 mg im haus, von meiner ersten chemo, wo ich das immer in der ersten woche nehmen musste. die frage ist, soll ich damit heute schon starten und falls ja, in welcher dosis (3x 4mg?)?
liebe und grüße,
deine mama

2.12.2007
frühstück wäre mir lieber
liebe freundin,
ich habe dein liebes geschenk nicht vergessen. die ereignisse haben sich für uns überschlagen. so gab es neben arztbesuchen für mich kaum zeit. morgen (montag, 3.12.) muss ich für etwa eine woche nach köln in die klinik. danach hoffe ich sehr, dass ich den gutschein für ein frühstück einlösen kann.

liebe grüße an dich und deine familie,
deine gabi

8.12.2007
wieder zu hause
lieber peter,
nun bin ich schon wieder einen ganzen tag zu hause. es war eine schöne idee, nach der bestrahlung über marburg nach lüneburg zu fahren. so hat diese reise doch auch schöne erinnerungen. ich möchte mich bei dir bedanken für alles, was du in den letzten tagen für mich arrangiert und organisiert hast. ich weiß, dass ich es ohne deine hilfe weder zu dieser art der behandlung geschafft hätte und schon gar nicht so schnell – was mir aber eine große erleichterung ist. ich bin froh, dass ich es hinter mir habe. aus ärztlicher sicht ist die stereotaktische bestrahlung sicher ein klacks, für mich war es das nicht. es war auch wunderschön, wie oft du vorbeigekommen bist, obwohl mir bewusst ist, dass das in deinem klinikalltag nicht so einfach gewesen sein kann. ganz besonders dankbar bin ich auch, dass ich letztlich durch deine unterstützung die propofol-anästhesie bekommen habe. der arzt meinte, dass das ausschließlich von den anästhesisten gegeben werde dürfe, von den neurochirurgen würde das keiner machen. als ich dann aber sagte, dass du das eventuell organisieren würdest, versprach er, einen anästhesisten aufzutreiben, was dann ja auch gelungen ist. ich bin so unglaublich dankbar, dass ich das aufsetzen der »dornenkrone« nicht mitbekommen habe, das abnehmen hat völlig gereicht. in zukunft würde ich allerdings doch eine vollnarkose vorziehen, auch da das stundenlange liegen, so bewegungsunfähig fixiert, ganz enorme rückenschmerzen bereitet hat, für die es keine linderung gab. jetzt ist alles vorbei und ich schaue, was die tage jetzt bringen mögen. im moment ist mir sehr schwindelig, vor allem, wenn ich den kopf bewege. alleine kann ich im moment also nichts machen. die kommende woche wird dem zahn gehören, vermute ich. es steht noch nicht fest, ob eine wurzelresektion gemacht oder der zahn gezogen wird.
also, pitt, hab ganz lieben dank für all deine unterstützung!
liebe und grüße,
deine mama

8.12.2007
trauer gehört dazu
lieber jürgen,
ich wollte mich nur ganz kurz noch bedanken, dass du mir nach dem frühstück eine kleine weile der verzweiflung und traurigkeit gegönnt hast. das hat einfach gut getan. ich kann nicht immer nur tapfer sein, das wäre unmenschlich und

auch völlig verdreht. ich habe das gefühl, sehr gut mit meinem schicksal umgehen zu können, habe bei allem noch immer die fähigkeit, mich zu freuen, jede chance auf ein lachen zu nutzen und tue das auch, aber es gibt momente, da überwiegt einfach der jammer. und der muss, meine ich, auch seinen platz in der familie haben dürfen. normalität sieht jetzt einfach für uns alle anders aus als zu gesunden zeiten. ich will nicht nur über meine krankheit reden, aber sie ist für mich genau so alltag, wie für euch das labor oder der klinikbetrieb. danke, dass du mir zugehört und mir das gefühl gegeben hast, mich auch mit meiner traurigkeit zu ertragen. das hat mir für den ganzen weiteren tag entlastung verschafft. stell dir vor, als wir in lüneburg ankamen, durften wir tatsächlich feststellen, dass die handwerker das bad – nach dieters aufwendigen vorbereitungen – in unserer abwesenheit auf behindertengerecht umgerüstet haben. mal wieder können wir susi und karsten dankbar sein, dass sie das für uns so wunderbar organisiert haben. das sind freunde!
ich liebe dich!!! deine mama

9.12.2007

drei hirnmetastasen
liebe brigitte,
danke für das bild. hoffentlich ist eure adventszeit neben aller trauer um jochens vater auch angefüllt mit hoffnung und freude. ich habe mir fest vorgenommen, trotz oder gerade wegen allem die adventszeit zu genießen. jetzt habe ich drei hirnmetastasen (in lüneburg fand man zwei, in köln entdeckte man noch eine), die in der uniklinik köln mit stereotaktischer bestrahlung (gezielt nur die tumorherde) behandelt wurden, was aber ja nur ein kleiner aufschub ist, denn dort und im rest des körpers gehts ja auch weiter. klingt nicht gut, was? dennoch versuche ich mir einen rest an lebensfreude zu erhalten.
seid lieb gegrüßt,
gabi

11.12.2007

denke, wir kommen
lieber jürgen, ihr wollt wissen, worauf ihr euch einstellen könnt. also, wenn nichts gravierendes dazwischen kommt, werden wir freitag kommen und sonntag wieder fahren. wenn die männer unterwegs sind, könnten wir mädels ja kochen oder was bestellen und einen schönen film ansehen? ich freu mich auf euch und eure wunderschöne wohnung.
liebe und grüße,
mama (hatte einen sehr schönen tag, war zuerst mit einer freundin in der stadt

und anschließend mit dieter in hamburg. hab also was vom leben gehabt und daran teilgenommen. mir geht es recht gut.)

12.12.2007
gefühlsstörungen im bein
liebe yvonne, meine kanadierin,
wie war es in kalifornien? ich habe den ganzen tag an thanksgiving an euch alle gedacht und wäre so riesig gerne dabei gewesen. ich muss immer an unser einziges thanksgiving denken, wie wir bei anuschka zusammensaßen, noch mit marion, und anuschka uns aufforderte zu erzählen, wofür wir im vergangenen jahr besonders dankbar waren. die runde hat mir so gut gefallen. neben der nachdenklichkeit, die dadurch entstand, waren wir ja auch herrlich vergnügt. wir haben wochen hinter uns, die man kaum beschreiben kann. ich habe zusätzlich zu den lebermetastasen nun auch drei hirnmetastasen, die bislang keine weiteren ausfallerscheinungen gezeigt haben als gefühlsstörungen im linken bein, und die inzwischen stereotaktisch bestrahlt wurden. keine nette prozedur, fettabsaugen wird aber wohl auch kaum schöner sein – und das nehmen ja auch viele auf sich. ich war zu dem zweck in der uniklinik in köln. so konnte peter viel bei mir sein. er hatte mir auch innerhalb eines tages alle termine organisiert. mir geht es recht gut, habe keine schmerzen, werde fetter und fetter durch die hohen cortisongaben, fühle mich psychisch neben gelegentlichen traurigen anwandlungen immer mal zwischendurch, aber sehr stabil und privilegiert, da ich wirklich noch so viel lebensfreude habe. es gibt so viel, womit man mir freude macht. freundinnen holen mich ab und nehmen mich mit in die stadt zum frühstück, heute abend gehe ich mit einigen frauen ins kino, rauskommen und nicht nur auf dem sofa sitzen, das ist ein riesenspaß. alleine kann ich es nicht mehr wirklich, ich bin sehr schlapp zuweilen. unser bad haben wir jetzt »behindertengerecht« umgestaltet, ich nenne es lieber »praktischer«. große dusche, fast ebenerdig und mit einem klappsitz. wunderbar.
am wochenende fahren wir nach marburg zu jürgen und jonas. gibts was schöneres?
weihnachten trifft sich dann die ganze familie einschließlich eva aus england auch in marburg. so kann ich genießen ohne arbeit.
man muss dem leben noch abgewinnen, was möglich ist. solange ich laufen, lesen, hören, sprechen kann und das auch noch ohne schmerzen … ..
soeben kam eine todesanzeige von einer langjährigen bekannten, die ebenfalls brustkrebs hatte und nun tot ist. das haut mich doch um.
liebe grüße,
gabi

13.12.2007
nehmen, was der tag so bietet
liebe christel,
es darf keinen grund geben in der welt, sich nicht für zuwendung zu bedanken, die einfach nur glücklich gemacht hat. und das soll hiermit geschehen. der vormittag mit dir, das reden dürfen, das lachen und auch traurig sein dürfen, die erlaubten tränen und anklagen, dass du das alles ausgehalten und mitgetragen hast, ist ein großes geschenk für mich. danke dafür. du kannst dir gar nicht vorstellen, wie mich das noch heute mit energie füllt! nachmittags war ich noch mit dieter in hamburg, nur einmal mönkebergstr. rauf und runter, aber es war leben! gestern war ich mit einer freundin im kino! der neueste film von till schweiger. nicht tiefschürfend, aber ich habe lauthals gelacht. leben! und ich bin mittendrin. heute gehe ich mit dörthe in die stadt. hab einiges zu erledigen, was ich alleine nicht mehr so schaffe, aber auch nicht immer dieter mitschleppen mag. so schaue ich auf einen glücklichen tag und eine vergangene wunderbare woche. es tut mir schon alleine gut, einen grund zu haben, mich »hübsch« anzuziehen und zurechtzumachen. wer nur noch auf dem sofa sitzt, lässt gerne mal den hausanzug an, was für einen tag ja ok ist, aber täglich? das zieht runter. jetzt sitze ich hier wieder schwarz-rot gewandet und fühle mich einfach toll (dusel im kopf, zusitzende nase und schwache beine mal nicht berücksichtigt). auch heute nehme ich mir, was der tag so bietet. mit dem konzept fahre ich gut, solange es geht. dass ich für die umsetzung deine verbundenheit habe, macht mich gelassen und zuversichtlich. ach ja, das buch, von Ruth Picardie, einfach toll, wie du es mir angeboten hast. meine spontane abneigung ging ja dann in versuchsbereitschaft über und nun habe ich es beinahe schon ausgelesen. danke, danke, danke. die frau gab mir die erlaubnis, das zu tun, was jetzt mein impuls ist. shoppen und fressen. nicht ganz so dramatisch. gebe mein geld auch nicht für teure designerfummel aus, aber ich gönne mir dinge, die ich mir viel zu lange verwehrt habe. sparen kann knöll dann ja ganz kräftig nach meinem tod. und sollte ich so teuer für ihn gewesen sein, wie er seid neuestem tut, ist das sparpotential ja auch entsprechend groß. seit unserem gespräch stehe ich dieters reaktionen ganz locker gegenüber. sie treffen nicht mehr meine seele. und das tut uns beiden gut.
danke, dass du meine anklagen nicht bewertest, sondern eher versucht hast, deinen blick darauf anzubieten. ich will ja auch gar nicht verurteilen, aber ich will eben auch nicht immer alles verstehen und jede scheißreaktion verzeihen müssen.
samstag fahren wir nun nach marburg – und mein gott, dann kommt schon bald weihnachten. ich würde so gerne jeden tag aufs doppelte verlängern. denn meine tage sind schön! kurzentschlossen sind dank stilnox auch die nächte

wieder zum schlafen für mich. auch eine gute sache. das cortison tut sonst alles, mich wach zu halten.
liebe christel, möge dir in den bereichen, in denen du zuwendung und unterstützung brauchst, eben so viel entgegenkommen wie mir. das zusamensein mit dir ist balsam für meine seele!
liebe grüße, gabi

16.12.2007

wieder daheim, ilse
liebe kinder,
zunächst: ilse hatte, zusätzlich zu ihrem krampfanfall und der harnwegsinfektion, einen hinterwandinfarkt, nicht akut lebensbedrohend, aber wir fahren morgen hin.
wir hatten eine ruhige, zügige rückfahrt von marburg.
euch möchte ich von ganzem herzen für das schöne wochenende danken. es war kein bisschen anstrengend für mich, ich habe es einfach nur aus vollen zügen genossen. der unkomplizierte, lustige filmabend mit euch schwiegertöchtern – einfach ein geschenk! denke nicht, dass alle schwiegermütter ein solches glück haben. das zusammensein mit euch hat mich glücklich gemacht und inspiriert. danke! dana, deine bücher liegen noch im gästezimmer, habe vergessen, sie zurückzulegen.
seid lieb gegrüßt, bis weihnachten,
eure gabi-schwiegermama und mama

16.12.2007

dank, besonderer
lieber jonas,
dir möchte ich besonders danken für den nachmittag mit dir. es war eine sehr gute idee, dass wir zeit füreinander hatten. sogar das gemeinsame einkaufen (wie früher) hat mir freude gemacht.
danke auch, aber das habe ich ja schon deutlich zum ausdruck gebracht, für die vorverlegung eurer standesamtlichen hocheit. das ist eine ungeheure entlastung für mich. das scheint so ein eher greifbares ziel zu sein, auf das ich mich riesig freue. und natürlich hoffe ich – und wer weiß – dass ich auch die kirchliche hochzeit fröhlich mitfeiern kann. aber der druck, durchhalten zu müssen, ist weg.
jonas, ich bin ganz verliebt in dein gesicht! du bist wunderschön! und dein xtagebart steht dir, finde ich, sehr gut. du hast superschöne augen! ich schaue dich sooo gerne an.
liebe,
deine mama

18.12.2007
das sterben meiner mutter – anschauungsmateriel?
liebe brigitte,
danke für die medikamentenangabe. wir haben das orthomol gekauft und ich schlucke eifrig. bin überzeugt, es wird mir gut tun. meine stereotaktische bestrahlung habe ich gut überstanden, aber natürlich spüre ich die folgen trotz der hohen cortisongaben, die an sich auch kein vergnügen darstellen. meine mutter liegt im krankenhaus, ein bild des jammers, hatte aufrund hohen fiebers (blaseninfekt wegen des seit monaten liegenden katheters) einen epileptischen anfall, der wiederum einen vorderwandinfarkt ausgelöst hat. sie stirbt scheibchenweise. entsetzlich! und ich schaue zu und bekomme ideen, was alles auf mich zukommen mag. besonders schlimm ist, dass man in den augen meiner mutter tausend fragezeichen sieht, nur ahnen kann, warauf sich das bezieht, sie versucht immer wieder mit allergrößter kraftanstrengung was zu sagen, aber es ist unmöglich sie zu verstehen. man hört nur ein hauchen. albtraum! in all der scheiße habe ich viele schöne zeiten. hatten wunderbares wochenende in marburg, hd mit zwei söhnen und ich mit drei schwiegertöchtern und jonas. einfach nur wunderbar. gleich kommt eine freundin und wir gehen zusammen in die weihnachtliche stadt, was in lüneburg wirklich ein ästhetisches vergnügen ist. ich kanns nicht fassen, dass mich die natur mit soviel fähigkeit zum glücklich sein unter widrigsten umständen ausgestattet hat. hoffentlich hält das noch lange so an.
liebe grüße,
deine gabi

p.s.: cortison soll auch eine euphorisierende wirkung haben. wär ja mal was gutes! fett aber glücklich, welch nette vorstellung.

19.12.2007
freude an aktivität
stellt euch vor, unsere küchenrenovierung ist abgeschlossen und es sieht phantastisch aus. alle geräte sind gegen neue ausgetauscht. dieter kann zu recht stolz sein. dazu haben wir jetzt kostenlos (weil dieter so viel mit einer kreditkarte bezahlt hat, nämlich die teuren chemos in istanbul) eine senseomaschine, die exakt zum siemens wasserkocher passt. ich bin begeistert. außerdem ist meine nase seit einigen tagen viel freier. steige jetzt auf einfaches kochsalz um zum sprühen. habe heute die heizkörper im gästebad, schlafzimmer und im elternbad gestrichen. ja, wir sind produktiv! habe mich echt klasse gefühlt, aber das kennt ihr ja auch. bin alleine mit dem bmw, der sich

wie butter fährt, einkaufen gefahren. habe beschlossen, dass ich auch nicht schusseliger fahre als andere.
mit meinem zahn ist auch alles überstanden, hab noch irgendwo ein kleines löchlein, das im januar geflickt wird – klingt doch auch entlastend!
seid lieb gegrüßt,
eure mama

27.12.2007
cortisongesicht
liebe heidi,
wir sind von unserem familien-weihnachtsfest in marburg angereichert mit glück zurück. wir wünschen euch, dass auch ihr schöne tage zusammen hattet. wir basteln jetzt noch ein wenig an unserem haus herum (ich streiche gerade alle heizkörper neu, was nach über 20 jahren eine gute idee ist) und hoffen dann auf einige zusammenhängende tage in sierksdorf, damit hd die dringend notwendige ruhe für einige schriftliche arbeiten findet. da bei uns alles um die ewigen arzttermine kreist, ist das gar nicht so einfach. am 12.1. feiern wir dann schon jonas vorgezogene standesamtliche hochzeit. ich sehe im moment gerade so aus, wie ich es befürchtet habe, seit ich das scheiß-cortison einwerfe: aufgedunsen und feist, dümmliche, einfältige gesichtszüge. das ist nicht übertrieben – und mir bei weitem auch nicht gleichgültig. ...
so, wir wollen versuchen, doch etwas sport zu machen. rettet mich zwar nicht, aber dieter tut es gut.
seid lieb gegrüßt,
eure knölls

27.12.2007
das cortison frisst lebensqualität
liebe wanda,
habe sowohl deine liebe post mit der salamanderbrosche (die mich seitdem begleitet) erhalten als auch deine anrufe. was es genau ist, dass ich dann doch weder zur taste noch zum hörer greife, kann ich nicht sagen. es ist einfach alles zusammen zu viel. seit der bestrahlung bzw. der sich daran anschließenden cortisonbehandlung oder durch die eben dennoch entstehenden hirn-ödeme oder die abzutransportierenden kaputten zellen fühle ich mich krank. wie auch immer, ich sehe scheußlich aus, feist, aufgedunsen, dümmlich, einfältig. Und so soll ich in zwei Wochen an der vorgezogenen standesamtlichen hochzeit unseres kleinen jonas teilnehmen? ich werde ein vollständiges fotographierverbot mich betreffend verlangen. schlimm ist, dass ich nicht nur aufschwemme,

sondern zusätzlich unter ungeheuren fressattacken auf süßes leide, denen ich stets nachgebe, wahrscheinlich, weil ich mal von Oscar Wilde gelesen habe, man solle Versuchungen stets nachgeben, da man ja nicht wisse, ob sie wiederkämen. seit der behandlung habe ich mindestens sechs kilo zugelegt. das macht zufrieden! die dosis an cortison wird schon laufend reduziert (kann dennoch kaum schlafen und wenn nur mit schlafmittel), aber ich merke noch überhaupt kein nachlassen der wassereinlagerungen noch der fressattacken. kannst du mir sagen, wie lange das so in etwa dauert, bis zumindest das wasser sich verabschiedet? kann ich das unterstützen? sollte ich weniger trinken? (ich habe gerade im gegenteil sehr viel getrunken, weil ich dachte, dass ich meine organe entlasten und das zeug ausspülen muss).
wanda, das sind sicher alles nebensächlichkeiten, greifen aber meine lebensqualität an – und das ist schon entscheidend.
trotz allem (meine unzufriedenheit mit mir) sind wir von unserer weihnachtsfeier in marburg angereichert mit großem glück heimgekehrt. wir haben schon besonderes glück mit unseren kindern und eben aber auch den schwiegerkindern. unser enkel ist einfach ein kleines wunder und sitzt mitten in meinem herzen.
liebe wanda, knöll will, dass ich jetzt ins bad gehe, denn wir gehen dann zum sport, was zumindest bei mir im moment nichts rettet. schaden tut es aber wohl auch nicht und knöll hilft es.
danach werde ich unsere restlichen heizkörper streichen. ich beschäftige mich. und das tut mir gut.
…
habe übrigens heiligabend erfahren, dass einer aus meiner kassel-psychogruppe gestorben ist, hatte prostatakrebs mit knochenmetastasen, aber man hatte ihm das gefühl vermittelt, damit könne er noch jahre leben. nun ist es vorbei. im juli war noch ein treffen bei ihm.
ganz liebe und herzliche
grüße, gabi

Eva an Gabi

28.12.2007

Angst vor dem Tag, an dem Du nicht mehr da bist
Hallo Mama!
ich denke Papa hat Dir schon gesagt, dass ich angerufen hatte? Wir sind jedenfalls gut wieder gelandet und in Lancaster angekommen.
…
Weihnachten fanden wir sehr schön! Und die »Eninnerungsbox« fanden wir,

glaub ich, alle super! Auch wenn unsere Kinder-Gedichte und gemalten Bilder nicht wirklich druckreif sind, so zeigen sie Dir aber, wie lieb wir Dich haben! Ich habe leider immer Schwierigkeiten zu zeigen, wie ich mich wirklich fühle – eben auch damit, wie ich mich fühle bei dem Gedanken, dass Du nicht mehr lange bei uns bist. Es ist einfach noch unvorstellbar, und ich kann gar nicht beschreiben, was für eine Angst ich vor dem Tag habe, an dem Du nicht mehr da bist! Egal wie alt man ist, jeder braucht seine Mama. Und dass das auch für Dich gilt, sehe ich, wenn ich Dich bei Ilse im Altersheim sehe.
Ich bin jedenfalls froh, dass wir Weihnachten rübergeflogen sind!
…
Ich find es immer soooo schön Tim mit Euch und mit den Jungs und Dana, Nina und Gudrun zu sehen. Am ersten Tag merkte man, dass Tim erst mal Eingewöhnungszeit braucht, aber dann hat er es nur noch genossen, so viele Menschen zu haben, die sich so lieb mit ihm beschäftigen! Und ich finde es einfach immer nur erstaunlich und wahnsinnig, wie er mit Dir ist! So wie er mir Dir ist, habe ich ihn bisher mit keinem anderen gesehen. …
Ich hoffe Du kannst bald wieder besser schlafen!
Bis bald, alles Liebe, auch von Michael und Tim,
Deine Eva

28.12.2007

weihnachten
ihr lieben,
so, der letzte heizkörper im erdgeschoss ist gestrichen, jetzt ist es zeit, mich für weihnachten zu bedanken.
zunächst für die eingeweihten: eine praline hat die fahrt tatsächlich überlebt. warum auch immer. vielleicht als zeichen eines restes an standhaftigkeit?
euer wunderschönes weihnachtsgeschenk, die kollage aus bildern von euch allen, hängt bereits seit gestern. wir haben sie in einen vorhandenen goldenen, aber dennoch recht schlichten rahmen gesteckt, mit einem kleinen weißen passpartout. sie hängt in meinem arbeitszimmer rechts neben dem schrank, so dass man sie sogar sieht, wenn man in der diele auf dem sofa sitzt. perfekt und wunderschön, in jeder hinsicht. ich kann gar nicht sagen, was mir das bild bedeutet! einfach tausend dank dafür.
tims fuß hängt bei den bildern im schlafzimmer, worauf täglich mein erster und letzter blick fällt. auch das ist einfach nur wundervoll. vielen, vielen, dank!
dass dies für mich, aber auch für dieter, ein ganz besonderes weihnachten war, muss, glaube ich, nicht betont werden.
drei jahre hatten wir keinen heiligabend und schon gar nicht mit kindern!

jürgen und dana: nochmal ganz besonderen dank, dass ihr das fest ausgerichtet habt, so dass wir die möglichkeit hatten, mitten unter euch zu sein. es waren für dieter und mich unglaublich intensive (!!!) und schöne tage. ich habe wie ein schwamm die atmosphäre eingesaugt, jede sekunde und jede kleinigkeit gespeichert. ich fuhr angereichert mit reinem glück und unendlicher dankbarkeit nach hause. ich fühle liebe pur. das mag in euren ohren merkwürdig und vielleicht sogar kitschig klingen, ist egal, so ist es eben. irgendwann werdet ihr das nachvollziehen können. heute sagte ich zu eurem papa, dass man fast glauben könnte, der tumor emittiere glückshormone. ich muss nur an euch denken, mir eure hübschen wohnungen vorstellen, meinen lieben dieter sehen oder hören, meine eigene wohnung betrachten – und schon bin ich glücklich.
pitt und nina: wir werden uns nicht nur zu jonas hochzeit sehen (worauf ich mich schon sehr freue), ich »muss« ja noch mal nach köln. das wird uns hoffentlich einen gemeinsamen abend bescheren.
seid ganz lieb gegrüßt,
eure etwas müde mama, denn ich habe gaaaaanz viel gemacht heute, nicht nur gestrichen.

31.12.2007
fett und schlapp an silvester
liebe heidi,
wir wünschen euch eine schöne silvesterfeier, habt spaß! und anschließend einen tollen urlaub. bin gespannt, was ihr dann berichten könnt. jonas standesamtliche hochzeit findet in verden an der aller statt, also für uns sehr gut zu erreichen.
das cortisongesicht – und was sonst damit zusammenhängt – kann man nicht so wegstecken. diese hohe dosis hat schon sehr erhebliche nebenwirkungen, wovon das dumme mondgesicht und sechs kg gewichtszunahme eben nur der sichtbare teil sind. selbst wenn ich mir keine gedanken machen wollte: es starren mich alle leute an, die mich kennen und nicht wissen, ob ichs wirklich bin. was scheiße ist, bleibt scheiße und muss auch so genannt werden dürfen. dennoch geht es mir psychisch gut und ich genieße mein herrliches zuhause und dieters zärtlichkeit. jetzt macht er gerade sport, ich bin dafür viel zu schlapp (muskelschwund und muskelschwäche durch cortison), was allerdings die schwäche noch verstärkt. kann trotzdem nicht. gleich bügle ich die servietten, die während der letzten drei jahre bei einladungen benutzt wurden, aber anschließend in der wäsche auf heute gewartet haben. der mensch braucht aufgaben. und bügeln kann sehr meditativ sein.

dieter und ich wollen den heutigen abend alleine verbringen, wollen gepflegt kochen und essen und wenn wir wollen, können wir dann um mitternacht immer noch zu freunden gehen, die in der nähe wohnen und dort feiern.
meine mutter ist ein naturwunder, sie ist schon wieder aus dem krankenhaus entlassen und erholt sich tatsächlich. gestern hatten wir ihre allerbeste betreuerin, sylvia, thomas ex, mit ihren kindern zu besuch. die übernimmt absolut meinen part und macht das auch ganz bewusst. man könnte wirklich anfangen daran zu glauben, dass es doch eine macht gibt, die schon hilfe schickt, wenn man sie braucht. diese sylvia ist ein geschenk!
so, nun ist das eisen heiß – also, ab mit euch in einen superurlaub (!!!) und gebt acht auf euch!!! nehmt auf eurer reise nach ägypten was gegen durchfall mit!
liebe grüße an euch alle, eure knölls

5.1.2008
was mich jetzt glücklich macht
liebe dana, lieber jürgen,
schon gleich nach weihnachten wollte ich euch beiden gesondert schreiben und danken. nun hat es bis heute geschlummert. leider ist es so, dass ich jetzt oft so schlapp bin, dass ich mich zu gar nichts aufraffen kann. oft wird es gegen abend besser, wie auch heute. den moment will ich also nutzen.
in gedanken habe ich den brief schon oft geschrieben und jetzt, wo ich hier sitze, verschwimmen alle gedanken, aber ich fange einfach mal an:
dass es sehr schön bei euch war, habe ich ja schon gesagt.
ganz besonders schön ist dabei das gefühl gewesen, wie ihr beiden in bezug auf eure familien zueinander steht. ich bin dir, dana, sehr dankbar, dass du uns allen – auch deinem jürgen – so deutlich zeigst, dass seine familie auch deine familie ist. wir haben es sehr geschätzt, dass du für diese familienfeier an jürgens seite gewesen bist und deiner familie und dir eine änderung zugemutet hast. ich weiß, wie sehr das letztlich auch eure beziehung festigt.
ebenso hat es uns sehr gerührt, dass ihr beide (eben auch beide) uns in der nacht zu fuß zur pension begleitet habt. das war so fürsorglich und respektvoll. dana, auch dabei hat es mich so sehr für jürgen gefreut, dass du ihn begleitet hast (eben nicht nach dem motto: das sind deine eltern, also hab ich damit nichts zu tun)! es fühlte sich gut an für uns und ich hoffe so sehr, dass ihr euch diesen lieben umgang und die wertschätzung jeweils der schwiegereltern miteinander erhaltet. die liebe eines menschen kann man nämlich auf dauer wirklich nur erhalten oder gar stärken, wenn man denen, die er/ sie liebt, ebenfalls zumindest mit respekt begegnet. dich dana, haben wir aber längst wie unsere tochter lieb.

weit über respekt hinaus. du hast es uns sehr leicht gemacht mit deiner offenen und kontaktpflegenden art.
wir haben uns bei euch verwöhnt gefühlt, was eine schöne erfahrung für uns ist. wobei ich tatsächlich betonen muss, wie gerne ich auch erinnere, dass jürgen mir früher so oft nach der »mittagspause«, wenn ich in meinem arbeitszimmer auf der liege etwas geschlafen hatte, einen kaffee brachte, bevor er mir von seinen erlebnissen berichtete. und dass er immer (!!!!) den kofferraum mir allen einkäufen – und das war eine menge – unaufgefordert leer räumte, wenn er sah, dass er voll war. ach ja, bei jürgen wie auch seinen Geschwistern gibt es da schon noch mehr.
als wir nach der ersten nacht bei euch ankamen, war ich ganz schön erledigt nach dem fußmarsch (so ist es halt jetzt). dass du mir, liebe dana, unaufgefordert gleich einen kaffee gebracht hast, hat mich gerührt. insgesamt habe ich ja alles nur vom sofa aus bebobachtet und es wunderbar gefunden zu sehen, wie ihr jungen leute mit spaß zusammen in der küche gestanden und die ganze arbeit in lockerer atmosphäre gemeistert habt. es war ja auch für euch ungewöhnlicher »rummel.«
schon wenn ich eure wohnung betrete, kann ich entspannen, weil es einfach schön bei euch ist: hell, luftig, frisch, aufgeräumt und dadurch klar, sehr geschmack- und stilvoll, nicht überladen, sondern gezielt dekoriert. schön, dass ihr auch wert auf tischkultur legt. das nest, das sich ein paar baut, ist ganz und gar bedeutsam für die beziehung. auch wie es geschieht und wie man dann damit umgeht. mein lieblingspaartherapeut jürg willi (ich hab ihn mal für meine doktorarbeit besucht und interviewt) hat in einem seiner bücher »was hält paare zusammen?« dem thema ein ganzes kapitel gewidmet: »die festigung der partnerschaft durch das schaffen einer gemeinsamen inneren und äußeren welt.« und mit der äußeren welt meint er auch die behausung. da seid ihr jedenfalls auf einem superguten weg, scheint uns. das kann uns eltern egal sein? wie auch immer, es ist einfach wunderbar beruhigend euch zu erleben. ihr habt die besten voraussetzungen für eine starke, lange liebe. man muss das potential natürlich auch nutzen, immer wieder.
wahrscheinlich gäbe es noch viel mehr zu sagen, vielleicht sogar viel wichtigeres, bedeutenderes, aber mein gehirn fühlt sich doch ein wenig weich an, es zerfließt so viel.
wir sehen uns ja schon bald wieder und wir freuen uns darauf, obwohl ich fürchte, gruselig auszusehen. ich habe ein absolutes mondgesicht und bin einfach nur fett. das mindert das wohlbefinden erheblich, nicht nur optisch. dieser aufgetriebene bauch ist ekelhaft unangenehm.
seid ganz lieb gegrüßt – und dir, dana, gute besserung!

wir fahren montag abend oder dienstag früh bis freitag nach sierksdorf, damit hd einmal etwas in ruhe und am stück arbeiten kann.
Eure mama/papa

14.1.2007
alles zuviel
liebe brigitte,
wir haben deine vielen versuche, uns zu erreichen, mitbekommen. es tut uns leid, dass wir im moment mal wieder so »asozial« sind. es ist einfach zu viel für uns im moment. meine mutter schon wieder akut im krankenhaus, jonas hochzeit und am gleichen tag ist die frau von dieters patenonkel gestorben (er hat schlimm krebs und sie hat ihn gepflegt, starb ganz unverhofft). eva ist mit tim hier und ich fühle mich nur bettreif. morgen fährt eva zu ihren schwiegereltern – und wir müssten eigentlich zur beerdigung – sechs stunden autofahrt. ich werde mich weigern. kann einfach nicht.
hoffe, bei euch ist es etwas ruhiger.
liebe grüße,
gabi

7.2.2007
ilses leiden macht mit angst
liebe dana, lieber jürgen,
heute kam eure liebe karte bei uns an. nachdem wir eure gastfreundschaft mal wieder für ein Wochenende genossen haben, wäre es eigentlich an uns gewesen, uns mit ein paar netten zeilen bei euch zu bedanken. vorgehabt habe ich das auch. aber als wir vom krankenbesuch in stuttgart zurückkamen, war ich echt geschafft und am nächsten tag sind wir gleich zu ilse gefahren.
sie liegt nun den ganzen tag im bett, tut sich schwer mit der atmung und klagt, dass ihr alle knochen wehtäten und der bauch auch. sie ist überwiegend sich selbst überlassen und entsprechend trübe ist ihr tag. allerdings weiß ich nicht, ob sie das überhaupt so empfindet, denn sie schläft viel. als wir bei ihr waren, hat sie die einladung zur hochzeit von jonas und gudrun bekommen. sie hat sie komplett gelesen, gemerkt, dass das gereimt war, allerdings hat sie keinerlei gefühle gezeigt. sie wirkt in allem sehr stark verlangsamt und auch geistig »reduziert«. kein intelligenter witz mehr. am montag kommt eine zahnärztin zu ihr ins heim und will dort abdrücke für eine neue prothese machen. wenn es nicht traurig wäre, müsste man eigentlich darüber lachen, dass man im krankenhaus ilses obere zahnreihe »verbummelt« hat.
ich scheine mal wieder etwas glück gehabt zu haben mit meinem zahn. meine

zahnärztin hat die eiterbeule ausgedrückt und hofft, dass der zahn nun doch nicht gezogen werden muss, da der wurzelkanal selbst wohl nicht mehr voller eiter war. bislang fühlt sich alles gut an. eben war ich mit dieter zu einem kleinen gang unterwegs, es scheint nämlich die sonne!
also zurück zum marburg-wochenende: es war wirklich sehr schön für uns. ich habe mich so gut gefühlt wie lange nicht. Dana, unseren ikeaausflug habe ich sehr genossen. es ist so locker mit dir, was ich sehr genieße. man muss nicht darauf achten, dass man ja nichts falsches sagt. man unterhält sich einfach ohne angst, dass alles auf die goldwaage gelegt wird. es freut mich, wenn euch die billys im flur gefallen.
so. jetzt werde ich mir mal den mallorca-reiseführer zu gemüte führen.
seid lieb gegrüßt und macht noch was schönes!
eure schwieger-mama

7.2.2008

graduiertenfeier – unser kleiner ganz groß
liebe gudrun (hast du noch die alte mailadresse?), lieber jonas,
wollte euch nur sagen, dass ilse eure hochzeitseinladung am dienstag bekommen hat, während wir gerade bei ihr waren. wenn die blöde fahrerei nicht wäre !!! insgesamt ist man eben doch vier stunden auf der straße.
jonas, deine graduierungsfeier hat uns große freude gemacht und wir sind froh, dass wir dabei waren. dein chef hat sehr anerkennend über dich und deine arbeit gesprochen. das freut uns sehr für dich!
liebe grüße, mama

24.2.2008

urlaub und ilse – glück und leid
lieber jonas, liebe gudrun, lieber jürgen, liebe dana, lieber peter, liebe nina,
so nun habt ihr euer geburtstagsgeschenk an mich – unseren gemeinsamen mallorca urlaub – eingelöst. ein geschenk, das mir ungeheure freude bereitet hat, ein geschenk, das ich sehr genossen habe, so sehr, dass ich am rückflugtag am flughafen saß und mich fühlte, als wenn ich nach einem freigang zurück ins gefängnis müsste. oder ich könnte auch sagen, ich fühlte mich wie ein kind, das nach herrlichen ferien zurück muss in die schule, wo es nur gehänselt oder nichts als versagen erleben wird. ich habe mich während der langen wartezeit am flughafen – unser flug hatte wegen des nebels 1,5 stunden verspätung – mit dem gründlichen lesen der faz einigermaßen erfolgreich abgelenkt. jetzt kann ich sie auswendig. mit dem gleichen trick lebe ich jetzt. als ich nach der intensiven woche mit euch, geselligkeit von morgens bis abends, ins leere haus kam,

überfiel mich der jammer. ich kann mich zwar daran erinnern, trotz meiner diesbezüglichen ausfälle, dass ich hier noch vor der abreise ganz zufrieden gelebt habe, aber jetzt erscheint alles so leer und trist und eben auch einsam. auch da sind die berge an faz und lz, die sich während der woche angesammelt haben, ganz hilfreich. gleich wollen wir zum sport, mal sehen, vielleicht sieht die welt dann besser aus.
es war einfach nur schön, unterhaltsam, lustig und erfrischend, mit euch zusammen zu sein. ich habe euch einfach sooo gerne um mich. so war es früher schon. ich habe jede sekunde genossen. es war schön zu sehen, wie ihr miteinander umgegangen seid, als paare, die mädels untereinander und die brüder miteinander. es war schön, dass dieter und ich uns keine gedanken um gemeinsame unternehmungen machen mussten und wir so viel zusammen unterwegs waren. ihr seid eben einfach die besten söhne, die man haben kann und habt euch supernette frauen ausgesucht. danke also für dieses grandiose geschenk, die erinnerung daran, die stimmung, wird mich durch die nächste zeit tragen. als ihr mir die reise schenktet, hätte ich nie zu hoffen gewagt, dass ich dann so fit sein würde. umso dankbarer bin ich.
seid jeder einzeln ganz lieb umarmt! eure dankbare mama und schwiegermama.

p.s.:
inzwischen habe ich mehrfach mit thomas telefoniert. er war vom vitanas angerufen worden, ilse habe sehr viel blut im urin. thomas ist noch bei ilse, der arzt war da, ein älterer orthopäde, soll sehr nett gewesen sein und vertraut mit einer solchen situation. er riet dazu, nunmehr gar nichts zu machen, hat aber dafür gesorgt, dass ilse sauerstoff bekommt und gesagt, man solle darauf achten, dass die luft immer gut befeuchtet sei, notfalls ein feuchtes tuch vor den mund. er fragte thomas auch, ob wir sicher seien, dass ilse mit jedem gesprochen habe, mit dem sie habe sprechen wollen, ob sie alles erledigt habe, um sterben zu können. es könne sehr schnell gehen, oder auch nicht. es solle aber alles getan werden, dass ilse loslassen könne. thomas wird ilse nochmal direkt fragen, ob sie noch etwas auf dem herzen hat, was sie erledigen will, bevor sie stirbt. dass sie bald sterben wird, weiß sie. sie hat auch gesagt, dass sie verbrannt werden und in schwerin beerdigt werden will. thomas nimmt jetzt noch kontakt zum hospizverein auf, auch in der hoffnung darauf, dass die ihm einen arzt nennen können, der sich mit schmerztherapie auskennt. wir fahren, wenn morgen keine verschlechterung gemeldet wird, am dienstag nachmittag nach schwerin. morgen habe ich selber mehrere arzttermine.
liebe und grüße, eure mama

2.3.2008
ilse ist tot
liebe yvonne,
danke für die nachfrage, es war wunderschön auf mallorca. auch die untersuchungen sind bis jetzt zufriedenstellend verlaufen. die metastasen in der leber sind nur wenig gewachsen, trotz der fünf monate behandlungspause. der kopf wird allerdings erst nach der kirchlichen hochzeit von jonas, also mitte april, untersucht. Ich betreibe da – sehr unterstützt von meinem arzt – ein, wie ich finde, kluges krankheitsmanagement. im vordergrund steht lebensfreude, und alles, was mit meiner erkrankung zu tun hat, wird, wenn eben verantwortbar, dem untergeordnet. neben den ganzen untersuchungen musste ich in der letzten woche ständig nach schwerin, da meine mutter im sterben lag. nun ist sie am freitag gestorben. obwohl wir uns das für sie gewünscht haben, ist es sehr traurig. jürgen und dana sind hier, was mich etwas ablenkt und gut tut. aber sie fahren heute wieder. gestern hat zu allem überfluss unsere mieterin für juni gekündigt, da sie sich ein haus gekauft hat. das bringt nun völlig neue arbeit für uns, die wir so gar nicht gebrauchen können (suche eines nachmieters und renovierung der wohnung im juni). ja, so kommt immer wieder was neues.
sei lieb gegrüßt,
deine gabi

3.3.2008
habe ich genug getan?
liebe yvonne,
hab vielen dank für dein verständnis. jetzt ist der punkt, wo man überlegt, ob man wirklich genug getan hat. hätte man nicht doch öfter nach schwerin fahren können, sie zu besuchen? habe ich zur rechten zeit die richtigen worte gefunden? na ja, du kennst das sicher auch, denke ich. es bringt gar nichts, das weiß ich, aber dennoch kommen diese gedanken und man muss da durch. aber natürlich bin ich in jeder sekunde froh darüber, dass es für meine mutter vorbei ist – und für uns auch. ich hätte ja gar nicht meine mutter so behalten wollen, wie sie in der letzten zeit war – das war nicht so, wie sie hat leben wollen. aber ich hätte sie gerne noch länger so behalten wie sie vor dem schlaganfall war – zumal wir sie in den letzten drei jahren, bedingt durch unsere auslandsaufenthalte, nicht viel gesehen hatten.
…
liebe grüße und einen guten start in den frühling, deine gabi

5.3.2008
brauchen trost
hallo heidi,
wir könnten uns vorstellen, morgen oder freitag für ein paar tage nach sierksdorf zu fahren. wie sieht es mit euch aus? danach wird es für uns schon wieder schlecht. am 15.3. wird meine mutter beerdigt – und um bloß nichts auszulassen, was es sonst noch so an schicksalsschlägen im angebot gibt, rief jürgen gestern abend an und teilte mit, dass seine dana eine fehlgeburt hatte. ich habe meinen sohn noch nie so weinen hören.
also, wie siehts aus bei euch?
liebe grüße, gabi

5.3.2008
fehlgeburt – was soll man sagen?
liebe dana, lieber jürgen,
wie gerne würde ich euch euren schmerz abnehmen! es tut uns so schrecklich leid, dass eure schwangerschaft, die euch so hoffnungsfroh und glücklich gemacht hat, nun endet. ich habe es noch in den ohren, wie jürgen auf mallorca erzählte, dass »das herzchen« schon erkennbar im ultraschall geschlagen habe. es klang so viel zärtlichkeit und liebe für dieses kleine herzchen mit! umso unfassbarer und trauriger klangen dann die Worte: »das herzchen schlägt nicht mehr«. ihr hattet schon so konkrete pläne, hattet euer kind schon jetzt in euer leben aufgenommen und es hatte bereits seinen eigenen platz. im moment gibt es wohl kaum argumente vom kopf, die das herz beruhigen könnten. wir wünschen euch liebe menschen um euch herum, die euch helfen, das jetzt auszuhalten.
es kann schwierig sein, wenn man um etwas trauert, das außer euch noch keiner gesehen hat, das also für andere noch gar nicht da war.
wir wünschen euch, dass ihr bald einen termin für die abrasio bekommt, die zwischenzeit stelle ich mir besonders schwer vor. wir haben euch sehr lieb!!! wann immer ihr unsere unterstützung wünscht, lasst es uns wissen. im moment denken wir, dass ihr zeit für euch miteinander braucht. eure liebe ist jetzt das allerwichtigste. wenn ihr es schafft, miteinander zu trauern statt jeder für sich, das wäre gut. wenn ihr es schafft, allen gefühlen, nicht nur der traurigkeit, raum zu geben und gegenseitig zu akzeptieren, das wäre ebenfalls toll. den anderen in seinen gefühlen annehmen, ohne ihn zu bewerten, das ist nicht immer leicht, aber hilfreich.
lasst uns wissen, wie oder wann es weitergeht. wir wollen nicht ständig anrufen und euch auf die nerven fallen.
seid ganz lieb umarmt, in liebe
eure »schwieger« mama und papa

6.3.2008

kraft durch sport
liebe eva-tochter,
…
wir gehen heute zum sport. seit ich das wieder machen kann, werde ich zunehmend fitter. bezüglich meines körperlichen befindens geht es mir schon wieder fast so gut wie vor der bestrahlung, aber ich bin noch immer sehr fahrig, aber schon nicht mehr so extrem schreckhaft. schade nur, dass ausgerechnet jetzt, wo ich mal wieder durchstarten könnte, die emotionale belastung so groß ist. oder aber: wie gut, dass es mir gerade jetzt wenigstens körperlich gut geht.
ich wünsche dir einen tag mit schönen erlebnissen.
liebe grüße,
deine mama

11.3.2008

meine mutter ist tot
liebe wanda,
hab dank für deine ostergrüße.
…
aus weniger schönem anlass treffen wir unsere kinder aber schon an diesem wochenende. da wird meine mutter in schwerin beerdigt. 87 jahre ist ein gesegnetes alter und wir alle sind für meine mutter froh, dass sie es hinter sich hat. traurig ist es dennoch.
am 5.4. sehen wir uns alle schon wieder zu jonas kirchlicher hochzeit.
wer hält dieses nebeneinander von glück und entsetzen aus? wie macht man das? …
mir geht es übrigens erstaunlich gut. das erste mal seit der bestrahlung fühlt sich mein kopf wieder normal an, also nicht wie mit watte vollgestopft. das ist eine solche erleichterung. ich mache auch wieder sport, bin aber noch lange nicht wieder auf dem niveau von vor der bestrahlung. man baut halt leider schneller ab als auf – und nimmt leichter und schneller zu als ab. unfair, was? dieses cortison ist ein teufelszeug. ich habe innerhalb von sechs wochen 10 kg zugelegt – wampe und mondgesicht.
…
liebe grüße,
deine gabi

Michael an Gabi

12.3.2008

Wie geht man mit Dir um?
Liebe Gabi,
fast vier Monate ist es nun schon her, dass Du mir auf meine Geburtstagsgrüße geantwortet hast. Der Winter ist fast vorbei und ich habe mich seither nicht wieder gemeldet. Viele äußere Gründe haben sicher eine Rolle gespielt. Aber in der Hauptsache wohl der schlichte Umstand, dass ich mich sehr schwer tue mit Deiner gesundheitlichen Situation. Ich will mir einfach nicht vorstellen, dass Du irgendwann in der näheren Zukunft vielleicht nicht mehr da bist. Sicher, wir haben uns schon lange nicht mehr gesehen, aber über die E-Mails sind wir in Verbindung geblieben. Wir kennen uns nun schon seit über 20 Jahren und Du gehörst zu meinem Leben einfach dazu. Ich mag nicht daran denken, dass das einmal anders sein wird.
Ich habe noch einmal Deine E-Mail vom 21.11. gelesen und bin ein weiteres Mal beeindruckt von der Offenheit und Direktheit, mit der Du Deine Situation ansprichst und beschreibst. Ich versuche nachzuvollziehen, was es für Euch heißt, dass Ihr jetzt alles viel intensiver erlebt und dass es vor allem Heinz-Dieter schwerfällt, nicht einfach so weiter zu planen wie bisher. Andererseits ist das Weiterleben (wollen) für mich Ausdruck Eurer tiefen Lebensfreude, einer Lebensfreude, die ich in all den Jahren immer wieder gespürt habe und die mich oft berührt und angesteckt hat.
Diese Lebensfreude spricht auch aus jeder Silbe Deines ‚Berichts' über Eure Kinder. Das dürft Ihr Euch wirklich zugute halten: Dass Eure Kinder ihr Leben ganz offensichtlich gut geregelt bekommen, hat unendlich viel mit Eurer (Für-) sorge und Liebe zu tun, die Ihr ihnen all die Jahre geschenkt habt. Mit ihren Ausbildungen und Berufen haben sie eine tolle Perspektive für die Zukunft. Das betrifft natürlich zum einen die materielle Seite ihres Lebens. Darüber hinaus aber scheint es auch so zu sein, dass sie das, was sie tun, mit Herz und Leidenschaft tun, dass sie Ziele für sich haben und dass sie eine Idee davon haben, worauf es im Leben wirklich ankommt. …
Für den Augenblick wünsche ich Dir und Heinz-Dieter, dass es Euch gelingt, das, was der Tag Euch bringt, intensiv zu leben und nach Möglichkeit zu genießen. Liebe Grüße natürlich auch vom Rest der Familie.
Mit dem Wunsch, wieder von Euch zu hören viele liebe Grüße
Michael

16.3.2008

Dank

Meine lieben Kinder,
ich möchte Euch sagen, wie gut es mir getan hat, Euch bei Ilses Beerdigung an meiner Seite zu haben. Es hat mir sehr viel bedeutet, meine Kinder bei mir zu haben.
Ich war die letzten Monate bezüglich Ilse so sehr damit beschäftigt, mich emotional nicht völlig von ihrem Elend erschlagen zu lassen. Ich habe ihr – und mir? – so sehr ein gnädiges Ende gewünscht, dass ich erst jetzt Trauer spüre. Keine Mutter mehr! Ich habe sie vergessen sie zu fragen, wie man »nassen« Kuchen backt!!!
Ilses letzte Monate schienen mir vorzuführen, wie es auch – oh Graus! – mit mir zu Ende gehen könnte. Ich wusste manchmal nicht, ob ich mehr für meine Mutter litt oder für mich. Jetzt muss ich sortieren, die Beerdigung war eine sichtbare und hilfreiche Zäsur.
Ich bin dankbar, dass ich Euch habe und Ihr mir Unterstützung gebt.
Seid lieb gegrüßt.
Eure Gabi-Mama

23.3.2008

ostern

liebe psychotruppe,
nun ist der ostersonntag schon fast vorbei, aber dennoch möchte ich euch noch ein schönes osterfest wünschen.
habe heute an euch und unsere zeit in kassel gedacht, an thomas, der gestorben ist.
...
ich wünsche euch allen, dass ihr gut für euch sorgen könnt, dass ihr euer leben nutzt und ordentlich würzt! viel nähe, zärtlichkeit, liebe, gute gespräche, mut zu notwendigen veränderungen, die erkenntnis, was ihr überhaupt braucht, was gut für euch ist und welchen preis ihr dafür bereit seid zu zahlen ... und was ist eurer meinung nach noch wichtig? mir selber wünsche ich das alles übrigens auch – nicht, dass ihr denkt, ich schriebe euch das von sicheren ufern aus.
ich habe mir vorgenommen, im mai wieder nach kassel zu gehen, obwohl ich sorge habe, nicht wieder so nette leute zu treffen, d.h. enttäuscht zu werden. es ist immer schwirig, wenn man mit hohen erwartungen an einen ort zurückkehrt.
seid ganz lieb gegrüßt,
eure gabi

25.3.2008
ich lebe jetzt
liebe a.,
habt vielen dank für eure ostergrüße. wahrscheinlich konntet ihr mit euren jungs zum langlauf aufbrechen und die eier im schnee suchen, oder? erwartet ihr beiden aufgrund der politischen lage irgendwelche veränderungen oder seht ihr dem treiben eher unberührt entgegen?
ich sitze jetzt gerade in meinem »arbeitszimmer« (was den namen nicht mehr wirklich verdient) und schaue in unseren verschneiten garten. da es schon so herrlich sonnige tage gegeben hatte, büßt unsere vorzeitig ans licht herausgezerrte sonnenliege nun unsere voreiligkeit unter einer dünnen aber ungewohnten schneelast. man könnte sie auch wieder hereinholen, macht aber keiner.
jonas ist schon seit mitte januar standesamtlich verheiratet und am 5. april ist die kirchlichiale hochzeit in verden an der aller. die nach dem auftreten weiterer metastasen (hirn) vielleicht etwas überhastete vorverlegung des standesamtlichen termins war der sorge geschuldet, ich könne es womöglich nicht mehr »schaffen« bis zum april. jetzt sieht es so aus, als ginge es mir da besser als im januar. so unberechenbar ist das mit dem sterben – eine große herausforderung bezüglich der emotionalen flexibilität aller betroffenen.
ich kann mein »mir-gut-gehen« nicht wirklich völlig frei genießen, da es mir für nichts-tun zu gut geht, aber nicht gut genug geht, um mir vergnügungen außerhalb des hauses alleine zu verschaffen und hd einfach zu beschäftigt ist, um viel mit mir zusammen zu unternehmen, wie ich es jetzt gerade gerne hätte.
ich muss auch sagen, dass für mich nichts so wertvoll ist wie zeit, die ich mit hd, den kindern und freunden verbringe. für hd geht das normale leben weiter, während ich mich beständig in einer sondersituation fühle: was ich noch erleben will, muss ich jetzt erleben. nach diesem motto zu leben, hieße für dieter, meinen nahenden tod zu akzeptieren und das kann er nicht. ich aber tue das und will danach leben – und hoffe dennoch. schon verrückt. aber ich denke, lieber davon überrascht werden, dass man doch noch lebt (ein leben, das es verdient hat, so genannt zu werden), als vom tod überrascht zu werden mit dem gefühl, dass zu viel ungelebt geblieben ist. nun ja, während die kunst einer guten ehe ansonsten auch gerade darin besteht, gegenseitig unterschiedliche sichtweisen und lebensphilosophien zu akzeptieren, taugt das modell in dieser situation nicht wirklich gut, habe ich den eindruck.
so, jetzt habe ich euch vollgemüllt. lest einfach nicht, was euch zu viel ist. macht knöll auch immer so.
seid ganz lieb gegrüßt,
gabi

Peter an Gabi

26.3.2008

Deine Karte
Liebe Gabi,
über Deine Karte habe ich mich sehr gefreut. Ich kann Dir gar nicht sagen, wie sehr. Auch ich denke noch oft an unsere Gespräche in Istanbul zurück. Solange, so ausführlich und so intensiv hatten wir schon lange nicht mehr miteinander geredet. Du weißt, dass mir Deine Meinung immer sehr wichtig ist und war. Zeit für intensive und auch tiefgreifende Gespräche hatten wir auf Mallorca leider kaum. Aber zum Glück gibt es ja das Telefon, mit dem wir uns auch dann unterhalten können, wenn wir nicht an einem Ort sind.
…
Weißt Du schon, wann Du zur Nachuntersuchung wieder nach Köln kommst?
Auf die Hochzeit von Gudrun und Jonas in weniger als zwei Wochen freue ich mich schon sehr. Werdet Ihr dort in einem Hotel übernachten? Ich vermute, dass wir nicht privat unterkommen können und daher noch etwas buchen müssen.
Liebe Grüße,
Peter

26.3.2008

dank und mehr (vielleicht mehr als ihr wollt)
liebe dana,
… dana, ich freue mich, dass ihr offensichtlich zusammen einen weg gefunden habt, mit eurem schicksalsschlag, wenn das das richtige wort ist, umzugehen. diese erfahrung, der verlust eures babys und die art, wie ihr damit gedealt habt, gehört nun zu eurem leben dazu, ist teil der erfahrungen, die euch als einzelne personen und als paar prägen. ich wünsche euch sehr, dass ihr euch gegenseitig das geben konntet und könnt, was ihr brauchtet und braucht. wenn nicht, wenn es enttäuschungen gab, bitte habt den mut, es euch jetzt zu sagen. es wird sich nämlich nicht von alleine auflösen, sondern allenfalls eine mehr oder weniger lange zeit in euch schlummern – um sich dann, umso heftiger und vermutlich wenig konstruktiv, bei u. u. völlig unerwarteter gelegenheit bahn zu brechen.
nehmt euch die zeit, darüber nachzudenken, was gut gelaufen ist und was ihr euch anders oder mehr gewünscht hättet. auch aus der bestätigung was gut war, lernt man ja für die zukunft.

das reicht an ratschlägen, denke ich. ich will mich nicht in euer leben einmischen (es reicht, wenn ihr tut, was ich sage, ha, ha), nur wollte ich euch teilhaben lassen an meinen erfahrungen – auch ganz persönlichen. was ihr damit macht, ist euch überlassen – behaupte ich jetzt mal so flott.
danke übrigens auch für das zusammensein mit euch in thüringen. auch für die teilhabe an meinem nostalgiebesuch auf dem inselsberg! das war eine echte freude für mich.
also, ihr lieben beiden, geht euer leben auch weiterhin so intensiv, schwungvoll und optimistisch an!
seid fest umarmt,
eure (schwieger)-mama

26.3.2008
ungeduld
liebe christine,
ja, ich denke gerne an unseren ausflug zurück. es sind doch oft gespräche, die einem zu mehr klarheit verhelfen, obwohl man ja nichts wirklich neues sagt, nur schon so oft gedachtes wiederholt, aber im laut aussprechen eine neue gedankliche fokussierung findet. und gerade die ist voraussetzung für zielgerichtetes handeln.
wir haben eine schöne, aufregende und interessante zeit hinter uns, die uns so viel familie wie schon lange nicht mehr erleben ließ. es scheint so, als würden wir im moment alles an familie nachholen, was wir in unseren auslandsjahren vermisst haben. … .
mir geht es im moment dank einer schon länger andauernden behandlungspause recht gut. dafür bin ich dankbar, habe allerdings auch das starke verlangen, alles »jetzt« erleben zu wollen. mitzunehmen, was man mitnehmen kann. die beschäftigung im garten, etwas wieder unter meinen händen wachsen zu sehen, etwas mit meinen händen gestalten zu können, den garten zu neuer schönheit zu bringen (nach vielen jahren der vernachlässigung), das könnte sehr befriedigend für mich sein. leider kann ich das aber nicht ohne hilfe und hd teilt diese leidenschaft überhaupt nicht. …
wir wünschen euch beiden die notwendige spannkraft und freude an dem neuen.
liebe christine, wenn du mal wieder nach lüneburg kommen magst, würde ich mich sehr freuen.
liebe grüße,
deine gabi

16.4.2008

soll ich den arzt verhauen?
liebe ulla,
wir sind soeben aus der kölner klinik zurückgekommen. die ergebnisse sind noch nicht endgültig, da noch nicht alle aufnahmen des mrt gesichtet wurden, nur die vergleichsrelevanten. es hörte sich aber alles recht gut an. zwei der bestrahlten drei herde sind unauffällig, das heißt, nicht gewachsen. der dritte könnte eventuell etwas gewachsen sein, hat aber wohl ein ödem entwickelt, was aber nicht behandelt wird, solange es mir keine beschwerden macht. es sah nicht so aus, als wenn neue herde dazugekommen wären (was meine größte befürchtung war), das aber kann abschließend erst in den nächsten tagen gesagt werden, wenn man dort alle aufnahmen gesichtet hat. insgesamt hätte das ergebnis viel schlechter sein können. es sieht so aus, als könnte ich mich auf weitere gute wochen freuen. und das war keineswegs sicher. der besuch bei der freundin war sehr schön, der abend mit unserem ältesten und seiner frau einfach wunderbar, fröhlich, entspannt, herzlich, unterhaltsam, glücklich und ablenkend. dank einer schlaftablette habe ich auch gut geschlafen (auf diese hilfe greife ich jetzt immer einige tage vor solch entscheidenden untersuchungen ungerührt zurück). meine bezähmte anspannung überfiel mich in voller pracht, gott lob, erst nach dem mrt, während wir auf die besprechung der ergebnisse warteten. als der arzt endlich erschien (30 minuten können sich wie 30 tage anfühlen, das kennst du vielleicht auch), versuchte ich schon an der art, wie er mich begrüßte, wie er guckte oder sich bewegte, einen hinweis auf das zu bekommen, was er mir gleich sagen würde. er fragte auf dem weg zum dienstzimmer, wie unsere anfahrt gewesen sei. ein gutes zeichen, ein schlechtes zeichen? eine solch belanglose frage stellt man doch nicht jemandem, wenn man ihm gleich eine hiobsbotschaft zu verkünden hat – oder gerade dann? kaum war die tür hinter uns geschlossen, bat ich ihn schon, mir doch bitte schnell zu sagen, was sache ist. dem mann muss irgendwann mal jemand gesagt haben, dass einfühlsames eingehen auf die ängste von patienten unter todesstrafe steht. starr vor angst sah ich eine viertelstunde zu, wie sich sein mund bewegte, um mich darüber auszuhorchen, wie es mir gehe, ob sich was geändert habe seit der bestrahlung und was bitte ganz genau … . wie hypnotisiert gab ich antworten, was ihn zu diesen etwas lächerlich wirkenden neurologischen spielchen veranlasste (er flüsterte zahlen in meine ohren, ich musste mit dem finger meine nase treffen bei geschlossenen augen etc.), während ich schon wieder überlegte, ob er vielleicht was schreckliches entdeckt haben könne und jetzt überprüfe, ob die symptomatik dazu passt. irgendwann überwand ich die mentale und emotionale todesstarre, holte tief luft und teilte ihm mit, dass ich angst hätte,

panische angst – und er mir bitte unverzüglich erst mal mitteilen solle, ob es neue herde gäbe und wie sich die bestrahlten darstellten. ich hätte ihn verhauen können – und vielleicht auch sollen (wer nicht hören will muss fühlen). auch für knöllchen war das sicher kein entspannter ferientag. er war so erleichtert, dass er bereit gewesen wäre, mir noch heute einen bambus für den garten zu kaufen. das vorhaben habe ich großzügig auf morgen verschoben.
morgen vormittag gehen wir zum sport, aber am nachmittag bin ich zu hause. falls du also einen kaffee magst …
liebe ulla, sei lieb gegrüßt, genieße den abend, deine gabi

17.4.2008

diagnose / beurteilung
meine lieben kinder samt anhang (nicht anhängsel),
gestern hat jürgen euch schon die erste ärztliche einschätzung nach erfolgter mrt-kontrolle der stereotaktischen bestrahlung meiner (das possessivpronomen an dieser stelle zu benutzen, fällt mir sehr schwer) hirnmetastasen mitgeteilt. soeben wurde das ergebnis telefonisch im wesentlichen bestätigt: bei zwei metastasen sieht es eher nach rückbildung aus, beide haben dennoch ein leichtes ödem um sich herum. die dritte metastase zeigt ein bild, das weder einwandfrei als weiteres tumorwachstum zu erklären ist, noch eindeutig als strahlungsbedingt. wie auch immer meint man, dass eine weitere überprüfung in drei monaten erfolgen muss, aber eben auch ausreicht, solange ich keine weiteren probleme (neurologische ausfallserscheinungen) habe. ein sehr gutes ergebnis ist das also nicht, aber ein recht gutes schon, finde ich. die hörprobleme (fehlende trennschärfe, verwaschenes und dadurch unklares hören) auf meinem linken ohr könnten folge der ödeme sein. ist aber keine gesicherte erklärung. ich soll zum hno-arzt gehen, um anderes ausschließen zu lassen. Ob mir das über das akademische interesse hinaus einen vorteil bringt, muss ich noch überlegen, denn nur dann gehe ich wirklich zum arzt. die ursache für die empfindungsstörungen in meinem linken fuß und bein und inzwischen auch linken arm samt hand. (fühlt sich das kalt oder eher heiß an, ich kann das nicht sagen. bei tatsächlicher kälte friere ich nur noch mit meinem rechten körper, setze ich mich ins kalte auto, fühlt es sich links an, als wäre die sitzheizung an, auch im astra, der keine hat – welch ein segen so eine kleine störung doch sein kann! jetzt muss ich nur noch zusehen, dass ich das auch für die rechte seite hinkriege. hatte noch nie was für halbheiten übrig – oder soll ich sagen: konnte mich noch nie so recht für halbheiten erwärmen) scheint man eher als nebenwirkung des herzeptin interpretieren zu wollen. was meinst du dazu, dana? es hat angefangen mit dem linken fuß und sich nun innerhalb der letzten

sieben monate ausgeweitet, aber monolateral, um mal einen der wunderbaren medininerausdrücke zu benutzen. kann es sowas bei herzeptin geben? könnte dann die ebenfalls linksseitige hörbeeinträchtigung nicht auch auf das konto herzeptin gehen? wäre eine pause zwecks regeneration empfehlenswert – oder ist zu befürchten, dass der krebs die pause effektiver nutzt als meine nervenzellen? gibt es da erfahrungen, dana, oder nur ein logisches abwägen? nun hast du wieder hausaufgaben, dana. man sollte seine schwiegertöchter immer auf trab halten, das habe ich in der türkei gelernt.
lieber peter, dir einen großen dank für deine organisation in der klinik – du hast uns mit deinem tatkräftigen einsatz sehr geholfen – aber vor allem auch dank für deine anwesenheit, deine liebevolle fürsorge. dir und nina danke für den herrlich lockeren abend. ich habe mich so aufgehoben gefühlt bei euch! obwohl der anlass der reise ja – selbst für mich – sehr furchterregend war, ging das gefühl stets unter neben der freude auf euch.
euch anderen allen habt dank für eure anteilnahme, euer sich um mich sorgen. schon ein gutes gefühl zu wissen, dass es menschen gibt, die nachfühlen können, was angst und dann auch erleichterung heißt!
jetzt freue ich mich auf drei monate frühling und sommeranfang, auf besuche (morgen kommen dana und jürgen und vielleicht am sonntag auch jonas und grudrun, als nebenwirkung der verlobungsfete von maike und rüdiger) und treffen mit euch, auf gartenarbeit – bei glück sogar mit hd – und sport. der garten wird immer grüner und bunter. alles was wir im herbst umgepflanzt haben, sieht prächtig aus – und ich kann es tatsächlich noch bestaunen!
macht das beste aus euren tagen, nehmt das leben mit allen sinnen auf und verleiht euren träumen flügel! an gewissenhafte arbeit muss ich euch nicht gemahnen, das ist ein selbstläufer bei euch. aber denkt daran, auch wissenschaft und gute arbeit wird besonders gut dann, wenn es daneben erfüllende, die sinne anregende entspannung gibt. ich liebe euch einmal rund um die welt!
liebe und kuss, eure mama

Dana an Gabi

18.4.2008

Hallo Gabi,
das Ergebnis Deiner Untersuchung in Köln hat doch insgesamt wieder Mut gemacht und nun können wir zusammen und auch ohne plagende Zusatztherapien die Magnolien beim Blühen bewundern. Der Frühling ist und bleibt doch die tollste Jahreszeit und ich freue mich schon, am Wochenende Euern Garten zu bestaunen.

Meine Hausaufgaben habe ich schon ohne fremde Hilfe begonnen und kann schon mal aus meiner nun fünfmonatigen Chemoambulanzkarriere zum Thema Nebenwirkungen kundtun, dass es wirklich nichts gibt, was es nicht gibt. Die Fachinformation von Herceptin berichtet aus zwei Hauptstudien zum Thema Nebenwirkungen am Nervensystem und damit eingeschlossen eben Parästhesien, dass sie bei <1 % und 10 % der Patientinnen beobachtet wurden. Daher denke ich, dass es eine Erklärung ist, die in Betracht gezogen werden kann und nicht an den Haaren herbeigezogen wurde.

Das Herceptin aufgrund der Nebenwirkungen, die nicht gesichert auf die Herceptin-Gabe zurückzuführen sind, abzusetzen, halte ich nicht für eine gute Idee, da schon davon auszugehen ist, dass die Tumorzellen durch das Herceptin in Schach gehalten und am Wachstum gehindert werden. Es gibt mehrere Veröffentlichungen vom 30. San Antonio Breast Cancer Symposium (Dezember 2007), die sich auf die Fortführung der Herceptin-Therapie nach Auftreten von Metastasen generell zum einen und Hirnmetastasen im speziellen beziehen. Und alle Studien haben einen signifikanten Überlebensvorteil zeigen können, wenn Herceptin auch nach Diagnose der Hirnmetastasen oder eben nach Progress anderer Metastasen weiter gegeben wurde.

So genug dazu, Deine wissenschaftliche Schwiegertochter darf nun Deinem fleißigen Sohn einen Tee kochen und ihm durch ihre Liebe für den morgigen Vortrag, der wohl nun fast fertig ist und nur knapp 60!!!! Folien beinhaltet, noch ein bisschen Mut machen und ihm zeigen, dass er der großartigste Mensch ist, wo überhaupt gibt. Ich finde es auch nach über fünf Jahren Leben mit ihm ein großes Wunder, dass gerade ich ihn kennenlernen durfte und nun jeden Tag mit ihm beginnen und beenden darf. Manchmal kann ich gar nicht glauben, dass ich das verdient haben soll. Ich freue mich auf Euch morgen! Werde versuchen, die Klinik so pünktlich wie möglich zu verlassen, damit wir uns noch einen schönen Abend machen können.

Lieben Gruß schon mal vorab,
Deine Dana

Celia an Gabi

19.4.2008

frieden mit dem schicksal?
meine liebe gabi … ..
… mich hat unser treffen so sehr bewegt … !
es ist immer so schön, so warm, dich zu sehen und in deiner nähe zu sein! du strahlst da was aus, das ich aufsauge, wie ein schwamm!!!

dafür umarme ich dich grad mal in gedanken … ! … .

… so ein wunderbarer, so seltener vormittag macht es mir unbeschreiblich schwer, deinen worten glauben zu schenken, dass es deinem körper so sehr schlecht geht … mein herz lässt diese gedanken nicht zu!! so schwirren sie in meinem kopf herum und versuchen, irgendwo anzudocken, um mir klarzumachen, was du da eigentlich alles erzählt hast …

du hast uns gezeigt, dass es möglich ist, mit dem vermeintlich größten wahnsinn im leben, dem tod des kindes, leben zu lernen … frieden zu schließen mit dem schicksal. kannst du das jetzt auch noch??? oh gabi, wie soll das gehen?? wie fühlt sich dein leben an, wenn es so bedroht ist von diesen kleinen, großen scheißdingern?!? … .

gabilein, ich bete und bete für dich. und ich hoffe! und höre nicht auf … damit du das weißt!!!!!

und du weißt auch, wir haben über unsere kleine rosa islandelfe seeehr gute verbinungen zur zauberwelt … ich schwöre dir, wenn mir die fee mit den drei wünschen begegnet … ich verpulvere sie, von herzen, alle nur für dich!!!!!!!!!!!!!!!!!!!!

ich war am dienstag und mittwoch sehr bei dir und deiner untersuchung des kopfes … ich hoffe so sehr, dass die ärzte euch berichten konnten, dass da oben ruhe eingekehrt ist!!! oh mann, wie ich das hoffe … ‚gabi liep' soll ich dir von rosa sagen … das finde ich auch! so doll!! bei dir,
celi

frieden heißt nicht kämpfen
liebe celia,
was soll ich zu einer soooo lieben mail nur sagen? es tut gut, so deutlich schöne dinge zu hören – und dafür danke. normalerweise werden solch schmeichelhafte worte auf beerdigungen vorgetragen – und wie oft habe ich mich gefragt, ob es den verstorbenen in ähnlicherweise jemals zu lebzeiten deutlich gemacht wurde, wie sehr man sie wertschätzt, wie sehr man sieht, was sie geleistet haben. ich fürchte, oft wären die verstorbenen fürbass erstaunt, könnten sie der eigenen beerdigung beiwohnen. ohne frage hat man zu lebzeiten mehr von lobpreisungen. lange jahre hatten wir in der diele über der tür ein altes tuch hängen, auf dem mit kreuzstich geschrieben war: (kann es nur sinngemäß wiedergeben) schenkt blumen den lebenden, statt sie auf den friedhof zu tragen. mit deiner mail, aber auch mit jeder liebevollen begegnung, hast du mir meine blumen schon geschenkt! und ich bin ein dankbarer abnehmer! gerne auch immer wieder.

…

ob ich frieden schließen kann mit meinem schicksal? denke ja, wenn das bedeutet zu akzeptieren statt zu rebellieren, was ja nicht bedeuten muss, dass man es gut findet – das weißt du ja! tatsächlich hat der prozess des sterbens durchaus viel gemeinsames mit der trauer. nur steht ja am ende der trauer eine neue hinwendung zum leben, ein investieren freiwerdender energien in neue beziehungen, neue aufgaben etc. das sehe ich jetzt allerdings sehr skeptisch. noch glaube ich eher an ein endgültiges aus mit dem tod. was anderes, ein weiterleben – wie auch immer – scheint mir kaum vorstellbar. aber wer weiß? ging es nicht auch euch so, dass euch meine behauptung, ihr würdet – irgendwann – wieder glücklich werden, wenn ihr es zulassen könntet – unvorstellbar kühn erschien? und doch ist es so gekommen. vielleicht geht es mir jetzt ebenso! vielleicht sind dinge möglich, von denen ich es mir einfach nur noch nicht vorstellen kann. beinahe ergreift mich bei solcherlei gedanken regelrecht eine akademische neugierde. vielleicht stehe ich irgendwann über allem und denke: diese erfahrung habe ich nun auch gemacht, jetzt weiß ich, wie es ist. aber was ist erfahrung wert, die man nicht anderen mitteilen kann? das kommt mir ähnlich frustrierend vor, als wenn einem auf dem golfplatz ein superschlag gelungen wäre, aber keine sau sieht es. meine neugierde ist im moment größer als der schrecken (fast pervers, was?). ganz klar muss ich aber sagen, dass meine gefühle für mich von der ersten sekunde meiner diagnose an, mit allem, was sie implizierte, viel weniger herzzerreißend, schmerzhaft waren als nach moritz tod. für mich – verallgemeinerungen verbieten sich unbedingt – stimmt wirklich: » … den eignen tod, den stirbt man nur, doch mit dem tod der andren muss man leben.« so zerreißt es eher mein herz, wenn ich daran denke, was auf knöllchen zukommt. da kann ich nicht zu genau und nicht lange hinfühlen. allerdings gab – und wird es sicher auch immer mal wieder geben – es da durchaus momente, wo ich dachte, der kerl trauert nach meinem tod ein jährchen rum, wenn überhaupt, verliebt sich neu und lebt mit der tusse dann all das, was er mir nicht gegönnt hat, lässt es nochmal so richtig abgehen im leben, während für mich einfach unwiderruflich schluss ist. neid! eigentlich ist es genau das, was ich ihm wünsche – wenn ich nicht grad in der anderen stimmung bin.

warum um mich herum nicht alles so ist wie ich es mir wünsche? es ist so, liebe celia! inzwischen. beinahe perfekt sogar. mit klitzekleinen abstrichen. und komplette perfektion wird es nicht geben, wäre unmenschlich. ich denke, dieters und meine bemühungen, aus der situation das beste zu machen (du erinnerst dich, meine überzeugung ist, dass wir zwar bestimmte situationen, schicksalsschläge nicht ändern oder beeinflussen können, wohl aber die art, wie wir damit umgehen), unterscheiden sich einfach und zuweilen zu sehr. ein

und dieselbe situation – ich werde in absehbarer zukunft sterben – ist für zwei individuen, und damit für dieter und für mich, jeweils was ganz anderes, je nach vorerfahrung, nach wesen … . das gilt für den tod eines kindes, auf den vater und mutter, die geschwister und alle anderen jeweils sehr unterschiedlich reagieren, wie ihr selber erlebt habt. so ist das auch jetzt in unserer situation, wobei dieter und ich ja tatsächlich ein anderes ende vor augen haben: ich trete ab, er lebt weiter. gerade das weiterleben aber ängstigt ihn. er lenkt sich von dieser angst ab, während ich mich meinen ängsten eher stelle, mich damit auseinandersetze und zu gerne mit ihm darüber reden würde. panik bei dieter! also, den teil meiner art der bewältigung, das darüber reden, muss ich wohl mit anderen menschen leben. nicht schön, nur ein behelf, aber akzeptabel. schlimmer war es, dass dieter sich zur ablenkung und zur tarnung unnötig tief in seine arbeit stürzte, während ich jede minute gerne mit ihm ausgekostet hätte. und genau da hat sich etwas bewegt. wir gehen jetzt jeden tag zusammen zum sport, arbeiten im garten. knöllchen arbeitet so wenig, wie es sein beruf ermöglicht. jetzt hat er mich doch tatsächlich mit dem vorschlag überrascht, zu beginn seiner semesterferien für drei wochen in die usa zu fliegen, um dort unsere freunde aus dem l.a.-jahr zu besuchen. freunde besuchen, von l.a. über san francisco über seattle bis in die nähe von vancouver und dabei einige nationalparks mitzunehmen. knöllchen arbeitet schon pläne aus. klingt das nicht gut?
so haben knöllchen und ich uns mal wieder gefunden nach einer zeit des sich suchens, die wir dank unserer liebe durchgehalten haben.
liebe celia, das comodo-café ist schon längst wieder eröffnet. wollen wir der rosa-elfe nicht gelegenheit geben, das spieleparadies auszutesten?
hab nochmals dank für deine so mitfühlende und wohltuende mail.
freu mich auf euch,
deine gabi

16.5.2008
spendenlauf für brustkrebsforschung in washington, d.c.
liebe henrike,
weißt du, wieviel freude du bei mir und auch dieter mit deiner mail ausgelöst hast?! wir waren und sind sehr gerührt. so wie brigitte euch von mir erzählt, sind auch wir über euch drei mädels – einigermaßen – auf dem laufenden. wie heute sehe ich dich noch, an brigittes geburtstag meine ich, war es, in eurer küche in california mit deiner kleinen schwester stehen, reden und schmusen. deine ungezwungene und offene art auch mir gegenüber, die damals ja noch gar nicht lange »zu euch gehörte«, hat stets meiner seele gut getan.

dass du jetzt deine kollegen dazu animiert hast, sich am lauf zugunsten der brustkrebsforschung zu beteiligen und dabei an mich denkst, ist einfach großartig! tatsächlich ist jeder pfennig gut investiertes geld. ganz fest bin ich davon überzeugt, dass ich ohne die neuen und zum teil sehr innovativen medikamente und behandlungsmethoden schon gar nicht mehr leben würde bzw. nicht mit der jetzigen superguten lebensqualität! dass das möglich ist, verdanke ich in der hauptsache der intensiven forschung auf dem gebiet des brustkrebses und seiner behandlung. george doellgast meinte mal zu mir, dass ich mich wahrscheinlich ohnehin für brastcancer entschieden hätte, hätte ich einen krebs auswählen »dürfen«, da er zu den bestuntersuchten krebsarten gehöre. wenn ich also auf dem freien markt der tausend möglichkeiten gemeiner schicksale hätte einkaufen gehen müssen, wäre ich folglich mit brustkrebs nach hause gegangen. diese sichtweise ist übrigens – für mich – sehr hilfreich. um mich nicht als opfer unbeeinflussbarer umstände zu fühlen und in hilfloses, selten weiterführendes gejammer zu verfallen, habe ich mir oft vorgestellt, ich hätte ebendieses schicksal einem anderen, noch scheußlicheren, vorgezogen. bis zu der bemerkung von george dachte ich, dass ich froh sei, dass ich krebs habe und nicht eines meiner kinder irgendwie erkrankt sei. auf dauer machte es mich aber unfrei, mein schicksal so sehr mit dem der kinder zu verknüpfen und ich war froh, durch george eine brauchbare alternative zu bekommen. er ahnt sicher gar nicht, wie weitreichend seine bemerkung war, denn der prozess des rethinking brauchte ja seine zeit … so haben dinge, die wir tun oder sagen, oft eine wirkung, derer wir uns nicht bewusst sind. aber alles gute kommt – irgendwie – zu uns zurück.

oh, schreck, da hast du gedacht, schreibst der gabi mal ein paar nette zeilen und schon wirst du als dank mit ungewollten lebensphilosophien zugetextet. ja, das leben ist grausam!

liebe henrike, so wünsche ich dir, dass dein team recht groß wird und ihr eine menge geld zusammenbringt. es gibt ja tatsächlich sogar hochpotente medikamente, die wir hier in deutschland zwar gerne nutzen, wir aber – weil sie auf der basis der in deutschland verpönten und verbotenen gentechnik entwickelt wurden – auf entsprechende aktivitäten von firmen im ausland (amerika) angewiesen sind. zu solchen medikamenten gehört das von amgen entwickelte neulasta, das auch mein knochenmark anregte, flott neue leukozyten zu produzieren, als diese von der chemo zu arg weggeschossen wurden. welch ein segen! ebenso verhält es sich, glaube ich, auch mit dem lapatinib, das bei uns auf die zulassung wartet, nachdem alle studien seinen unzweifelhaften segen bei brustkrebspatienten mit lebermetastasen und sogar hirnmetastasen erwiesen haben. ach, und auch das herzeptin, das von genentech, wo dein papa arbeitet,

entwickelt wurde und ohne das kein onkologe in deutschland mehr auskommt, gehört in diese rubrik. insofern: ein hoch auf diejenigen entscheidungsträger, die in der lage sind, zwischen segensreichen und zerstörerischen anwendungen der gentechnik zu unterscheiden. ein hoch auf das gewissen der wissenschaftler. aber das ist ja schon thema seit oppenheimer und der möglichkeit der kernspaltung. falls du zu dem thema mal was lesen magst, vielleicht sogar in deutsch (deines ist übrigens – auch schriftlich – sehr gut!!!) kann ich dir »die physiker« von dürrenmatt empfehlen und »oppenheimer« von einem autoren, dessen name mir entfallen ist.
so, nun kam doch tatsächlich noch ein sermon dazu. nimm es mit gelassenheit.
sei ganz herzlich gegrüßt,
deine gabi

23.5.2008
schreiben als rettungsanker
liebe a.,
da hast du über einen monat geduldig auf eine antwort gewartet. was hat mich abgehalten zu schreiben? das pralle leben!!! ist das nicht ein perfekter grund? ja, es ging mir zunehmend besser. schon zu jonas hochzeit, um mit diesem schönen ereignis zu starten. natürlich möchte ich mich zuallererst für deine mail bedanken, auch für den darin enthaltenen tipp (das zweite »p« geht mir noch immer schwer über die taste) bezüglich der bekämpfung meiner »langeweile«, wie du annimmst. dazu aber später.
also, die hochzeit: wenn man bedenkt, dass die ärzte und auch wir doch allergrößte zweifel hatten, dass ich an dieser hochzeit überhaupt noch würde teilnehmen, geschweige denn sie genießen können, ist es schon ein kleines wunder, dass es mir da sogar bedeutend besser ging als zur vorgezogenen standesamtlichen hochzeit, wo ich noch unter den folgen der bestrahlung der hirnmetastasen litt. die kirchliche hochzeit war ein wunderbares fest für mich. meinen jüngsten habe ich ewig nicht mehr so ausgelassen und fröhlich erlebt. wir haben bis vier uhr in der früh gefeiert und viel getanzt. peter hat mit seinen wilden tänzen viele frauen an die grenze ihrer kondition gebracht, alle haben es ihm aber gedankt. vor allem seine schwester, die diese hochzeit mal wieder so richtig »abfeiern« konnte, da tim in einem nebenraum prächtig schlief, ab ein uhr sogar mit seinem papa neben sich. das gab eva frei für die brüder. wir alle haben uns als familie glücklich gefühlt. die lübecker knölls, sowohl annemarie als auch die jungs samt deren mädels, sind uns ja ohnehin auch sehr nahe. neben den verwandten waren jeweils die schulfreunde und die

studienfreunde eingeladen. wer den haufen ausgelassener physiker erlebt hat, muss spätestens da all seine vorurteile (»dröge, langweilig, introvertiert«) über bord geworfen resp. in wein ersoffen haben. ich habe mich riesig für meinen kleinen jonny gefreut, dass er auf diese nette bande schon gleich zu beginn des studiums gestoßen ist, und wieviel spaß die zusammen nicht nur beim lernen hatten, ließen sie uns anhand einer diashow nacherleben. meine mutter habe ich dabei vermisst. klar. und denk dir, vor einem jahr habe ich kurz vor muttertag gedacht, dass ich noch etwas für ilse zum muttertag organisieren müsse. dieses jahr dachte ich, dass ich ihr nicht einmal mehr etwas zum muttertag schenken könne. ich ziehe mir jetzt sprichwörtlich oft ihre schuhe an und es fühlt sich merkwürdig-denkwürdig an. wir hatten die selbe größe und meine mutter einen ausgesprochen »jugendlichen« geschmack.
nächsten monat gibt es schon wieder eine knöll-hochzeit. uli, so alt wie jürgen, heiratet seine kay kirchlich. eva nutzt den anlass, um gleich für zwei wochen zu uns zu kommen. timi läuft ja jetzt, so dass das für uns wohl ein umräumen der wohnung bedeutet – mal sehen. außerdem beginnt jetzt die zeit des »spazierenstehens«, wie wir das bei unseren kindern nannten, wenn wir bei jedem stein, jeder fliege zwecks inspektion und erklärung stehenbleiben mussten auf spaziergängen.
die einen besiegeln ihre liebe auf ewig, die anderen beschließen, wie eure freunde, dass getrennte wege bekömmlicher sind und lassen sich scheiden. haben wir heute zu große glückserwartungen an die ehe? oder keine geduld in schwierigeren zeiten? aber man muss schon auch sehen, dass »bis dass der tod euch scheidet« heute so ungleich länger dauert als noch um 1900 herum. kein kindbettfieber und kein krieg, dazu jede menge medikamente, bessere hygiene … . dazu der paradigmenwechsel. während früher ehe doch überwiegend eine versorgungsgemeinschaft war, ist sie zunehmend eine spaß- und beglückungsgemeinschaft. wenn es da dann mal über etwas längere zeit mühsam wird, ist die verlockung groß, sich vom »ballast« zu befreien, statt harte arbeit in erneuerung zu investieren. wenn dann die äußeren bedingungen zusätzlich erschwerend sind, wie bei euren freunden die wochenendehe, kann ich schon verstehen, dass man irgendwann lieber einen schlussstrich zieht.
kann man das nicht auch so sehen, dass bereits die lange fernbeziehung (doppelte bedeutung) eine priorisierung bedeutete? wer den focus auf die partnerschaft legt, tut der nicht alles, um auch zusammen wohnen zu können? letztlich ist die normative kraft des faktischen nicht zu unterschätzen.
übrigens: irgendein berühmter herr hat mal auf die frage, wie man es schaffen könne, so lange verheiratet zu sein, geantwortet: »ganz einfach, sich nicht scheiden lassen.«

und da sind wir schon bei knöll und mir (und auch bei euch).
es war nicht wirklich die langeweile, die mich in meiner letzten mail über einen zu beschäftigten knöll jammern ließ. vielmehr war es meine enttäuschung darüber, dass wir so unterschiedliche, nicht harmonierende bewältigungsstrategien haben im umgang mit meiner erkrankung bzw. der prognose. ich will jeden tag nutzen, ich lebe jetzt und das will ich voll und ganz. mein größtes bedürfnis ist dabei, so viel zeit wie nur irgend möglich mit knöllchen und meinen kindern zu verbringen. natürlich nicht nur, aber eben viel mehr als in den letzten jahren, die beinahe komplett der arbeit gehörten. knöll dagegen hat bislang sein heil in der arbeit gesucht. ich vermute, einmal, weil das die ihm vertrautesten strukturen sind und er darin den größtmöglichen halt findet. zum anderen hat er vielleicht gedacht, er macht einfach weiter wie immer, schaut sich das schicksal einfach nicht an – und dann sieht das schicksal ihn vielleicht auch nicht. knöll lenkt sich ab und verdrängt, ich konfrontiere mich – und andere – mit der »wahrheit« (steht in anführungsstrichen, da ich gerade darüber nachzudenken beginne, was denn überhaupt die wahrheit ist), akzeptiere, wenn nicht die prognose, so doch die möglichkeit, dass sie stimmen könnte und lebe, lebe, lebe! da dazu für mich knöllchen stärker gehörte, als er zu geben in der lage war, fühlte ich mich – zuweilen – alleingelassen und meines höchsten genusses, zusammensein mit knöll, beraubt. gott, klingt das dramatisch! verstanden habe ich schon, was in knöllchen vorging, gut finden konnte und wollte ich das aber deshalb noch lange nicht.
inzwischen geht es mir aber so gut, dass ich sehr viel alleine unterwegs bin, mich mit freundinnen treffe, sogar selber wieder auto fahre, voll dabei bin. im garten habe ich zu meinem allergrößten vergnügen geschuftet mit großer energie und ausdauer. der ehemals von mir designte und gestaltete garten war doch in den letzten jahren sehr verlottert, hatte jede struktur verloren und machte mich ganz traurig. jetzt ist er wieder ein kleines paradies, zudem pflegeleichter als zuvor – und knöll hat toll mitgeholfen, diese aktive und kreative arbeit empfinde ich als sehr beglückend. auch wenn ich spüre, wie kräfte zurückkehren.
so ganz allmählich hat knöllchen seinen lebensschwerpunkt von seiner arbeit abgezogen und nun kann ich mich über ein zuwenig an gemeinsamem leben nicht mehr beschweren – dazu noch das traumhafte wetter!
dennoch zurück zu deinem vorschlag: just zu dem zeitpunkt, als deine mail ankam, sann ich darüber nach, wie ich es noch schaffen könnte, unsere erlebnisse der letzten jahre zusammenzufassen. so viele freunde hatten mich dazu immer wieder aufgefordert und ermutigt – aber bisher hatte ich einfach nicht die notwendige konzentration. das ist das problem. wenn es mir nicht

gut geht, wie nach der bestrahlung der hirnmetastasen, dann kann ich überhaupt keinen gedanken vom kopf aufs papier befördern. mein gehirn fühlte sich an wie mit watte ausgestopft, wie brei. keine voraussetzung um etwas der nachwelt zu hinterlassen. mit jedem tag, den es mir besser ging, dachte ich aber wieder an das projekt, hatte aber keine idee, wie. bis deine mail kam.
da entschloss ich mich, aus den mails und berichten, die ich in den letzten jahren geschrieben habe, einen bericht zusammenzustellen. das ist weniger arbeit als einen zusammenhängenden text zu schreiben, aber ebenso informativ und vielleicht sogar lebendiger, authentischer. aber auch das sortieren und das damit verbundene lesen der alten korrespondenz braucht zeit – und durchaus emotionale kraft. nie hätte ich geglaubt, wie es mich zuweilen mitnimmt, in alte zeiten abzutauchen, gefühle wieder aufleben zu lassen oder erstaunt festzustellen, dass bestimmte dinge schon vor langer zeit ein problem waren. interessant und schmerzhaft war für mich auch die erkenntnis, wie stark ich teilweise für meine kinder, vor allem eva, vor-gedacht habe anstatt ihnen zuzutrauen, alleine ihre entscheidungen zu treffen. wo hört positive unterstützung auf und wo fängt mangelndes vertrauen in die fähigkeiten, möglichkeiten der kinder an? warum ist das bedürfnis des wegweisens in hinblick auf eva so stark ausgeprägt und viel weniger bei den jungs? wunderschön war es aber auch festzustellen, wieviel liebevolle zuwendung wir erfahren haben.
inzwischen sind die mails der letzten jahre (amerika und istanbul) gesichtet, sortiert und als word-dokumente gespeichert. jetzt muss alles in vielerlei hinsicht überarbeitet werden. du wirst vom fortgang des projektes erfahren.
wie gut kann ich verstehen, was dir die aufzeichnungen deiner mutter bedeuten. kann es sein, dass du dort über dinge erfährst, die sie dir nie erzählt hat oder deren bedeutung für deine mutter du erst jetzt so richtig verstehst? ich denke beinahe täglich in unterschiedlichsten zusammenhängen: »wie schade, dass du das jetzt nicht mehr ilse fragen kannst.« solange sie lebte, sind mir diese fragen erst gar nicht eingefallen.
danke auch für deine ausdrückliche bereitschaft, dir meine gedanken und sorgen anzuhören. es tut gut zu wissen, dass mails nicht nur willkommen sind, wenn sie ausschließlich eine positive grundstimmung transportieren.
sehen wir uns in marburg? wäre schön! wir fahren schon freitag, da ich dort in der uniklinik einen hörtest machen lasse, den die neurochirurgen aus köln haben wollen. habe im moment keine behandlung bis auf die dreiwöchentliche herzeptininfusion. deshalb geht es mir ja so gut.
seid beide ganz lieb gegrüßt,
deine gabi

25.05.2008

unsicherheiten im umgang mit mir
liebe veronika,
nun sind seit deiner mail genau zwei monate vergangen. so passiert das, wenn man nicht einfach mal so schnell was dahinschreiben will, sondern denkt, dass die mail eine durchdachte antwort verdient hat.
deine unsicherheit im umgang mit mir wird sicherlich von vielen menschen geteilt. wie gut, dass du deinen weg daraus auf mich zu wieder gefunden hast. glaub mir, es ist ganz unkompliziert mir mir. ich freu mich sooo sehr über den gedankenaustausch mit dir. sich nicht melden, den kontakt abbrechen, bedeutet dagegen immer ein alleinlassen und ist immer schädlicher als mal die falsche reaktion, die falschen worte zu riskieren. wobei ich ohnehin nicht weiß, was falsche worte sein könnten (außer denen, die nicht gesprochen werden), denn was ich heute als für mich nicht passend – das scheint mir die bessere wortwahl zu sein – empfinde, ist oft zu einem späteren zeitpunkt zumindest nachdenkenswert, oft sogar hilfreich, da es einen neuen denkansatz ermöglicht. also nur weiterhin viel mut und einfach drauflos!
es geht mir sehr gut, psychisch und auch wieder physisch. stell dir vor, ulla e. wird mich anfang juni besuchen! darauf freue ich mich sehr, denn auch für mich ist es so, dass es nur ganz wenige menschen gibt, mit denen ich wie mit dir ganz offen rede. bei denen ich einfach weiß, dass sie mich verstehen. bleibt man aber mit seinen gedanken alleine, ist das größte problem, dass man sehr schwer lösungen findet, weil man keinen hat, der einem auch mal einen neuen blickwinkel auf das ganze ermöglicht.
nicht nur bei dir hakt es bezüglich der anpassung der beziehung an die für uns so umwälzende krebs-erfahrung. wir haben – notgedrungen – die aufforderung der stunde mehr oder weniger begriffen und uns dem zuweilen schmerzhaften prozess des seelisch-geistigen wachstums gestellt, in kassel u.a. mit helgas unterstützung. mein mann spürt die notwendigkeit der veränderung auch, aber reagiert mit großer angst, verunsicherung und abwehr darauf, kann nicht die chance erkennen.
knöll und ich hatten eine zeit, in der ich mir gewünscht habe, für ihn endlich mal wichtiger als – oder zumindest genau so wichtig wie – seine arbeit zu sein. theoretisch war ich das möglicherweise (fast) immer, faktisch jedoch konnte er in bezug auf seine arbeit stets sachzwänge aufführen, die von mir ein zurückstecken verlangten. das heißt, jahrelanger verzicht auf arbeitsfreie wochenenden und ebenso verzicht auf angemessene urlaubszeit = arbeitsfreie zeit von etwa vier wochen im jahr. für knöllchen war das leben perfekt, wenn er ohne einschränkung an seinem schreibtisch arbeiten konnte und er irgendwie,

irgendwo mich um sich herum wusste, immer bereit, in einer seiner kleinen schaffenspausen ihm zuzuhören, sogar mitzudenken und anregungen zu geben, einen kaffee mit ihm zu trinken und ansonsten still meiner eigenen beschäftigung nachging. solange die kinder im hause waren, habe ich mich ohnehin für diese in ebensolcher weise zur verfügung gehalten, und später habe ich mich mit eigener arbeit dann ebenfalls zugeschüttet und bin so zum zwecke einer gemeinsamen fahrt durchs leben auf seinen arbeitszug aufgesprungen. da wir viel gemeinsam gearbeitet haben, zog ich daraus durchaus meinen gewinn. nach kassel, also dem offenkundigen Voranschreiten meiner Erkrankung, wollte ich das nun anders haben, denn so viel arbeiten ging einfach nicht mehr für mich. ich trug das auch deutlich als wunsch vor. ein wunsch, der zunächst mächtig bekämpft und sogar als bedrohung erlebt wurde. mich hat das sehr getroffen, weil ich zu sehr davon ausging, dass sich wirklich liebende in dieser situation beide ein bedürfnis nach größtmöglicher nähe haben. bei uns beiden fühlte ich mich mit diesem bedürfnis alleine. knöll hatte zudem wenig konstruktive vorschläge, wie wir unsere zeit nach seinem bedürfnis gestalten könnten, bis ich ihn vor einigen monaten bat, sich vorzustellen, er säße auf meinem sterbebett. ich fragte ihn, was nach seiner meinung geschehen müsse, damit er dann zufrieden denken könne, wir hätten unsere letzte zeit wirklich optimal genutzt. seine antwort war für mich verblüffend und doch ist er sich damit treu geblieben. er fänd es »ideal«, meinte er, wenn sich jeder tagsüber alleine beschäftige, wir dann den abend und die wochenenden gemeinsam hätten. für das, was wir an den abenden – fangen bei ihm überwiegend um 20.15 an – und den wochenenden unternehmen könnten, darum bat er mich um vorschläge. das also, arbeitsfreie abende und wochenenden, war für meinen mann schon ein großes zugeständnis und entsprach seinem verständnis optimaler nutzung der uns verbleibenden zeit. mich hat das verletzt, besonders vor dem hintergrund, dass sein job ihm wahrhaftig bedeutend mehr »spielraum« ermöglicht. ich hatte dann aufgegeben, auf ein mehr an interesse an mir – so bewertete ich das – zu warten und wählte, nachdem die beste lösung, nämlich gemeinsamkeit mit meinem mann nur eingeschränkt möglich schien, die zweitbeste lösung für mich: ich war tagsüber fast nur noch unterwegs (gott sei dank ging es mir so gut, dass das möglich war) und plante einen neuerlichen aufenthalt in kassel ein.

an dem punkt, als ich also keinerlei erwartung mehr an knöllchen hatte und ihm auch sagte, dass ich mir meine lebensfreuden nun woanders herhole, wenn auch notgedrungen, als ich also selber aus dem gewohnten bild heraustrat, mobilisierte das in meinem mann eine gegenreaktion. mit meiner ankündigung, wieder für vier wochen nach kassel zu wollen, fühlte er sich plötzlich verlas-

sen und zeigte sich unglücklich darüber. er verbringt seither sehr viel weniger zeit am schreibtisch, wir gehen beinahe täglich gemeinsam zum fitness, was uns beiden wunderbar gut tut, wir arbeiten zusammen im garten und lesen in der sonne. wir stellen gemeinsam meine korrespondenz der letzten jahre zusammen und finden so anlässe, über unser leben zu sprechen. für mich ist das wunderbar und ich fühle mich plötzlich gesehen und wahrgenommen an seiner seite. gleichwohl ärgert es mich, dass ich mein glücklichsein so sehr von der zuwendung meines mannes abhängig mache. ich weiß, dass ich emotional unabhängiger werden muss. das wird meine neue wachstumsaufgabe!
ungewollt tun wir so viel, uns eigentlich störende muster aufrechtzuerhalten.
dass du mit der antihormontherapie schluss gemacht hast, ist ein mutiger schritt. bei all den behandlungen besteht die kunst in einem ewigen abwägen der vor- und nachteile. da denke ich, dass wir froh sein können, wie sehr sich die medizinische einstellung inzwischen geändert hat. noch vor nicht allzu langer zeit haben die krebsspezialisten alles getan – und die patienten feste mit -, jede nur erdenkliche möglichkeit der behandlung zu nutzen, auch wenn dabei die lebensqualität komplett auf der strecke blieb. verlängerung der lebenszeit, und sei es zu Lasten der qualität, war das erklärte ziel. es war ja auch so verlockend – und ist es sicher oft heute noch -, das machbare auszureizen. wo aber liegt die gut lebbare balance zwischen dem größtmöglichen nutzen einer therapie und dem optimalen erhalt von lebensqualität. da das sicher bei jedem menschen anders aussieht, kann diese frage nur von uns patienten beantwortet werden. toll, dass du da für dich eine entscheidung getroffen hast und umsetzt. es wäre ja netter, wir könnten gelegentlich die verantwortung den ärzten überlassen, geht aber nicht und wäre schlussendlich auch ungesund. ungesund, weil wir stets in der gewissheit der eigenverantwortung leben müssen, wenn wir wirklich gut und gesund leben wollen. die frau eines mit uns bekannten Arztes hat übrigens nach einer zeit des leidens unter den nebenwirkungen mit voller zustimmung ihres mannes die selbe entscheidung gegen tamoxifen getroffen wie du. das ist nun schon lange her und sie ist täglich froh über diese entscheidung.
ich bin übrigens saufroh und dankbar, dass mein gynäkologe, der meine behandlung koordiniert, mein streben nach einem maximum an lebensqualität bei der frage wann, ob, wie, welche therapie und sogar kontrolluntersuchung angesagt ist, stets im auge behält. auch dieser einstellung habe ich es zu verdanken, dass ich im moment mit genuss und solcher freude leben kann.
so hoffe ich auch für dich, dass du mit deinen therapieentscheidungen gute unterstützung findest und dass du dich vor allem jetzt ohne tamoxifen besser fühlst und deine stimmung stabiler wird. ohne depression lebt es sich ja schon besser, was?

was, veronika, ist aus deinen träumen geworden? was hast du getan inzwischen, um sie wahr werden zu lassen? da bin ich echt gespannt, was du dazu schreiben kannst!
liebe veronika, wir sind gleich zum spargelessen eingeladen (nachdem ich mich gestern auf einer grillparty bei freunden quer durch das gesamte sortiment an süßspeisen gefuttert habe, bin ich froh, dass heute die kalorienarme variante folgt) und ich will die mail unbedingt heute losschicken. wer weiß wie lange sie sonst noch auf vollendung warten müsste – und wann ist schon was vollendet?
freu mich sehr auf deine antwort!!!
deine gabi

PS: habe ausgerechnet heute nach fertigstellung der mail an dich (was mehrere tage dauerte) in einem buch über paula und otto modersohn ein rilke-zitat gelesen, das speziell für mich geschrieben scheint. es passt so gut zu meinem »verzicht« auf weitere gemeinsamkeitserwartungen an knöll:
»Wir haben, wo wir lieben ja nur dies: einander lassen; denn dass wir uns halten, das fällt uns leicht und ist nicht erst zu lernen.«
hat das auch einen widerhall in dir? und wo ich ein wenig weiterblättere, finde ich eine bildunterschrift: »weißt du, gerade, dass du im hintergrund meiner freiheit stehst, das macht sie so schön.«
das sagt in diesem falle zwar vermutlich paula modersohn zu ihrem mann, aber es hätte auch ein satz von knöll sein können. ob otto modersohn mit dieser hintergrundrolle besser zurecht kam als ich? schon merkwürdig zu spüren, dass alles schon einmal gelebt scheint, alle probleme und freuden ebenso.

26.5.2008

selbstheilung: zwei aspekte
liebe hannelore,
zunächst einmal möchte ich dir ganz grundsätzlich sagen, wie schön es für mich ist, dass wir uns gewissermaßen wiedergefunden haben nach doch langen jahren der praktischen kontaktabstinenz. in unseren herzen warst du immer präsent, da wir uns sehr wohl bewusst sind, dass dieter und ich es dir zu verdanken haben, dass wir uns kennenlernten und es nicht bei der flüchtigen ersten begegnung bei dir blieb. wir reden noch heute darüber, dass du dieter dein auto geliehen hast, damit er mich zu meinem damals noch brav absolvierten wochenendlichen »heimatbesuch« kutschieren konnte. ich benutze das wort heimat, obwohl ich in bezug auf gronau nie so gefühlt habe. mein gefühl für heimat beginnt erst mit meinem studium in münster. auch dass ich damals

gabi r. und rudolf begegnet bin, war ein segen für mich. beide haben ganz enorm – jeder auf seine weise – meine persönliche und intellektuelle weiterentwicklung gefördert, allein schon weil sie sich mit mir und meinen ideen so interessiert auseinandersetzten. gabi r. mit ihrer bereitschaft, mich kostenlos bei sich wohnen zu lassen, war der grundstein für meine heute noch handlungsleitende überzeugung, dass alles gute, das man anderen tut, irgendwann wieder zu einem zurückkehrt. mein gott, ja, auch das war eine sehr schöne und aufregende zeit! soweit meine nostalgischen Träumereien.

…

zur gegenwart: wir danken euch für den zwischenstopp in unserem garten auf eurer fahrt an die ostsee. eigentlich hätten wir euch tatsächlich dort besuchen müssen, denn auch niendorf mit euch ist für uns unvergessen. ohne eure einladung in die ferienwohnung – damals noch – eurer eltern, hätten dieter und ich ganz sicher keine flittertage gehabt. wie gestern fühlt sich für mich auch der in diesen ostseetagen erworbene sonnenbrand an. schon wieder erinnerung statt gegenwart.

jetzt aber: hannelore, ich möchte dir noch etwas sagen zu dem buch von eva-maria sanders, »leben! ich hatte krebs und wurde gesund.« hättest du mir das buch noch vor einigen wochen geschenkt, ich hätte es nicht gerne gelesen. da empfand ich solche schilderungen weniger ermutigend als eher druckerzeugend. insgesamt hat mich die lektüre des heilungsberichtes trotz sauschlechter prognose ermutigt, mich stärker unabhängig zu machen von dem, was aus wissenschaftlicher und statistischer sicht machbar scheint. die krankheit zu akzeptieren muss ja nicht bedeuten, dass man sich ihr hingibt. ich fasse jetzt meine perspektive wieder großzügiger. das aktivieren der selbstheilungskräfte – ein mir sehr vertrauter gedanke – ist immer gut, denke ich. und das will ich jetzt wieder stärker tun. was mich mit der autorin verbindet, ist ihr unvermögen, ihren krebs bekämpfen und besiegen zu wollen/können. aber genau das schien mir bislang jede art des visuell gestützten umgangs zur entwicklung/unterstützung der selbstheilungskräfte die geforderte strategie zu sein. ich stolperte immer über soche anweisungen wie »malen sie sich aus, wie ihre körpereigene abwehr die feindlichen eindringlinge bekämpft und sie schließlich besiegen wird.« dieses kriegsszenario liegt mir nicht, und so habe ich an der stelle stets aufgegeben. unglaublich, wie betriebsblind man sein kann. Wo ich die lösung anderen menschen oft schon nahegebracht habe! Das ist für mich der größte gewinn des buches, dass es mir wie schuppen von den augen fiel: annehmen und versöhnung (statt krieg) ist der trick. Die vorstellung, dass ich den krebszellen danke für den job, den sie getan haben, (mich dazu zu bringen, innezuhalten und mein leben zu überdenken, z.b.)

ihnen erkläre, der sei nun aber erfüllt und sie könnten getrost von dannen ziehen, ist für mich durchführbarer.

neben dieser positiven wirkung für mich halte ich das buch bzw. die darin vermittelte botschaft für labile, angeschlagene menschen u.u. für gefährlich. warum?

1. mehr oder weniger deutlich ausgesprochen wird vermittelt, man habe seine krankheit, den krebs, selbst herbeigeführt und damit verschuldet. das kann nicht nur schuldgefühle auslösen, die ganz sicher einen möglichen heilungsprozess behindern, sondern zusätzlich sehr einsam machen, wenn andere menschen mit dieser überzeugung an den kranken herantreten. es kann sich sehr schnell anfühlen wie: »hättest du richtig gelebt, wärest du jetzt nicht krank.« das kann nicht förderlich sein.
2. aus dieser selbstverursacher-theorie folgt logisch auch in dem buch die idee, was man selbst erzeugt hat, kann man auch selber heilen. die autorin formuliert das für sich so: »ich kann alles.« ich habe mich gefragt, was diese frau macht, wenn auch für sie der tag kommt, an dem sie feststellen muss, dass sie doch nicht alles kann. irgendwann sterben wir ja schließlich alle. auch die, die nicht wollen. macht sie sich dann den vorwurf, sich nicht eindeutig genug für das leben entschieden und eingesetzt zu haben? haben alle menschen, die einer krankheit erlegen sind, nicht wirklich leben wollen? wie bekommt man dann ein friedliches sterben hin? wo entlang läuft die linie zwischen leben/nicht leben und sterben wollen? ich persönlich habe im monemt die einstellung: ich akzeptiere, dass ich sterben werde – hoffentlich noch lange nicht – aber ich kann nicht sagen, dass ich nicht mehr leben will. doch ich will!
3. aus dieser, ich nenne es mal – allmachtsphantasie – heraus, wird es auch nachvollziehbar, dass sich die autorin allmählich ganz von den methoden der herkömmlichen krebstherapie verabschiedet incl. der nachsorge, die ja auch eine vorsorge ist. ob die rechnung für sie aufgegangen ist, lässt sich nicht beweisen und auch für vermutungen gibt es verschiedene möglichkeiten.

ich wüsste nicht, warum ich einen solch radikalen weg wählen sollte. warum nicht das eine tun (selbstheilung mit aller intensität) ohne das andere zu lassen (bestmögliche konventionelle therapie)? bei mir hat letzteres ja schon erstaunliches bewirkt. wenn ich das jetzt auch noch verstärke mit eigener kraft, umso besser, denke ich. und das ich dazu wieder kopf und herz frei habe, dazu gab das buch den anstoß. vielen dank also dafür! letztlich geht es dabei um eine

kombination einer rein naturwissenschaftlichen betrachtungsweise und einer eher emotionalen, sprituellen. ich liebe integration, so auch hier.
leider hat sich meine große befürchtung, die mich während des lesens nicht mehr losließ, bei einer anschließenden internetrecherche bestätigt. die autorin ist inzwischen gestorben, hat die schlechten prognosen zur zeit der diagnose aber um neun jahre überlebt. schade dennoch.
liebe hannelore, ich wünsche dir sehr, dass dir die tage an der see die erholung gebracht haben, die du sooo sehr benötigst. wenn es eines ist, was man mit sicherheit sagen kann, dann ist es dies, dass man – und eben auch du – sehr darauf achten muss, nicht nur zu geben, sich zu entladen, sondern immer dafür sorgt, auch wieder aufzutanken, nicht gegen seine überzeugung zu handeln und selber etwas dafür zu tun, in gesunden verhältnissen zu leben. ich arbeite noch dran! immer wieder. und du?
sei ganz lieb gegrüßt, deine gabi

5.6.2008
ja, das möcht' ich noch erleben
lieber michael,
was mag in dir in der langen wartezeit auf meine antwort vorgegangen sein? (jetzt beraub mich nicht der illusion, du habest gewartet) man könnte denken, ich hätte mich für dein vorheriges monatelanges schweigen revanchieren wollen. so ist es aber nicht. mal ging es mir für eine mail zu schlecht und mal zu gut. ging es mir gut, dann wollte ich mich an meiner zurückgewonnenen aktivität freuen und am leben um mich herum teilnehmen. da blieb für mails – mit dem anspruch, zumindest knapp unterhalb der oberfläche zu bleiben – schlicht (um eines deiner früheren lieblingsfüllwörter zu benutzen) keine zeit. oder keine kraft, denn eines habe ich tatsächlich gelernt: mit meinen kräften zu haushalten. gelegentliche rückfälle in überforderungsmechanismen haben mich spüren lassen, wie erschöpfend (hast du mal über die doppeldeutigkeit des wortes nachgedacht? ich fange damit eben erst an) mein leben doch über lange strecken war. zu diesem haushalten gehörte, dass ich mir selber verordnet hatte, keine nicht dringend notwendige mail zu schreiben, solange ich mich mit der aufarbeitung meiner mail-korrenpondenz der letzten drei jahre beschäftigt habe. das ist nun im ersten akt abgeschlossen und so sitze ich also hier und gedenke meines lieben freundes michael. oder sagt man das nur über leute, die schon gestorben sind? wenn ich so weitermache, jedes wort zu hinterfragen, wird diese mail noch tage dauern. ohnehin ist meine schreib- und denkzeit heute begrenzt, da ich auf meine »busenfreundin« warte. wir haben gemeinsam nach meiner und ihrer ersten brustkrebsoperation in kiel

alle menschen lügen gestraft, die meinten, krebs sei eine angelegenheit, die die betroffenen ausnahmslos in ernst, hoffnungslosigkeit und traurigkeit stürze. wir hatten während unserer gemeinsamen zehn tage (deren notwendigkeit ich anschließend nach meiner op in kalifornien überhaupt nicht mehr nachvollziehen konnte) sehr viel spaß und anregende gespräche. knöllchen sprach sehr zu recht immer nur von den »fröhlichen krebsen«. auf die »busenfreundin« – den namen verdanken wir ihrer schwiegermutter – aus jenen tagen warte ich also jetzt. wir haben knöllchens abwesenheit – er ist für abschlussprüfungen in istanbul – für ein ungestörtes mädeltreffen genutzt. siehste, so ist das mit mir, alles löst sofort erinnerungen aus, die dich vermutlich nur langweilen. da musst du nun durch! das leben ist halt nicht nur freude!

michael, deine mail hat mich sehr gefreut, gerührt und glücklich gemacht. wir hatten schon eine sehr besondere zeit zusammen in münster! die gemeinsame arbeit bei der telefonseelsorge, das zusammen sehr ernst arbeiten und sprechen können, gepaart mit der leichtigkeit und fröhlichkeit im gedankenaustausch und umgang miteinander, das hat mich nachhaltig geprägt. in der sehr schweren zeit, die damals der bevorstehende umzug nach lüneburg in mir auslöste, waren die gespräche mit dir und deine zuverlässige unterstützung eine wesentliche hilfe, an die ich immer noch voller dankbarkeit denke.

was du zu mir, über knöllchen und mich und unsere kinder schreibst, klingt so wunderbar, dass es auf meiner beerdigung nicht schöner gesagt werden könnte. vielleicht solltest du dort die ansprache halten? kommst du? ist ja ganz schön weit!

ich bin sehr beeindruckt, wie genau du deine kinder zu kennen scheinst, wie sehr du sie in ihren unterschiedlichen bedürfnissen und eigenheiten wahrnimmst. da habe ich zweifel, ob ich meine kinder überhaupt so differenziert gesehen habe. oh je! versagen, versagen! wie sehr wünsche ich euch und euren kindern, dass ihr auch weiterhin so aufmerksame und unterstützende eltern seid! dass euch nie der mut und das vertrauen in die entwicklung eurer kinder verlässt. das schreibe ich so und weiß doch, dass man nie ziele negativ formulieren sollte.

ich nutze die zeit und energie, die sonst der arbeit galt, doch sehr viel zum nachdenken – neben dem mich ins lebensvergnügen zu stürzen. das klingt irgendwie viel ernster, als es sich für mich anfühlt. wie genieße ich es, für all die gedanken zeit zu haben! was immer ich zur zeit lese, ganz gleich welchen niveaus, bietet sich geradezu als material für allerlei reflexionen und nabelschau an. hat irgendwie was von pubertät. lustvoll! diese leidenschaft wird von knöllchen nur sehr bedingt geteilt. gelegentlich ist er der leibhaftig gewordene schreckensruf: »hilfe, hilfe, meine frau will mit mir über unser leben reden!«

auf mich wirkt es, als wäre das für ihn geistige vergewaltigung. du kennst mich und kannst dir sicher denken, dass ich nicht kampflos aufgegeben habe. aber kampf ist wohl auch hier nicht das richtige mittel. ich habe beschlossen, dankbar zu sein für das, was er mir ist – und das ist unendlich viel – und mich nicht unglücklich zu machen mit nicht erfüllbaren erwartungen. wer weiß, vielleicht gibt es ja auch hier überraschungen, denn schon sehr oft hat es sich für mich gelohnt, nach dem motto zu leben: wer loslässt, hat die hände frei. meine sind nun frei und ich bin gespannt, was sie zu fassen kriegen.

es ist nichts eigentlich großartiges, worüber ich nachdenke, auch nichts in sich geschlossenes, eher splitter. obwohl es mich durchaus reizen würde, als philosoph ins grab zu steigen, aber das ist mir zu einseitig und anstrengend. so muss ich bescheidener bleiben. ansonsten bringe ich alle dafür notwendigen voraussetzungen selbstredend mit! dazu fällt mir auch gleich ein gedicht ein, glaube von wilhelm busch, das für mich offensichtlich – zumindest versteckt – lebensmotto war/ist »bescheidenheit ist eine zier, doch weiter kommt man ohne ihr.« und zum thema bescheidenheit fällt mir natürlich auch wieder was ein: – glaube, es ist auch von wilhelm busch – »die selbstkritik hat viel für sich, gesetzt den fall, man tadle sich. dann hab ich erstens den gewinn, dass ich so hübsch bescheiden bin, und zweitens hoff ich außerdem auf widerspruch, der mir genehm.« ... nehme an, du verstehst langsam, warum mein tag einfach zu kurz ist für zu ende gedachtes.

manchmal geht es auch schnell mit dem denken. z. b. die frage nach dem sinn des lebens. da hatte ich fix eine für mich passende antwort formuliert: der sinn des lebens ist immer nur der, den du ihm selber gibst. das ist für mich gelebte eigenverantwortung, ist eine riesengroße chance, aber auch verantwortung. und natürlich blieb es mir mit dieser auffassung nicht erspart, diese »formel« immer wieder im laufe meines prallen und abwechslungsreichen lebens neu mit inhalt zu füllen. obwohl schopenhauer als mann mit seiner einstellung gegenüber frauen bei mir keine sympathiepunkte abräumen kann, fand ich in seinen aphorismen zur lebensweisheit doch den einen oder anderen gedanken, der mich – um eines meiner lieblingswörter zu benutzen – handlungsleitend begleitet hat. seine behauptung, nicht die dinge an sich seien gut oder schlecht, sondern wir machten sie durch unsere bewertung erst zu guten oder schlechten, hat mich zunächst sehr aufgeregt, da ich sie z. b., bezogen auf den tod unseres moritz, als dreist empfand. auflehnung! gibt es nicht erfahrungen, schicksalsschläge, wie jetzt z. b. mein fortschreitender krebs, die zu gewaltig sind und für die sich somit solche simplifizierungen verbieten? oder hat diese schopenhauersche überzeugung, macht man sie sich erst einmal zu eigen, adaptionspotential? für mich hatte sie das. ich formulierte daraus für mich den

satz: »es sind nicht primär die äußeren lebensumstände und schicksale, die unser leben bestimmen, sondern wie wir damit umgehen.« das erspart nicht leiden, tat es weder nach moritz tod noch tut es das jetzt mit meinem krebs, aber es verhindert, sich als handlungsunfähiges, dem grausamen, ungerechten schicksal ausgeliefertes opfer zu fühlen und im selbstmitleid und schmerz zu verharren. im gegenteil, ich erlebe mich, gedanklich so ausgerüstet, nach wie vor als aktiver, mal mehr, mal weniger kreativer gestalter meines lebens. diese aktive, gestaltende rolle mag ich. obwohl es gelegentlich einfacher wäre, man könnte jemand anderen, z. b. gott, verantwortlich machen. aber zum opfer – in diesem sinne – wird man nicht gemacht, zum opfer macht man sich selber. ich bin auch nicht das opfer böser krebszellen. nicht opfer sein zu wollen, bedeutet aber dennoch nicht, kämpfen zu müssen. einer der gruseligsten sprüche in todesanzeigen heißt – für mich – »gekämpft und doch verloren.« ich sterbe doch nicht als verlierer! welch entsetzliche vorstellung! wo der für mich lebbare weg liegt zwischen kämpfen und sich tatenlos dem schicksal ergeben, das definiere ich gerade neu. dazu gehört auch, sich – mal wieder – gedanken zu machen darüber, was nach dem tod kommt. nach moritz tod war es mir eine ungeheure beruhigung daran zu glauben, dass nach dem tod einfach schluss ist.
an der stelle muss ich für heute aufhören. aber auch mein potpourri bis hierher ist nicht an einem tag entstanden, sondern fraktioniert.
meine busenfreundin ist nach einem tag voller guter gespräche, einem waldspaziergang – gelobt sei unsere herrliche wohnlage – und einem nachmittag in der sonne in unserem – wieder – wunderbaren garten heimgefahren und ich fiel, schlagkaputt und glücklich, in einen erholsamen schlaf bis zum nächsten morgen.
lüneburg ist eine bezaubernde stadt, wirklich, ich liebe sie, aber es ist geistig eng hier. klingt überheblich, aber so fühle ich. da war der frische wind, den meine busenfreundin aus klein nordsee, so heißt der ort, in dem sie wohnt, wirklich, herüberwehen ließ, doppelt willkommen.
morgen fahren wir zu jürgen und jonas, samt frauen natürlich, nach marburg, und peter und nina kommen auch. jubel, jauchz! jürgens frau dana hat geburtstag und abends gehen wir gemeinsam auf ein fest. dort freuen wir uns auf rege diskussionen mit den jungen leuten und erinnerungsgespräche mit den alten. also folgt die fortsetzung frühestens am montag.
heute ist montag. wir hatten ein sehr schönes, erfülltes wochenende.
aber wo hatte ich aufgehört? richtig, wie geht es nach dem tod weiter? du bist der theologe – was ist deine idee/überzeugung dazu? wäre wirklich neugierig, das zu hören. wie schon gesagt, dachte ich mal wie brecht in seinem gedicht »lasst euch nicht verführen«: »und es kommt nichts hinterher.« später kam ich

dann zu der überzeugung, dass es doch etwas mehr als nichts sein könnte. materie geht nicht verloren, weiß die naturwissenschaftlerin in mir. aber wie wird die materie zu was transformiert? abgesehen von dieser überlegung leben u.a. mein bruder und moritz ja zumindest in unseren gedanken in uns weiter. und mehr als das. sie haben jeden, der mit ihnen kontakt hatte, auf irgendeine weise geprägt und diese prägung gaben und geben wir wiederum an jeden menschen, mit dem wir etwas zu tun haben, weiter. ich wäre nicht der mensch, der ich heute bin, ohne diese beiden. und somit meine kinder auch nicht.

…

aber bekommen das die verstorbenen noch mit? da bin ich wieder an dem punkt, wo ich gar nicht weiß, ob man sich das wünschen soll. etwas mitbekommen und es nicht beeinflussen zu können, stelle ich mir nicht wirklich erhebend vor. so erfüllen mich die worte von papst johannes paul II in seiner generalaudienz vom 28.10.1998 auch eher mit ratlosigkeit. dort sagt er, wenn ich das richtig verstanden habe, es löse sich zwar der körper auf, aber der geist, mit bewusstsein und willen ausgestattet, bestehe fort. mal abgesehen davon, dass ich mich frage, wie er auf seine überzeugung kommt, frage ich mich auch, ob ich es überhaupt tröstlich finde, mit bewusstsein und willen ausgestattet zu sein, wenn ich nicht handeln kann. aber klar, ich weiß natürlich auch, dass ich mit hiesigen kriterien denke – was nur schieflage bedeuten kann. bleibt mir also nur die neugierde! bin echt gespannt, wie es wirklich ist. gehe also offenbar davon aus, dass ich das irgendwie merken werde. also glaube auch ich an ein bewusstsein? hast du dazu normalmenschtaugliche ideen?
aber ich lebe ja und bin tatsächlich bereit, meine neugierde zugunsten des lebens zu zügeln. überhaupt fand ich zu karfreitag in der FAZ (20.3.08) einen wirklich anregenden artikel von heike schmoll. sie sagt, wer den tod verstehen wolle, müsse zunächst das leben verstanden haben und nur wer zu leben verstehe, werde auch sterben können. hoffentlich weiß mein krebs das auch! ich bin nämlich erst noch dabei zu verstehen, wie richtig leben geht bzw. muss das bislang ungelebte noch nachholen. zu meiner großen freude zitiert heike schmoll seneca, der meint, vielbeschäftigte widmeten sich einen großen teil ihres lebens dingen, die ihnen nicht gemäß seien. er plädiert für muße als gegengewicht zur tätigkeit und nennt den bewussten umgang mit dem leben lebenskunst. rückwärts betrachtet hatte ich ganz sicher zuviel arbeit. demnach ist jetzt der große ausgleich mit viel muße angesagt. danke heike, dass sie mich ermutigen und noch dazu unter berufung auf seneca. auch knöllchen ist dabei, der muße mehr raum zu geben. ich genieße es sehr, dass er jetzt wieder mehr auch jenseits seiner fachliteratur liest und wir uns darüber unterhalten können. das fühlt sich wunderbar lebendig an, weil es meinen blickwinkel – und ich denke auch

dieters – stets erweitert. es sind nicht die großen, spektakulären dinge, die ich mir jetzt wünsche. es geht darum, wertvolle zeit mit lieben menschen – allen voran mit dieter und meinen kindern – zu verbringen, und geist und seele zu liebkosen und zu füttern.
in dem artikel sagt heike schmoll noch etwas, was ich ganz klasse finde. sie meint, menschen seien dem christlichen verständnis nach mehr, als sie aus ihrem leben machten und auch mehr als das, was andere in uns sehen. was immer ihr also von mir denkt und – auf meiner beerdigung – erwähnen werdet, ich bin mehr!!! echt super der gedanke. wobei mir bewusst ist, dass dieses »mehr« durchaus rein theoretisch auch was negatives beinhalten kann, aber eben nur rein theoretisch.
weißt du, was wirklich eine erschreckende erkenntnis ist? alles wurde schon längst vor mir gedacht und meistens viel besser formuliert für die nachwelt festgehalten. ich bin also weder originell noch tief in meinem denken. sooo schade! wäre gerne mit einer besseren meinung von mir gestorben. nein, würde gerne mit einer besseren meinung von mir leben. gestorben wird später. alles im leben hat seine zeit! vor einigen wochen beschäftigte mich der gedanke, dass ich plötzlich alle menschen um mich herum so entzaubert sah, später auch mich selber. als sei ein verwischender, oft auch gnädiger schleier weggezogen, erkannte ich plötzlich glasklar strukturen meines verhaltens, aber auch das anderer menschen. ich schaute sozusagen hinter die kulissen. mal erschreckte mich das, weil die gewonnenen einblicke und erkenntnisse oft mit schmerz verbunden waren, mal war ich geradezu fasziniert von meiner neuen fähigkeit. bevor ich der versuchung erliegen konnte, mich in die reihe der besonderen menschen einzuordnen, musste ich entdecken, dass auch über dieses phänomen schopenhauer – und sicher auch andere vor und nach ihm – schon längst seinen senf abgegeben hat. das raubt einem doch glatt die letzte illusion, die man von sich selber hatte. viel lesen ist folglich sehr schädlich für das selbstbewusstsein. andererseits gibt es mir natürlich auch eine bestätigung, wenn ich bei schlauen menschen mein denken oder fühlen wiederfinde. jetzt willst du wissen, was schopenhauer denn nun zum grauen schleier zu sagen wusste? er vergleicht das ende des lebens mit dem ende eines maskenballs, auf dem die masken entfernt werden und man so die wahren gesichter, charaktere, erkennt. alle trugbilder zerfallen dann, meint er. er sagt auch, dass man sich selber dann erst richtig in seinem verhältnis zur welt und zu anderen menschen verstehe, das selbstbild entsprechend positiv, oft aber auch negativ revidiere. dieses klare bild von mir selber habe ich noch nicht, kann also noch nicht am ende meines lebens angekommen sein. geht auch nicht, denn ich habe noch einiges vor: schöne sachen. zunächst kommt am wochenende eine der frauen aus meiner »psychogruppe«

aus der kur, dann kommt eva samt sohn für zwei wochen, dann feiern wir die hochzeit eines neffen, was schon wieder die ganze familie zusammenführen wird und im juli fliegen dieter und ich für drei wochen nach USA, freunde aus unserer zeit dort besuchen. da man in USA ja etwas umzugsfreudiger ist als bei uns, reicht ein besuch in der l.a.-area nicht aus, sondern wir müssen, um alle wichtigen freunde einzufangen, nach canada, seattle, san francisco und dann in die gegend rund um l.a.. wäre ja ein wunder, wenn ich nicht auch dazu die viel schöneren worte eines berühmten menschen gelesen hätte. theodor fontane hat ein gedicht verfasst: »ja, das möcht' ich noch erleben«, in dem er so nett und liebevoll die anhaltende lebensneugier beschreibt. die letzten zeilen lauten:

Doch wie tief herabgestimmt
Auch das Wünschen Abschied nimmt,
Immer klingt es noch daneben:
Ja, das möcht' ich noch erleben.

mir ist soeben als neuerlicher dämpfer meines größenwahns eingefallen, dass auch der gedanke vom wertschätzen dessen, was man hat, statt auf das fehlende zu schauen, leider, leider überhaupt nicht originell ist. muss also den text meines vordenkers finden und dir mitteilen. vielleicht werden meine kleinen gedanken dadurch auch gar nicht ab- sondern eher aufgewertet, wenn ich sie in die reihe kluger köpfe stelle? alles nur eine frage meiner bewertung, wie schopenhauer, siehe oben, schon wusste. also, morgen geht's weiter.
so, ein neuer tag will gelebt werden. den gefallen tu ich ihm gerne und starte, nach einem frühstück und der faz-lektüre mit der vervollständigung der mail an dich. sie soll ja kein jahrhundertwerk werden. waren gestern noch eingeladen, war sehr nett, habe liebe menschen wiedergetroffen und einen bekannten hoffentlich etwas belebt, dessen frau vor wenigen monaten an krebs gestorben ist. habe auch mal wieder einige sehr schöne komplimente eingeheimst (wofür ich im moment besonders empfänglich bin), da diesbezüglich auf ehemann-entzug lebend. es scheint aber tatsächlich ein paradoxon: sehe ausgesprochen kerngesund, strahlend und braungebrannt aus.
den erinnerten text habe ich schon gefunden. es ist fast schon peinlich, aber er ist auch von schopenhauer. davon ausgehend, dass man den wahren wert dessen, was man besitzt, egal, was es sei, oft erst nach deren verlust erkenne, rät er uns, das, was wir haben, zu betrachten, als hätten wir es verloren. so besehen, würden wir oft deren besitz als beglückender erleben und zudem dem verlust vorbeugen. das finde ich sehr klug. aber nicht eben leicht zu leben. aber

wir suchen und lieben ja herausforderungen, stimmt's?! falls du jetzt denkst, ich hätte viel gelesen, so stimmt das sicherlich, aber ausgerechnet den letzten schopenhauer-text habe ich nicht im original gelesen, sondern in einem schönen buch gefunden, das mich täglich begleitet. eine – inzwischen – freundin aus der kur, meine tischnachbarin, (ich bin wirklich so oft ein glückspilz) hat es mir geschenkt: christian leven: heute ist der beste tag zum glücklichsein. herder (2007). zu jedem tag des jahres findet sich darin ein meistens sehr anregender, nachdenkenswerter text. schenk es deiner frau, lies es auch und ihr habt neben den notwendigen alltagsgesprächen wunderbare bereichernde unterhaltungen zur pflege dessen, was man hat.
lieber michael, wenn ich eine solche mail geschrieben habe, verfolgt mich oft das gefühl, ich hätte all meinen unsortierten gedankenmix über jemandem ausgeschüttet. ich habe viel verständnis dafür, dass du keine zeit findest, mir schnell zu antworten, aber bitte schicke mir zu meiner entlastung rasch eine kurze (einzeilige) nachricht, ob du überhaupt lust auf solche mails hast. ich kann ja auch anders.
seid alle miteinander ganz herzlich gegrüßt, macht was aus dem tag, jeder für sich, aber auch miteinander,
deine gabi

9.6.2008

ÜBERLEBEN
liebe ulla e:,
der tag mit dir war sehr schön für mich, zumal ich dir dinge sagen kann, die ich ansonsten hier aus meiner umgebung niemandem sagen mag. …
ulla, dein wortspiel ist einfach großartig. »nutzen sie ihre krankheit als chance, ihr LEBEN zu überdenken«.
»nutzen sie die chance, ihr ÜBERLEBEN zu denken«. »nutzen sie die chance, ihr ÜBER-leben zu denken«. die drei sätze lassen mich gar nicht mehr los. diese wortspielereien sind eigentlich meine domäne und ich habe gemerkt, wie sehr ich das vermisse. ich selber habe vor jahren oft schreibwerkstätten geleitet und auch mit meinen patienten oft so gearbeitet. das ist völlig weit weg, verschüttet geradezu. einen tag bevor du kamst, habe ich einem freund in einer mail meine gedanken zu meinem ÜBER-leben beschrieben und finde mich damit noch mitten in einem prozess. was machst du mit den drei sätzen? welche bedeutung haben sie für dich in deinem leben? magst du mir dazu was schreiben? …
knöll ist übrigens heute schon den ganzen tag sehr zärtlich zu mir. …
fest steht aber, mein selbstbewusstsein ist auch nicht mehr das, was es vor meiner erkrankung war.

ulla, wie war dein heimkommen für dich? hast du das gefühl nach solchen ausflügen, dass sich dein mann auf dich gefreut hat?
danke für dein kommen! liebe grüße,
gabi

26.6.2008

kein grund zur sorge
liebe celia,
ich stolpere zur zeit von einer schönen und dennoch sehr kräftezehrenden begegnung in die nächste. gestern sind eva und tim nach 2,5 wunderschönen wochen bei uns abgereist. dazwischen lag noch die hochzeit unseres neffen in travemünde – auch das ein schönes fest, bei dem zu meiner besonderen freude, meinem großen glück, unsere ganze familie zusammen war. dann besuchten wir noch dieters mutter in timmendorfer strand, was mit einem ostsee badebesuch des kleinen, vor glück laut jauchzenden tim endete und kurz vor der abreise noch evas geburtstag, dem ersten seit vielen jahren, den wir miterlebt haben, und zu dem meine lieblingsschwägerin und evas lieblingstante aus lübeck angereist war. seit gestern also erst wieder ruhe im karton – aber noch nicht wieder in meinem kopf, der sich wie durchgemixt anfühlt. danke für deine, wie ich annehme, besorgte nachfrage. treffen wir uns noch einmal vor usa? wir fliegen am 9.7. ab. die woche vorher, also nächste woche, ginge es bei mir.
liebe grüße,
gabi

26.6.2008

eine müde vorabantwort zum über-leben
liebe ulla e
wollte eigentlich den rechner nur kurz runterfahren, da ich ins bett will, da sehe ich deine mail. nur einen kurzen dank vorab. es liest sich alles so sinnhaft – und ja, ich gehe heute ins bett und halte mein überleben (betonung auf leben) für möglich. es tut so gut, es einmal nicht selber sein zu müssen, die sich solche strategien selber stricken muss, sondern es einmal als angebot zur weiteren verarbeitung gereicht zu bekommen. deine gedanken sind in entscheidenden nuancen eben doch der blick von außen, was mir ungeheuer hilft. vielen dank, ulla!
seit unserem treffen schwankte ich fast täglich zwischen dem »mein ÜBER-LEBEN« denken, mal einen tag mit der betonung der ersten silbe, mal der zweiten, und es schien für mich ein widerspruch, das eine schloss das andere aus. hatte keine idee, wie ich die beiden gedanken miteinander versöhnen könne.

durch deinen hinweis mit der balance zwischen allen drei sätzen entwickle ich plötzlich wieder neue ideen. weiß deine gedanken zu schätzen.
schade, dass du nicht »um die ecke« wohnst.
sei ganz lieb gegrüßt, bis demnächst,
gabi

1.7.2008
geht das schon wieder los?
lieber peter-sohn (so schön, dass du mein sohn bist) ,
also, habe soeben herausgefunden, warum mein gang so anders ist seit kurzem, warum der rechte fuß aufschlappst, aufplatscht (man sieht es beim laufen und ich fühle es auch). ich hätte es »diagnostiziert« als »der fußheber« funktioniert nicht. nun habe ich festgestellt, dass ich, sitzend oder liegend, meine füße nicht beide in gleichem maße in richtung schienbein anziehen kann. der rechte fuß besteht auf einem sehr frühzeitigen ende und hat auch beim besten willen keine kraft, an den winkel des linken fußes heranzukommen. blöd ist, dass bislang ja die re. seite meine gute seite war, da li. die gefühlsstörungen sind .
ich wüsste nun gerne, wo steckt das problem? ist das mit den bekannten hirnmetastasen erklärbar? kannst du das herausfinden?
wäre das schon eine indikation für cortison oder wo fängt das an?
ich bin jetzt bei einer freundin zum essen eingeladen, zusammen mit ilka.
danke für das gespräch gestern, es hat mich beruhigt.
liebe grüße,
deine mama

2.7.2008
wunder
lieber pitt,
die lähmung (oder wie ich das nennen soll) ist weg. nachdem der fuß gestern nachmittag noch richtig schlimm schlappte, stellte ich heute nacht (auf dem weg zur toilette) plötzlich fest, dass ich wieder normal laufen kann. im bett probierte ich dann das anziehen des fußes in richtung schienbein aus, das klappte auch, als ich es zum x-ten mal vor lauter begeisterung wiederholte, bekam ich einen krampf in der wade. da fiel mir ein, dass ich auch in den tagen vor der lähmung unüblicherweise zwei- oder dreimal einen solchen wadenkrampf hatte, der zwar die ganze wade umfasste, recht heftig, aber nur ganz kurz war (habe eigentlich seit ende februar überhaupt keine krämpfe mehr gehabt, zuvor jedoch trotz magnesium oft und heftig).

da ich mir nicht vorstellen kann, dass eine lähmung, verursacht durch eine metastase im hirn oder ein ödem, so mir nichts dir nichts wieder verschwindet, muss es doch einen anderen grund dafür geben.
was könnte das sein?
kann es sein, dass einer der krämpfe ursache für die lähmung war?
was aber mag ursache des wadenkrampfes sein? doch eine veränderung im kopf?
die entwicklung in richtung lähmung hatte mich schon sehr beunruhigt, hatte das gefühl, jetzt sei eine neue phase angebrochen. vor dem hintergrund schien mir plötzlich unsere usa-reise nicht nur gewagt, sondern bedrohlich (als träte man eine reise an mit einem autoreifen, der schon sichtbar luft verloren hat aus einer bekannten verletzung des reifens). wahrscheinlich ein blödes beispiel, aber ich denke, du weißt, was ich meine.
mir würde es helfen, eine einigermaßen plausible erklärung für das auftreten und verschwinden der lähmung zu haben. kannst du mir dabei helfen?
deine mama, die dich so sehr liebt.

Hallo Mama,
ein guter Grund für eine Fußheberschwäche ist auch ein Bandscheibenvorfall in der unteren LWS. Hast Du denn Rückenschmerzen? Gibt es ein MRT der Lendenwirbelsäule?
Liebe Grüße,
Peter

lieber pitt,
habe keine rückenschmerzen. ja es gibt ein mrt der lws aus der zeit vor der kopfbestrahlung in köln, also von dezember. was neueres liegt nicht vor. damals wurde nichts festgestellt in dem bereich, weder ein bandscheibenvorfall noch eine metastase. aber natürlich könnte das heute anders sein, aber auch da denke ich, wieso ist das dann heute weg?

4.7.2008

cd schon da
pitt,
dir nur schnell zur kenntnis: der overnight service hat hervorragend geklappt, die cd mit dem mrt aus köln ist schon da. danke, dass du dir so viel arbeit gemacht hast.
mit dem köln-mrt wollen der radiologe und der neurologe nun das mrt, das heute Nachmittag gemacht wird, vergleichen – vor allem in bezug auf den ver-

lauf, prognose, was für die nächsten drei wochen des geplanten usa-aufenthaltes zu erwarten ist.
vielen dank also für die cd des mrt,
deine mama

4.7.2008
champagnerlaune
ihr lieben,
kommen soeben aus der klinik vom mrt der lws und des kopfes mit anschließender besprechung beim chefradiologen zurück und fühlen uns erleichtert. erleichtert, bezüglich der frage, ob ich mit den neuerlichen ausfällen überhaupt eine reise riskieren kann. konkret heißt das: das klinische bild passt nicht zum kopf-mrt (dort sieht alles kaum schlechter aus als bei der kontrolle in köln, rechtfertigt nicht die neurologische verschlechterung) und auch nicht zur lws, wo es außer unwesentlichem verschleiß nichts zu sehen gibt. dem radiologen fiel dazu nur die überlegung »polyneuropathie infolge chemo/herzeptin« ein. wie auch immer scheint es aber so, dass der gegenwärtige befund nicht die sorge rechtfertigt, unbedingt während der nächsten drei wochen mit einer wesentlichen verschlimmerung rechnen zu müssen. der neurologe war heute leider in hamburg, hat per telefon mit dem radiologen den befund besprochen, will sich aber die bilder erst am montag noch selber ansehen und sich dann bei uns melden. wir stellen uns einfach auf »reisen« ein. falls er die idee »polyneuropathie« ebenfalls favorisiert (gibt es eine methode zur differenzialdiagnostik störung im hirn/neuropathie?), stellt sich mir die frage der konsequenz, da das herzeptin (oder sollte es eine sehr späte folge der ersten chemo (tac-regime) ende 2003 sein, oder von xeloda und navelbine, die ich seit september letzten jahres schon nicht mehr bekomme – wie wahrscheinlich ist das?) bislang ja keinen schlechten job gemacht hat. riskiert man zugunsten des nutzens von herzeptin das fortschreiten von nervenschädigungen? ich hätte dann ein wenig das gefühl, zwischen pest (fortschreiten des krebses) und cholera (fortschreiten der nervenschädigungen) wählen zu müssen. gibt es keine medikamente zum schutz der nerven? sind die schäden reversibel? was sagen da meine mediziner? der neurologische bericht liegt uns noch nicht vor. hier das, was ich mir als wesentliches ergebnis gemerkt hatte:
eine deutliche verschlechterung seit der ersten neurologischen untersuchung vor der bestrahlung (anfang dezember) also: bahn zum re. fuß ist jetzt mitbetroffen (damals war die re. seite noch völlig unauffällig), gangunsicherheit re. über das fußheberproblem hinaus. Ich traf auch z.b. mit geschl. augen mit dem re. fuß im liegen das li. knie nicht so genau, wie ich es mit der anderen seite konnte.
die sensitivitätsstörungen der li. seite haben sich über die gesamte li. körperseite

ausgedehnt einschl. li. hälfte des schädels. es gab jetzt auch lähmungen am li. auge und am gaumen (mit einziehung des zäpfchens nach re.) und zunge (?). erstaunlicherweise habe ich keine schluckbeschwerden, weshalb diese verschlechterung schon eher zu entdecken, mir erspart geblieben war.
insgesamt wäre die nachricht, dass die raumfordernden prozesse im gehirn rasant fortgeschritten seien, für unsere ohren weit weniger erfreulich gewesen. für uns klingt das wort »polyneuropathie« fast wie ein befreiungsmarsch. insofern fühlen wir uns erleichtert und in champagnerlaune, die wir in frische erdbeeren vom bauern (nicht aus dem aldi) mir joghurt umgesetzt haben. das komme dem champagner sehr nahe, meint jürgen, der den inhalt der mail nun schon kennt, da er zwischendrin anrief.
hd hat nach dem »champagner« seinen bass an der abarbeitung der anspannung teilhaben lassen.
ihr könnt euch ja ein echtes gläschen gönnen und euch auf ein hoffentlich für euch schönes wochenende freuen. am montag berichten wir dann weiter. am samstag sind wir zu einem gartenfest eingeladen, wo viele kollegen staunen werden, mich in so guter verfassung zu sehen, da sie wissen, dass hd wegen des fortschreitens meiner erkrankung aus istanbul zurückgekehrt ist. es ist ja wirklich auch erstaunlich und erfüllt mich mit großer dankbarkeit, dass mir doch tatsächlich so unerwartet noch so viele herrliche monate gegönnt waren mit lauter highlights, wovon die allerschönsten die treffen mit euch waren.
tausend küsse,
eure mama

4.7.2008

muss man alles wissen?
lieber peter,
gestern war ich nach allem morgens früh doch so ausgelaugt, geistig, emotional und körperlich, dass ich dir nicht mehr sagen konnte, was die zweite neurologische verschlechterung ist. der arzt erwartet eigentlich schluckbeschwerden bei mir, die ich ihm nicht bieten kann. nun weiß ich um die lähmungen im gaumen und es stimmt mich nicht gerade fröhlich in hinblick darauf, was das bei weiterem voranschreiten für mich heißen könnte. meine patientenverfügung sagt: keine künstliche ernährung. aber gemeint ist ja wohl kaum, dass ich verhungern will, weil ich nicht mehr schlucken kann, aber ansonsten munter durch die Gegend laufe. andererseits möchte ich auch nicht »beschäftigungsunfähig«, da in wesentlichen bereichen gelähmt (z.b. dass ich kein buch mehr halten oder sonst warum nicht mehr lesen kann) im bett liegen und dann künstlich ernährt werden, weil ich nicht mehr schlucken kann, aber verhun-

gern wäre auch keine nette aussicht. siehst du, so schließen sich an eine solche diagnose eben doch vielerlei gedanken und gefühle an, über die eigentlich im moment vordergründige frage der reisetauglichkeit hinaus an. parallel dazu hat mir die natur gestern ein wunderschönes schauspiel geliefert. wir hatten am abend ein tolles gewitter, sehr heftig, laut und dunkel, dann tolles licht. ich fand es aufregend schön, dein papa bedrückend. wir haben gelesen und ich entdeckte mich plötzlich nach einem enormen krach in unmittelbarer nähe (dieter meint, es habe möglicherweise in den blitzableiter der hochspannung der bahnbedarfsleitung eingeschlagen) dabei, dass ich erwartete, dass ihr kinder alle aus euren zimmern kommen würdet, mit einer mischung aus furcht, neugierde und auch einem herrlichen grund für ein gathering zu ungewöhnlicher zeit – und wir das schauspiel zusammen betrachten würden. so ist es früher oft gewesen; und die gefühle dazu, bis hin zu dem gefühl, das verbunden ist mit dem wissen: »jetzt kommen sie gleich die treppe runter« sind noch total lebendig und abrufbar in mir.
ich liebe dich und wir werden dich sofort informieren, sobald wir mehr wissen als jetzt.
Deine mama

6.7.2008
cd
lieber pitt,
die cd mit dem lüneburger mrt vom freitag ist schon unterwegs zu dir, ohne weiteren kommentar. wenn du sie den neurochirurgen gibst, können die ja sehen, ob deren einschätzung sich deckt mit der der hiesigen ärzte. was der neurologe dazu sagt, erfahre ich aber erst morgen. der bericht geht ohnehin nach köln. vielleicht meinen die neurochirurgen sogar, dass man die kontrolle, die für mitte august geplant ist, sogar noch verschieben kann?
lieben gruß,
deine mama

8.7.2008
meningeosis carcinomatosa
liebe kinder,
will es kurz machen: wir fliegen nicht.
nachdem gestern keine entarteten zellen im liquor gefunden worden waren, die zellzahl mit nur 17 leicht über dem normalwert lag, wurde heute die punktion wiederholt. leider mit dem ergebnis, dass entdifferenzierte zellen gefunden wurden. der arzt (neurologe) sprach von einer meningiosis carcinomatosa (so

hörte es sich an). das war der einzige fall, bei dem er von vornherein eine reise dringend zu unterlassen bat. in allen anderen fällen, auch einer nicht immunologisch begründeten fernwirkung, hätte er zu der reise gestanden. wir bleiben deutschland somit auch für die nächsten drei wochen erhalten. die frage ist jetzt, was tun?

1. wäre gar nichts tun, eine sinnvolle lösung?
2. bestrahlung der hirnmetastasen. der neurologe meint, es sei sinnvoll, mit köln über eine erneute bestrahlung zu reden. dazu empfiehlt er, den für mitte august anvisierten termin vorzuverlegen. Peter, die cd mit den mrt von lws und kopf ist unterwegs zu dir, bitte gib sie den stereotaktikern. per post erhalten sie die befunde der jetzt gelaufenen untersuchungen ebenfalls. du bekommst sie parallel von uns zugemailt zur eventuellen weitergabe, falls das schneller geht als langsame hauspost .
3. behandlung der meningeosis carcinomatosa (oder wie sich das nennt). die dazu empfohlene therapie wäre laut hiesigem onkologen eine intrathekale methotrexat (oder so ähnlich) therapie. das wäre 14 tage lang täglich eine injektion mit diesem zytostatikum direkt in den rückenmarkskanal.

wie kann ich die entscheidung absichern. gibt es dazu alternativen? meiner meinung nach wäre ein erneutes staging zuvor angesagt. ich lass ja nichts mehr machen, wenn z.b. die leber schon voll ist, oder was denkt ihr mediziner? der neurologe wollte sofort mit der grusel-rückenmarks-chemo beginnen, wollte mich dafür sofort im krankenhaus behalten. das habe ich kategorisch abgelehnt! ich will erst in ruhe nachdenken. und so bin ich jetzt zuhause.
natürlich ist das eine gemeine und traurige situation, aber bitte bedenkt, dass ich dankbar bin für die letzten so superschönen monate, mit denen ich doch schon überhaupt nicht mehr gerechnet hatte. mindestens ab mallorca, also mitte februar, ging es mir sooo gut, hatte so wunderbare feste und treffen mit euch, so oft und schön wie schon lange nicht mehr. daran halte ich mich jetzt fest.
jetzt fahre ich zu meiner herzeptin infusion.
liebe, ganz viel davon, eure mama

10.7.2008

euer besuch
liebe dana, lieber jürgen,
so, mal sehen, ob mir das schreiben nach dem mittagsschlaf jetzt etwas leichter fällt. diese elendige vertipperei in letzter zeit raubt mir jegliche lust an der schreiberei. denke schon über diktieren nach und die software, mit der peter

seine arztbriefe diktiert und danach seinem computer zur weiteren bearbeitung in schriftsprache übergibt. aber das war es nicht, was ich euch so unbedingt sagen möchte.
vielmehr fließt mein herz über vor lauter dankbarkeit und glück über euch und das will mitgeteilt werden.
euer besuch direkt nach der schreckensdiagnose war für mich viel wichtiger, hilfreicher und auch beglückender als ich es gedacht habe, als dieter eure überlegung zu kommen ankündigte. zunächst ist es einfach ein wunderbares gefühl, so handfest zu spüren, wichtig zu sein, auch für erwachsene kinder, und zu erleben, wie schnell ihr euch da hinsichtlich eurer prioritäten einig seid. der erste abend nach der diagnose war so für mich – und wer wird mir das schon glauben – ein wunderschöner.
ich konnte mich fallen lassen in der gewissheit, dass ich mit den anstehenden überlegungen absolut kompetente hilfe habe: dieter hatte schon bei eurem eintreffen alles notwendige recherchiert und mit dem wissen, dass ich mit der bewertung nicht alleine dastehe, konnte ich getrost das sichten der papiere bis zum nächsten morgen warten lassen. es war schön, soo wohltuend, dass wir miteinander sachlich ernsthaft argumente austauschen und überlegungen anstellen können, ebensogut aber auch miteinander fröhlich, humorvoll das, was bleibt, genießen können. daneben aber auch, und das ist mir sehr wichtig, meine traurigkeit bei euch platz hat und ausgehalten wird.
das gefühl, jürgen, in deinen armen gehalten zu sein, ist mir unvergänglich eingebrannt. es sind diese momente, in denen sich das ganze leben spiegelt, der wert und lohn des ganzen lebens liegen. ich wünsche sehr, dass er, zumindest als kleiner edelstein, ebenfalls dein leben bereichert. was bist du für ein wundervoller mensch! und in diesem glanze sonne und wärme ich mich ein wenig, immerhin bist du mein sohn. i think, i`ve done a great job on you. and then again, staune ich, wie es nur geschehen konnte, dass meine kinder so wunderbar geraten.
dana, wer würde uns glauben, dass wir sogar bei der auswertung der studien etc. zum thema meningiosis carcinomentosa unseren ehrlichen spaß hatten! es klingt verrückt – ist aber lebenskunst und, wie ich glaube, auch gnade. danke jedenfalls für deine einfühlsame, liebevolle und kompetente hilfe. als ich in das gespräch mit meinem gynäkologen ging, war ich bestmöglich vorbereitet, konnte seine argumentation auf der basis meines wissens leicht nachvollziehen und verstehen. dank auch an deinen oberarzt, denn immerhin hat er mit seinen überlegungen die neue richtung gefestigt. Was mich besorgt ist Dieter. Wie wird er diese neuerliche Schreckensdiagnose verkraften? Ein wenig fürchte ich mich vor seiner Art der Verarbeitung.
ich glaube übrigens, dass die beschwerden der linken seite, zumindest die ge-

fühlsstörungen und die hörprobleme, doch eher direkte auswirkungen der metastase am pons sein müssen, da sie ja schon so lange bestehen, seit mehr als sechs monaten, dass es ja ein wunder wäre, wenn ich das, wäre es folge der meningiosis, überlebt hätte. sollten die »lähmungen« der re. seite tatsächlich auf das konto der meningiosis gehen, hätte ich alleine damit die prognose ja schon überlebt. wenn nun die meningiosis der bestimmende faktor sowohl bezüglich geschwindigkeit als auch lebensqualität und somit das geschehen im übrigen körper absolut nicht entscheidungsrelevant ist, dann müsste das aber doch auch für die hirnmetastasen gelten. warum sollte man dann über eine erneute stereotaktischen bestrahlung nachdenken, auch wenn man bestimmte symptome (li. seite) einer der metastasen zuordnen kann? ist dir das klar? da bin ich gespannt, was peter aus köln melden wird. im zweifel gibt es dazu einfach gar keine erfahrung.
so, scheine mein konzentrationslimit schon überschritten zu haben, denn das tippen klappt nicht mehr.
euch beiden ganz herzlichen dank für euer kommen. ihr seid ein tolles team, das offensichtlich schneller als ich weiß, was gut für mich – und natürlich auch dieter – ist. denn dieter war ja genau so glücklich über euch, wie ich. jetzt liegt er platt da mit halbseitigen kopfschmerzen, seine reaktion. er leidet – mir gehts gut. verrückt. zuvor hat er aber noch die herrentorte gebacken und die war lecker!
liebe, tausendfach zum weitergeben,
eure mama

Eva an Gabi

12.7.2008

Möchte näher bei Euch sein
Liebe Mama, lieber Papa,
ich hoffe, Ihr genießt die Tage mit den Jungs und Frauen! Ist ja schon gut, dass wenigstens alle Brüder so nah wohnen, dass sie spontan kommen können. Das vermisse ich hier ja doch ein bisschen.
Und so ein bisschen hat diese E-Mail auch damit zu tun. Denn die letzten Male, die ich in Deutschland war, habe ich einfach gemerkt, dass ich doch ganz gerne mal wieder zurückziehen möchte. Bisher war Michael immer nicht so sehr begeistert von der Idee gewesen. Jetzt kommt sein PhD aber so langsam an die Datenerhebung, und da hatte sein Doktorvater sowieso vorgeschlagen, dass es vielleicht Sinn machen würde, diese in Deutschland zu tun. Und außerdem meinte Michaels Doktorvater, dass er auch für das »Zusammenschreiben« dann

in Deutschland bleiben könnte – müsste nur ab und zu mal nach Lancaster kommen für Besprechungen etc.
…
Und im Moment sieht es jobmäßig auch recht gut aus in Deutschland, sowohl im Bereich Controlling als auch für Beratung. Michael ist schon in Kontakt mit einigen Firmen und soweit scheint es recht positiv.
Auf schon wieder Umziehen habe ich zwar null Lust, aber es wäre gut so. Ich freue mich jedenfalls, bald wieder näher an Familie und Freunden zu sein. Und ich hoffe, dass Du, Mama, dann noch unsere Wohnung in Deutschland sehen kannst.
Ganz liebe Grüße und ein schönes Restwochenende!
Eure Eva

17.7.2008

schrecklich schönes leben
liebe celia,
mir geht es den umständen entsprechend sehr gut. will nicht meckern, solange ich noch wirklich aktiv, nachvollziehbar und verarbeitend kommunizierend am leben teilnehmen kann. nur der aufmerksame beobachter wird überhaupt merkwürdigkeiten feststellen, da ich ja schnell gelernt habe zu kompensieren. so fällt die lähmung kaum auf, wenn ich langsam laufe und mich konzentriere, am besten an dieters hand, was ja nur rührend wirkt (und für uns tatsächlich normal und somit kein ungewohnter anblick ist) und ganz und gar nicht wie eine hilfsmaßnahme. ich laufe jetzt gerne vor türrahmen oder gegen tische und stühle, aber auch den anblick gönne ich meinen mitmenschen eher selten, da meine hände schon automatisch die funktion von stützrädern und fühlern übernommen haben. mein leben ist »schrecklich schön«, und was das bedeutet, erzähle ich dir gerne, wenn wir uns – gerne nächste woche – zum frühstück treffen. das wäre eine große freude für mich, da ich, solange noch möglich, natürlich auch noch gerne mal das eigene grundstück verlassen möchte. sollte das treffen – kann auch ebenso gerne am nachmittag sein – in der stadt stattfinden, dann würde mich sicherlich dieter bringen, er hat ja semesterferien. wollen wir aber zu eurem neuen haus, dann könntest du mich abholen. bleib auch behütet,
deine gabi

p.s.: ich glaube übrigens nicht, dass ich schon in den nächsten wochen strebe (diesen buchstabendreher lass ich mal unkorrigiert, er lädt mich zum nachdenken ein). mein gesamtzustand ist – auch dank sport – sehr gut, wobei ich hoffe,

dass mir das eine längere phase guter lebensqualität beschert, denn ich renne nicht täglich ins fitnessstudio, um mich für ein längeres sterben zu stählen. außerdem weiß man eigentlich so gut wie nix, wie diese art von metastasen auf das jetzt zugelassene medikament ansprechen, das als einziges hirngängig ist. (alle anderen substanzen, wie z.b. auch das herzeptin, können nicht die blut-hirnschranke passieren, erreichen also das gehirn nicht, auch wenn sie im übrigen körper gutes tun.) vielleicht hab ich doch noch einige gute monate. wer weiß? man weiß nur, dass diese »komplikation« unbehandelt in wenigen wochen zum tode führt, mit den bisher üblichen methoden behandelt in wenigen monaten. dieses auf und ab ist wohl für meine familie und freunde zermürbender als für mich, ganz besonders aber für dieter. auf was soll er sich einstellen für seine zukunft? mal heißt es, wie jetzt, alles für die möglichkeit eines schnellen niedergangs vorzubereiten, ebenso oft kamen anschließend aber auch wieder gute botschaften, die wieder bedeuteten, dass ich noch länger würde leben können, was für dieter schon wieder die perspektive verschob. ich muss ja nur bis zu meinem tod denken.
die anderen aber haben, solange ich noch lebe und immer wieder den tod aus zunächst greifbarer nähe wieder weiter wegschiebe, keine realistische chance, die zukunft zu planen, weil sie einfach nicht wissen, wann die beginnt.
ok, freu mich, von dir zu hören

31.7.2008

bitte um wärme aus istanbul
liebe konny,
danke, dass du an uns gedacht hast, als es für uns hätte in richtung usa gehen sollen.
daraus ist nichts geworden, wir sind noch hier in lüneburg und sind dankbar, dass wir es auch hier schön haben. der grund des hierbleibens ist, wie ihr euch sicher denken könnt, meiner erkrankung geschuldet. schickt uns ein wenig sonne und wärme rüber – und der verzicht auf kalifornien wird nicht ganz so schwer. allerdings muss ich schon sagen, dass ich große sehnsucht nach unseren freunden dort hatte, nach dem gefühl, dort teil des lebens zu sein, der landschaft, vor allem den kahlen bergen um L.A. herum und, man mag es kaum glauben, der sprache (!!!!). der klang des amerikanischen ist gewiss nicht elegant, aber er weckt in mir nur wunderbare gefühle wie freiheit und lebensfrohsinn. das besondere licht dort, die sonne am eigentlich immer nur blassblauen himmel, die freundlichkeit beinahe aller menschen, die einem begegnen. ach, es wäre schön gewesen, das noch einmal zu erleben. und obwohl die amis ja angeblich so oberflächlich sind und immer nur ans geld und den

eigenen vorteil denken, sind es eher wir, die beschämt feststellen müssen, dass wir viel zu selten von uns hören lassen, zum teil bis heute noch nicht auf die weihnachtspost reagiert haben. als jetzt auch noch ein riesiger rosenstrauß als trost mehrerer freunde aus amiland ankam, konnte ich nur noch heulen vor lauter rührung und dankbarkeit, dass wir dieses enorme glück hatten, in einem einzigen jahr dort so liebe, treue freunde zu finden.
in istanbul war die ausbeute nicht ganz so üppig, aber ihr seid definitiv ein geschenk. wie arm wäre unser letztes jahr dort ohne euch gewesen! hoffentlich kann ich eure neue nähe demnächst noch eine weile genießen.
übrigens, unsere nachbarn aus beylerbeyi sind großeltern geworden und unsere nachbarn in göksu haben eine tochter bekommen. ist schon schön, dass wir auch da so tolle nachbarn hatten. und wer hat sich trotz der guten nachbarlichen beziehung und der freude über die nachwuchs-nachricht noch nicht gemeldet? richtig, wir sind die nachlässigen. hoffentlich schließt man dort jetzt nicht von unserem verhalten auf das aller deutschen. aber da sind andere nationen gottlob nicht so schnell mit vorverurteilungen wie wir deutschen. noch in dieser sekunde nehme ich mir vor, noch heute (hilfsweise auch morgen oder übermorgen) einen brief zu entwerfen, zumal wir eben wieder im blog unseres göksu-nachbarbabys gelesen haben. der ist so süß geschrieben, man lacht sich wirklich schlapp und meint, teil der familie zu sein, die man nun noch fester ins herz schließt.
konny, dein bericht klingt interessant.
wie/womit seid ihr an den wochenenden unterwegs, wenn euer auto noch immer im zoll steht?
ganz sicher werdet ihr bestimmt dinge von istanbul vermissen, aber insgesamt denke ich, es lebt sich anderswo genüsslicher, »sinn-voller«. was ich wirklich so ganz und gar nicht vermisse, ist der gestank, der staub und der lärm, das verkehrschaos und die unendlich weiten wege. aber du hast schon recht, der herrliche blick aus den wunderbaren wohnungen, die wir uns dort gegönnt haben, das vermissen wir auch gelegentlich. aber so zu wohnen wie jetzt, aus dem haus gehen und im wald laufen können, wiegt auch wieder einiges auf. menschen vermisse ich, bis auf euch und unsere studenten, eigentlich nur ganz, ganz gelegentlich. das ist sehr anders als mit unseren freunden in usa.
…
aus istanbul weht beinahe wöchentlich ein wenig erinnerungsluft zu uns herüber in die lüneburger heide in form von artikeln in der faz, die rainer hermann schreibt. wir kennen ihn von mehreren einladungen in istanbul und ihr müsstet zumindest seiner frau schon begegnet sein. hermann hat auch mal einen bericht über knöllchen geschrieben im zusammenhang mit der kooperation der

marmara-universität und der uni lüneburg. jetzt gibt er sich große mühe, den deutschen zu mehr offenheit gegenüber der erdogan-regierung zu verhelfen. ich könnte seinem vertrauen in die ausschließlich positiven absichten dieser regierung leichtfüßiger folgen, wenn erdogan sich auch nur ein einziges mal von seinen früheren äußerungen bezüglich der einführung eines schariastaates distanzieren würde.

jetzt hat hermann einen bericht geschrieben über die theologische fakultät in ankara, die sich mit einer moderneren auslegung des islam beschäftige. dort versucht man einen islam zu »entwickeln«, was immer das verb auch im zusammenhang mit einer religion bedeuten mag, der europageeigneter ist, schon allein, weil er die texte des koran an den jeweiligen historischen kontext adaptiere und damit flexibel interpretiere. das klingt sehr interessant und wäre wirklich ein fortschritt, denke ich, nur leider scheinen alle wissenschaftler, die in ankara für dieses vorgehen zu stehen scheinen, in jüngster zeit gerade von dort wegberufen worden zu sein an andere stellen im ausland.

eine geradezu gegensätzliche oder zumindest ergänzende sicht auf das geschehen in der türkei und das wirken der vertreter des islam vermittelt necla kelek, die dir als autorin z. b. des buches »die fremde braut« sicher bekannt ist. sie veröffentlicht ebenfalls regelmäßig artikel in der faz. so hat sie neulich gewarnt vor den anhängern eines fethullah gülen, die sich vordergründig modern geben und über den weg durch die türkischen institutionen aber auch wirschaftsunternehmen ihren einfluss zu stärken, mit dem ziel, dann wieder allgemeingültig einen islam durchzusetzen, der ans tiefste mittelalter erinnert. kelek spricht von einer sekte mit konzernstruktur – was mich an die scientologen erinnert, kelek selbst zieht den vergleich zur katholischen sekte opus dei. gülen fordere seine anhänger auf, meint kelek, sich die welt der ungläubigen aktiv anzueignen, um sie dann, wenn die rechte stunde gekommen sei, im namen des islam zu beherrschen.

kritische wachsamkeit scheint auf jeden fall angebracht.

wenig später entlarvt kelek die von tariq ramadan untertützte europäische initiative »hand in hand gegen zwangsheirat« als bemühen, heiratsunwillige türkische mädchen, die sich in frauenhäuser und ähnliche schutzeinrichtungen flüchten, abzufangen und einer islamischen eheberatung zuzuführen. wobei islamische eheberatung ausdrücklich die arrangierte ehe befürwortet. es ist schon erschreckend, wie unverfroren diese idee in unserem lande verfolgt und sogar von deutschen politikern, grüne und spd, unterstützt wird, die sich offenbar nicht einmal die mühe gemacht haben, die erstaunlich offenen informationsschriften dieses vereins zu lesen. vielleicht wissen sie es ja auch und unterstützen es trotzdem? was bekommt ihr von solchen dingen in istanbul mit?

unsere tochter war mit timi neulich für fast drei wochen bei uns, eine herrliche zeit!!! eigentlich zu anstrengend für mich, aber wunderschön. während der zeit berichtete eva noch von michaels plänen, nach der promotion eventuell nach cambridge zu gehen, sich jetzt endlich ein englisches auto zu kaufen, es wurde ein brigitte-jahres-abo nach england bestellt. jetzt ist daraus überraschend ein umzug nach lüneburg geworden.
wir hatten in den letzten monaten viele familienfeiern, wobei ich euch wohl auch noch nicht erzählt habe, dass tim im dezember großer bruder wird.
irgendwie betrachte ich neuerdings das geschehen, den umgang der menschen miteinander, teilweise beinahe schmerzhaft aus einiger distanz. bemerkungen, über die ich noch vor kurzem einfach hinweggegangen wäre, sind mir jetzt oft anlass zu längerem nachdenken – und ich muss zugeben – auch zunehmend für ernüchternde urteile.
…
zu unserer verwandtschaft: es schmerzt mich, dass knöllchen (und ich schon gar nicht) von seinen brüdern so überhaupt keine unterstützung in seiner jetzigen schweren situation bekommt, sie nicht einmal hilfe anbieten, fragen, ob oder wie sie ihm helfen können. sie lassen ihn gänzlich allein in seinem schmerz und seiner verzweiflung. du meinst, es könne hilflosigkeit sein? ach weißt du, konny, es gibt erklärungen für alles. klar kann es hilflosigkeit sein, die würde ich einem 20-30jährigen auch noch nachsehen, aber mit fast 60 jahren sollte man doch die notwendigkeiten einer situation erkennen und an sich arbeiten – wenn noch nicht geschehen! hui, da werde ich ja richtig leidenschaftlich zornig, merke ich gerade. auch gut! in wahrheit bin ich unendlich traurig für knöllchen. er hätte fürsorglichere verwandte verdient! aber wer weiß. vielleicht laufen die ja erst noch zu ihrer höchstform auf. knöll bewertet das übrigens nicht so krass wie ich.
dabei kann ich durchaus anerkennen, dass nicht jeder worte findet, um sein mitfühlen auszudrücken. mein bruder besucht uns einfach wieder häufiger und verwöhnt uns dabei mit frisch geerntetem obst, frischen eiern, salat, frisch aus dem garten etc. das tut gut. solche gesten verstehe ich und liebe sie.
so hat z.b. unsere nachbarin einen tag nach dem geplatzten USA-urlaub ein glas noch heißer marmelade über den zaun (den es nicht gibt zwischen unseren grundstücken) rübergereicht. das bewegt mich tief.
…
wobei ich bei einem weiteren meckerthema angelangt bin: ärzte! deutsche ärzte!!! einige von ihnen, natürlich die ausnahmen, scheinen sich in einem ständigen wettbewerb um möglichst wenig einfühlung und mitgefühl stets auf den vorderen plätzen zu befinden. in diesem fall, den ich unbedingt loswerden

muss, war es »mein« onkologe. stell dir folgende situation vor: ich habe soeben in der klinik die übelste aller möglichen diagnosen erhalten: metastasen im zentralnervensystem (treten nur in etwa 4% bei brustkrebs auf, also mal wieder, wie schon bei der gebärmuttermetastase, ein volltreffer. vielleicht sollte ich noch schnell lotto spielen, meine chance auf sechs richtige ist riesengroß). als ich die »schwerpunktpraxis« (schwerpunkt eigentlich für onkologie, aber das scheint nur die tarnung zu sein, eigentlich geht es in der praxis hauptsächlich eher um geld und prestige, wobei man die patienten notgedrungen in kauf nimmt) betrete, steht das goldstück an arzt zufällig am tresen, was mir das ebenso seltene wie zweifelhafte vergnügen beschert, mich von den blinkenden dollarnoten in seinen augen aus unmittelbarer nähe irritieren zu lassen, denn obwohl ich seit über einem jahr regelmäßig stundenlang auf einem seiner liegesessel verbringe, habe ich »meinen« arzt nur ganz selten gesehen, gesprochen noch seltener, und dass es dabei um mich und mein befinden ging, war nur einmal der fall. jetzt steht er aber direkt vor mir, das aber mit einem fröhlichen lächeln im gesicht, das mir nur eine interpretation erlaubt: der weiß die neueste diagnose noch nicht. doch, doch versichert er mit dem stolz eines oberprimaners, der in der abi-klausur einen fehler in der aufgabenstellung entdeckt hat, doch, er wisse bescheid. und ich hätte es sogar ihm zu verdanken, dass man eine zweite lumbalpunktion gemacht habe (erst bei dieser zweiten punktion wurden die krebszellen im liquor gefunden). das sei doch ein glück für mich! sprachs und verschwand. ich hatte dann zwei stunden am tropfe hängend zeit darüber zu grübeln, was in diesem arsch wohl vorgeht. welch armseliger kerl er sein muss, dass ihm angesichts der sich dramatisch zuspitzenden situation seiner patientin, die gerade erst diese nachricht erhalten und garantiert noch nicht verdaut hat, nichts anderes einfällt, als auf das glück dieser diagnose hinzuweisen. während ich da so liege und eigentlich lesen will, schweifen meine gedanken immer wieder ab. ich frage mich, woran es liegt, dass sich bei mir so gar kein glücksgefühl einstellen mag. ich überlege, wie sich mein leben nun schon wieder ändern wird, wie mein Mann damit umgehen wird, wer dringend über die nicht-reise informiert werden muss, zu was an behandlung ich unter welchen umständen überhaupt noch bereit bin – und immer wieder denke ich, das kann der doch eben nicht wirklich gemeint haben. nicht nur, was er gesagt hat, ist unglaublich, sondern vor allem, was er nicht gesagt hat. ich bin überzeugt, dass jeder unbeteiligte straßenbauarbeiter mehr anteilnahme gezeigt hätte, wenn ich aus dem krankenhaus spaziert wäre und ihm mitgeteilt hätte, was ich soeben erfahren habe. mir fällt wieder ein, wie man in istanbul in ähnlicher situation reagiert hat, als ich nämlich direkt nach der diagnose der lebermetastasen in die onkologische praxis zurückkam. dort hat mich jeder, einschließlich der putzfrau, an die hand genommen oder mich auch umarmt und mir sein bedauern ausgedrückt. mein dortiger arzt nahm mich zwar nicht in den arm, drückte seine betroffenheit aber in worten und mimik aus, nicht schwülstig, gerade so, dass ich spürte, es ist ihm nicht nur nicht gleichgültig, wie es um mich steht, sondern dass er ein großes interesse an mir als mensch hat. er zeigte mir meine behandlungsoptionen auf, erklärte sie uns und half uns, eine entscheidung zu treffen, die meiner persönlichkeit entsprach. im gegensatz dazu fühle ich mich in der hiesigen schwerpunktpraxis schwerpunktmäßig menschlich und fachlich vernachlässigt, lieb- und interesselos, gleichgültig behandelt. von meinem neurologen war ich mit der idee versorgt worden, der onkologe habe eine chemotherapie empfohlen, die direkt ins rückenmark gespritzt würde. Es sollte damit eigentlich sogar umgehend begonnen werden. das hört sich ja wirklich nicht nach einem spaziergang an, oder? bevor ich mich jetzt und die künftigen nächte mit den grauenvollsten phantasien herumplage, bitte ich die assistentin, dem »herrn doktor« (so reden dort die assistentinnen über ihren chef) meine bitte um ein kurzes gespräch bezüglich des von ihm dringend anempfohlenen vorgehens auszurichten. dass meine bitte den herrn doktor überhaupt erreicht hat, erfahre ich nur dadurch, dass ebendieser kurz vor 18.00 Uhr plötzlich in der tür zum therapieraum erscheint und mir von dort aus zuruft, für heute würde es wohl nichts mehr. er müsse schon um 18.00 Uhr in der klinik am konferenztisch sitzen. ja, denke ich, es gibt für einen arzt halt wichtigeres als meine blöden ängste und fragen. um 15.00 Uhr hatte ich die praxis betreten. wie soll ein so viel beschäftigter mann es denn auch schaffen, sich in drei stunden zeit für derart belanglosen kram abzuzwacken?

gott sei dank bin ich auch in dieser situation privilegiert und das glück ist in allem mist doch auf meiner seite. jürgen und dana (sie arbeitet zur zeit in der gynäkologischen onkologie der uniklinik marburg) setzen sich sofort nach erhalt meiner mail ins auto und wir verbringen einen fröhlichen abend zusammen. man glaubt es kaum. am nächsten tag trifft sich peter, per overnight-express und e-mail versorgt mit den neuesten befunden und MRT, in der uniklinik köln mit den stereotaktikern und radiologen, die meine hirnmetastasen bestrahlt haben, die meinen, aus ihrer sicht könnten sie jetzt nichts tun, was helfen könnte. ein treffen zwischen peter und dem internisten und dem gynäkologen ergibt, dass die von meinem onkologen vorgeschlagene behandlung absolut nicht zu empfehlen sei, da die nebenwirkungen in keinem vertretbaren verhältnis zum nutzen stünden. der kölner gynäkologe schlägt vor, das herzeptin wegzulassen, da nicht hirngängig (die blut-hirnschranke verhindert ein eindringen ins gehirn) und stattdessen ein medikament zu versuchen (lapatinib),

das gerade erst in deutschland zugelassen worden ist. zum selbigen ergebnis kommen auch dana und ihr oberazt, der nach entsprechender recherche dana bei uns angerufen hat. mein gynäkologe, der mir am tag nach der diagnose sofort einen termin gegeben hat, macht denselben vorschlag. wie gut, dass ich den onkologen, dieses goldstück, nicht brauche, um an fachkundigen rat zu kommen. was aber machen patienten, die nicht so viele kontakte haben? ein guter nebeneffekt des umsteigens von herceptin auf das neue medikament lapatinib ist, dass ich es täglich als tabletten (mittelgroße briketts!) einnehme, also nicht mehr für infusionen in die schwerpunktpraxis muss. noch weigere ich mich anzunehmen, dass genau das auch der grund ist, warum der goldjunge diese variante nicht in seinem angebot hatte.
mein gott konny, jetzt wären wir schon wieder aus usa zurück. das heißt, ich habe fast drei wochen an dieser mail geschrieben. ich bin zur zeit sehr »schwergängig«, was sich eben nicht nur auf das laufen bezieht. ich brauche auch unendlich lange zum schreiben. handschrift ist auch keine lösung, da kaum lesbar. diesen rest diktiere ich knöllchen, damit die mail endlich auf reisen gehen kann. mir scheint, je schwerer es mir fällt, mein innen nach außen zu bringen, mein denken in schrift umzusetzen, desto stärker ist mein verlangen danach.
knöllchen hat mir inzwischen ein diktiergerät besorgt, jetzt warten wir noch auf die software, die das diktierte direkt in den pc überträgt und in schrift konvertiert. peter schreibt so seine arztbriefe auf der fahrt von der klinik nach hause.
peter und nina waren bis gestern zwei tage lang bei uns, direkt nach ihrem segelurlaub im mittelmeer. wir haben tagsüber im garten gelegen, gelesen, geplaudert, gelacht, immer dem schatten folgend, und abends haben wir bis nach mitternacht das sommerleben auf der terrasse genosssen. die viele muße regt offensichtlich auch dieter auf ungewohnten gebieten zu kreativität an. für mich völlig überraschend, weil ungewohnt, betrachtet er den garten nicht mehr nur mit dem blick des handlangers, sondern des gestaltenden nutzers. er will jetzt einen bambushain anlegen. dank internet weiß knöllchen schon eine menge über diese vielfältige pflanzenspezies. einen auf bambus spezialisierten gärtner hat er auf diese weise auch schon entdeckt. die ersten pflanzen stehen schon im garten.
um mich, vor allem aber dieter als sekretär und dich als leserin davor zu bewahren, die mail noch länger werden zu lassen, seid beide ganz lieb gegrüßt aus einem wunderschönen deutschland, einem noch schöneren lüneburg und unserem umwerfend schönen garten,
eure knölls, die ganz neugierig sind zu erfahren, wann ihr denn kommt.
p.s.: doch noch was: claudia rief neulich an, und wir hatten ein langes, sehr

schönes gespräch. mit manchen leuten ist es auch nach längeren pausen sehr schnell wieder sehr vertraut. claudia eröffnet im september ihren kindergarten auf der anatolischen seite. damit wird für sie ein langersehntes projekt wirklichkeit. so bereiten wir drei uns auf verschiedene weise jeder auf ein neues leben vor.
sie sagte auch, dass hermann inzwischen nicht mehr in der türkei lebt. alles ist immer im wandel oder: die einzige konstante im leben ist der wandel. nichts bleibt wie es ist!

11.8.2008
bitte an die gesellschaft für humanes sterben
sehr geehrte damen und herren,
ich bin 58 jahre alt und leide seit 2003 an beidseitigem brustkrebs mit inzwischen metastasen in gebärmutter (operativ entfernt) leber und hirn. seit anfang juli dieses jahres an metastasen des zentralen nervensystems (meningiosis canzinomatosa, diagnostiziert aufgrund von – für die soliden hirnmetastasen untypischen lähmungserscheinungen – durch den nachweis von zu meinem brustkrebs passenden krebszellen im liquor), was nicht nur noch eine geringe lebenserwartung bedeutet, sondern vor allem auch ein völlig unkalkulierbares ende, was die möglichen ausfallserscheinungen betrifft.
wir, mein mann und ich, haben inzwischen gespräche mit dem örtlichen ambulanten hospizverein, einem palliativmediziner, einem auf die pflege schwerstkranker spezialisierten pflegedienst und sogar einem bestatter geführt. alles ist vorbereitet. mein mann besucht gegenwärtig einen kurs für die pflege von angehörigen, eine patientenverfügung habe ich schon seit meiner erkrankung und auch habe ich meinem mann und meinen kindern eine generalvollmacht erteilt.
dennoch hätte ich gerne, sozusagen als back-up, die gewissheit, dass ich mein leben selbst beenden könnte – sofern ich das dann noch kann -, wenn mir mein leben, meine situation auch bei allerbester betreuung unerträglich erscheint. wie kann das aussehen, ohne dass ich meine familie um einen gnadenakt bitten muss. das hielte ich für unzumutbar. ich suche also tatsächlich nach einem weg, den ich alleine, ohne hilfe anderer, bewerkstelligen kann. einen cocktail (a la kusch) oder tabletten stelle ich mir dabei vor. aber was, in welcher dosierung und woher bekommen?
ich weiß auch, dass die anfrage an sie möglicherweise eine zumutung ist, jedoch habe ich keine idee, an wen ich mich wenden soll, will ich nicht den kontakt zu unseriösen »helfern« riskieren. sollten sie meine anfrage unmoralisch oder ethisch bedenklich finden, werde ich ihre entscheidung, mir nicht zu helfen,

respektieren. ich hoffe aber auf ihre unterstützung durch verwertbare, weiterführende hinweise und verbleibe mit freundlichen grüßen,
gabriele knöll
reppenstedt bei lüneburg

Sehr geehrte Frau Knöll,
wir danken Ihnen für oben genanntes Schreiben und für die vertrauensvolle Schilderung Ihrer Situation.
Die DGHS kann aus rechtlichen Gründen bei der Beschaffung von Medikamenten nicht behilflich sein. Die deutsche Rechtsprechung besagt klar, dass ein Verein keine Medikamente vermitteln oder verkaufen darf. Wer gegen dieses Gesetz verstößt, macht sich strafbar.
Mitglieder unserer Gesellschaft haben nach einer Schutzfrist von drei Monaten die Möglichkeit, bei einem separaten Verlag die internationale Freitodbroschüre »Selbsterlösung durch Medikamente« in deutscher Sprache zu bestellen. Diese Freitodbroschüre ist keine Publikation der DGHS. Daher kann die DGHS auch nicht am Verkauf und an der Verteilung dieser Broschüre beteiligt sein. Da nach der deutschen Rechtsprechung einem Verein Medikamentenbeschaffung nicht erlaubt ist, müssen sich Mitglieder die in der Freitodbroschüre aufgelisteten Medikamente eigenverantwortlich selbst besorgen oder besorgen lassen. Da es sich nicht um eine DGHS-eigene Broschüre handelt, können wir leider auf die Schutzfrist von drei Monaten keinen Einfluss nehmen.
Gerne geben wir Ihnen auch nähere Auskünfte über unseren Patientenschutzbrief. Die aktive Sterbehilfe ist in Deutschland verboten. Darum dürfen Ärzte ihren Patienten auch keine aktive Sterbehilfe leisten. Der Patientenschutzbrief der DGHS ist auf die sogenannte passive und indirekte Sterbehilfe bezogen, die in Deutschland nicht strafbar ist. Der Patientenschutzbrief der DGHS enthält Richtlinien zur Therapie im Sterbeprozess, bei schwerer Krankheit, schwerem Gebrechen oder Siechtum. Ausreichende Schmerzbekämpfung wird verlangt und soll von den Ärzten insbesondere dann, wenn ein unaufhaltsamer Sterbeprozess eingetreten ist, in genügender Dosis gewährt werden, auch wenn damit die Möglichkeit verbunden ist, dass der Tod früher eintritt. Die Patientenverfügung ist eine Willensverfügung, die auch behandelnde Ärzte bindet! Kein Patient darf gegen seinen Willen behandelt werden. Eine Behandlung gegen den Willen des Patienten kann gemäß Strafgesetzbuch (StGB) als Körperverletzung geahndet werden.
Selbstverständlich setzt sich die DGHS für die Durchsetzung Ihrer Patientenverfügung ein. Die DGHS gewährt jedem Mitglied, nach Maßgabe der vom Präsidium und der DGHS-Hauptversammlung festgelegten Rahmenvoraus-

setzungen, Rechtsschutz bei Nichtbeachtung des im Patientenschutzbrief niedergelegten Willens. Sobald wir Kenntnis von der Nichtbeachtung erlangen, setzen wir uns in der Regel zuerst mit dem betreffenden Krankenhaus und den behandelnden Ärzten auseinander. Sollte der Wille des DGHS-Mitglieds dann immer noch nicht eingehalten werden, so setzen wir uns mit einem Rechtsanwalt in Verbindung, der die Durchsetzung mit Nachdruck verfolgt.
Wir wünschen Ihnen alles Gute und verbleiben
mit freundlichen Grüßen
M. H., DGHS-Regionalbüro-Berlin

30.9.2008
Diktat
Liebe Eva
Dies ist mein erster Versuch eine E-Mail per Diktat zu verschicken, liebe Eva.
Ich versuche es einmal und muss erst schauen, ob ich mich überhaupt genügend konzentrieren kann. OK, Dein Besuch liegt nun schon eine Weile hinter uns, und ich muss sagen, es war wirklich sehr, sehr, sehr schön, wenngleich auch sehr anstrengend. Für mich ist es einfach wunderschön zu beobachten, wie Du Dich mit Tim beschäftigst. Ich höre ungeheuer gerne zu, wenn Du ihm etwas erzählst, freue mich, wie Du auf ihn reagierst, und freue mich ganz besonders, wenn ich Euch zuhören darf, wie Ihr miteinander singt. Die Überfahrt nach England zusammen mit Dir und Timmi war für mich ein ganz besonderes Erlebnis. Dass wir zusammen in einer Kabine gecampt haben, dass wir die Nacht miteinander verbracht haben, dass wir miteinander gelesen haben, dass wir im Dunkeln ausharren mussten, bis Timmi eingeschlafen war und dann erst wieder das Licht anmachen durften, dass ich miterlebt habe, wie Timmi aus dem Bett gefallen ist und wie liebevoll Du ihn getröstet hast, wie schnell er sich hat beruhigen lassen und dass wir dann am nächsten Morgen gemeinsam gefrühstückt haben, das war für mich wunderschön. Auch die Fahrt im Auto ist doch einfach nur glattgegangen. Wenn ich daran denke, wie schön es dann noch war, dass wir gemeinsam das Stadtteilfest miterleben durften in Holland, all das sind für mich wirklich wertvolle und schöne Erinnerungen. In England angekommen, war es für uns eine sehr schöne Überraschung festzustellen, wie hübsch Ihr es Euch in dem Haus gemacht habt und dass alles so wunderbar aufgeräumt, hell und licht und sauber war. Wir haben die Tage bei Euch in England als unseren kleinen Urlaub in Erinnerung und freuen uns noch jetzt daran.
…

Das soll nun genug sein für den ersten Versuch eines E-Mail-Diktates. Mal sehen, was dabei herauskommt. Tschüs. Viel Liebe, alles Gute. Ruh Dich zwischendurch aus.
Alles Liebe,
Deine Mama.

P. S. 1: Freitag werden die Jungs samt Frauen und Gudruns Eltern bei uns sein. Du wirst uns fehlen!
P. S. 2: Das Diktierte musste sehr stark nachgearbeitet werden.

Michael an Gabi

8.11.2008

Herzlichsten Glückwunsch
Liebe Gabi,
heute ist Dein Geburtstag und da denke ich ganz besonders an Dich. Ich bin sehr, sehr froh, Dir begegnet zu sein und Dich kennengelernt zu haben. All die Jahre sind wir nun schon in Verbindung und ich bin sehr, sehr dankbar, dass diese Verbindung zu Dir und zu Euch nie abgerissen ist. Viele Impulse und Anstöße zum Nachdenken und Andersmachen habe ich von Dir bekommen. Das ist mir unschätzbar viel wert, und das möchte ich Dir heute noch einmal mit allem Nachdruck sagen.
Es ist schade, dass Ihr so weit weg wohnt. Sonst hätte ich mich gerne ins Auto gesetzt und wäre »mal eben vorbeigekommen«. Aber ich weiß ja gar nicht, ob Dir das im Augenblick recht wäre. Oft denke ich an Dich und frage mich, wie es Dir geht. Dass ich nichts von Dir höre, deute ich so, dass es Dir immer schwerer fällt oder dass es Dir inzwischen vielleicht sogar unmöglich geworden ist, Dich »mal eben« an den PC zu setzen und mir eine E-Mail zu schreiben. Ich weiß, dass Du in Gedanken auch immer wieder bei Deinen Freunden bist, und das ist einfach schön.
Wenn ich von Dir in unserer Familie erzähle, erinnern sich immer alle sofort an unsere Besuche bei Euch 2002/2003, als wir auf dem Weg in den Sommerurlaub im Norden waren. Euer Hund, der wunderschöne große Garten und Eure Gastfreundschaft sind allen in bester Erinnerung geblieben. Und so gilt auch von uns allen ein ganz, ganz herzlicher Glückwunsch zu Deinem Geburtstag. Es soll Dir soweit möglich gutgehen und ich bin sicher, Deine Lieben werden Dich nach Kräften verwöhnen.
Ganz liebe Grüße natürlich auch an Heinz-Dieter und Eure ganze Familie
Dein/Euer Michael
lieber michael,

vielen dank, sehr gefreut, klingt bald besser als auf einer beerdigung, hat suchtpotential. hatten viele jahre lang in der diele ein gesticktes tuch hängen mit einem spruch. etwa so: schenke lieber blumen den lebenden als sie auf den friedhof zu bringen. deine mail war ein wunderbarer, üppiger blumenstrauß – vielen dank! ich bin eben doch viel eitler als befürchtet und höre gerne schöne sachen über mich. habe zum geburtstag mehrere solcher verbalen zuwendungen erhalten und sofort gedacht: jetzt schreiben alle noch schnell was nettes, bevor ich tot bin. sei es drum, tatsächlich besser jetzt, da hab ich noch was davon.
gebe an dich zurück, wie wichtig du für mein leben bist, bestimmte innere gespräche finden mit dir als zielperson statt. so stimmt es, bin in gedanken oft auf eurem sofa.
lieben gruß,
gabi
(es geht mir immer noch gut, wenn man bedenkt, wie schlecht es mir gehen könnte!)

29.11.2008
probleme hat jeder, auch ohne krebs
liebe christine,
der tag mit dir war eine wohltat für meine seele. zwei sätze von dir schwingen noch als beruhigende grundmelodie nach:

1. »da sind wir beide doch etwas ganz besonderes füreinander!« die wärme deiner hände, die dabei die meinen umfassten, spüre ich jetzt noch. christine, ja wirklich, mit deinem kennenlernen konnte ich nach meiner entwurzelung, die unser umzug von münster nach lüneburg für mich war (auch das liegt schon über 20 Jahre zurück), erstmals wieder frei durchatmen und zugleich freude für die zukunft empfinden. von anfang an liebte ich deine offenheit, ehrlichkeit, lebendigkeit, warmherzigkeit und klugheit, deine bereitschaft, dich und andere zu hinterfragen, sehr. damals warst du »nur« erzieherin, aber glaube mir, dein anschließendes studium hast du als mensch nicht gebraucht, wobei ich natürlich sehe, dass es dir formal voraussetzungen für berufliche optionen gegeben hat. die qualität unserer gespräche empfinde ich als in vielerlei hinsicht »bewegend«. und dabei denken wir doch eigentlich, »wir haben uns doch nur ausgetauscht«.
2. »da stehen wir tatsächlich zur zeit vor denselben entwicklungsaufgaben.«

ja, das ist schon eine tiefe verbindung, dass wir uns diesen aufgaben auch so bewusst stellen. ich glaube, das macht einen teil der besonderheit unserer bedeutung füreinander aus. es ist ja zunächst nicht weiter erstaunlich, wenn zwei freundinnen zu der erkenntnis gelangen, vor ähnlichen lebensaufgaben zu stehen, dass dies aber in oberflächlich betrachtet so komplett unterschiedlichen lebenssituationen sein kann, ist doch eine überraschung – denkt man im ersten anlauf. doch vielleicht sind unsere lebenssituationen gar nicht so grundsätzlich verschieden? waren es nicht wir beide, die seminare gegeben haben mit dem tenor: jedes leben ist abschiedliches leben? immer und überall sind wir von abschied umgeben? waren nicht wir es, die zu vermitteln suchten, dass jeder neubeginn einen abschied voraussetzt, und je bewusster wir den gelebt haben, je befreiter von irgendwelchen altlasten, überholten verhaltens- und beziehungsmustern können wir das neue gestalten, angereichert mit der quintessenz, die wir aus bisher gelebtem gewonnen haben? da gehört die traurigkeit darüber dazu, dass wir inzwischen zuweilen mit unseren partnern nicht mehr nur gleiche ziele oder werte haben, dass unsere vorstellungen von befriedigender ehe und damit eng verbunden der gestaltung unseres »neuen« lebens schmerzhaft divergieren. oft denke ich, dass unsere männer viel bescheidenere erwartungen an eine gute partnerschaft haben: sie brauchen sex (nicht zu verwechseln mit unserem zusätzlichen bedürfnis nach nähe und zärtlichkeit), genügend freiraum für berufliche und andere interessen, (was wir viel eher bereit sind, den bedürfnissen einer partnerschaft unterzuordnen), eine ehefrau, die nicht meckert (soll heißen, die nicht kritisiert oder mit negativen gefühlen konfrontiert, während wir gerade den austausch von erwartungen und enttäuschungen und den damit verbundenen gefühlen als echte begegnung brauchen) und einen sicheren hafen, in den sie, wann immer es gut für sie ist, zurückkehren können. und gerade der letzte punkt scheint für uns beide entwicklungspotential zu bergen. ich muss gestehen, dass ich mich nicht wirklich freiwillig in bewegung setze. ich weiß und spüre seit langem, dass ich die von dieter mir zugedachte rolle, das »zentrum seines lebens« zu sein, so nicht länger ausfüllen mag. ich hatte das gefühl, nun sei es endlich an der zeit, dass hd einmal seine umlauf-bahn verlässt und sich mit mir eine gemeinsame neue bahn sucht. die erwartung, hoffnung, wurde nicht erfüllt. ich war enttäuscht, traurig, wütend, habe getobt und gekämpft, argumentiert, gestritten und letztlich gehofft, eine art resignation könnte mich auch dahin bringen, wie hd sagen zu können »ich habe keine erwartungen an dich«. resignation ist aber so gar nicht mein ding. so versuche ich mich dem ziel nun aktiver zu nähern, indem ich für mich selber im rahmen der möglichkeiten meine rolle in unserer partnerschaft neu definiere, neu entwickle. bislang habe ich meine termine beinahe ausschließlich so gelegt, dass ich als zentrum auch tatsächlich verfügbar war, wenn hd darauf zugreifen wollte. nun plane ich meine aktivitäten unabhängig davon. ich orientiere mich an mir selber, den möglichkeiten meiner freundinnen und den angeboten. wenn es begegnungen mit hd gibt, ist es gut, wenn nicht, ist das eben so. ich verlasse das zentrum und begebe mich in meine eigene umlaufbahn. bin gespannt, wie das unser zusammenleben beeinflusst. bisher war es mir wichtig, dass dieter ein eigenes interesse daran haben sollte, wenn er etwas mit mir unternimmt. ein »das tu ich nur für dich« hatte mir bisher schon die lust an gemeinsamer aktivität genommen. jetzt teile ich mit, was ich möchte (z.b. kino, theater, nach sierksdorf fahren, freunde besuchen) und gebe hd die chance, mich zu begleiten oder auch nicht. bei vielen dingen, wie kino, frage ich ihn gar nicht erst. mir geht es damit auf jeden fall besser. noch immer überfällt mich gelegentlich eine traurigkeit, dass mein knöll dem zusammensein mit mir keine so große bedeutung beimisst, die man in zeiteinheiten erkennen könnte, aber ich entferne mich so ganz allmählich davon, als wertvolle zeit, für die es sich zu leben lohnt, nur jene zu betrachten, die ich mit hd gemeinsam verbringe. die dafür notwendige emotionale unabhängigkeit zu entwickeln, hätte ich mir in dieser besonderen lebensphase gerne erspart, aber hätte, wie du ja auch an dir siehst, ohnehin angestanden.

christine, das eigentlich erstaunliche für mich ist, dass der weg, auf dem ich so viele frauen, wie ich glaube sogar recht erfolgreich, begleitet habe, für mich selber so schwer zu erkennen und dann auch zu gehen war. aber immerhin, ich bin unterwegs – und da tut es so gut zu wissen, dass du gerade eine ähnlich abenteuerreise machst. dass wir uns dabei noch verschiedentlich treffen und gegenseitig ermutigen, beraten und trösten, wenn es doch einmal blessuren oder verirrungen gab, das wünsche ich mir sehr.

…

was denkst du über die möglichkeit, ein paar tage gemeinsam in sierksdorf zu verbringen?

hab dank für den hinweis auf das krebsmedikament »Epothilon«. habe sogleich eine überprüfung für einen einsatz in meinem fall in auftrag gegeben.

liebe grüße, deine gabi

5.12.2008

verwöhnt vom leben
Liebe celia,
haben unsere enkelsammlung übrigens bereits um 2700 gr und 49cm mit dem

namen oskar maximilian erweitert. komplett süß und seit heute sogar schon wieder zu hause.
euch ein schönes wochenende und schöne grüße auch nach adendorf.
liebe grüße,
eure gabi

27.12.2008
unser weihnachten
liebe ulla,
...
wir fuhren dienstag nach marburg. wir kamen gerade noch rechtzeitig an um zu bewundern, wie jürgen, dana, jonas und gudrun den frisch gefällten weihnachtsbaum schmückten. bei jürgen war schon im letzten jahr der familienbaumschmuck gelandet. danas bauch ist sichtbar ein babybauch und emmER (arbeitstitel war zu beginn: emma, seit einiger zeit steht aber zweifelsfrei fest, dass es ein emmER ist) hat oft getreten.
heiligabend haben wir sehr geruhsam begonnen, trafen uns dann zum kaffeetrinken bei jonas und gudrun und ließen uns anschließend in der dorfkirche von wehrda (ortsteil von marburg) mit einem wirklich entzückenden, unüblichen krippenspiel (es wurde gespielt, dass man ein krippenspiel auffführen wolle; bei brecht nennt man das, glaube ich, V-effekt) in weihnachtsstimmung versetzen.
von dort ging es zu jürgen und dana. wir legten die geschenke unter den baum.
als knöll mich dieses jahr fragte, wie wir es mit geschenken halten wollten, habe ich die gewohnte zurückhaltung aufgegeben und mir »eine überraschung« gewünscht. was knöll zwar aufstöhnen ließ, woraufhin ich nachlegte, ich denke dabei natürlich an eine schöne überraschung. böse überraschungen seien eher was für den alltag, meinte ich. richtig gespannt war ich.
der ablauf der bescherung entsprach dem in unserer familie: dem alter nach, der jüngste hat vortritt, sucht man sich sein geschenk heraus, packt es aus und würdigt es, wobei alle anderen zuschauen. erst wenn man glaubt, fertig zu sein, kommt der nächste an die reihe. das ist sehr beschaulich, ruhig, ein gemeinschaftserlebnis und dauert auch bei wenigen geschenken lange.
dieter hat mir einen gemeinsamen urlaub in tirol geschenkt. das ist doch was!
am ersten weihnachstag kamen peter und nina noch dazu. peter hatte nicht viel zeit, sie konnten nur zum mittagessen (die gänse, die dieter gebraten hatte, waren köstlich, besonders da sie in begleitung echter thüringer klöße kamen) und einem kleinen spaziergang mit kaffeetrinken bleiben, da er am abend

schon wieder in der klinik sein musste. ein kollege war krank geworden. ich war dennoch glücklich, die beiden zu erleben.
bei allem festtagserleben musste ich geradezu nach gelegenheiten suchen, mit jedem einzeln ins gespräch zu kommen. wie erfahre ich sonst, wer meine kinder und schwiegerkinder überhaupt sind. sie entwickeln sich ja stetig weiter.
Am zweiten weihnachtstag fuhren jürgen und dana nach dem frühstück nach thüringen und dieter und ich nach hause. jonas und gudrun waren schon nach dem mittagessen am 1. weihnachtstag nach verden gefahren.
dieter und ich besuchten auf dem heimweg ganz alte freunde in gütersloh. auch da ein trauriges schicksal: der freund hat schon seit jahren unter den folgen der beseitigung eines zwar gutartigen tumors im kopf und im oberarm zu leiden. der umgang der familie mit der behinderung ist nicht einfach und führt auf allen seiten zu enttäuschung, unverständnis und verbitterung. oh, gott!
knöllchen grippt vor sich hin, was bisher immer die reaktion auf das auspowern rund um einen band-auftritt mit vielen, dieter völlig erschöpfenden proben war. seine studenten, mit denen er diese band hat, gehen gelassener damit um und haben auch mehr power. da mithalten zu wollen, kann nicht funktionieren. dieses jahr hatte das ganze eindeutig manische züge. ich habe also gewusst, was auf mich mit seinem auftritt so kurz vor weihnachten und den ihn erschöpfenden, in meinen augen übertriebenen proben, zukommt, wenngleich hd immer wieder aufs neue überrascht ist. wie es aussieht, sammelt er aber soeben seine knochen zusammen, um mit mir ins theater zu gehen. wir wollen caveman sehen/hören. also muss ich mich auch noch schnell landfein machen.
bin montag und dienstag zu hause.
nun plötzlich in eile,
deine gabi

Glaube, Hoffnung, Liebe

Ich weiß, dass die Liebe alles erträgt, dass ihr Vertrauen grenzenlos ist, dass sie niemals die Hoffnung aufgibt und alles überdauert. Aber kann ich das leben?

Unterwegs in Siebenmeilenstiefeln: wieder Kur in Kassel

28.12.08

Rast (Rainer Maria Rilke)
Gast sein einmal.
Nicht immer selbst
seine Wünsche bewirten
mit kärglicher Kost.
Nicht immer feindlich
nach allem fassen.
Einmal sich alles
geschehen lassen
und wissen:
was geschieht, ist gut.

Liebe Ulla,
ja, das Gedicht ist wunderbar und fasst meine Sehnsucht zusammen. Es geschieht in letzter Zeit so beeindruckend oft, dass mir gerade zur rechten Zeit etwas über den Weg läuft, das mir eine Richtung zeigt, nach der ich gesucht habe oder Worte liefert für etwas, das ich selber nicht präzise fassen kann. Mit dem Gedicht ist es so.
Ich plane im Januar nach Kassel in die Habichtswaldklinik zu gehen, weiß nur, dass ich entsprechend bedürftig bin, dass es eine tiefe Sehnsucht nach einer speziellen Art der Ruhe ist, die mich hintreibt.
Mein Gott ja, nicht immer selbst meine Wünsche bewirten zu müssen und das auch noch mit kärglicher Kost, es einfach geschehen lassen im Vertrauen, es ist gut für mich!
Solange für mich Knöll die einzig vollwertige Kost ist, die Leib und Seele befriedigt, wird alles andere, bei aller Freude, die es mir bereiten mag, eben doch

eine kleine Leere in mir hinterlassen. Es ist nie das, was ich eigentlich will: von meinem Knöll wahrgenommen und beachtet zu werden. Das werde ich, so wie ich es brauche, auch in diesem Leben nicht mehr schaffen. Also muss ich emotional unabhängiger werden von ihm. Ich hoffe so sehr, dass mir das in Kassel gelingt. Sagen können wie er: »Ich erwarte nichts von Dir«, das wäre die Höchstform der inneren Unabhängigkeit, oder?
Soviel zur kärglichen Kost.
Aber am Anfang des Gedichtes steht das Gast-Sein. Ja, auch das ist eine tiefe Sehnsucht in mir. Begegnungen nicht mehr organisieren zu müssen, zumindest für eine kleine Weile. Darauf vertrauen dürfen, dass es einfach geschieht. Ich kann gar nicht sagen, wie anstrengend es für mich ist, immer wieder neu dafür zu sorgen, einen »Mittäter« finden zu müssen, damit ich mal rauskomme, für die eine oder andere Beschäftigung außerhalb meines goldenen Heimes. Ich kann ja eigentlich noch alles, nur nicht dorthin gelangen. Immer selber für Begegnungen zu sorgen, die geistige Inspiration ermöglichen, frisst manchmal mehr Kraft, als ich habe.
Gast sein einmal.
Dann ist es auch leichter, nicht immer feindlich nach allem zu fassen, denke ich. Eine ausgehungerte Seele ist nicht mehr großherzig. Ich fange an, missgünstig und kleinlich zu werden und will doch gerade das nicht.
Danke für das Gedicht.
Herzlichst,
Deine Gabi

13.1.09
Liebe Christine,
die Entscheidung ist gefallen. Seit heute bin ich in Kassel. Nun sitze ich hier und denke nach, versuche den Faden zu finden, der den Weg hierher mir selber nachvollziehbar macht.
Seit meiner ersten Metastase im Herbst 2006 (Uterus, was so gut wie nie vorkomme bei Brustkrebs, sagt man), dem damit verbundenen Wissen, dass Heilung nunmehr nicht möglich sei, der damaligen Anschlussheilbehandlung auch hier in der Habichtswaldklinik und meiner Rückkehr an Knölls Seite nach Istanbul, das ich mit all seiner Hektik, dem stinkigen Großstadtmief und der viel zu vielen Arbeit einfach satt hatte, ist viel geschehen – und viel Porzellan zerschlagen worden, wie mir scheint.
Einen Preis für konstruktiven Umgang mit Veränderungen bzw. den Krisen, die daraus resultieren können, haben Dieter und ich uns nicht verdient, fürchte ich.

Und jetzt, vier Wochen meines kostbaren Lebens weg von Zuhause? Weg von Dieter?
Mein Gott, die Entscheidung war, wie Du weißt, wirklich nicht leicht.
Seit fast einem Jahr steht dieser Aufenthalt in Kassel zur Debatte. Nie fand ich den Absprung. Einerseits fühlte ich, wie notwendig ich dieser Besinnung auf mich bedarf. Andererseits bedeutet jede Entscheidung für Kassel eben auch Verzicht auf Knöll und Familienfeiern. Verzichten aber wollte ich nicht. Wer weiß denn, wie lange ich noch wollen kann?
Was ich lange Zeit am allermeisten wollte, war mit Knöllchen zusammen zu sein, mit ihm das Leben so intensiv wie möglich zu genießen. Dafür lebte ich noch. Darin sah ich die Belohnung für das Aushalten mancher Scheißbehandlung, das Ertragen von Schwäche, Schmerzen, mein Cortisonballongesicht, das Eingeschraubt-Werden für die stereotaktische Bestrahlung, Angst. Ach, erst die Summe all dessen macht die eigentliche Belastung aus.
Ich verlangte nichts Großartiges mehr von meinem Leben. Nur eine schöne Zeit mit meinem Knöll. Ich wollte spüren, seine große Liebe zu sein, das Wichtigste in seinem Leben, wichtiger als seine Arbeit sein, wenigstens jetzt einmal! Das ist es doch, was Liebende tun, wenn sie wissen, dass ihre gemeinsame Zeit begrenzt ist: sie zusammen nutzen! Oder?
Knöllchens und meine Vorstellung vom optimalen Umgang mit der uns verbleibenden Zeit hatte jedoch nur eine geringe Schnittmenge. Das zu realisieren, seinen anderen Weg zu akzeptieren, zu respektieren, war mir lange, zu lange, nicht möglich. Ich hatte nur ein Gefühl für meine eigene Bedürftigkeit, litt wie Hulle. Ich hielt auch das aufeinander Zustreben für die einzige legitime Lösung. Alles andere bedeutete für mich, nicht geliebt zu sein. Ich fühlte mich wie eine Ertrinkende, die die Rettung kennt, aber im Stich gelassen wird.
Auch Knöllchen hatte ein ausgeprägtes Interesse daran, seine Lebenszeit zu nutzen. Vielleicht eher wie im Film »Das Beste kommt zum Schluss«, in dem zwei Männer nach ihrer tödlichen Diagnose sich zusammen noch schnell alle ungelebten Träume erfüllen und dafür auch die leidende Ehefrau zurücklassen. Auch Dieter spürte die Begrenzung. Er bestand darauf, dass nicht nur mein Leben befristet sei. »Wer weiß, vielleicht sterbe ich ja sogar vor Dir«, war sein – nicht zu widerlegendes – Argument!
Der Film »Kirschblüten«, den wir zusammen sahen, gab ihm recht. Dort stirbt nicht der tödlich erkrankte Ehemann, sondern unerwartet dessen Frau.
In dem Motto: »CARPE DIEM« waren wir uns durchaus einig, nur Dieters Antwort, sein Impuls nach mehr Eigenständigkeit und Unabhängigkeit, schien so gar nicht mit meinem Verlangen nach mehr Nähe vereinbar.

Ich drängte auf ihn zu, während sich sein Freiheitsdrang wie eine Bewegung »weg von mir« anfühlte.

Vielleicht hat meine Erkrankung, besonders deren Fortschreiten, Dieter auch in Kontakt gebracht mit seiner eigenen Angst vor seinem Sterben. Er sah womöglich seine Felle wegschwimmen, hatte Sorge, zu viele der eigenen Träume könnten ungelebt bleiben. Spätestens von da an müssen zwei Kräfte in ihm gegeneinander gekämpft haben. Die eine, die mir ein guter Partner sein wollte und die andere, die sich eher für seine ureigenen Interessen einsetzte. Bei diesen Gedanken fällt mir ein, dass Dieter, als er mich nach meiner OP in USA nach Hause fuhr, während des ganzen Weges geweint hatte. »Er weint um mich«, war damals die einzige mir zugängliche Interpretation. Nein, er hat um sich geweint, denke ich jetzt. All seine Pläne fühlte er durch meine erneute Erkrankung durchkreuzt. In diesem Licht betrachtet wird für mich plötzlich auch ein Satz nachvollziehbar, mit dem Dieter mich zwei Tage nach der OP schockierte. Er sagte damals völlig unvermittelt: »Deinetwegen höre ich jetzt aber nicht auf, Golf zu spielen.« In diese Kategorie gehört auch seine Arme-Witwer-Bemerkung nach der Metastasen-Nachricht. Es ist eigentlich nicht die Tatsache, dass Dieter sich für seine Interessen einsetzt, sondern wie er das tut. Ich hätte gerne deutlicher das Gefühl, dass er mich überhaupt dabei im Blick hat.

Vielleicht ist es auch bezeichnend für unsere so völlig divergierenden Vorstellungen, dass Knöll ständig von Geld, ich hingegen von gemeinsamer Freizeit sprach.

Jeder von uns fühlte sich in seinen ureigenen Bedürfnissen bedroht. Knöll litt in einem von mir nicht wahrgenommenen Maße an meinen Erwartungen an ihn. Er hatte Nähe und Intimität sozusagen nicht (mehr) im Angebot und war zunächst von meinen täglichen Diskussionen darüber genervt und irgendwann nur noch frustriert, mir geben zu sollen, was er nicht konnte. Wobei diese »Sortimentsumstellung« bzw. »Begrenzung« für mich wirklich meine bisherigen Erfahrungen mit meinem Mann auf den Kopf stellte. Phasenweise hatte ich das schon so manches Mal erlebt, dass Knöll mich emotional am ausgestreckten Arm verhungern ließ, wie es sich für mich anfühlte, aber so unerbittlich und langanhaltend wie jetzt, das war neu!

Ich dagegen litt ebenso schrecklich. Mein Begehren blieb ja ungehört und ungesättigt, während er sich seine Freiräume einfach nahm, wenn auch um den Preis meiner deutlich geäußerten Unzufriedenheit. Da war ich schlechter dran, wie mir schien. Man kann sich Nähe zu jemandem nicht einfach nehmen. Die Erfüllung meines Bedürfnisses war an Knöll gebunden, auf ihn gerichtet. Um keinen Preis war mein Bedürfnis nach Nähe ohne seine Einwilligung zu erreichen. Ich fühlte mich abhängig, er schien mir frei. Er sprach von neuen Forschungsvorhaben, spielte in seiner Band, entwickelte neue Hobbys und Interessen (Bambus, Französischunterricht, Gesangsunterricht), besuchte Konzerte und Vorträge in Hamburg. Irgendwie wirkte die rapide Zunahme seiner Aktivitäten beunruhigend auf mich. Das alles war ihm zwar noch immer nicht genug, aber es beglückte ihn deutlich erkennbar. Seine Augen leuchteten wie bei keiner Unternehmung mit mir.

Ich dagegen war alleine schon dadurch begrenzt, dass ich, zumindest im letzten Jahr, tatsächlich stärker auf die Hilfe anderer angewiesen war, da ich nicht mehr Auto fahren konnte, oft für Busfahrten oder sogar Spaziergänge alleine zu schwach war und mein handwerkliches Geschick doch enorm nachgelassen hatte.

Dieter hatte eine Idee und setzte sie um, ich hatte eine Idee und musste betteln und geduldig warten, bis Dieter sich für meine Interessen Zeit nahm. Es fühlte sich für mich zunehmend vielfältig ungleich an in unserer Ehe. Ungleich aufgrund meines Angewiesen-Seins auf ihn und andere aufgrund meiner Erkrankung, ungleich aufgrund meiner gefühlten Abhängigkeit von Dieter als meinen Glücksgaranten. Ungleich, da ich zunehmend unmündiger wurde. Dieter allein hatte Einblick in unsere Finanzen, er öffnete meine Post, bediente sich des Inhaltes meiner Handtasche ohne Absprache, las meine E-Mails und leitete sie sich bei Interesse an seinen Rechner weiter, forderte ohne mein Wissen bei Ärzten Atteste mir völlig unbekannten Inhalts an und leitete sie an diverse Stellen ohne jegliche Absprache mit mir weiter (ich lag nicht etwa im Koma!), bezog mich in Entscheidungen überhaupt nicht mehr mit ein, teilte mir das Ergebnis seiner Überlegungen oft nicht einmal mit, sondern überließ es meiner Beobachtungsgabe herauszufinden, ob wir z. B. spazieren gingen oder nicht. Dass er beispielsweise auf der Hochzeit unseres Neffen einen Bandauftritt plane, erfuhr ich zufällig, weil ich danebenstand, wie er das jemandem erzählte. Er schrieb ohne Absprache mit mir E-Mails an meinem Arzt mit Informationen über mein Befinden etc.

Ein starkes Gefühl des Ausgeschlossen-Seins aus seinem Leben, des außen vorgelassen Werdens, des Gefühls, nicht mehr Teil seines Lebens zu sein, nicht sein zu dürfen, jedenfalls nicht Teil des Lebens, das ihn glücklich machte, wühlte mich auf.

Dieses Gefühl des Ausgeliefert-Seins, des Angewiesen-Seins, der Ungleichheit machte mich wütend. Ich rebellierte, nicht zu Dieters Freude und nicht zu meinem Vorteil, wie man sich denken kann.

Ich saß zu Hause fest mit meinem großen Nähebedürfnis und meinem Verlangen nach Rauskommen, Kontakt und Abwechslung.

Später wünschte ich mir, bezüglich meiner Nähe-Erwartungen, des Wunsches, gesehen und wahrgenommen zu werden, bedeutend für meinen Knöll zu sein, resignieren zu können. Dann wäre ich wohl traurig, aber das Verlangen ließe sich besser kontrollieren, dachte ich. Die Rechnung hatte ich aber ohne mich gemacht. Mit der Resignation klappte es einfach nicht.

»Vor allem aber ist es ein großer Fehler zu erwarten, dass andere einen glücklich machen. Dafür muss man schon selber sorgen« lese ich in einem Interview mit der 98jährigen Käte Marie Trinkle.

Glück, das auf fremden Mauern erbaut ist, ist allzu brüchig, merke ich. Man muss wohl vor allem sich selbst bedeutend sein! Und ich denke plötzlich, dass das Projekt: »Du sollst mich glücklich machen«, ähnlich erfolgversprechend ist wie »Du sollst mich satt essen.«

Mit der resignativen Verabschiedung von der Idee, mein KNÖLL-NÄHE-BEDÜRFNIS befriedigen zu können, hatte ich wohl doch auch schon ein Stück von mir selber aufgegeben statt mich neu zu (er)finden.

»Das lohnt sich nicht mehr,« war, bis ich jetzt hier in Kassel ankam, ein Satz, der spätestens seit Dezember 07, der Diagnose meiner Hirnmetastasen, mein Leben begleitete. Eilfertig beugte ich mich damit dem von Dieter verordneten Spardiktat vor dem Hintergrund meines begrenzten Lebens – und begrenzte mich damit selbst, ohne es zu spüren. Nein, gespürt habe ich es sicher, aber es drang nicht in mein Bewusstsein vor.

Was meinen Wunsch nach gemeinsamer Freizeit betraf, arrangierte ich mich mittlerweile mit Dieters Freiheitsdrang, indem ich entschied: »dann eben ohne Knöll.« So wuchs ich allmählich in eine veränderte Einstellung hinein, begann meine Unternehmungen mit Freundinnen nicht mehr ausschließlich als zweite Wahl zu betrachten, als »Spatzen in der Hand«, sondern mehr und mehr zu genießen.

Ich habe allerdings das Gefühl, dass Knöll diese Entwicklung überhaupt nicht wahrnimmt. Obwohl die Eintragungen in meinem Kalender eindeutig belegen, dass ich weiß Gott nicht traurig zu Hause rumsitze und auf meinen Glücksbringer warte, Knöll in Sachen Freizeitgestaltung schon längst ersetzt ist, kommt seine Wahrnehmung einfach nicht hinter den veränderten Verhältnissen her.

Womit ich zunehmend Schwierigkeiten bekam, ist das »Wie«, die Art und Weise, wie Knöll seine Interessen durchsetzt: ohne Absprache, ohne mich in seine Überlegungen einzubeziehen, an seinen Entscheidungen zu beteiligen. Ich fühlte mich wie ein Kind, dem er ja auch kein Mitspracherecht einräumt. Das traf mich an empfindlicher Stelle, da ich ja aufgrund meiner Erkrankung ohnehin das Gleichgewicht zu seinen Gunsten verschoben fühlte. Ich wurde sehr empfindlich.

Ich wurde eifersüchtig auf Knöllchens Möglichkeiten und seine Freude daran, je mehr er sie an mir vorbei, im Verborgenen, ohne Blick auf mich und meine Befindlichkeit umzusetzen begann. Knöll lebte sein Leben an mir vorbei. Es bedurfte dann aber eines besonderen Erlebnisses, um in mir ein grundlegendes Umdenken zu initiieren.

Innerhalb weniger Tage kumulierten einige Ereignisse, die ich so schnell nicht verarbeiten konnte und die dann zu einer – befreienden – Implosion führten: Knöll hatte mir – was ich legitim finde – erzählt, er wolle nach meinem Tod das Haus verkaufen und nach Amerika gehen. Es hat mich aber tief getroffen, dass er mir in regelmäßigen Abständen das Ergebnis seiner Stellenrecherche mitteilte. Es fühlt sich nicht gut an zu spüren, dass da die Zeit nach Deinem Tod nicht nur gedanklich vorbereitet, sondern die Lage schon mal sondiert wird. Warum erzählte er mir das immer wieder? Hat er sich gar beworben? Irgendwie aber fand ich lange Zeit, ich müsse Knöll diese Art der Bewältigung lassen. Als er mir dann aber wieder einmal von einer Stellenausschreibung in USA berichtete, die genau auf ihn zugeschnitten sei, wehrte sich alles in mir. Ich fühlte mich miserabel. Ich hatte das Gefühl, ihm im Wege zu stehen. Nur weil ich immer noch lebe, kann er diese Chance nicht nutzen. Nebenbei erfuhr ich, dass er ein großes Forschungsprojekt mit mehreren Doktoranden und Masterstudenten plane, dass er zusätzlich zum Bass auch Kontrabasstuba erlernen wolle, dass er Gesangsunterricht nehmen wolle und dass er einen Auftritt mit seiner Band in Liverpool weiterhin anstrebe. ...

Was noch alles? Als ich dann per Zufall erfahre, dass er bereits die Zahlungsmodalitäten für den Kauf eines Oldtimers erkunden ließ, während er mir erklärte, mein Vorschlag für ein gemeinsames Wochenende auf Rügen ließe meine »Maßlosigkeit« erkennen, schaltete mein Gehirn auf Abwehr. Hier stimmt was nicht. »Ich lasse es ja schon sein«, entgegnet er anstatt einer Erklärung, wie das zusammenpasse.

Ich empfand plötzlich eine tiefe Mutlosigkeit, hatte ein Gefühl von unendlicher Hoffnungslosigkeit, fand, dass ich im Leben meines Mannes keinen Platz mehr hatte. Er plante sein Leben, als gäbe es mich schon nicht mehr, als wäre er Single.

Ich sage ihm: »Ich habe das Gefühl, als müsse ich mich mit dem Sterben beeilen.«

Als ich diesen Satz, den ich oft schon gedacht hatte, laut ausspreche, erschrecke ich. Hier stimmt etwas nicht.

Ich mache mein Leben-Dürfen, Leben-Wollen, meinen Grund zum Leben, von Knöll abhängig?

Da bin ich sechzig Jahre alt, davon siebenunddreißig Jahre verheiratet mit demselben Mann, habe fünf Kinder geboren, eines beerdigt und betrauert, vier Kinder großgezogen zu phantastischen Menschen, manche Herausforderung angenommen, einige Krisen gemeistert, viel geleistet, nur eines nicht: den Mut gehabt, mir selbst zu begegnen, zu mir selbst zu stehen, den Grund zu leben in mir selbst zu finden.

Das ist der Wendepunkt.

Nein, so nicht mehr! Hier ist mir etwas grundlegend entglitten!

Nach einer kurzen Schockphase mit Entrüstung und Wut – auch auf Knöll ob seines selbstgerechten, respektlosen und rücksichtslosen Vorgehens im Umgang mit seinem völlig überspannten, übertriebenen Programm – lande ich da, wo ich hingehöre: vor dem Tor zu mir selbst.

Ich **fühle** plötzlich, was bis dahin nur ein schlauer Gedanke war: Es geht um mich, nicht um Knöll. Ich kann ihn nicht ändern, nur mich. Ich erlebte in mir die Erkenntnis erwachen, dass es eine Alternative zur Resignation gibt: das auf mich selbst gerichtete Handeln, das sich nicht länger abhängig machen von irgendjemandem.

Ich musste mich entscheiden, weiter zu leiden und über Ungerechtigkeiten zu jammern, darunter zu leiden, mich überflüssig und nutzlos zu fühlen oder bei mir selbst, der einzigen von mir selbst zu beeinflussenden Größe in diesem Spiel, zu beginnen.

Veränderung fängt immer mit Dir selber an. Auch für mich ist das keine wirklich neue Erkenntnis.

Es erfordere aber viel Courage und Mut, sich auf neue Gegebenheiten und unliebsame Herausforderungen einzulassen, las ich neulich in dem erwähnten Interview mit Frau Trinkle.

Sei´s drum, ich bin auf den Weg geschubst und will weiter.

Alles, was bis dahin nur in meinem Kopf Formen angenommen hat, sackt allmählich von dort in mein Herz und meinen Bauch. Texte, die ich schon länger als mein Handeln grundlegend betrachtete, bekommen nun eine tiefere Bedeutung. Sie sind jetzt auf dem Weg, von einer Zielformulierung zu einer handlungsleitenden Lebensüberzeugung zu werden.

Wie lange ist es her, dass mich der Satz von Rilke so angesprochen hat:

»*Wir haben, wo wir lieben, ja nur dies: einander lassen; denn dass wir uns halten, das fällt uns leicht und ist nicht erst zu lernen.*«

Ich muss, zu unser beider Vorteil, Knöll »lassen«.

Ich spüre nach der ersten Entrüstung, wie plötzlich eine zentnerschwere Last von mir fällt. Ich erlebe, wie viel Kraft mich dieses Festhalten gekostet hat. Ich bin nun dabei, mich selbst zu befreien.

»*Wer loslässt, hat die Hände frei.*«
Wie oft habe ich das klug aus meinen Mund kommen hören. Jetzt bin ich dran – mal wieder. Denn auch davon bin ich überzeugt, dass alle Lebensaufgaben immer mal wieder vor einem stehen. Ich stelle mir das Leben diesbezüglich wie eine Spirale vor, auf der wir den verschiedenen Wachstumsaufgaben immer wieder begegnen, nur auf einem höheren Niveau. Wie oft im Leben lassen wir los, wie oft erleben wir Abschied und Neubeginn, wie oft unsere Selbstwerdung – immer mal wieder ein Stück, nie abgeschlossen.
Ich muss es wagen, die Courage aufbringen.
Ich muss innehalten, Pause machen.
Ich beschließe die Reise zu mir selbst.
Muss mir optimale Bedingungen schaffen für diesen Himmelsritt.
Ich fahre nach Kassel und weiß noch nicht, was auf mich zukommt.
Ich komme an und stimme mich Rilke lesend auf meinen Aufenthalt ein.
Ja, ich will Gast sein, meine Wünsche bewirtet bekommen, es geschehen lassen.
Als ich am Abend den Tisch im Speisesaal zugewiesen bekomme, weiß ich oder rede mir ein:
«*Was auch geschieht, ist gut.*»
Rilke muss es gewusst haben. Ich sitze bei Inge und Tina. Und das ist richtig gut! Später, auf meinem Zimmer, blättere ich in meinen mitgebrachten Büchern. Gleich ein Volltreffer, wie geschrieben für mich, meine Situation, heute:
Deine Besinnung muss bei Dir selber beginnen, damit Du Dir selbst nicht gleichgültig geworden, Dich vergeblich anderen zuwendest ... Wenn Du Dich selbst nicht kennst, glichest Du jemandem, der ohne Fundamente eine Ruine statt eines Gebäudes errichtete. Alles, was Du außerhalb Deiner selbst aufrichtest, wird wie ein Staubhaufen sein, der dem Wind preisgegeben ist ... . (Bernhard von Clairvaux)
Besser kann man nicht ausdrücken, wo meine Verantwortung für meine Situation und unsere Ehe liegt. Womit ich nicht meine, dass es nur meine Verantwortung gibt. Ganz und gar nicht. Aber nur die interessiert mich im Moment.
Besinne ich mich also, dann klappt es auch mit Knöll.

Noch am ersten Abend schreibe ich:

Frieden
F rei sein für meine
R eise zum
I ch.
E ingrenzen weder
D ich noch mich.
E robere
N euland!

Abstand
A us der Ferne sich
B etrachten,
S uchen,
T atsächlich
A nderes,
N eues entdecken.
D ich, mich selbst!

Ja, das habe ich wohl vergessen zu erwähnen. Längst schon bin ich erfüllt von einer lustvollen Erregung. Ich will wachsen und freue mich, dass ich es geschafft habe, mich auf meinen Weg zu machen. Auch das mal wieder.
Wer aber eine Reise tut, muss Abschied nehmen. Abschied, der auch diesmal schmerzt.
Abschied von Illusionen, die ich hatte von mir als Gabi, als Ehefrau, von meinem Knöll, von der unverbrüchlichen und besonderen Innigkeit unserer Beziehung. Sollten wir doch auch nur ein ganz normales Ehepaar gewesen sein, nichts Besonderes? Oder liegt das Besondere eben gerade darin verborgen, dass wir nicht längst schon aufgegeben haben oder einfach aneinander vorbeileben?
Man möchte hier in Kassel eher, dass ich nach vorne schaue, die Zukunft gestalte. Das scheint ein weniger gefährliches Terrain. Trauer macht den Menschen Angst. Das kenne ich aus meiner Zeit als Trauerbegleiterin nur zu gut. Ich kenne mich und weiß, was ich mir zumuten kann. Ich weiß, dass
»*ein guter und bewusster Neubeginn nur aus einem bewussten und würdevollen Abschied wachsen kann*«, wie G. Sommer in einem von mir selbst herausgegeben Büchlein über Trauerverarbeitung schreibt (Das Heft hatte ich in letzter Sekunde noch in meine Reisetasche gesteckt, ohne Idee wozu).
Also mache ich mich allein an die Trauerarbeit. Das Büchlein ist mir dabei eine Fundgrube und ich weiß nun, warum es mit nach Kassel musste. Die Texte,

die ich damals zusammenstellte, weisen mir den Weg aus der Trauer, die das Bewusstsein um das Verlorene in mir auslöst und der Angst vor einer unbestimmten Zukunft (die garantiert nie wieder so schön wird wie vorher, denkt man) in die Hoffnung. Die Hoffnung, dass das Neue wohl anders, aber doch auch wieder schön werde. Auch das habe ich schon mehrfach erlebt, aber nun ist es wieder dran und will neu erarbeitet, neu geglaubt, gehofft werden.

Ich lese im Wilhelm Tell (Schiller):
»Das Alte stürzt, es ändert sich die Zeit, und neues Leben blüht aus den Ruinen.«

Oder aus dem Stufengedicht von Hermann Hesse:
Es muss das Herz bei jeder Lebensstufe
Bereit zum Abschied sein und Neubeginne,
um sich in Tapferkeit und ohne Trauern
in andre, neue Bindungen zu geben.
Und jedem Anfang wohnt ein Zauber inne,
der uns beschützt und der uns hilft zu leben.

Mir tut das unendlich gut. Mich beruhigt das. Zumal ich mich jetzt erinnere, wie oft schon ich den Wahrheitsgehalt selbst erfahren habe. Der Abschied von Gewohntem, Liebgewonnenem, ja selbst von falschen Erwartungen und Illusionen tut weh, der Blick in die unbekannte Zukunft macht Angst, aber ich will vertrauen, hoffen auf einen guten Ausgang.
Auch die Parabel von den Zwillingen ist tröstlich (nach Kurt Tucholsky), den Zwillingen, die als Föten vor ihrer Geburt zutiefst beunruhigt und verängstigt sind, da sie sich ein Leben, schon gar kein erstrebenswertes, außerhalb des sicheren mütterlichen Uterus nicht vorstellen können, um dann nach der Geburt festzustellen, dass das, was sie sehen, ihre kühnsten Träume übertrifft.
Mit einem solchen Ende bin ich einverstanden.
Nach diesen Zeilen kann ich beruhigt zu Bett gehen. Ich schöpfe große Kraft, Vertrauen und Zuversicht aus diesen Texten. Da sehe ich noch, was ich selber im Vorwort des Trauer-Buches geschrieben hatte:
»Bitte geben Sie sich und Ihrem Leben eine Chance! Haben Sie Vertrauen!«
Damals galt mein Aufruf anderen, heute rufe ich ihn mir selber zu. Verrückte Welt!
(Diese E-Mail schicke ich nicht ab, weil ich merke, dass ich im Laufe des Schreibens ganz und gar Christine aus den Augen verloren habe, dass ich selbst der Adressat bin.)

Tagebucheintrag

13.1.09

Nach diesem gedankenvollen Kurbeginn liege ich völlig erschöpft auf dem Bett. Ich möchte abschalten, kann aber nicht. Meine Gedanken sind bei Knöll. Er sah furchtbar mitgenommen und irgendwie unruhig getrieben aus, als er sich nach meiner »Ablieferung« auf den Heimweg machte. Ob ihn die Erinnerungen daran belasten, wie er mich vor zwei Jahren nach meiner dritten Krebs-Operation, meiner ersten Metastase, schon einmal hier abgeliefert hat?

Beim Abschied sagte Dieter irgendwas davon, dass er sich für zwei Tage zurückziehen wolle, um über alles (???) nachzudenken. Er tut mir leid, dass er alles mit sich alleine auszumachen scheint. Ob es typisch Mann ist, sich für dieses Nachdenken von vornherein ein Zeitlimit zu setzen? Mir käme das so nie in den Sinn.

Ich wünsche meinem Knöll Kraft und Mut – beschließe Baldrian zu nehmen und endlich zu schlafen.

14.1.09

Was hasse ich Technik! Nichts als Probleme, die man damit hat!
Das Telefon funktionierte zunächst nicht. Dann hat der Hausmeister eine neue Dose eingebaut. Jetzt tut's das Telefon, dafür aber kann ich plötzlich keine E-Mails empfangen und abschicken. Ich versuche bei Dieter technischen Support einzuholen, kann ihn aber nirgends erreichen. Festnetz und Handy laufen den ganzen Tag auf Mailbox. Das ist völlig ungewöhnlich. Wenn er nicht gerade in Konzerten oder Vorlesungen ist, ist er eigentlich immer mobil erreichbar. Ich hetzte zwischendrin zu meinen Anwendungen und mache mir plötzlich riesengroße Sorgen. Hoffentlich ist alles okay zu Hause. Dieter ging es sichtbar schlecht, als er hier wegfuhr. Die Sorge frisst sich fest und lässt sich nicht wegdrücken. Ich rufe Jürgen an, auch er weiß nichts von seinem Vater. Eva auch nicht. Meine Sorge wächst. Jürgen schickt Dieter eine SMS, auf die er reagiert. Dieter geht es gut, er habe doch bei seiner Abfahrt gesagt, dass er für zwei Tage für niemanden erreichbar sei, da er sich zwecks Nachdenkens zurückziehen wolle. Ich bin erleichtert. Hatte seinen Rückzug aber nicht so verstanden, dass er auch für seine Familie so gar nicht erreichbar sein wolle.
Der macht es aber wirklich sehr gründlich!

Dieter an Gabi

15.1.09

Liebe Gabi,
so langsam komm ich wieder dazu, mich einigermaßen lebendig zu fühlen. Ich vermisse Dich sehr, wenn ich auch zugeben muss, dass ich die gewonnene Unabhängigkeit auch schätze. Ich versuche zurzeit meinen Tag so zu strukturieren, dass ich möglichst viel schaffe, um dann, wenn Du wieder da bist, mehr Zeit als zuvor für uns zusammen zu haben.

In meinem Nachdenkensprozess bin ich soweit gekommen, dass ich mich krankschreiben lasse, wie es mein Therapeut empfohlen hat.

Ich bin sehr gern mit Dir zusammen, habe aber zunehmend das Gefühl, dass es bei uns jetzt so zugeht, wie es bei Familie U. lange war. Das möchte ich auf keinen Fall! Ich möchte mit Dir glückliche Zeit verbringen, benötige dazu aber auch Zeit für mich, in der ich mich mit technischen oder anderen Dingen beschäftige, die mir helfen, nicht immer an Deine Krankheit zu denken. Vielleicht hilft dabei auch der Französisch-Kurs.

Wir waren mal sehr gut darin, mit unseren Unterschieden zu leben. Das sollten wir wieder kultivieren, denn gleich werden wir nie werden.

Ich freue mich sehr für Dich, dass Du so gut Anschluss gefunden hast, was ich aber auch bei Deiner kommunikativen Natur erwartet habe. Genieße die Zeit mit Deinem Frauenclub. Mit denen kannst Du gewiss besser Deine Silben abarbeiten als mit mir.

Ich habe den 23.(FR) – 25. (So) fest eingeplant, Dich zu besuchen. Kannst Du mir ein Zimmer reservieren?

Alles Liebe
Dein
HD

Tagebucheintrag

Weiß nicht, diese E-Mail sitzt mir irgendwie quer. Irgendwie merkwürdig das Ganze. Diese Doppelbotschaften: ich liebe Dich, aber … , ich vermisse Dich, aber. … Welche Unabhängigkeit von was meint er nach zwei Tagen gewonnen zu haben? Was meint einer, der täglich freiwillig bis zum Abendprogramm in seinem Arbeitszimmer zubringt damit, wenn er betont, auch Zeit für sich zu benötigen? Mir gefällt der Satz mit dem Abarbeiten von Silben nicht. Er klingt so despektierlich.

Und überhaupt, Dieter geht in Klausur, kommt zu einem Ergebnis unsere Zukunft betreffend und teilt mir das Ergebnis mit. Es ist keine Idee, kein Vorschlag, meine Meinung dazu wird nicht erbeten. Dieter plant seinen Besuch, meine Haltung dazu ist nicht gefragt.

Ich habe keine guten Gefühle, weiß nicht, was da zurzeit in Dieter abgeht. Schnell an was anderes denken!
Ich will ja »nicht immer feindlich nach allem fassen«! Ich sehne mich nach Frieden! So sehr!

19.1.09

Ich kann es nicht fassen: Dieter teilt mir, fünf Tage nach Antritt meiner Kur mit, die Sache mit der Finanzierung des Ami 8 (Oldtimer) habe sich auch geklärt. Ganz so als wäre der Kauf an sich eine beschlossene Sache gewesen, nur die Finanzierung wäre noch offen. Sein letzter Beitrag zu diesem Thema hieß im Dezember: »Ist ja gut, ich lass es ja schon sein!«, nachdem er zugeben musste, dass wir kein Geld dafür haben. Jetzt geht das schon wieder los! Hat sich unsere finanzielle Situation geändert? Wenn ja, warum weiß ich nichts davon? Ist dann trotz Autokauf Geld für den dringend notwendigen Fensteranstrich und andere Renovierungsarbeiten da? Warum habe ich nicht einmal in der Kur Ruhe vor diesem Alltagsscheiß?

Dieter an Gabi

»… Die Sache mit der Finanzierung eines Ami 8 hat sich auch geklärt:
…
Ich habe ein Auto im eBay entdeckt, das schon deutsche Papiere mit TÜV und AU hat und das preislich im Rahmen liegt. Das Auto ist so alt wie unsere Liebe (Oktober 1969) und auch noch sehr gut erhalten (so steht es da). Es werden natürlich noch Schönheitsreparaturen und hier und da Inspektionen notwendig sein, aber nicht wirklich dringend und nicht teuer.
Ich hoffe sehr, dass aus Deiner Sicht jetzt nichts mehr dagegen spricht. Ich verspreche Dir hoch und heilig, dass Du nicht unter diesem Hobby-Auto leiden sollst.«

Ich bin unglaublich erregt und froh, dass wir nicht miteinander telefonieren. So kann ich mich bis zur Antwort beruhigen. Ich will ja Frieden!
Bevor ich ins Bett gehe, schreibe ich noch rasch an Dieter:
» … In Bezug auf den Ami8 habe ich die Bitte, die Entscheidung bis auf meine Rückkehr zu verschieben.«
Ich kann eine Auseinandersetzung jetzt nicht gebrauchen und bin mit der Verschiebe-Lösung zufrieden. Nach der Kur können wir die Lage in Ruhe sondieren.

Tagebucheintrag

20.1.09

Ich schaue in meine Hände, die offen sind für Neues. Im Moment jedoch stehe ich sprichwörtlich noch mit leeren Händen da. Es fühlt sich in mir alles nach Aufbruch an. Staubhaufen, dem Wind preisgegeben, ja so fühlt es sich an. Furcht beschleicht mich. Ich ahne, dass es Freude machen kann, mir selbst zu begegnen. Aber was ist mit Knöll? Ich habe so gar kein Gefühl dafür, wie sich meine Entwicklung auf unsere Ehe auswirken könnte. Was kommt da auf mich zu?

Als ich die folgenden Zeilen eines unbekannten Verfassers lese, bin ich schon auf den ersten Metern meines Weges, der Abschied schmerzt schon nur noch dann und wann. Ich habe große Hoffnung, dass Rilke auch hier recht behält: »Alles ist gut.« Knöllchen, die folgenden Zeilen sind für uns, wie sie schon einmal für unsere Kinder galten, als sie das Haus verließen:

Loslassen bedeutet nicht, sich abzuwenden,
nicht »Aus den Augen, aus dem Sinn.«
Loslassen ist Zeichen des Vertrauens und guter Hoffnung
In den Losgelassenen oder das Losgelassene.
Loslassen ist geschenkte Freiheit
Und verantwortungsvolles Zeichen freigesetzter Liebe,
die Gott uns schenkt,
und den Weg zum Wachstum erst ermöglicht.
Loslassen bedeutet, sich zu erinnern,
dass Veränderung Kennzeichen allen Lebens ist.
Loslassen muss gelernt und geübt werden,
weil Festhalten den größeren Verlust bedeutet.

Knöll, ich liebe Dich und hoffe so sehr, dass Du Dich öffnen kannst für die Veränderungen in unserem Leben, in mir, für Deine neue Gabi.

21.1.09

In der Nacht wache ich auf und denke plötzlich:
Meine Angst ist es zu sterben, bevor ich vollendet bin. Vollendet bin ich, wenn ich noch willentlich – aus eigenem Entschluss – loslassen kann, es geschehen lassen kann – richtig lieben kann. Dorthin möchte ich noch wachsen.
Aber, vor dem Sterben kommt das Leben.
Das beruhigt mich und ich schlafe wieder ein.

21.1.09

zurückgewonnene Leichtigkeit
liebe Christel,
… habe großes Glück, dass ich wieder eine sehr nette Truppe um mich herum habe. Ich bin viel im Haus unterwegs, kann mit einer Selbständigkeit leben, meinen Tag gestalten, meine Termine wahrnehmen, wie schon lange nicht mehr. Mein Gott, fühlt sich das frei an! Ohne jemanden bitten zu müssen, ohne jemanden mit zahllosen Telefonaten finden/organisieren zu müssen, um z. B. mal in ein Wollgeschäft zu fahren oder andere Kleinigkeiten zu erleben, ohne dass sich Dieter eingeengt fühlen muss. Das ist ein herrliches Gefühl. Ich weiß, dass auch Dieter das Gefühl der Abhängigkeit hat, da er spürt, nicht mehr so leben zu können, wie er es gerne täte.
Ich jedenfalls genieße meine Unabhängigkeit, die ich hier habe, weil alles für mich alleine, selbständig (!!!) erreichbar ist: Sport, Krankengymnastik, Massagen, Schwimmbad, Sauna, Solarien, Psychotherapie, verschiedene Möglichkeiten der kreativen Gestaltung incl. der Besorgung der dafür notwendigen Materialien, die Ärzte sowieso, Versorgung mit Medikamenten, interessante Vorträge, eine Buchhandlung, Frisör, Cafés, Restaurants, regelmäßiges Essen, Gesellschaft, gute Kontakte, Spaß und tiefsinnige Gespräche. Ich komme raus aus meinem Zimmer, wann immer ich das will, habe einen riesigen Aktionsradius im Vergleich zu unserer Wohnung. Niemand muss für mich auf etwas verzichten, und doch habe ich, was ich brauche. Niemand muss für mich zur Apotheke fahren, einkaufen oder kochen, mich zum Arzt oder Frisör bringen. Die Termine kann ich an meinem Bedürfnis orientieren und nicht an der Verfügbarkeit der »Helfer« etc. Ich hatte vergessen, wie leicht sich das Leben anfühlt. Sogar Freizeitgestaltungen ergeben sich von alleine. Man verabredet sich mal so eben nebenbei, wenn man sich trifft. Ich gehe zum Sport, wenn es gut für mich ist, nicht wenn Dieter Zeit für mich hat. Es muss nicht ausfallen für mich, nur weil HD krank ist oder andere Termine hat, nur um ein Beispiel zu nennen. Es geht mir hier einfach wunderbar. Ich lebe auf und werde sogar kräftiger, da viel aktiver. Versuche möglichst selten Aufzug zu fahren und jede Treppe als Krankengymnastik zu betrachten. Ich mache hier die vergessene Erfahrung, wie wunderschön erfüllend das Alleinsein ist, wenn es eine Alternative gibt.
…
Seid ganz lieb gegrüßt,
Gabi

Dieter an Gabi

Der Ami 8 ist übrigens gekauft, da es ein Angebot war, das nicht wieder kommt: guter Erhaltungszustand, weil er 39 Jahre in Südfrankreich war und schon in Deutschland angemeldet. Zudem ist das Auto sehr selten. Ich weiß, dass Du darüber mäßig begeistert bist, bitte Dich aber, mir dieses Hobby zu gönnen. Ich werde dieses Hobby so gestalten, dass Du nicht darunter leiden musst.
Liebe Grüße und ich freue mich auf ein Wiedersehen,
Dein HD

Tagebucheintrag
Ich sitze auf meinem Bett und fühle mich blutleer. Ich komme mit diesem Vorgehen einfach nicht zurecht. Er will was und das nimmt er sich. Zur Not hinterrücks, trotz meiner Verschiebe-Bitte. Aber so harmlos liebenswert verpackt, dass man schon gemein sein muss, will man ihm das nicht »gönnen«. In mir steckt das Gefühl quer, dass wir verlernt haben, unsere Wünsche partnerschaftlich zu verhandeln. Ich fühle mich übergangen, nicht ernst genommen. Ich leide schon, bevor das Hobby recht begonnen hat. Was bin ich froh, dass ich weit weg bin! Träfen wir aufeinander, gäbe es wieder Streit.

22.1.09

Das Gast-Sein ist eine gute Voraussetzung für Veränderungsprozesse. Die Kraft, die die Organisation des normalen Alltags sonst verschlingt, steht mir hier für Weiterentwicklung zur Verfügung. Es wird kein geradliniger Weg, das spüre ich schon. Erkenntnisse, die ich gestern hatte und von nun an für tragend hielt, scheinen heute in grauem Nebel zu diffundieren. Oder, wie Inge meint: Ich gehe drei Schritte vor und immer auch wieder einen zurück.
Habe einen Text von Hermann Hesse vor Augen, den mir kurz vor meiner Abreise Christine mitbrachte:

Einsamkeit
ist der Weg,
auf dem das Schicksal
den Menschen
zu sich selber
führen will

Ich aber fühle mich nicht einsam auf meinem Weg. Ich habe helfende, verständnisvolle Begleiter. Auch in meinem Zimmer bin ich nicht einsam. Ich bin bei mir!

Inge und ich teilen die Liebe zu Texten. Als ich ihr sage, ich hätte das Gefühl, alles bisher ungeordnet Gedachte füge sich hier schon allein durch viele kleine Texte allmählich zu erkennbaren Strukturen, meint Inge: »Warte mal, da hab ich doch gerade was in einem Roman gelesen.« Sie holt das Buch hervor und liest:

»*Es gibt Situationen, sagte Igor, in denen alles als Botschaft erscheint, egal was man erlebt oder mit wem man spricht. Weil man die Botschaft längst kennt und nur noch darauf wartet, dass sie einem überbracht wird, notfalls auch von einem Hund.*« (Monika Maren: Ach Glück. Fischer Taschenbuch Verlag 2009)

Wieder denke ich, wie simpel meine Gedanken sind, man findet sie, zudem besser ausgedrückt, in Romanen.

Am Abend sitzen wir in meinem Zimmer zusammen und versuchen, uns gegenseitig auf unserem Weg zu verstehen und dem anderen zu helfen, einen neuen Blick auf seine Situation zu ermöglichen. Deshalb sind wir ja hier, aus dem Abstand heraus einen neuen Blick zu wagen.

Als Inge hört, wie hartnäckig – und gleichermaßen erfolglos – ich zwei Jahre lang versucht habe, meinen Mann dazu zu bekehren, unsere Zeit wieder für mehr Gemeinsamkeit zu nutzen, bietet sie mir einen Vergleich an. Sie meint, sie stelle sich gerade eine Markthalle vor mit einem Fleischwarenstand. Ich sei die Kundin, Knöll der Verkäufer. Ich verlange Backwaren, die ich nicht bekomme. Wie auch? Der Verkäufer will mich nicht mit leeren Händen gehen lassen und bietet mir freie Auswahl aus seinem doch so exquisiten Fleisch- und Wurstsortiment an. Nein, ich bin mit all dem nicht zufrieden. Ich will Butterkuchen, hilfsweise auch Sahnetorte oder Kümmelbrot, Hauptsache Backwaren. Das Schauspiel wiederholt sich Tag für Tag. Ich kann nicht fassen, dass ich nicht bekomme, was ich will, und der Fleischverkäufer ist entmutigt und verzagt und lässt mich wissen: »Schade, dass Sie nicht zufrieden sind mit dem, was ich habe. Ich wünschte, Sie wären eine zufriedene Kundin.« Später ist er nur noch genervt, wenn er mich nur sieht, bis er eines Tages, zur Rettung seines Seelenfriedens, vor seinem Laden ein Schild aufstellt: »Eintritt für Gabi verboten.«

Wir haben viel Spaß bei der Entwicklung dieses absurden Theaters. Ich habe anschließend eine Menge nachzudenken.

24.1.09

Lieber Dieter,
… was Deinen geplanten Besuch am kommenden Wochenende betrifft, so möchte ich Dich bitten, Verständnis dafür zu haben, dass ich mich dem noch nicht gewachsen fühle. Ich weiß, dass das nicht gut für Dich klingt, aber ich kann Dich nur um Verständnis bitten. …
Deine Gabi

Tagebucheintrag
Bin wieder aufgestanden, weil ich nicht schlafen kann. Ich weiß, dass die Entscheidung gegen Dieters Besuch am kommenden Wochenende im Moment die einzige Möglichkeit für mich ist. Stecke zu sehr in unguten Gefühlen wegen der unseligen Auto-hinter-meinem Rücken-Kauf-Geschichte. Habe aber große Angst, wie Dieter auf meine Nicht-Besuchen-Bitte reagiert. Abgrenzung meinerseits ist ein gefährliches Ding! Ich weiß, dass er das als Zurückweisung auffassen wird, ahne sein Gekränkt-Sein und fürchte eine seiner überzogenen Reaktionen. Da muss ich jetzt durch. Ich muss lernen, mich abzugrenzen. Ich brauche für die Auseinandersetzung mit mir Abstand und ich habe Angst vor Streit.

26.1.09.

Tagebucheintrag
Dieter hat moderater reagiert, als ich befürchtet habe. Vielleicht lernen wir ja doch beide hinzu.

Er schrieb:

Deine letzte E-Mail musste ich noch ein wenig verarbeiten. Ich bin damit noch nicht fertig. Auf alle Fälle werde ich Dich wie gewünscht nicht in Kassel besuchen.

Dörthe hat mir einen Gedichtband von Mascha Kaléko geschickt. Und wieder eine Botschaft, ein Zeichen. Ein Gedicht bietet ein wunderbares Bild von dem, was ich leisten muss:

Pihi
Vom Vogel Pihi hab ich einst gelesen,
Dem Wundertier im Lande der Chinesen.
Er hat nur einen Fittich: Stets in Paaren

Sieht man am Horizont der Pihi Scharen
Zu zweien nur kann sich das Tier erheben;
Im Singular bleibt es am Boden kleben.
Dem Pihi gleich, gekettet an das Nest,
Ist meine Seele, wenn du mich verlässt.

Ich muss mir einen eigenen zweiten Flügel wachsen lassen. Ich muss eigenständig fliegen können.
Es ist doch beruhigend zu wissen, dass der Weg zum Glück, der Weg zu Dir selbst, markiert ist mit Wegweisern, die der entdeckt, der sich auf die Wanderschaft begeben hat.

27.1.09

Lieber Dieter
eben fand ich an der Rezeption wieder einen schönen Blumenstrauß vor. Vielen herzlichen Dank. Du gibst Dir wirklich Mühe.
Dass Du meine Bitte, mich nicht zu besuchen, erst noch verdauen musst, kann ich gut verstehen. So geht und ging es mir ja auch oft. Man wünscht eine Nähe, die man nicht bekommt und muss es akzeptieren. Das ist oft nicht leicht, das weiß ich.
Der letzten E-Mail habe ich entnommen, dass Du Dein Hobbyauto entgegen meiner Bitte, das Thema bis nach meiner Kur ruhen zu lassen, schon gekauft hast. Auch das ist ein Thema für mich, wie ich damit umzugehen lerne, dass Du Dinge, selbst wenn sie für Dein Leben – und in diesem Falle unser Leben – sehr wichtig sind, nicht mit mir besprichst, einfach handelst. Ich weiß auch nicht, was es tatsächlich gekostet hat (ich erfuhr nur, dass es im »Rahmen« liege, – und den hast Du alleine festgelegt, ohne Absprache mit mir). … Mir fällt es dann schwer, Verständnis dafür zu entwickeln. Ich glaube inzwischen sogar, dass ich dafür kein Verständnis haben muss, nur lernen muss, daran nicht mehr zu leiden. Und Deine Aufgabe wird sein, entweder Dein Verhalten zu ändern oder mit meiner Verärgerung und Enttäuschung und den daraus resultierenden Folgen zu leben.
Du bittest mich, Dir Dein Hobby als Ablenkung zu gönnen. Dieter, ich gönne Dir viele Hobbys, aber darum geht es überhaupt nicht. Und: Was gönnst Du mir als Ablenkung von meinem schweren Schicksal? Darf das auch Geld kosten?
Du misst mit zweierlei Maß. Das kannst Du tun, nur muss ich das nicht gut finden. Ich habe das Recht, meine Gefühle und Meinung darüber zu äußern. Das musst Du schon als Preis dafür hinnehmen, dass Du letztlich doch immer tust, was Du willst und Dir nimmst, was Du zu brauchen meinst. Ich empfinde das als respektlosen Umgang mit mir, den ich so nicht haben möchte.

Ich muss lernen, einen Weg zu finden, der mir ein Leben in Frieden ermöglicht.
Noch weiß ich nicht, wie genau das aussieht.
Wünschen würde ich natürlich sehr, dass wir einen gemeinsamen Weg finden.
Lieber Dieter,
sei herzlich gegrüßt,
Deine Gabi

30.1.09

lieber Dieter,
mich beschäftigt im Moment die Frage, wie wir beide miteinander umgehen bzw. wie wir es schaffen könnten, einen respektvollen Umgang miteinander zu entwickeln.
Ich habe ganz deutlich das Bedürfnis, Dir ein gleichwertiger Partner zu sein und als solcher von Dir respektiert und behandelt zu werden.
Dazu gehört für mich auch die Entwicklung einer konstruktiven Streitkultur, jedenfalls wenn wir einen gemeinsamen Weg finden wollen. Willst Du das?
Ich habe mich oft entmündigt und respektlos behandelt gefühlt u. a. in der Art, *wie D*u Deine Interessen durchgesetzt hast. Die Umstände rund um Dein Hobbyauto sind dafür nur ein Beispiel.
Mit meiner E-Mail vom 27.2. hatte ich die Hoffnung verbunden, wir könnten jetzt, aus der Distanz, per E-Mail eine fruchtbare Auseinandersetzung darüber einüben.
Ich verstehe sehr gut, wenn Du für eine Antwort Zeit brauchst, dann aber bitte würdige meine E-Mail an Dich wenigstens mit einem Hinweis, dass Du sie wahrgenommen hast und wann Du antworten wirst. Es wäre schade, wenn Du Dich der Auseinandersetzung weiterhin entziehst. Schweigen ist für eine gemeinsame Lösung ungeeignet. Aber natürlich kannst Du Dich auch dafür entscheiden.
Lieber Dieter,
wir haben so oft betont, eine gute Ehe zeichne sich durch den konstruktiven Umgang mit Krisen aus, nicht durch deren Abwesenheit. Soll unsere Ehe wieder eine gute werden?
Wenn Du Dich für einen gemeinsamen Weg entschließt, könnten wir damit anfangen, solchen Problemen nicht weiter auszuweichen und uns stattdessen damit auseinanderzusetzen. Zunächst per E-Mail. Das scheint mir in Richtung Streitvermeidung einfacher als direktes Reden.
Liebe Grüße,
Deine Gabi.

1.2.09

Tagebucheintrag
Dieter beantwortet meine E-Mails einfach nicht. Er übergeht die für mich bedeutungsschweren Inhalte einfach. Mich macht das ratlos. Da mache ich mir Gedanken und laufe ins Leere. Keine Resonanz. Fühlt sich wie Folter an. Eine Folter ohne – erkennbare – Spuren.
Totgeschwiegene Probleme bedeuten den Tod einer Ehe.
Ich weiß nicht, wie es weitergehen soll. Hat Dieter schon die Entscheidung getroffen, dass ihm das alles die Mühe nicht mehr wert ist? Wird meine Kraft reichen, zusätzlich zu der Auseinandersetzung mit mir auch das Projekt »Partnerschaft« noch zu stemmen?
Ich lese, um mich nicht festzubeißen.
Da stolpere ich über einen Text, der mir das Gefühl gibt, es sei normal und durchaus nicht hoffnungslos, wenn in Zeiten solcher Veränderungen Schwierigkeiten auftauchen:

Werdezeiten
Werdezeiten haben Schwierigkeiten. Es ist wie eine Erstgeburt. Aber diese Schwierigkeiten entstehen aus der Fülle dessen, was nach Gestaltung ringt. Es ist alles in Bewegung begriffen, dadurch ist trotz der vorhandenen Gefahr Aussicht auf großen Erfolg da, wenn man Beharrlichkeit hat. Wenn solche Anfangszeiten als Schicksal kommen, so ist noch alles ungestaltet und dunkel. Darum muss man abwarten, denn jedes vorzeitige Zufassen könnte Misserfolg bringen. Ebenso ist es von großer Wichtigkeit, dass man nicht allein bleibt. Man muss Gehilfen haben, um gemeinsam mit ihnen das Chaos zu bewältigen. Das heißt aber nicht, dass man selbst untätig den Vorgängen zuschauen soll, sondern man muss selbst mit Hand anlegen, anfeuernd und leitend bei allem dabei sein. (I Ging)

Puh, ich muss mich doch wohl auf eine schmerzhaftere Prozedur einstellen, muss beharrlich bleiben und geduldig ebenso, um den Erfolg nicht zu riskieren. Aber, so steht es da, ich brauche auch Helfer. Die gibt es hier. Ich muss sie nur nutzen. Verstanden zu werden ist die erste große Hilfe. Den Job erledigen Inge und Tina hervorragend. In Therapeutengesprächen kann ich meine Gedanken ein wenig ordnen.

Mascha Kaléko schreibt:
Man braucht nur eine Insel,
allein im weiten Meer.
Man braucht nur einen Menschen,
den aber braucht man sehr!

Kassel ist meine Insel und den einen Menschen habe ich in Inge gefunden und darüber hinaus noch viele weitere.
Wer hat schon so viel Glück? Ich falle todmüde ins Bett und bestehe fast nur aus Dankbarkeit – und Hoffnung.
Ich habe das dringende Bedürfnis, Dieter mit ins Boot zu holen.

2.2.09

Lieber Dieter,
bevor ich mich zu Deiner heutigen E-Mail äußere, will ich zuerst das schreiben, was ich mir vorgenommen hatte, bevor Deine E-Mail ankam.
Also: Seit ich das erste Mal aus Kassel zurückkam, habe ich wohl etwas von Dir gefordert, das Du mir nicht geben kannst. Es tut mir leid, dass ich derart lange gebraucht habe, das zu begreifen. Ich habe meine Bedürfnisse gesehen, habe sie für lebenswichtig empfunden, habe dafür gekämpft und konnte nicht verstehen, dass Du sie nicht erfüllst.
Immer wieder mit Erwartungen konfrontiert zu werden, denen man sich nicht gewachsen fühlt oder die der eigenen Persönlichkeit zuwider laufen, muss frustrierend sein. **Kannst Du mir das bitte verzeihen?**
Ich verstehe jetzt, dass meine Bedürfnisse (große Nähe und Intimität) nicht automatisch auch die Deinen sein müssen – und umgekehrt.
Du bist schließlich nicht ich.
Du hast für Deine Bedürfnisse (Eigenständigkeit und Unabhängigkeit) gekämpft.
In diesem Kampf haben wir uns wohl gegenseitig verletzt.
Das bedaure ich sehr. Ich will da in Zukunft achtsamer sein und mich bemühen, auch mit Deinem Standpunkt respektvoller umzugehen. Stärker versuchen, Dich zu verstehen, statt zu bewerten. Kommunikation Deiner Bedürfnisse allerdings wäre hilfreich.
Das ist der Beitrag, den ich anbieten kann.
Was ich mir von Dir wünsche:
dass Du meinen Bedürfnissen ebenfalls mit Respekt begegnest
und dazu gehört auch, dass wir lernen müssen zu verhandeln.
Du willst das, ich will was anderes, also müssen wir aushandeln, wie wir beide zu unserem Recht kommen.
Dass Du mit mir darüber redest, was Du willst, dass ich Deine Vorstellungen nicht immer indirekt aus Deinen Handlungen ableiten muss.
ein Zeichen von Dir, ob Du diesen Dialog überhaupt willst.
Leider hatten wir bei unseren Versuchen, uns Hilfestellung zu holen, im Umgang mit unseren unterschiedlichen Bedürfnissen und unserer Unfähigkeit,

darüber ins Gespräch zu kommen, ausgesprochenes Pech mit Deinem Therapeuten. Es wurde uns nicht nur nicht geholfen, sondern der Graben zwischen uns tiefer ausgehoben.
Das reicht für heute, oder?
Danke für den neuerlichen Blumenstrauß. Habe mich besonders auf die Karte gestürzt, dann erst die Blumen ausgepackt. Die Karten stehen direkt in Augenhöhe auf meinem Schreibtisch, die beiden Sträuße (der aus der letzten Woche ist noch mittelprächtig) sind für mich sichtbares Zeichen, dass ich mit Dir verbunden bin, dass Du an mich denkst. Ich bin Dir was wert. Das tut mir gut und gibt mir Kraft, mich meiner Entwicklung, meinem Wachstum zu stellen.
Liebe Grüße,
Gabi

Tagebucheintrag
Habe Dieter zusätzlich einen handschriftlichen Brief geschrieben, in dem ich ihn bat, mir zu verzeihen, dass ich zwei Jahre lang etwas von ihm erwartet habe, das er mir nicht geben konnte, ihn also mit meinen Erwartungen überfordert habe. Ich habe ihm auch geschrieben, in welchen Bereichen ich in Zukunft wieder mehr Verantwortung übernehmen will, was ich brauche und was ich zu tun bereit bin, um mich wie eine gleichberechtigte Partnerin zu fühlen und zu verhalten.
Das fühlt sich nach Neubeginn an.
Parallel zu meinen Versuchen, uns auf befriedeten Pfaden neu zu begegnen, habe ich mächtig damit zu tun, mich nicht von alten (?) Mustern übertünchen zu lassen. Es gibt Erlebnisse mit Knöll, die ich in ihrer Bedeutung einfach nicht verstehe und die mich mit vielen Fragezeichen, die auf Auflösung warten, füllen.
Beständigkeit und Zuverlässigkeit sind Werte, die mir momentan helfen könnten, mit den vielen Veränderungen in mir umzugehen. Ich muss zugeben, dass es mich verunsichert und irritiert, dass und wie HD erst kürzlich getroffene Vereinbarungen erneut zur Disposition stellt.
So haben wir uns erst kurz vor meinem Kurantritt über unser Sportstudio auseinandergesetzt. Dieter erwähnte beinahe auf jeder Fahrt zum Sport, dass er viel lieber sein Fitnessgerät zu Hause benutzen würde, ihn die Fahrerei, die er nur meinetwegen auf sich nehme, nerven würde. Irgendwann hatte er diese Bemerkung genau einmal zu oft gemacht und ich entschied kurzerhand, mit dem Manager des Studios zu verhandeln, zu welchen Bedingungen ich einen Bekannten als meine Begleitperson mitbringen könne. Ich hätte nun erwartet, dass Dieter sich befreit fühlt durch die Aussicht, diese lästige Pflicht, wie er immer betonte, loszuwerden. Stattdessen reagierte er schwer beleidigt und wir

einigten uns darauf, dass es bei ihm als Begleitperson bleibt, er in diesem Zusammenhang nie wieder von einer lästigen Pflicht spricht und ich im Gegenzug den Aufenthalt im Fitnessstudio als gemeinsame Freizeit betrachte (obwohl wir uns wirklich nur beim Einchecken und Verlassen des Studios sehen).

Jetzt, kaum einen Monat später, kann Dieter sich an diese Abmachung überhaupt nicht mehr erinnern und schlägt vor, ich könne doch mit Eva zum Sport gehen, während er in der Zeit auf unsere Enkel, die ihm sehr gut täten, aufpasse. Er begründet diesen Vorschlag aber in bewährter Weise nicht mit seinem Interesse, sondern mit dem Bedürfnis, mir und Eva zu helfen.

Ich aber verstehe nicht, wieso mir damit geholfen ist, wenn er unsere Enkel einhütet, damit ich mit Eva zum Sport gehen kann, was überhaupt nie mein Anliegen war, da mein Sport dann nicht nur von meiner und seiner Befindlichkeit oder Terminen abhängig ist, sondern von drei weiteren Personen. Dieter reagiert auf meinen Einwand verärgert. Er betrachtet mich als Spielverderber. Der Austausch von Argumenten nervt ihn. Ich solle einfach nur sagen, was ich wolle und er habe keinerlei Probleme damit, sich danach zu richten. Das wiederum nervt mich, was ich aber schon nicht mehr kommuniziere, weil ich nicht neue Probleme auf den Tisch bringen will. Diese Haltung: »Ich richte mich gerne nach Dir, das ist doch überhaupt kein Problem, wozu erst dieses Argumentieren, statt einfach nur zu sagen, was DU willst und schon trägst Du, Gabi, die Verantwortung für das, was geschieht, für mein Gefühl, fremdbestimmt zu sein«, ist schwer auszuhalten für mich. Ich kann ihn nicht packen! Knöll wirft Vereinbarungen um, versteckt seine eigentlichen Bedürfnisse, Interessen hinter einer Haltung von aufopferungsvollem Edelmut und watscht mich am Ende ab, wenn ich da nicht problemlos mitspiele.

Mich beschäftigt das viel mehr, als ich im Moment gebrauchen kann.

Dieter an Gabi

Liebe Gabi,
zwei Neuigkeiten für Dich:
1. George Doellgast ist tot. Brigitte rief gestern an.
2. die Krankenversicherung hat mündlich signalisiert, dass sie bei entsprechender ärztlicher Stellungnahme einer Verlängerung Deiner Behandlung in Kassel zustimmen würde. Das wäre doch eine gute Sache. Ich wäre bereit, Dich das Harz-Wochenende alleine machen zu lassen, damit Du mich nicht sehen musst.

Beste Grüße
HD

Tagebucheintrag
Wums, eben noch war ich voller Hoffnung. Jetzt weiß ich nicht, was ich denken, fühlen soll. Was ist da plötzlich passiert? Was geht plötzlich in Dieter ab? Warum wieder dieses beleidigte, gekränkte Überreagieren? Es macht mir Angst, dass der Versuch einer Abgrenzung für ihn so schwer zu ertragen ist.
Ich muss erst einmal raus. Vielleicht liest sich die E-Mail später anders?! Nein, die Fragen bleiben. Wieso Verlängerung? Ich wollte keine. Wieso wäre das – für wen – eine gute Sache? Was soll das mit dem: »damit Du mich nicht sehen musst?« Oh Gott, dazu habe ich keine Kraft!
Dieter findet, ich hätte ihm doch klipp und klar geschrieben, dass ich ihn nicht sehen wolle – und meint damit meine Nicht-Besuchen-Bitte ein ganz bestimmtes Wochenende betreffend.
Da hatte ich mich über seine moderate Reaktion wohl zu früh gefreut. Doch nichts dazugelernt.
Ich schreibe ihm dazu noch eine E-Mail, will mich aber durch diese kleinen Verdrehtheiten nicht von meinem Weg abhalten lassen. Jedenfalls nehme ich mir das vor.

3.2.2009

Lieber Dieter,
na, da versuche ich den Kreislauf unserer unglücklichen Kommunikation zu durchbrechen, aber es ist wirklich nicht so leicht, wie unser Telefonat gezeigt hat.
Ich muss da wohl noch viel üben.
Ich habe mich mit dem Thema Respekt in der Partnerschaft beschäftigt und dazu ein Buch gelesen (Hartwig Hansen: Respekt – der Schlüssel zur Partnerschaft. Klett- Cotta leben, 2008).
Dabei habe ich der Versuchung widerstanden, mir Bestätigung für Deinen Anteil an meinem Leid zu suchen. Ich bin bereit, meine eigene Verantwortung wahrzunehmen. Ich bin sehr fündig geworden an Hinweisen, was ich beachten kann.
Ich versuche, übe das zu tun, was u. a. angeblich respektvolle Kommunikation ausmacht:
Die Bedürfnisse des Partners zu respektieren, sie ohne Bewertung und Interpretation ernst zu nehmen.
Meine eigenen Bedürfnisse so vorzutragen, dass sie nicht verletzen und klar sind, dass sie zum Ausdruck bringen, was ich brauche.
Aber ein bisschen kommt es mir so vor wie meine Judokünste in meiner Jugend: Es klappte eigentlich nur dann, wenn der andere auch Judo konnte, also wusste, wie er reagieren musste. Ansonsten stand ich auf dem Schlauch.

Lieber Dieter, als ich Dich im Telefonat bat, noch einmal nachzulesen, dass ich an keiner Stelle zum Ausdruck gebracht habe, Dich nicht generell nicht sehen zu wollen, sondern Dir mitgeteilt habe, dass ich mich einem Treffen mit Dir noch nicht gewachsen fühle, meintest Du, ich solle es doch nicht schon wieder so kompliziert machen.
Dieter, ja, es ist zunächst kompliziert, da wir völlig ungeübt sind.
Noch vor kurzem hast auch Du geschrieben, Du wollest Dich bemühen, was Du tun könnest, um Deinen Gesprächsstil zu verbessern.
Auch für mich ist das harte Arbeit, aber unsere Beziehung ist es mir wert.
DU BIST ES MIR WERT!
ICH WÄRE ES DIR AUCH GERNE WERT!
Nun liegt die Entscheidung bei Dir, ob Du die Beziehungsarbeit auf Dich nehmen willst. Von nix kommt nix, auch in der Liebe nicht.
Ich wünsche Dir einen schönen Tag und gute Begegnungen mit Dir selbst (vielleicht magst Du Dir das Buch ja auch besorgen?).
Deine Gabi

Dieters Antwort:
Nun zu meiner Idee zur Verlängerung Deines Aufenthaltes in Kassel:
Nach Deiner E-Mail, in der Du mir schriebst: »was Deinen geplanten Besuch am kommenden Wochenende betrifft, so möchte ich Dich bitten, Verständnis dafür zu haben, dass ich mich dem noch nicht gewachsen fühle.« hatte ich Dich so interpretiert, dass Du ein Treffen mit mir nicht willst (kannst, … .?). Das hatte ich übersetzt als »Gabi will mich nicht sehen (treffen, … .)«. Ich hatte angenommen, dass Du mir Bescheid gibst, wenn dieser Zustand vorbei ist. Da das bis jetzt noch nicht der Fall zu sein scheint, glaubte ich, die Verlängerung würde uns beiden helfen.
Ich würde mich aufrichtig freuen, wenn wir wieder ein Verhältnis zueinander finden könnten, das von Liebe, Zärtlichkeit und Respekt geprägt ist. Wir waren mal sehr gut darin, die Andersartigkeit von uns beiden zu akzeptieren und sogar zu schätzen.
Ich habe mir in den letzten Wochen oft Dias von uns angesehen und ich kann mich sehr gut verstehen, warum ich mich in Dich verliebt habe und Dich immer noch liebe.
So viel für heute.
Liebe Grüße
Dein
Heinz-Dieter

Tagebucheintrag
Ob Dieter die Gabi von damals in der von heute sucht?

Lieber Dieter,
ja, auch ich weiß sehr gut, warum ich mich in Dich verliebt habe. Ich weiß auch, dass und warum ich auch den Dieter von heute noch liebe.
Auch ich wünsche mir von Herzen, dass wir einen friedvollen, respektvollen Umgang miteinander finden.
Ich weiß aber auch, dass das nicht vom Wünschen alleine passiert. Es wird viel Arbeit kosten. Was mich betrifft, bin ich bereit dazu. Und Du?
Wir werden es garantiert auch nicht alleine schaffen. Wenn Du mit dem Buch was anfangen kannst, könnte es eine Idee sein, sich an den Autor zu wenden. Der hat eine Praxis in Hamburg. Grundvoraussetzung ist aber, dass wir beide bereit sind, die Arbeit und Anstrengung auf uns zu nehmen. Kannst Du Dich dazu bitte noch äußern?
Sei lieb gegrüßt,
Deine Gabi

Tagebucheintrag
Es enttäuscht mich schon, dass ich nach einem gemeinsamen Weg suche und dann auch noch förmlich um Dieters Stellungnahme betteln muss. Vielleicht spricht da sein Unterbewusstsein und ich sollte das ernster nehmen als jede Antwort?!
Ich gehe in die Therme.
Während ich meine Runden drehe, merke ich, wie mich die ständigen Horrormeldungen, mit denen Dieter mich kurz und knapp über Todesfälle und Krebserkrankungen von Freunden und Bekannten auf dem Laufenden hält, belasten. Dieter war noch nie zu Kur. Vielleicht kann er sich nicht vorstellen, dass ich auch hier bin, um eben mal weit weg von diesen Dingen zu sein? Vielleicht kann er sich nicht vorstellen, dass Todesfälle und Krebserkrankungen nicht zu den Dingen gehören, die mich aufbauen, stärken?

3.2.09

Ich warte noch immer auf Dieters Reaktion auf meine Frage, ob er mir verzeihen könne. Da mache ich Kniefälle vor ihm, gehe ordentlich in Vorleistung und er sagt nur: »Danke, ich habe mich gefreut«.
Ist es verwegen zu hoffen, dass ein ähnlicher Brief irgendwann einmal mich zum Adressaten hat? Auch meine Bedürfnisse wurden nicht respektiert, nicht als berechtigt – wenn auch nicht erfüllbar – gewürdigt. Schließlich

hätte mein Fleischverkäufer ja auch sein Sortiment erweitern können. So eine klitzekleine Brot- und Kuchenecke, vielleicht. Aber ich will geduldig sein. Im Moment ist es mir wichtig, mich mit meiner Verantwortung zu beschäftigen.
Dieter hatte irgendwie auch einen sauschlechten Berater in seinem Therapeuten. »Entwicklungshelfer« war er nicht.

4.2.09

Lieber Dieter,
komme gerade von der Krankengymnastik. Da gibt es noch einiges zu tun. Kräftigung einiger Muskeln sowieso, aber eben auch Lockerung und Dehnung auf der rechten Seite.
Heute erhielt ich auch die Verschreibung für zwei Hörgeräte zur Probe. Mal sehen resp. hören, ob ich damit leben kann. Eitelkeit scheint für mich ein Luxusgut zu werden. Aber noch ist es ja nur ein Test, ob es überhaupt einen Gewinn für mich darstellt.
Wie war Dein Gespräch in Hamburg? Erzähl doch mal davon.
Nun zu Deiner Anfrage, ob die Bücherrechnung in Ordnung sei.
Ja, die Rechnung ist so o. k. Aber bitte lass sie mich selber überweisen. Du weißt, ich hatte Dir geschrieben, Dir unbedingt wieder eine gleichberechtigte Partnerin sein zu wollen. Dazu gehört für mich auch, dass ich meine Post selber öffne oder Du Dir meine Zustimmung einholst, bevor Du sie öffnest. Ich öffne Deine Post nicht ungefragt und Du bitte meine auch nicht. Darauf würde ich mich gerne wieder mit Dir verständigen. Lange Zeit waren mir diese Dinge auch lästig und Du hast sie mir abgenommen, was lieb war. Jetzt aber übernehme ich die Verantwortung auch dafür wieder selber.
Also, lass die Rechnung einfach liegen, ich überweise das Geld dann selber.
Ich will nicht eigenmächtig bewährte Strukturen und Aufgabenteilungen einreißen, sondern erhoffe den Dialog mit Dir. Ich bitte Dich um etwas, und wenn Du dazu einen Einwand hast, höre ich den gerne, ebenso wie Deinen Gegenvorschlag. Mein Bedürfnis, Dir wieder eine gleichberechtigte Partnerin zu sein, ist doch für uns beide gut. Willst Du mir dabei helfen?
… lass uns bitte miteinander geduldiger sein und nicht gleich Böses unterstellen.
Liebe Grüße,
Deine Gabi

Dieter an Gabi

… Gerne möchte ich mit Dir daran arbeiten, dass wir uns wieder gut verstehen. Vor lauter Theorie sollten wir aber das rein Praktische nicht vergessen.
Ich liebe Dich!
Dein HD

5.2.09

Lieber Dieter,
was bin ich über Deine E-Mail froh! Kann die letzten Nächte kaum schlafen, weil ich immer nur Angst vor Missverständnissen habe und weiß, dass ich noch nicht so weit bin, damit »gekonnt« umzugehen. Ich bin überzeugt, dass wir Hilfe brauchen. Meine Idee ist, den Autor des Respekt-Buches um Unterstützung zu bitten. Was ist Deine Idee dazu?
Ich fand es schön, auch von Deinen beruflichen Überlegungen zu hören. Ich mag es, wenn Du mich wieder daran teilhaben lässt. Wenn ich eventuell sogar in Deine Überlegungen mit einbezogen werde und Du meine Meinung dazu hören willst und Dich damit auseinandersetzt. Dann fühle ich mich wahrgenommen und ernst genommen, als Deine Partnerin eben. Es hört sich für mich immer spannend an, wenn man neue Ideen entwickeln kann und nicht nur Rindfleisch-im-eigenen-Saft spielt.
Ich glaube, da habe ich eine Menge dazugelernt. Ich war lange Zeit durch die schlechten Prognosen, vor allem seit der Diagnose »Metastasen im zentralen Nervensystem« und der damit verbundenen Prognose »Sterben innerhalb weniger Monate« zu sehr auf das Ende meines Lebens fokussiert, wollte es so verbringen, dass es mich glücklich macht, ohne zu sehen, dass Du einen anderen Weg brauchst. Seit einiger Zeit bin ich dabei umzudenken. Ich schaue weniger auf den Endpunkt, mehr auf mein Leben jetzt. Das eröffnet auch mir wieder neue Möglichkeiten. Sätze, wie: »Das lohnt sich nicht mehr«, gehören der Vergangenheit an. Alles lohnt sich, jeden Tag. Das war es sicher, was Luther ausgedrückt hat mit seinem Satz: »*Wenn ich wüsste, dass morgen die Welt untergeht, würde heute noch ein Apfelbäumchen pflanzen.*«

(Bemerkenswert ist Dieters knappe Antwort auf diese Passage. Er schreibt: »Das freut mich sehr.«)

In diesem Sinne erwarte ich auch nicht mehr von Dir, dass Du Dein Handeln ausrichtest an dem möglicherweise nahenden Lebensende, sondern an Deinen Bedürfnissen hier und heute. Es ist mir ganz wichtig, Dir das mitzuteilen, denn

möglicherweise ist meine »alte« Haltung so eingebrannt in Dein Bewusstsein, dass Du den Wandel gar nicht bemerkst.
Bitte, richte Dich also zunächst an dem aus, was für Dich wichtig und gut ist. Ich werde es ebenso für mich handhaben. Dann werden auch wieder die beiden Individuen in uns sichtbar und wir können uns gegenseitig unser Anderssein zugestehen. Das ist für uns beide sicherlich nicht immer einfach, weil so lange nicht geprobt.
Und für das Umsetzen der eigenen Interessen, ohne den anderen zu verletzen oder gar in seinen eigenen Bedürfnissen einzuschränken, wollen wir ja an einer neuen Diskussionskultur arbeiten. Klingt doch gut, oder?

(Dieter dazu, als ginge es um eine Geschäftsvereinbarung:
»Ohne Einschränkung, ja.«)

Ich möchte Dir hiermit ganz ausdrücklich die Freiheit geben, Dich in der Entscheidung, beispielsweise ob und welche Tätigkeiten Du auf Sparflamme ausübst oder ob und unter welchen Bedingungen Du Dich krankschreiben lässt, nicht an meinen angenommenen Erwartungen zu orientieren, sondern an dem, was Du selber willst.

(Dieters allumfassende Reaktion darauf:
»OK«)

Lieber Dieter,
Ich habe das Gefühl, hier in Siebenmeilenstiefeln unterwegs zu sein. Das Gespräch mit anderen ist mir ungeheuer hilfreich, einen anderen Blickwinkel einzunehmen, den »Rindfleisch-im-eigenen-Saft-Effekt« zu vermeiden.
Freust Du Dich mit mir über diese Entwicklungen?
Froh bin ich auch zu erleben, dass man nicht jede physische Verschlechterung fatalistisch hinnehmen muss. Sowohl in Bezug auf meine »verstopfte« Nase, die Gefühlsstörungen in der linken Körperhälfte als auch meine »lahmenden« Beine und den Trigeminusschmerz, hat der Aufenthalt hier gezeigt, dass es sich durchaus lohnt, nicht gleich jedes Symptom mit einem Fortschreiten der Erkrankung zu begründen und stattdessen nach Alternativen der Behandlung zu suchen. Hier treffe ich auf Patienten, die gar nicht erst auf die Idee kamen, z. B. eine schnelle Ermüdung, geringe Belastbarkeit, totale Erschöpfung oder Duseligkeit als Zeichen der Verschlechterung zu bewerten. All das ist schließlich auch als Nebenwirkung unserer Medikamente bekannt, vor allem in den ersten Monaten. Jetzt scheint ja sogar der Beweis erbracht, dass selbst meine

zunehmende Humpelei »unnötig« war. Das MRT hat sogar gezeigt, dass sich im Kopf eine beinahe spektakuläre Verbesserung ergeben hat, da offenbar nur noch eine der drei Metastasen erkennbar ist. Mich hat das jedenfalls dazu gebracht, meine Haltung gründlich zu überdenken. Eine Ärztin hier sagte, der Erfolg einer Behandlung sei von vielen Faktoren abhängig, in jedem Falle auch davon, ob man selber überhaupt gesund werden wolle. Das Wirken von Medikamenten und Behandlungen müsse man schon selber wollen und zulassen.
Ich freu mich darauf, Dich am Harzwochenende zu sehen und Deine Wärme zu spüren.
Ganz liebe Grüße,
Deine Gabi (habe jetzt gleich ein Arztgespräch)

PS: Du wirst in diesem Leben wohl kaum noch Romane schreiben, und ich werde nicht mehr lernen, mich kurz zu fassen.
Hier ein Liebesgedicht von mir an Dich:

RESPEKT
R ück Sicht,
E inen Blick auf deine Bedürfnisse haben,
S o wie auf meine eigenen.
P latz lassen zwischen uns.
E ine Bestandsaufnahme der eigenen Wünsche ans Leben und unsere Beziehung wagen
K ann Basis sein für eine ehrliche Auseinandersetzung.
T rauen wir uns!

Tagebucheintrag
Dieter bedankt sich für das Gedicht, meint aber, er habe es nicht verstanden. Schade.
Ich bemerke, dass mich zunehmend das Gefühl beschleicht, Dieter könne sich möglicherweise gar nicht so recht über meine veränderte Einstellung meinem Leben gegenüber freuen. Ich meine eher Verunsicherung und Angst zu spüren. Freunde, die hier anrufen, wissen noch gar nichts von der geradezu spektakulären Verbesserung in meinem Kopf. Dieter hat ihnen zwar von seinem neuen Auto erzählt, nichts aber von diesem Glücksfall! Rote Fragezeichen stehen in meinem Kopf. Leider kann ich mit Dieter darüber nicht reden, ohne Streit zu riskieren. So bleibe ich mit meinen Gefühlen allein.

7.2.09

Ein Tag zum Jubilieren! Dieter hat einen Termin für eine Paartherapie vereinbart. Meine Beharrlichkeit hat sich gelohnt. Jetzt haben wir eine echte Chance. Ich glaube an einen guten Ausgang.
Habe einen Brief an Dieter geschrieben und ihm für alles gedankt, das mir so einfiel. Ob mir auch mal jemand so einen Brief schreibt? Auf die Idee kam ich während des Lesens des Respekt-Buches. Es war mir ein mächtiges Bedürfnis, so eine Basis für die Arbeit an unserer Partnerschaft zu legen.

Dieter an Gabi

11.2.09

Liebe Gabi,
heute kam Dein Brief an, über den ich mich sehr, sehr gefreut habe. Es ist vielleicht sogar ein wenig zu viel der Ehre mit Deinem Dank, aber ich nehme ihn gerne an. Ich werde mir ehrlich Mühe geben, dass wir wieder zusammenfinden – bei allen Unterschieden zwischen uns. Dennoch ist mir beim Gedanken an das nächste Wochenende mulmig zumute.
Ich habe inzwischen das Respekt-Buch durchgelesen und sieben Kapitel gefunden, die ich mir zu Herzen nehmen will und mein Verhalten entsprechend ändern …
Liebe Grüße
Dein Heinz-Dieter

Tagebucheintrag
Mich irritiert zunehmend, dass Heinz-Dieter unsere Unterschiede so oft als Problem erwähnt. Auch seine immer wieder vorgetragene Angst oder mulmigen Gefühle bezüglich des Harzwochenendes bzw. meiner Heimkehr machen mich nachdenklich. Ich frage ihn, ob ich etwas tun könne im Zusammenhang mit seinen »mulmigen Gefühlen«.
Seine Antwort:
»Ich glaube, mir ist nicht zu helfen.«
Aber ich sollte mich freuen, denn immerhin haben wir durch die Paartherapie eine echte Chance.

12.2.09

Der Grund zu leben liegt in mir
Liebe Hannelore,
morgen schon ist meine Insel-Zeit in der Habichtswaldklinik um. Es ist mir wichtig, Dir von hier aus noch zu schreiben. Ein ganz wesentlicher Impuls für

meine Einstellungsänderung, die dazu beigetragen hat, dass ich endlich einmal ernst gemacht habe, hierher zu fahren, geht nämlich auch auf Dich zurück. Es sind immer viele kleine Mosaiksteinchen, die ein Bild ergeben. Manche Teile aber haben Schlüsselfunktion und man erkennt, hat man sie an richtiger Stelle eingefügt, plötzlich das Gesamte.

Das Kuby-Buch von Dir war so ein Schlüssel für mich. Offensichtlich genau das Richtige zur rechten Zeit. Manchen Erkenntnissen muss der Mensch wohl erst entgegenreifen.

Zwei Aussagen haben mich nachhaltig angesprochen.

Kuby meint, **der Mensch brauche einen Grund zu leben**, wenn er heilen wolle (so habe ich es in Erinnerung, habe das Buch nur im Herzen dabei). Dieser banale Satz entfaltete in mir eine ungeahnte Wirkung. Was war mein Lebensgrund? Ich begriff zum ersten Mal, dass ich irgendwann die falsche Ausfahrt zum Sinn des Lebens genommen hatte. Ich suchte den Sinn meines Lebens in Knöll.

Völlig unabhängig von der Heilungsidee hätte ich jedem anderen Menschen angeraten, sich von solch einer verqueren Verknüpfung zu befreien. Der Grund zu leben kann immer nur in einem selbst liegen. Das habe ich garantiert schon immer gewusst, aber nicht gemerkt, dass ich nicht danach lebte.

Das Kuby-Buch war der Beginn eines Erkenntnisprozesses. Ich begann, von Heinz-Dieter nicht mehr zu erwarten, er möge der einzige Sinn in meinem Leben sein. Ich hörte auf zu glauben, nur er könne mein Leben lebenswert machen, aber ich konnte ihn diesbezüglich noch nicht durch einen neuen Wert ersetzen. Es blieb da eine Leerstelle. Ich wusste, dass da eine Aufgabe auf mich wartet, aber ich musste erst noch vom Baume der Erkenntnis essen.

Kuby sagt auch, **Heilung erfordere eine Veränderung des Lebensumfeldes**. Ich wusste instinktiv, dass meine Partnerschaft eine neue Färbung braucht. Und die setzte meine Einstellungsänderung voraus. Auch das blieb lange in tieferen Schichten begraben, bis es jetzt in den letzten Wochen doch dem Licht entgegenstrebte.

Es klingt sicher verrückt, aber das Lesen Kubys allgemeiner Gedanken zum Leben erfüllte mich mit einem solchen Frieden, dass ich mehrmals dachte, alleine schon dadurch könne Heilung geschehen. Heil sein stelle ich mir als mit mir im Frieden leben vor. Und im Frieden bin ich, meine ich, wenn ich den Sinn meines Lebens in mir selber finde.

Ich begriff, wie kategorisch ich meine Lebensberechtigung von Knöll abhängig machte. Das kann nicht gesund sein – nein, es ist zerstörerisch.

Ich musste mich emotional unabhängiger machen, mich selbst und nicht länger Knöll für mein Heil und Glück verantwortlich machen.

Dazu brauchte ich Abstand, Einkehr, viel Zeit mit mir ohne Ablenkung, Hilfe. All das fand ich hier in Kassel.

Hier strich ich schon in den allerersten Tagen das Wort »unheilbar« aus meinem Vokabular. Seit meiner Ersterkrankung lebte ich mit der von meinem damaligen Behandler vorgetragenen Überzeugung: Metastasen = unheilbar. Und das interpretierte ich als: = sterben. Jetzt heißt das für mich: Metastasen = chronisch krank, und der Rest gilt wie für jeden anderen Menschen auch: Wir wissen, dass wir sterben, aber wann … ? Ich bin chronisch krank, Hannelore, und damit stehe ich in einer Reihe mit Diabetikern oder Nierenkranken. Ich kann Dir gar nicht sagen, wie viel besser sich das anfühlt! Ich habe nicht mehr so sehr ein mögliches Ende im Blick. Der Satz: »Das lohnt sich nicht mehr« hat in meinem Leben keinen Platz mehr. Gleich nach meiner Rückkehr werde ich mir neue Brillengläser bestellen, da ich durch meine jetzigen schon lange nicht mehr richtig gucken kann. Ich dachte, eine so teure Anschaffung lohne sich für mich nicht mehr. Verrückt, oder?

Der Weg zu mir selbst, zu mehr Autonomie, zu mehr emotionaler Unabhängigkeit von Dieter, war durchaus von schmerzhaften Selbsterkenntnissen gespickt. Sehr deutlich konnte ich meine eigene Verantwortung an den Entwicklungen der letzten Zeit erkennen, meinen eigenen Anteil daran, dass ich Knöll schon lange keine gleichberechtigte Partnerin mehr bin (mit allem Verlust an Respekt, den das für beide Seiten bedeutete). Ich muss eine Menge Bequemlichkeit aufgeben, wenn ich der schleichenden Entmündigung Einhalt gebieten will. Für Knöll wird es nicht leicht sein zu verstehen, wo Fürsorge aufhört und Entmündigung beginnt, und für mich heißt es nun, auch wieder alltägliche Verpflichtungen zu übernehmen. Ich habe Knöll Letzteres zugesagt und ihn im Gegenzug um Unterstützung gebeten, wieder gleichberechtigter leben zu können. Dazu gehört unbedingt auch, dass ich mir mit Knöll die Verantwortung für unsere Finanzen wieder teile und das setzt voraus, dass ich mir wieder einen Überblick verschaffe. Das wird nicht leicht, denn ähnliche Versuche sind bislang gescheitert. Dieter zeigte sich nicht wirklich kooperativ.

So sehr ich auch Freude an meiner eigenen Weiterentwicklung habe, so sehr hatte ich auch Angst davor, wie sich das auf uns als Ehepaar auswirken könnte. Wenn Knöll auch unter meiner Abhängigkeit und vor allem der daraus resultierenden Unzufriedenheit gelitten haben mag, aber es ist das, was er kennt, was ihm vertraut ist. Wie wird er jetzt mit der Veränderung umgehen?

Ich war mir des Risikos bewusst und suchte nach Wegen, Knöll mit ins Boot zu holen. Wie so oft in letzter Zeit, schienen sich die Dinge zu fügen. Ich entdeckte ein Buch: Hartwig Hansen, Respekt – Der Schlüssel zur Partnerschaft, las es und erhielt neue Impulse. Am Ende kaufte Knöll sich auch das Buch, schien

überzeugt und konnte sich eine Paartherapie bei dem Autor, der zufällig in Hamburg arbeitet, vorstellen. Er vereinbarte einen Termin gleich für die erste Woche nach meiner Rückkehr. Ich kann Dir gar nicht sagen, wie glücklich und hoffnungsfroh mich das macht!
So freue ich mich auf die Chance, uns den respektvollen Umgang miteinander zurückzuerobern.
Eine leise, unterdrückte Sorge bleibt: Heinz-Dieter hat ja schon sehr konkret mit Amerika geliebäugelt. Was ist, wenn mein Wille, nun doch noch lange zu leben, nicht nur Freude in ihm auslöst? Was ist, wenn mein Gefühl, keinen Platz mehr in seinem Leben zu haben, der Wahrheit näher kommt, als Knöll es vielleicht vor sich selber eingestehen mag? Ich habe Angst, wenn ich so denke. Aber es entspricht meinem Fühlen.
Letztlich muss sich dann zeigen, wie tragfähig der in mir selbst begründete Lebenswille ist. Ich wünsche mir aber doch vor allem einen gemeinsamen Weg. Ich liebe ja meinen Knöll!
Einer der hiesigen Ärzte schenkte mir ein Buch, dessen Autor er ist. Darin finde ich ein Hölderlin-Zitat:
»*Wo aber Gefahr ist, wächst das Rettende auch.*«
Hölderlin dürfen wir einfach nicht enttäuschen, finde ich.
Liebe Hannelore, ich weiß nicht, ob ich es Dir bei unserem letzten Telefonat schon berichten konnte: Es hat sich hier in Kassel herausgestellt, dass von den drei Hirnmetastasen nur noch eine einzige erkennbar ist. Noch vor einem halben Jahr, als das letzte MRT sechs Monate nach der stereotaktischen Bestrahlung gemacht worden ist, zeigten sich alle drei, und es galt als Erfolg der Bestrahlung, dass sie nur unwesentlich gewachsen waren.
Der Erfolg hat wie immer viele Väter. Denkbar ist sicher, dass die Bestrahlung noch nachgewirkt hat. Es könnte auch an dem brandneuen Medikament (Lapatinib) liegen, das ich seit einem halben Jahr nehme, nachdem sich zu den soliden Hirnmetastasen nun auch welche im zentralen Nervensystem eingenistet haben sollen. Ich glaube, dass das alles stimmt, bin aber ebenso sicher, dass meine neue Lebenseinstellung erst alles möglich macht.
Ich hatte eine sehr gute Zeit hier, in der ich das Vertrauen in mich selbst und meine Möglichkeiten zurückgewonnen habe.
Hannelore, hab Dank für Deinen Anteil daran!
Ganz herzliche Grüße, noch aus Kassel,
Deine Gabi

13.2.09

Tagebucheintrag
Meine Kur neigt sich dem Ende zu. Heute war das abschließende Arztgespräch.
Die Ärztin freut sich, dass es mir so gut geht.
Ja, sage ich, zu Hause habe ich mich – besonders nach der Diagnose der Metastasen im Zentralnervensystem und der damit verbundenen Prognose von maximal sechs Monaten Lebenszeit – vor lauter Fürsorge – kränker gefühlt als ich sei. Das habe irgendwann eine Eigendynamik entwickelt, an deren Ende ich ein Bild erfüllt habe, das man von mir als Sterbenskranker, als Todgeweihter hatte, das aber nichts mehr mit mir zu tun gehabt habe. Ich habe den Druck gespürt, bald sterben zu müssen, um die Erwartung meines Mannes an mich zu erfüllen. Dieser Sogwirkung unter anderem sei ich mit meinem Aufenthalt in Kassel entflohen, was mir aber auch erst hier mit dem Abstand klar geworden sei. Hier, wo niemand mir voreingenommen begegnet sei, wo mich niemand für schwächer und unfähiger hielt als ich war, wo mir niemand fürsorglich die Entscheidung abgenommen habe, was ich alleine könne und was nicht, wo man einfach mit Selbstverständlichkeit erwartet habe, dass ich für mich selber die Verantwortung trage, habe ich das Vertrauen in mich und meine Fähigkeiten zurückgewonnen und entsprechend gehandelt.
Hier habe ich plötzlich erlebt, dass sich auch Patienten, die nichts »im Kopf« hatten, in der Etage vertan hätten und dann versuchten, das falsche Zimmer zu öffnen, dass Menschen ausgerutscht oder gestolpert sind, ohne dass man dies auf Vorgänge in ihrem Kopf geschoben habe. Ich habe beobachtet, wie oft andere etwas vergessen haben, nach einem passenden Ausdruck gesucht haben oder Probleme hatten, das Schlüsselloch auf Anhieb zu treffen. Alles ganz normal, durfte ich zu meiner Entlastung feststellen.
Ich berichte Frau Dr. H., dass ich mich manchmal wie der Jude von Andorra gefühlt habe: Jedes alltägliche Vorkommnis sei mit meiner Erkrankung erklärt worden, bis ich anfing, mich selber kritisch zu beobachten und zuhauf Beweise meiner fortschreitenden Erkrankung fand.
Es sei auch erstaunlich gewesen, wie viele Menschen, auch Ärzte, mein Spiel: »Das lohnt sich ja doch nicht mehr« mitgespielt hätten.
Das sei nun hier ganz anders gewesen.
Man habe nichts einfach als gegeben hingenommen und mir jede Unterstützung gegeben, das angeblich Unvermeidliche, wie mein »Humpelbein«, die Sensibilitätsstörungen und meine zusitzende Nase, den schmerzenden Trigeminus. Ja auch meine Gleichgewichtsstörungen seien bearbeitet worden. Der Erfolg ist beeindruckend:

Die Symptomatik hat sich in diesen vier Wochen wieder eingependelt auf die im Sommer diagnostizierten Koordinationsstörungen, nachdem sich seit der Diagnose: »Metastasen im Zentralnervensystem« aus diesen fast unauffälligen Störungen eine echte Humpelei mit schmerzhaften Folgen von Fehlbelastung entwickelt hatte.
Wie wurde das Wunder vollbracht? Ganz einfach, gezielte Krankengymnastik, Bewegungsbäder, Akupunktmassagen und vor allem der zurückgewonnene Glaube an mich selbst.
So ganz nebenbei hat die überraschende und frohe Botschaft, dass zwei der drei Hirnmetastasen im MRT nicht mehr gesichtet wurden, den Aufwärtstrend natürlich begünstigt.
In den Psychotherapien wurden die Grundlagen dafür erarbeitet, mit neuer Lebenseinstellung, neuen Überzeugungen, gestärktem Bewusstsein für meine Eigenverantwortung neue Lebensziele auch nach meiner Rückkehr anstreben zu können.
Ich fühle mich zufrieden, wie neu geboren und hoffnungsfroh.
Nach dem Gespräch liege ich auf meinem Bett und ich denke über den »DDR-Effekt«, meine Beteiligung an diesem Spiel nach: Hilfsbedürftigkeit liegt nahe, entsprechende Hilfe wird angeboten, man nimmt sie als Fürsorge dankbar an, man beginnt seinen Gewinn daraus zu ziehen, es ist ja auch bequem, man wird unselbständiger, gibt mit jeder erfahrenen Hilfe ein weiteres Stück an Eigenverantwortung ab, bis man am Ende nicht nur unselbständig, sondern auch unmündig, unfrei ist.
Wie dicht Fürsorge und – durchaus mitverantwortete – Entmündigung liegen, denke ich plötzlich, als mir eine Szene einfällt, in der Dieter mich bei Glatteis zu einer Nachbarin begleitet und das erklärt mit dem Hinweis: »Gabi braucht nämlich jetzt immer einen Erwachsenen an ihrer Seite, stimmt es, Gabi?«
Das ist Schnee von gestern.
Mein Leben ist jetzt.

Auf Höhenflug folgt Absturz

17.2.09

Tagebucheintrag
Eigentlich wollte ich mit meinen Erfahrungen in der Habichtswaldklinik meine »Nabelschau« beenden, weil ich alles auf einem guten Weg glaubte.

Das Leben schreibt aber offenbar seine eigenen Drehbücher und hält sich zuweilen wenig an unsere Planungen.

Was mich nach der Rückkehr aus Kassel erwartete, hatte ich nicht vorgesehen, aber wohl doch geahnt bzw. befürchtet – und verdrängt.

Ich stehe jetzt vor der Aufgabe »Loslassen für Fortgeschrittene«, nachdem ich in Kassel offenbar nur den Einsteigerkurs belegt hatte.

Was ich meine, versuche ich hier nach vielen Wochen im Schockzustand und Gefangensein in Verzweiflung nachvollziehbar darzustellen:

Unsere Kinder hatten mir zu Weihnachten ein gemeinsames Wochenende im Harz geschenkt. Direkt von Kassel aus fahre ich dorthin und treffe dort, nach vier Wochen Trennung, auch auf Dieter. Ich bin erfüllt von meinen hoffnungsfrohen Gedanken, freue mich riesig auf das Wochenende, finde, dass das so ein sanfter Übergang vom außergewöhnlichen Kurleben zurück in den Alltag ist. Ich freue mich sehr auf Knöll und meine Kinder.

Knöll und ich traben händchenhaltend unter strahlend blauem Himmel durch Schnee und Eis auf den Brocken, während die Kinder eine moderne Variante der Schnitzeljagd spielen. Wir (oder vielleicht muss ich anfangen zu sagen »Ich«) erfreuen uns an ihrem Lachen, an ihrer Freude miteinander. Was haben wir nur für ein Glück mit diesen Kindern und Schwiegerkindern!

Ich bin glücklich und möchte so gerne, dass Knöll es auch ist. In seine Freude auf mich hatte sich in den letzten E-Mails so oft Skepsis gemischt, dass ich unsicher bin, was nun in ihm vorgeht. Vor allem ein während der Kur verdrängtes Gespräch marschiert plötzlich zwischen uns mit durch die winterliche Idylle:

In der Nacht vor meiner Abreise zur Kur lagen Knöll und ich eng umschlungen im Bett. Ich fragte ihn, wie es ihm denn bei dem Gedanken gehe, dass ich nun für drei Wochen fort sein würde. Er habe Angst, meinte Knöll. Angst wovor, wagte ich zu fragen. »Ich habe Angst davor, dass ich mein Leben wieder umstellen muss, wenn Du zurückkommst.« Damit hatte ich nicht gerechnet. Die Umarmung fühlte sich plötzlich falsch an. Knöll spürte meine Erstarrung und meinte: »Siehst Du, wie ich es mache, ist es falsch. Jetzt habe ich geantwortet und es war nicht richtig, antworte ich nicht, ist es auch nicht richtig.« Sprach es, drehte sich um und schlief auf der Stelle ein.

Jetzt in der Winterlandschaft frage ich ihn, wie es ihm denn nun damit gehe, dass ich zurückkomme. Seine Antwort – händchenhaltend: »Also, ich muss schon sagen, dass ich es genossen habe, nicht mit Dir zum Sport fahren zu müssen. Es hat mir schon gefallen, dass ich den Tag einteilen konnte, wie ich wollte. Und außerdem habe ich festgestellt, dass ich Dich wirklich nicht brauche.« Wenn er wenigstens so was hinterher schicken würde wie: »Aber jetzt bin ich froh, dass Du wieder da bist.« Nein, nichts dergleichen kommt, eiskalt stehen die Worte in der Luft. Ich frage: »Und was heißt das jetzt für Dich?« Ich erwarte, er werde mir die Trennung vorschlagen, aber er sagt: »Dass Du ruhig sterben kannst.«

Ich bin seine Frau, nicht seine Therapeutin. Ich bin so getroffen, dass ich das nicht hören will. Die Situation ist surreal – händchenhaltend.

Ich füge zu dem Zeitpunkt die Ereignisse nur wie Bilder aus dem Leben einer Fremden zusammen. Mit mir kann das, darf das nichts zu tun haben!

Ich habe mich auf Hoffnung programmiert und eliminiere alles, was da nicht reinpasst.

Jürgen und Dana fahren vom Harz aus mit in den Norden. Sie wollen für einige Tage nach Sierksdorf und bleiben einen Tag bei uns in Lüneburg.

Bis zu meiner Erkrankung war ich der Finanzexperte in unserer Ehe. Als ich krank wurde, habe ich Dieter die Verantwortung dafür praktisch von heute auf morgen überlassen. Jürgen soll mir nun helfen, wieder einen Einblick in unsere Finanzwelt zu schaffen, nachdem meine bisherigen entsprechenden Rückeroberungsversuche gescheitert sind. Ich habe keine Ahnung, welche Konten aktuell existieren, dem Stand der Hausfinanzierung, weitere Kredite, Versicherungen, etc. Ich brauche jemanden an meiner Seite, der erklärt, zeigt und mit mir online Banking übt und eben nicht nur mit Mouse-Klickel-Klackel in rasender Geschwindigkeit vorführt, dass ich zu blöd dafür bin. Dieter erwartete von mir, dass ich mir die notwendigen Informationen selber verschaffe. Er sei nicht mein Sekretär. Unser Leben im Ausland brachte in den letzten Jahren zusätzlich Unübersichtlichkeit.

Ich habe seit dem Beginn meiner Erkrankung zu viel meiner Eigenständigkeit aufgegeben, die ich nun allmählich zurückerobern muss. Es gab Zeiten, da war ich so mit den Folgen verschiedener Behandlungen beschäftigt, dass mich das auch überhaupt nicht interessiert hat, mir auch die Kraft dafür fehlte. Mitverantwortung setzt aber Mitwissen voraus. Jetzt bin ich so weit, dass ich mich der Herausforderung stelle. Hinterher werde ich glücklich sein, wieder etwas gelernt zu haben und wieder ein Stück unabhängiger zu sein. Mir kommt es so vor, als wolle ich etwas ganz Außergewöhnliches tun, dabei ist es doch eigentlich so selbstverständlich.

Am Ende der Prozedur habe ich durch Jürgens Hilfe ganz schnell verstanden, dass online Banking überhaupt keine Zauberei ist. Ich kenne unsere verschiedenen Konten wieder mit Verwendungszweck, kann nachvollziehen, wo unsere Gelder geblieben sind, habe aber noch viele Fragen an Dieter, die ihn nicht glücklich machen. Dieter bestätigt nur, was wir direkt erfragen bzw. was wir selbst herausfinden. Die Stimmung ist folglich sehr angespannt.

Am Ende bleibt die Frage: Was ist in den letzten Monaten in Dieter vorgegangen? Vordergründig sieht das alles für mich beängstigend aus, als lebe Dieter wirklich ein Leben neben mir, nicht mit mir. Eher gegen mich. Aber noch schüttel ich nur verzweifelt nach Antworten suchend den Kopf. Das ist doch nicht mein Dieter!

Jürgen bleibt ruhig, wenn auch erkennbar zunehmend gestresster, da er seinen Vater so noch nie erlebt hat. Ich bin hin- und hergerissen zwischen meinem schlechten Gewissen, Jürgen in diese Situation gebracht zu haben (wieso eigentlich ich !!!) und Erleichterung, diesen Ausbruch nicht alleine aushalten zu müssen, erstmals Zeugen zu haben für das, was ich bislang glaubte, geheim halten zu müssen, um die Kinder zu schonen und weil es ohnehin niemand glauben würde. Das passt so ganz und gar nicht zu dem Bild der Sanftmut und Fürsorge, das Dieter nach außen von sich zeichnet und das ja – auch – stimmt.

Dieter verliert zunehmend an Contenance. Es ängstigt mich ungeheuer, seine Verwandlung zu sehen. Er ist jetzt ein Raubtier, das seinen Instinkten folgt, was besonders gefährlich ist, da das Raubtier mit dem Rücken an der Wand steht. Dieter ist gefangen in sich selbst zum Erbarmen und Fürchten.

Was ist da passiert und warum?

Jürgen und Dana »fliehen« nach Sierksdorf.

Ich glaube, in dieser Nacht schläft Dieter nicht. Er ist stocksteif, ein Bündel an Aggression und Abwehr.

Warum, was habe ich ihm getan?

Am nächsten Morgen steht er sehr früh auf, geht in sein Büro, frühstückt nicht, ist furchtbar rastlos und sortiert Aktenordner. Ich gehe zu ihm und sage: Guten Morgen. Er dreht sich zu mir um mit einem völlig entmenschlichten Gesicht. So habe auch ich ihn noch nie erlebt. Auch ich spüre Fluchttendenzen. Er muss überhaupt nicht nachdenken, um mir auf meinen harmlosen Gruß hin entgegenzuschleudern: Du erschreckst mich und ich soll mich jetzt auch noch entschuldigen?!

Das ist so absurd, dass ich damit nicht umgehen kann. Ich haue ab aus seiner Reichweite.

Dann fährt Dieter zur Post und verblüfft mich damit, dass er mir das mitteilt. Das passt nicht zu seiner Stimmung und seinem üblichen Verhalten in Situationen, in denen er sauer mit mir ist.

Gerade als Dieter von der Post zurückkommt, werde ich wie geplant von Ulla abgeholt. Wir sind bei Ilka zu unserem 14-tägigen Quartettessen verabredet.

Er wünscht uns viel Spaß.

17.2.09

Schon wieder ein Drama
Gegen 15.00 Uhr ruft Eva bei Ilka an. Sie sei in unserem Haus, Dieter habe sich selber in die Psychiatrie eingeliefert, um sich vor einem Suizid zu schützen. Lähmendes Entsetzen und doch bin ich auch erleichtert. Jetzt kann ich die Verantwortung abgeben. Dieter sei in letzter Sekunde in sein Auto gestiegen, weshalb Eva jetzt die Tabletten wegräumen möge, die noch in der Küche liegen. Ebenso einen an mich adressierten Brief.
Man kann nun in einer solchen Situation kein faires Schreiben erwarten, aber was ich da lese, empfinde ich als so abstrus in den Anschuldigungen gegen mich, dass ich es nicht auf mich beziehen kann. Inmitten der Vorwürfe findet sich der einzige Satz, der so was wie Selbstkritik sein könnte. Er wisse, dass er mich finanziell hintergangen habe. Diese schlichte Anmerkung verstehe ich als Offenbarung für den eigentlichen Auslöser seines destruktiven Fluchtversuches. Allerdings führt die Bemerkung dazu, dass ich zwei Wochen lang Schweißausbrüche bekomme, wenn ich nur in die Nähe der Kontoausdrucke komme, die ich noch sichten muss, um halbwegs einen Einblick in unsere Finanzen zu bekommen. Ich habe Angst. Ich will nichts entdecken. Ich will auch nicht Detektiv spielen.
Nach eineinhalb Wochen wird Dieter entlassen.
Eine neue Zeitrechnung beginnt.
Zu groß waren meine Hoffnungen.
Ich bin verwundet, verletzt, schockiert.
Und dabei hätte ich es bei etwas nüchterner und realistischer Betrachtung ahnen, wenn nicht gar wissen müssen.
Meinem Gefühl nach will Dieter schon seit einiger Zeit kein wirklich gemeinsames Leben mit mir, zumindest nicht mit ganzem Herzen.
Seine »befremdlichen« Begrüßungssätze, händchenhaltend im Harz, waren kein Versehen. Sie waren Ausdruck seiner Zerrissenheit. Vielleicht waren sie der Einstieg in eine »ehrlichere« Runde.
Was ich so gerne überhört und überfühlt haben wollte, lässt sich nicht mehr vertuschen. Ich habe meine Position für mich geklärt und ehrlich kommuniziert, wie ich mir unser Miteinander wünsche, was ich zu ändern mich bereit fühle. Dieter aber hat nichts klar. Da kämpfen verschiedene Mächte in ihm, derer er sich, so scheint es mir, nicht bewusst ist, die aber gerade deswegen ihre Kraft völlig unkontrollierbar in ihm entfalten, gegen mich, aber auch gegen sich selbst.
Besonders absurd mutet es an, dass ich die Rettung unserer Probleme so nahe glaubte, da wir in zwei Tagen einen Termin bei den Hamburger Paartherapeuten hätten.

Noch während Dieter im Krankenhaus ist, habe ich entdeckt, dass er mich nicht nur hintergehen kann mit Dingen wie ein Auto kaufen, Kredite aufnehmen, Festgelder auflösen beziehungsweise nicht verlängern und etwa 500 bis 1.000 Euro pro Monat für Autozubehör und irgendwelchen Scheißkram im Internet bestellen (was ihm möglicherweise in der Summe gar nicht bewusst geworden ist, da sie sich tatsächlich aus vielen Kleckerbeträgen zusammensetzt), während er mir gegenüber unablässig die zwingende Notwendigkeit zu sparen betont. Er hat mich zur Sparsamkeit aufgefordert und sich gekauft, was er sich meinte gönnen zu müssen. Weil er ja ein so hartes Schicksal hat. Ich kann meine Verurteilungen eines solchen Handelns kaum in sozialverträgliche Worte fassen.

Richtig niedergeschmettert hat mich aber die Entdeckung, dass Dieter in der Lage ist, mich geplant und gezielt auch über einen längeren Zeitraum zu hintergehen, Lügengeschichten zu entwickeln und mit hohem Aufwand seine wahren Absichten zu vertuschen. Der Nachvollzug von Geldtransfers und E-Mails an mich legte ein von mir nie für möglich gehaltenes Verhalten meines Mannes offen:

Während Dieter durch seine E-Mails, die er mir nach Kassel schickte, den Eindruck erweckte, er habe gerade bei eBay ein Auto entdeckt und habe dieses Schnäppchen schnell kaufen müssen, stand das Auto längst in unserem Carport. Schon vor Weihnachten, am 20. oder 21.12.08 hat Dieter das Auto über eBay gekauft, am 13.1.09 bringt er mich nach Kassel und spielt die Geschichte vom notwendigen Rückzug zur Besinnung in schwerer Lebenslage vor, um damit den Rücken frei zu haben für die Heimholaktion des Autos. Am 14.1.09 fährt er nämlich zu diesem Zweck mit dem Zug nach Karlsruhe. Seiner Tochter sagt er, er könne sich nicht mit ihr treffen, da er sich in Hamburg in einem Museum ablenken wolle. Jürgen teilt er mit, er habe doch angekündigt, nicht erreichbar zu sein, da er nachdenken müsse. Am 15.1. taucht er wieder auf und verkündet mir per E-Mail das Ergebnis seines »Nachdenkens«. Auch fühle er sich so langsam wieder lebendig. Am 19.1. berichtet er, er habe einen Oldtimer bei eBay entdeckt, am 20.1. erfahre ich, er habe das Auto – entgegen meiner Bitte bis nach meiner Kur zu warten – bereits gekauft. Es sei sehr gut erhalten, schreibt er. Mit dem Hinweis »so steht es da«, erweckt er den Eindruck, als wisse er das tatsächlich nur aus der eBaybeschreibung.

Seiner Tochter, die sich verwundert zeigt, dass er ihr das Auto schon einen Tag nach dem angeblichen Kauf vorführt, erklärt er, der Besitzer habe es ihm vorbeigebracht.

Das hat was von krimineller Energie, oder? So kenne ich Dieter nicht!

Ich vermute darin einen Grund dafür gefunden zu haben, warum ihn mein Wunsch nach Konteneinblick derart aus der Fassung gebracht hat.

Schlimm ist, dass mir jetzt nicht nur für die Zukunft Vertrauen verloren geht. Vielmehr versehe ich auch so manches in der Vergangenheit mit Fragezeichen. Ist es meine Aufgabe, Erklärungen für sein Verhalten zu suchen? Ich kann das nicht. Ich bin zu sehr betroffen, verletzt, wütend.

Zumindest habe ich das sichere Gefühl, dass es mir auf dieser Basis nicht möglich ist, nach nur wenigen Tagen Krankenhausaufenthalt nach Dieters Suizid-Idee einfach zurückzuspringen und wieder vertraut zusammen zu leben unter einem Dach. Ich kann nicht glauben, dass man Dieter einfach so wieder nach Hause lassen will. Ich bin plötzlich zu einer Klarheit fähig, die ich oft an mir vermisse. Ich erkläre Dieter, dass ich mich so zu keinem Zusammenleben in der Lage fühle, aus Selbstschutz. Ich liebe ihn, sehr sogar, aber nun müsse er etwas für sich und uns tun. Das, was zu seiner Suizid-Idee geführt habe, sei ja nicht plötzlich weg. Ja, was er denn tun solle? Meine klare Antwort: 1. Sich einen neuen Therapeuten suchen. 2. Der Klärung seiner Haltung mir gegenüber und damit seiner Heilung eine Chance geben durch einen längeren Klinikaufenthalt oder Kur und 3. Getrenntes Wohnen bis zum Kur-Beginn.

Diese Zeit müsse ich selber nutzen, um mich wieder zusammenzusammeln. Ich fühle mich zerbrochen, sage ich ihm.

Dieter beantragt tatsächlich eine Kur, aber es könne eine Weile dauern, bis er die antreten könne. Bis dahin schlägt er vor, in Sierksdorf zu wohnen. Damit bin ich einverstanden.

Ich versuche Hilfe für mich zu finden, vergeblich. Ich erlebe jetzt das am eigenen Leib, was mir zuvor schon des Öfteren meine Patienten berichteten, nämlich die Unmöglichkeit, Hilfe zu erhalten. In meiner Verzweiflung rufe ich sogar in der Institutsambulanz der psychiatrischen Klinik an. Das Angebot lautet allen Ernstes: In einer Woche können wir Ihnen ein fünfminütiges Gespräch anbieten, in zwei Wochen eines von etwa einer Stunde. Als ich meinte, bis dahin halte ich das nicht aus, schlug man mir schnodderig vor, ich könne mich ja auch einweisen lassen.

Wie, und dann haben die plötzlich Zeit für mich?

Ich erhalte viel Unterstützung von geduldig zuhörenden Freunden und Bekannten, Gott sei Dank! Ich fürchte, ich war keine erquickende Unterhalterin in jenen Wochen.

Dieter und ich beginnen mit der Paartherapie. Er kommt von Sierksdorf und ich in Begleitung einer Freundin von Lüneburg aus nach Hamburg. Insgesamt fünf Sitzungen von je anderthalb Stunden sind dem Versuch gewidmet, uns zu einem respektvolleren Umgang miteinander zu verhelfen und der Klärung der Standpunkte, welche Erwartungen wir aneinander und an ein gemeinsames

Leben haben. Wortreich antwortet Dieter in diesen Sitzungen nur, wenn es um seine Hobbys und Interessen geht. Fragen, die sich auf uns oder sein Innenleben beziehen, beantwortet er überwiegend mit: »Ich verstehe nicht, was Sie meinen«, »Was wollen Sie jetzt von mir hören?« oder »Weiß ich nicht.« Wird ihm eine Deutung angeboten, antwortet er: »Vielleicht«. Seine Hilflosigkeit wird im Laufe der Sitzungen auch die meine.
Ich kann Dieter nicht erreichen, so wie es auch den Therapeuten nicht gelingt. Ich kann nur meine Erwartungen beeinflussen, sonst gar nichts. Ich kann unglücklich sein über dieses Leck an Reflexionsfähigkeit und Diskussionsbereitschaft, ich kann aber auch akzeptieren, dass es so ist und mich darauf einrichten. Ich versuche mir auch ein Leben ohne Dieter vorzustellen, um den Problemen auszuweichen, um meine Kraft ganz meiner Gesundung zu widmen. Ich spüre, dass ich nicht die Kraft für zwei Baustellen habe. Ich betrachte mein temporäres Alleine-Leben als Testlauf. Ich bin erstaunt, wie gut es mir dabei geht. Ich meine, ich könnte gut alleine leben, aber ist es das, was ich will, was mich glücklich macht? Es gibt zu viel Gutes zwischen Dieter und mir, immer noch, als dass ich die Beziehung aufkündigen möchte. Ich liebe ihn, habe nur warme, zärtliche Gefühle, wenn ich ihn ansehe. Bin ich bekloppt oder ist das die große Liebe?
Dieter stellt meine Liebe in diesen Wochen auf eine ungeheure Probe. Er wohnt zu Beginn tatsächlich in Sierksdorf, doch ab Mitte März zunehmend wieder in Lüneburg. Ich kann verstehen, dass ihm dort die Decke auf den Kopf fällt. Ich werde abwechselnd mit heißen und eiskalten Duschen überschüttet, erhalte rührende Liebesbriefe und dann wieder Tritte gegen das Schienbein. Ich bin in den Phasen, in denen er mir freundlich und liebevoll zugewandt ist, immer sehr schnell bereit zu vergessen, möchte einfach zu gerne die alte Glückseligkeit wiederhaben und greife dankbar nach jedem Zipfel. Dieter hat diese Sehnsucht auch, jedoch nur mit einem Teil seiner Person. Dass er selber seine Zerrissenheit spürt, viel klarer als ich zu dem Zeitpunkt, da ich vor lauter Getroffensein durch seine widersprüchlichen Aktionen keinen klaren Blick habe und nur verwirrt bin, macht mir ein Erlebnis deutlich. Nach dem Schüler-Amoklauf in Winnenden ruft Dieter mich an und meint, er sehe jetzt das Hausnerbild (Rudolf Hausner, österreichischer Maler) Adam (das Bewusstsein) und sein Maschinist (das Unbewusste), das in unserer Ferienwohnung hängt, mit völlig neuen Augen. Er glaube, auch er habe zwei Anteile in sich, so wie der Amok-Schüler wohl auch. Dieter wird das Thema nie wieder aufgreifen, nie eine nähere Erklärung geben, was er gemeint habe. Mir aber wird schlagartig klar, dass in Dieter das ihm Bewusste mit dem Unterbewusstsein kämpft. Der bewusste Dieter/Adam liebt mich von Herzen und will mit aller

Selbstverständlichkeit unterstützend an meiner Seite sein, so wie er das ja auch vorbildlich während der Zeit meiner Ersterkrankung war und auch bis heute in langen Phasen ist. Sein Maschinist jedoch nimmt es mir sehr übel, dass ich ihm mit meiner Erkrankung seinen Traum vom Leben im Ausland verderbe, ausgerechnet jetzt, wo er, da die Kinder doch auf eigenen Füßen stehen, und die Folgen der Fusion von Fachhochschule und Uni starke Unzufriedenheit auslösen, neu durchstarten möchte. Wenn nicht jetzt, wann dann? Denn sein Alter setzt ihm ebenfalls Grenzen für eine Neuorientierung. Diese Trilogie aus Alter, Arbeitsfrust und meiner stetig deutlicher fortschreitende Erkrankung mit entsprechenden Einschränkungen und dem ewigem Hin und Her zwischen Hoffen und Bangen, neuem Lebensmut und sich aufgeben wollen, mobilisieren den Maschinisten zur Höchstform. In Heinz-Dieters Aktionen siegt mal Adam, aber in den letzten zwei Jahren zunehmend brutal der Maschinist. Und der arme Dieter ist völlig zerrissen von diesem inneren Kampf, dessen Inhalt ihm unbewusst bleibt, den er kaum steuern kann. Das ist mein Erklärungsversuch, der mir jedenfalls sein Verhalten während der letzten zwei Jahre, dem zweiten Jahr in Istanbul und dem Jahr seit unserer Rückkehr nach Deutschland, nachvollziehbarer macht und deswegen ein wenig entlastet.

In der letzten Sitzung der Paartherapie, in der es am Schluss darum ging, wie wir unseren Kontakt während Dieters Kur gestalten wollten, führten Dieter und ich abschließend deutlich vor, wie der Umgang mit Verantwortung bei uns gehandhabt wird. Dieter war nicht bereit, auch nur einen einzigen Vorschlag zu machen. Er habe da überhaupt keine Vorstellungen, man müsse doch auch nicht aus allem ein Problem machen, ich solle sagen, wie ich es haben wolle, und er habe dann überhaupt kein Problem damit, sich danach zu richten. Ich hatte eine präzise Vorstellung, nämlich, dass wir den Kontakt auf eine E-Mail pro Woche begrenzen. Die Versuche des Therapeuten, Dieter zu einer klaren Stellungnahme zu bewegen, scheiterten. Dieter betonte, er mache das ganz, wie ich wolle. Ich konnte und kann einfach nicht begreifen, wie sich jemand so hartnäckig selber in eine Situation der Fremdbestimmung bringt, die er dann aber beklagt und auch tatsächlich für sich subjektiv als belastend erlebt, dann aber wieder nicht bereit ist, darüber nachzudenken, dass er sich selber in diese Situation gebracht hat. Und in diesem Falle war Dieter sogar sehr beleidigt über meinen Wunsch, was er mir aber erst im Zug auf der Rückfahrt zeigte.

Das letzte Wochenende vor seinem Kur-Beginn wollten wir gemeinsam in Sierksdorf verbringen. Wir wollten dort viel Laufen, was ich dringend zu meiner Kräftigung brauchte und auch ein glückliches Wochenende verbringen, wo es uns doch insgesamt wieder so viel besser miteinander ging. Ja, es gab sogar viele sehr glückliche Momente. Aus dieser Stimmung heraus hatte Dieter das

Abschiedswochenende in Sierksdorf vorgeschlagen. Nun meinte er, wenn ich ja so offensichtlich keinen Kontakt zu ihm wolle, sei es besser, er führe jetzt schon weg. Kaum waren wir zu Hause angekommen, war daraus sein fester Entschluss geworden, auf keinen Fall mit mir nach Sierksdorf zu fahren.
Ich hatte durch ähnliche Stimmungsschwankungen der letzten Wochen mit jeweils großer Auswirkung auf meine Planungen inzwischen eine Dünnhäutigkeit entwickelt, dass ich jetzt schwanke zwischen verzweifelt, hoffnungslos-resigniertem Zusammenbrechen oder den Schritt in die Eigenverantwortlichkeit. Die Entscheidung ist kraftvoll und klar in Kürze getroffen. Ich rufe Uschi an und lade sie zu einem gemeinsamen Wochenende mit mir nach Sierksdorf ein. Uschi und ich verbringen dort schöne Tage. Wir laufen viel, und die Traurigkeit läuft nebenher. Als wir heimkehren, ist Dieter bereits unterwegs nach Kassel.

23.4.09

liebe inge,
ja, jeder einzelne deiner vielen punkte auf deiner to-do-liste wäre schon genug. die summe aller zu erledigenden aufgaben gibt schnell das gefühl der überforderung – wenn man sich das alles nicht in überschaubare teilaufgaben einteilt. ich schaffe mein leben zur zeit nur noch so. ich riskiere auch schon mal verärgerung, wenn ich kurzentschlossen etwas absage, weil es mir zu viel wird. insofern ist es also gut, wenn du so realistisch planst und feststellst, dass ein besuch bei mir einfach nicht drin ist.
…
wir waren gestern in hamburg zu unserer vorläufig letzten (wegen kur) paartherapie. ich bin am ende meiner kräfte und muss ab dem 28. 4., dieters kurbeginn, ausdrücklich mich selbst in den fokus meines tuns stellen. mit allen notwendigen arzt-behandlungs- und weiterbehandlunspanungsterminen ist das schon kräftezehrend genug, wie du ja selber weißt. manchmal habe ich keine lust mehr auf all diese anstrengung, dann wiederum, wenn ich gut geschlafen habe, bin ich wieder hoffnungsfroher, dann aber, wenn ich sehe, wie schlecht ich wieder schreibe, wie anstrengend alles ist … so schwanke ich zwischen hoffnung und resignation, zwischen tatkraft und abschlaffen, zwischen übernahme der verantwortung für mich selbst und dem sehnlichen wunsch, es möge mir jemand alles abnehmen.
ich kann es nicht glauben, was ich am ende meiner kassel-kur konnte – und was davon geblieben ist.
inge, mach du es besser!
lieben gruß, gabi

Inge an Gabi

26.4.09

Liebe Gabi,
also wirklich! Wieso glaubst Du, Du müsstest Dich in den Fokus stellen? Du beste aller mir bekannten Formulierungsfanatikerinnen und Analystinnen! Lies Dir das doch bitte noch mal selbst vor.
DU BIST DER FOKUS IN DEINEM LEBEN.
Dahin musst Du Dich nicht stellen, Du stehst schon längst und immer schon dort. Wenn diese Gewissheit verloren zu gehen droht, dann läuft irgendwas nicht mehr korrekt.
Nun hast Du diesen wahren Urzustand des Daseins ja in Kassel schon wiederentdeckt – und zwar so schnell, dass man das Gefühl hatte, es war nur noch ein winzig kleiner Schritt dahin. Aber Übung hattest Du ja in dieser Sicherheit noch nicht sehr viel. Dir brauche ich nicht zu erzählen, wie attraktiv der Sog alter Strukturen ist.
Jetzt kommt der gute Teil: Du bist den Weg schon einmal gegangen, Dein Körper, Deine Seele haben diese Erfahrung abgespeichert. Und sie wollen mehr davon, denn es fühlt sich gut und richtig an.
Es wird Dir nicht schwerfallen, Dich an all die Gedanken und Energien zu erinnern, die damit plötzlich wieder verfügbar waren. Es ist nach wie vor nur ein winzig kleiner Schritt, eine winzig kleine Änderung der Perspektive, die alles entscheidet. Alles ist da, Du darfst es nutzen und annehmen, zugreifen.
Gönn Dir erst mal eine Pause, komm zur Ruhe mit Deinen Gedanken und erinnere Dich Deiner Kraftquellen.
Dazu brauchst Du rein gar nichts zu tun, nur den Deckel lüften, mit dem Du Deine Lebenskräfte unten hältst. Und das kostet Dich so viel Energie, dass Deine Symptome nicht wirklich überraschen.
Also wirklich. Ich fass es nicht. –
Gib Dir die Erlaubnis, Deine Bedürfnisse zu leben. Und hol Dir die Brötchen beim Bäcker.
Ich schreibe später weiter. Aber das musste jetzt erstmal gesagt werden.
Liebste Grüße,
Inge

Getrennte Wege, gemeinsames Ziel?

Dieter an Gabi aus Kassel

4.5.09

Liebe Gabi,
gerade habe ich den Vortrag über Angst gehört. Er war interessant und einschläfernd zugleich. Mal sehen, was ich daraus lernen kann.
Ich habe jetzt zwei Gruppensitzungen hinter mir und weiß noch nicht so recht, was auf mich zukommt. Morgen beginnt die Körpertherapie in Einzel- und Gruppensitzung. Am Mittwoch kommt Ausdrucksmalen und Einzeltherapie dazu. Ich bin gespannt.
Gestern habe ich den kleinen Tobias besichtigt und bin mal wieder total begeistert von meinem Enkel. Er ist sooo süß. Die beiden machen das ruhig und fast routiniert. Das hat mich sehr beruhigt.
Liebe Grüße Dein Heinz-Dieter

Inge an Gabi

4.5.09

Wie schnell Du nun die nächsten Schritte tust, um Deine Autonomie wieder zurückzugewinnen, begeistert mich; ich erinnere mich, dass diese Schritte teilweise (?) mühsam sind und man sie geht, weil man weiß, dass die Richtung stimmt, während Herz und Gefühl noch im Schlamm stecken. Das erklärt auch die Anstrengung, die Du verspürst.
Aber der Weg (welcher es auch immer sein wird) entsteht beim Gehen unter Deinen Füßen.
Ich bin in Gedanken bei Dir.
Liebste Grüße,
Deine Inge

Gabi an Dieter

4.5.09

Lieber Dieter,
danke für die Weiterleitung der Grußkarte.
Danke auch für Deine Glückwünsche zu unserem Enkel.
Du bist heute seit einer Woche in Kassel. Wir hatten uns auf eine Begrenzung des Kontaktes auf einmal in der Woche verständigt. Ich bitte Dich, Dich an diese Absprache zu halten, solange nicht schnelleres Agieren nötig ist.

Dass mich die Vorkommnisse seit meiner Rückkehr aus der Kur über Gebühr strapaziert haben, ist kein Geheimnis. Jetzt muss ich alle Kraft – psychische und physische – aufwenden, mich um mich und meine Gesundheit zu kümmern.

Loslassen
Was man liebt muss man loslassen.
Kommt es zurück, war es nie fort,
bleibt es weg, gehörte es einem nie.
(Konfuzius)
Lieber Dieter: ich liebe Dich, aber meine Liebe alleine reicht nicht!
Deine Gabi

Inge an Gabi

8.5.09

Liebe Gabi,
ich denke nicht, dass Deine Welt zusammenstürzt, es ist vielmehr die unbekannte Sicht auf die Dinge, die so beunruhigend wirken kann. Ich fühle mich überhaupt nicht kompetent, Dir irgendwelche Ratschläge zu erteilen. Dafür bin ich umso mehr davon überzeugt, dass Du Deinen eigenen Weg finden wirst und auf diesem Weg auch die Rolle, die Du Deinem Mann dabei zudenken möchtest, neu erfühlen wirst. – Ich möchte Dein Vertrauen in Deine eigene liebenswerte Persönlichkeit, Deinen Lebenshunger und Deine bewundernswerte Kreativität noch mal (und gerne immer wieder neu) als das herausheben, was die Menschen an Dir anzieht und dauerhafte Bindungen jeder Art und Tiefe ermöglicht. Das alles löst sich nicht auf, wenn sich die Lebensumstände modifizieren. Sicherheiten jedweder Art gibt es für uns nicht, aber das Geschenk, dass wir leben, können wir immer wieder wahrnehmen, achten, nutzen. Es ist wie in dem einen Bild, das ich in Kassel gemalt habe: Es gibt noch so viele bunte Türen, die wir öffnen können, um zu sehen, ob für uns Attraktives dahinter wartet. Warum sollten wir einem anderen Menschen die Macht zuschreiben, darüber zu entscheiden, ob, wann und wie wir das tun??? …
Inge

Tagebucheintrag
Ich nehme diese Gedanken auf, lass sie wirken – und sie geben mir Kraft. Ich fühle mich gesehen und unterstützt.

Dieter an Gabi

10.5.09

Liebe Gabi,
  G egeben hast Du mir schon sehr viel in unserem gemeinsamen Leben.
  A ber ich habe Dir nicht immer die Wertschätzung gezeigt,
    die Du verdient gehabt hättest.
  B itte nimm das beiliegende Seidentuch, das ich für Dich bemalt habe,
    als Symbol für meine
  I mmerwährende Liebe zu Dir.
Dein
Heinz-Dieter

Tagebucheintrag
Hui, das überfordert mich! Ich weiß, ich sollte mich freuen über diesen Stimmungs– und Meinungsumbruch in Dieter. Aber irgendetwas stimmt daran nicht. Nicht nur, dass das so unvermittelt bei mir landet, auch, dass es so verharmlosend klingt, macht mir zu schaffen. »Mangelnde Wertschätzung« ist ein glatter Euphemismus für das, was uns die letzten zwei Jahre, insbesondere aber das letzte Jahr, begleitet hat. Aber ich muss vielleicht geduldiger sein. Eine kritische Betrachtung kommt vielleicht noch.
Am selben Tag kommen eine Karte und ein Blumenstrauß zum Muttertag an:

Liebe Gabi
Zum Muttertag möchte ich Dir danken, dass Du eine so tolle Mutter und Ehefrau bist. Ich wünsche Dir viel Kraft und die Fähigkeit, die schönen Dinge des Lebens zu genießen. Ich hoffe, dass mein Aufenthalt dazu beiträgt, dass wir wieder besser zueinander finden.
Viele liebe Grüße,
Dein Heinz-Dieter, der Dich sooo liebt.

Seltsamerweise habe ich nie ernsthaft daran gezweifelt, dass Dieter mich liebt bzw. mich lieben möchte. Nun drückt er es aus, aber es erreicht mich nicht wirklich, erzeugt nur Staunen und Verwunderung. Ich fühle mich nicht wirklich gemeint.

Michael an Gabi

10.5.09

Liebe Gabi,

als erstes natürlich einen herzlichen Glückwunsch zu Eurem dritten Enkel. Ich hoffe, er ist wohlauf, genauso wie seine Eltern. Einen lieben Gruß an dieselben, wenn sie denn mit unseren Namen etwas anfangen können.

…

Wie auch immer, es sind bis heute etliche Wochen ins Land gegangen, eine lange Zeit, wenn man auf eine Reaktion wartet.

Dabei war ich von dem, was Du geschrieben und mir anvertraut hast, wirklich sehr berührt. Und ich wusste und weiß zu schätzen, dass Du es mir als Allererstem zum Lesen gegeben hast. Deshalb wollte ich Dir sobald wie möglich antworten. Ich hatte mir die Tagebuchnotizen von Deinem Reha-Aufenthalt in Kassel ausgedruckt und auf jeder S-Bahnfahrt von und zur Arbeit darin gelesen. Spannend war es fast wie ein Krimi und ich konnte bisweilen kaum erwarten, am Abend bzw. am Morgen weiterlesen zu können/zu dürfen. Gleichzeitig war mir immer bewusst, dass es eben <u>nicht</u> um einen fiktiven Krimi ging, sondern um Dein höchst persönliches und ganz reales Leben. Was Du in Deinen Notizen festgehalten hast, hat mich wirklich gefesselt und an nicht wenigen Stellen habe ich über mich und meine Beziehung zu Daniela nachgedacht. Ich bin Dir sehr, sehr dankbar, dass Du mich an Deinem Leben, an Deinen Gedanken und Überlegungen, an Deinen Erfahrungen von Enttäuschung und wiedergewonnener Freiheit hast teilhaben lassen. Das Vertrauen, dass Du mir da entgegenbringst, ist mit nichts zu bezahlen und ich bin einfach nur froh, zu Deinen (engen) Freunden zählen zu dürfen.

Was mich ganz besonders freut, ist die Nachricht, dass es Dir auch körperlich besser geht. Ja, ich habe mir viele Sorgen gemacht und mache sie mir noch immer. Oft denke ich an Dich und wünsche mir/Dir so sehr, dass es wieder bergauf geht, dass Du wieder ein Leben ohne allzu große äußere Abhängigkeiten führen kannst. Eine ganz genaue Vorstellung davon habe ich nicht, inwieweit Du tatsächlich durch Deine Krankheit eingeschränkt bist. Deine Hinweise auf Dein ‚Humpelbein', Deine Sensibilitätsstörungen, Deine Trigeminusschmerzen und Deine ‚zusitzende' Nase geben mir aber eine grobe Idee davon, dass ein ‚normales' Leben z. Zt. nicht möglich ist.

Aber was ist schon normal? Viele Menschen leben mit unterschiedlichsten so genannten Behinderungen. Entscheidend finde ich ist, welche Einstellung man jeweils dazu findet, und was das betrifft, scheint mir, bist Du einen wesentlichen Schritt vorwärtsgekommen. Ich gebe zu, ich war etwas überrascht zu lesen, wie sehr Du selbst Deine Situation in den Monaten vor Kassel als nahezu

unveränderbar hingenommen hast. Offensichtlich hat auch Deine Umgebung ihren (wesentlichen) Teil dazu beigetragen. Krankheit ist aber nicht einfach nur Schicksal, in das man sich fügt. Das gilt für einen simplen Schnupfen wie für eine lebensbedrohliche Erkrankung. Das sagt mir jedenfalls immer wieder Daniela, die sich sehr intensiv mit dem Zusammenhang von Geist und Körper auseinandersetzt. Und ich sehe, wie sie ihre Erkenntnisse und Erfahrungen erfolgreich bei sich selbst und den Kindern anwendet. (Bei mir klappt das noch nicht so richtig, ich bin eben doch noch zu uneinsichtig.) Das gilt für Erkältungen wie für gebrochene Nasenbeine wie für Fehlstellungen der Zähne. Jedenfalls bemühen wir äußerst selten einen richtigen Schulmediziner. Allermeist finden sich andere Wege, mit den entstandenen Schwierigkeiten zurechtzukommen. Entscheidend ist, sich auf sich selbst zu besinnen und die Kräfte zu konzentrieren.
Genau in dieser Hinsicht hat Dir Kassel ganz offensichtlich sehr gut getan. Die Auseinandersetzung mit Heinz-Dieter inklusive Deiner Abgrenzung ihm gegenüber, so schwierig sie war und ist, ist dabei ganz offensichtlich ein zentraler Bestandteil Deines neuen Wachstumsprozesses. Ich bin beeindruckt von der Energie, die Du da aufwendest. Aber es scheint sich zu lohnen und das freut mich sehr für Dich und Euch. Ich hoffe, die »Neudefinition« Eurer Beziehung kommt seither voran und eröffnet Euch beiden neue Perspektiven. Wenn ich ehrlich sein darf, beim Lesen einiger Passagen Deines Tagebuches ist mir bange um Euch geworden. Umso mehr habe ich mich gefreut, am Ende zu hören, dass Ihr tatsächlich einen Termin bei Hartwig Hansen bekommen habt. Ich wünsche Dir, dass die Hoffnung, die Du in diesen Kontakt gesetzt hast, zwischenzeitlich nicht enttäuscht worden ist. Jedenfalls bin ich sehr neugierig, wie es mit Euch weitergegangen ist/weitergeht. …
Ich grüße Dich ganz, ganz herzlich und wünsche Dir von Herzen, dass es Dir in allen Hinsichten stetig besser geht. Grüße auch Heinz-Dieter von mir. Und nicht zu vergessen: Auch Daniela und nicht zuletzt die Kids richten einen Gruß aus.
Liebe Grüße,
Michael

Dieter an Gabi

14.5.09

Liebe Gabi,
noch bin ich in der fremden Welt in Kassel nicht so richtig angekommen. Bei manchen Therapien und Therapeuten habe ich das Gefühl, so langsam einen Zugang zu bekommen, anderes, z. B. Ausdrucksmalen, ist mir so fremd, wie

etwas nur fremd sein kann. Ich versuche ernsthaft, mich dafür zu öffnen, es klappte bis jetzt aber nicht. Vielleicht werde ich erst eine andere Therapieform wählen (z. B. Atemtherapie), um über diesen Weg zu der für mich geeigneten Therapie zu finden.
Übrigens ist für mich jetzt eine Verlängerung um weitere vier Wochen beantragt worden und ich hoffe, dass ich dann zum Ziel komme.
Ich muss oft an Dich denken, vor allem heute, an Moritz Geburtstag.
Wie geht es Dir? Ich habe lange nichts von Dir gehört. Hast Du meine Post bekommen?
Viele liebe Grüße
Dein
Heinz-Dieter

Tagebucheintrag
Klingt irgendwie traurig, fast mutlos, finde ich. Ich muss aufpassen, dass ich mich nicht verantwortlich fühle. Dieter hat genügend Therapeuten an seiner Seite. Wer wirklich alleine vor sich hinstrampelt und unter großen Kraftanstrengungen sich erst eine tragfähige Hilfs-Infrastruktur aufbauen muss, das bin ich. Inge und andere Freunde drängen mich dazu, aber mir geht immer vorschnell die Puste aus.

Lieber Dieter,
nun bin ich aus Heidelberg zurück.
Auf dem Heimweg habe ich einen Tag lang Pause in Marburg gemacht und meinen Enkel bestaunt. Es war schön, dass ich Tobi bewundern durfte, obwohl er gerade erst geschlüpft ist. Als ich in Lüneburg ankam, warteten viele Termine auf mich und als Entschädigung mein wunderschöner Garten. Der Rasen hat sich allerdings in eine traurige Nummer verwandelt, nachdem Du ihn in den letzten zwei Jahren mit viel Liebe wiederbelebt hattest. Schade! Ebenso traurig sieht das Wasserspiel aus: braun. Der Granit, das Blech und auch das Sieb. Im Becken hat sich eine dicke Kruste von braunem Zeug gebildet.
Danke für Brief und Blumenstrauß zum Muttertag und vielen Dank für das Seidentuch und das Namensgedicht. Mir fehlen die Worte! Danke für die Tobi-Bilder.
Nicht jede Dir angebotene Therapie muss zwangsläufig gut für Dich sein. Auch ich habe gewechselt, wenn ich merkte, dass ein anderer Weg besser wäre. Dass Kassel für Dich noch eine fremde Welt ist, glaube ich gerne. Auch ich brauchte, vor allem bei meinem ersten Aufenthalt, einige Zeit, um anzukommen und mich zurechtzufinden.

Ich wünsche Dir sehr, dass Du die Zeit bekommst, die Du brauchst – und gute Unterstützung findest, auf dem Weg, der vor Dir liegt.
Viele Grüße,
Deine Gabi

Dieter an Gabi

17.5.09

Liebe Gabi,
gestern war ich den ganzen Tag wandern und wandelte auf alten Spuren. Den Weg hatte ich öfter am Wandertag mit der Schule gemacht, aber auch gemeinsam mit meiner Mutter und den Brüdern. Es waren ca. 28 km, die ich dann am Abend auch in den Knochen spürte. Danach bin ich in die Therme gegangen und habe mich im Whirlpool entspannt. In der Nacht spürte ich jeden Knochen einzeln, aber jetzt ist es ok.
…
Am Freitag war unsere Gruppe dran, die wöchentliche Vollversammlung zu organisieren.
Wir haben das sehr gut hingekriegt. Ich habe die Moderation übernommen, einer hat Gitarre gespielt und wir haben dazu alle zusammen zwei Lieder gesungen (eins am Anfang, eins zu Schluss) und eine hat das Gedicht vorgelesen, das ich Dir auch geschickt hatte. Nachdem alles geschafft war, stieg bei mir der Adrenalin-Spiegel an, aber das ist ja besser als vorher oder während der Versammlung.
Ansonsten versuche ich hier heimisch zu werden. Ich will das Ausdrucksmalen, was nur Quälerei ist, gegen Atemtherapie tauschen. Evtl. ist dann ja irgendwann Ausdrucksmalen angesagt.
Jetzt muss ich schon wieder zum Essen und dann heute Nachmittag zwei Leute aus unserer Gruppe verabschieden.
Liebe Grüße
Dein
Heinz-Dieter

17.5.09

Sehr geehrter Herr Prof. Dr. B.,
sehr geehrte Damen und Herren,
vermittelt durch meinen Sohn Peter Knöll, der als Unfallchirurg an der Uni-Klinik Köln arbeitet, wurden meine drei Hirnmetastasen im Dezember 2007 an der Uniklinik Köln erfolgreich stereotaktisch bestrahlt. Zwei Metastasen sind zur Zeit nicht mehr erkennbar, die dritte jedoch, occipital, reagierte von

Anfang an »verhalten« auf die Bestrahlung, ist seitdem leicht gewachsen und hat ein recht ausgeprägtes Ödem.
Der Vorschlag der Ärzte zu dieser Zeit ist eine Wiederholung der stereotaktischen Bestrahlung.
Nach einem Aufenthalt in der Habichtswaldklinik und meiner kürzlichen Teilnahme am 14. Kongress zur Biologischen Krebsabwehr habe ich beschlossen, vor einer erneuten Bestrahlung andere Möglichkeiten, speziell die der Hyperthermie und einer Behandlung des Ödems mit Weihrauch-Pulver, abzuklären.
Dabei erhoffe ich mir von Ihnen Entscheidungshilfe und ggf. auch die Durchführung der Behandlung.

- Ist Hyperthermie für mich eine Alternative?
- Wenn ja, welche Art der Hyperthermie?
- Was sind mögliche Nebenwirkungen?
- Kann die Behandlung in Ihrem Hause durchgeführt werden?
- Ist die Einnahme von Weihrauchpulver sinnvoll oder zumindest unschädlich?
- Kann/sollte ich unabhängig davon mit der Einnahme von Weihrauchpulver beginnen?
- Gibt es Bedenken bezüglich irgendwelcher Interferenzen der momentanen Behandlungen mit Weihrauch?

Gerne komme ich, wenn sinnvoll, auch persönlich zur weiteren Abklärung bei Ihnen vorbei.
Um Ihnen die Beantwortung der Fragen zu ermöglichen, füge ich eine kurze Zusammenfassung meiner Krankheitsgeschichte bei:
September 2003
Brustkrebs links, hormonabhängig, HER2Neu superexpressiv, Chemotherapie neoadjuvant nach dem TAC-Regime, brusterhaltende OP, Lymphknoten frei, Radiotherapie, Antihormonbehandlung, keine Fernmetastasen
März 2005
unabhängiger Brustkrebs der linken Brust, nicht hormonabhängig, nicht HER2Neu superexpressiv. Brusterhaltende OP, Sentinel frei, Radiotherapie, Umstellung der Antihormonbehandlung auf Arimidex, keine Fernmetastasen
September 2006
Uterusmetastase, OP mit Entfernung des Uterus und der Ovarien, Herzeptin

Mai 2007
Lebermetastasen, Herzeptin und Xeloda
Dezember 2007
drei solide Hirnmetastasen, stereotaktisch bestrahlt in Uni-Klinik Köln, weiterhin Xeloda
Juni 2008
Metastasen im ZNS – seither Lapatinib.
Es geht mir sehr gut, ganz entgegen der Erwartungen.
Eine baldige Antwort ist mir sehr willkommen!
Mit Dank im Voraus und freundlichen Grüßen,
Gabriele Knöll

Tagebucheintrag
Ich habe diese Krankengeschichte runtergeschrieben, als wäre es ein Rezept für Marmorkuchen. Jetzt, es in dieser komprimierten Form zu lesen, macht mich erstaunt. Wäre es die Geschichte irgendeiner fremden Frau, ich würde die Luft anhalten beim Gedanken, was sie in den letzten Jahren alles hat durchstehen müssen. Dass ich es bin, die so viel hat ertragen müssen, will nicht in meinen Kopf, schon gar nicht in mein Herz. Ich finde es schier unmöglich, dass ich das alles – so nebenbei – mal eben schnell durchlitten habe, neben Auslandsaufenthalten und neuen beruflichen Heraus– und Überforderungen, dem schmerzhaften Wandel dessen, was ich unverbrüchlich für meine Ehe hielt.
Eigentlich wäre ich voll damit ausgelastet, mich um mich und meine Gesundung zu kümmern. Stattdessen ist mein Mann nun mindestens so hilfsbedürftig wie ich, und ich trage die gesamte psychische Last seiner Lebenskrise. So jedenfalls fühlt es sich an. Zumindest trage ich mehr als ich tragen kann.
»In guten und in schlechten Zeiten« verspricht man sich, aber wer ahnt schon, wie schlecht »schlecht« sein kann – und vor allem, wie schlecht man damit umzugehen versteht. Ich verstehe schon auch Dieter, wie schwer es für ihn sein musste, sich angesichts meiner fortschreitenden Krankheit von seinen Träumen, seinen Erwartungen ans Leben zu verabschieden, ebenso wie von dem Bild der starken, ungeheuer belastbaren Frau, die im Zweifel eigene Bedürfnisse und Ziele – nicht immer klaglos – aber letztendlich doch loyal denen ihres Mannes unterordnet. Aber im Moment denke ich, dass er einen konstruktiven Umgang mit notwendigen Veränderungen vehement boykottiert hat auf geradezu zerstörerische Weise. Er hatte von Anbeginn einen Therapeuten an seiner Seite, da hätte Raum sein müssen für einen gelungeneren Weg. Es hätte mir viel Leid erspart, wenn Dieter sich und mir gegenüber offen seine Enttäuschungen und Ängste eingestanden hätte. Schade, dass ihm das trotz – oder

wegen? – therapeutischer Hilfe nicht möglich war. So hat er mich die letzten Jahre zwar zunehmend spüren lassen, dass ich ihm sein Leben versaue, aber eine Auseinadersetzung darüber gleichzeitig verhindert. Er hat meine Beobachtungen (seines Rückzugs von mir, seiner Wut auf mich, seiner Abkehr von mir) in den Bereich der Wahnvorstellungen abgeschoben, sie zumindest als meine Interpretationen als diskussionsunwürdig abgetan.
Ich bemühe mich verzweifelt zu verstehen, was geschieht und geschehen ist, kann aber die Mosaiksteine noch nicht wirklich zu einem überzeugenden Bild zusammenfügen.

18.5.09

Lieber Peter,
zu Deiner Information leite ich obige Mail-Korrespondenz mit Prof. Dr. B. an Dich weiter. Heute konnte ich Herrn B. nicht erreichen, soll morgen Nachmittag noch mal anrufen.
Wie geht es bei Euch? Wie entwickelt sich Bömmelinchen? Wie geht es Nina schwanger im Beruf? Wollte Dir Bilder von unserem Garten schicken, der nämlich zurzeit auch toll aussieht. Aber ich muss leider erst noch jemanden finden, der mir zeigt, wie ich die Bilder von der Kamera in den Rechner zaubern kann.
Lieben Gruß,
Deine Mama

Peter an Gabi

Hallo Mama,
warum willst Du Abstand von der erfolgreichen Therapie nehmen? Welche wissenschaftliche Grundlage haben die von Dir angesprochenen Therapien?
Liebe Grüße,
Peter

Lieber Pitt,
ich will keinen Abstand nehmen, sondern einen komplementären oder supportiven Weg erkunden.
Ganz lieben Gruß, Deine Mama

20.5.09

Lieber Pitt,
hatte heute ein sehr nettes Gespräch mit Prof. B. Du wirst sehr zufrieden

sein. Er meinte, in meinem Falle solle ich auf keinen Fall die Stereotaxie ersetzen. Das Weihrauchpulver jedoch sei eine gute Idee, das Ödem bis zur nächsten Stereotaxie in Schach zu halten oder gar zu verkleinern. Nach der Bestrahlung könne man mit Weihrauch (3 x 800 mg) den Zeitraum der Cortisonbehandlung verkürzen. Außerdem könne er mir nach der Bestrahlung mit verschiedenen Möglichkeiten helfen, die Nebenwirkungen zu behandeln.
Jetzt geht es also um folgende Frage:

- Ist eine weitere stereotaktische Bestrahlung eine Möglichkeit oder vielmehr sinnvoll oder gar notwendig?
- Wieviel zeitliche Karenz habe ich? (So spät wie möglich, so schnell wie nötig?)
- Reicht den Stereotaktikern als Entscheidungsgrundlage das MRT aus Kassel (Februar) oder brauchen die was Neueres?

Würdest Du das für mich abklären oder soll ich mich selbst mit S. (oder wem?) in Verbindung setzen?
Ich würde, wenn es geht, mir gerne nicht den Sommer unnötig mit so einer Behandlung verderben.
Heute habe ich aus Not gelernt, die Batterien in meiner Tastatur zu ersetzen.
Liebe Grüße an Dich, Nina und Bömmelchen,
Deine Mama

Peter an Gabi

Hallo Mama,
Deine Entscheidung bezüglich der Therapie klingt gut. Ob und wann eine Bestrahlung wieder notwendig ist, kann ich gerne klären.
Nina und unserer Bömmeline geht es weiterhin gut. Heute war wieder ein Ultraschall. Wir haben jetzt ganz viele Bilder. Inzwischen kann man auch manchmal etwas durch den Bauch fühlen.
Wann kommt Ihr uns denn mal wieder besuchen?
Ganz liebe Grüße,
Peter

21.5.09

Lieber Dieter,
heute ist Vatertag und Deine Kinder werden Dir sicher selber sagen, wie dankbar sie Dir sind.
Ich möchte mich bei Dir bedanken, dass Du der Vater meiner Kinder bist. Ich hätte mir keinen besseren Vater für meine Kinder wünschen können. Noch heute macht es mich glücklich und stolz, dass es mit Dir möglich war, die Sorge und Verantwortung für die Kinder zu teilen, dass Du Dich, was für damalige Zeiten wirklich völlig außergewöhnlich war, an allen Arbeiten für die Kinder beteiligt hast, vom nächtlichen Aufstehen, Windelwechseln, Nahrungszubereiten, Trösten, Vorlesen, Vorsingen, Stricken von Strampelsäcken, Wunden versorgen, Streit schlichten, für Klassenarbeiten üben. Ausflüge, Spaziergänge, handwerkliche Basteleien, in die Du, wann immer möglich, die Kinder einbezogen hast.
Ich konnte Dir jeder Zeit die Kinder, auch alle auf einmal, überantworten, ohne auch nur eine Sekunde Sorge haben zu müssen, dass Du überfordert sein könntest, dass Du hilflos sein könntest. Ich konnte Dir jederzeit die Kinder übergeben ohne langatmige Erklärungen. Du wusstest, was zu tun ist. Auch wenn die Kleidung gelegentlich eigenwillig zusammengestellt war. Du warst ein wirklich völlig außergewöhnlicher Vater, was ich Dir sehr und für immer danke.
Dein Vatertagsgeschenk von mir bringt Eva Dir mit.
Ich wünsche Dir einen schönen Tag.
Deine Gabi

Dieter an Gabi

Liebe Gabi,
vielen Dank für Deine liebe E-Mail, die mich sehr berührt hat. Ich ahnte gar nicht, dass Du noch gute Seiten an mir finden kannst.
Ich bemühe mich hier sehr, mich zu ändern, aber dazu bin ich zur Zeit auf dem Weg, zu mir selbst zu finden.
Viele liebe Grüße
Dein Heinz-Dieter

Dieter an Gabi

Liebe Gabi,
vielen Dank auch für das Vatertagsgeschenk, den Porsche Super. Eva und

Michael sind bald nach dem Essen weitergefahren (ich komme ja morgen Nachmittag nach Marburg) und ich habe Deine E-Mail immer wieder durchgelesen, wobei die eine oder andere Träne in meine Augen trat – vor Rührung.
Nochmals vielen Dank, dass Du an mich gedacht hast und – vor allem – für die liebe E-Mail.
Liebe Grüße
Dein
Heinz-Dieter

P.S.: Wann fährst Du nach Norderney

23.5.09
Familienaufstellung, Verzweiflung, fehlende Hilfe
Liebe Inge,
diesen Brief wirst Du hoffentlich nach Deiner Rückkehr aus Konstanz vorfinden, bevor Du den letzten Akt Deiner Lebensmittelpunktverlagerung in Angriff nimmst.
Meine Berichte müssen Dir im Moment wie aus einer fremden Welt vorkommen, machen vielleicht aber auch etwas Lust für die Zeit nach der allerersten Eingewöhnung.
Habe gestern als »Stellvertreterin« an einem Ganztagsseminar für Familienaufstellungen teilgenommen. Nach meinem ersten leibhaftigen Kontakt außerhalb der Fachliteratur zu diesem Thema während des Kongresses in Heidelberg habe ich damit eine ganz andere Herangehensweise erlebt. Während der Typ in Heidelberg, von Hellinger selbst ausgebildet, sehr direktiv ins Geschehen eingriff und auch sehr apodiktisch die Lösungssätze vorgab, erlebte ich gestern einen Stil, der den Stellvertretern einen größeren Entscheidungsraum gab, sowohl in Hinblick auf die Positionen, die sie einnahmen, als auch bezüglich dessen, was sie sagten.
Was jetzt gut für mich ist, muss ich erst noch erspüren. Letztlich führen auch hier viele Wege nach Rom, denke ich.
Auf jeden Fall ist es der richtige Weg für mich, mit wenig ablenkenden Worten, sehr verdichtet und vor allem befreit aus der Gefangenschaft meines eigenen Erlebens, mich mit der Bedeutung meiner familiären Muster auseinanderzusetzen.
Als Stellvertreterin bekam ich einen neuen Impuls, was meine Frage betrifft, inwieweit ich den Kindern von meinen gegenwärtigen Problemen mit Dieter und meinen Gefühlen berichten darf. Meine Kinder fühlen sich unwohl. Peter

sagt sogar: »Das will ich nicht wissen Ich bin Euer Kind. Ihr seid die Eltern. Haltet mich da raus.«
Bislang war das auch unausgesprochenes Gesetz.
Dagegen steht jetzt mein Bedürfnis, den Kindern ein ehrliches Bild unserer gegenwärtigen Situation zu geben, mich ihnen zu erklären und vor allem, von ihnen verstanden zu werden. Sind Kinder auch mit 33 Jahren noch hauptsächlich schutzbedürftige Kinder? Darf man erwachsene Kinder nicht auch mal belasten?
Gestern in der Aufstellung sah es so aus, als dürfe man nicht, ich aber würde gerne in einer eigenen Aufstellung erleben, welche Lösungsmöglichkeit ich dann für mich habe, wenn ich die Abgrenzungsbedürfnisse meiner Kinder respektiere.
Was mich bei beiden Aufstellern, dem in Heidelberg und jetzt in Lüneburg, irritiert hat, ist, dass man nicht aus den Rollen entlassen wurde. Das werde ich ansprechen, bevor ich mich auf irgendwas einlasse.
Und stell Dir vor, eine Teilnehmerin kam auch aus Reppenstedt, nahm mich in ihrem Auto mit nach Hause und wir gingen sogar noch zusammen Einkaufen. Das hatte ich angesichts der Erschöpfung nach einem – für mich – so anstrengenden Tag, bereits als: »Das schaffe ich nicht mehr«, storniert.
Jetzt ist Sonntag, ich habe erstmalig wieder durchgeschlafen, wenn auch noch immer mit Melatonin, aber schon mit reduzierter Dosis.
Liebe Inge, hättest Du jemals geglaubt, wie anstrengend ein normaler Tag sein kann? Während die Menschen um mich herum durch ihren Alltag wuseln, gerät für mich jede kleine Abweichung von der Routine zu einer überfordernden mentalen, körperlichen und psychischen Herausforderung.
Wie vermittele ich einer Freundin, dass ihre Idee, ich solle doch nur ganz einfach mal eben hier oder dort anrufen, um mich über dies oder das zu erkundigen, Fahrkarten könne man doch auch schon im Internet bestellen, zum Fitnesscenter könne ich doch auch mit dem Bus fahren, nur einmal umsteigen … , dass eben das mich schon restlos überfordert neben der Organisation und Durchführung meines ganz normalen, banalen Haushalts mit Kochen, Einkaufen, Ordnung halten, Wäsche waschen, Medikamentenbeschaffung, riesigem Garten, dessen Pflanzen bei der gegenwärtigen Trockenheit nach Wasser schreien, Vereinbarung meiner vielen Behandlungs- und Arzttermine, geschweige denn die Wahrnehmung derselben, einen abgerissenen Knopf annähen müssen, den dafür notwendigen Faden in die Nadel zu operieren, entnervt und verzweifelt (!!!) aufgeben müssen, weil meine Feinmotorik anders will als ich, ich mich deshalb umziehen muss, vor dadurch entstehender Nervosität mein Oberteil mit Zahnpasta dekoriere, … .

Ich habe bemerkt, dass ich vor dem Hintergrund solcher Erlebnisse, Heinz-Dieters Bericht über Teddybären, die er in der Kur für seine Enkel bastelt, und Seidentücher, die er malt, als Anfeindung erlebe. Schlimmer noch, um ehrlich zu sein: In mir steigt inzwischen eine heilige Wut auf, dass ich mit all der Scheiße alleine zurechtkommen muss, während Dieter Teddybären bastelt!!! Dabei wahrscheinlich rührselige Geschichten über seine Familie und insbesondere seine kranke Frau erzählt, die er sooo sehr liebt.

Wenn mir dann Menschen begegnen, die meinen, mir Gutes zu tun – oder ihr Gewissen entlasten –, wenn sie mir aufmunternd mitteilen, dass ich ja froh sein könne, einen so liebevollen Mann an meiner Seite zu haben, wird meine Bereitschaft zu ehrlicher Auseinandersetzung hauchdünn. Meine resignierte Reaktion ist dann: »Ja, so sieht es aus.« Innerlich – und die Reaktion setzt in aller Regel erst mit erheblicher zeitlicher Verzögerung ein – habe ich dann Impulse wie »Reintreten« oder hilfsweise in eine Granitplatte zu beißen, was meine soziale Kontrolle allerdings ebenso wie der finanzielle Gegencheck augenblicklich untersagt, da Zahnersatz unerschwinglich ist. Ich muss – auch da – nach neuen Wegen suchen. Aber ich bin so unendlich überfordert.

Inge, Dein Alltag ist mindestens ebenso beschwerlich wie der meinige und auch ebenso gepflastert mit Unverständnis für unseren tatsächlichen Bedarf an Unterstützung, tatkräftiger Hilfe, meine ich. »Melde Dich, wenn Du Hilfe brauchst«, das sagen viele, aber Hilfe bekommen«, wenn man sie braucht, ist was anderes. Du und ich wissen ja inzwischen, wie gerne so mancher helfen würde, aber heute geht es einem selber nicht so gut, morgen kommt die Schwiegermutter oder die Enkelkinder, Kollegen des Mannes müssen bekocht werden und dafür muss man noch zum Markt, so dass der ganze Tag kaputt ist. Du weißt ja, ich helfe gerne, aber heute ist es wirklich zeitlich zu eng, ich hab zu der Zeit gerade einen Frisörtermin, ein Freundinnentreffen, einen Yogakurs. ... Natürlich weiß ich, wie randvoll das Leben ist, natürlich weiß ich, dass die Hilfsangebote meistens sehr ehrlich gemeint sind, aber der Alltag.

...

Habe heute vergeblich versucht, über eine Freiwilligenagentur Hilfe in Alltagsdingen zu bekommen. Als ich hinterher in meinen Gesprächsaufzeichnungen nachlese, weiß ich wieder, was mein Leben so anstrengend macht: Ich brauche wegen meiner schlechten Handschrift viel Zeit und Geduld, um die durcheinander gepurzelten Zahlen und Buchstaben so zu sortieren, dass sie brauchbar sind. Am längsten benötige ich zu kapieren, dass ein B kein B war, sondern eine drei ist, in die sich ein I verrutscht hatte. Sehnsuchtsvoll denke ich an die Leichtigkeit des Seins in Kassel zurück. Und mein Mann bastelt Teddybären!

Liebe Inge, heute ist nicht der Tag für versöhnliche Töne und dank Wowereit füge ich herzerfrischend hinzu: »Und das ist auch gut so«. Inzwischen weiß ich auch, dass ich Dir diese E-Mail vorläufig gar nicht schicken kann. Dieter hat computertechnisch irgendwas gekündigt oder geändert, was Auswirkung auf mich hat. Er kann seine E-Mails zwar inzwischen wieder ungestört abrufen und empfangen, ich aber nicht. Er kann es auch nicht für mich lösen, das kann nur Peter. Peter hat auch schon das Problem geortet, jedoch noch nicht lösen können. Er hat ja schließlich auch noch einen Beruf. Ich muss mich gedulden und bin auf unbestimmte Zeit nicht erreichbar. Granit, Granit!

Liebe Inge, ich glaube, meine E-Mails lesen sich wie schreckliche Predigten. Man denkt immer wieder, jetzt nahe das erlösende Ende und stattdessen geht es von vorne los. Die Rückschlüsse von meiner Supportsuche auf Deine Situation sowohl bezüglich des Umzuges nach Konstanz als auch danach, überlasse ich Dir.

Jetzt reihe ich mich völlig gefahrlos in die Schar der vielen freiwilligen Helfer ein, die Deinen Umzug schlussendlich zu einem Sonntagsausflug machen, und sichere Dir zu: »Wenn Du mich brauchst, musst Du es nur sagen.« Hilfreicher ist vielleicht die kleine NLP-Übung, mit der solche Siegertypen wie u. a. Boris Becker sich für entbehrungsreiche Trainingszeiten motivieren: Sie antizipieren mit allen Möglichkeiten der sinnlichen Wahrnehmung ihren Sieg und berauschen sich daran als vorweggenommene Entschädigung für alle Strapazen. Als wir in Los Angeles eine Wohnung gefunden hatten und ich mich auf die notwendigen Einzugs-, Möbelbeschaffungs- und Einrichtungsanstrengungen einstimmen wollte (wenige Wochen nach Abschluss meiner ersten Krebstherapie!), stellte ich mir beispielsweise vor, wie Dieter und ich auf dem neuen Sofa sitzend, mit Blick auf die noch zu erwerbenden Vasareli–Bilder, gemütlich ein Weinchen aus neuen Ikea-Gläsern trinken – und uns dabei ganz doll lieb haben, natürlich. Das war ungeheuer motivierend. Dass es dann in allerletzter Sekunde doch nichts wurde mit der Wohnung, verrate ich jetzt lieber nicht, das könnte bei sensiblen Menschen kontraproduktiv wirken.

Inge, Du hast es geschafft, die E-Mail liegt hinter Dir!
Man darf nie nur das Notwendige tun, und so habe ich Dich zu einer kleinen Atempause gezwungen. Sei ganz lieb gegrüßt und dolle umarmt.
Deine Gabi, die einen Zahnarztbesuch nutzen wird, die E-Mail zur Schnecke zu machen.

Auch das, liebe Inge, wäre eine zu einfache Lösung gewesen. Der gefühlte Zeitdruck wegen des Zahnarztes erzeugte Stress, das Papier zog nicht richtig ein, ich habe den Druck abgebrochen und jetzt funktioniert gar nichts mehr. Granit reicht nicht mehr.

26.5.09

Gute Seiten
Lieber Dieter,
da ich vorläufig per Mail nicht erreichbar bin, schreibe ich Dir heute altbewährt per Schneckenpost.
Du wunderst Dich, dass ich überhaupt noch gute Seiten an Dir sehen könne. Dieter, was gut war, bleibt auch gut! Auch meine Dankesbriefe an Dich aus meiner Kur sind nach wie vor gültig. Ich könnte noch viele solcher Briefe schreiben. Wir hatten sehr viele, sehr gute und sehr glückliche gemeinsame Zeiten. Ich bin zum Beispiel sehr dankbar für Dein handwerkliches Geschick und bewundere es sehr. Es gab doch eigentlich nichts, was wir nicht gemeinsam hinbekommen hätten, oder? Vom Renovieren, Reparieren, egal ob Elektrik, Auto oder irgendwelche Geräte und Maschinen, Selbstbauen unserer ersten Möbel, weißt Du noch? Einbau von Küchen (die mich täglich erfreut!) … .
Egal was kommt, das Gute und Schöne will ich mir bewahren.
Du teilst mir über Eva mit, Du würdest Dich über meinen Besuch am Wochenende 5., 6. und 7. Juni freuen. Lieber Dieter, es gibt kein freies Wochenende mehr. Ich hatte keine Chance, Dein Interesse an einem Besuch von mir zu erkennen, und habe daraufhin – leider – anders planen müssen.
Zunächst hatte ich angeboten, Dich auf der Rückfahrt von Heidelberg aus zu besuchen. Du hattest jedoch »keine Idee, wie Du das fahrkartentechnisch lösen« sollest. Interesse erkenne ich so nicht.
Dennoch habe ich einen zweiten Anlauf gestartet und vorgeschlagen, am o. g. Juni-Wochenende zu kommen. Deine Antwort klang, als hätte ich einem Handwerker einen Termin für die Reparatur unserer Gastherme vorgeschlagen: »Darüber müssen wir noch einmal reden, wenn ich weiß, ob meine Kur verlängert wird.« Ich bin nicht in der Lage, so Dein Interesse an einem gemeinsamen Wochenende zu spüren.
Kurz darauf teilst Du mir mit, als sei das notwendige Ersatzteil für die Reparatur nicht mehr verfügbar:
»Ich habe nur eine Verlängerung bis zum 2. 6., mit Deinem Besuch wird es also nichts.«
Du äußerst kein Bedauern, schon gar keinen eigenen Ersatz-Vorschlag. Für mich ist das eindeutig ein Zeichen von Desinteresse.
Das Bild wird noch deutlicher, wenn Du Dir in Erinnerung zurückrufst, dass Du zunächst über Wochen betont hattest, keinen Besuch von mir in der Kur zu wollen, dann plötzlich in der letzten Sitzung der Paartherapie sagst, dass Du natürlich sehr gerne besucht werden möchtest, nie aber einen Vorschlag für ein solches Treffen machst, dafür meine Vorschläge totlaufen lässt, meine

Idee, Dich auch während der Woche besuchen zu können, rundweg ablehnst mit der Begründung, dann keine Zeit zu haben, (obwohl Dich selber das Argument damals nicht abgehalten hatte, mich während meiner gesamten Kur nach Freiburg zu begleiten und eine ganze Woche in Kassel zu besuchen, ohne mich jemals zu fragen, ob ich das wünsche, es mir sogar als Ablehnung unterstelltest und Riesenstress machtest, weil Du wegen der Hausregeln nicht in meinem Zimmer schlafen durftest), dann, zu guter Letzt nun wieder Interesse an Besuch äußerst.
Mich macht das schwindelig.
Ich weiß schon lange nicht mehr, was Du von mir willst. Und allmählich lerne ich auch, meinem eigenen Wollen mehr Beachtung zu schenken.
Es ist viele Monate her, dass ich bereits meinte, wie E-Mails an Dich zeigen, dass unser hauptsächliches Problem Deine **Einstellung zu mir** sei. Inzwischen bin ich überzeugt, Dein größtes Problem ist, dass Du all Deine Kraft verbrauchst, diese Haltung zu unterdrücken, im Verborgenen zu halten, nicht in Dein Bewusstsein zu lassen. (Adam soll nicht wissen, was der Maschinist denkt.)
Dabei hast Du Teile Deines Handelns einfach aus Deinem Gedächtnis gestrichen, ausgeblendet oder umgedeutet mit einer Konsequenz und Perfektion, die mich erschrecken.
Beispielsweise scheinst Du »vergessen« zu haben, wie es dazu kam, dass ich mit Uschi statt mit Dir nach Sierksdorf fahren musste.
Du bedauerst, dass wir uns vor Deiner Fahrt in die Kur nicht mehr gesehen haben, und negierst völlig Dich als Verursacher.
In dem Brief, den ich nach meiner Rückkehr aus Sierksdorf vorfand, leugnest Du völlig die wahren Umstände, kein Wort, das erkennen ließe, dass Du uns das Wochenende verdorben hast, dass Du es kurzerhand aufgekündigt hast, dass Du mich schmählich versetzt hast – und dass Dir das leidtut.
Freunden teilst Du kurz vor Deinem Kurantritt mit, es ginge Dir schlecht, Du seiest alleine zu Hause und ich sei mit einer Freundin nach Sierksdorf gefahren. Die Freunde haben Dich bedauert und fragten sich, warum ich das gemacht habe. Durch Weglassen hast Du ein unwahres Bild erzeugt.
Bewusst oder unbewusst?
Hast Du vergessen, verdrängt, wie es wirklich war?
Das, Dieter, war der Irrsinn der letzten Wochen. Daran wäre ich beinahe zerbrochen.
Ich habe unkalkulierbar abwechselnd heiße (Liebe) und eiskalte (Hass, Verachtung) Duschen verabreicht bekommen. Ich fühlte mich zerrissen zwischen Hoffnung und Verzweiflung.
Inzwischen denke ich, der Zerrissene bist Du.

Dieter, ich habe Dich seit einiger Zeit zunehmend als grausam, brutal und unberechenbar erlebt. Du hast mein Vertrauen mehrfach schändlich missbraucht, mich belogen und hintergangen.
Das klingt grausam – und das war es auch.
An den Folgen leide ich noch und ich weiß nicht, was das für mich und uns bedeutet.
Ich habe versucht mir therapeutische Hilfe zu suchen, taue aber eben erst aus meinem Schockzustand auf.
Auch ich hätte gerne verdrängt. Aber so zu tun, als wäre das alles nur ein böser Traum gewesen, oder noch besser, gar nicht geschehen, bleibt destruktiv.
Wir haben Schreckliches durchgemacht und Schweres vor uns. So oder so.
Eine Freundin meinte, sie frage sich, was das größere Wunder sei, dass ich den Psychoterror oder dass ich den Krebs überlebt habe.
Dieter, ich habe lange gezögert, Dir das so zu schreiben, aber ich bin Deine Frau, nicht Deine Therapeutin. Therapeuten hast Du jetzt vor Ort zur Verfügung.
Nur wenn wir ehrlich miteinander und uns selbst gegenüber sind, kann es weitergehen. Dazu gehört auch, anzuerkennen, was gewesen ist.
Es steht Dir frei, eine andere Sicht der Dinge zu haben.
Du kannst den Brief für eine ehrliche Auseinandersetzung nutzen oder auch nicht. Du triffst die Entscheidung.
Meinen Teil der Verantwortung habe ich übernommen.
Deiner bleibt bei Dir.
Mit Dankbarkeit für das Gute zwischen uns,
Deine Gabi

Tagebucheintrag
Den folgenden Briefschluss habe ich dann doch unverschickt gelassen. Warum? Ich hatte einfach so ein diffuses Gefühl, es sei zu viel. Ich will das Folgende zwar unverschickt lassen, es mir aber von der Seele schreiben:
Zum Schluss noch eine Bemerkung: Mein Leben ist zurzeit eine einzige Anstrengung. Ich kämpfe um mein Überleben, medizinisch und psychisch. Dazu noch die Bewältigung des Alltags mit seinen vielfältigen Tücken, die ein behindertes Leben zu bieten hat.
Dass Du dabei nicht der Mann an meiner Seite bist, der mich auffängt, stützt und auf den ich mich verlassen kann, muss ich akzeptieren. Aber bitte akzeptiere Du, dass Deine Berichte über gebastelte Teddybären und Adrenalinstöße, die Herausforderungen wie die gelungene Gestaltung einer Vollversammlung bei Dir auslösen, nicht in mein gegenwärtiges Leben passen. Sie belasten mich.

Wenn Du eine Ahnung meiner Tage haben möchtest, dann stelle Dir einfach vor, Du müsstest zusätzlich zur Teilnahme an Deinen Therapien (denn die habe ich auch) diese erst noch herausfinden, selber terminlich organisieren und koordinieren, Dir verschreiben lassen, dazu verschiedene Ärzte weit außerhalb des Hauses aufsuchen, dorthin gelangen mit Bus und zu Fuß, zur Apotheke gelangen, selber einkaufen, Deine Mahlzeiten zubereiten, das Haus aufräumen und sauber halten, den Garten versorgen, wässern, Dich nebenbei in Dir gänzlich ungewohnte Aufgaben einarbeiten, an Müll und Sperrmüll denken, organisieren, dass die Tonnen an die Straße kommen und der vielen Dinge mehr. Bedenke dabei, dass meine Belastbarkeit und körperliche Leistungsfähigkeit einen Bruchteil der Deinigen betragen. Vielleicht ahnst Du dann auch, dass ich es als Zynismus empfinde, wenn Du mir wünscht, ich möge mich erholen.

28.5.09

Kaum hatte ich gestern den Brief an Dieter im Briefumschlag, klingelte der Postbote und gab einen Blumenstrauß von Dieter ab. Die beigefügte Karte ist eine einzige Liebeserklärung:
»Ich liebe Dich unendlich. Ich zähle jeden Tag, bis wir uns wiedersehen. Du bist meine Liebe und mein Leben und ich wünsche mir nichts mehr, als mit Dir zusammen zu sein. Herzlichen Glückwunsch zum 38. kirchlichen Hochzeitstag und vielen Dank, dass Du es so lange mit mir ausgehalten hast.
Viele dicke Küsse,
Dein Heinz-Dieter.«

Was sagt man dazu?
Verzeiht man da nicht alles? Schmilzt man da nicht dahin?
Ich habe sofort ein schlechtes Gewissen angesichts des Briefes, der in einem braunen Umschlag noch auf dem Tisch liegt. Noch könnte ich ihn – und die Gedanken darin – zurücknehmen. Einfach vergessen. Nein, das funktioniert nicht mehr, aber zumindest übergehen könnte ich doch das Elend der letzten Wochen und Monate, nicht die momentan gute Stimmung riskieren, die Dieter hat, und in der ich mich so gerne baden möchte. Vielleicht gefährde ich sogar seinen Therapieerfolg, wenn ich ihn mit meinen harten Worten, die nichts Schmeichelhaftes mehr haben, verunsichere, verletze, er sich abgelehnt fühlt. Ich kämpfe mit mir und merke, wie sehr genau das mein Verhalten geprägt hat: die Angst vor Ablehnung, Zurückweisung, wenn ich mich abgrenze, Kritik oder Änderungswünsche oder eigenes Verletzt-Sein vortrage. Noch schlimmer: Ich realisiere, welche Macht gerade der Wechsel zwischen Liebesbezeugungen und Liebesentzug auf mich hat, wie stark die disziplinierende Wirkung auf

mich ist, was ich bereit bin, auszuhalten und mitzumachen und zu »vergessen« um der momentanen schönen Stimmung wegen.
Das habe ich, zumindest in dieser Ausprägung, für mich nicht für möglich gehalten.
Ich kämpfe den Versuch, in alte Muster abzurutschen, nieder. Der Brief wird, wie er ist, abgeschickt. Ich schicke jedoch eine Karte als Dank für die Rosen und die Liebeserklärung augenblicklich hinterher.
Was gut war, soll auch gut bleiben, habe ich Knöll geschrieben. Aber ebenso gilt auch, dass das, was schlecht war, benannt werden muss, um unsere Beziehung aus der tödlichen Umarmung des Unterdrückens, des nicht Hinschauens zu retten.
Ich habe Angst. Angst vor Dieters vernichtender Reaktion. Ich habe unsere jahrelang gültige Abmachung gebrochen.
Ungestraft werde ich nicht davonkommen, fürchte ich. Aber genau das ist es, was ich lernen muss: Aushalten, was kommen mag. Wichtig ist, dass ich ruhig und überzeugt von der Richtigkeit, Notwendigkeit, von der Berechtigung meines Vorgehens bin. Die Konsequenzen muss ich dann schon lernen auszuhalten.
Aber bitte nicht alles heute! Gnade!
Heute ist Barbara Rudnik beerdigt worden. Ich will es nicht, aber es geht mir nahe. Was ist sie ob ihres tapferen Kampfes und ihres offenen, konstruktiven und optimistischen Umgangs mit ihrer Endlichkeit bewundert worden, wie viel Aufmerksamkeit hat sie dafür bekommen, wie viel Raum hat man ihr für die Darlegung ihrer Gedanken und Gefühle gegeben. Sogar die Bitte um eine Rolle trotz Krankheit konnte sie in einer Zeitschrift platzieren. Wer gibt mir ähnliche Möglichkeiten? Wer nimmt meinen mutigen Weg wahr? Aber nein, es ist schon ok so, man tut es ja nicht irgendeiner Aufmerksamkeit wegen. Ich lebe ohne Glamour, ich werde auch im Sterben darauf verzichten können.
Geärgert habe ich mich aber über einen ihrer Schauspielerkollegen, der meinte, der Tod sei doch nur für die Hinterbliebenen schlimm. Der weiß ja nicht, wovon er redet. Wie viel dummes Zeug wird als leere Phrase ungeprüft von Generation zu Generation weitergegeben. Soll der Typ doch sagen, er stürbe lieber selbst, als seine Frau zu beerdigen. Das könnte ich akzeptieren. Glauben würde ich es allerdings nicht.
Weiß er, wie sich das anfühlt, wenn man sich vorstellen muss, dass all die trauernden Angehörigen früher oder später wieder entdecken, wie schön das Leben ist, was Lebensfreude heißt, wenn sie eine neue Liebe in ihr Leben lassen und sagen, sie hätten sich nicht vorstellen können, jemals wieder so glücklich zu sein, während man sich selber eben gerade nicht mit solchen Phantasien trösten

kann, sondern das ultimative Ende aller irdischen Freuden und Verlockungen akzeptieren muss? Warum müssen solche Wichtigtuer immer bewerten, gewichten? Wir sagen, dass es das Schlimmste im Leben sei, ein Kind zu verlieren und verletzen damit oft das Leid anderer Trauernder. Wozu? Ist es leichter, dem jahrelangen Leiden eines behinderten Kindes machtlos zuschauen zu müssen, ohne ihm helfen zu können, als ein Kind zu verlieren? Warum können wir uns nicht damit zufriedengeben, es dabei belassen, dass es Dinge gibt, die einfach anders sind, die sich der Schlichtheit eines Vergleichs entziehen, es sei denn, man bezöge das nur auf sich selbst.
Auch Mascha Kaléko kriegt da von mir eins auf die Mütze. Sie schreibt:

»Bedenkt: Den eigenen Tod, den stirbt man
nur; doch mit dem Tod der andern muss man leben.«

Sie hat ja recht, aber wertschätzender wäre es gewesen, sie hätte das »nur« weggelassen und das »doch« durch ein »und« ersetzt.
Ha, da bin ich unverhofft leidenschaftlich und das hat einen Grund! Ich leiste Abbitte!
Jahrelang habe ich zumindest nicht lauthals protestiert, wenn das Leid trauernder Eltern unrelativiert über alles gestellt wurde.
Ich mag es nicht, wenn offen oder versteckt Leid-Hierarchien erstellt werden. Wenn daraus ein Konkurrenzkampf um das Recht auf die größte Trauer, den schlimmeren Schmerz entfacht.
Meine Erfahrung in all den Jahren meiner Beratungstätigkeit ist die, dass es keine Bewertungskriterien für persönliche Erfahrungen gibt außer denen, die die Betroffenen selbst erstellen.
Und da bin ich wieder in meiner eigenen Gegenwart.
Wer ist schlimmer dran, Knöll oder ich? Bitte, lasst es auch da beim Respekt vor dem Erleben eines jeden von uns. Knöll und ich haben sehr unterschiedliche Ressourcen zur Verfügung im Umgang mit der Situation, eine Aussage über das größere Leid wird keinem von uns gerecht.
Obwohl ich es total in Ordnung finde, wenn Ihr mich mehr bedauert. Heute mal.
Was auch noch heute war:
Habe eine solche Sehnsucht gespürt. Sehnsucht nach der selbstvergessenen Liebe. Junge Paare, alte Paare. Wisst Ihr, wie solche Sehnsucht schmerzt?
Mir gefallen die Tage besser, an denen ich mich am Anblick zärtlicher Zugewandtheit meiner Mitmenschen beglücken kann. Es lebt dann die dankbare Erinnerung in mir. Liebevolle Zärtlichkeit war lange, sehr lange, ganz über-

wiegend sogar, das Markenzeichen unserer Beziehung. Die Hoffnung darauf, dass es einmal wieder so werden könnte, gibt mir die Kraft weiter für uns zu arbeiten.
Ausgerechnet jetzt, wo ich seine Liebe am dringendsten brauche, bekomme ich gezeigt, dass nicht er es ist, auf den ich mich zurückfallen lassen darf.
Und da ist es schon, das Selbstmitleid.
Ich gefalle mir besser, wenn ich gönnen kann.
Auf meinem Küchentisch empfiehlt mir eine Karte:
»Schöne Zeiten, weine nicht, weil sie vorüber sind. Lache, weil Du sie hattest.«
Ich will das als Angebot betrachten, nicht als Aufforderung, denn Weisheiten dieser Marke überlässt man tunlichst der Selbsterkenntnis seiner Mitmenschen. Zumindest an Tagen, an denen das mit dem Gönnen nicht so klappen will.
Ich spüre, wie meine Bereitschaft, verständnisvoll mit jedweden menschlichen Eigenheiten oder deren Ausdrucksformen umzugehen, dahinschmilzt wie Eis an der Sonne. Man kann auch ohne Eis leben.
Die folgende E-Mail ist Dieters Antwort auf meinen langen Brief vom 26.5. und meine Karte vom 28.5.wegen des Rosenstraußes:

30.5.09

»Liebe Gabi,
vielen Dank für Deine Karte und Deinen ausführlichen Brief. **Über beide habe ich mich sehr gefreut.** …
Inzwischen habe ich hier einen Mitpatienten kennen gelernt, der ein wenig älter ist als ich. Wir trafen uns, als wir beide vor dem Sekretariat unserer Station warteten und Auskunft über den Stand unserer Verlängerungsanträge einholen wollten. Er hatte Nierenkrebs und in der Folge dieser Krankheit massive Eheprobleme. Letzten Samstag waren wir im Park Wilhelmshöhe spazieren und ich wusste anschließend, was das Ziel meiner Arbeit an mir hier in Kassel ist: Ich will mich ganz bewusst von meinen Plänen und Träumen verabschieden, die ein Leben in den USA als Ziel hatten. Mir ist klar geworden, dass ich bis jetzt versucht habe, mich um diese klare Entscheidung zu drücken. Es war für mich zwar immer klar und unumstößlich, dass ich mit Dir leben will und dass Du die oberste Priorität hast. Jetzt weiß ich, dass mein Traum von den USA zwischen uns stand. Ich will auch meine wissenschaftliche Arbeit noch stärker reduzieren, um mich gemeinsam mit Dir schöneren Dingen zu widmen.
Heute bin ich mit ihm fünf Stunden im Habichtswald gewandert. Wir waren beim Hohen Grass und beim Herbsthäuschen – alles Orte, die ich aus meiner Kindheit und Jugend kenne. Wir haben uns wieder sehr gut und angeregt über vieles, was uns gemeinsam interessiert, unterhalten, aber auch über uns. Sein

Fall ist zwar in kaum einem Aspekt mit unserer Situation vergleichbar, dennoch habe ich viel von ihm gelernt.

Inzwischen hatte ich auch das Buch »Bis zuletzt die Liebe«, das von einem betroffenen Ehemann geschrieben wurde, dessen Frau mit ca. 35 Jahren an Krebs erkrankte und nach 18 Jahren des Hoffens und Bangens starb, zu Ende lesen können. Es hat mich zwar sehr traurig und betroffen gemacht, aber auch tief berührt und hoffen lassen, dass wir es gemeinsam schaffen, ein für uns beide befriedigendes Leben im Angesicht der Krankheit zu führen.

Ich weiß, dass ich noch einige Arbeit vor mir habe, bin aber zuversichtlich, dass ich meine Ziele erreichen werde.

Das folgende Namensgedicht ist in mehreren Wochen entstanden. Ich hoffe, dass es Dir gefällt.

Viele liebe Grüße
Dein Heinz-Dieter

P.S.: Ich habe meinen E-Bass bei eBay verkauft und mir einen neuen bestellt, der hoffentlich bald da sein wird. Ich wollte einen Bass haben, den ich auch ohne Verstärker hören kann.

> **M** eine große Liebe bist Du und wirst es immer sein.
> **A** uch wenn wir getrennt sind, sind meine Gedanken stets bei Dir.
> **R** iesig ist meine Sehnsucht, dass wir uns wieder gut verstehen.
> **I** ch glaube, dass ich Dich jetzt besser verstehen kann und dass wir schöne Zeiten miteinander verbringen können.
> **A** ber möchtest Du das auch?
>
> **G** ib mir das Vertrauen, dass ich
> **A** lles dafür tun werde, dass wir
> **B** esser zusammen leben können.
> **R** ichtig schön wäre es, wenn
> **I** ch Deine Bedürfnisse besser spüren könnte.
> **E** ine meiner Aufgaben hier in Kassel hat das zum Ziel. Bitte habe aber Verständnis dafür, dass ich neben der
> **L** iebe zu Dir auch die Beschäftigung mit anderen Dingen brauche.
> **E** ine gute Zeit bis zu meiner Rückkehr wünscht Dir mit viel Liebe

Dein
Heinz-Dieter

Ich suche unverzüglich Brief und Karte heraus, auf die Dieter sich bezieht mit der Behauptung, er habe sich über beide sehr gefreut, weil ich es nicht glauben kann, dass das die Antwort auf meine Korrekturversuche seiner verklärenden Sicht sein soll. Ich hatte meinen Brief abgeschlossen mit der Bemerkung, er könne den Brief für eine ehrliche Auseinandersetzung nutzen oder auch nicht. Dieter hat sich offensichtlich dagegen entschieden. Ich schreibe ihm, dass ich fast am Irrsinn der letzten Wochen zerbrochen wäre, und er bedankt sich für meinen Brief, über den er sich sehr gefreut habe?! Ich bezeichne sein Verhalten als brutal und grausam, und Dieter freut sich darüber? Ich finde das verrückt! Als hätte es meinen Berief nie gegeben, zieht er weiter seine Runden durch den trüben Teich des Verschleierns und Verdrängens. »Einfach nicht hinschauen, dann ist es vielleicht auch gar nicht geschehen« scheint seine Überzeugung zu sein. Einfach konsequent die rosarote Brille auflassen, dann denkt Gabi irgendwann sicher auch, die Brühe wäre rosa? Kann es sein, dass Dieter wirklich so perfekt vergessen kann? Für mich fühlt es sich so an, als konstruiere er seine eigene Wirklichkeit, die er durch nichts, auch nicht durch Tatsachen, in Frage stellen lassen will. Dabei fällt mir ein, dass Dieter oft das Verhalten besonders uneinsichtiger Genossen kommentierte mit »Und sie lassen sich nicht durch Tatsachen verwirren.«

Ich glaube, dass ich so nicht weiterkomme, dass es zumindest vorläufig keine ehrliche Auseinandersetzung geben kann, dass ich aufhören muss, die Vergangenheit und Gegenwart für uns beide bewältigen zu wollen.

Lieber Dieter, Du wünscht Dir, meine Bedürfnisse besser spüren zu können. Ich wäre völlig damit zufrieden, wenn Du respektvoller mit den Bedürfnissen umgingest, die ich nenne.

Du bittest mich um Verständnis, dass Du neben der Liebe zu mir auch noch die Beschäftigung mit anderen Dingen brauchst. Dieter, da rennst Du offene Türen ein! Unser Problem war nie, dass ich kein Verständnis dafür gehabt hätte, dass Du Dich auch mit anderen Dingen beschäftigen wolltest. Unser Problem war, dass Du in den letzten Jahren neben der Beschäftigung mit anderen Dingen (Beruf, Hobbys und Interessen) weder Zeit noch Interesse noch Ideen für die Beschäftigung mit mir hattest.

Dennoch rührt mich Dieters Liebeswerben.

Ich kann wieder E-Mails empfangen und finde die folgende von Dieter vor, die er schon am 25.5.geschrieben hat:

»Liebe Gabi,
dieser Song von Chuck Berry, gesungen und gespielt von Eric Burden and the Animals, passt sehr gut für meine Gefühle zu Dir.
Am letzten Wochenende bin ich hier in Kassel jetzt endlich auch innerlich

angekommen. Ich war am Aschrott-Park und habe dort die Apostelkapelle besucht, in der wir vor 38 Jahren minus einer Woche getraut wurden. Das hat noch einmal viele schöne Erinnerungen wachgerufen.
Ich hoffe, dass ich jetzt auf dem richtigen Weg bin, damit wir wieder glücklich zusammenleben können.
Viele liebe Grüße
Dein
Heinz-Dieter«

2.6.09

Lieber Dieter,
heute bist Du schon seit fünf Wochen in Kassel. Soviel Auszeit war mir noch nie vergönnt.
Danke für die E-Mail mit dem Song. Ich wünschte, ich könnte Deine positive Stimmung teilen. Ich kann nicht. Ich spüre, dass Du gerade auf der weichen Welle schwimmst. Wie lange noch? Und was kommt dann?
…
Ich habe so dumpf den Verdacht, dass Du die Bilder der Vergangenheit benutzt, um Dich für eine Gegenwart zu motivieren, die Du eigentlich gar nicht magst, die es so nicht mehr gibt, die nur noch in Erinnerungen lebt. Du möchtest gerne die Tafel wieder sauber haben für eine neue Beschriftung ohne den mühsamen Weg des Wachstums und der Anpassung an veränderte Lebensumstände.
Ein glückliches Zusammenleben setzt für mich die Bereitschaft voraus, sich auch in einer aktiven Auseinandersetzung dem zu stellen, was an Schrecklichem geschehen ist, den Verletzungen, dem Betrug.
Auch eine kritische, ehrliche Betrachtung unserer jeweiligen und gemeinsamen Erwartungen ans Leben gehört dazu. (Siehe mein Respekt-Gedicht, das ich Dir aus meiner Kur zumailte und das Du nicht verstanden hattest.) Kann es sein, dass das, was Du vom Leben erwartest, nur noch peripher mit meinen Bedürfnissen und Möglichkeiten übereinstimmt?
Du hast in den E-Mails, die Du mir in die Kur geschrieben hast, beinahe beschwörend an unsere Fähigkeit, mit Unterschieden leben zu können, appelliert.
Ich bin überzeugt, es reicht nicht aus, Unterschiede zu akzeptieren, man braucht schon auch Gemeinsames, Verbindendes – und das in der Gegenwart. Aber genau das ist uns verloren gegangen vor lauter Arbeit, Arbeit, Arbeit.
Es verhilft uns nicht zu einem befriedigenden Zusammenleben (von einem glücklichen ganz zu schweigen), wenn wir die Wahrheit der Gegenwart versuchen, in alten Erinnerungen weichzuspülen.

Die Veränderung, die Chuck Berry besingt, will erst spezifiziert, anerkannt und akzeptiert werden.

Wie wenig Dir die Gabi von heute gefällt, eine Gabi, die nicht länger um jeden Preis bereit ist, für ein Zusammenleben mit Dir auf die Verwirklichung eigener Wertvorstellungen zu verzichten und nicht länger eigene Bedürfnisse kompromisslos unterordnet, daran hast Du keinen Zweifel gelassen.

Ich möchte nicht den Wert schöner gemeinsamer Erinnerungen in Frage stellen, aber es ist keine ausreichende Basis. Ich habe einfach nur die Sorge, dass Dein Hoffen auf eine Fortsetzung bzw. ein Revival weniger das Ergebnis einer realitätsbezogenen Überarbeitung und Veränderung Deiner gegenwärtigen Haltungen ist, als vielmehr ein sehnendes Wunschdenken in Erinnerung dessen, was mal war.

Dieter, jede Deiner Liebeserklärungen freut mich und ich wünsche mir sehr, sie irgendwann auch mal wieder annehmen zu können.

Dieter, ich habe das sichere Gefühl, wir stehen an sehr unterschiedlichen Stellen bezüglich der Verarbeitung dessen, was geschehen ist. Unsere Bewegungen sind gegenläufig, scheint mir.

Mir fehlen zwischen dem, was Du mir in den letzten Wochen und Monaten zugemutet hast, und dem, was Du jetzt so sagst und schreibst, wichtige Schritte, die mir ein Folgen ermöglichten.

Woran kann ich erkennen, dass Du die Gabi von heute meinst, wenn Du von Liebe sprichst?

Woher soll ich die Hoffnung auf die Verlässlichkeit Deiner Gefühle nehmen?

Woher weiß ich, ob der Hass oder die Liebe Deine wahren Gefühle sind?

Dieter, ich glaube, beides sind Teile von Dir.

Adam, der mich liebt und der Maschinist, der mich hasst, weil er mich verantwortlich macht für alle negativen Entwicklungen.

Für mich fühlt es sich seit einigen Jahren zunehmend so an, als machtest Du mich für Dein Schicksal, für alles, was schiefläuft in Deinem Leben, für alles, was anders läuft, als Du es für Dich geplant hattest, verantwortlich.

Jetzt will ich aufhören und die E-Mail abschicken. Wir haben inzwischen den 2.6. Ich habe viele Aufregungen überstehen müssen, der Garten überfordert mich völlig bei der Trockenheit, das Wasserspiel ist kaputt, wohl eine Folge der Säureattacken, der Computer hat mir den allerletzten Nerv geraubt wegen des ausgefallenen Mailsystems und den Versuchen, das zu beheben

…

Liebe Grüße im Vertrauen auf Deine Ausdauer und Anstrengungsbereitschaft auf Deinem Weg zu Dir.

Deine Gabi

Tagebucheintrag

2.6.09

Auch auf diesen Versuch, einen weiterführenden Kontakt zwischen Dieter und mir herzustellen, erfahre ich keine Reaktion, die mich in irgendeiner Weise hoffen lassen könnte auf eine Zukunft der ehrlichen Begegnung.
Ich beschließe, dass es keinen Zweck hat, dass es sprichwörtlich vergebliche Liebesmühe ist.
Ich antworte ab jetzt nur noch sachlich und freundlich. Auf seine gefühlvollen Liebesbezeugungen gehe ich auch nicht mehr in Form von »Richtigstellungen« ein. Ich habe Mitleid mit Dieter, fühle Bedauern, weil ich jetzt schon weiß, dass der nächste Absturz kommen muss. Seine Gefühle schweben in der Luft.
Wie schütze ich mich? Woher hole ich mir Kraft? An diesem Auffangnetz arbeite ich noch.

7.6.09

Liebe Veronika,
nur eine ganz schnelle Antwort. Bin total erschöpft. Die Temperaturwechsel machen mich völlig fertig.
Nächsten Sonntag fahre ich für zwei Wochen nach Norderney, was mich logistisch völlig überfordert, aber vielleicht tut es mir dennoch am Ende gut. Ich will dort eine Behandlung wegen meiner zusitzenden Nase ausprobieren und Akkupunktmassagen machen, die ich in Lüneburg nicht organisiert bekomme.
Die größte Anstrengung ist für mich Knölls Stimmungsumschwung um 180 Grad. Er schwebt auf rosaroten Wolken, schreibt Liebesgedichte mit gleicher Inbrunst wie zuvor seine Anschuldigungen gegen mich und denkt, jetzt sei doch alles wieder gut. Ich spüre, dass diese Liebe mich ebenso wenig meint, ebenso wenig mit mir zu tun hat wie seine negativen Gefühle zuvor. Das ist etwas in ihm, das nichts mit mir zu tun hat. Seine Stimmungsschwankungen sind extrem.
Aber zu dem Treffen unserer Psycho-Gruppe: Ich fänd es toll, Zeitpunkt egal, als Ort wäre doch Kassel gut, da für uns alle gut erreichbar.
Sei ganz lieb gegrüßt.
Deine ausgelaugte Gabi

Flucht nach Norderney

Tagebucheintrag
13.6.09 – 24.6.09

Ich fahre morgen für zwei Wochen nach Norderney. Ein Abenteuer für mich. Ich weiß nicht die Bohne, was auf mich zukommt, kenne weder die Insel noch das Hotel, kenne niemanden dort.

Bin eigentlich innerlich davon überzeugt, dass diese Reise, so gut sie für meine Sinusitis auch sein mag, eine einzige Überforderung für mich ist. Gott sei Dank habe ich mit Uschis Unterstützung einen Service der Bundesbahn herausgefunden und bestellt, der sicherstellt, dass ich an jedem Umsteigebahnhof in Empfang genommen und in den neuen Zug gesetzt werde. Meine Sorge ist, dass ich die Orientierung verliere. Die Bahnhofsmission, die für solche Fälle der klassische Ansprechpartner ist, arbeitet sonntags nicht.

Norderney, der Versuch mir zu beweisen, dass ich noch ein halbwegs normales Leben, wenn auch mit Einschränkungen, führen kann, ist gescheitert. Ich weiß nun, dass ich einem Alltag, auf mich selbst gestellt, nicht gewachsen bin. Schon die kleinste Kleinigkeit, die außerhalb der Routine auftritt, wirft mich aus der Bahn, führt zu gefährlichen Handlungen oder Reaktionen, überfordert mich restlos, sowohl mental als auch psychisch. Diese Erkenntnis ist entsetzlich! Was das konkret für meine Lebensgestaltung bedeutet, weiß ich noch nicht.

Ich habe mich durch meinen Urlaub in echte Gefahr begeben. Die ersten drei Tage habe ich noch gemeistert, die aber waren so überfordernd, dass sie mir meine allerletzten Kräfte zur Selbstorganisation geraubt haben. Es ist schon allein ein großes Problem, dass meine Konzentration nur so kurz reicht. Wenn mich mitten auf dem Heimweg die Konzentration verlässt oder mitten beim Einkaufen, wie geht es dann weiter, wenn niemand da ist, der meinen Zustand bemerkt und richtig einordnet? Ich bin ziemlich sicher, dass meine Torkelei, meine Gangunsicherheit, die ich selbst in ausgeruhtestem Zustand habe, bei manchem dazu führt, sich zu überlegen, ob ich vielleicht zu viel Alkohol getrunken habe.

Habe mir Nordic-Walking-Stöcke ausgeliehen und bin die ersten Tage damit jeden Tag eine Stunde lang am Strand gelaufen. Die Stöcke geben mir Sicherheit und Halt. Dennoch schaffe ich alles, egal ob das Frühstücksbuffet, Einkaufen, meine Anwendungen oder das Walken, nur mit äußerster Disziplin. Freude empfinde ich nicht aus einer Tätigkeit an sich, sondern nur aus dem Gefühl heraus, etwas geschafft, durchgehalten zu haben.

Ich weiß inzwischen, dass ich nicht alleine mit dem Zug zurückfahren kann.

Ich will Dieter bitten, mich abzuholen. Seine Kur ist ja am Dienstag beendet. Ich habe ihm geschrieben und vorgeschlagen, er könne ja am Mittwoch nach Norderney kommen, dann könnten wir die letzten Tag gemeinsam dort verbringen, uns wieder aneinander gewöhnen und ich hätte die Hilfe, die ich brauche. Die Idee fand Dieter gut. Ich hoffe, ich halte bis dahin durch.
Ab dem 21.6. geht es mir zunehmend schlechter. Ich habe starke Schmerzen in der Brust. Ab sofort regiert die Angst. Muss mich ablenken. Habe mir ein Heftchen gekauft, um schreiben zu können, immer noch der beste Weg für mich, meine Gedanken zu ordnen und am Davonfliegen zu hindern. Wenn ich nur daran glauben könnte, dass dies ein vorübergehendes Tief ist. Und wenn ich doch nur besser mit der Hand schreiben könnte!
Habe so lange gefrühstückt wie noch nie in meinem Leben. Habe eine alte Ausgabe des Stern gelesen. Modethema: Glück. Viele Bogen werden gespannt, sogar vom Glück zum Terrorismus. Ein Pfeil steckt aber nicht einmal im Köcher: Glück und der Sinn des Lebens. Gibt es ein Glück, ohne den Sinn seines Lebens gefunden zu haben? Vielleicht das Glück des Ahnungslosen?
Ich wünschte, ich könnte eine Denkpause einlegen. Denken ist lösungsorientiert, ich aber grüble. Grübeln verhält sich zum Denken wie das Hamsterrad zur Freiheit.
War am Nachmittag wieder eine Stunde am Strand unterwegs mit meinen Stöcken. Danach eine Stunde Strandkorb aus Not, weil ich zu schlapp war für den Heimweg. Habe eine ekelhafte Familie beobachtet. Nur ein schlechtes Heim kann für Kinder schlimmer sein.
Ich verlaufe mich ständig, es ist mir einfach nicht möglich, mir markante Punkte einzuprägen, schon gar keine Straßennamen. Entsprechend geschafft bin ich, wenn ich endlich in der Nähe meines Appartements angelangt bin. Habe dann noch ein spezielles Überlebenstraining. Höre im Vorbeistolpern zwei junge Männer lästern: »Etwas mehr Einsatz mit den Stöcken bitte!« Es geht mir zu schlecht, um das gelassen zu überhören. Ich heule die letzten Meter zum Hotel und finde es schade, dass ich nicht spontan reagiert habe. Ich hätte die beiden jungen Kerle auffordern sollen, einen Kaffee mit mir zu trinken und dabei meine Geschichte anzuhören. Wenn sie danach immer noch lästern können, zahle ich, ansonsten müssen sie mich einladen. Ein gemeinsamer Kaffee wäre allemal besser als Tränen gewesen. Beschämen will ich ja niemanden, aber vielleicht vorsichtiger machen. Wie oft wohl meine eigenen unbedachten Äußerungen andere Menschen verletzt haben? Ich denke schneller, als ich schreiben kann, das ist Qual. Ist die Hand da angekommen, wo sie den letzten Gedanken festhalten soll, ist dieser oft schon verschwunden.

22.6.09

Habe Schmerzen, die ich nicht ignorieren kann. Links, vor allem beim Atmen. Mich beunruhigt das enorm. Gelassenheit ist jetzt nicht das, was mir gelingt. Lesen lenkt ab. Auch Schreiben. Hatte mir beim Frühstück etwas Bestimmtes vorgenommen, musste dann erst zur Inhalation und Nasendusche, Einkaufen einschließlich Verlaufen und Mittagessen, und weiß jetzt nicht mehr, was ich schreiben wollte. Das macht mir Angst. Ich muss schon wieder weinen. Was ist nur von mir geblieben! Wie endet das? Sterbe ich als Dödel? Merke ich den Niedergang?

Mir geht der Satz aus Dieters Brief durch den Kopf. Er wolle noch viele schöne Dinge mit mir erleben, schrieb er mir aus Kassel. Solange wir noch wirklich etwas zusammen hätten unternehmen können, hat Dieter um sein Recht auf acht Stunden Arbeit täglich regelrecht gekämpft. Arbeitsfreie Wochenenden waren ein großes Zugeständnis für ihn. Als ich noch fit für Reisen, Radtouren, Wanderungen und sonst was war, wollte Knöll lieber arbeiten und hatte einfach keine Idee, was er mit mir so unternehmen könne. Jetzt, wo meine Möglichkeiten begrenzt sind, um es mal so vorsichtig zu benennen, will er mit mir noch viele schöne Dinge erleben. Es ist zum Heulen. Es gibt Einsichten, die einfach zu spät kommen.

Es ist zu spät für

- ausgelassene Fröhlichkeit,
- Verliebtheit,
- ausgiebige Wanderungen,
- Radtouren,
- wildes Tanzen (Jonas Hochzeit war ein schöner Anlass für dieses letzte Mal)
- überschäumende Lebensfreude,
- Übermut,
- gemeinsames Bilanzieren,
- ja, selbst für Ehrlichkeit. Sie ändert nichts mehr.

Ich werde ohne die Erfüllung dieser banalen Wünsche sterben müssen. Dieter muss damit leben. Auch nicht einfach, aber er kann all dies mit anderen Menschen nachholen, ich nicht.

Ich hatte Dieter geschrieben, ich sei beinahe zerbrochen an den Vorkommnissen der letzten Monate. Das »Beinahe« muss man streichen.

Knöll und sein toller Psychiater waren sich einig, ich solle meine Freizeit mit Freunden verbringen. Das habe ich getan und werde es auch künftig so machen. Sie waren sich auch einig, ich solle mich mit anderen Menschen unterhal-

ten. Auch das habe ich getan. Ich bin so wütend über die verpassten Chancen. Jetzt will ich einfach nicht mehr, bin nur noch müde. Habe durchgehalten bis jetzt, nun ist gut!
Vielleicht ist auch nur das Klima zu anstrengend für mich? Die Hoffnung kommt immer wieder durch.
Es ist zu spät.

23.6.09

Habe heute extreme Rückenschmerzen. Weiß noch nicht, wie ich es zu meinen Anwendungen schaffen soll. Glaube, es ist doch besser, wenn Dieter mich mit dem Auto abholt. Schnell!
Eva hat Geburtstag.
Schmerzen, Schmerzen, Schmerzen. Kann kaum einen klaren Gedanken fassen, mich kaum bewegen. Habe Eva gratuliert und sie gebeten, Dieter auszurichten, dass es mir schlecht gehe und er mich bitte mit dem Auto holen solle. Die Zugfahrt würde ich nicht schaffen. Habe mir ABC-Pflaster gekauft. Das Team der Physiotherapeuten spendiert mir eine halbe Stunde auf dem warmen Meer-Sandbett in der Hoffnung auf Linderung. Die Fürsorge und Anteilnahme rühren mich zu Tränen. Irgendwie schaffe ich den Rückweg und keinen Schritt weiter. Die Schmerzen lassen nicht nach. Habe eben die Idee, ich hätte mir Ibuprofen kaufen können. Warum habe ich daran nicht schon heute Morgen gedacht! Die Schmerzen lähmen meinen Verstand. Dazu dieser ewige Schwindel und die merkwürdigen Sehprobleme. Greife überall daneben, ecke überall an.
Ich fühle mich so allein gelassen. Dieter ist bei Eva und feiert Geburtstag. Dort muss er inzwischen auch erfahren haben, dass es mir nicht gutgeht. Er ruft mich aber nicht unverzüglich an, wie ich das erwartet habe. Er hat sich einfach keine Gedanken um mich gemacht.
Ich rufe ihn bei Eva an. Bin inzwischen wehleidig. Habe nichts zu Essen in der Ferienwohnung, weiß nicht, was ich tun soll. Dieter macht gleich zu Beginn des Telefonates deutlich, dass seine Priorität jetzt bei den Enkeln und Eva liegt. Er bleibt sitzen, wo er ist, spielt nebenbei mit einem Enkel. Ich störe.
Ich frage ihn, wann er komme. Er weiß es nicht, hat sich darum noch nicht gekümmert, meint, morgen so gegen 18 Uhr könne ich mit ihm rechnen. Ich habe das Gefühl, dass ich ihn in meiner Not nicht erreichen kann, er ist auf anderes fixiert.

19.00 Uhr
Ich bin schon wieder am Telefon und weine. Ich will nicht länger im Ungewissen bleiben. Dieter sagt wieder, er habe jetzt keine Zeit, er sei noch bei Eva. Ich

höre ihn auch inmitten seiner Enkel. Er unterbricht seine Tätigkeit nicht, um in Ruhe mit mir zu telefonieren. Ich sage ihm, dass ich unerträgliche Schmerzen habe. Ich frage ihn wieder, wann er komme, da ich denke, er habe nun Zeit genug gehabt, sich zu erkundigen, wie lange die Fahrt dauert und wann die Fähren fahren. Er gibt die gleiche Antwort wie zuvor. »Geh davon aus, dass ich morgen Abend um 18.00 Uhr da bin.« Jetzt ist es 19.00 Uhr. Wie soll ich noch eine Nacht und einen ganzen Tag durchhalten? Ich fühle mich fallengelassen und abgewimmelt, wie eine lästige Studentin, die ihn nervt. Ich werde sehr deutlich und sage: »Dieter, ich bin ein Notfall. Ich muss wissen, wann Du kommst!« Er meint, er habe es mir doch nun schon mehrfach gesagt, ich solle davon ausgehen, dass er morgen um 18.00 Uhr da sei. Ich bin verzweifelt, vor allem, da er meint, es nicht genauer sagen zu können, da er einfach nicht wissen könne, wie lange die Fahrt dauere. Ich meine, das könne er doch im Internet in Erfahrung bringen. Das würde nichts nützen meint er, da man ja nie wisse, ob und wie viel Stau es gebe. Er habe auch keine Ahnung, wann die Fähren führen, er sei schließlich kein Computer. Ich fühle mich hilflos ausgeliefert. Danach gebe ich auf, weil ich keine Kraft habe, weiter zu kämpfen.
Ich liege da und kann keinen klaren Gedanken mehr treffen. Was einem im normalen Zustand einfallen würde, etwa den Notarztwagen zu rufen, fällt mir einfach nicht ein vor lauter Schmerzen und Stress. Ich bin so konfus, dass meine Versuche, einen der Jungs zu erreichen, fehlschlagen, da ich auf einmal nicht mehr weiß, wie ich deren Telefonnummern in meinem Handy aufrufen kann. Das macht mich noch verzweifelter. Ich habe plötzlich Angst, so einsam zu sterben.

Etwa 20.30 Uhr
Jetzt müsste Dieter eigentlich Gelegenheit gehabt haben, sich über genaue Reisezeiten zu erkundigen, denn nun sind die Kinder im Bett. Jetzt müsste Dieter sich die Zeit nehmen können, in Ruhe mit mir zu sprechen. Bisher fanden die Gespräche ja immer inmitten der Kinder statt. Dieter ist nie aus dem Raum rausgegangen, um sich Zeit für ein Gespräch mit mir zu nehmen. Auch das gibt mir das Gefühl, nicht wichtig zu sein. Ich rufe ihn an und hoffe auf einen Dieter, der sich jetzt endlich Zeit für mich und meine Not nimmt.
Er habe jetzt keine Zeit, lässt er mich gleich wissen. Erst auf Nachfrage erfahre ich, er sei bei Karsten und Susi. Ich fasse es nicht!!! Was muss passieren, damit mein Mann begreift, was jetzt seine Aufgabe wäre! Nein, er wisse nicht mehr als vorhin bezüglich der Frage, wann er komme. Ich solle mich endlich damit zufrieden geben, dass er morgen Abend um 18.00 Uhr da sei. Doch, er habe bei Eva nachgeschaut, wann die Fähren fahren, aber er habe sich das nicht merken können.

Da sitzt Knöll gemütlich mit Freunden auf dem Sofa, erzählt ihnen, ich sei seine große Liebe und woran bitte, kann ich das merken?
Realität und Gefühle führen bei ihm offenbar jeweils voneinander getrennte Eigenleben. Gefühle, die er äußert, finden keine Entsprechung in seinem Handeln. Mir kommt es so vor, als gäbe es Gefühle nur in seinen Worten, als hätte er sie ansonsten aus seinem Leben abgespalten. Da scheint einiges aus dem Lot.
In mir ist momentan jedenfalls auch gar nichts im Lot. Ich heule verzweifelt. Ich jammere, dass ich fürchterliche Schmerzen habe. Sein Rat: »Dann geh zu einem Arzt«. Abends um diese Zeit, wenn alle Praxen geschlossen haben und wenn man vor Schmerzen nicht mehr geradeaus denken kann, nicht wirklich die Auskunft, die einem das Gefühl gibt, dass da jemand ist, der Interesse daran hat, zu helfen. Ich heule inzwischen hemmungslos und immer verzweifelter. Ist das nicht das, was das Deutsche Recht als »Unterlassene Hilfeleistung« unter Strafe stellt?
Dieters Hinweis mit dem Arzt, so desinteressiert und zynisch er auch gewesen sein mag, lenkt meine Gedanken jedoch endlich aus der Sackgasse heraus. Mir fällt ein, ich könnte ja Schmerztabletten einnehmen, die ich immer im Reisegepäck habe. Sicher nicht die stärksten, aber immerhin. Die Erkenntnis, dass ich dies schon vor Stunden hätte tun können, dass ich auf diese simple Lösung nicht gekommen bin vor lauter Tunnelblick, führt mir deutlich meine hilflose Lage vor Augen. Es ist nun aber nicht so, dass ich mit dieser Tablettenerleuchtung der Rettung automatisch nähergekommen wäre! Vielmehr weiß ich zwar, dass ich Schmerztabletten dabei habe, aber mir fällt in dem Stress nicht ein, wo das sein könnte. Ich kann schon lange nicht mehr normal reden, vermutlich schreie ich ins Telefon, auf jeden Fall heule ich. Ich sage Knöll, ich könne ja Schmerztabletten nehmen, wisse aber nicht, wo ich die Tabletten habe. Ob er mir helfen könne zu suchen? »Woher soll ich denn wissen, wo Du Deine Tabletten hast!« ist die einfühlsame Unterstützung, die er mir bietet.
Ich vermisse das Gefühl, dass da jemand ist, der sich um mich sorgt, der mir helfen will. Ich bin hilflos, ich bin verzweifelt, ich lechze nach Hilfe. Ich heule noch mehr, aber kann erstmals eine konkrete Bitte äußern: »Bitte bleibe am Telefon, bis ich die Medikamente gefunden habe!« Ich will das Gefühl eines Rückhalts haben. Und tatsächlich, alleine das Wissen, dass da jemand ist, der mir zur Not weiterhelfen könnte, hilft mir schon, meine Gedanken zu ordnen. Ich kann mich plötzlich logisch fragen, wo die Wahrscheinlichkeit groß ist, die Medikamente zu finden (solch eine Überlegung von Dieter ausgesprochen, hätte mir eine enorme Hilfe sein können). Bei nüchterner Betrachtung kommen da tatsächlich nur die Handtasche oder Kulturtasche in Frage. So einfach

geht das! Die Handtasche birgt den Schatz, ich werfe die Tabletten ein und hoffe auf Linderung. Knöll ist hörbar genervt, ich versaue ihm seinen Abend bei Freunden. Ich hoffe inständig, dass ich die Nacht und den nächsten Tag irgendwie überstehe.

Die Nacht ist trotz Tabletten grausam. Ich weiß, dass ich diese Tortur nicht bis zum nächsten Abend durchstehe. Ich weiß auch, dass ich von Knöll keine Hilfe erwarten kann. Er hat sich bis zum Schluss standhaft geweigert, mir schnellstmögliches Kommen zuzusagen. Statt die Fahrt zu mir zu planen, hat er zunächst Geburtstag gefeiert und ist dann zu Freunden gefahren, um ihnen Geschenke vorbeizubringen. Das alles war wichtiger als früh zu Bett zu gehen, um die erste Fähre zu erreichen, um so schnell wie möglich bei mir zu sein. Mir bestätigt das, dass meine Angst, eines Tages auf Knöll angewiesen zu sein, sehr berechtigt ist. Solange ich noch selbst gut für mich sorgen kann, bin ich sicher nicht gefährdet, wehe mir aber, wenn nicht. Ich mag daran nicht denken!

Als Dieter kurz nach unserem Telefonat die Freunde verlässt, verkündet er denen, er fahre schon am nächsten Morgen früh los. Mir gibt er diese erlösende Information nicht. Ich liege die ganze Nacht in der Vorstellung, noch bis zum nächsten Abend durchhalten zu müssen. Warum hat er mich so unnötig im Ungewissen gelassen? Er sagt, er habe mich nicht wecken wollen, es sei ja schon so spät gewesen, als er nach Hause gekommen sei. Solche unlogischen Ausreden machen für mich alles nur noch schlimmer. Dieter hätte mich sofort anrufen können und mir mitteilen können, wie spät er am nächsten Morgen abfahre, nachdem er diese Entscheidung den Freunden mitgeteilt hatte. Zwischen unserem Telefonat und der Entscheidung lagen höchstens 20 Minuten. Da wird er wohl kaum davon ausgegangen sein, dass ich schon schlafe. Nein, es macht keinen Sinn, Dieters Handeln und seinen Begründungen mit Logik beikommen zu wollen. Das Problem liegt auf einer anderen Ebene. Und dennoch versuche ich zu verstehen, was in einem Menschen vorgeht, der die Hilferufe seiner Frau so eiskalt abschmettert und erst mal seinen Nachmittag und Abend genießt, sein geplantes Programm abspult, ehe er sich überhaupt in Bewegung setzt.

Dieter rechtfertigt und begründet sein Verhalten später damit, ich hätte ihm ja nie gesagt, was ich überhaupt hätte. Er behauptet auch, ich hätte »auf die Minute genau« wissen wollen, wann er komme. Und das könne man halt nicht sagen.

Nein Dieter, ich wäre völlig zufrieden gewesen zu hören, dass Du so schnell wie möglich kommst und dass Du mir mitteilst, welche Fähre Du versuchen willst zu erwischen. Ich wäre überglücklich gewesen, wenn ich eine Spur von Mitgefühl und Interesse hätte erahnen können.

24.6.09

Ich bin wie gerädert, habe kaum geschlafen, bin zwischen Bett und Sofa gewandelt, habe gestanden, gesessen, gelegen, die Schmerzen sind noch schlimmer geworden. Wenn ich das bis heute Abend noch durchhalten muss, bin ich verrückt. Heule aus Wut, dass ich vergessen habe, wie ich meine Kinder anrufen kann. Ich denke, so fühlt sich bestimmt das Anfangsstadium von Alzheimer an. So jedenfalls stelle ich es mir vor: Man bekommt haargenau mit, dass das Gehirn Ausfälle hat, kann es aber nicht beeinflussen. Man darf beobachten, wie man allmählich verblödet, wie man Sachen, die man gestern noch beherrschte, heute schon nicht mehr hinbekommt. Dem Verfall ausgeliefert. Diese Erkenntnis erzeugt Stress und der legt letzte Fähigkeiten lahm.

Ich nehme das Handy wieder in die Hand. Es muss doch zu schaffen sein! Da fällt mir ein, dass ich ja auch noch einen Zettel dabei habe, auf dem die Telefonnummern u. a. meiner Kinder stehen. Den hole ich trotz fürchterlicher Schmerzen. Mindestens fünf Mal vertippe ich mich, doch dann erreiche ich Dana. Ich sage ihr das Gleiche wie Dieter: Es geht mir schlecht, ich habe starke Schmerzen. Dana bleibt ganz ruhig, obwohl Tobi schreit, weil er meint, er brauche seine Mutter jetzt. Dana zeigt Mitgefühl, ach tut das gut. Sie schlägt sofort vor, ich solle ins Krankenhaus fahren, da die Arztpraxen noch geschlossen seien, sucht mir über Internet die Telefonnummer eines Taxiunternehmens raus und fertig ist ihr Einsatz. Ich rufe Dieter an und erfahre da erstaunlicherweise, dass er schon »unterwegs« sei. Um einschätzen zu können, wann ich mit ihm rechnen kann, frage ich ihn, wo er sei. Seine Antwort: »Auf der Autobahn.« Tatsächlich, auf der Autobahn, so genau will ich es nicht wissen. Was bringt einen intelligenten Menschen dazu, derart unsinnige, wenig hilfreiche Antworten zu geben, vor allem, wo er doch weiß, wie sehr man seinem Kommen entgegenfiebert?! Durch unerschütterliches Nachfragen weiß ich aber bald, dass ich schon gegen Mittag mit Dieter rechnen kann.

In der Klinik bekomme ich eine Spritze verpasst, wehre mich erfolgreich gegen eine Einweisung plus Tropf für etwa drei Tage, trete die hartgefederte und entsprechend schmerzhafte Rückfahrt zu meinem Appartement und dem Wabbel-Schwabbel-Wasserbett an und staune, wie gut sich Schmerzen aushalten lassen, wenn man sich nicht verlassen fühlt. Ich weiß ja jetzt, dass Dieter bald kommt und mich nach Hause bringt.

Um 17.00 Uhr sitzen wir schon auf der Fähre, weg von Norderney. Die Sonne scheint, die Schmerzen sind weg, dank der Spritzen, die ich im Krankenhaus bekam. Ich aber trage noch an dem Trauma der unterlassenen Hilfeleistung. Meine lange verdrängte Angst davor, völlig verlassen zu sein, sollte ich mal auf Dieters Hilfe angewiesen sein, ergreift neuerlich Besitz von mir.

Vor uns liegen fünf Stunden Autofahrt. Knöll und ich waren seit acht Wochen getrennt. Ich suche nach einem Thema, das uns eine Brücke zwischen unseren Welten sein kann. Dieter hatte mir aus der Kur geschrieben, wir könnten noch viele schöne Dinge zusammen unternehmen, worauf er sich freue. Das scheint mir ein Thema zu sein, das uns einander näherbringen kann. Ich frage ihn, woran er dabei gedacht habe. Seine postwendende Antwort:
«Woher soll ich denn wissen, was Dir Spaß macht.»
Hat er ein Abo auf diese Antwort gebucht? Hat er sich verpflichtet, nur noch so zu antworten?
Mit nur einer Frage und einer Antwort sind wir umgehend wieder da gelandet, wo wir aufgehört hatten.
Ich bin platt, obwohl ich genau damit habe rechnen müssen. Ich weiß seit langem, dass Knöll nicht anders kann oder will, dass er sich nicht ändern wird. Über mangelnde Verlässlichkeit in dieser Hinsicht darf ich mich nicht beklagen. Er versteht heute wie damals nicht, was er mit einer solchen Antwort an Botschaften transportiert. Was er aber sofort begreift ist, dass meine enttäuschte Reaktion auf diese Antwort von ihm unweigerlich als Kritik und Meckerei gewertet werden muss, was bei ihm mit Schweigen beantwortet wird. Das wiederum setzt in mir das Bedürfnis frei – wider besseren Wissens, Dieter mit Beispielen und Argumenten überzeugen zu wollen, ihm erklären zu wollen, warum mich seine Antwort entsetzt. Himmel noch mal, ich will, dass mich mein Mann versteht! Je ausgiebiger Dieter schweigt, umso mehr rede ich. Irgendwann beende ich das Spiel, indem ich sage, er fühle sich jetzt vermutlich als das Opfer, das unter der meckernden und dem nicht enden wollenden Redeschwall seiner Frau leiden müsse. »So ist es ja auch«, stellt er fest.
Ich schweige auch eine (kleine) Weile, bin aber ratlos, zutiefst erschüttert, hoffnungslos bezüglich der Vorstellung, dass acht Wochen Kur diese alten Gesprächsmuster nicht aufbrechen konnten und uns offensichtlich einem Umgang miteinander im Zeichen von Respekt oder gar Liebe nicht erkennbar oder spürbar näher gebracht haben.
Ich habe auch nicht wirklich dazu gelernt. Ich weiß, dass es kein gutes Gespräch, keine ordentliche, weiterführende Auseinandersetzung geben kann. Dennoch schweige ich nicht. Ganz im Gegenteil, ich werfe alles an lang Aufgestautem auf den Tisch. Wenn schon eine Verständigung nicht möglich ist, dann will ich wenigstens meinen Frust loswerden. Das hat er davon!
Es folgen fünf Stunden unerfreuliche, sehr vertraute Streitgespräche, alte Muster, wie gehabt. Ich muss mich nicht umstellen. Knöll aber auch nicht.

Wiedervereinigung

Am Ende der Fahrt habe ich Knöll meinen ganzen Kummer vor die Füße geworfen. Alles, was ich in den letzten Wochen und Monaten mühevoll bezähmt habe, bricht aus mir heraus. Noch bevor wir unseren Carport erreichen, kennt Knöll alle Themen, die zwischen uns stehen.
Dieter sieht fürchterlich mitgenommen aus. Ich habe spontan ein schlechtes Gewissen und weiß auch, dass auch ich wieder im alten Strickmuster gelandet bin. Da will ich auf keinen Fall stecken bleiben! Ich will da raus!
Das ist eine gute Einsicht, danach zu handeln offensichtlich noch nicht möglich. Im Gegenteil: Ich versacke in Erinnerungen, stelle in mir ein Album zusammen zu dem Thema: »Auch da war er schon ein mieser Kerl«.
Mich macht diese Art der Spurensuche nicht glücklich. Es fühlt sich an, wie Essenssuche in Müllcontainer. Ich suche noch nach einer Erklärung. Ich will verstehen, aber ich merke, statt Verständnis breitet sich mit dieser Erinnerungstour nur Unglück in mir aus.
Peter ruft an und will das weitere Vorgehen wegen meiner Schmerzen mit mir absprechen. Es ist Abend, die Spritze wirkt zwar noch, aber ich bin weit davon entfernt, schmerzfrei zu sein. Nein, eine Tablette habe ich nicht zusätzlich genommen, die wolle ich erst nehmen, wenn es noch schlimmer komme. Völlig falsch, findet Peter. Ich solle eine Woche lang täglich zwei Mal Diclo 75 nehmen, ja, trotz der Spritze. Wenn die Schmerzen danach vergessen seien, sei es gut, ansonsten sei dann weitere Abklärung nötig. Man müsse ja an Knochenmetastasen denken.
Ich weiß nicht, ob ich noch an irgendwas denken will. Wozu? Ich frage, ob es nicht so allmählich Zeit wird, den Dingen ihren Lauf zu lassen und auf ein baldiges Ende zu hoffen. Das sei ja das Problem, meint Peter. Es sei unwahrscheinlich, dass das Nichtbehandeln von Knochenmetastasen beschleunigend wirke. Es sei eher zu befürchten, dass ich dann große Schmerzen hätte und die Wirbel brächen. Schneller gehe es kaum, meint Peter, aber unangenehmer und vor allem schmerzhafter werde es ohne Behandlung sehr wahrscheinlich. Ich höre noch das Wort »Rollstuhl« und weiß, dass es auch hier keine einfache Lösung gibt.
So macht man weiter und weiter in dem, was ich früher Krebskarriere nannte, aus der man rechtzeitig seinen Ausstieg finden müsse, indem man zum Beispiel den Behandlungsmarathon abbreche. Und jetzt sagt Peter, dass Verzicht auf Behandlung auch nicht frei von Nebenwirkungen sei. Das Gespräch mit Peter ist gut. Er geht auf meine Argumente ein. Die klare zeitliche Angabe,

wie lange ich warten solle und ab wann weiteres Vorgehen nötig ist, gibt mir etwas Halt. Peter bleibt bei seinen Ausführungen sehr ruhig, ist ehrlich. Aber genau das hilft mir, zumal ich aus jedem Wort spüre, dass er um mich besorgt ist, dass er mich liebt.
Bis nächsten Donnerstag lasse ich die Metastasen-Angst ruhen.

1.7.09

Es gibt einige Situationen zwischen Dieter und mir, die mich zweifeln lassen. Ich muss aufhören, diesen missglückten Begegnungen so viel Beachtung zu schenken. Im Moment entwickelt jede noch so kleine Begebenheit eine Eigendynamik wie ein Stein, den man ins Wasser wirft. Zunächst wird einfach nur ein wenig Unruhe in zuvor glattes Wasser gebracht, dann aber entwickeln sich daraus Kreise, immer größer, immer weiter. So reagiert meine verletzte Seele im Moment auf beinahe jedes Wort von Dieter. In mir wühlt noch zu sehr das Gefühl des schmählich im Stich gelassen worden Seins, als ich Dieter nötig gebraucht hätte. Ich muss mich wieder auf mich konzentrieren. Ich bin für mich und mein Handeln verantwortlich, Dieter aber für sich. Ich muss ihm die Möglichkeit geben, die Konsequenzen seines Handelns selber zu tragen, so wie mir auch.

Meine Erregung über die unglücklichen Begleitumstände meiner Rückkehr aus Norderney, meine Enttäuschung über Dieters Verhalten, seine fehlende Teilnahme an meinem Schmerz, seine Unfähigkeit, das zu sehen und zu bedauern, und anschließend meine Wut über die Unmöglichkeit, darüber ein klärendes Gespräch mit ihm zu führen, weichen jetzt der Erkenntnis, dass doch eigentlich bei Licht gesehen alles beim Alten geblieben ist. Wäre da nicht doch wieder die Hoffnung gewesen. Er kommentiert nüchtern, dass er die »Sache« (meinen Zustand auf Norderney) falsch eingeschätzt habe und ihm bewusst sei, dass er mit der Auto-Betrugsgeschichte mein Vertrauen aufs Spiel gesetzt und mich hintergangen hat, aber er kann keine Reue, kein von Herzen kommendes Bedauern zeigen. Das Höchste der Gefühle ist ein Zugeständnis wie, er wisse, dass das nicht richtig war, in einem Tonfall gesprochen, wie etwa die Feststellung, das Mitnehmen einer Regenjacke sei sinnvoll gewesen. Fehlverhalten, das ihn zu einer kritischen Auseinandersetzung mit sich selbst führen müsste, wo er auch mal Schuld anerkennen müsste, blendet er konsequent aus. Es kommt einfach in seinen Darstellungen von Sachverhalten, offenbar oft auch seiner Erinnerung, nicht mehr vor.

So ist es und so wird es bleiben. Dieter kann nicht anders, er sitzt im Gefängnis seiner Persönlichkeit.

Ich habe meine Einstellung gegenüber der Hilfe geändert, die Knöll mir anbictet und die er leisten kann. Lange Zeit habe ich versucht, seine Hilfsangebote einzutauschen gegen mehr gemeinsam verbrachte Zeit. Das Projekt ist gescheitert. Der Kampf um Freizeit blieb, so und so. Jetzt ist unsere gemeinsame Zeit für mich kein Thema mehr, um das ich kämpfen würde. Ich habe mir mein Leben ohne das sehr zufriedenstellend eingerichtet. Dafür brauche ich Dieter nicht mehr. Damit allein schon hat sich die Notwendigkeit für Tauschgeschäfte erledigt. Das Annehmen seiner Hilfe macht mir auch kein schlechtes Gewissen mehr.

In der Zeit, als ich mit Dieter gerungen habe um ein Mehr an gemeinsamer Zeit, hat Dieter jeden Handschlag, den er für mich erledigt hat (mich einmal wöchentlich in Istanbul zur Chemotherapie zu fahren) als Erklärung benutzt, keine Zeit mehr für irgendeine gemeinsame Freizeitgestaltung zu haben. Solange das aber für mich ein hohes, fast heiliges Ziel war, begann ich einen Kuhhandel mit Dieter. Ich bot ihm an, mich alleine um meine Fahrten zur Chemo und später zu Ärzten zu kümmern, notfalls eine Taxe zu nehmen. Das Ergebnis war traurig für mich. Einen Zuwachs an gemeinsamer Zeit gab es nicht, egal wie viel oder wenig Dieter für mich eingespannt war. Vor allem aber hatte dieser Handel etwas zutiefst Unwürdiges. Ich selber hatte schon das Bild in mir abgespeichert, eine echte Zumutung für meinen Mann zu sein, ihn jeder Freiheit zu berauben. Selbst wenn ich tatsächlich vermehrt der Hilfe bedurfte, wagte ich kaum, Dieter damit zu belasten, spannte lieber Freunde ein. Das änderte sich, als ich während meiner letzten Kur in Kassel auf andere Patienten traf, die, so sehr sie sich um ein unabhängiges Leben in eigenem Interesse bemühten, aber doch in mancherlei Hinsicht der Unterstützung bedurften wie übrigens jeder Mensch. Niemand hatte Verständnis dafür, dass ich mich mit einem schlechten Gewissen quälte, weil ich das Gefühl hatte, alles alleine schaffen zu müssen und doch Hilfe von meinem Mann annahm. Was tut Dein Mann denn für Dich, was mehr ist als das, was man in einer Partnerschaft füreinander tut, wollte man wissen. Also, er kocht meistens, macht das Frühstück und Abendessen, wir kaufen zusammen ein und er fährt mich öfter mal zu einem Termin. Man fragte mich, wer denn bei uns die letzten 30 Jahre, bevor ich krank geworden sei, gekocht und eingekauft habe, wer gewaschen und gebügelt habe, wer seine eigene berufliche Entwicklung zugunsten der Familie deutlich zurückgestellt habe, wer Kinder zu Terminen kutschiert und wer seinen Beruf völlig aufgegeben habe, um dem Mann dessen Traum vom Leben im Ausland zu ermöglichen. Und Du meinst jetzt, eine Sondererlaubnis zu brauchen, wenn Du mal in Teilen die Nehmende bist, will man von mir wissen.

Das war der Beginn eines Umdenkens, das aber jäh unterbrochen wurde durch die Geschehnisse nach meiner Rückkehr im Februar. Ob ich wollte oder nicht, ob ich konnte oder nicht, meine Bedürftigkeit war plötzlich völlig nachrangig. Es ging hauptsächlich um Dieter, und zwar von Mitte Februar bis Ende Juni. Eine sehr schwere Zeit für mich, in der ich meine in Kassel begonnene Entwicklung zu mehr emotionaler Unabhängigkeit und Autonomie gleichsam unter verschärften Bedingungen fortsetzte. Mit großem Erstaunen entdeckte ich in den Wochen, wie viel Unterstützung sich gesunde Paare gegenseitig mit allergrößter Selbstverständlichkeit geben. Da werden für die Partnerin Einkäufe und Behördengänge erledigt, Reparaturen an Autos, Haus und Hof durchgeführt, Autos zum Tanken oder in die Wachsstraße gefahren, die gesamte IT für sämtliche Familienmitglieder übernommen, den Frauen Schützenhilfe in die berufliche Selbständigkeit gegeben durch Erstellen von Businessplänen, der Gestaltung und Fertigstellung von Faltblättern, dem Einholen von Angeboten und und und. Das alles aus Liebe, Interesse am anderen. Die Beschreibung, was Michael alles für seine Familie tut als »gehobener Hausmeister«, wie er es nennt, hat meine Beurteilung ebenfalls korrigiert. Diese Erkenntnis setzte die nächste Stufe meiner Entwicklung in Gang. Man darf in einer Partnerschaft durchaus die Hilfe des anderen beanspruchen, ganz selbstverständlich. Auch ich darf das, und das, was ich an Hilfe möchte und benötige, ist zum gegenwärtigen Zeitpunkt noch weit im Rahmen dessen, was ich bei anderen beobachtet habe.

Ich gebe zurzeit möglicherweise teilweise weniger zurück als ich bekomme, in vorrechenbaren Zeiteinheiten. Das ist das Prinzip einer funktionierenden Solidargemeinschaft. Ich hätte es gerne lieber selber anders, ich gehe nicht leichtfertig mit ausgestreckten Armen um. Es tut mir auch für Dieter leid. Aber ich bin krank, sehr krank, und ich will mich nicht länger schuldig fühlen, dass ich meinem Mann etwas zumute. Nicht ich mute es Dieter zu, es ist das Leben. Wir wollten zueinanderstehen, in guten wie in schlechten Zeiten. Und wirklich schlecht sind unsere Zeiten auch jetzt nicht, finde ich. Vieles ist eine Einstellungssache und es liegt an uns, ob wir Herausforderungen annehmen und an ihnen wachsen oder jammern und uns als Opfer fühlen. Ich brauche Hilfe und ich bitte darum. Wenn Dieter sie nicht leisten kann, möge er bitte nach Helfershelfern Ausschau halten. Ich habe Hilfe verdient, ich habe mein Soll schon lange erfüllt. Es mag schwer für Dieter sein, in der Verfolgung seiner Ziele zurückzustecken, aber zumutbar.

Ab jetzt will ich Dieters Unterstützung nehmen als das, was sie ist, ein Zeichen unserer liebenden Verbundenheit, auch unserer Verpflichtung, füreinander da zu sein. Ich darf diese Hilfe, dieses für mich Sorgen, dankbar anzunehmen.

Im Moment ist es auch so, dass Dieter es mir diesbezüglich leicht macht. Er ist hilfsbereit und entgegenkommend. Er sagt, er helfe mir gerne. Und es fühlt sich auch so an. Er arbeitet sogar im Garten, erstmals seit vielen, vielen Jahren, ohne mir vorzustöhnen, wie sehr ihn das alles annerve, was stets in mir ein Schuldgefühl, aber auch genervte Ablehnung auslöste, da ich ihm das zumute. Jetzt muss ich Dieter nicht um jeden Handschlag bitten. Er sieht selbst, was getan werden muss und seine Sätze fangen an mit: Heute will ich das oder das im Garten erledigen. Er definiert eigene Gartenprojekte. Er spricht nicht mehr davon wie noch letztes Jahr, dass man seinetwegen den Garten betonieren und grün anstreichen könne. Dieter findet, unser Garten sei ein Paradies! Da kann ich ihm nur zustimmen und freue mich, dass er auch offensichtlich Freude hat.

Das ist wirklich neu – vielleicht doch ein positives Ergebnis seiner Kur? Ich muss mich aber darauf einstellen, dass Dieters Laune sich wieder ändert. Dann ist mal wieder jeder Schritt für mich ein Grund, sich eingeengt zu fühlen, jeder Handschlag eine Geste der Ausbeutung durch mich. Alles, was er jetzt nicht müde wird zu betonen, gerne für mich zu tun, erzeugt dann wieder Aggression in ihm. Statt wie bislang diese Stimmungsschwankungen persönlich zu nehmen und meine Energie in endlosen und ebenso fruchtlosen Diskussionen zu verbrauchen, ist es hilfreicher, mir jetzt schon zu überlegen, wie ich damit umgehe. Es darf nicht passieren, dass ich, um Dieter zu schonen oder gar weil ich persönlich gekränkt bin, wieder mit aller Macht verhindern will, der Grund für Dieters Gefühl der Überforderung zu sein, und dafür lieber mich selbst überfordere. Es mag sein, dass Dieter alleine das Gefühl, für mich da sein zu müssen, schon eine starke Einengung ist. Er darf sich dann gerne um seine Entlastung kümmern, nur ich will das nicht auch noch zu verantworten haben.

Für Dieters Umgang mit Verantwortung und seinen Launen bin ich nicht verantwortlich.

3.7.09

War in der Lebensberatungsstelle. Brauche dringend Hilfe und suche nach Möglichkeiten, die ich erreichen kann, möglichst ohne fremde Hilfe. Die Beraterin hat gelesen, was ich über Norderney geschrieben habe. Sie meinte, eigentlich müsse ich das als Buch veröffentlichen, denn es gehe um Erfahrungen, die vielen Menschen helfen könnten, von denen sie aber nirgendwo erführen. Gerade jetzt habe ich so gar keine Lust mehr, andere Menschen in die Tiefen meines Seelenchaos mit hineinzuziehen.

Im Wartezimmer treffe ich auf eine junge Frau, so irgendwo zwischen 30 und 40. Sie blättert in einer Broschüre dieser Beratungsstelle und ich frage sie, ob sie sich schon einmal einstimmen wolle. Daraus ergibt sich ein erstaunlich offenes Gespräch. Es geht um Nähe und Distanz, ein Thema, das sie aufbringt, nicht ich. Es macht mich glücklich, wenn Begegnungen so gelingen! Die junge Frau erzählt, sie lebe zurzeit unfreiwillig eine Beziehung mit viel Distanz. Sie habe aber auch schon erfahren, wie enorm befreiend es sein könne, wenn man das Loslassen geschafft habe. Hat sie mir über die Schulter geschaut, als ich in Kassel geschrieben habe? Ob sie ahnt, dass das Loslassthema uns immer wieder durchs ganze Leben begleitet? Dass wir, wenn wir gerade denken, nun hätten wir es geschafft, wieder eingeholt werden von unserem Bedürfnis, immer noch oder doch wieder etwas festhalten zu wollen?

Nachmittags war Ulla da und hat mir ein Buch dagelassen, das ich natürlich kenne, aber heute aus neuem Blickwinkel lese. Es geht um den Bedeutungstransfer des Märchens »Der Froschkönig« auf Paarbeziehungen. Noch vor einigen Jahren hätte ich darin Dieter und mich nicht wiedergefunden. Jetzt aber gibt es durchaus Aspekte, die passen.

Nicht weil alles glatt lief, hat die Prinzessin die Kraft und den Mut entwickelt, einen riskanten Entwicklungsschritt zu wagen.

6.07.09

In der FAZ falle ich heute in einem Artikel Herrn Tillich (sächsischer Ministerpräsident) betreffend, der zwei Stasi-Besuche in seinem Amt zu lange verschwiegen hat, über den Kommentar: »Wer die Wahrheit stückchenweise und erst unter Druck herausrückt, setzt sich selbst in ein schiefes Licht.« Dieser schlichte Satz aktiviert in starkem Maße die erwähnten Steinwurf-Kreise. Der Weg von der Erkenntnis, wie schnell Vertrauen verspielt sein kann, alleine schon durch mangelnde Offenheit, bis zu der Überlegung, wo ich Dieter bislang überall blind vertraut hatte, ist sehr kurz. Ich bremse mich erst aus, als ich darüber nachsinne, dass Dieter seinen Frisörtermin in der Stadt doch eigentlich für alle möglichen (?) Aktionen missbrauchen könnte.

Ja, es ist so, ich halte jetzt vieles für möglich, gehe davon aus, dass ich selbst auf Nachfragen die Wahrheit nur erfahre, wenn ich Beweise vorlege. Mein Vertrauen ist nachhaltig und großflächig zerrüttet. Es wird meine Aufgabe sein, einen Umgang damit zu finden, der mich entlastet. Wie Dieter damit leben kann, ist seine Sache.

Immer weiter, immer weiter, geht es auf der Himmelsleiter: Absturz, Wiedergeburt und dann?

Wieder sitze ich da und versuche im Nachhinein dem Leben, den Geschehnissen der letzten Wochen, die über mich hinweggerollt zu sein scheinen, eine Form, eine Struktur zu geben.
Vielleicht handelt es sich dabei auch um den Versuch, auf diese Weise es selbst zu sein, die dem, was geschehen ist und geschieht, einen Platz in meinem Leben zuzuweisen. Welchen Stellenwert, welche Bedeutung etwas in meinem Leben hat, will ich bestimmen. Und das erschließt sich mir oftmals erst in der Retrospektive.
Erst als ich meine Aufzeichnungen über die Zeit nach meiner Rückkehr aus Kassel bis zu meinem Irr-Sinn nach Norderney noch einmal durchlas, wurde mir schlagartig klar, dass ich dieses Herumgewühle in Negativem, dieses wie ein Huhn den ganzen Tag mit dem Blick zu Boden gerichtet im Dreck herumzupicken auf der Suche nach einem brauchbaren Körnchen inmitten des Unrats, nein, das wollte ich so nicht mehr. Das verdirbt einem letztlich das Leben mindestens so sehr wie die Umstände, die man bejammert. Also beschloss ich umgehend unter dem Eindruck der Wirkung dessen, was ich las, meine Einstellung zu verändern. Es gibt Schreckliches und Schönes im Leben. Was davon Du durch Deine Hauptaufmerksamkeit adelst und in Deinem Leben einen Komfortplatz einräumst, das entscheidest Du selbst. Ich wusste urplötzlich, ich muss meine Blickrichtung wechseln. Jedoch reicht der Entschluss alleine nicht aus. Was danach folgt in täglichen Umsetzungsbemühungen, will erst erlernt werden. Die Macht der Gewohnheit ist zuweilen ein harter Gegner. Rückfälle sind garantiert.
Parallel zu solchen Erkenntnissen samt Kurskorrektur bahnte sich wieder neues Unheil an, wie folgende E-Mails zeigen:

(Die Fehler in nachfolgenden E-Mails von mir wurden bewusst unkorrigiert belassen)

Gabi an Peter

12.7.09
Danke für Deine Reaktin, werde mit Dieter sprechen. Mir wäre es ehrlich lieb, so nal wiemöglich. Deine Mama

Diese Antwort auf Peters Nebenbei-Anfrage unter einer E-Mail, wann wir denn mal wieder zu Besuch kämen, machte ihn stutzig. Dass ich, in Phasen, in denen es mir schlechter ging, zuweilen der Einfachheit halber alles klein schrieb, das hatte er akzeptiert, aber das? Er rief sofort an, um sich ein Bild von meinem Zustand machen zu können. Als er dann daraufhin die nachfolgende E-Mail von mir erhielt, stand sein Entschluss fest: Mama muss dringend untersucht werden. Da stimmt was nicht.

Gabi an Peter
Peter, es geht mir schlecht, mir ist schwinselig und ich kann kaum noch sekrciebe, laube aber, dass ich noch richtig dken. merke, dass ich mich vertippe, kann ander nicht korrigieeren, dann wird es nr nch schlommer. will aber um gottes willen im moment keine untrsuchungen, denke nur daran dich und deine geschwister zu sehen, es geht so rasant voran. über weitere behandlung denke ich im september nach, wenn dann noch akut. bis dahin bin ich privat. ich kann ja auch an einem wochentag. Liebe und Kuss, mama

Am gleichen Tag schreibe ich unter dem Betreff »Hilffe!« nach Marburg, wohin wir eigentlich erst wieder zu Tobias Taufe fahren wollten:

lieber jürgen, es geht mir schlecht, mag nicht mehr vbois zu euter taufe warten, kann ich vorher schon mal okeenen? Kriege de buchsstaben schon nicht mehr hinterstander. ob ich morgen noch sccriben kann? Ich will euch jeune angst machen, aber ich habe angst Liebe euch! Deine mama

14.7.2009
Verzeihen befreit – Neuanfang
Peter hat mir einen Untersuchungstermin in Köln für den 16.7. besorgt. Wir fahren zunächst nach Marburg zu Jonas und Jürgen. Während der Fahrt habe ich ein dringendes Bedürfnis:
Ich will meine Seele befreien von allem Unrat. Ich sage urplötzlich mitten auf der Autobahn: Dieter, **ich liebe Dich. Ich verzeihe Dir alles.** Tabula rasa, sozusagen. Generalabsolution! Frei für neue Erfahrungen! Ohne Altlasten.
Mir geht es saugut damit. Dieter auch. Er ist gerührt und dankbar. Wie eine blankgeputzte Seele, wir beide.
Ich fühle mit absoluter Gewissheit, dass etwas Neues beginnt, dass dieser kleine, winzig kleine Akt des Verzeihens, der so überraschend leicht war, die Basis ist für eine verloren geglaubte aber auch neue Art des miteinander Um-

gehens. Liebevoll, vertrauensvoll, zärtlich, aber auch abgegrenzter, weniger verschmelzend.

Es ist wunderschön mit unseren Kindern und Klein-Tobi. Es geht mir wirklich schlecht, laufe auch sehr schleppend, aber wenn ich abends auf dem Sofa liege, spüre ich davon kaum mehr etwas.
In Köln steht schnell fest, dass eine operative Entfernung der geradezu explodierten Hirnmetastase, links occipital, die einzige Option für mich ist. Wir bleiben gleich in Köln, denn ich werde sofort operiert.
Nach insgesamt zwei Wochen bin ich wieder – mit bereinigtem Hirn – in Lüneburg.

30.7.09

Lieber Pitt, liebe Nina,
Euch beiden einen ganz lieben Dank!!!! Es war großartig, was Ihr für uns getan habt! Und damit meine ich die persönliche Betreuung. Nina, die Kerzenständer und die Vase sehen phantastisch aus. Das war eine supergute Idee, zu Lambert zu fahren. Ganz abgesehen von der psychologischen Wirkung des Ausfluges. Habt einfach tausend Dank! Bitte, Nina, gib den auch noch einmal mit aller Herzlichkeit an Nathalie und Familie. Sogar die Sonnenblume von Stephan hatte eine besondere Bedeutung. Ich weiß, Peter, dass Du das belächeln wirst, aber ich habe in der Klinik oft mit mir selbst Methoden der visuellen Therapie nach Simonton phantasiert und dann die positiven Bilder mit der Sonnenblume verankert. Mir hat das sehr geholfen, wie auch Deine Hörbücher. Danke, Danke, Danke! Nina, sagst Du bitte auch Stephan Danke? Dies ist die allererste E-Mail, die ich schreibe und Ihr seht, es klappt. Da Ihr nicht gesehen habt, wie ich am Tag vor unserer Abreise nach Marburg geschrieben habe, könnt Ihr nicht ahnen, wie groß der Unterschied ist – und wie groß meine Dankbarkeit, dass ich dieses Medium nun doch noch nutzen kann.
Peter, Dir zusätzlich noch tausend Dank für die medizinische Gesamtorganisation! Ich will es nicht alles gesondert auflisten, aber sei sicher, dass wir uns unseres besonderen Glückes, Dich als unseren Sohn zu haben, sehr bewusst sind. Weißt Du, ich muss auch schon zugeben, dass es mich sehr gefreut hat, an den Reaktionen Deiner Kollegen, die teilweise erst viel später begriffen haben, dass Du unser Sohn bist, zu sehen, dass sie Dich mögen und schätzen.
Peter, es geht mir sehr gut. Ich bin überzeugt, dass der Gesichtsfeldausfall noch kleiner geworden ist, der Schwindel lässt deutlich nach, ich laufe fast nur alleine, auch in fremden Umgebungen, erst nach einiger Zeit und vielem Hin-und-Her-Gucken muss ich dann doch an Dieters Hand. Heute habe ich

die FAZ gelesen, nicht geraten! Das Pflaster ist ab, die Haare gewaschen. Ich habe mich alleine geduscht (Dieter war im Raum) und war hinterher nicht so erschöpft, wie das in der letzten Zeit der Fall war.
Wir hatten schon den Termin bei Prof. D. Seine Empfehlung, in jedem Fall auch systemisch der Leber zu Leibe zu rücken (3 Zyklen Xeloda).
Wir treffen die Entscheidung natürlich erst nach dem Gespräch im ZIO. Genießt die freien Tage und viel Freude morgen beim Grillen!
In Liebe und Dankbarkeit,
Eure (Schwieger)-Mama

Peter an Gabi

Hallo Mama,
wie Du siehst, habe ich vor Eurer Anreise doch eine E-Mail von Dir erhalten. Wenn Du die heutige E-Mail wirklich ohne Hilfe geschrieben hast, dann ist es ein gewaltiger Unterschied.
Ich liebe Dich und freue mich, dass es Dir jetzt wieder besser geht.
Ganz liebe Grüße auch von Nina, Peter

Peter,
diese E-Mail vom 12.7. hatte ich überhaupt nicht mehr erinnert. Ich bin total erschrocken, denn eigentlich realisiere ich erst jetzt, wie nahe ich dem Abgrund war. Und so wirklich geradeaus habe ich wohl doch nicht gedacht. Jedenfalls habe ich die Konsequenzen meiner Entscheidungen (keine Untersuchung vor September) überhaupt nicht mehr richtig einschätzen können. Besonders merkwürdig finde ich meinen Hinweis, bis dahin sei ich privat! Ich habe auch keine Erinnerung mehr daran, wie es dann doch dazu kam, dass eine Untersuchung gemacht wurde. Ich freu mich total auf die Taufe! Mein Leben ist einfach schön! Hoffentlich ist das Wetter bei Euch heute Abend so schön wie hier. Ich gehe jetzt wieder auf die Terrasse.
Ganz viel Liebe,
Deine Mama

3.8.09
Ich bin dann mal wieder da
Ihr lieben Freunde,
einige von Euch haben gar nicht bemerkt, dass ich weg war – und wohin überhaupt? – und dennoch melde ich meine Rückkehr. Ich tue es, um mir bei einem Treffen zu ersparen, immer wieder erzählen zu müssen, was geschehen ist.

Ihr werdet nämlich fragen, da ich anders aussehe, Perücke, Tuch oder meine Narbe trage.

Unverhofft kommt oft – und so verlief mein Leben nach meiner hoffnungsfrohen Heimkehr aus Kassel Anfang Februar auch gänzlich anders als erhofft. Dieter brach zusammen (entzwei) und so lebte ich bis Ende Juni, Dieters Rückkehr aus seiner Reha, in permanenter, totaler Überforderung, psychisch, mental und physisch. Dahin der positive, hoffnungsvolle Blick. Dahin der neu gewonnene Lebensmut. Dahin das Vertrauen in die eigene Standfestigkeit. Dahin die Überzeugung, alles werde gut.

Mein Versuch, der Überforderung, dem spürbaren Absinken, durch einen Urlaub auf Norderney zu entfliehen, war eine glatte und gefährliche Fehlentscheidung. Ich spürte schon lange, wie es mit mir bergab ging, ohne daraus die Konsequenzen ableiten zu können. So muss ich froh sein, dass mein Rücken auf Norderney für mich entschieden hat. Er ging gründlich und sehr schmerzhaft in Streik. Dieter, frisch aus seiner Reha zurück, musste mich vorzeitig nach Hause holen, was den Abwärtstrend aber nicht aufhalten konnte.

Mir war zunehmend schwindelig mit Gleichgewichtsstörungen, ich hatte Ausfallserscheinungen, u. a. Dyskalkulie (da stehst Du vor dem Busfahrplan und kannst nicht ausrechnen, wie lange Du noch auf den Bus warten musst, oder Du kriegst beim besten Willen nicht raus, wie viel Zeit Du beim Umsteigen mit der Bahn hast), Dyslexie, (Du kannst Dir die Wörter nicht einmal mehr wie ein i-Männeken zusammenbasteln, lesen geht also kaum noch, Du schaust auf Deinen Fahrplan nach Norderney und kannst ihm keine Information entnehmen), partieller Gesichtsfeldausfall (Du eckst infolge dessen überall an), auch schon vor Norderney, die mich erschreckten und beunruhigten, und dennoch war ich nicht mehr selber in der Lage, die Fakten zu einer klaren Erkenntnis zu verdichten, eine Konsequenz abzuleiten, schon erst recht nicht.

Als Peter am 12. Juli unter einer E-Mail lapidar die Frage stellte, wann wir sie eigentlich mal wieder besuchten, antwortete ich ganz spontan: **am liebsten sofort**. Das machte Peter stutzig und so kam alles ins Rollen.

Ich wollte nur noch einmal meine Kinder sehen, anfassen, riechen, aber Peter hat meine Besuchsreise in Marburg und dann bei ihm in Köln für einen Check seiner Mama benutzt.

Wir fuhren an einem Donnerstag (16. Juli) zu Peter nach Köln, der mit den involvierten Ärzten bereits alle notwendigen Vorgespräche geführt und verschiedene Untersuchungstermine organisiert hatte. Am folgenden Dienstag lag ich bereits ergeben auf dem OP-Tisch und ließ den Neurochirurgen die Chance, ihr Geschick **in** meinem Kopf zu beweisen. Als wir am Freitag die

Entscheidung für die OP trafen, war ich nicht sicher, ob ich es bis Dienstag überhaupt schaffe.

Nein, ich hatte keine Angst vor der OP. Dazu hatte ich einfach keine Zeit, zu viel Schönes haben wir mit Peter und Nina am Wochenende unternommen. Jetzt sitze ich in meinem wunderschönen Arbeitszimmer in Lüneburg mit Blick in unser Garten-Paradies und schreibe Euch!

Ich, die immer einen rechtzeitigen Ausstieg aus dem Behandlungsmarathon gepredigt hat, ausgerechnet ich lasse mich noch einmal operieren und das am Kopf/Hirn, meinem Heiligtum!

Es ist eben nicht so einfach. Nichts tun heißt nämlich nicht zwangsläufig, einfach nur eher zu sterben. Nichts tun kann auch einen Leidensweg verlängern und erschweren.

Schmerztechnisch war diese Operation ein Spaziergang: Null Schmerzen!

Das erste Mal in meinem Leben lernte ich eine Intensivstation kennen und war sehr erstaunt, dass es dort so nett, freundlich, zugewandt, fürsorglich zuging. Da wird in Büchern und Filmen doch ein anderes Bild gezeichnet! Dennoch, ein Tag und eine Nacht reichen – aufgrund des Geräuschpegels. Meinen Markenstempel habe ich auch da hinterlassen. Als man mich in der Nacht zurück auf meine Station verlegen wollte, da man das Bett für einen 17jährigen Patienten brauche, sagte ich den dort angeblich noch nie gehörten Satz: »Medizinischer Notwendigkeit versperre ich mich natürlich nicht, aber gerne tue ich es nicht, ich fühle mich hier sicher und wohl.« Ich durfte bleiben. Für mich war die Erfahrung so interessant, dass ich gestern noch bereit zu sterben war, sogar den Auftrag erteilt hatte, bloß nichts zu meiner Rettung zu unternehmen, sollte was schieflaufen bei der OP, und jetzt war ich um meine Sicherheit besorgt, dass man auch ja sofort handeln könne, wenn. …

Ja, so sind wir Menschen und das macht die Einschätzung – auch bei Vorhandensein einer Patientenverfügung – für die Ärzte im Einzelfall nicht immer leicht.

Zurück auf meiner Station, wo ich übrigens ebenfalls nur eine supernette Betreuung erlebte, fand ich mich eines Abends bei der besorgten Überlegung wieder, ob man eigentlich meine Patientenverfügung auch der Nachtschwester zur Kenntnis gegeben habe. Gleichzeitig machte ich mir Sorgen, dass ich an den Notruf nicht heranreiche, so wie er angebracht war. Das fand ich dann herzerfrischend lustig, so dass ich sicher gut hätte schlafen können, wenn nicht das hochdosierte Cortison, mit dem man den Ödem-Abbau im Gehirn unterstützen wollte, der Meinung wäre, nur wache Patienten könnten gesunden.

Nach der OP war ich einfach nur dankbar, dass alles so gut gegangen war. Ich schrieb per Hand (!) – was vor der OP nicht möglich gewesen wäre:

Ich
I n mir, im Leben.
C hancenvoll
H offnungsfroh, heilend

Am Abend klingt der Blick in die Zukunft schon sorgenvoller: Sterben? Nicht schön, aber hinnehmbar. Aber das WIE quält mich. Ich beruhige mich sehr erfolgreich mit Affirmationen, die ich aufschreibe und immer wieder anpasse:

Ich bin ruhig und gelassen,
Alles ordnet sich.
Ich bin heiter und gelassen, ruhig und entspannt.

Schreiben ist mein Halt, damit sortiere ich meine Gedanken. Gerade aber die Abwesenheit von Schmerzen lenkte in den folgenden Tagen meine Aufmerksamkeit meiner Seele zu, die vollkommen blank lag, durch die Strapazen der vergangenen Monate ihren Selbstschutz aufgebraucht hatte.
Morgens wache ich glücklich auf. Im Laufe des Nachmittags kostet es Arbeit, die Gedanken in Schach zu halten.
Viele der Symptome hatten sich schon direkt nach der OP verbessert. Anderes war mir eine neue Erfahrung. Ich dachte beispielsweise, wir hätten das Jahr 1996. Ich hatte aber irgendwie gleich so meine Zweifel, ob das stimmen könne. Ich frage Dieter und springe innerhalb von Sekunden ins Jahr 2009. Bin ich froh, denn jetzt ist mein Leben viel schöner, denke ich!
Ich fange an, mich selbst zu checken. Ich weiß zunächst nicht mehr die Orte, an denen Eva in England gelebt hat, in denen die Jungs zur Schule gegangen sind. Ich kann es mir aber fast in allen Fällen wieder herbeiarbeiten. Dennoch bin ich verunsichert. Setze mich mit einer Zukunft auseinander, in der möglicherweise einige meiner nun sogar verstärkten Beschwerden erhalten bleiben. Ich definiere mich als in einer Ausnahmesituation lebend und spiele mit dem Wort:

A bsolute Konzentration, Anstrengung, Angst, Achterbahn der Gefühle, Ausweglosigkeit, Anpassungsversuche,
U nterwerfung, Unruhe, Ungleichgewicht, Unberechenbarkeit, uferlos,
S chmerz, Seelenqual, Spursuche, Spur neu definieren
N ie wieder, Neid, Not, Notwendigkeit, Niederlage, Natur, normal, Nein! Noch nicht!

A ufbegehren, Adaptieren, alles in Frage stellen, Antworten
H ilfe, Hoffnung, aber worauf? Heilung – vor allem der Seele.
M utter sein, Mut, Meer an Liebe und Vertrauen, Möglichkeiten!
  Moritz, mein Sohn
E rgeben, Erbarmen, Ehrfurcht, Erfindungsgabe

Ich muss vorsichtig sein, alles Düstere von mir fernhalten. Keine Nachrichten sehen! Keine Krimis hören! Die Besuche meiner Kinder tun mir sooo gut! Am Sonntag fahren wir aus dem Krankenhaus heraus zu Peter und trinken Kaffee in seinem Garten. Wieder ein Tag geschafft mit Zuversicht im Herzen. Peter leiht mir seinen iPod und spielt mir »Glücksbringer« von Hirschhausen auf. Das höre ich und erlebe damit den absoluten Durchbruch. Alles Schwere ist aus mir verschwunden, Leichtigkeit eingezogen!
Wie Hirschhausen vorschlägt, habe ich seinen Vortrag genutzt, um meine Großhirnrinde von verstaubten Gedanken und Stockflecken zu befreien. Eigentlich habe ich selber gar nichts getan, es ist einfach passiert. Hirschhausen zitiert Marc Aurel:

»Auf die Dauer der Zeit nimmt die Seele die Farbe der Gedanken an.«

Ab jetzt lasse ich nur noch das Schöne zu mir vor. Ab jetzt fülle ich mich mit Lust und Lebendigkeit an. Ab jetzt keine quälenden Analyseversuche mehr, stattdessen mit Humor nehmen, was eben so ist, wie es ist.
Meine Zukunft ist bunt und fröhlich!
Ich nutze die langen Kliniktage für vielerlei NLP-Übungen. Ich glaube ja an die Kraft der Gedanken und tue alles, mein Gehirn dabei zu unterstützen, sich wieder sinnvoll zu organisieren, jetzt wo es plötzlich wieder so viel Platz hat.
Ich denke über ein Hobby nach, das meinen jetzigen Möglichkeiten entspricht und meinem Bedürfnis nach Kreativität im Umgang mit Farben. Als wir eine Woche nach der OP in Richtung Heimat fahren, freue ich mich riesig auf die Wiederaufnahme meiner Strickleidenschaft! Malen werde ich auch.
Damit bin ich jetzt völlig unerwartet an genau jener Stelle angelangt, an die ich mich eigentlich schon spätestens nach unserem USA-Aufenthalt gesehnt hatte.
Zuhause angekommen bin ich überwältigt von Haus und Garten. Was habe ich für ein Glück, so leben zu dürfen! Heimlich (denn das ist ja nun wirklich saupeinlich!) ziehe ich eine Engelskarte als Motto für diese Heimkehr: »UMBRUCH«.

Eineinhalb Wochen nach der neurochirurgischen Kunstvorführung im Innern meines Schädels, inmitten meines Gehirns, feiern wir mit Bekannten die Geburt ihres dritten Enkelkindes. Dort treffe ich die Frau eines Kollegen von Dieter, eine leidenschaftliche Strickerin, die sich einmal pro Woche mit Gleichgesinnten in einem Café in Lüneburg trifft, ab jetzt mit mir!

Nach der OP habe ich ausgesehen wie ein Anschauungsmodell für die Unterrichtseinheit »Häusliche Gewalt«, fand meine Familie. Das hat meine Karrierechancen nicht dauerhaft erhöht, da zu schnell verflogen. Nun sehe ich mit meinem Tuch[1] eher aus wie eine Mischung aus Witwe Bolte und Grace Kelly. Ich finde, eher wie Grace Kelly. Mein Gangbild ist noch etwas watschelig (Medizinersprache: breitbasiger Gang), aber man kann auch elegant watscheln.

Irgendwann werden wir alle sterben, aber bis dahin wollen wir doch möglichst glücklich sein! Dass Euch das gelingen möge und Ihr Euch die Zeit dafür nehmt in Eurem busy Alltag, wünsche ich Euch von Herzen.

Eure Gabi

PS: Ich bin glücklich.

Tagebucheintrag
Was habe ich für liebe und aufbauende Reaktionen auf meine Rundmail erhalten! Soviel Zuneigung, Gesehenwerden und Anerkennung lese ich daraus! Ich habe zwar das Gefühl, dass das zu viel Goldstaub auf mein Haupt ist, dennoch tut es gut. Ich hab ja keine Patienten oder Studenten mehr, die mir das Gefühl geben, einen guten Job zu machen. Vielleicht bin ich deshalb so empfänglich für die Anerkennung meines Bemühens, mit meinem Leben akzeptierend und aktiv gestaltend umzugehen. Trotzdem: Dass ich bin wie ich bin, ist nicht nur mein Verdienst.

Viel Zeit kann ich allerdings nicht darauf verwenden, mich in solcher Anerkennung zu suhlen. Nach der bevorstehenden Taufe haben wir ja in Köln das Gespräch im Zentrum für integrative Onkologie (ZiO) und dafür müssen noch einige Dinge vorbereitet werden, die es uns nicht ersparen, uns auch weiterhin mit dem Thema Krebs und Metastasen auseinanderzusetzen. Leider! Ich hätte mir nach dieser Operation gerne diesbezüglich eine längere Auszeit gegönnt. Auseinandersetzen bedeutet immer auch wieder hoffen und bangen. Dieses Auf und Ab ist zuweilen sehr belastend. Ich will das eigentlich nicht! Überhaupt mag ich der Beschäftigung mit dem Krebs nur höchst ungerne Zeit einräu-

---

[1] am Hinterkopf links, (occzipital) prangt eine riesige Flugschneise mit senkrechter roter Mittellinie, unter der sich der herausgesägte und wieder eingesetzte Schädelknochen befindet.

men. Die soll doch der Freude am Leben, dem Hinwenden und Genießen der wunderbaren Aspekte des Lebens vorbehalten bleiben. Die größte Kunst scheint mir auch hier darin zu liegen, eine gesunde Balance zu finden. Wat mutt, dat mutt, also gestehe ich dem Thema Krebs mal wieder eine befristete Aufmerksamkeit zu.

5.8.09

Lieber Peter,
soeben komme ich aus der Klinik. Hingefahren bin ich im Glauben, es werde ein MRT der Leber gemacht, dort erfuhr ich, dass Dieter auf Dein Geheiß hin auch ein solches der Wirbelsäule in Auftrag gegeben hatte.
Ergebnis: Leber wie bekannt, die Stelle in der Wirbelsäule ist wohl doch eine Metastase, die direkt am Nervenkanal liege, aber noch nicht eingebrochen sei.
Mir hätte es gereicht, diese Info nach der Taufe zu bekommen. Nun ist es geschehen.
Sollen wir Dir die CD schon zuschicken, damit Du schon mit Kollegen reden kannst, oder reicht das beim Gespräch im ZIO?
Liebe Grüße, Deine Mama

Peter an Gabi
Hallo Mama,
das mit der Leber war ja klar. Bei der Wirbelsäule auf Höhe des zweiten Lendenwirbels LWK2 ist im CT ein Hämangiom. Das ist ein gutartiger Tumor. Ist es im MRT wirklich sicher etwas anderes?
Liebe Grüße,
Peter

Tagebucheintrag
Und schon wieder meldet sich die Hoffnung. Es könnte ja sein, dass es eben doch nur ein Hämangiom ist!
Nein, es ist kein Hämangiom. Es ist eine Metastase, die wohl auch die fürchterlichen Rückenschmerzen auf Norderney verursacht haben könnte, und unbedingt an weiterem Wachstum durch Bestrahlung gehindert werden soll, damit der Wirbel nicht bricht.
Seit dem 4.9. darf ich nun austesten, wie belastbar ich unter paralleler Strahlentherapie und zusätzlicher Chemotherapie (zusätzlich zu Lapatinib, das ich nun schon seit über einem Jahr nehme, wieder vorläufig – drei – Zyklen Xeloda) bin. Ich bin heilfroh, dass mir der Gang in die onkologische Schwerpunktpraxis

erspart bleibt, da das Xeloda ebenso wie das Lapatinib oral genommen wird. Das fühlt sich auch nicht so krank an, wie am Tropf zu liegen und ermöglicht eine größere Unabhängigkeit in der Planung dessen, was man sich so gönnen möchte im Leben.

Die vielen Termine, die meine Behandlung momentan mit sich bringt, sorgen dafür, dass wir das Klinikpersonal mit unseren täglichen, oft sogar mehrfachen Besuchen zwangs-beglücken. Wir wundern uns bei der Einfahrt ins Parkhaus, dass man uns nicht inzwischen mit Sekt begrüßt. Angebracht wäre es. Wieso bekommt man als Kunde nur Sekt in teuren Geschäften? Das Krankenhaus ist doch wohl auch teuer genug.

14.9.2009

Heute traf ich in der Klinik den, Gott sei Dank ehemaligen, Psychotherapeuten von Dieter. Spontane Mordphantasien konnte ich noch kurz vor der Entstehung ausbremsen, aber was blieb, waren noch immer keine Gefühle, die man veröffentlichen würde. Er entdeckte uns, kam auf uns zu und begrüßte uns nichtsahnend – er muss über einen bewundernswerten Schutzmechanismus verfügen – mit den Worten, er sei hier auch als Patient. Woraufhin ich ihm wünschte, auf einen guten Arzt zu treffen. Das wisse man oft erst hinterher, war seine weise Einsicht. Oh ja, da habe er wohl recht, gab ich zurück, und verstärkte diese Erfahrung mit dem Hinweis, dass man es gelegentlich auch erst merke, wenn das Kind bereits in den Brunnen gefallen sei. Die spontane Verzerrung seiner Mimik, das wortlose Abdrehen und Abwenden von uns, lässt mich vermuten, dass er an dieser Stelle ahnte, ich könne damit womöglich ihn gemeint haben. Dieter fand das sehr direkt, ich hingegen meine, das doch sehr verblümt ausgedrückt zu haben. Es spräche ja direkt für seine Fähigkeit zu selbstkritischer Reflexion, wenn er sich diesen Schuh angezogen habe. Gestern Abend noch hat Dieter gemeint, es sei meine Ehrlichkeit und Direktheit, die er so liebe an mir. Ob er das heute auch noch findet? Überhaupt: Ich hab es ja im Kopf, hab ich da nicht Narrenfreiheit – als sekundären Krankheitsgewinn sozusagen?

15.9.2009

Es passiert so viel, was sich querstellt. Chemo, Bestrahlung, als weitere Baustelle eine fürchterlich schmerzhafte Schleimbeutelentzündung im rechten Ellenbogen und die damit verbundene Medikation, fordern ihren Tribut. Wirklich fit bin ich im Moment nicht, Pferde stehlen und Bäume ausreißen sind nicht mein Verlangen. Dennoch geht es mir gut. Psychisch. Wir belohnen uns für jede Behandlungswoche mit einer schönen Wochenendunternehmung. Letztes

Wochenende waren wir in Berlin und hatten dort sehr vergnügliche Stunden mit Peters Schwiegermutter und anderen Mitgliedern der Berliner Familie, ebenso mit Freunden aus Istanbul, die inzwischen in Berlin wohnen. Ein schönes Erlebnis! Am kommenden Wochenende fahren wir nach Münster. Dort besuchen wir Freunde, ehemalige Nachbarn, wobei wir mal wieder einen Blick auf unser Münsteraner Haus werfen können, dem man schon lange ansieht, dass wir ihm fehlen.

16.9.2009

Snoopy gegen Westerwelle
Ihr lieben Freunde,
ich nehme das Ergebnis gleich vorweg: Westerwelle hat gewonnen, nach Jahren erst, aber er hat.
Zu Beginn meines Studiums und damit zu Beginn unserer gemeinsamen Lebensgestaltung hatten Dieter und ich über unserem Bett ein Plakat hängen (wahrscheinlich eher kleben, denn damals fand die Kunst noch den direkten Weg über Klebestreifen an unsere Wände), von dem herab Snoopy uns aus der Seele sprach: »Was kann ein Tag schon bringen, der mit dem Aufstehen beginnt!«
Obwohl das Plakat uns nicht an unsere diversen Lebensstätten folgte, blieb Snoopys Überzeugung wohl auch unsere – zumindest latent. Bis jetzt! Bis ich ein Interview mit dem F.D.P.-Parteivorsitzenden Guido Westerwelle in der BUNTEn las.
Ja, ich bin eifrige Leserin der BUNTE, und es wird Euch vielleicht erstaunen, dass ich dort weniger Fehler entdecke als in der FAZ, weniger Tippfehler, weniger Grammatikfehler, weshalb ich aufgrund meiner Tippfehlerfreudigkeit eher bei der FAZ eingestellt würde. Und verglichen mit Gala, Brigitte oder wie sie alle heißen mögen, die Zeitschriften, deren Lesen man nicht dringend verschweigen muss, ist bei mir die BUNTE Sieger bezüglich Stil, Sprache und Inhalt. Die Vorfreude auf den gemütlichen BUNTE-Donnerstag, gerne bei Regen mit einem warmen Tee und Kuschelsocken auf dem Sofa, vertreibt so manchen grauen Gedanken.
Guido behauptet in dem Interview, ein guter Tag sei ein solcher, der mit dem Aufstehen beginne.
Snoopy meldet spontan Protest an, dass da einer so kackfrech sein Motto auf den Kopf stellt. »Ist sicherlich nur für Besserverdienende«, beruhige ich Snoopy, fange aber selber doch an zu grübeln, was sich Guido dabei wohl gedacht hat.
Dabei fallen mir die Männer ein, die vor einem Jahr in Rollstühlen vor einem

Untersuchungszimmer warteten, auf das ich, mit meinem rechten Bein noch ungeübt lahmend, ebenfalls zusteuerte. Es sollte herausgefunden werden, was mein Bein neuerdings so zögerlich, so verklemmt sein ließ. Während ich darüber nachsann, wie eine solche Beeinträchtigung mein zukünftiges Leben erschweren würde, begrüßten mich die Herren fröhlich und meinten: »Wohl dem, der hier noch selbständig auf eigenen Beinen herlaufen kann.« In Sekunden wusste ich wieder, wo oben und wo unten ist, war mir klar, dass ich aus dieser Perspektive wirklich dankbar sein konnte. Und ich war und bin es – und was soll ich sagen, es lahmt sich so leichter.

Meine kleine Sammlerseele hat nun inzwischen auf dem Gesundheitsmarkt eine kleine Kollektion erstanden, und so findet sich in mir, in meinem Kopf, meiner Leber, meinem Rückgrat, meinem rechten Ellenbogen so manche Baustelle, die – oder deren Behandlung – mich zuweilen doch erheblich einschränkt in der Wahrnehmung der Aktivitäten, von denen ich denke, dass sie mein Leben noch lebenswert machen.

Aber all das kommt nach dem Aufstehen! Und das kann ich noch!

Vielleicht sollte ich das bewusst genießen und dankbar dafür sein! Das Weitere ergibt sich dann ganz von alleine. Wenn ich dankbar und voller Freude darüber bin, dass ich jeden Morgen aufstehen kann, was ist dann eigentlich noch zu jammern darüber, dass das eine oder andere schwer fällt, besser sein könnte?!

In Amerika beklagte eine meiner Kirchenfreundinnen über einen langen Zeitraum ihre Situation am Arbeitsplatz. Eines Tages antwortete sie auf meine Nachfrage, es gehe ihr gut. Ich wollte erstaunt wissen, was sich geändert habe. »Meine Einstellung«, war ihre Antwort.

(Hier verzichte ich unter großen Schmerzen darauf, Schopenhauer zu zitieren, der die Welt ja auch nicht wirklich verändern konnte mit dem Hinweis auf die Bedeutung unserer Bewertungen.)

Ja, und Einstellungen zu verändern, dazu bedarf es manchmal eines Anstoßes. Ein solcher Anstoß war für mich Guidos vielleicht flapsig dahin geworfene Behauptung, womit für ihn ein guter Tag beginne.

Etwas später lese ich in der FAZ (meine tägliche Lustlektüre, ohne Kuschelsocken, gerne bei Sonnenschein auf dem Küchensofa) wieder ein Interview ähnlicher Struktur mit Herrn Westerwelle. Darin meint er dann, ein guter **Arbeits**tag fange für ihn mit dem Lesen verschiedener Zeitungen an.

Also, mir reichen die FAZ und meine BUNTE!

Dies ganz besonders nach dem Aufstehen!

Alles im Leben hat seine Zeit. So hat Snoopy für mich ausgedient und wurde durch Westerwelle ersetzt. Klarer Sieg für Westerwelle.

In diesem Sinne wünsche ich Euch ein fröhliches und beherztes Überdenken

und ggf. Überarbeiten Eurer Einstellungen und Bewertungen zum Wohle Eurer Lebensfreude.
Liebe Grüße,
Eure Knölls aus Lüneburg

Tagebucheintrag
Mit einer großen Truppe von Bekannten war ich heute im Film »Wüstenblume«. Warum kann ich nicht einfach einmal eine mehrheitsfähige Meinung haben? Beim Verlassen des Kinos sind sich die Frauen einig in dem Entsetzen darüber, wie schrecklich und unmenschlich die Beschneidung der Mädchen ist. Ja, natürlich, das ist grauenvoll, aber bitte, das ist doch nicht neu für uns, oder? Was haben wir bislang dagegen unternommen? Was wird der Film an dieser unserer Duldung ändern? »Thema verfehlt. Setzen, fünf!« ist in etwa die Stimmung, die ich mit meiner Frage auslöse, wie denn wohl die Beschneidungsszene des kleinen Mädchens zustande gekommen sei. Sei das eine gestellte Szene gewesen, frage ich mich, womit man das etwas dreijährige Mädchen derart in Todesangst versetzt habe, um solch realistische Panik filmen zu können. Sei es eine echte Beschneidungsszene, dann stelle sich mir die Frage nach der Ethik noch mehr.
Ich kann mich auch noch erinnern, dass einmal zu meinem Entsetzen das Foto eines Kindes ausgezeichnet wurde, das brennend und schreiend über einen Campingplatz lief. Statt den Fotografen auszuzeichnen, hätte ich gerne gewusst, wie abgebrüht oder sensationsbewusst, vielleicht sogar geldgeil man sein muss, wenn man in solchen Augenblicken auf den Auslöser drückt, statt die Kamera in hohem Bogen wegzuwerfen, um helfen zu können.

17.9.2009
Liebe Inge,
nach unserem langen Telefonat neulich wollte ich Dir sofort schreiben, aber im Moment gehen Wollen, Können und Tun bei mir öfter mal auf Distanz. Oft liegt der Grund in der Variationsbreite meines Wollens, der spontanen Anpassung an Verlockendes und sei es nur die Sonne im Garten. Mal muss ich auch mein Wollen aus gesundheitspolitischen Gründen modifizieren. Richtig gut finde ich, dass ich das relativ gelassen hinnehmen kann, keinen Druck mehr erlebe, weil soviel »unerledigt« geblieben ist. So abgebrüht bist Du noch nicht, oder?
Ich versuche mir immer wieder vorzustellen, wie es für Dich sein mag, nach Deinem Umzug nun Dich selbst über einen so langen Zeitraum immer wieder neu zu motivieren, zu ermutigen, das voranzubringen, was sich Deinem Streben

nach Vollendung möglicherweise hartnäckig widersetzt. Geduld ist eine Sache, aber mir scheint der Erhalt der Kräfte viel schwieriger. Ich wünsche Dir sehr die Fähigkeit zur Balance zwischen Anspannung und Entspannung, denn nur die macht einen Erfolg in der Sache in Übereinstimmung mit Dir möglich. Das Gesetz habe ich allzu oft, eigentlich überwiegend, missachtet.
Für Deine Reaktion auf meinen Wieder-Da-Bericht möchte ich mich ausdrücklich bedanken. Du wolltest am Telefon wissen, wie die bei mir angekommen sei. Ich frage Dich, wie sollte sie ankommen? Was wolltest Du erreichen? Ich finde es immer ganz toll, so bewundernswerte Sachen über mich zu lesen, fühle mich dann nach einiger Zeit aber so, wie ich denke, dass sich jemand fühlt, der spontan, ohne ausreichende Prüfung der erfolgversprechenden und ihn selbst möglicherweise gefährdenden Faktoren, also letztlich leichtsinnig und unvernünftig, ins Wasser gesprungen ist, um jemanden zu retten, als Held gefeiert wird und womöglich das Gefühl hat, doch nur impulsiv gehandelt zu haben. So richtig verdient, denkt man dann, hat man das Lob ja eigentlich nicht. Und ich meine, dass ich so bin, wie ich bin, habe ich ja durchaus auch vielem zu verdanken, was außerhalb meines Einflusses liegt. Dazu kommt aber noch eine ganz andere Erfahrung: Ich erhalte viel Bewunderung dafür, wie ich mit meiner Erkrankung umgehe, letztlich, wie stark und akzeptierend ich bin. Hat da meine Schwäche einen Platz? Niemand ist ja nur stark. Bei Dir weiß ich, dass Du gerade auch in meinen zweifelnden, verzweifelten, klagenden Zeiten an meiner Seite bist, aber in meiner direkten Umgebung meine ich dann eher Fluchttendenzen bis hin zu ungeduldiger Abwehr wahrzunehmen. Da muss ich mir mein Recht auf seelische Unausgeglichenheit, zum Beispiel nach einer Operation, wenn die Angst in mir hochkriecht, wie die Zukunft aussehen mag, durchaus erkämpfen. In solchen Momenten wurden mir, wahrscheinlich gut gemeint, sogar schon Psychopharmaka empfohlen. Die würden meiner Umwelt vielleicht helfen, mir aber zurzeit jedenfalls nicht. Ich lebe davon, dass ich zu sehr intensivem Fühlen fähig bin. Überwiegend ist es intensives Glück. Ich bin auch dankbar dafür, dass ich den Dingen immer wieder einen Platz in meinem Leben zuweisen kann, der die Wertigkeit widerspiegelt, die ich ihnen zu geben bereit bin, mal nach längerer Auseinandersetzung, mal nach kürzerer, mal nach dollerem Leiden, mal leichtfüßiger. Das ist, glaube ich sogar, die größte Gabe, mit der ich leben darf.
Als ich vor einigen Wochen fühlte, dass wieder etwas Entscheidendes auf mich zukommt, hatte ich nur einen Wunsch, meine Kinder noch einmal zu sehen, zu riechen, zu fühlen. Das habe ich dann auch geschafft, bevor ich die Diagnose erhielt, eine der Hirnmetastasen habe sich geradezu explosionsartig ausgeweitet, eine OP sei zwingend notwendig. Weder eine stereotaktische noch eine

normale Bestrahlung sei hier möglich. Denke ich jetzt zum Beispiel an diese Zeit, stehen die Bilder und Gefühle vom Zusammensein mit meinen Kindern, die Erlebnisse mit meiner Familie so groß und bunt vor denen, die zeigen, wie schlecht es mir vor der OP ging, die Zeit im Krankenhaus, dass sie es sind, die hauptsächlich meine allgemeine Gefühlslage bestimmen. Alles andere tritt eben in den Hintergrund, ist zwar da, aber unauffällig, nicht die Wirkung des Raumes, meines Lebens bestimmend. Nein, die positive Sicht auf mein Leben, die Lebensfreude, fällt mir nicht in den Schoß, aber die Tricks, mit denen ich unbewusst arbeite (erst in der Retrospektive, der aus dem Erstaunen über mich selbst geborenen Reflexion, enthüllt die Tricks), sind eben auch nicht nur mein Verdienst. Dennoch, Deine Anerkennung tut sehr gut, nur arbeite ich gerade auch daran, schwach, jammernd, klagend und verzweifelt sein zu dürfen. Ich ringe dabei um meine eigene Erlaubnis eben so sehr wie um die meiner Mitmenschen.

Du hast es in unserem Telefonat auf den Punkt gebracht: Im Umgang unserer Freunde mit uns geht es auch um die Frage, wie viel ihrer Lebenszeit sie für uns abzugeben bereit sind. Wenn unsere Freunde uns anbieten, wir sollten uns melden, wenn wir Hilfe bräuchten, meinen sie es wirklich ehrlich, uns helfen zu wollen, davon bin ich überzeugt. Sie würden uns helfen, wenn sie Zeit hätten. Dass Du Deine Umzugsarbeiten fast alleine bewältigen musst, obwohl Freunde vorbeikommen, um sich einmal anzuschauen, wo Du gelandet bist, ohne dabei Deine Hilfsbedürftigkeit wahrzunehmen, liegt einfach daran, dass sie mit sich selber so beschäftigt sind. Ihr Leben ist so voll, so busy, und da sind die beruflichen Verpflichtungen noch die geringste Hürde, die überwunden werden müsste, um für uns etwas Zeit »übrig« zu haben. Ich jedenfalls habe gelegentlich das Gefühl, dass nur von der Lebenszeit etwas abgegeben wird, die man »übrig« hat – und wann ist das schon der Fall? Der Sprachkurs, das Hüten der Enkel, die Verabredung mit einer anderen Freundin zum Konzert, Theater, Essen, Stadtbummel, ein reguläres FreundInnentreffen, schöne Dinge halt, haben allemal Priorität vor Hilfsanfragen. Manche Besuche bei mir werden in den engen Terminplan eingebastelt. Man kommt also zwischen zwei Terminen eben mal kurz auf einen Kaffee vorbei – wenn ich günstig auf dem Weg liege. Und ich bin dankbar dafür. Wirklich!

Die OP, die Entfernung der explodierten Hirnmetastase, war eine neurochirurgische Meisterleistung in meinen Augen. Meine Dankbarkeit und Bewunderung des großen Meisters profitiert davon, dass dies die erste OP war, bei der es mir vorher wirklich schlecht ging, die mich von belastenden Symptomen befreit hat und die zudem keinerlei Schmerzen verursachte, da es im Gehirn keine Schmerzrezeptoren gibt. In alle anderen Behandlungen und OPs ging ich bislang mich kerngesund fühlend, während ich hinterher eher einem Wrack glich mit Ausnahme der Brustoperation in Amerika. Ich war nach der OP allerdings so schwach wie nie zuvor, hatte aber mit gezielter Krankengymnastik schon bald einen Stand erreicht, der mich einfach nur beglückte. Es ist wunderbar, wenn man für seine Anstrengungen mit zunehmender Kondition und erstarkenden Kräften belohnt wird. Mein Gleichgewichtssinn, meine Koordination, alles wurde besser. Nach etwa vier Wochen war auch der Schwindel verschwunden und ich habe das Gefühl, dass der Gesichtsfeldausfall geringer ist als vor der OP. Gerade als ich gewitzelt hatte, eigentlich müsste ich dafür sorgen, dass es mir nicht zu gut gehe, da dann erfahrungsgemäß der nächste Schlag in die Kniekehle erfolge, begann die Bestrahlung der Metastase der Wirbelsäule und parallel eine zusätzliche orale Chemotherapie der Lebermetastasen. Das geht auch bei allem Optimismus nicht spurlos an mir vorbei. War es nun nutzlos, dass ich mich zuvor gekräftigt hatte oder eher gerade gut? Du ahnst sicherlich, zu welcher Sicht ich mich entschlossen habe.

Das schien dem lieben Gott oder wem auch immer Grund, meinen Höhenflug zu stoppen. Eine wirklich sehr, ja sogar scheußlich schmerzhafte Schleimbeutelentzündung am Ellenbogen des rechten (!!!) Armes brachte mich ganz schnell auf Jammerniveau. Erst konnte ich vor Schmerzen nicht mehr schreiben, stricken, malen etc., dann beschlossen die Ärzte, den Arm vor meinen überlastenden Anforderungen in Schutz zu nehmen, indem sie ihn sozusagen im Sinne einer Schutzhaft in ein Klett-Schienengefängnis einsperrten, was sie mir als harmlose Variante im Vergleich zu einem Gips anpriesen. Dazu dann noch entzündungshemmende und schmerzstillende Medikamente, später auch noch ein Antibiotikum. Mich wundert, dass ich nicht alleine schon von meinen Medikamentenladungen satt werde. Sollte das alles nicht helfen, sei eine operative Entfernung der Schleimbeutel notwendig, ließ man mich wissen. Das sei aber wirklich eine Kleinigkeit, finden die Ärzte. Mich bringt es an den Rand der Verzweiflung.

Auch das reichte offensichtlich nicht aus, mich mit meinen dunklen Seiten auf Tuchfühlung zu bringen.

Mein Hausarzt teilte mir nach einem vergeblichen Spülungsversuch mit, mein Port wäre verstopft, was eine neue, wenn auch aus medizinischer Sicht winzig kleine OP notwendig mache, zur Entfernung des alten und Implantierung eines neuen Ports.

Inge, Du wirst es verstehen, das weiß ich, aber diese wirkliche Bagatelle – aus Sicht der Ärzte – ließ mich augenblicklich spüren, dass es eine winzig kleine Schwelle ist zwischen »tapfer seinen Weg gehen« und sich aufgeben. Für Augenblicke wusste ich, wie es sich anfühlt, wenn man an den Punkt kommt, wo

man einfach nicht mehr will, keine Lust und keine Kraft mehr hat, einfach in Ruhe gelassen werden will und auch nicht mehr in aller Scheiße nach Licht suchen will.
In diesem Falle hatte ich allerdings das Gefühl, der Arzt habe den Port nicht richtig angestochen. Ich höre beim Golfen ohne hinzusehen am Klang, ob der Ball gut getroffen ist, und so höre und spüre ich auch, ob man den Port richtig getroffen hat. Ich vereinbarte bei dem Gynäkologen, der all meine Behandlungen koordiniert, einen Termin und siehe da, er fand meinen Port wunderbar durchlässig. Das erzeugte in mir eine Erleichterung, als hätte er mir gesagt, ich hätte gar keinen Krebs. Ich war in Sektlaune, wenn ich denn Alkohol tränke.
Neben der Erleichterung bleibt mir aber die Erfahrung, wie schmal der Grat zwischen Leben-Wollen und Sich-Aufgeben sein kann.
Die Gedanken »Snoopy gegen Westerwelle« habe ich unter dem Eindruck dieser Erfahrung geschrieben.
Heute war ein guter Tag:
Meinem Arm wurde Hafterleichterung gewährt, der Ellenbogen muss nur noch mit einer Bandage geschützt, aber weiterhin geschont werden und darf erst allmählich wieder seinen gewohnten Verantwortungsbereich übernehmen, sofern die Entzündung weiter abklingt. Vorläufig scheint er mit meinem Nachholbedürfnis an Schreiberei gut gefordert.
Außerdem: Zwei Drittel der Bestrahlung liegen hinter mir.
Im Wartezimmer las ich mein Horoskop in der Brigitte: Als Skorpion sei mir bewusst, Leben heiße Veränderung und in diesem Sinne würde ich ständig an mir arbeiten. Gut, dass die Sterne mich kennen.
Liebe Inge, Dir wünsche ich Sterne, die Dir Kraft schicken, Deine Behausung für Dich zu einem Ort zu machen, der Dir ein sicherer Hafen ist.
Sei ganz lieb gegrüßt,
Deine Gabi

Tagebucheintrag

21.9.2009

Wir schmelzen dahin! Unsere Prinzessin ist heute Vormittag geboren. Peter und Nina sind Eltern der bezaubernden Anna Sophie, 50 cm und 3430 g. Wer hätte gedacht und es für möglich gehalten, dass ich das noch erlebe?! Jetzt haben wir vier Enkelkinder, drei Jungen und ein Mädchen. Ist das wohl herrlich!
Am Wochenende wollen wir eine kleine Rundreise starten über Köln zur Besichtigung des Neuzugangs, Marburg zur Begutachtung der Entwicklung von Klein-Tobi, nach Konstanz zu Inge.

22.9.2009

Heute kann ich den wieder zunehmenden Gesichtsfeldausfall auf Vor-OP Niveau nicht weiter verdrängen. Auch Wortfindungsschwierigkeiten nehmen zu. Heute fielen mir die Begriffe »Kursiv« und »Karikatur« nicht ein. Ich musste sie umschreiben, damit Dieter wusste, wovon ich sprach. Fühlen sich Menschen, die damit zu leben gelernt haben, dass ihnen oft die rechten Worte fehlen, auch so bekloppt?
Was machen? Peter, der sicher noch in seinem frischen Vaterglück schwelgt, mit dieser Nachricht in die Tiefen des Alltags reißen? Wir haben entschieden, das nicht zu tun, statt dessen unseren koordinierenden Arzt vor Ort zu fragen.
Der organisierte für morgen ein MRT. Bis dahin verdränge ich schreibend. Dieter spielt Bass.

23.9.09

Das MRT zeigt nach Aussage des Radiologen eindeutig die Wiederauferstehung des totgeglaubten, erst vor acht Wochen entfernten Tumors. Was fühle ich? Keine Ahnung. Wie fühlt sich Dieter? Wie mit der Schaufel vor den Kopf geschlagen, sagt er. Wir organisieren und planen unseren Schmerz nieder. Dieter telefoniert mit Köln, wir sollen unbedingt noch morgen Vormittag dort vorsprechen.
Morgen holt Peter seine kleine Anna und Nina nach Hause.
Beides passiert in Köln, beides in derselben Familie. Wir dürfen keine Panik verbreiten. Jürgen schreibt seine Doktorarbeit gerade unter Hochdruck zusammen und Jonas muss seine Zeit in New York für die Vollendung der für dort geplanten Experimente nutzen.
Wie bringe ich es meinem Krebs bei, dass er zumindest bis Ende des Jahres seine Klappe halten muss? Tut er das, was fällt mir dann ein, weshalb mein Abgang einfach noch unpassend ist? Kinderkrankheiten kommen nie zur rechten Zeit und das Sterben wohl auch nicht.
Ich habe kein Gefühl für mein Gefühl.

Besser als sich darüber Gedanken zu machen, scheint mir im Moment die Ablenkung. Also schreibe ich, zumal da noch ein Erlebnis aus dem August nach Verarbeitung schreit. Goethe sagt: »Geschichten zu schreiben ist eine Art, sich das Vergangene vom Halse zu schaffen.« Was ich hiermit versuche:

Paradies für Exhibitionisten, Liebhaber des Stummfilms und für Incognito Fans
Es gibt Erlebnisse, die sind so schön, dass man sie unbedingt wiederholen

möchte. Oder sie sind so unschön, dass man durch Wiederholung auf einen besseren Ausgang hofft. Mit absoluter Sicherheit schließe ich Ersteres für mich als Motivation für eine neuerliche Strahlentherapie in meiner Heimat aus.

Mein erstes Strahlen-Erlebnis, die für mich geradezu als traumatisch erlebten vorbereitenden Maßnahmen zur Bestrahlung meiner Brust nach meiner ersten Krebserfahrung, habe ich schon an früherer Stelle ausführlich in Worte gebrannt, um sie so aus dem Teil meines Gedächtnisses zu verbannen, der meine Gefühlswelt bestimmt.

Ein Jahr später zeigten mir die Kalifornier, wie es auch anders geht, und gestalteten meine täglichen Bestrahlungen so nett, dass es sich wie Besuche bei lieben Freundinnen anfühlte. Die ganze Mannschaft stellte sich mir vor, so wie sie meinen Namen ja auch kannten, jeder Handgriff, den man an mir vornahm, wurde kommuniziert und erklärt, man ließ mich nirgendwo entblößt rumliegen, respektierte mein Schamgefühl und meine Person, nahm regen Anteil an meinem Privatleben, indem man mich zum Beispiel mit der Hoffnung ins Wochenende schickte, ich möge es gut nutzen, etwas tun, was mir besondere Freude mache, denn das verdopple die Wirkung der Bestrahlung. Am Montag ließ man sich berichten, was ich unternommen habe, und daraus entwickelten sich Gespräche, die sich über die ganze Woche hinzogen. Wir haben viel zusammen gelacht. Als ich zum Beispiel erzählte, mein Sohn sei zu einem Trip nach Las Vegas unterwegs, wollte man am nächsten Tag wissen, ob er schon Millionär sei. Oder eine MTA schwärmte, sie habe gestern am Strand von Malibu Julia Roberts gesehen. Auf meine Frage: »Und, hat das Ihr Leben verändert?« haben wir alle herzlich gelacht. So entsteht Vertrauen und sogar ein Zusammengehörigkeitsgefühl, auch wenn man natürlich weiß, dass es eine Beziehung auf Zeit ist. Ach, wirklich ein wenig schade, als die gemeinsame Zeit um war. Ich erhielt ein Zertifikat, in dem mir bescheinigt wurde, eine sehr nette Patientin gewesen zu sein und man gab mir den guten Rat mit auf den Weg, mir Gutes zu tun, auf mich und meine Bedürfnisse zu achten und jeden Tag viel zu lachen.

Wenn es denn schon nötig ist, dann hätte ich eher einer Neuauflage jener strahlenden kalifornischen Erfahrung zugestimmt, aber ich bin ja wieder in Deutschland, in dem der Umgang miteinander vor allem eines ist: ehrlich. Im Krankenhausbetrieb bedeutet das oft genug, dass man an mir als Menschen keinerlei Interesse hat – und das täuscht man mir auch nicht vor. Der reibungslose Betriebsablauf scheint häufig das Hauptinteresse des technischen Personals zu sein – und das gibt man auch ganz ehrlich zu erkennen.

Also, als feststand, dass die Wirbelsäulenmetastase per Bestrahlung ausradiert werden soll, wusste ich ja, dass vor der ersten Bestrahlung die Simulation mit Einzeichnung der Bestrahlungsfelder liegt. Mit Dieter habe ich – aus alter Erfahrung lernt man ja gelegentlich – diesmal schon zu Hause klar abgesprochen, dass ich da alleine rein muss. Insofern war er auch noch da, als ich mit verziertem Rücken wieder im Wartebereich erschien. Das ist der bessere Teil der Geschichte.

Den schlechteren, aber doch auch amüsanten, habe ich alleine absolviert: Ich werde aufgerufen: Frau Knöll, bitte. Die Assistentin bemüht sich nicht bis an den Wartebereich heran, sie ruft und wartet auf dem Flur. Knöll meint, die nächste Stufe sei eine Trillerpfeife. Er hat die hoffnungslos veraltete Überzeugung, auch Patienten hätten ein Recht auf respektvollen, höflichen Umgang. Die Assistentin behält ihren Namen gewissenhaft geheim, meinen kennt sie ja. Vielleicht hat sie das mit der Geheimhaltungspflicht von Arbeitnehmern falsch verstanden, vielleicht ist sie auf der Flucht oder irgendetwas anderes macht ihre Anonymität nötig. Man kann ja nie wissen, wie Patienten ihr Wissen missbrauchen. Oder sie denkt schlicht, es gehe mich nichts an, wie sie heiße – und tatsächlich, das Wissen um ihren Namen ändert meine Prognose nicht, ist medizinisch nicht notwendigerweise indiziert.

Ich will gelassen bleiben, es mit Humor nehmen, habe ich mir vorgenommen, und auf gar keinen Fall auf dieses Angebot der Herstellung einer asymmetrischen Beziehung hereinfallen.

Dieses war der erste Streich, doch der zweite folgt sogleich.

Ich werde in die Umkleide geschickt mit der Aufforderung, mich »oben frei« zu machen. Wie oben frage ich irritiert, die Metastase ist im Lendenwirbelbereich und der liegt bei mir unten, jedenfalls so weit unten, dass er bedeckt bleibt, auch wenn ich oben herum »frei« bin. Ein kurzer Austausch mit einer ebenfalls namenlosen Kollegin führt zur sensibel-verständnisvollen Belehrung: »Wenn Sie lieber auf einem Knubbel Ihres hochgeschobenen T-Shirts liegen wollen, dann bitte.« Das riskiere ich, obwohl Frau Namenlos dramatisch vorführt, auf welchem Knubbel ich liegen werde.

Dieses war der zweite Streich, doch der dritte folgt sogleich.

Meine wachen Augen entdecken ein Gitterwerk, das grob die Form eines Gesichtes nachzeichnet. »Was ist das denn«, frage ich. Miss Anonyma klärt mich umfassend auf: »Das ist nicht für Sie!« So genau wollte ich das gar nicht wissen. Die Abfuhr macht mich irgendwie aufsässig. Ich lächle also im alten 70er Jahre-Wissen um die Macht der Flower Power und frage ganz herzerweichend unschuldig, ob ich denn vielleicht trotzdem wissen dürfe, worum es sich bei dem Gebilde handele. Ich darf! Hurra! Und erfahre, dass dies für

die Bestrahlung des Kopfes sei. Ich sehe, dass dort auf dem Gitter die Felder aufgezeichnet sind.
Dieses war der dritte Streich, doch der vierte folgt sogleich.

Die Assistentin gibt mir Anweisung, mich auf dem Röntgentisch auf den Rücken zu legen, ich aber habe den Arzt in der Vorbesprechung so verstanden, dass ich während der Bestrahlung auf dem Bauch liegen solle, die Felder demnach auf dem Rücken eingezeichnet werden. Ich weiß, dass beides grundsätzlich möglich ist, möchte aber, dass das so geplant wird, wie es der Strahlentherapeut bei mir für besser erachtet hat. Außerdem hat eine Bemalung auf dem Rücken den Vorteil, dass nicht jeder Blick auf mich gleich wieder das Wissen darum erzwingt, in welcher Lebenssituation wir stecken. Ich sehe, wie auf der Stirn der beiden Assistentinnen rote Alarmzeichen aufleuchten: »Vorsicht, schwierige Patientin!« So einig waren sich die beiden wohl schon lange nicht mehr.
Ich darf mich bäuchlings liegend dem weiteren Verlauf hingeben.
Dieses war der vierte Streich, doch der fünfte folgt sogleich.

Jetzt werde man die Felder einzeichnen, erfahre ich. Und das sind bis zum Ende der Prozedur – rund 20 Minuten später – definitiv die letzten Worte, die man mit mir spricht. Ab jetzt bin ich Ensemblemitglied eines Stummfilms.
Ich mag ja Menschen, die ruhig und konzentriert ihrer Arbeit nachgehen, aber es will sich so recht kein Glücksgefühl einstellen bei dieser Schweigenummer. Meine Freundin Ulla verrät mir später, dass sie sich in ähnlichen Situationen angewöhnt habe, mit den schlichten Worten: »Bitte sprechen Sie jetzt!« ihrem Bedürfnis nach Information Ausdruck zu verleihen. Ich belasse es für den Augenblick beim Schweigen, da ich als alter Hase ja zumindest ahne, was mit mir und um mich herum geschieht.
Dieses war der fünfte Streich, doch der sechste folgt sogleich.

»Oben frei« war nicht nötig, aber meine Hose, in weiser Voraussicht eine solche mit Gummibund, muss schon ein wenig zurechtgerückt werden, um den ersten, zweiten und dritten Lendenwirbel zugänglich zu machen. Damit habe ich gerechnet. Nicht gerechnet habe ich damit, dass jemand, der so zurückhaltend und vorsichtig mit der Preisgabe seines Namens und in der Absonderung von Worten ist, derart beherzt zupackt, wenn es um die Freilegung des zu bestrahlenden Feldes geht. Von Zurückhaltung urplötzlich keine Spur mehr. Schneller als ich denken kann, werden – kommentarlos – die Fakten dafür geschaffen, dass ich mich zu Recht fühlen darf wie ein Model in einer Werbekampagne für Kröver Nacktarsch. Augenblicklich bin ich neugierig, wo diese Damen bitte

meine Lendenwirbel 1, 2 und 3 vermuten. Ist da irgendwas schiefgelaufen in deren Anatomieunterricht oder hatten die gar keinen? Haben die eventuell meine Lendenwirbel mit dem Steißbein verwechselt?
Oh je, dieses war der sechste Streich, doch der letzte folgt sogleich.

Besonders tolle Momente des Lebens neigt man dazu, im Bild festhalten zu wollen. Die bildliche Dokumentation der eingezeichneten Bestrahlungsfelder fällt in meinem Fall eindeutig nicht in diese Kategorie. Ich schlage vor, sie unter Satire abzuspeichern. Gabi Knöll kommt als Werbemodel für den etwas herben Moselwein, Kröver Nacktarsch, zu späten Ehren. Danke für diese Erfahrung! Aber: Muss man wirklich jede Erfahrung gemacht haben? Und noch wichtiger: War das wirklich unumgänglich nötig? Kann den Damen vielleicht mal jemand die überraschende Weisheit vermitteln, dass an jedem Bestrahlungsfeld ein echter Mensch mit Gefühlen hängt? Das mag lästig sein, aber es ist so, bis wir eines Tages vielleicht wirklich unsere defekten Körperteile zur Reparatur in entsprechenden Zentren abgeben.

Eine herrliche Vorstellung ist doch, ich hätte der anfänglichen Aufforderung, mich oben herum freizumachen, tatsächlich unkritisch gehorsam Folge geleistet: Da liegt eine Frau nackt bis auf die Beine, um die herum die zusammengeschobene Hose drapiert ist, um sich die Bestrahlungsfelder für die Lendenwirbel 1, 2 und 3 einzeichnen zu lassen! Ich bitte um Aufnahme dieses Vorgehens in alle gängigen Lehrbücher!

Vor 40 Jahren hätte man solche Bilder von mir sicher gewinnbringend ins Internet stellen können (wenn es eines gegeben hätte), aber heute müsste ich wahrscheinlich draufzahlen.

Nach dieser Szene trete ich hartnäckig schweigend (und das ich!!!) und hocherhobenen Hauptes ab.

(Humor ist eine komische Art, ernst zu sein. Sir Peter Ustinov)

Tagebucheintrag

26.9.2009

So!
Wir waren in Köln.
Schon auf dem Hinweg ruft Peter an, der den Befund aus Lüneburg gelesen hat. Seine Einschätzung: Tumor wieder operieren und anschließend Tumorbettbestrahlung. Mein Kopf ist doch keine Sardinenbüchse, die man beliebig oft öffnet und wieder verschließt, denke ich und fange an, mich abwechselnd in die Szenarien: Gar nichts mehr tun und dem Vorschlag zu folgen, hineinzufühlen. Dieter meint, erst mal abwarten, was der Chef sagt. Der sagt absolut

das Gleiche wie Peter. Wenn man überhaupt noch etwas tun wolle, dann das, meint er.

Wir bitten daraufhin noch um ein Gespräch mit dem Strahlentherapeuten. Der meint, keine Tumorbettbestrahlung, sondern eine Ganzhirnbestrahlung sei nötig, da mit versteckten, noch nicht sichtbaren Herden gerechnet werden müsse. Seine Reaktion auf meine Sorge, dass mich die zum Dödel mache, meinte er, das beginne erst so nach einem Jahr. Meiner Präzisierung dieser Aussage, dass ich das seiner Erfahrung nach also ohnehin nicht mehr erlebte, widersprach er nicht.

Vor allem der Neurochirurg und dessen zuvorkommende Sekretärin begegnen uns ausgesprochen warmherzig und mitfühlend. Er lässt beim Abschied meine Hand fast nicht mehr los und meint, er stecke zwar nicht in meiner Haut, denke, dass ich eine schwere Entscheidung zu treffen habe, aber er würde sich wünschen, ich könne mich für die OP entscheiden.

Bevor wir wieder Richtung Lüneburg aufbrechen, statten wir noch der eben erst zusammengeführten Kleinfamilie einen Besuch ab. Mein Gott ist diese Anna süß! Und schon ein richtiges kleines Persönchen! Als Nina beschreibt, wie Anna in der dritten Stufe auf der Schreiskala ihrem Begehren Nachdruck verleiht durch eine Zitterlippe mit Nachbeben, liebe ich Nina dafür, wie sie ihr Kind liebt.

Auf der Heimfahrt nach Lüneburg stelle ich mir mindestens fünfmal die Frage, ob ich aus der Behandlung aussteige oder weiter mache, und mindestens fünfmal beantworte ich die Frage anders.

Abends im Bett spüre ich in mich hinein. Es muss doch ein Gefühl dafür da sein, wenn es ans Sterben geht, oder nicht?! Ich komme zu dem Ergebnis: Es fühlt sich für mich nicht nach Sterben an. Mag sein, dass ich das morgen schon anders sehe, wenn die Symptome zunehmen. Aber das ist dann morgen. Heute fühle ich mich noch sehr weit vom Sterben entfernt.

Wir wollen uns noch anhören, was meine Luneburger Ärzte sagen. Unabhängig voneinander schlagen sie das gleiche Vorgehen wie der Kölner Neurochirurg vor: operative Entfernung des Tumors und Tumorbettbestrahlung. Letzteres sei angesichts meines Krankheitsverlaufes, bei dem ja seit fast zwei Jahren keine neuen Herde im Gehirn aufgetreten seien, gerechtfertigt und sinnvoll. Träten aber doch welche auf, könne man diese eventuell wieder stereotaktisch bestrahlen oder ihnen mit einer Feldbestrahlung zu Leibe rücken.

So soll es sein, haben wir beschlossen.

Dienstag rücke ich wieder ein ins Kölner Krankenhaus, Mittwoch folgt die zweite Chance. Diese OP ist ja VIEL einfacher als die erste, da der Zugang ja schon besteht, es muss nicht mehr der Schädelknochen aufgesägt werden zum

Beispiel. Mit einem Spezialwerkzeug wird das vor acht Wochen herauspräparierte Schädelstück wieder entfernt. Ich glaube, das klingt sehr zu Recht nach Autowerkstatt.

Das ist das, was die Ärzte sagen. Ich habe diesmal Angst! Angst vor Schmerzen und Leiden, vor Schrecksekunden, wenn man zum Beispiel aus der Narkose erwacht, aber Sprechversuche scheitern, weil man noch intubiert ist, was man aber nicht weiß. Erstaunlich, wo doch die letzte Erfahrung rundweg positiv war. Wird man die alte Narbe wieder öffnen oder daneben herschneiden? Die letzten Krusten der alten Narbe haben sich heute erst gelöst! Wie kann ich da gelassen schon wieder an mir rumschnibbeln lassen? Wird der Wundschmerz dann größer sein? Es wird wieder eine Flugschneise rasiert werden, wo doch gerade die Haare so schön nachgewachsen waren! Und durch die Bestrahlung werden die getroffenen Haarwurzeln auch mit Ausfall protestieren, was Monate dauern wird, bis das dann nachwächst!

Alles Nebensache? Äußerlichkeiten sind unwichtig?

Wieso wagt man es eigentlich, mit einem solchen Argument ausgerechnet meinen Blick auf das Wesentliche lenken zu wollen! Gilt das nicht für jeden Menschen, erst recht für die Gesunden?! Wieso nehmen es meine gesunden Freundinnen für sich in Anspruch, sich Gedanken über ihre Frisur, ihr Gewicht, vorteilhafte Kleidung, Faltenbekämpfung, Schminke hier und Schminke da zu machen, statt einfach nur dankbar zu sein, dass sie gesund sind! Ich versteh das – in Maßen – durchaus, aber bitte räumt mir doch gleiches Recht ein! Wenn einer das Recht darauf hat, gut auszusehen, eine tolle Figur zu haben, begehrenswert zu sein, dann wir Kranken, dann ich.

In diesem Sinne habe ich mir heute neue Klamotten gekauft!

Vor der letzten OP, das habe ich glaube ich noch nirgendwo erwähnt, habe ich einen ähnlichen, ja sogar noch schlimmeren Anfall von Ablenkungsverschwendung ausgelebt. Ich habe mir mit liebender Unterstützung meiner Schwiegertochter und Peter eine große silberne Vase und zwei silberne Kerzenständer gekauft, die niemand wirklich braucht, schon gar kein Haushalt, in dem seit fast 40 Jahren gesammelt wird, aber die wunderbar luxuriös wirken und mir ein herrliches Gefühl von: »Das habe ich mir gegönnt« vermitteln.

Und noch etwas habe ich mir vor der letzten OP gegönnt: Ich habe gegen meinen eigenen Anspruch auf Ehrlichkeit verstoßen, etwas getan, das man einfach nicht tut, habe etwas Verbotenes getan! Tolles Gefühl, wenn sich auch immer mal wieder das schlechte Gewissen vorschiebt:

Ich ging im Kölner Klinikum auf die Toilette und fand 50 Euro. Die habe ich behalten. Ich, die sonst sogar in den Laden zurückgeht, wenn ich feststelle, dass die Kassiererin mir 15 Cent zu viel herausgegeben hat. Wie gesagt: tolles

Gefühl. Man muss einfach auch mal so was gemacht haben im Leben, sonst war man womöglich nicht richtig Mensch. Andere erledigen das in der Pubertät. Da war ich wohl zu feige.

Heute Abend babysitten wir bei Eva, damit sie und Michael ausgehen können, morgen, Montag, habe ich meine letzte Rückenbestrahlung, Dienstag geht es dann ab nach Köln, direkt ins Krankenhaus. Dort darf ich mich darauf freuen, Anna zu sehen, und auch Tobi wird mir vorbeigebracht werden.

27.9.2009

War ich gestern noch entschlossen, mich operieren zu lassen?
Nachts kommen die Zweifel. Auch letzte Nacht. Gut, ich weiß, alles im Leben hat seinen Preis, alles muss man sich erkaufen. Aber hier ist die Lage etwas schwierig, denn ich kann zwar einigermaßen die Höhe des Preises abschätzen, der selbst dann, wenn alles glatt läuft, recht hoch ist, aber ich kaufe tatsächlich die Katze im Sack. Niemand hat eine Idee, ob diesmal der Erfolg länger anhalten wird als das letzte Mal, es gibt nur Hoffnungen. Reicht das?
Mir scheint, eine »vernünftige« Entscheidung gibt es hier nicht. Das Gefühl muss stimmen. Und zumindest tagsüber gibt es in mir kein Gefühl, das sagt, es sei jetzt Zeit, das Ende zu akzeptieren.

12.10.2009

Die Operation liegt hinter mir. Vor genau 13 Tagen öffneten die Kölner Neurochirurgen den erst vor acht Wochen gelegten Zugang zu meinem Allerheiligsten erneut, um den Tumor, der sich nach zunächst vollständiger Entfernung einbildete, innerhalb so kurzer Zeit sein angestammtes Territorium zurückerobern zu dürfen, gründlich dorthin zu befördern, wo er hingehört – in den Müll. Insgesamt, einschließlich der Nachoperation zur Entfernung des nach der ersten OP feststeckenden Dränageschlauches, wurde ich damit an selbiger Stelle nun dreimal aufgeschnitten, aufgesägt und wieder verschlossen. Heute wurden im Lüneburger Krankenhaus die Fäden gezogen, genauer gesagt der Faden, denn es gibt, anders als man sich das so vorstellt, nur einen einzigen durchgehenden Faden. Für mich eine echte Angstnummer, obwohl ich überhaupt noch nie erlebt habe, dass das Fädenziehen weh getan hat. Für mich ist das der Beweis, dass ich auf diesen eher harmlosen Akt all meine sonstigen Ängste übertrage und stellvertretend abarbeite. Nun ist es vollbracht. Natürlich ohne Schmerzen. Der Arzt war sehr geduldig, gelassen und verständnisvoll. Der liebe Dieter hat meine Hände gehalten. Ich finde, diese Nummer ist echt ausbaufähig. Damit könnte ich eine Schauspielkarriere ernsthaft ins Auge fassen. Ich habe Talente, die ich nicht vernachlässigen sollte!

Diesmal währte mein Krankenhausaufenthalt noch kürzer als beim ersten Mal: einschließlich des Tages der Operation genau fünf Tage.
Dienstag Nachmittag, am 29.9.09 rückte ich ein in die Kölner Neurochirurgie, bezog dasselbe Zimmer wieder, wurde am nächsten Morgen aus der Pole-Position heraus operiert, verbrachte den Rest des Tages und die folgende Nacht sehr zufrieden und nett behandelt auf der Intensivstation, wechselte dann nach einem Kontroll-CT zum Ausschluss von Einblutungen ins Gehirn und dem erfolgreichen Ziehen des Dränageschlauches auf die Normalstation. Die Kopfwunde machte durch Zwicken und Zwacken deutlich, dass sie keine Lust hat, dieses Spiel zu wiederholen. Mein Kopf fand, er sei keine wiederverschließbare Tupperdose. Einspruch stattgegeben.
Zum Abend dieses ersten postoperativen Tages war ich von allem Gebimsel befreit, alle Nadeln und auch der zentrale Venenkatheter gezogen, ich ein freier Mensch. Damit endete für mich mein Selbstverständnis als bettlägerige Patientin. Um dem auch durch eine äußerliche Entsprechung Nachdruck zu verleihen, zog ich mich täglich ganz normal an, was heißt, ich verzichtete auf Jogginghosen. Es stimmt wirklich, man fühlt sich dann sofort gesünder. Meinen ersten Besuch am Nachmittag des ersten Tages nach der OP empfing ich noch verschlaucht im Bett (Peter und Nina trugen ihre erst wenige Tage alte Anna an mein Bett). Von da an allerdings entfloh ich täglich über den gesamten Nachmittag – natürlich mit Erlaubnis – in mich aufbauende Umgebungen.
Am nächsten Tag, dem Freitag, kamen Jürgen und Dana mit Tobi aus Marburg. Nach einem langen Spaziergang auf dem Klinikgelände wollte die kleine Familie Anna besichtigen und dort beim Kaffeetrinken auch Dieter treffen. Und ich sollte zurück in mein Bett? Da fand ich die Idee viel lebensnäher, auch einen kleinen Ausflug zu machen, mich mitten unter meine Familie zu setzen. Die Ärzte gaben mir frei. Ich inmitten meiner Familie: Glück. Ich darf beobachten, wie die Brüder und deren Frauen miteinander umgehen: Glück. Ich erlebe meine Söhne als stolze, zärtliche und liebevolle Väter: Glück! Dieter und ich fahren gemeinsam unsere Ernte ein, auch das ist ein ganz besonderes Glück.
Samstag Nachmittag sind wir zu Besuch bei Hannelore in Meerbusch. Es schauen noch zwei Freundinnen vorbei und wir diskutieren über das Loslassen der Kinder, wenn sie, wie Hannelores Sohn, das Haus zum Studieren verlassen oder wie der Sohn einer Freundin, in ein Ausland gehen, dem wir als Eltern nicht so recht das Glück unserer Kinder anvertrauen.
Sonntag sind wir in Köln bei einem Freund aus Münsteraner Studententagen eingeladen. Wir lernen die neue Frau an seiner Seite kennen und freuen uns mit D. über diesen Zugewinn.

Am Montag werde ich schon nach dem Frühstück entlassen. Die Ärzte stimmen mir zu, jeder Tag im Krankenhaus sei ein verschenkter Tag – für mich. Wir fahren direkt vom Krankenhaus (Habe übrigens die 50 Euro, die ich vor der ersten Operation auf einer Klinik-Toilette gefunden hatte, den Schwestern spendiert. Mein schlechtes Gewissen verlangte das.) bei Peter, Nina und Anna vorbei und tanken dort noch einmal eine große Ladung frischen Babyglücks, bevor wir nach Marburg aufbrechen zu Jürgen, Dana und Tobi. Jonas ist soeben für einige Tage aus New York eingeflogen. Die Marburger Neurophysik zieht um auf die Lahnberge und Jonas muss sein Labor und seinen Arbeitsplatz verpacken – und natürlich auch sonst helfen. Einen besseren Zeitpunkt hätten die Physiker nicht wählen können, perfektes Timing mit innerknöllschen Angelegenheiten, denn so kann ich meinen Jüngsten sehen, bevor er wieder bis Ende des Jahres in die Fremde entfliegt. Um die glücklichen Zufälle, die man so einheimsen kann, abzurunden, hat Gudrun genau an diesem Tag Geburtstag. Als wir am Abend alle zusammensitzen, sind wir ein merkwürdig müde-glücklicher Haufen. Gudrun ist von einem sehr anstrengenden Dienst erschöpft, Jonas kämpft teilweise erfolglos gegen seinen Jetlag und ich werde irgendwann, als die Jugend sich hörbar allmählich erholt, von einer so glückseligen Müdigkeit eingelullt, dass ich auf dem Sofa schlafe, Hauptsache mittendrin. Nach einem sehr ausgiebigen Frühstück am nächsten Morgen und tausend Enkel-Küssen fahren wir Richtung Lüneburger Heimat, machen aber zuvor noch Station bei IKEA. Ach ja, in Marburg habe ich mir noch rasch einen ordentlichen Wintermantel gekauft. Den hatte ich in einem Prospekt entdeckt. Nach drei Telefonaten wusste ich, wo es ihn gibt, hinfahren, kaufen und wieder weg.
So einfach kann das Leben sein!
Ich finde es überhaupt nicht verwunderlich, dass bei mir, als ich nach einer Woche wieder in mein herrliches Zuhause eintauchte, das Gefühl für wunderschöne Erlebnisse die Erfahrung einer neuerlichen OP überlagert.
Jetzt allerdings muss ich mich der weiteren Behandlung stellen und kann damit die Bedeutung dessen, was der eigentliche Grund für unseren Köln-Aufenthalt war, nicht leugnen.
Wirklich ärgerlich ist für mich, dass man mir schon vor der OP eindringlich zu verstehen gab, dass die Bestrahlung des Tumorbettes schnellstmöglich, unbedingt innerhalb von 14 Tagen nach der OP beginnen müsse, da der Tumor ja gezeigt habe, wie aggressiv er sei – und jetzt lässt man mich hängen, gibt mir einen Termin für das erste Gespräch erst für morgen, womit feststeht, dass übermorgen, was der 14. Tag wäre, nicht begonnen werden kann mit der Bestrahlung, denn es sind ja Vorbereitungen notwendig. Das macht mich sehr

wütend. Erst macht man mir Angst vor dem enorm aggressiven und schnellen Wachstum des Tumors, weshalb ich ja auch in die Bestrahlung meines Allerheiligsten eingewilligt habe, obwohl ich niemanden kenne, der dadurch intelligenter, munterer und lebenslustiger geworden ist, und jetzt vergeudet man dermaßen wertvolle Zeit! Ich bin ja nicht als Bestrahlungsfall unvorhergesehen vom Himmel gefallen! Dass ich und wann ich zur Bestrahlung aufschlagen werde, hat man in der Abteilung seit drei Wochen gewusst, also Zeit genug gehabt, entsprechende Termine für die notwendigen Vorbereitungen (Planungs-CT, Anfertigen der Gesichtsmaske, Berechnungen der Physiker und der Simulation mit dem Einzeichnen der Bestrahlungsfelder) zu blocken.

In Köln habe ich den Glaubenssatz gelernt: »Et kütt wie't kütt« – und mit dem beruhige ich mich und stelle mich darauf ein, es zu nehmen, wie es kommt. Peter fügt dem in einem Telefonat noch hinzu: Und »et hätt noch immer jot jejange«. Dennoch findet auch er, es müsse ein wenig Dampf gemacht werden, zumal man in Köln das Cortison extra in Hinblick auf die baldige Bestrahlung sehr frühzeitig abgesetzt hat, da Cortison die Wundheilung verzögere, die Narbe aber zu Bestrahlungsbeginn gut abgeheilt sein solle.

13.10.2009

Den Strahlenchef erinnerte ich gleich zu Beginn unseres Gespräches an seine eigene Forderung, dass binnen 14 Tagen mit der Bestrahlung begonnen werden solle, eben wegen der enormen Aggressivität des Tumors. Meinte er zunächst noch, dass das nicht zu schaffen sei, organisierte er aber dann doch noch für heute das Planungs-CT und auch das Anfertigen der Maske. Mein Ziel ist es, noch diese Woche wenigstens zwei Bestrahlungen zu haben und das könnte nun klappen.

Insgesamt wird die Haut aber dünner, merke ich. Dies ist nun meine dritte Bestrahlungserfahrung in Deutschland, und alles, was ich beim ersten Mal einfach ausgehalten und stillschweigend ertragen habe in der Hoffnung, dann sei ich den ganzen Mist ja los, hat mich beim zweiten Mal doch so sehr gestört, dass ich mir danach vorgenommen hatte, das so nie wieder mitzumachen. Zwar habe ich durch das Niederschreiben der Erlebnisse für meine eigene Psychohygiene gesorgt, aber wie kann ich erreichen, dass man nun respektvoller mit mir umgeht?

Da die Vorbereitungen heute schon losgehen, ist sozusagen Gefahr im Verzuge. Ich entschließe mich deshalb, dem Chef einen Ausdruck vom »Paradies für Exhibitionisten« mitzubringen, dem er bei einigermaßen ausgebildeter sozialer Intelligenz entnehmen kann, was ich wie gerne anders hätte im Umgang mit mir. (Er selbst und auch seine Sekretärin ist ausgesprochen nett. Er erklärt mir alles ganz genau und beantwortet alle meine Fragen.) Er weiß dann auch, dass ich dazu neige, mein Erleben auf Papier zu bannen, was dazu führen kann, dass andere Menschen davon erfahren.

Tatsächlich erhalten wir um 12 Uhr einen Anruf, ich solle mich um 14 Uhr zur Anfertigung der Maske einfinden. Ich habe keine Ahnung, wie das vonstattengeht, wie lange das dauert, wo das gemacht wird und ob das unangenehm ist. Ich weiß nicht, was auf mich zukommt, weiß nur, dass ich es wissen will, bevor ich mich dem Prozedere unterwerfe. Und weiß auch aus den vergangenen Erfahrungen, dass die Aufklärung darüber nicht automatisch erfolgt.

Als wir in der Klinik ankommen, treffen wir auf den Chef, der mein Pamphlet noch nicht gelesen hat. Ich weiß nun also, dass ich den handanlegenden Damen selber sagen muss, was ich heute von ihnen erwarte. Zu meiner Stärkung hätte ich gerne meinen Mann an meiner Seite, damit ich standhaft bleibe und nicht zu schnell klein beigebe. Der Chef gibt sein OK für Dieters Begleitung.

Wir warten im Wartebereich, einer durch einen Kleiderständer nur optisch abgegrenzten Ausbuchtung des Flures.

Die Bucht ist gerammelt voll mit schweigenden Menschen, die sich gegenseitig beäugen. Wir wissen ja, alle die da sitzen, werden irgendwo am Körper bestrahlt, nur die wenigen, die keinen Beutel mit Handtuch dabei haben, sind Begleitpersonen. In Abwandlung des heiteren Beruferatens mit Robert Lemke heißt es hier, per Indizien herauszufinden, woran unsere Weggenossen leiden. Alte Männer: wahrscheinlich Prostata. Wie das wohl vorgeht? Müssen die »untenrum« nackt vor den MTAs mit schlaffem Pimmel und Hängepo den langen Weg bis zum Bestrahlungstisch hinlaufen? Wie mag sich das anfühlen? Ein Diskriminierungskriterium für die verschiedenen Bestrahlungsgründe ist auch der Kopf. Hat er noch Haare? Und das geschulte Auge erkennt in dieser Umgebung sofort die Perücke.

Wer ein Kopftuch oder eine Perücke trägt, hat seine Haare nicht zwangsläufig durch eine Chemo verloren. Auch wer am Kopf bestrahlt wird, verliert dort das wesentliche Merkmal weiblicher Identifikation, wenn auch erst so im letzten Drittel der Therapie. Männer sind da besser dran, bei ihnen kann die Glatze ja auch Ausdruck einer modischen Überzeugung sein. Glatze bedeutet also, weiterhin genauer zu beobachten. Aber wer eine Chemo hatte, erscheint schon mit Kahlkopf unter diversen Verdeckungen zur ersten Bestrahlung. Wer erst nach einigen Bestrahlungen mit Kopftuch oder Perücke erscheint, wird am Kopf bestrahlt. Ich bin auch da mal wieder ein schwieriger Fall, denn mich kennen meine Mitpatienten von Anbeginn an nur mit Kopfbedeckung, aber nicht wegen eines Haarausfalls, sondern weil meine Narbe so riesengroß inmitten einer abrasierten Schneise prangt. Es gab demnach auch keine Chance,

meine Bestrahlung wegen einer Rückenmetastase zu erraten und jetzt ebenso wenig, eine Bestrahlung des Kopfes zu vermuten. Ich bin sehr dankbar für diese Täuschung, weil ich vermute, dass mit einem Hirntumor Attribuierungen einhergehen, die mich nicht froh machen. Wie oft schon habe ich erlebt, dass man völlig erstaunt feststellte, man merke mir gar nicht an, dass ich am Kopf operiert worden sei. Was da möglicherweise als Kompliment gesagt wird, impliziert aber auch, dass man eigentlich davon ausgeht, dass jemand, der »es im Kopf hat«, schielt, nicht mehr richtig sprechen und denken kann oder sonstwie plemplem ist. Mir ist es einfach viel peinlicher, am Kopf bestrahlt zu werden, als an der Brust oder am Rücken. Prostata ist auch peinlich, vermute ich, da man damit Blaseninkontinenz und womöglich das Ende der Manneskraft assoziiert. Welcher Mann fühlt sich wohl bei dem Gedanken, alle in der Runde könnten solches fortan mit ihm verbinden. Viel mehr Informationen haben wir ja nicht übereinander, da wir uns zwar über Wochen beinahe täglich begegnen, aber einträchtig beharrlich schweigend. Es gäbe also genügend Gründe, in dem Bemühen um einen diskreten Umgang mit unserer Erkrankung von Seiten des Personals nach Kräften unterstützt zu werden. Die aber haben offenbar jedoch ein sehr entspanntes Verhältnis zu diesem Themenkreis und begünstigen auf diese Weise zuweilen unbeabsichtigt unser inwendiges Rätselraten um den Behandlungsgrund der anderen. Sehr hilfreich ist es, wenn Neue ihren Aufklärungsbogen in der Wartebucht – und nur dort gibt es Sitzmöglichkeit – lesen und ausfüllen müssen. Auch wer still vor sich hinarbeitet wird entlarvt, wenn die Seite aufgeschlagen wird mit der Auflistung der für seinen Fall möglichen Nebenwirkungen. Die beigefügte schematische Darstellung der Körperregion ist bis in den letzen Winkel der Bucht erkennbar und präsentiert uns wie auf einem Silbertablett die Befriedigung unserer Neugierde. Echt klasse! Da die Neuen ja keine gesunden Mitbürger sind, und oftmals aufgrund ihrer Krankheit und/oder ihres Alters Hilfe beim Ausfüllen des Bogens benötigen, werden wir gelegentlich nicht nur Augen-, sondern auch Ohrenzeugen. Dann wissen wir anschließend in aller Regel zusätzlich, an welchen Vorerkrankungen dieser Mitmensch leidet und sogar, welche Medikamente er nimmt.
Hilfreiche Unterstützung in unserem Bemühen, das Wissen um das Leid unserer Mitmenschen zu präzisieren, kann auch sein, wenn einem Patienten in coram publico lauthals erklärt wird, nein, heute habe er keinen Termin zur Bestrahlung, heute müsse er erst noch einmal in die Urologie.
Aber was soll`s! Geteiltes Leid ist ja angeblich halbes Leid. Nun teilen wir zumindest schon mal das Wissen darum.
Aus diesen Gedanken werde ich plötzlich herausgerissen, als es mal wieder heißt: »Frau Knöll, bitte.«

Entsprechend unserer Absprache mit dem Chef dackeln Dieter und ich los. Vor der Tür des Behandlungsraumes wartet die MTA auf mich, sieht meinen Mann, vergeudet keine Zeit mit lästigen Begrüßungsritualen, bleibt somit mal wieder namenlos für mich, und weist uns vor der Tür, in direktem akustischem Kontakt mit der übrigen Wartegemeinschaft ohne jedes überflüssige Wort in die strengen Sitten dieses Hauses ein: »Hier müssen Sie alleine rein!« Welche Chance habe ich noch nach einer solchen Gesprächseröffnung? Mir fällt spontan so ein Werbespruch ein: Weniger müssen müssen! Tatsächlich macht mich der Gebrauch des Wortes »müssen« nicht unbedingt aufgeschlossener. Mangelnde Klarheit ist es jedenfalls in diesem Punkte nicht, was ich beklagen müsste. Mit dem Wissen, dass nach diesem Beginn ein freundlich-respektvoller Umgang kaum noch möglich ist, bleibe ich meinem Vorsatz treu, meinen Mann zur Durchsetzung meiner Interessen an meiner Seite haben zu wollen. Mein Bedürfnis nach Diskretion verlangt jedoch nach einer Klärung dieser Frage hinter geschlossenen Türen, nach einer ordentlichen Begrüßung. Letzteres habe ich bereits abgehakt, aber ich bin nicht bereit, den gespannt Wartenden ein Schauspiel zu liefern. So gehen Dieter und ich einfach gemeinsam an der Dame vorbei in den Vorraum des Röntgenraumes. Dort erklärt man mir, es sei nicht üblich, dass Unbeteiligte mit hereinkämen. Meine Entgegnung: »Dann machen wir heute eben etwas Unübliches.« Das gehe nicht aufgrund der Strahlenbelastung. »Dann hält sich mein Mann eben da auf, wo Sie auch sind: Sie setzen sich den Strahlen ja auch nicht aus«, ist mein Versuch, argumentativ die Familienzusammenführung zu begünstigen, denn irgendetwas in mir ist dem Irrglauben erlegen, man sei grundsätzlich bemüht, den Patienten-Kunden die Wünsche zu erfüllen, wenn nur irgend möglich. Ich unterstelle noch immer grundsätzliches Wohlwollen. Als auch das nicht überzeugt, weisen wir darauf hin, dass das aber so mit dem Chef abgesprochen sei. »Dann verweigere ich Ihre Behandlung« höre ich plötzlich von einer weiblichen Person, die sich bis dahin nicht einmal gezeigt, da in einem kleinen Nebenraum verborgen, geschweige denn sich vorgestellt hat. Wir haben somit auch keine Idee, wer das überhaupt ist. Eine Putzfrau? Was hat die mit meiner Behandlung zu tun? Ich denke, es soll die Maske angefertigt werden? Was haben dabei Strahlen zu suchen? Das sind mir zu viele unbekannte Größen.

Der Umgang mit mir entspricht so überhaupt nicht dem, was ich auch nur andeutungsweise als höflich oder gar respektvoll oder professionell bezeichnen könnte. Dieter und ich nehmen die Arbeitsverweigerung zur Kenntnis, verlassen den Raum und gehen schnurstracks zum Chef.

Der setzt sich mit seinen Mitarbeiterinnen in Verbindung und kommt nach einiger Zeit mit der Information zu uns zurück: »Tut mir leid, aber die Röntgenärztin weigert sich mit Hinweis auf herumliegende Patientendaten.« Aha, vorhin waren es die Strahlen, jetzt die Patientendaten! Für beides gäbe es, wenn man nur wollte, eine Lösung. Aber nur der Chef will. An seiner Stelle würde ich darüber nachdenken, was diese Situation offenbart über seine Stellung gegenüber seiner ärztlichen Mitarbeiterin. Aber das ist nun wirklich nicht mein Bier. Ich erkläre dem Chef, dass mein Mann an meiner Seite nur sicherstellen sollte, dass mich nur der behandelt, wer sich mir zuvor vorgestellt habe, dass man mir den gesamten Ablauf dessen, was mit mir geschieht, erklärt, dass ich somit eine Chance habe, offene Fragen zu klären, und anschließend jeden Schritt angekündigt bekomme und man nicht einfach an mir rummacht, ohne dass ich weiß, was gerade mit mir passiert. Der Chef bietet an, anstelle meines Mannes dabei zu bleiben. Das ist ein Angebot, das ich sofort annehmen kann. Wir gehen gemeinsam rüber, mein Mann nimmt wieder Platz in der Wartebucht. Der Chef stellt mir die MTA vor und auch die Putzfrau, die dann doch eine Röntgenärztin ist. Diese kommt dafür weder aus ihrem Kabuff hervor, noch öffnet sie ihren Mund für irgendeine Begrüßung. Nachdem ich sie später mehrfach gesehen und erlebt habe, beschließe ich, dass der Menschheit kein Verlust widerfährt, wenn sie in ihrem Kabuff verborgen bleibt. Manchmal handeln Menschen eben instinktiv richtig. Die MTA erklärt mir ausgesprochen freundlich jeden Schritt der Behandlung, beinahe jedenfalls.

Dass sie in der Lage war, nach dem verunglückten Einstieg so freundlich zu sein, finde ich professionell. Sehr dankbar war ich für ihre Erklärungen. Dafür bedanke ich mich bei ihr und dem Chef. Beide meinen, das mache sie eigentlich doch immer so. Wieso kam dann aber ich bislang nie in den Genuss dieser »normalen, üblichen« Vorzugsbehandlung? Etwa Zwei-Klassenmedizin? Kühlt man sein Mütchen an den Privatpatienten? Einige schlau geführte Gespräche im Wartebereich bestätigten später den Verdacht, dass der Umgang mit mir beileibe kein Einzelfall, mitnichten eine Ausnahme ist. Eine Patientin sprach es sehr direkt aus. Sie finde hier einfach alles nur ganz fürchterlich und sie glaube nicht, dass vom Personal auch nur ein Einziger seine Arbeit gerne tue. Mein Bericht über meine Erfahrung hat in der Selbsthilfegruppe große Begeisterung ausgelöst: »Endlich formuliert mal jemand, was wir so aushalten müssen – und setzt sich dagegen auch noch zur Wehr!«

Jetzt ist die Maske angefertigt und ich lebe in der Überzeugung, damit wie ein Monster auszusehen. Das stärkt nicht unbedingt mein Selbstbewusstsein. Als Gegenbewegung, als Kompensation, beschließe ich, mich in den kommenden sechs Wochen für meine täglichen Bestrahlungen besonders sorgfältig zu kleiden, so als träfe ich mich mit Freundinnen in der Stadt. Dazu gehört auch der viele geerbten Schmuck, der zum Teil seit Jahren traurig auf seinen

Einsatz wartet, jetzt seine große Zeit hat. Wann soll ich ihn tragen, wenn nicht jetzt?!

15.10.2009
Heute sollen zum ersten Mal Krebszellen, die sich eventuell bei der Kopf-OP versteckt haben, zerschossen werden, bevor sie wieder ihre enorme Teilungsfreudigkeit unter Beweis stellen könnten.
Das besondere Interesse dieses Vorgehens liegt schließlich darin, dem Operationserfolg »Nachhaltigkeit« zu verleihen, um endlich auch einmal dieses sehr beliebte Wort sprachlicher deutscher Gegenwart zu benutzen. In diesem Fall soll die Bestrahlung des Tumorbettes diese Nachhaltigkeit nachhaltig begünstigen. Nichts weiß man sicher, es will gehofft werden.
28 Bestrahlungen sind geplant, das sind fast sechs Wochen täglich, nachdem ich ja nun gerade eben erst fünf Wochen Bestrahlung der Wirbelsäule hinter mir habe. Mir werden dort die Haare ausfallen, wo die Strahlen in den Kopf eintreten, möglicherweise auch da, wo sie den Kopf wieder verlassen. Das ist der sichtbare Preis, den ich für die Hoffnung bezahle. Mein Selbstbewusstsein wird mal wieder auf die Probe gestellt. Da tut ein Partner gut, der einem das Bewusstsein dafür gibt, dass zumindest ihn betreffend Attraktivität nicht von solchen Kinkerlitzchen abhängt, dass er uns anziehend findet mit und ohne Flugschneise auf dem Hinterkopf.
Die MTAs begrüßen mich mit so ausgesprochener Höflichkeit, wenn auch nicht persönlicher Zuwendung, dass ich sicher bin, die sind vom Chef gebrieft. Ich erfahre, dass mein Kopf bzw. das Tumorbett (Wer verlässt schon freiwillig ein Bett? Will sagen, ich bezweifle, dass der Terminus so schlau gewählt ist für ein von einem bösartigen Tumor okkupiertes Gebiet) aus vier verschiedenen Winkeln beschossen wird. Das bedeutet vier verschiedene Einstellungen. Man gibt sich alle Mühe, die jeweiligen Schritte anzukündigen, weil man ja inzwischen weiß, dass ich nicht gerne rate, was gerade geschieht. Ich will es wissen. Einen großen Schrecken bekomme ich dennoch, da man mir zwar sagt, nun komme die vierte Einstellung, aber vergisst, mir mitzuteilen, dass der Tisch, auf dem ich liege, dafür gedreht wird. Ich liege mit geschlossenen Augen da, willentlich komplett entspannt in dem Bemühen, eine Panik in mir zu vermeiden, die an sich schon allein der Gedanke an die Fixierung meines Kopfes auf dem Tisch in mir auslöst, verstärkt durch das entsetzliche Engegefühl, durch die meinen Kopf umschließende Maske. Meine Lippen sind dabei so zusammengedrückt, dass ich nicht laut schreien könnte. Auch das keine beruhigende Vorstellung! Auch nicht, dass ich vermute, mit diesem Ding um meinen Kopf wie ein Monster auszusehen. Plötzlich wird mir entsetzlich schwindelig. Es

dreht sich in meinem Kopf. Hilfe, was ist das? Und was, wenn ich jetzt kotzen müsste? Ich öffne die Augen, versuche zu begreifen. Meine Augen fixieren die Klimaanlage in der Decke und schlussendlich begreife ich, da sich deren Position verändert, dass ich mich drehe. Meine Panik, von niemandem bemerkt, löst sich ganz allmählich auf. Ein erklärender Satz, spätestens während man den Tisch dreht, hätte mir den Schrecken erspart.

Als ich einer der technischen Assistentinnen davon berichte, bedauert sie zwar das Versäumnis, schiebt aber hinterher: »Eigentlich erklären wir das immer!« Mein Erleben demnach mal wieder eine Ausnahme.

Die Welt ist voller Angebote zur persönlichen Weiterentwicklung. Man muss – Gott sei Dank – nicht alle nutzen. Ich beschließe, der weiteren Vertiefung in die Niederungen von Panik und Co. durch nette NLP-Übungen vorzubeugen.

28.10.2009

Schon wieder ein Anflug von Panik!

Inzwischen hat mein Inneres den Ablauf der Bestrahlung akustisch, visuell und hinsichtlich der Dauer abgespeichert. Inge hat neulich von eigenen Erfahrungen berichtet und gemeint, die hätten ja keine Ahnung davon, welche Angst jedes Abweichen von der Routine in einem auslöse. Jede Verzögerung, jede Änderung von Geräuschen … wird wahrgenommen und unverzüglich einer Plausibilitätsprüfung unterzogen. Gibt es keine Erklärung, weil einem zum Beispiel Informationen vorenthalten wurden, reagiere man verängstigt. Und es trifft ja keinen gesunden Menschen! Es ist ja ein oftmals schon über Jahre hart gebeuteltes Psychosystem, das da schnell mal überfordert reagieren kann.

Was Inge meinte, erfahre ich heute. Das Gerät startet die Einstellung für die dritte Position. Da ist irgendetwas anders! Ein neues Geräusch, irgendwas ist auch anders am Ablauf. Ich öffne die Augen, um zu verstehen. Da sehe ich links in meinem Gesichtsfeld etwas, das mir vorkommt wie das Bestrahlungselement. Um Gottes Willen! Ich weiß doch genau, dass bei allen vier Einstellungen das Bestrahlungsteil für mich nicht sichtbar ist. Was soll ich jetzt tun? Das Gerät surrt schon, die Strahlen sind also unterwegs und ich fürchte, sollte ich mich bewegen, um per Handzeichen auf den Fehler aufmerksam zu machen, noch größeren Schaden anzurichten. Ich zwinge mich zur Ruhe, versuche mich auf meine Atmung zu konzentrieren, um die aufsteigende Panik abzuwehren. Das ist ein hartes Stück Arbeit, da mir die plötzlich wieder spürbar fürchterlich enge Maske mein Fixiert-Sein bewusst macht und mit allen phantasierten Konsequenzen Gefühle aufzwingt, die ich glaubte, schon überwunden zu haben. Ich versuche mich mit Logik zu beruhigen: Einmal ein Fehler wird schon nicht lebensbedrohlich sein! Zwar hatte mal eine der Weißbekittelten erklärt, sie könnten gar nichts falsch machen, da jedes einzelne Bestrahlungsfeld erst freigegeben werde, wenn alle Einstellungen richtig seien. Bevor dieser Gedanke mich beruhigen kann, denke ich, dass er ja ganz offensichtlich nicht stimmt. Heute werde ich aus einem Winkel bestrahlt, der nicht für mich vorgesehen ist. Definitiv. Mein Gehirn erarbeitet auch sofort eine – mir – logische Erklärung: Wenn man aus Versehen den falschen Patientennamen in das System eingibt, wird man natürlich auch an den falschen Stellen bestrahlt, ohne dass das System das merken könnte. Vielleicht ist heute meine Prostata dran?

Mich hat das Erlebnis so geschockt und verunsichert, dass ich kleinlaut und wortlos in meine Kabine schleiche und erst zu Hause die Gefühle zulasse.

Ich bitte am nächsten Tag um eine Erklärung, was da geschehen sei. Ich hätte gestern bei der dritten Einstellung das Bestrahlungsteil sehen können, was eindeutig noch nie zuvor so gewesen sei. Die MTA ist sich ganz sicher, dass das nicht stimmen könne. Sie bleibt trotz meiner Standhaftigkeit dabei, sie wisse zwar nicht, was ich gesehen habe, aber sie hätten alles richtig gemacht, und in meinem Blickfeld sei garantiert kein Bestrahlungsteil zu sehen gewesen. Ich fühle mich behandelt wie jemand, dessen sinnlicher Wahrnehmung man nicht trauen kann, wie jemand eben, der nicht richtig im Kopf ist. Plötzlich kommt der MTA eine Erleuchtung. Ihr fällt ein, man habe gestern Aufnahmen gemacht zur Sicherstellung, dass die Felder noch korrekt eingestellt seien. Dabei sei tatsächlich links in meinem Gesichtsfeld ein Teil sichtbar gewesen, das man für diese Aufnahmen ausgeklappt habe. Aha! Auf der Sachebene erlöst mich diese Erklärung von meinen Befürchtungen. Meinen Gefühlen jedoch reicht das nicht. In meinem ebenso unerschütterlichen wie unbegründeten Glauben an des Menschen grundsätzlichem Interesse, seine Arbeit sehr gut machen und aus Fehlern lernen zu wollen, verrate ich der MTA, es wäre in diesem Falle sehr hilfreich gewesen, man hätte mir vor Beginn der Bestrahlung mitgeteilt, man werde heute Aufnahmen machen und dass sich deshalb für mich einiges anders anfühlen werde. Mir hätte das lange Schreckmomente einschließlich beunruhigtem Grübeln während der Nacht erspart. Und ich hätte mich nicht wie ein Stück Grillfleisch gefühlt, dem man ja auch nicht mitteilt, wenn man es wieder zu wenden oder zu photographieren beabsichtigt. Das allerdings denke ich nur, wage es nicht zu äußern. Die MTA bedauert das Versäumnis, bekräftigt aber, dass man das sonst immer erkläre. Dazu schweige ich vornehm. Und damit hätte man es bewenden lassen können. Während ich mein Handtuch zusammenfalte, höre ich plötzlich: »Sie sind aber auch besonders kritisch!« Ich schweige weiter, jedoch nicht vornehm, sondern aus der Erkenntnis heraus, dass hier Hopfen und Malz verloren ist.

Wenn ich nicht wüsste, dass beinahe jeder in den Selbsthilfegruppen von ähnlichen Erfahrungen anklagend berichtet, käme ich jetzt vielleicht auf die Idee, die Ursache des Problems in mir zu sehen.
Auf der Heimfahrt erzähle ich Dieter davon. Er kann meine Anekdoten-Sammlung zum Thema: »Jeder ist zu etwas nütze – und wenn er nur als abschreckendes Beispiel dient« ergänzen:
Während ich bestrahlt wurde, berichtet er, sei eine Patientin im Rollstuhl von einer Dame in weißer Kleidung in den Flur gefahren worden. Er habe bemerkt, dass die Patientin würgte und die Begleitung darauf hingewiesen, die aber hilflos meinte, sie wisse auch nicht, was sie da machen solle, sie sei schließlich keine Krankenschwester, sondern nur vom Transportservice. Doch dann, während sich die Patientin fleißig weiter bemühte, das Würgen im Zaume zu halten, entschloss sich die Transportdame, sich doch ein klein wenig verantwortlich zu fühlen. Sie klopfte an die Glasscheiben des Büros, in dem zwei Sekretärinnen ihr Machtzentrum haben. Irgendwie war wohl gerade keine Klopfsprechstunde, denn die Herrschaften wehrten den Eingriff in ihr Hoheitsgebiet energisch ab mit dem Hinweis, man habe jetzt überhaupt keine Zeit. Keine Frage nach dem Anlass des Klopfens, kein Bewusstsein dafür, dass dies ein Krankenhaus ist, in dem tatsächlich Menschen, kranke, hilfsbedürftige Menschen mit Bedürfnissen und Nöten der vorrangige Grund für ihren Arbeitsplatz sind. Stattdessen nichts als Konzentration auf Abwehr. Das aber gründlich und sogar sehr emotional die Botschaft vermittelnd: »Wir sind total gestresst und überfordert mit unserem Job. Wir haben keine Zeit und Kraft für Patientenbelange. Du kannst warten, meine Arbeit aber nicht.« Die Transport-Lady schickt sich klaglos, die Rollstuhl-Patientin würgt weiter. Dieter reicht ihr beherzt den Papierkorb, in den sie sich dankbar entleert.
Wäre es jetzt nicht angebracht gewesen, den Papierkorb mit ungewohntem Inhalt den Damen ins Büro zu stellen? Immerhin rief der Transportservice anschließend telefonisch Hilfe herbei.
Dieses kleine Ereignis war sicher wieder nur eine Ausnahme im Sinne von: »Das erklären wir sonst immer, eigentlich kümmern wir uns immer!«
Ich gewinne den Eindruck, die Ausnahme (Sie sind aber auch besonders kritisch!) in einer Ausnahmeabteilung zu sein.
Hätten wir in USA und Istanbul nicht erlebt, wie anders das gehen kann, würden wir vielleicht glauben, es müsse so sein.

30.10.09

Ich habe eine Perücke. Anlass zu diesem Schritt war eine Einladung für heute Abend. Ein langjähriger Kollege von Dieter feiert in großer Gesellschaft seinen 65. Geburtstag. Soll ich da etwa den ganzen Abend mit Mütze auf dem Kopf sitzen? Und am kommenden Wochenende werde ich 60!!! Auch da könnten mir Erinnerungsbilder mit Haaren besser gefallen als mit Mütze oder Tuch oder zur Schau getragener Riesennarbe. Bis dahin ist das also eine ganz normale Geschichte. Schließlich trug ich ja auch bei meiner ersten Chemo, damals mit sauberem Ganzkörperhaarausfall, außerhalb des Hauses eine Perücke. Wie die meisten Mitpatienten entschied ich mich damals für ein Modell, das meinem letzten Haarschnitt täuschend ähnlich war. Es sollte nicht auffallen, das da etwas vorgetäuscht wird, was nicht ist.

Jetzt sehe ich das anders. Der denkende Mensch ändert seine Meinung. Und ich denke, ich müsse ja mit dem Klammerbeutel gepudert sein, wenn ich für viel Geld ausgerechnet jene Fussel-Kurzhaarfrisur kopierte, die mir Natur und Krankheit in unseliger Allianz gegen meinen Willen die letzten fünf Jahre aufgezwungen haben. Warum soll ich für viel Geld eine Perücke kaufen, die genauso beschissen aussieht, wie das, was ich mein Eigen nenne? Ich entschied mich deshalb für eine Haarpracht, wie ich glaube, dass ich meine Haare tragen würde, wäre mir die freie Entscheidung darüber möglich: kinnlang, eine Seite hinter dem Ohr, die andere über dem Ohr. Den Echtheitsgegenwartsbezug stellt die Farbe her: ein sehr stark durchgesträhntes lichtes Grau, wirklich fast exakt meine Naturfarbe seit etwa einem Jahr. Susi meint, ich müsse dazu stehen, dass dies eine Perücke sei, denn zumindest wer mich in der letzten Zeit gesehen habe, werde kaum glauben, dass ich über Nacht so zugewachsen sei. Das stimmt und ich finde es okay. Ich schaue lieber in den Spiegel und denke, Du siehst ja richtig klasse aus mit dieser Perücke, als dass ich ehrlich bleibe und mich zwinge, mich auch mit Fusselhaar schön zu finden. Das Leben ist voller Möglichkeiten, man muss sie nur nutzen.

Die Reaktionen auf dem Party-Testlauf sind sehr erfreulich. Wer mich lange nicht gesehen, aber viel über mich gehört hat, ist durchweg begeistert von meinem Erscheinen und meiner Erscheinung. Ein ehemaliger Mitarbeiter von Dieter kommt nach der Begrüßung noch einmal extra zu mir und meint, er müsse mich einmal fest umarmen, er sei sehr glücklich über die offensichtlich gute Entwicklung. Auch ich bin sehr glücklich, obwohl ich weiß, dass die »Entwicklung« dafür keinen Grund bietet, wenn man damit den Verlauf meiner Krankheit meint. Oder doch?

2.11.2009

Ulla hatte mir ein Buch von Frau Käßmann vorbeigebracht. Bevor ich auch nur ein Wort gelesen habe, betrachte ich begeistert das Foto auf dem Umschlag. Was sieht diese Frau toll aus! Intelligent, warmherzig und wirklich attraktiv. Der evangelischen Kirche kann diese Frau, dieser Mensch, nur gut tun!

Dann sinniere ich über den Titel: In der Mitte des Lebens. Da damit der Mensch um die 50 gemeint ist, stimmt der Titel so natürlich rein rechnerisch nicht. Noch liegt die durchschnittliche Lebenserwartung nicht bei 100. »Mitten im Leben« würde mir als Titel gut gefallen, denke ich. Doch dann muss ich auch die Idee verwerfen, denn mitten im Leben, steht man das nicht jeweils dort, wo man sich gerade befindet? Der drei Tage alte Säugling ist ebenso mitten im Leben, seinem Leben, wie die 90jährige – und wie ich mit meinen nun fast 60 Jahren. Ich jedenfalls fühle mich mitten drin in dem, was ich unter Leben verstehe.

Meine Begeisterung für Leitsätze als Wegweiser lässt mich auch in diesem Buch fündig werden. Der Satz, mit dem Frau Käßmann sich in ihrer Krankheit selber Mut macht, auf Vertrauen zu setzen: »Du kannst nicht tiefer fallen als in Gottes Hand.« Das klingt total beruhigend für mich. Es gibt täglich mehrfach kleine Momente, auch mal längere, in denen ich angstvoll daran denke, wie furchtbar das Sterben für mich werden könnte. Dann drängen sich Phantasien auf, wie ich bewegungsunfähig, und vielleicht sogar ohne sprechen zu können, nicht auf meine Bedürfnisse aufmerksam machen kann, wenn ich Durst habe, der Rücken schmerzt, ich nachts wach liege und nicht schlafen kann – und keiner merkt es. Dann will ich fortan denken: »Du kannst nicht tiefer fallen als in Gottes Hand.« Damit überantworte ich mich an den Glauben, dass schon das geschehen wird, was gut für mich ist. Ich muss lernen, Verantwortung vertrauensvoll abzugeben.

Es gibt aber eine Passage im Buch, die ich mehrfach lese, weil ich Ablehnung spüre und nicht gleich weiß, warum. Frau Käßmann schreibt: »In der Mitte des Lebens ist mir wichtig geworden, Krankheit und Leid und Krisen als Vertiefung anzusehen. Menschen, die nichts davon erfahren haben, bleiben meist oberflächlich, denke ich manchmal. Interessanter jedenfalls sind diejenigen, die solche Tiefe kennen, denn sie leben anders.«

Was stört mich daran? Der erste Satz, den sie ganz nur auf sich selbst bezieht, ist okay. Trotz kleiner Relativierungen (denke ich manchmal) nehmen die folgenden Aussagen aber für mein Empfinden eine Richtung ein, die ich ablehne. Es fühlt sich für mich so an, als erhöhe Frau Käßmann sich in Solidarität mit Gleichbetroffenen mit ihrer Leid-Erfahrung selbst und stelle sich bezüglich Tiefe und Interessantheit über jene Mitmenschen, die solches nicht erlebt haben, erleben mussten.

»Leid macht reif« klingt für mich oberflächlich und ehrverletzend jenen gegenüber, denen das Schicksal holder war. »Ich bin durch Leid reifer und von mir aus auch interessanter geworden«. Das wäre wiederum eine schöne Selbsterkenntnis, aus der auch ich einen Nutzen ziehen kann, sei es durch Identifikation oder Abgrenzung, durch Zustimmung oder Ablehnung. Leid kann man als Wachstumsanreiz nutzen, aber Leid hat in meinen Augen keinen Selbstwert. Ich denke oft, wenn ich schon Leid erfahre, dann will ich daraus auch lernen, dann will ich daran wachsen – und schon möglich, dass ich dadurch an Tiefe gewinne und für einige Menschen interessanter werde. Ich möchte aber nicht denken, dass ich des Leides bedurfte, um ein interessanter Mensch zu sein.

Und wieso wird dieses Thema erst in der Mitte des Lebens interessant? Viele, sehr viele Menschen, ich möchte behaupten die allermeisten, erfahren Leid, zumindest das, was sie dafür halten, schon in viel jüngeren Jahren. Frau Käßmann müsste demnach schon immer umgeben gewesen sein von tiefgründigen, interessanten Menschen jeden Alters. Welche 50jährige hat noch kein Leid erfahren? Ich kenne keine.

Wenn man sich über etwas erregt, lohnt oft die Frage, was hat das mit mir zu tun. In dieser Angelegenheit fällt mir jetzt wieder ein, dass ich damals nach Moritz Tod, ich war da 33 Jahre alt, es nur sehr schwer ertragen habe, wenn sich meine Mitmenschen stundenlang über irgendwelche »Banalitäten« unterhalten haben, wie welche Wickelmethode die bessere sei, ob das Geschirr spülmaschinenfest sei oder nicht oder ob man bemerkt habe, wie der Sohn von Frau x mit seinem Moped extra laut angefahren sei, um die Anwohner zu provozieren. Ja, haben die alle keine richtigen Sorgen, dachte ich angewidert. Ich, in meinem Leid, hatte dafür nicht das allergeringste Verständnis und hielt die Betreffenden für schrecklich oberflächlich und kleingeistig. Was wissen die schon vom Leben, dachte ich und weiß, dass das für diese Situation durchaus in Ordnung ist, wenn man nicht in dieser Haltung Wurzeln schlägt. Ich bin wirklich gereift in dieser Zeit, jedoch habe ich oft gedacht, ich wäre lieber oberflächlicher geblieben und hätte dafür meinen Sohn behalten, meinen süßen kleinen Moritz. Jeder Mensch ist doch so wie er ist von Gott gewollt, oder? Jeder bereichert unser Menschsein auf seine Weise. Wir brauchen Oberflächliche ebenso wie Tiefgründige, je nachdem.

Und überhaupt: Wo fängt das Leiden an, das Menschen zu interessanteren werden lässt? In meinen Augen ist die Krebserkrankung, die Frau Käßmann durchgemacht hat, nicht der Rede wert. Winziger Tumor, früh entdeckt, keine Chemo, nur Bestrahlung, von Anfang an die allergrößte Aussicht auf Heilung. Da hab ich mehr zu bieten! Bin ich jetzt tiefgründiger als Frau Käßmann? Die EKD sollte ihre Entscheidung vielleicht noch einmal überdenken und ein Auge auf mich werfen – vor allem jetzt mit meiner Perücke und demnächst auch neuer Brille.

Wow, sage ich.

3.11.2009

Als ich Dieter neulich verkündete, meine neue Frisur verlange nach einer stärker akzentuierenden Brille, musste er fürchterlich lachen. Es ist in unserer Familie nämlich ein running Gag, dass Dieter bei jedem neuen Kleidungsstück die Befürchtung aussprach, nun wolle ich sicher auch neue Schuhe und eine passende Handtasche. Kurz bevor ich 60 werde, erfülle ich endlich seine Erwartungen an seine Vorstellung von weiblichem Zwangshandeln. Da musste der arme Kerl wirklich lange auf Bestätigung warten.

Heute, nach unserem täglichen Vergnügungsausflug in die Klinik zur Bestrahlung (die ausfiel, da Gerät mal wieder kaputt) und Krankengymnastik, lockte ich Dieter in die Stadt zum Mittagsbuffet, und wir nutzten die günstige Gelegenheit, mal eben schnell beim Optiker gegenüber reinzuschauen. Jetzt ist die neue Brille bestellt, ein modernes schwarzes Gestell, wirklich der komplette Kontrast zu meinen jahrelangen Randlosbrillen. Das nennt sich konsequenter Stilwechsel.

Und Anfang des Jahres hab ich noch so was gedacht wie: Das lohnt sich nicht mehr?

Ich war heute in der Klinik übrigens die erste Patientin, die nicht mehr bestrahlt werden konnte. Genau als ich dran gewesen wäre, hieß es, nichts geht mehr, bitte Geduld, der Physiker versucht zu reparieren. Eine Stunde haben wir gewartet, dann wurden wir nach Hause geschickt. Die Stunde hat sich aber gelohnt. Ich weiß jetzt bei zwei weiteren Patienten, was sie haben. Der eine war ein Neuer, der seinen Aufklärungsbogen völlig unbedarft zur allgemeinen Aufklärung auf den Tisch legte mit der graphischen Darstellung von Lunge und Bronchien. Eine ganz besondere Variante zur Bereicherung meines Ratespiels »wer hat was« steuerte ein Patient bei. Er trifft, offensichtlich überraschend, einen Bekannten, geht zu dessen Begrüßung aus dem Wartebereich heraus auf den Flur, wo sie sich einige Zeit flüsternd unterhalten. Man verabschiedet sich, der eine geht weg, der andere kommt zurück zu uns. Dort beginnt er unverzüglich allgemein verständlich seiner Frau zu berichten, was er eben erfahren hat: Herrmann hat eine Knochenmetastase und muss 28 Mal bestrahlt werden. Ob Herrmann sich das so vorgestellt hat, als er sich flüsternd mit seinem Bekannten austauschte?

Da gab es aber heute auch einen Patienten, der auf Boykott gebürstet war. Auch er ein Neuer mit Aufklärungsbogen. Entweder ist der erfahrener Wiederholungstäter, der die Tücken der Diskretion schon kennt, oder er ist von Natur aus ein Spielverderber. Der kommt in unsere Runde, hat mit einem Blick einen Platz gewählt, der Einblick schon schwer genug macht. Das reicht ihm nicht, er hält sein Brett, auf das der Bogen aufgeklemmt ist, so steil an sich heran, dass ich, die ich direkt neben ihm sitze, schon mächtig spinksen müsste, um was zu sehen. Jetzt bin ich auf meine Phantasie angewiesen. Vor meinem inneren Auge tauchen Bilder auf, die meinen Nachbarn als Schüler zeigen, wie er bei Klassenarbeiten eine Tornisterburg zwischen sich und seinem Banknachbarn aufgebaut hat. Der hat garantiert nie einen abschreiben lassen.

Solche Phantasien sind allemal netter, als die, die entstehen, wenn ich anfange, mich in das Schicksal einiger Mitpatienten hineinzuversetzen. Heute war mein Herz angezogen von einem älteren Herrn, nachlässig bis schmutzig gekleidet, tieftraurige Augen, hängende Schultern und Hände, die ganz bestimmt nicht ein Leben lang hauptsächlich Buchseiten umgeschlagen haben. Der hat das Elend eines Krieges mitgemacht, viel und hart gearbeitet. Und jetzt, wo sein Alter ihm vielleicht etwas Ruhe bescheren und er etwas entschädigt werden könnte, sitzt er unter uns, hat Krebs und ich vermute, aufgrund seiner Erscheinung, dass er alleine lebt. Ich muss mich abgrenzen, kann das nicht an mich ranlassen. Es macht mir aber deutlich, welch privilegiertes Leben ich doch geführt habe – und führe. Die Gefühle der Dankbarkeit dafür tun mir besser als Mitleid.

Ich erkläre hiermit mein Forschungsprojekt »Aufklärung für alle – unter besonderer Berücksichtigung des Einflusses der Unfreiwilligkeit« als abgeschlossen. Es ist unerfreulich, da ich zu viel Mitleid entwickle, das sich nicht entladen kann, da ich ja eigentlich nicht weiß, was ich weiß.

Außerdem ist mein Forschungsinteresse erlahmt, da feststeht, dass der Aufklärungsbogen den deutlichsten Einblick in die Krankengeschichte meiner Mitpatienten gewährt. Ob dieses Leck an ärztlicher Schweigepflicht dem Chef der Abteilung bewusst ist? Ob es ihn überhaupt interessiert? Und besonders interessant: Wie soll ich vor diesem Hintergrund die Tatsache bewerten, dass mir die Begleitung meines Mannes verwehrt wurde mit dem Hinweis auf herumliegende Patientenakten, die es vor den neugierigen Blicken meines Mannes zu schützen galt?

15.11.2009

Der Tod ist groß.
Wir sind die Seinen
Lachenden Munds.
Wenn wir uns mitten im Leben meinen,
wagt er zu weinen
mitten in uns.

Mal wieder spricht Rainer Maria Rilke – viel besser als ich es je könnte – das aus, was ich fühle. Dieses Verwobensein von Leben und Tod, die Allgegenwärtigkeit von beidem! Ich bin mitten im Leben, fühle mich auch so, und weiß doch den Tod neben mir. Er ist immer Teil unseres Leben, sagt der Verstand, aber wir geben ihm doch recht selten in unserem Fühlen und Handeln den entsprechenden Raum.

Ich konnte in den letzten Wochen des öfteren spüren, wie hauchdünn die Trennlinie zwischen Leben und Tod, leben und sterben, ja auch zwischen leben wollen und sich aufgeben ist.

29. 11.2009

Zwei Wochen, in denen ich nicht geschrieben habe, nicht schreiben konnte wegen der Auswirkungen meiner Behandlungen. Zwei Wochen, in denen meine Gedanken, auf sich alleine gestellt, der wichtigsten Ausdrucks- und Ordnungsform beraubt, mir vorgeführt haben, wie dicht beieinander Hoffen und Bangen, Gewissheit und Zweifel, sich Aufgeben und Weitermachen liegen.

Und immer wieder werde ich gefragt, wie es mir gehe, worauf ich keine Antwort weiß. Wenn man überhaupt die rechten Worte weiß, so stimmen sie doch nur für den Augenblick. Schon einen Wimpernschlag früher oder später fühlt sich alles anders an. Was aber eigentlich auch egal ist, denn was auch immer ich sage, ich spüre, dass ich nicht verstanden werde, dass sich kaum jemand einzufühlen vermag oder einzufühlen wagt.

So richtig wage ich es selber nicht.

Muss das Weiterschreiben verschieben. Kann nicht mehr. So eine Kopfbestrahlung ist echt fies – oder ist es die Chemo?

8.12.2009

Heute war wieder Klinik-Ausflugstag. Ein MRT der Leber sollte Auskunft geben, ob sich die Lebermetastasen haben erschrecken lassen von den drei Zyklen Xeloda mit Lapatinib. Ergebnis: Ja, sie haben, aber sie sind noch da, sind etwas kleiner geworden (Die Summe der Durchmesser ist von 16 cm auf 14 cm geschrumpft.), haben auch ihr Erscheinungsbild geändert, sind nicht mehr geworden – es ist bei fünf Metastasen, verteilt auf drei Lebersegmente, geblieben. Bleibt nun die Frage nach der Konsequenz.

Weitermachen mit Xeloda für weitere Zyklen, um den Erfolg auszubauen (Nachteil: Ich bezahle den medizinischen Erfolg mit dem hohen Preis an Lebensqualität. Wie sich das anfühlt, haben mir die letzten Wochen ja gezeigt.)

Weitermachen, aber erst nach einer Erholungspause (Vorteil: Ich kann wieder etwas das Leben genießen. Nachteil: Nicht nur ich, sondern auch der Krebs erholt sich.)

Alternativen suchen zu Xeloda

Gar nix machen
Was ist für mich, besonders vor dem Hintergrund einer Balance von maximaler Lebensqualität bei sinnvoller Lebensverlängerung, der richtige Weg? Dieses Rätsel zu lösen, wird nun meine Aufgabe sein. Unterstützung werde ich suchen bei Peter und Dana, meinem koordinierenden Gynäkologen und der Gesellschaft für Biologische Krebsabwehr in Heidelberg. Also, den Job habe ich mir nicht freiwillig ausgesucht!
Soweit das rein Medizinische. Daneben aber gab es ein menschliches Highlight in der Abteilung für MRT und CT: Von der Sekretärin über den technischen Assistenten bis zum Arzt und dem Chefarzt, jeder war beinahe kalifornisch nett und persönlich zugewandt im Umgang mit mir. Tut das gut! Bevor ich in den Tiefen der Röhre verschwand, habe ich schon mehrfach von Herzen gelacht. So fühle ich mich über das Patient-Sein als Mensch hier gut aufgehoben. Danke für diese gute Erfahrung!
Vom MRT und der nachfolgenden Besprechung beim Chef lockte mich die Krankengymnastin ein wenig aus meiner körperlichen Trägheit. Sie meinte, die nach der Bestrahlung der Wirbelsäule zur Stabilisierung notwendige Rekalzifizierung könne nur erfolgen bei Beanspruchung. Vom auf dem Sofa liegen geschehe das nicht. Ich müsse laufen und meine Knochen belasten. Das war überhaupt nicht neu für mich, neu ist aber leider auch nicht, dass ich solches Wissen immer wieder zu »vergessen« scheine. Ab morgen werde ich wieder aktiver, versprochen! Es ist nur so schwer mit diesem Xeloda in den Knochen!
Von der Krankengymnastik ging es zur Psychologin des Brustkrebszentrums. Ihre Telefonnummer hatte ich einmal während einer Wartezeit notiert und für den Notfall aufgehoben. Den Notfall spürte ich in den letzten Wochen, da es mir – man mag es nicht glauben – seit Dieters Suizidversuch bis heute nicht gelungen ist, einen ambulanten Therapieplatz für mich zu ergattern. Vieles kann ich für mich alleine klären, für einiges aber brauche ich Hilfe, vor allem um meinen eigenen Standpunkt zu überprüfen. Ich bin sehr froh, in der Psychologin eine kompetente Begleitung gefunden zu haben.

22.12.2009

Freundschaften ändern sich, meine Lebermetastasen weniger
Liebe Inge,
Du siehst, der Rechner hat mich zurück! Zumindest für erste Versuche. Nach vielen Wochen der erzwungenen Schreibabstinenz glaube ich, seit ein paar Tagen eine Verbesserung sowohl der Motorik/Koordination der rechten Hand zu beobachten, als vor allem auch der Sehfähigkeit im Bereich des mechanischen Lesens. Der Gesichtsfeldausfall scheint unverändert, aber das schränkt mich

beim Lesen und Schreiben weniger ein. Die Ausfälle im Zentrum für mechanisches Lesen führen dazu, dass ich Texte nicht flüssig lesen kann, sondern mir zusammenbasteln muss. Das ist unendlich anstrengend, ermüdend, frustrierend, entmutigend. Das scheint sich nun zu bessern. Jubel! Jauchz! Und Du sollst mein erstes Opfer zurückgewonnener Kommunikationsfähigkeit sein.
Vor etwas weniger als einem Jahr haben wir uns kennengelernt. Was hat sich seitdem doch so vieles in unser beider Leben verändert!
Wie erstaunt bin ich, wenn ich mir verdeutliche, was mir meine Erkrankung in den letzten Monaten aufgebürdet hat einschließlich der Sekundärfolgen, wie sich verändernde soziale Beziehungen.
Das war eines der Themen, bei deren Bearbeitung ich feststeckte und mit Hilfe der Psychologin einen vorläufigen Schlusspunkt setzen konnte.
In der Krise zeige sich, sagt man, wer Freund sei und wer nicht. Wer mir jetzt nicht zur Seite stehe, mich nicht besuche, nicht mit mir spazieren gehe, nicht bemüht und interessiert sei, mir meinen Alltag erträglich zu machen, der sei kein Freund – und schlimmer noch – der sei auch nie einer gewesen. Ich mag dieses Aussortieren nicht. Das hilft mir nicht, entspricht meinem Freundschaftskonzept, meinem Menschenbild nicht, und es wird den Menschen, die mich jeder auf seine Weise und nach seinen Möglichkeiten auf unterschiedlichsten Strecken sehr wechselhaft intensiv begleitet haben, nicht gerecht.
Ich denke, unsere Lebensbegleiter, ob wir sie Freunde, Bekannte oder gar Lebenspartner nennen, haben in ihrer Unterschiedlichkeit jeder etwas anzubieten, das unser Leben bereichert. Es liegt an mir, das spezifisch Mögliche zu erkennen, auch zu erbitten und zu nutzen, statt von allen alles zu erwarten. Der eine kommt gelegentlich auf einen Klönschnack vorbei, die andere zeigt sich selten, befriedigt aber vielleicht mein Bedürfnis nach intellektueller Auseinandersetzung, eine nimmt mich gelegentlich ins Kino mit, geht mal mit mir zum Frühstück oder gar Klamottenkauf, eine andere hört sich meine Nöte an. Es mag auch sein, dass einige Menschen sich abgrenzen müssen, da allein meine Anwesenheit sie zwingt, sich mit ihrer eigenen Sterblichkeit auseinanderzusetzen. Das kann ich diesen Freunden zugestehen, auch wenn ich sie auf meinem Weg jetzt sehr vermisse. Wer weiß, vielleicht tauchen sie irgendwann gestärkt wieder an meiner Seite auf. Ich fühle mich jedenfalls dabei nicht wohl, wenn ich jetzt enttäuscht eine negative Freundschaftsbilanz ziehen soll. Ich will auch dankbar sein können für all das Gute, das mir jemand getan hat, auch wenn er jetzt nicht in der Lage ist, mir das zu geben, was ich gerne hätte. Diese Einstellung ist mir nicht in den Schoß gefallen. Sie ist erlitten und erkämpft.
Es kann auch meine Entwicklungsaufgabe sein, die Befriedigung meiner Bedürfnisse klarer zu erbitten oder andere auch neu zu definieren, ihren Wert

neu festzulegen. Vielleicht ist es an der Zeit, mich stärker auf mich selbst zu besinnen, mich zurückzuziehen. Keine Frage: Ich passe wirklich schon lange nicht mehr in dieses übervolle, überfrachtete Leben hinein, das rings um mich herum geführt wird – und dem ich ja auch nicht freiwillig den Rücken gekehrt habe.

Keiner, so habe ich den Eindruck, Inge, kann von seiner Lebenszeit etwas für uns abzwacken. Sie scheint ihnen selbst zu kurz bemessen. So lange man noch irgendwie mehr oder weniger nahtlos mit wenig Anpassungsleistung in dieses System gestopft werden kann, der Kontakt zu uns also nicht zusätzliche Mühe oder gar Verzicht bedeutet, solange lässt sich der Schritt, der mir jetzt bevorsteht, das Akzeptieren und in mir selbst den Ersatz zu suchen, herausschieben. Inge, ich fürchte, das ist so allgemein, so wenig konkret ausgedrückt, dass Du vielleicht gar nicht verstehen kannst, was ich meine. Wenn das so ist, dann siehst Du darin schon einen Grund meines gegenwärtigen Problems: Ich fasele unstrukturiert vor mich hin und sollte mich nicht wundern, wenn keiner mich versteht.

Kurz und bündig: So wie sie sind, sind meine Freunde meine Freunde. Der eine steht mir zuweilen näher als der andere, aber niemand muss seine Freundschaft erarbeiten, nein, es ist mein Freundschaftsdienst an ihnen, nur das von ihnen zu erwarten, was sie geben können, sie trotz ihrer Unzulänglichkeiten – aus meiner Sicht – anzunehmen so, wie sie sind.

Wenn ich das so schaffe, bin ich dem Bild einer gütigen alten Frau, das mir immer als Ziel vorschwebt, schon recht gefährlich nahe, was? Vielleicht stecke ich mir auch immer wieder solche Ziele, die einer langen Übung bedürfen, um dem lieben Gott, oder wem auch immer, zu signalisieren, dass ich noch nicht fertig bin, dass ich noch etwas Zeit brauche.

Gestern war ich wieder bei der Psychologin im Brustkrebszentrum und ich hatte das Gefühl, ich rede einen diffusen Wortbrei daher. Sie wirft das Lasso aus, fängt meine Worte ein, zieht das Lasso enger und enger zusammen, bis am Ende ein klarer Satz von mir formuliert werden kann, der mir weiterhilft. Dann gehe ich nach Hause und fühle mich einen Schritt weiter.

Ich hatte darüber gesprochen, gelegentlich nach gerade schönen Momenten aus Dieters Mund Äußerungen zu hören, die ich einfach kränkend finde, die »man einfach nicht seiner Frau, schon gar nicht seiner kranken«, sagt. Warum zerstört mein Mann damit die schöne Stimmung, die wir zuvor hatten? Die Erklärung, die ich nach dem Lassowurf fand, heißt, er will gerade in Augenblicken großer Nähe Distanz herstellen. Eine Distanz, die er vielleicht braucht, die Trauer auszuhalten, die mit der Gewissheit verbunden ist, dass unser Glück so sehr auf Abberufung programmiert ist.

Außerdem gibt es noch diese Sichtweise: Es wäre verständlich, wenn Dieter so was fühlen würde wie: Du versaust mir mit Deiner Erkrankung mein Leben und dafür sollst Du büßen. Diese Haltung mir gegenüber hat sich in den letzten Monaten geändert, wobei sein Aufenthalt in Kassel und der damit verbundene Abstand zu mir und seinen beruflichen Ambitionen sehr hilfreich war.
Aber kann man erwarten, dass seine Wut auf sein Schicksal, meine Erkrankung, die ihn zwingt, ein Leben zu leben, wie er es sich freiwillig nicht ausgesucht hätte, die ihm darüber hinaus Fluchtmöglichkeiten in ein befriedigenderes berufliches Umfeld zu verbauen scheint, mit einer Erkenntnis und Einstellungsänderung komplett befriedet ist? Ich glaube das nicht. Ich meine, es ist völlig normal, wenn das tägliche für mich Da-Sein-Müssen, die ständige Rücksicht auf mich, zumindest gelegentlich Aggressionen freisetzt trotz aller Liebe.
Was heißt das für mich? Ich habe mir vorgenommen, seine aggressiven Anwandlungen als Ausdruck mir zuliebe unterdrückten, sehr berechtigten Ärgers zu verstehen, es nicht mehr persönlich zu nehmen. Vielleicht kann ich Dieter durch mein Verhalten »erlauben«, immer mal wieder etwas Dampf abzulassen, um eine größere, unkontrollierbare Eruption zu verhindern. Ich glaube, mir ist schon viel geholfen, wenn ich hinter seinem Verhalten seine Bedürftigkeit sehen kann, wenn ich darauf verzichten kann, sein Verhalten als gegen mich gerichtet zu bewerten. Auf den Weg mache ich mich jetzt – und erlaube mir schon jetzt, rückfällig zu werden, wie es Dieter ja auch immer wieder wird, weil wir eben einfach nur Menschen sind.
So reicht man sich, weil man sich liebt, doch immer wieder die Hand.
Ach, Inge, es ist doch immer wieder Beziehungsarbeit nötig – und Arbeit an sich selbst.
Neulich fragte ich Dieter, was aus seiner Sicht dazu geführt habe, dass wir wieder so glücklich miteinander lebten. Seine Antwort, kurz und knapp wie immer: Dass wir beide unsere Einstellungen und Erwartungen geändert haben.
Abschließen möchte ich meine E-Mail an Dich mit einem Gedanken, der, wie ich meine, das Vorangeschriebene zusammenfasst und vielleicht auch für Dein Leben gilt:
»Das höchste Glück im Leben ist die Gewissheit, geliebt zu sein, so wie wir sind – oder besser: obwohl wir so sind.« (Victor Hugo)
Ich allerdings halte es für ein noch höheres Glück, jemanden so lieben zu können, wie er ist. Trifft beides zusammen, annehmend zu lieben und geliebt zu werden ohne Bedingung, erntet man wohl schon zu Lebzeiten überirdisches Glück. Das ist mein Zustand – heute, jetzt. (Ich bin ja vorsichtig geworden, habe ein nicht geringes Misstrauen gegenüber mir selbst, gegenüber der nachhaltigen – wieder dieses tolle Wort! – Tragfähigkeit meines mir selbst auferlegten

Gütig-Sein, Verzeihens- und Liebestrainings.) Ob es mir gelingt, auf Dauer ebenso engelhaft mit meinen Freunden umzugehen, bleibt abzuwarten.

Du siehst, so ein Alltagsmüll beschäftigt mich tagelang, bekommt eine so große Bedeutung, weil es wahrscheinlich zu wenig anderes gibt. Das sind Gedanken, die außer Dir höchstens noch Dieter erfährt und seit Neuestem auch die Lassowerferin des Brustkrebszentrums. Ich bin nicht sicher, ob ich mich verständlich machen konnte. Zunehmend habe ich das Gefühl, statt klarer Gedanken nur noch Nebelkerzen zu zünden.

Jetzt muss ich mich rasch fertig machen, denn Dieter und ich gehen ins Kino. Wir haben uns für – hoffentlich – lustige und unproblematische Unterhaltung entschieden. Wir sehen uns »Zweiohrküken« von Till Schweiger an.

Ja, der Kinoabend war lustige, schlichte Unterhaltung (ich bin froh, dass ich mit diesem Bekenntnis nicht dem donnernden Urteil des Herrn Ranicki ausgesetzt bin, dessen Buch »Mein Leben« ich gerade lese) und setzte bei mir nicht – und das ist gut so, ja erwünscht, sogar ersehnt – eine Flut von düsteren Gedanken aus, wie es das Fernsehprogramm zu häufig bei mir schafft. Es war, glaube ich, nach meiner ersten Kopf-OP, als ich mir vornahm, nur noch das Schöne in mein Leben zu lassen. Will ich das erreichen, darf ich weder fernsehen noch Zeitung lesen. In beidem werde ich hauptsächlich aufgeklärt darüber, welch fürchterlicher Ort unsere Erde und insbesondere Deutschland ist. Mord und Totschlag in Krimis, gefühlt weit über die Hälfte der Fernsehunterhaltung, erbaut mich nicht, lenkt meinen Blick auch nicht auf die Seiten des Lebens, die doch wohl immer noch schön sind. Nachrichten anzuschauen ist hochgefährlich für meine zarte Seele. Kaum hat sich das erste Bild nach dem Einschalten entwickelt, bekommt sie einen herben Faustschlag durch den Anblick einer Folterszene. Meine Freundin Christine sagt, man müsse seiner Seele nicht jedes Bild zumuten. Mit dem Argument verweigerte sie ihren Besuch des Filmes die Wüstenblume. Überhaupt: Ich erinnere mich an die Aufregung, mit der nach dem Til Schweiger Film »Keinohrhasen« die Hochsetzung des Zuschaueralters verlangt wurde. Auch in meinem Bekanntenkreis hörte ich, man könne Eltern doch nicht zumuten, den mitgenommenen Kindern erklären zu müssen, was es heiße, jemandem »einen zu blasen«. Also ehrlich, das Kindern jeden Alters zu erklären, fiele mir bedeutend leichter, als ihnen verständlich zu machen, dass und wozu es auf dieser Welt so was wie Waterboarding und andere Folter gibt. Ob wir uns noch an der richtigen Stelle über das Wesentliche erregen? Hier bremse ich mich mal schnell aus, sonst lande ich mit dieser E-Mail noch in den Niederungen von Welthungerhilfe versus unserem Katzennahrungskult (mit einem Sträußchen Petersilie drauf) und Ähnlichem. Siehst Du, Inge, das ist es, was mich zurzeit an mir selber so aufregt, dass ich irgendein Wort lese oder

höre, das als Trigger wirkt und eine Flut von Gedanken lostritt, die wiederum ein herrliches Angebot zur Fortsetzung dieses Spiels: »Tod dem roten Faden« darstellen. Ich bin einfach zu viel mit mir und meinen Gedanken alleine. Da bekommt so manche Sache eine Bedeutung, die ihr nicht zusteht. Du lebst alleine und bist in der Stadt alleine. Wie machst Du das, nicht zu sehr um Dich selbst zu kreisen?
Heute habe ich in Heidelberg bei der Gesellschaft für Biologische Krebsabwehr angerufen. Die tun sich dort zeitweise etwas schwer damit zu akzeptieren, dass man keine grundsätzliche Alternative zur schulmedizinischen Behandlung sucht. Ein Arzt gab mir schon deutlich zu verstehen, dass die Schulmedizin für ihn gar nicht akzeptabel sei. Aber ich bin ja stark. Heute hatte ich es mit einer Ärztin zu tun, die verstand, dass ich diverse Möglichkeiten abkläre, bevor ich eine Entscheidung treffe. Die Lebermetastasen betreffend ist nun die Hyperthermie eine Idee, der ich weiter auf den Grund gehen will. In Bezug auf meine Kopfmetastasen hatte Prof B. ja abgeraten, aber Leber ist ja was anderes. Die Meinung der reinen Schulmediziner hole ich dann auch noch ein.
Habe in einer Schreibpause in einem Buch von Sergio Bambaren geblättert und folgenden Satz gefunden:
Den größten Fehler im Leben machen wir, wenn wir gehen, obwohl wir wissen, dass wir unsere Mission noch nicht erfüllt haben.
Was soll ich davon halten? Also ehrlich, den Fehler will ich auf gar keinen Fall machen. Meine Mission, das weiß ich, braucht aber noch Jahre. Das muss ich heute noch dringend dem lieben Gott zur Kenntnis geben.
Inge, Jubel, Jubel, ich kann wieder schreiben! Das hebt meine Stimmung enorm.
Liebe Inge, die E-Mail schicke ich nun schnell weg, sonst wird das nie was. Falls Du Dich als Mülleimer für meinen Output fühlst, das ist in Ordnung. Hauptsache mir geht es gut dabei.
Sei ganz lieb und herzlich gegrüßt,
von einer Gabi mit ersten Ansätzen von Engelsflügeln.

Weihnachts- und Neujahrsgrüße 2009

Beziehungen sind das ganze Leben
Über Liebe, Glück und andere Gefühle.
Ihr Lieben,
bei Hirschhausen habe ich gehört – und der hat es garantiert bei irgendjemandem geklaut, fürchte ich – am Ende eines Lebens seien es nur die Beziehungen, die zählten. Auf dem Sterbebett habe noch niemand geklagt, er hätte lieber noch eine Stunde länger im Büro bleiben sollen.
Das überzeugt mich. Also können wir nicht früh genug damit beginnen, unsere Beziehungen zu pflegen und zu würdigen. Das will ich hiermit tun, indem ich Euch teilhaben lasse.
Es ist ja nicht immer so leicht, das was man hat, als Glück zu empfinden. Den Chinesen muss diese Erkenntnis auch gekommen sein und sie fassten es in die Worte: *Das Glück liegt immer am anderen Ufer.*
Kein Wunder demnach, wenn wir die Zeitung aufschlagen und nur den Beweis finden, dass unser irdisches Dasein vor allem aus grausamen, unglücklichen, zerstörerischen Beziehungen besteht. Eine Kunst scheint es mir zu sein, dafür Sorge zu tragen, die Chance zu erhöhen, das Glück, also befriedigende, bereichernde und beglückende Beziehungen, auf unserer Uferseite finden zu können.
Ja, wie macht man das?
Ich gebe zu, ich habe, vor allem im letzten halben Jahr, öfter mal auf meinem Sofa gesessen und hätte gerne mehr Besuch gehabt, wäre gerne öfter mal eingeladen worden. So sei es eben, erklärten mir vor allem Leidensgenossen die Lage. Unsere Krankheit mache Angst, die man sich gerne vom Leibe halte, indem man uns ausweiche. Auch hätten wir mit unserer Langsamkeit und unseren begrenzten Möglichkeiten im übervollen Leben der Gesunden keinen Platz.
»Wer Dich jetzt im Stich lässt, ist kein Freund«, hieß es dann. »Auf solche Bekannte kannst Du pfeifen.«
Einen Versuch habe ich tatsächlich gestartet, auf dieser Basis Freund und Feind zu selektieren (die guten ins Töpfchen, die schlechten ins Kröpfchen, oder war es umgekehrt?), um schon bald festzustellen, dass mich das nicht zufriedener oder gar glücklicher macht, dass es weder meine Laune noch meine Lebenslage einen Deut verbessert. Ganz im Gegenteil. Der fokussierte Blick auf die unbefriedigenden Aspekte einiger weniger Beziehungen verstärkte den Groll in meinem Herzen. Das aber fühlte sich gar nicht gut an. Groll hat ja seine Berechtigung, solange wir ihn nutzen, um etwas an unserem Leben zu korrigieren, ihn also konstruktiv nutzen. Was ich nicht will, ist Wurzeln darin zu schlagen.

Nein, ich will doch nicht, in vielleicht 10 bis 20 Jahren, mit einer ganzen Groll-Geröll-Schutthalde auf dem Herzen den Weg zum Paradies antreten! Und mir schon gar nicht meine diesseitige Glückssuche damit erschweren. Was also tun?

Wieder assistierte mir Hirschhausen. Er überzeugte mich mit dem Gedanken, wir Menschen seien doch ganz schön blöd, dass wir unser eigenes Glück limitieren, indem wir ausgerechnet das absolut Seltene, wie vierblättrige Kleeblätter oder die Begegnung mit Schornsteinfegern, zu Glücksbringern erklärten. Recht hat er! Und weil ich nicht blöd bin (und trotzdem nicht im Mediamarkt einkaufe) oder nicht dafür gehalten werden möchte, beschloss ich, meine Beziehungen zwar durchaus auf den Prüfstand zu stellen, aber unter dem Gesichtspunkt der Frage, wie jede einzelne mein Leben bereichert – und das ist ganz wichtig – nichts zu erwarten, sondern mich über jedes Fitzelchen, das mir geschenkt wird, zu freuen. Jede Beziehung hat ihre ganz eigene Färbung, und sie mit dieser speziellen Qualität zu würdigen und dankbar annehmen zu können und neugierig zu sein, was daraus wachsen kann, das fühlt sich gut an für mich.

Geübt habe ich mit der allerwichtigsten Beziehung in meinem Leben, meiner Liebe zu Dieter (unsere Kinder sind für mich die wichtigsten Beziehungen). Das Experiment scheint gelungen: Ich spüre große, dankbare Liebe für ihn. Groll und andere zerstörerische Gefühle haben da nur noch hin und wieder einen Platz in meinem Herzen – und das auch nur, damit mich der liebe Gott nicht versehentlich jetzt schon für einen seiner Engel hält.

Auf Jonas und Gudruns Hochzeit wurde folgender Bibelspruch verlesen:
Die Liebe ist langmütig und freundlich,
die Liebe eifert nicht,
die Liebe treibt nicht Mutwillen,
sie bläht sich nicht auf,
sie verhält sich nicht ungehörig,
sie sucht nicht das Ihre,
sie lässt sich nicht erbittern,
sie rechnet das Böse nicht zu,
sie freut sich nicht über die Ungerechtigkeit,
sie freut sich aber an der Wahrheit;
sie erträgt alles, sie glaubt alles,
sie hofft alles,
sie duldet alles.

(Die Bibel, 1. Kor 13,4-7)

Oh, Gott, was für eine Überfrachtung mit Erwartungen an die Liebe, dachte ich damals. Das kann ja nur zu Enttäuschungen führen! So gut kann einfach kein Mensch sein! Ich jedenfalls ganz bestimmt nicht!
Ja, diese Idealvorstellung werden wir wahrscheinlich nie erreichen, nur gelegentlich mal ein Zipfelchen davon zu fassen kriegen. Aber ist es nicht ein wundervolles Ziel? Bei Hesse lese ich:
Damit das Mögliche entstehe, muss immer wieder das Unmögliche versucht werden.
Die Amis sagen schlicht: *Think Big!*
Ich meine, gelegentlich dürfen wir uns sehr hohe, scheinbar unerreichbare Ziele setzen, im Vertrauen darauf, dass schon allein die Anstrengung, es zu erreichen, lohnend ist. Und manchmal darf man überrascht sein, dass kleine oder auch größere Teilziele quasi im Vorübergehen eingenommen werden.
So habe ich es erlebt. Verzeihen und Vergeben, wenn der Andere, egal ob Partner, unsere Kinder oder Freunde und Bekannte, unseren Vorstellungen nicht entsprechen, uns nicht das geben, was wir erwarten, eben nichts zu fordern, sondern den anderen in seiner Begrenztheit und seinen Möglichkeiten liebend anzunehmen, schien mir für mich noch zu Beginn des Jahres ebenso möglich wie die Ersteigung des Mount Everest. Wie auch immer es geschehen ist, plötzlich stand ich eines Tages in Sichtweite zum Gipfel ohne größere Anstrengung, wie es mir schien. Ich hatte mich einfach dorthin gelebt. Es geht also! Und es befreit! Es lebt sich leichter ohne Groll-Geröll.
In Abwandlung eines Zitates von, ich glaube Hilde Domin, möchte ich Euch mit meiner Weisheit überraschen:
Federn zu lassen und dennoch zu fliegen – das ist das Geheimnis der Liebe.
In diesem Sinne wünsche ich Euch gemeinsam mit Heinz-Dieter einen guten Flug ins neue Jahr.
Zuvor jedoch ein Weihnachtsfest mit neuem Blick auf Liebe und Liebesfähigkeit.
Wir wünschen Euch einen federleichten Zugang zum Verzeihen und Vergeben, das Loslassen-Können von Belastendem und gar Zerstörerischem als Basis für das Freisein für wahre Liebe im Sinne des Korintherbriefes.
Wir danken Euch für Eure Begleitung während des letzten Jahres, für das, was jeder Einzelne von Euch gegeben hat. Es war in jedem Falle mehr, als wir in Liebe hätten erwarten dürfen. Jeder hat sein Mögliches getan und damit unser Leben angefüllt, bereichert.
Wir wünschen Euch von Herzen, dass Ihr die Liste Eurer Glücksbringer überarbeiten könnt mit dem Ergebnis, das Glück demnächst hinter jeder Häuserecke zu finden. Ja, glaubt mir, nicht die Seltenheit macht das Glück zum

Glück, sondern wir sind es, die dem ganz Alltäglichen die Bedeutung des Glückes zusprechen können – wobei ich befriedigt feststelle, endlich wieder bei Schopenhauer und seinen zahlreichen Vordenkern angelangt zu sein. Für diejenigen unter Euch, die meine Ergüsse erst seit geraumer Zeit lesen oder schlicht vergesslich sind auch ohne Bestrahlung am Kopf, zur Erklärung, worauf ich mich beziehe: Schopenhauer sagt, nicht die Dinge an sich seien gut oder schlecht, sondern wir machten sie durch unsere Bewertung zu guten oder schlechten Dingen.
Danke, dass es Euch gibt! Danke für das, was Ihr für uns getan habt!
Lasst viel Platz für Liebe in Eurem Leben, Eure Knölls

Den Himmel im Herzen: Ich lebe immer noch!

3.1.2010

Gibt es einen Himmel, Simon?
Oh ja, Mister Williams, es gibt einen Himmel. Es ist der Ort in Ihrem Herzen, wo das Glück wohnt, wo Träume Wirklichkeit werden.
aus: Sergio Bambaren, Ein Strand für meine Träume, Kabel 2000/4; S.120f

Liebe Inge,
ich trage den Himmel im Herzen und Du sollst heute ein Teil davon sein.
Wir leben schon in einem neuen Jahr, sogar in einem neuen Jahrzehnt! Für mich ein kleines Wunder. Nein, ein großes. Ein Geschenk. Unerwartet und unverhofft nach der Diagnose der Metastasen im ZNS. Es sieht so aus, als hätte ich dieses Wunder dem neuen Medikament Lapatinib zu verdanken – neben den lebenswerten Umständen meines Daseins. Ich bin voller Dankbarkeit, Glück und Zufriedenheit mit meinem Leben, wie es ist und wie es war. Ich trage den Himmel im Herzen.
Unser Garten, auf den ich beim Schreiben einen herrlichen Blick habe, ist im Sommer ein Paradies und jetzt, zugeschneit, ein Märchen-Zauberland. Es schneit immer weiter. Unser Bambus verneigt sich tief vor uns und führt uns vor, welche Last zu tragen man imstande ist, wenn man bei hoher Grundfestigkeit nur flexibel genug reagiert. Ich glaube, wir Menschen sind zu oft unbeugsam und wundern uns dann, wenn wir zerbrechen. Für mich jedenfalls stimmt das.
…
Liebe Inge, da kommst Du von Deiner weihnachtlichen Reise aus der alten Heimat zurück und wirst gleich von meiner E-Mail überschüttet. Ich kann so schlecht dosieren, und das liegt, glaube ich, auch daran, dass ich jetzt immer schmaler werdende Zeitfenster, in denen es mir mal etwas besser geht, meine, maximal nutzen zu müssen. Es war eine gute Entscheidung von mir, die Che-

motherapie zumindest bis Mitte Januar auszusetzen. Ich habe die Weihnachts- und Neujahrszeit sehr genossen, vor allem die zurückkehrenden Lebenskräfte haben es mir ermöglicht, mein Dasein als Freude zu empfinden. Morgen geht es für drei Tage auf kleine Oslo-Tour. Ich freu mich sehr! Das Leben fühlt sich ohne Chemotherapie so viel besser an! Mitte Januar stehen die Kontrolluntersuchungen an (Eigentlich müsste ich eine Prämie erhalten, denn ich trage sicher erheblich zur Auslastung von MRT, CT und Labor bei. Merkwürdig, dass es da so Angebote wie »pay one, get two« nicht gibt). Danach muss ich neu entscheiden, wie es weitergehen soll. Nicht einfach, eine gute Balance zwischen Lebensverlangerung und Lebensqualität zu finden. Was mich selber überrascht ist, wie weit weg sich das Sterben anfühlt, sobald es mir etwas besser geht, so wie jetzt. Das will man sich erhalten und nimmt dafür dann doch wieder eine Behandlung ins Visier, von der man noch vor kurzem gesagt hat »Schluss jetzt!« Ich bin nur froh, dass ich es bisher an entscheidender Stelle mit Ärzten zu tun hatte, die mich auf der Suche nach einer Balance sehr unterstützt haben. Da hat sich in der Behandlung doch offensichtlich sehr viel geändert, wenn man liest, dass noch vor wenigen Jahren der Fokus auf Lebensverlängerung lag, auch auf Kosten der Lebensqualität. Das Machbare ausnutzen, koste es, was es wolle, schien lange die Devise. Gut, dass das nicht meine Erfahrung ist. Aber die letzte Verantwortung trägt man immer selbst. Und dazu muss man bereit sein. Weißt Du noch, wie wir in Kassel einen Vortrag über alternative Methoden der Krebstherapie gehört haben, aus dem viele herausgingen und enttäuscht waren, da sie nun völlig verunsichert seien, gar nicht mehr wüssten, was richtig sei, wo sie doch so gehofft hätten, dass ihnen das Denken abgenommen und stattdessen der einzig richtige Weg vorgegeben würde. Du kommentiertest das damals, ich werde es nicht vergessen, so: Diese Verunsicherung sei nötig als Basis für eigene Überlegungen, weitere Recherchen, um dann zu einem eigenen Urteil zu kommen. Du machst das immer sehr gründlich, und ich habe da auch von Dir gelernt. Ich bewundere auch, wie entschlossen und mutig Du Vertrautes aufgegeben hast, weil Du überzeugt warst, dass eine neue Umgebung heilsamer (oder was war es?) für Dich ist. Bisher scheint das eine gute Entscheidung für Dich gewesen zu sein. Dein jetziger Besuch in alter Heimat war sicher eine gute Möglichkeit der Überprüfung. Ich bin so gespannt von Dir zu hören! Ab dem 8.1. bin ich ganz Auge (falls E-Mail) oder Ohr, falls Telefonat.
Liebe Inge, ich bin so froh, dass es Dich gibt in meinem Leben! Merkst Du, wie ich auflebe?!
Liebe Grüße,
Gabi

4.1.2010

Resignation oder Akzeptanz?
Liebe Christine,
heute weiß ich, wie es mir geht, nämlich gut, und heute will ich genau das nutzen, Dir von ganzem Herzen für Deinen Besuch zu danken. Nach jedem Treffen mit Dir verstehe ich so gut, warum für mich damals, als wir uns im Advent 1985 kennen lernten, das Gefühl begann, mich nicht mehr nach Münster zurückzusehnen. Ich hatte das gefunden, was ich brauchte, einen Menschen, der meine Gedanken verstand, der spontan war, keine Förmlichkeiten brauchte, sich ehrlich mit seinen Gefühlen zeigte, der ähnliche Überzeugungen bezüglich des Stellenwertes von Familie hatte wie ich, sich ähnlich wie ich um eine gute Partnerschaft bemühte – denn darin sind wir uns wohl bis heute einig, Partnerschaft ist eine ewige Baustelle, im positiven Sinne. Von nix kommt nix, auch in der Liebe nicht. Und Du und ich haben bis heute viel Kraft und Phantasie entwickelt, um unsere Lieben, auch die zu den Kindern, mit positivem Leben zu füllen, oder? Mal war der Erfolg größer, mal gab es Durststrecken, mal schien alles beinahe von allein zu laufen, mal kostete es doch größere Anstrengung und viel Durchhaltevermögen! Für beide von uns. Für jeden sicher, der eine bewusste Partnerschaft engagiert pflegt. Ach, liebe Christine, es war einfach wieder sehr schön mit Dir! Im Anschluss an Deinen Besuch klangen unsere Gespräche noch in mir nach. Die Begriffe »resignieren« (was Du als Deine gelegentliche Verarbeitungsform nanntest) und »akzeptieren« (was ich für mich meinte anzustreben) gingen mir nicht aus dem Kopf. Worin liegt der Unterschied? Führen nicht beide zum gleichen Ziel, dass man nämlich das hinnimmt, was man meint, nicht ändern zu können? Ja, das mag schon sein, aber ich hatte den Eindruck, dass ein Resignieren so viele ungute Gefühle im Schlepptau hat, dass man eben doch nicht freien Herzens eine Situation bejaht, sondern grollt, dass man dem Menschen, dem Schicksal, dem Leben es weiterhin übelnimmt, dass es ist, wie es ist – und sich nicht ändern will oder kann. Mir ist das zu nahe an der Opferhaltung, die, wie ich meine, noch keinem Menschen Glück gebracht hat. Wohl deswegen ist mir das Akzeptieren sympathischer. Vielleicht ist es ja eine künstliche Unterscheidung, aber ich habe dann das Gefühl, aus eigenem Entschluss zu handeln. Sehe oft schon, dass es eine Notlösung ist, zumindest im Augenblick, aber eben eine, die ich selber zustimmend wähle. Diese Gedanken waren es auch, die in mein Weihnachtsschreiben eingeflossen sind. Christine, Du siehst, wie ich mir selber täglich neu den Boden bereiten muss, auf dem ich meinen Weg gehen kann. Dass der Austausch mit Dir sogar diesen Job lustvoll sein lässt und oft voranbringt, dafür bin ich sehr dankbar. Dass Du nun Deine Tochter so überraschend auch

wieder in Deiner Nähe hast, ist auch für mich ein schöner Gedanke. Ich kann gar nicht sagen, wie sehr mir Eva samt Tim und Oskar das Leben bereichern. Das tun die Jungs auch, doch hat es eine besondere Qualität, dass wir mit Eva so nah beieinander sind.
Liebe Christine, ich wünsche Dir ein gutes Jahr 2010. Mit Inhalt darfst Du es selbst füllen.
Sei ganz herzlich umarmt,
Deine Gabi

7.1. 2010

THE BEST OF TIMES IS NOW
The best of times is now.
What's left of Summer
But a faded rose?
The best of times is now.
As for tomorrow,
Well, who knows? Who knows? Who knows?
So hold this moment fast,
And live and love
As hard as you know how.
And make this moment last
Because the best of times is now,
Is now, is now.
Now, not some forgotten yesterday.
Now, tomorrow is too far away.
So hold this moment fast,
And live and love
As hard as you know how.
And make this moment last,
Because the best of times is now.

Ihr Lieben, besonders meine lieben Kinder,
heute kamen wir von unserer Mini-Winzig-Kreuzfahrt Kiel-Oslo-Kiel zurück. Von Reisen bringt man sich meistens etwas mit. Bei mir wäre es beinahe eine Fellweste gewesen, beinahe. Politisch korrekter schien mir dann aber obiger Song aus dem Musical »Ein Käfig voller Narren«, den wir während einer Show an Bord hörten und der geradewegs Einzug in mein Herz hielt. Im Gegensatz zur Fellweste kann ich den sogar mit Euch teilen.
Oslo empfing uns, der globalen Erwärmung sei Dank, mit strahlendem Son-

nenschein bei minus 20 Grad. Während der Stadtrundfahrt stellte die Reiseführerin belustigt fest, wir seien eine tolle Truppe, die nach Busstopps nicht nur pünktlich, sondern gar vorzeitig wieder im (warmen) Bus sitze. Wir quittierten diesen Scherz mit eiskaltem Lächeln.

Die Reiseführerin war eine Norwegerin, die in Freiburg studiert hat (das war dann wohl sehr preiswert für sie), der Busfahrer ein Deutscher, der samt Frau vor einem halben Jahr nach Norwegen umgesiedelt ist, da er dort, anders als in Deutschland, sofort Arbeit erhielt. Sein Gehalt sei auch mehr als doppelt so hoch, seine Miete aber auch.

Unser Landgang dauerte nur vier Stunden, dann verschluckte uns wieder das Schiff. Ich kannte bis dahin nur die Englandfähren, halte das, was ich jetzt erlebte, entsprechend für Luxus pur.

Wir hatten mit Frühstücks- und Abendbuffet gebucht. Dort liegt die Verantwortung für mindestens zwei Kilo meines Lebendgewichtes – und bei Dieter. Seine Unterstützung meiner Widerstandsarbeit lautete: Abnehmen werden wir alle noch früh genug.

Der absolute Hochgenuss war für mich aber der Aufenthalt in der Observation Lounge auf Deck 15. Dort hatten wir einen herrlichen Blick auf die Landschaft, solange es noch hell war, tranken Kaffee oder einen grünen Tee, der zwar wie Spülwasser schmeckte, aber warm war, lasen stundenlang in unseren mitgebrachten Büchern – und jetzt kommt der ganz besondere Teil – hörten dabei Live-Klaviermusik. Ich las weiter in Reich-Ranickis »Mein Leben«, Dieter Bücher und Artikel zum Klimawandel.

Zwischendurch berichteten wir uns gegenseitig von unseren kleinen Erkenntnissen und größeren Fragen, die neu entstanden. Das schafft eine Nähe, Glücksmomente, was durch keine Fellweste erreicht werden kann!

So hold this moment fast,
And live and love
As hard as you know how.
And make this moment last.

Eine Passage, die ich Dieter vorlas, handelt von Ranickis Erfahrungen – er lebt zu der Zeit noch und wieder in Warschau – mit der Willkür und Unberechenbarkeit der Behörden, dem Ausgeliefert-Sein ohne Aussicht auf Besserung. Ranicki fühlt sich an Kafkas »Das Schloss« erinnert, dessen Hauptfigur K. gerade daran gehindert wird, die Voraussetzung zur Lösung seines Problems zu schaffen. Als wir in Istanbul lebten, haben wir mehrfach Vergleichbares durchlitten. Damals bezeichneten wir unsere Situation als kafkaesk und lasen

»Das Schloss« erneut und stellten fest, dass uns unsere Erinnerung nicht trog, denn die Atmosphäre im Roman war der unserer Situation so bedrückend ähnlich.

Dieters Fährenlektüre war ein Buch mit dem Titel: »Das Klima im Eiszeitalter«. Das Thema interessiert mich brennend, aber ich hätte überhaupt keine Lust, mich durch graphische und tabellarische Darstellungen kämpfen und mir meine Einsichten hart erarbeiten zu müssen. Dieter dagegen ist gefesselt von seiner Detektivarbeit. Ich bin fasziniert von dem, was er mir berichtet. Wir hatten eine angeregte Diskussion mit wunderschöner musikalischer Untermalung.

Ohne Musik, aber mit viel Begeisterung und gegenseitiger Bewunderung, verliefen ähnliche Lektüre-Begegnungen ab, als wir uns kennen lernten. Damals trat Dürrenmatt (Dieter) gegen Max Frisch an, dem ich mein Herz geschenkt hatte. So ist in gegenwärtigem Genuss, in momentanem Glück, immer auch ein Stück erinnerter Vergangenheit verwoben. Man weiß das nur oft nicht. Vor allem, wenn wir traurig sind, weil ein Lebensabschnitt vorübergeht, der uns so tiefe Befriedigung bedeutete und wir dann glauben, das sei für immer verloren. Nein, ich bin davon überzeugt, dass wir solche Momente und Zeiten festhalten, das Wesentliche daraus extrahieren und als goldenen Faden in unser weiteres Leben einweben können. (*And make this moment last.*)

Später diskutieren wir ebenso lebhaft darüber, warum Ranicki in seinem Buch einen Seitensprung schildere, mit für mich mehr erkennbarem Gefühl als seinen Erwähnungen von Frau und Kind gegönnt ist. Ich finde das natürlich (!!!) ganz und gar unmöglich, ereifere mich geradezu darüber, wie demütigend das für seine Frau sein müsse, bin enttäuscht, dass Ranicki, dem ich eben erst zaghaft ein kleines Plätzchen in meinem Herzen freizuräumen bereit war, mit solchen Darstellungen schon wieder mein Bild von ihm ins Wanken bringt. Statt darüber froh zu sein, denn einer meiner Lieblingsaussagen aus M. Frisch Tagebüchern und Andorra ist das auf den Umgang der Menschen miteinander interpretierte Bibelgebot: »Du sollst Dir kein Bildnis machen«, das ich so wichtig für gelingende Beziehungen hielt, dass ich das zum Trauspruch erheben wollte. Statt mich also zu freuen, dass Ranicki mich vor mir selber als »bildendes« Wesen schützt, unterstelle ich ihm lieber männliches Imponiergehabe. Hat er das nötig? Ein Restbestand an reaktionärem Frauenrechtlertum in mir schreit sogar auf: »Ha, der hat sich also hochgeschlafen!« Wir kommen, bei versöhnlich stimmenden Mozartklängen, zu dem – vorläufigen – Schluss, dass es möglicherweise nicht fair sei, wenn wir mit unseren heutigen Maßstäben eine Ehe und deren Darstellung bewerten, die unter für uns – Gott sei Dank – überhaupt nicht nachfühlbaren Umständen geschlossen wurde.

Ein wirklich interessantes, kurzweiliges, inniges Zusammensein, diese Fahrt. Ich habe jeden Augenblick genossen.

Unsere abendliche Schlemmerei wurde ebenfalls mit Live-Pianoklängen gewürzt, was keineswegs den Durchsatz behinderte, leider.

Lüneburg hat uns mit gemäßigten 10 Grad Minus umfrostet. Ob mein Gehirn eingefroren ist beim heimatlichen Spaziergang, dürft Ihr nun beurteilen. Mir ist es wurscht. Ich bin glücklich und dankbar für das gemeinsame Erlebnis der Reise, ich »*make this moment last*«, in meiner Erinnerung, meinem Herzen.

Wer von Euch nun meint, ich hätte doch das viel bekanntere Goethe-Zitat vom Verweilen schöner Augenblicke wählen sollen, dem schlage ich vor zu ergründen, warum ich es nicht tat. Hilfreich dazu ist ein Blick in die Original-Textstelle und zudem in den Kontext.

Seid ganz lieb gegrüßt von den Heimkehrern, die es als Aufforderung zur kreativen Übernahme der Eigenverantwortung für schöne Augenblicke verstehen, wenn wir für uns feststellen: THE BEST OF TIMES IS NOW!

Eure Mama und Papa,
Eure Knölls

8.1.2010

Liebe Christel,

weißt Du, mit Deiner Rückmeldung zu unseren Weihnachts- und Neujahrsgrüßen hast Du mir eine große Freude gemacht. Die Vorstellung, wie bei Euch vor der Bescherung die ganze Familie zusammensitzt und Du den Text als Einstieg in besinnliche Überlegungen vorliest, gibt mir Mut, mich auch weiterhin so verletzlich zu machen, indem ich mein Innerstes nach außen kehre und das auch noch zur Besichtigung freigebe. Es ist schon so, dass ich jedes Mal nach einem solchen Schreiben Angst habe, man könne meine Gedanken lächerlich finden. Widerspruch ist nicht das, was ich fürchte (ganz im Gegenteil), wohl aber ein abfälliges Kopfschütteln, eine Verurteilung. Letztlich sind meine Erfahrungen, mein Versuch, meine Situation zu bewältigen, denn nichts anderes ist meine Schreiberei, so persönlich, dass sie sich jeder Beurteilung durch Dritte entziehen, gleichzeitig fordere ich aber durch »Veröffentlichung« dazu gerade auf. Ich mag es gar nicht, angreifbar zu sein und tue viel, um genau das zu erreichen.

Ich hatte Dir schon angekündigt, mich noch einmal zu dem Buch zu äußern, das Du mir vor über einem Jahr geschenkt hast: Ruth Picardie: Es wird mir fehlen, das Leben.

Ihr offensiver und akzeptierender Umgang mit der Erkrankung ist dem meinen tatsächlich nicht unähnlich. In dem, was für den Leser erkennbar wird, unterscheiden wir uns jedoch wesentlich in der Offenheit, mit der wir die Auswirkung der besonderen Lebenssituation auf unsere Beziehung, unsere Ehe, benennen. Ruth Picardie erwähnt ihren Mann an nur wenigen Stellen. Ich erinnere eine E-Mail an eine Freundin, in der sie feststellt, dass erstaunlicherweise jetzt, wo sie ihren Mann nötig bräuchte, er nicht für sie verfügbar sei. Was bedeutet diese Abstinenz? Das kann in meinen Augen nur bedeuten, dass der Mann zumindest in dieser Zeit für sie keine erwähnenswerte Rolle gespielt hat oder dass es nichts Gutes in dieser Hinsicht zu berichten gab, sie ihn aber nicht vor anderen, weder in E-Mails noch in den Kolumnen, brüskieren wollte, oder aber, und das halte ich für ziemlich wahrscheinlich, ihr Mann, der ja das Buch erst nach ihrem Tod veröffentlicht hat und die Schriftstücke, die er aufnahm, selber auswählte, hat bewusst alles herausgelassen, was ihn betraf.

Richtigen Ärger aber verspürte ich in seinem Beitrag, mit dem er das Buch abschließt. Er nutzt die Chance, dass sie nichts richtigstellen kann, und versucht auf peinlichste Weise die Tatsache, dass er sie in ihrem Leid offensichtlich jämmerlich allein gelassen hat, mit dem Verhalten seiner Frau zu erklären. Sie habe sich in sich selbst zurückgezogen, womit es ihm nicht möglich gewesen sei, zu ihr einen Kontakt herzustellen. Ich glaub es ja nicht! Ich kann mir vorstellen, wie viele enttäuschte, fehlgeschlagene Versuche der Kontaktaufnahme ihrerseits zu dem erwähnten Rückzug geführt haben! Was soll man denn machen, wenn der Partner unerreichbar bleibt? Man passt seine Hoffnungen dem Möglichen an. Da kann es dann schon passieren, dass er, als er endlich so weit war, schon nur noch eine in sich gekehrte Frau antraf!

Das Buch wäre mir vor Empörung fast aus der Hand gefallen, als er schreibt, er habe die letzte Nacht, die Nacht in der sie erwartungsgemäß starb, nicht an der Seite seiner Frau verbracht, da er entschieden habe, ohnehin nichts mehr für sie tun zu können (nein, dieser Mann hätte es tatsächlich kaum vermocht!) und er den Schlaf auch gebraucht hätte, da er ja am nächsten Tag für die Zwillinge, zwei Jahre alt, habe da sein müssen. Ach Du lieber Himmel! Will er dann zukünftig vielleicht auch ein krankes, leidendes Kind sich nächtens selbst überlassen, vielleicht mit einem wunderbar durchschlagenden Magen-Darm-Infekt, weil er seine Kraft ja am nächsten Tag für beide Kinder braucht? Die Ausrede ist so blöd und so unfassbar für diese außergewöhnliche Situation, dass sie eigentlich unkommentiert bleiben kann, vor allem vor dem Hintergrund, dass mehrere Familienmitglieder und Freunde in großer Nähe wohnten. Der Herr hat sich geschont und kläglich versagt und versucht, durch Psychologisierung des Verhaltens seiner Frau einen Persilschein für sich zu erwerben. Was man ehrlichkeitshalber auch sagen muss ist, dass er, wie seine

Frau auch, wenig Zeit hatte, sich an die Herausforderungen zu adaptieren. Sie starb ja schon ein Jahr nach der Diagnose!

Wie gut habe ich es da! Ich lebe nun schon etwas über sechs Jahre seit der Diagnose. Wir hatten länger Zeit, unseren Umgang miteinander zu überdenken und uns mit unseren Erwartungen aneinander und ans Leben anzupassen. Ich bin stolz, wie wir das geschafft haben und bewundere Dieter dafür, wie er den Dreh hinbekommen hat.

Liebe Christel, was ich zu dem Buch geschrieben habe, basiert auf dem, was ich erinnere. Meine erste Rückmeldung, den Teil betreffend, der aus der Feder seiner Frau stammt, liegt ja schon länger zurück. Nachdem ich seinen Senf auch gelesen hatte, wollte ich Dir meine Meinung dazu eigentlich auch mitteilen. Es hat lange gedauert, und ich bin mir bewusst, dass dies meine sehr subjektive Bewertung ist.

Vielleicht nicht so dramatisch wie das Sterben, aber eben auch natürlich und auch schmerzhaft ist das, was Du jetzt leisten musst, nachdem Deine Tochter zum Studieren an das andere Ende von Deutschland gezogen ist. Auch das wird Auswirkungen auf Deine Entwicklung und somit auf Eure Partnerschaft haben – auch wenn Günter vielleicht meint, für ihn könne doch alles beim Alten bleiben. Ein weites Feld ist das!

Seid ganz lieb gegrüßt, mit Vorfreude auf einen gemeinsamen Kaffee,
Gabi

10.1.010

Behandlungsplan

Liebe Dana,

im Moment bist Du, wenn das Wetter Dir nicht einen Strich durch die Rechnung gemacht hat, in Worms. Wir wünschen Euch, dass Ihr fündig werdet in Bezug auf Haussuche. Auch eine klare Vorstellung von der Gegend zu bekommen, in der Ihr gerne wohnen würdet, ist ja schon was. Wir drücken Euch die Daumen.

Dana, im Folgenden habe ich das Ergebnis des Gespräches in Köln im ZIO nochmals zusammengestellt, obwohl ich Dir ja schon berichtet habe. Prof D. und Du wurdet darin in Euren Vorschlägen ja bestätigt und entsprechend läuft jetzt die Behandlung.

Die **Bestrahlung** der Brustwirbelsäule hat schon begonnen, hatte schon zwei Termine. Insgesamt 15 Termine, also drei Wochen, was bedeutet, dass Sierksdorf ausfällt und ich weiterhin mit unseren Wänden kommuniziere. Tapetenwechsel hätte uns gut getan! Ihr könnt Euch nicht vorstellen, wie zermürbend es auf Dauer ist, dass ich überwiegend nur zu Behandlungen das Haus verlasse.

Seit dieser Woche habe ich wieder mit **Xeloda** begonnen für »zunächst« drei Zyklen, mit Höchstdosis. Ggf. wird reduziert, wenn ich zu sehr leide.
Nächsten Dienstag erhalte ich die erste Infusion **Bisphosphonate** zum Schutz der Knochen vor weiteren Metastasen. Die Ärzte finden es ja ganz toll, dass ich nur zwei Wirbelsäulenmetastasen habe (in den übrigen Knochen hat man ja schon lange nicht mehr gesucht). Worüber man sich alles so freuen soll!
Vor dem Gespräch mit Prof. W. vom ZIO (Zentrum für Integrierte Onkologie der Uni-Klinik Köln) waren wir ja noch bei Prof. **B.** Auch er sehr, sehr nett! Sein Institut ist ein winzig kleiner Betonklotz auf dem Klinikgelände. Er hat meinen Plan mit **komplementärer Nahrungsergänzung** erheblich zusammengestrichen, da er sagte, auch in seinen ausführlichen Forschungen haben die sich als völlig unwirksam erwiesen. Dafür hat er mir andere empfohlen, die zwar auch nichts helfen in der Krebsbekämpfung, wohl aber nachweislich die Nebenwirkungen der konventionellen Therapie abfedern können und teilweise sogar deren Wirkung verstärken können. Gestrichen hat er auch das **Orthomol** und ersetzt durch ein viel, viel preiswerteres Präparat mit günstigerer Zusammensetzung an Vitaminen und Mineralstoffen, und vor allem mit weniger Eisen. Eisen fördere erwiesenermaßen das Krebswachstum.
Seine Empfehlung lautet:

1. Careimmun (statt Orthomol)
2. Equizym statt Wobenzym, Biobran und Selen. Equizym enthält Enzyme der Ananas und Papaya und irgendwas, das dem Biobran entspricht (Eiweiß aus Linsen) und Selen.

Zu den Kosten gab Prof. B. den Rat, in der deutschen Internetapotheke zu bestellen, sie jedenfalls zum Preisvergleich heranzuziehen, da es riesige Preisunterschiede gebe.
In dem Gespräch mit ihm ging es auch noch um die Möglichkeit der lokalen **Hyperthermie der Leber.** Daran werde zur Zeit viel geforscht und experimentiert, nachdem es jahrelang eine Hokus-Pokusmethode gewesen sei, gäbe es aber neben vielen Scharlatanen ernstzunehmende Zentren an UNI-Kliniken. Inzwischen gibt es zwei auch von den Kassen akzeptierte Indikationen für Hyperthermie: Bei Cervixcarzinomen und Brustwandkarzinomen.
Für Lebermetastasen konnte keine Wirksamkeit nachgewiesen werden, wohl aber könne die Hyperthermie die Wirksamkeit einer Chemo erhöhen, wodurch ggf. die Dosis reduziert werden könne.
Hyperthermie solle ohnehin immer nur zusammen mit Chemo gegeben werden, denn selbst wenn sie wirke, dann so, dass dabei die Gefahr groß sei,

dass zerfallende Krebszellen über die Blutgefäße in andere Organe gelangen könnten.

Die Zentren, die er nannte, hat Dieter angemailt. Alle haben jedoch geantwortet, dass sie bei metastasiertem Krebs nichts anbieten oder ohnehin nicht für die Leber, da ohne nachgewiesene Wirkung. Also in Bezug auf mich heißt das, das falsche Organ und/oder das falsche Stadium.

Prof W. vom ZIO meinte, die **Radiofrequenz-Ablation** sei entweder am Anfang oder am Ende der Fahnenstange angebracht, nicht aber bei mir. Immerhin entnahm ich der Bemerkung, dass ich noch nicht am Ende der Fahnenstange angelangt bin.

Er meinte auch, dass ich, falls Xeloda nicht mehr wirke, es für mich auch noch **Taxan** eine Option sei, da meine taxanhaltige Chemo zu Beginn meiner Erkrankung nun lange genug zurückläge. Man könne dann wöchentliche Infusionen vorziehen, die angeblich gut vertragen würden.

So, soviel zum Fachlichen.

Seid ganz lieb gegrüßt,

Eure S-Mama und gebt Tobi, der Quasselstrippe, einen Kuss von mir.

11.1.2010

Wer bin ich? Weiterleben nach dem Tod?

Lieber Michael,

noch ein Tag Unbeschwertheit bleibt mir, dann stehen neue Untersuchungen an, deren Ergebnis mir Entscheidungen über das weitere Vorgehen abverlangen: Behandlung oder nicht, wenn ja, welche? Was muss ich tun, um meine Lebensqualität so gut und so lange wie möglich zu erhalten? Nichts tun, im Bestreben, unangenehme Nebenwirkungen zu vermeiden, bedeutet leider nicht immer, den weniger leidvollen Weg gehen zu können (Bestrahlung von Knochenmetastasen können z. B. nötig sein, um den Zusammenbruch von Wirbeln zu verhindern, was ggf. nicht nur Schmerzen bedeutet, sondern auch Rollstuhl oder gar Querschnittslähmung). Seit Mitte Dezember hatte ich mir eine Behandlungspause erbeten und sie voll ausgenutzt, da es mir tatsächlich zusehends besser ging. Die Wochen davor fühlte ich mich durch Bestrahlung am Kopf und paralleler Chemotherapie in die Knie gezwungen, wie mit Blei ausgegossen, und zwar auch im Kopf. Jetzt fühle ich mich im Vergleich dazu federleicht und will Dir unbedingt noch schreiben, bevor es vielleicht wieder losgeht.

Hilde Domin hat einmal im Rahmen einer Lesung gesagt, man habe, wenn man Schlimmes durchmache, die Wahl, verrückt zu werden, sich auf die Couch eines Psychiaters zu legen oder kreativ zu werden. Weder möchte ich meine

Lebenssituation mit dem Leid vergleichen, das Hilde Domin durchlitten hat (auch weil ich Leid verschiedener Menschen für grundsätzlich nicht vergleichbar halte), noch möchte ich meine Schreiberei als kreativ bezeichnen, aber sie ist mir mehr und mehr zu einer Bewältigungsform geworden, einer, die mich, so die Umstände mir die Nutzung dieser Möglichkeit zulassen, wirklich glücklich macht. So weißt Du, dass ich jetzt, da ich Dir schreibe, glücklich, zufrieden und dankbar bin.

Michael, das letzte Jahr war ein Wahnsinns-Wachstumsjahr! Die erste Hälfte für Dieter (mit seiner ganz persönlichen Lebenskrise aus Alter und Beruf, für die meine Erkrankung zusätzlicher Sprengstoff war) und mich (die ich erkennen und mein Handeln danach ausrichten musste, dass ich Dieter nicht für mein Glück verantwortlich machen kann, dass ich emotional unabhängiger werden muss, dass Dieter durch meine langwährende Erkrankung, das häufige Auf und Ab, meine, ebenfalls sehr egoistischen Erwartungen an ihn, völlig überfordert ist), für jeden persönlich also, aber auch für uns gemeinsam, für unsere individuelle, aber auch unsere dyadische Entwicklung. Die zweite Hälfte in Bezug auf meine Erkrankung, wobei man denken könnte, dass die erstere Entwicklung, so dramatisch sie sich auch gestaltet hat, grundlegende Voraussetzung dafür war, dass wir das Entsetzen und die Verzweiflung, die die zweite Jahreshälfte für uns brachte, überhaupt überstehen konnten. Hier nur in kurzen Stichworten, was das Schicksal uns ab Juli zugemutet hat:

- Ende Juli operative Entfernung einer Hirnmetastase
- gleichzeitig Zunahme der Lebermetastasen
- Metastase in der Lendenwirbelsäule
- 4-wöchige Bestrahlung der Wirbelsäulenmetastase
- erneute Operation der nachgewachsenen Hirnmetastase
- 7-wöchige Bestrahlung des Kopfes (einfach nur scheußlich) und parallel
- Chemotherapie wegen der Lebermetastasen und parallel dazu
- Behandlung wegen schmerzhafter Schleimbeutelentzündung im rechten Ellenbogen.
- Metastase in der Brustwirbelsäule
- 4-wöchige Bestrahlung derselben.

Meine Seele hatte kaum eine Chance, der Realität zu folgen. Bis dahin habe ich ja alles in ziemlicher Gelassenheit ertragen, aber das hat mich derart in die Knie gezwungen, dass ich so nicht mehr wollte. Deshalb die Weihnachts-Therapie-Pause, dank derer ich einen vorweihnachtlichen Besuch in Köln bei Peter und in Marburg bei Jürgen erlebte, einen wunderbaren Tag mit einer auswärtigen

Freundin und diverse Frühstücke mit Freundinnen in Lüneburger Lokalitäten genießen konnte, ein schönes Weihnachtsfest, ein launiges, beschwingtes Silvester, Jonas (frisch von einem fünfmonatigen Forschungsaufenthalt aus New York zurück – er war gerade ein Jahr alt, als wir uns kennen lernten!) und Gudruns Besuch in Lüneburg, Besuch von Freunden aus der Istanbul-Zeit, die jetzt in Berlin wohnen, viele Treffen mit Eva und ihren süßen Söhnen, und abschließend die kleine Schiffstour nach Oslo unternehmen und schreiben, schreiben, schreiben konnte. Und schon kann ich mir gar nicht mehr vorstellen, aufgeben zu wollen bei aller Beschwernis, die natürlich bleibt.

Gerade in solch schweren Zeiten klebe ich plötzlich an strukturgebenden Elementen fest. Mir solche zu schaffen und mich dann auch daran zu halten, ist rechte Arbeit und erfordert Disziplin. Es ist nicht auszuhalten, wenn man den ganzen Tag nur Löcher in die Wände starrt und über sein Schicksal nachdenkt. Ich bin sicher keine Ausnahme, nein, ich weiß, dass es viele Menschen gibt, die morgens beim Aufwachen die deprimierende Frage beschleicht, wozu man überhaupt aufstehen solle. Bevor sich solche destruktiven Fragen festsetzen können, stehe ich ganz rasch auf, frühstücke mit Dieter (was ja an sich schon etwas besonders Schönes ist) und lese den Politikteil der FAZ, in der Küche auf dem Sofa. Dann lege ich die Zeitung zur Seite, eile ins Bad und kleide mich an, sehr sorgfältig, niemals Schlabberkleidung, auch keine Jogginghosen (sonst fühle ich mich auch so)! Danach kommen die anderen Teile der FAZ dran, weiter auf dem Küchensofa. Um 12.00 wird gegessen (Dieter kocht) und dann muss ich schlafen. Den Nachmittag leiten wir mit einem gemeinsamen Kaffee ein, dann lese ich oder höre Musik oder ein Hörbuch im Wohnzimmer auf meinem Lesesessel. Der »Ortswechsel« und »Themenwechsel« ist mir ganz bedeutsam, gibt mir das Gefühl von Wahlfreiheit und wirkt einer deprimierenden Monotonie entgegen. Wenn es mir gut geht, schreibe ich auch am Nachmittag. Das natürlich in meinem Arbeitszimmer, immer noch der schönste Raum im Haus. Am Abend schaue ich fern oder lese Zeitschriften oder diskutiere mit Dieter über das, was wir gelesen haben. Im Bett lese ich wieder ein Buch, auf keinen Fall dasselbe, das ich im Wohnzimmer lese. Zurzeit lese ich tagsüber »Tyrannen müssen nicht sein« und abends im Bett »Mein Leben« von M. Reich Ranicki. Beide neigen sich dem Ende zu, und zumindest einen Nachfolger habe ich schon: »Die Fahrt der Beagle« von Charles Darwin. Das andere Buch wird hoffentlich ein englischsprachiges sein (der neueste Krimi von Simon Beckett). Seit der Zeit meiner Kopfoperationen konnte ich, wenn überhaupt, keine englischen Bücher lesen. Der Tumor und die Operationen haben das Zentrum für mechanisches Lesen beschädigt, zumindest immer bei Zeilenwechseln muss ich mir die Wörter zusammenbasteln, was ich im Deutschen assoziativ und kontextbezogen inzwischen wieder recht schnell kann, im Englischen merkte ich dann aber doch, dass es nicht meine Muttersprache ist. Jetzt will ich es wieder mal versuchen. So sehen meine Ziele und Herausforderungen aus! Und, wirklich erstaunlich, ich kann mich daran erfreuen. Aber ohne eine solche feste Struktur fiele ich dem geistigen und körperlichen Versiffen und Verlottern anheim, fürchte ich. Einfach ist es dennoch nicht, es erfordert Willenskraft. Die gute Einsicht vom Vortag lebt nicht von allein in uns, sie will wieder neu angeschubst werden, kippt auch mal wieder ganz weg und ich versacke dann für Minuten oder Stunden in anklagende, wenig ermutigende Gedanken, muss gezielt etwas tun, um wieder den Blick zu wenden auf das, was an Gutem geblieben ist. Wenn ich den Fokus darauf richte, muss ich doch immer wieder feststellen, wie ungeheuer anspruchsvoll ich – wie die meisten anderen auch – doch bin! Wir neigen dazu, uns allein schon mit unserem Vergleichsmaßstab unzufrieden zu machen.

Meine Freundin Ulla hat mir vor einigen Tagen einen Text von Bertold Brecht zugemailt. Er listet darin auf, was er als Vergnügungen empfindet. Ich kannte den Text nicht und muss auch sagen, dass, stammte er von einem unbekannten Menschen, er sicherlich keinerlei Aufmerksamkeit erfahren hätte. Aber so ist das eben in der Schriftstellerei wie in der Kunst: Der Name macht dann selbst aus einer banalen Sache etwas, das zumindest wahrgenommen wird. Wie auch immer, dankbar für jedes Futter, hat mich der Text angeregt, meinen Vergnügungen nachzuspüren.

Vergnügungen, eine kleine Auswahl
(Idee von Bertold Brecht, überarbeitet von Gabriele Knöll in blasphemischer Anwandlung, aber ich hab`s ja auch im Kopf, da ist alles erlaubt, da geht schnell mal was daneben!)
Wach werden und noch leben.
Sich bewegen können, sinnlich wahrnehmen und kommunizieren können.
Aufstehen.
Selbständig essen.
Die Kraft zu haben, sich weitgehend selber abzutrocknen nach dem Waschen.
Hilfe, verpackt in fürsorgliche Liebe, erfahren und annehmen können.
Schmerzfrei sein, Schmerzen als erträglich erleben.
Lesen.
Schreiben.
Besuch mit anregenden Gesprächen.
Ausflüge in die Stadt.

Spaziergänge.
Meine Kinder, meine Kinder, meine Kinder samt Enkeln.
Unser schönes Haus.
Blumenschmuck.
Der herrliche Garten, sommers wie winters.
Neue Ziele.
Erkenntnisse.
Neue Fragen, Wissbegierde.
Neben Dieter einschlafen und aufwachen.
Lieben!
Stell Dir vor, man begänne in dem Bewusstsein um seinen Vergnügungsreichtum seine Tage oder schlösse sie so ab! Meinst Du nicht, es gäbe mehr zufriedene Menschen in unserem reichen Deutschland? Warum nur scheint es so viel üblicher, sich dessen, was man nicht hat, zuzuwenden? Wir haben offensichtlich eine Begabung für das Unglücklichsein.

Mit den sich reduzierenden oder zumindest sich verändernden Möglichkeiten meiner Lebensgestaltung, mit der mir aufgezwungenen Verabschiedung aus einem sehr aktiven Leben und der Berufstätigkeit (ich habe in diesem Jahr zugestimmt, dass mein Praxisschild entfernt wurde – was ein großer, sehr schmerzhafter Schritt war – und habe meine Golfschuhe verschenkt), war ich gezwungen, die Frage nach meiner Identität schon wieder neu zu stellen und eine Antwort für mich zu finden, wie ich es nach dem Auszug der Kinder schon einmal musste. Was bin ich jetzt? Eine Kranke? Eine Leidende? Eine Nutzlose? Eine Faule? Eine Last? Oder ganz verwegen, eine Schriftstellerin? Eine Genießerin? Auch dazu habe ich natürlich gelesen, um meine Antwort zu finden. Sie ist letztendlich sehr schlicht ausgefallen, weil ich jedem Versuch einer Festlegung widerstanden habe. Ich fand, meine Identität braucht keinen Namen, den ich nach außen trage, sie liegt, wie das Glück, in mir. Das reicht. Vielleicht vergewaltige ich Schopenhauers Überlegungen zu der Frage der Identität eines Menschen, wenn ich sie auf seinen Satz reduziere: »*Im Herzen steckt der Mensch, nicht im Kopf*«. Ich will mich genau damit zufrieden geben.

Lieber Michael, eigentlich sollte man meinen, ich müsste mir Gedanken über das Sterben machen und vor allem über das, was danach kommt. Ja, über das Sterben denke ich hin und wieder nach, habe dann auch Sorge, dass ich das als Leiden erleben werde, bitte dann Dieter, dafür Sorge zu tragen, dass ich weder Schmerzen noch Angst habe, mich notfalls mit Medikamenten vollzudröhnen, aber die Frage, was danach kommt, bewegt mich gar nicht mehr. Das ist mir egal. Entweder merke ich dann nichts mehr oder es wird schön. Allerdings bin ich davon überzeugt, dass ich nicht einfach weg sein werde. Wo immer

die Menschen sind, die ich liebe, werde ich bei ihnen sein. Ich werde ihre Nöte sehen und mit aushalten, ich werde mit ihnen lachen und sie in traurigen, verzagten Zeiten halten. Ich werde unterstützend neben ihnen gehen, wann immer nötig. Ohne mich keinen Schritt mehr! Sind schwierige Entscheidungen zu treffen, ich werde die Kraft geben können, dass das getan wird, was gut ist. Meine Liebe werden meine Kinder und Dieter immer spüren und sie wird ihnen Kraft geben, ihre eigene Liebe voll zu entfalten, ein eigenverantwortliches Leben zu führen. Wo meine Lieben sind, werde ich auch sein. Dieser Glaube erfüllt mich und lebt in mir. So stelle ich mir das Weiterleben nach dem Tod vor. Das reicht mir.
Vorläufig aber genieße ich es noch sehr, dabei auch gesehen zu werden.
Lieber Michael,
damit die E-Mail heute noch rausgeht, schicke ich sie lieber jetzt ab, bevor mir noch tausend Gedanken kommen, von denen ich meine, ohne sie könntest Du nicht leben. Dir und Deiner Familie schicke ich die herzlichsten Grüße und wünsche Euch sehr, dass Eure zahlreichen Projekte gut umgesetzt werden können. Ganz liebe Grüße aus einem wunderbar verschneiten Lüneburg,
Deine Gabi

27.2.2010

Von Masken und Mauern

»*Gegen Ende des Lebens nun gar geht es wie gegen das Ende eines Maskenballs, wann die Larven abgenommen werden. Man sieht jetzt, wer diejenigen, mit denen man, während seines Lebenslaufes, in Berührung gekommen war, eigentlich gewesen sind. Denn die Charaktere haben sich an den Tag gelegt ... und alle Trugbilder sind zerfallen.*«
(Arthur Schopenhauer)
Bislang hatte ich das so verstanden: Gegen Ende des Lebens haben wir die Fähigkeit, sozusagen den wahren Charakter unserer Mitmenschen zu erkennen, den diese vor uns hinter einer Maske verborgen gehalten haben. Ja, das ist sicherlich ein Aspekt. Wir Menschen setzen uns Masken auf, um nicht gleich erkannt zu werden als der, der wir sind.
In den letzten Tagen begann in mir ein Überdenken.
Könnte es nicht auch eine andere Richtung der Betrachtung geben? Nicht der Mitmensch verbirgt sich als Tarnung und Täuschung hinter einer Maske, sondern unser Blick auf ihn, mit dem wir nur sehen, was wir sehen wollen (siehe Max Frisch, der Jude von Andorra) lässt den Mitmenschen wie hinter einer Maske verschwinden. Nicht er setzt sich die Maske auf, sondern wir ihm. Und irgendwann im Laufe der Zeit, kommen wir an einen Punkt, der es uns

ermöglicht, den wahren Menschen in unserem Gegenüber zu entdecken. Bevor ich auch diese Erkenntnis konkret auf mich selbst beziehen will, möchte ich dazu ein Erlebnis schildern:
Dieter und ich nehmen an einer Führung während der Ausstellung »Skulptur« in Münster teil. Ich entpuppe mich als echte Kulturbanausin, kann mit den meisten Ausstellungsstücken rein gar nichts anfangen und beschließe, die eigentliche Kunst sei die hochstilisierende Beschreibung dieser Exponate im Katalog. Einen Lachanfall erleide ich bei einer Mauer, die vor das Münsteraner Schloss gebaut ist. Die Führerin überrascht uns mit der Feststellung, dass man, stehe man weit genug von der Mauer entfernt, das Schloss dahinter noch sehen könne, trete man allerdings ganz dicht an die Mauer heran – wozu sie uns aufforderte – sehe man gar nichts mehr. So entdeckte ich das Triviale in der Kunst. Heute weiß ich, dass, stehen wir zu dicht im Geschehen, sind wir zu sehr involviert, unser Blick oft ebenfalls wie von einer Mauer versperrt ist. Wir sehen nicht, was es, mit mehr Abstand, zu sehen gäbe oder, um dem schopenhauerischen Bild treu zu bleiben, wir sehen nur die Maske, nicht den wahren Menschen.
Als ich neulich meine Aufzeichnungen durchlas, meinte ich plötzlich meinen Mann ohne Maske vor mir zu sehen.
Damals litt ich unter dem Gefühl, ich habe schon als noch Lebende keinen Platz mehr in seinem Leben. Ich fand es brutal, dass er sich um sein Golfspiel, seine finanziellen Ressourcen als Witwer, seine eigenen Lebensträume sorgte, sich bereits durch Jobrecherchen auf ein Leben im Ausland, diesmal ohne mich, vorbereitete. Während ich unser »Jetzt« vergolden wollte, schien für Dieter das Jetzt belanglos, da ohnehin bald vorüber, wie er, wie alle anderen, glaubte. Er sortiert mich aus, bevor ich tot bin, dachte ich. Er kann es kaum abwarten, dass ich ihm den Weg freimache für seine Träume. Ich muss mich mit dem Sterben beeilen. Mit der Mauer meiner eigenen Betroffenheit vor dem Kopf sah ich nur das Brutale, Grausame, als gegen mich und meinen Wert gerichtete in seinem Verhalten. Könnte es sein, dass ich nur eine Maske sah, die nur bedingt etwas über den Träger aussagt – und schon gar nichts darüber, wie diese Maske vor das Gesicht geriet?
Heute meine ich einen Dieter zu sehen, der gerade in Phasen akuter Belastung nach jeder neuen Diagnose, besonders aber nach der absoluten Schockdiagnose »Metastasen im Zentralnervensystem«, als Anpassung an den anzunehmenden schnellen Tod seiner Frau, nach der ersten Schockstarre, sein Weiterleben plante. Kreativ und tatkräftig. Ich sehe einen Dieter, der aus Furcht davor, überrollt zu werden von Traurigkeit, Verzweiflung und Schmerz, nach für ihn erträglichen Modalitäten Ausschau hält, wie ein Leben ohne mich aussehen könnte. Ein

Leben, das ihn locken könnte. Sich dafür in die Umsetzungsplanung seines Traumes vom Leben im Ausland zu flüchten, liegt nahe. Irgendwann mag sich diese »Notlösung« auch zu sehr in seinem Kopf festgesetzt haben und in Konkurrenz geraten sein mit seinem Wunsch, mich noch möglichst lange zu behalten. Unversehens, und ganz bestimmt nicht mit bösartiger Absicht oder aus Lieblosigkeit, wurde aus einer Notlösung ein Ziel, das auf Verwirklichung drängte.

Ich sehe plötzlich einen verzweifelt leidenden Mann vor mir, der freilich in seiner Not auch nach kontraproduktiven Lösungen greift. Lösungen, die mich verletzen, keine Frage. Lösungen, die es mir nicht leicht machten, mich zu dem Zeitpunkt getragen und geliebt zu fühlen, wo ich es dringend gebraucht hätte. Aber ohne Maske, seine oder meine, mit einem großen Schritt zurück von der Mauer, erkenne ich doch, dass die Zielrichtung seines Handelns nicht gegen mich gerichtet war, sondern seiner Rettung dienen sollte.

Die Liebe ist langmütig und freundlich
…
sie erträgt alles, sie glaubt alles,
sie hofft alles,
sie duldet alles (Die Bibel, 1. Kor 13,4-7)

Ich liebe.

Eine gute Partnerschaft zeichnet sich nämlich nicht dadurch aus, dass sie keine Krisen hat, sondern nur dadurch, wie sie damit umgeht.

Danksagungen

Die Sehnsucht, es noch mehr, noch besser, noch gründlicher zu lieben, als wir es lieben können, des Wunsches einer noch viel vollkommeneren, sublimeren Liebe, die den Dank wirklich zu erstatten vermöchte, den wir fühlen.« (Christian Morgenstern)

Ich danke meinem Schicksal, ohne das diese Aufzeichnungen nie entstanden wären, ohne das ich nicht der Mensch wäre, der ich bin.

Ich danke meinem Deutschlehrer, Herrn Luczack, der mir, als ich während der Pubertät mit dem Suizid-Tod meines Bruders haderte, zeigte, wie Literatur und Schreiben helfen können, den eigenen Standort zu finden.

Ich danke von tiefstem Herzen Dir, lieber Dieter, dass und wie Du mich unterstützt hast, damit aus meinen Aufzeichnungen ein Buch werden konnte.

Ich danke meinen Freunden, aber ganz besonders meinen Kindern, Schwiegerkindern und Dieter für ihre Zustimmung zur Veröffentlichung der doch zum Teil sehr privaten, ja intimen Mailkorrespondenz.

Ich bitte meine Leser, damit sehr respektvoll umzugehen.

Ich danke all jenen, die das Manuskript kritisch gelesen und mir durch Gespräche bei der Entscheidungsfindung, das Buch zu veröffentlichen, geholfen haben, insbesondere Susanne Bockelmann, Michael Fischer, Barbara Frenzel, Ulrich Gaertner, Frau Susanne Strehl (Buchhandlung am Markt, Lüneburg), Pia Hoffmann (Psycho-Onkologin am Klinikum Lüneburg), Inge Jünkersfeld, Uta Roth, Sylvia Schefe, Brigitte Veith, Heidi Venjakob, Kerstin Vieweg (Psycho-Onkologin am Klinikum Lüneburg).

Hilde Domin sagt, man habe in schweren Zeiten die Wahl, sich bei einem Psychiater auf die Couch zu legen, verrückt oder kreativ zu werden. Ich habe schreiben gewählt.

04.02.2011
Gabriele Knöll

Die Autorin

Gabriele Knöll wurde 1949 in Ruhla, Thüringen, geboren und wuchs in Westfalen auf.
Nach einer Ausbildung zur MTA studierte sie Deutsch und Chemie für das Lehramt, Pädagogik und Psychologie in Münster und Lüneburg.
Nach Ausbildungen in Gesprächs- und Gestalttherapie, in NLP und Trauerbegleitung, arbeitete sie in eigener Praxis in Lüneburg, bis zu ihrer Krebs-Erkrankung.
Zahlreiche ehrenamtliche Tätigkeiten, vor allem aber ihr Engagement für den Verwaiste Eltern in Deutschland e.V., für den sie die Bundesstelle aufbaute und Gruppen vor Ort leitete, begleiteten ihren Alltag.
Gabriele Knöll ist seit 1971 verheiratet und hat vier erwachsene Kinder. Ein Sohn starb 1981 als Säugling.

E-Mail: gabi@knoell.org
Blog: http//:gabi.knoell.org

Über dieses Buch:

Gabi, eine selbstbewusste Frau Mitte 50, Mutter von vier erwachsenen Kindern, will gerade ihre psychotherapeutische Praxis aufgeben, um ihren Mann für ein Forschungsjahr nach Los Angeles zu begleiten, als die Diagnose „Brustkrebs" mitten in ihr Leben platzt. Bedeutet das jetzt das Ende aller Pläne, Träume und Sehnsüchte?

Der Leser darf in Form von authentischen E-Mails, Berichten an Freunde und Verwandte und Tagebucheintragungen über den Zeitraum von der Erst-Diagnose (2003) bis Anfang 2010 an einer Lebens-, Liebes-, Partner- und Krebsgeschichte teilhaben. Neben purer Lebensfreude, Euphorie und Übermut nach der überstandenen Ersterkrankung und dem Leben in fremden Kulturen trotz fortschreitender Metastasierung, wird der Leser Zeuge einer Auseinandersetzung mit dem Wandel der lebensbestimmenden Werte und Überzeugungen. Es werden die Schwierigkeiten fühlbar, die die notwendige Anpassung der Lebensgestaltung und der Partnerschaft an die zunehmenden Behinderungen mit sich bringt. Ungewöhnlich offen und ehrlich wird beschrieben, wie die individuellen Bewältigungsstrategien der Partner krisenhaft, ja dramatisch aufeinanderprallen in den sehr unterschiedlichen Erwartungen aneinander - gerade in dieser besonderen Situation der „gemeinsamen?" Leiderfahrung. Vor allem unter den zermürbenden Wechselbädern aus Hoffnung auf Stillstand und Verzweiflung nach neuerlichen lebensbedrohenden Diagnosen über Jahre hinweg. Das schließlich erfolgreiche Ringen um einen guten gemeinsamen Weg bestimmt zunehmend die Korrespondenz.

Gleichzeitig aber findet auch „ganz normales", meistens sehr spannendes, interessantes, teilweise humorvoll, ironisch beschriebenes Leben statt, ein Leben mit Krebs und Metastasen eben.

Ein Buch über Partnerschaft. Ein Buch über Liebe.

„Die leidvolle Erfahrung ist, dass wir in der partnerschaftlichen Liebe von einander getrennt und verschieden bleiben. Wir können daran lernen, dass Liebe ein dauerndes Suchen und Ringen um gegenseitiges Verständnis ist."

(Jürg Willi: Was hält Paare zusammen?)